KB067296

백만장자를 위한 공짜 음식 2

백만
장자를
위한
공짜음식 2

FREE FOOD *for* MILLIONAIRES

이민진 장편소설

유소영 옮김

INFLUENTIAL
인 플 루 엔 셜

♠ 2권 차례

일러두기
본문의 주는 모두 옮긴이가 독자의 이해를 돕기 위해 붙인 것입니다.

2부

계획
(계속)

11
기념품

"그래서 경영대학원은 어때?" 케빈 제닝스가 물었다. "기대했던 그대로야?" 그는 클클 웃었다.

"난 학교를 좋아해요, 케빈. 거래소에서 일하는 것만큼 짜릿하지는 않지만요. 우리 팀 사람들도 보고 싶었어요. 정말, 아주 많이." 케이시는 가슴 앞에 두 손을 깍지 끼고 그리웠다는 듯 고개를 숙였다.

좌중에서 '오오' 하는 탄성이 일었다.

오늘 케이시는 상석에 앉은 주빈이었다. 달구어진 돌판에 고베 소고기를 요리하는 것으로 유명한 56번가의 스테이크하우스 쿠리야의 별실에서 뒤늦은 송별회가 열리고 있었다. 아시아와 일본, 두 부서를 한자리에 모으는 것은 쉬운 일이 아니었지만, 월터 진은 자산영업부 직원 여덟 명과 트레이더 다섯 명, 보조직원 두 명을 케이시의 송별회에 불렀다.

쿠리야는 케이시가 뉴욕의 식당 중에서도 회삿돈으로 식사할 때 가장 좋아했던 곳이다. 저녁식사가 1인분에 대략 250달러에 달했다. 그녀가 제일 좋아하는 메뉴는 시소밥이었는데, 스테이크와 함께 먹는 밥이지만 따로 주문해야 했다. 차즈기와 검은깨를 살짝 뿌려 나오는 밥 한 그릇에 6달러. 케이시는 자기 돈을 써야 할 때는 이곳에 오지 않았고, 오늘 밤이 지나면 조만간 다시 올 일도 없을 것 같았다. 오늘 모인 사람은 그녀를 포함해 총 열여섯 명이었다. 값비싼 식사는 월 스트리트의 일부이기에 굳이 이런 식으로 생각하는 것은 부질없긴 했지만, 케이시는 도무지 이런 문화에 익숙해지지 않았다. 웨이터가 시중을 드는 프린스턴의 사교 클럽에도 드나들었고, 그 집 어머니가 식탁 밑에 있는 버튼을 발로 누르면 가정부가 다음 코스를 대령하는 버지니아의 집에서 정찬을 대접받곤 했는데도 그랬다. 오늘 저녁식사 비용은 총 4,000달러 정도 나올 것이고, 영업부 직원들과 트레이더들이 갹출할 것이다(그들은 보조직원에게는 돈을 내라고 하지 않았다). 케이시는 이 돈이면 무엇을 할 수 있을지 자신도 모르게 머릿속에서 계산해보았다. 그녀의 카드빚 4분의 1을 갚아버릴 수 있고, 예전에 살던 원룸 월세 석 달 치 이상이고, 은우와 함께 먹는 식료품비 열 달 치 이상, 사빈의 백화점에서 새 정장 네 벌을 살 수 있는 돈, 아버지의 한 달 월급, 기타 등등에 해당하는 금액이었다.

은우와 살게 되면서 월세나 공과금을 낼 필요가 없어서 생활비를 크게 절약할 수 있었지만, 케이시는 항상 돈 생각을 했다. 그

외의 모든 것에 돈이 들었기 때문이다. 그녀는 경영대학원 학비를 내주겠다는 사빈의 제안을 거절했고, 사빈도 케이시의 기분을 상하게 하고 싶지 않아 그 문제를 더 거론하지 않았다. 등록금을 내기 위해 케이시는 시티은행에서 학자금과 생활비로 거의 4만 달러를 대출받았다. 8,000달러 가까이 갚고 현재 1만 5,000달러 넘게 남은 카드빚에 대해 매달 메워야 하는 최소 상환액도 있었다. 팀원들이 그리웠다. 몸만 큰 소년처럼 악착같이 서로 놀려대고 경쟁하던 사람들 모두가 그리웠고, 컨 데이비스에서 꼬박꼬박 나오던 급여도 아쉬웠다. 토요일과 일요일에 사빈의 백화점 모자 매장에서 일했지만, 거기서 버는 돈은 교통비와 점심값 등 최소한의 생활비로 쓰기에도 빠듯했다.

간밤에는 점점 늘어나는 빚 때문에 너무 걱정이 되어 잠이 오지 않았다. 그 큰돈을 어떻게 다 갚지? 경영대학원은 2년제이니 곧 대출금도 두 배가 될 것이다. 내년 여름에는 어떤 일자리를 얻어야 할까? 졸업 후에는? 여름 인턴 면접 시즌은 다음 달부터다. 그 숨 쉬는 모습에서도 느껴지는 그의 평온함이 부럽다고 생각하며 은우가 잠든 모습을 바라보다가, 케이시는 벌떡 침대에서 일어나 성조기 무늬 원더우먼 복장을 한 리디아 카터의 사진이 박힌 빨간 비닐지갑에 들어 있던 신용카드를 거의 다 꺼냈다. 지퍼백에 신용카드를 넣은 뒤, 입구를 봉해 냉동실 얼음통 밑에 넣었다. 산부인과 대기실에서 훑어본 금융 잡지에서 얻은 아이디어였다. 지갑에는 비자카드 한 장만 비상용으로 남기기로 했다. 그런 뒤 케이시는 초조한 기분을 아주 약간 덜고 침대로 돌아갔다.

컨 데이비스에서 회삿돈으로 케이시가 가본 별 네 개짜리 식당들이 다 그랬듯, 쿠리야에도 소리 없이 식사를 돕는 사람들이 겹겹이 진을 치고 있었다. 요리 접시들은 비자마자 신속히 치워졌고, 흰 재킷 차림의 웨이터들이 가슴 주머니에서 은제 도구를 꺼내 리넨 식탁보에 떨어진 빵 부스러기를 쓸어냈다. 잠시 후 웨이터들이 디저트와 식후주 메뉴를 돌렸다. 뒷면에는 식당에서 판매 중인 여러 종류의 시가에 대한 설명이 한 단락씩 자세히 적혀 있었다. 브로커들은 대개 디저트 대신 코냑이나 소테른을 주문했다. 웨이터가 후식 메뉴를 물었을 때 케이시가 고른 것은 배로 만든 오드비였다. 버지니아의 할머니가 즐기는 브랜디였는데, 한번 꼭 마셔보고 싶었다.

옆의 옆 자리에 앉아 있던 월터가 잠시 자리를 떴다가 골프채가 가득 든 파란 캔버스 골프백을 들고 돌아왔다. 그는 가방을 케이시의 의자에 기대 세웠다.

"뭐예요?" 그녀가 물었다.

"당신한테 주는 선물이지." 휴가 말했다. 그는 케이시 왼쪽에 앉아 있었다.

"제 선물요?" 케이시는 미소 지으며 수줍게 말했다. 선물을 받아서 행복한 모습을 보이고 싶었다. "아, 정말이지 다들…… 정말 고마워요. 당신들이 최고예요." 케이시는 고개를 끄덕였다. 동료들의 마음 씀씀이에 감동이 밀려왔다.

남자들이 또다시 '오오' 하고 소리쳤다. 트레이더 한 사람이 외쳤다. "MBA에 가면 남자들 물건을 후려치고 싶은 생각이 들 것 같아서 준비한 거야." 그는 음흉한 표정을 지었다.

케이시는 오른손으로 오케이 사인을 만들었다.

너무나 과분한 선물을 받았지만 케이시는 기분이 좋지 않았다. 기름값이 없으면 롤스로이스를 사지 말라고 했다던가? 제이가 선물해준 좋은 골프채가 이미 있는 데다, 케이시는 요즘 거의 골프를 치지 않는다. 골프장 회원권도 없고 칠 시간도 없는 주제에 골프채 두 세트를 갖게 되다니, 우주가 그녀를 놀려대는 것 같았다. "이 멋진 골프채는 어디서 샀어요?" 그녀는 물었다. 혹시 환불할 수 있을까 싶어 가격표가 어디 있는지 눈으로 훑었다. "정말 좋은 골프채예요. 다들 정말, 정말로 고마워요. 고마워요."

"내가 골랐어." 휴가 말했다. 그는 신이 나서 가장 멋진 골프채를 꺼내더니 경매사가 하듯 모두가 볼 수 있도록 들어 보였다. 그는 회색 정장 재킷을 벗어두었고, 걷어붙인 흰 셔츠 소매 아래로 얼마 전 발리에서 가볍게 태운 팔뚝이 드러났다. 남자들은 골프채를 보더니 티타늄 헤드며 그래파이트 샤프트로 된 우드가 예쁜 여자라도 된다는 양 휘파람을 불어댔다.

모두에게 술잔이 나오자, 케빈 제닝스는 잔을 들어 올리고 헛기침을 했다. 그는 케이시의 후임으로 뽑힌 루이지애나 출신의 코넬 대학교 졸업생 헥터 브리드가 길게 가지 않으리라는 걸 뻔히 예측하고 있었다. 케이시도 브랜디 잔을 들었다. 묽은 감기약 같은 점도를 지닌 투명한 액체였다.

"아시아자산영업부와 컨 데이비스 투자은행, 그리고 저 한심한 멍청이들을 대표하여……." 그는 일본 영업부 쪽으로 잔을 들어

보였다. "경영대학원에 다니겠다는 자네의 어리석고 잘못된 결정을 축하해." 모두 웃음을 터뜨렸다. 케빈은 술잔을 든 채 다시 헛기침을 했다. "그렇다 해도……." 그는 케이시에게 미소 지었다. "우리는 언젠가 자네가 우리 고객이 되기를 기대하고 있어. 우리를 잊지 마. 케이시 한, 거래 같이하자고."

남자들이 외쳤다. "옳소, 옳소!"

케이시는 가까이 앉은 사람들과 잔을 부딪혔다.

휴는 케빈을 팔꿈치로 쿡 찔렀다. "케빈, 이런, 우는 거예요?" 그는 바지 주머니에서 흰 손수건을 꺼내 상사 쪽으로 흔들었다.

케빈은 휴를 힐끗하더니 그가 내민 손수건을 받아들고 장난스럽게 눈가를 닦았다. 그는 손수건을 케이시에게 건넸고, 그녀도 짐짓 정신이 혼미한 척 오른손을 이마에 갖다 대며 손수건으로 눈가를 찍어냈다. 모두 다시 술을 마시기 시작했다. 케이시는 제발 누가 데킬라 잔을 이쪽으로 보내지 않기만을 기도했다. 내일 아침에는 사빈의 백화점으로 출근해야 한다. 화제는 곧 브로커들의 주요 관심사인 비행기 좌석 및 호텔 업그레이드를 비롯해 미국과 유럽의 고급 숙박시설 이야기로 넘어갔다. 케이시가 회사 막내 자격으로 다닌 장소와 주위들은 대화를 모으면 가이드북도 한 권 쓸 수 있을 것 같았다.

브랜디 때문에 속이 뜨끈했고, 달짝지근한 맛이 목구멍을 채웠다. 케이시는 휴의 손수건을 제대로 접으려고 다시 펼쳤다. 기분 좋게 들뜬 상태로 모서리를 맞추느라 집중하니 어쩐지 기분이 좋았다. 손수건 구석에 이니셜 'HEU'가 대문자로 박혀 있었다.

"휴 E. 언더힐." 케이시는 소리 내어 말했다.

휴가 그녀를 돌아보았다. "응?" 커다란 차가운 일본주 한 병을 혼자 비운 터라 그 역시 약간 취해 있었다.

"E는 뭐예요?"

"에드거."

"3년이나 옆자리에 앉아 있었는데, 아직 모르는 게 있다니. 세상에." 케이시는 놀리듯 말했다. 그녀는 휴의 얼굴을 바라보았다. 정말이지 잘생긴 남자였다. 오랫동안 좋은 친구가 되어주었고, 케이시에게 수백 번쯤 점심식사를 사주기도 했다. 그녀가 돈을 내려고 하면 이렇게 말했다. "난 잘생기고 잘나가는 증권거래인, 넌 나보다 훨씬 좋은 대학을 나왔는데도 쥐꼬리만 한 월급밖에 못 받는 보조. 게다가 난 그로튼 고등학교 다닐 때 숙제 한번 제대로 해본 적이 없다고. 이거 참 얄궂지 않아?" 물론 휴가 이런 말을 한 것은 케이시가 돈을 내지 않았다는 점을 강조하려는 취지였다. 휴는 분명 늑대였지만 친절한 사람이었다. 타고난 쾌락주의자이기도 했기 때문에, 그녀의 소비에 대해 부정적인 태도를 취하는 법이 없었다. 휴는 쾌락과 사치를 종교처럼 신봉했으며 금욕적인 삶을 경멸했다.

휴는 그녀에게 미소 지었다. "그래, 내가 가슴 찢어지게 그리웠겠지? 어떻게 지내고 있어?"

"힘들었어요, 정말." 케이시는 진지한 표정을 유지하려고 애썼다. "가끔 어마어마한 상실감이 밀려오는데, 그럴 때면 아무 일도 할 수가 없어요. 학교 성적이 안 나오면, 전부 당신 탓이에요, 휴

에드거 언더힐." 그녀는 최대한 서글픈 얼굴을 했다.

휴는 고개를 내밀어 그녀의 뺨에 키스했고, 그녀는 그를 밀어냈다. "읙, 저리 가요." 그녀는 웃었다.

"더 해달라고 애원하지나 말라고."

웨이터가 식탁 곁으로 커피 끓이는 유리 도구를 가져왔다. 꼭 화학실험 도구처럼 보였다. 분젠버너 비슷한 우아한 가열도구와 귀여운 고체연료통 위에 비커처럼 생긴 유리 용기가 놓여 있었다. 다른 웨이터는 하와이산 커피가 가득 든 도기 그릇을 들고 있었다. 수석 웨이터가 잔뜩 격식을 차리며 비커 아래에 작고 파란 불을 붙이자, 비커 속 물이 금세 끓었다. 브로커들과 트레이더들은 커피를 준비하는 의식을 홀린 듯 바라보았다. 수백만 달러를 버는 월 스트리트 금융인들이라기보다 그냥 소년 같은 모습이었다. 문득 그들의 이런 모습이, 이런 엉뚱한 장치에 대해 냉소하지 않는 순수함이 너무나 좋았다. 향기로운 커피 향까지 감돌아서 기분이 들떴다. 하지만 커피는 한 잔에 10달러였다. 웨이터가 크림이 든 주전자를 건네자 케이시는 흰 커피 잔에 크림을 약간 부었다. 보통은 감미료 없이 블랙으로 마시지만, 오늘은 설탕을 두 개 넣었다. 그 어느 때보다 궁색한 기분이 들었기 때문에 사치란 사치는 모조리 누리고 싶었다. 이것이 마지막이 될까 봐 두려웠다. 이토록 많은 것을 원하고, 소비하고, 자기 몸에 융합시키기를 원한다는 사실이 수치스러웠고, 더욱 한심하게 여겨졌다. 더 이상 가난하다는 기분을 느끼고 싶지 않았다.

어린 시절 부모님은 커피메이트를 한국식 이름인 '프림'이라고 부르면서 인스턴트커피에 넣어 마셨다. 엄마와 함께 장을 보러 갈 때마다 케이시는 완벽한 정육면체를 이룬 도미노닷 각설탕이 가득 든 상자를 만져보았지만, 감히 사자고 조른 적은 없었다. 2.27킬로그램 봉지에 든 저가 마트 브랜드 백설탕에 비해 너무 비싸고 불필요한 소비 같았기 때문이다. 열여덟 살이 되던 해부터 스물다섯 살이 될 때까지—그녀는 이제 곧 스물여섯이 된다—케이시는 최고급 식당부터 회원제 클럽, 뉴욕의 여러 가정을 드나들며 수많은 식탁에서 식사했지만, 마음 한구석에는 언제든 누가 와서 나가달라고 하지 않을까 하는 막연한 불안감이 있었다. 혹시 그런 일이 벌어진다 해도 나 같은 여자에게는 이런 일도 있구나 생각하고 조용히 나가는 수밖에 없지 않을까.

커피가 나오는데, 몇몇 남자들이 문 쪽으로 고개를 돌렸다. 케이시도 누가 왔나 싶어 그쪽을 보았다. 델리아가 있었다.

"안녕, 델리아." 몇 사람이 인사했다. 여러 명이 손을 흔들었다.

델리아도 살짝 손을 흔들었다. 델리아는 곧장 케이시에게 다가오더니 리본을 단 쇼핑백을 내밀었다.

"이거 받아. 월터가 들러도 된다고 했어. 만날 수 있어서 기뻐." 그녀는 심호흡을 했다. "내가 선물을……." 그녀는 웃었다.

케이시는 어떻게 해야 할지 몰라 예의 바르게 미소 지었다. "안녕." 그녀는 마침내 말했다. "고마워." 쇼핑백 안을 들여다보고 케이시는 웃음을 터뜨렸다. 배스젤과 비누가 잔뜩 들어 있었다. 브로커의 아내들은 크리스마스마다 델리아와 케이시에게 교외 쇼핑몰에서 산 목욕용품 선물을 보내곤 했다. 그들이 아는 사람들은 절대 쓰지 않는, 보조직원에게나 주는 표준 선물이었다.

케이시는 윙크했다. "아, 슬프네. 향초가 없다니."

델리아는 마음이 놓여 미소 지었다. 어느 크리스마스였나, 델리아와 케이시는 브로커의 아내들이 보낸 향초와 비누, 배스젤을 산더미처럼 쌓아 올린 적이 있었다. 마음을 써준다는 것은 고마웠지만, 그들은 독신 여성의 삶을 어떻게 생각하는 걸까 궁금해졌다. 사무실에서 일하지 않을 때는 욕조에 틀어박혀 시간을 보낸다고 상상하는 걸까?

델리아는 그대로 서 있었다. 빈자리가 없었다. 월터가 자기 자리를 권했지만 델리아는 거절했다. "고맙지만 가봐야 해서요."

케이시는 그녀와 같이 서 있으려고 일어섰다. "와줘서 고마워."

"용기 내서 온 거야. 그 영상을 본 사람이 여기에도 있겠지?" 델리아는 손을 허리춤에 올렸다. 이마에 늘어진 빨간 머리를 훅 불어 넘겼다.

"내겐 큰 의미야." 케이시는 미소 지었다. 진심이었다.

델리아는 케이시에게 같이 가자는 뜻으로 바 쪽으로 손짓했다. 다른 사람들도 여자들 둘만 잠시 이야기를 나누고 싶다는 마음을 눈치챈 것 같았다. 두 사람은 가까이 다가섰다.

"정말 고마워. 아주 웃기고." 케이시는 쇼핑백을 들어 보였다. 문득 그녀는 이 모든 상황이 너무나 안타까워 입술을 굳게 다물었다. 엘라가 병원에서 퇴원한 것이 겨우 2주 전이다. 엘라는 코데인이 든 타이레놀-3을 과다복용하고 티나의 결혼식에서 정신을 잃은 뒤 위세척을 받았다. 지금은 포리스트힐스의 아버지 집에서 아이와 같이 지내고 있었다. 테드는 델리아와 같이 살고 있는 듯했다. 이 생각을 하니 마음이 착잡해졌다. 두 사람 사이의 기분 좋은 분위기도 가셨다.

"어색한 만남이라는 거 알아." 델리아가 말했다. "하지만 설명하고 싶었어."

"아니, 그럴 필요 없어."

"내가 원한 게 아니었어. 테드와 당신 친구 사이를 갈라놓는 건. 내가 남자들에 대해 얼마나 냉소적이었는지 알잖아. 하지만 우린 사랑에 빠졌어. 케이시, 그는 내게 딱 어울리는 남자야. 단점 투성이에 이기적이지. 나도 알아. 하지만 그는 나를 사랑해. 난 그가 내 사람이라고 생각해. 그게 모든 걸 정당화해주지 않는다는 건 알지만, 그래도……."

시간에 쫓기듯 델리아는 속사포처럼 말했다. 엘라는 여기 없어. 케이시는 자기 자신에게 말했다. 델리아의 말도 들어줄 사람이 필요하다.

"케이시, 난 지금껏 사랑에 빠져본 적이 없어. 이런 식으로는. 그가 내게 청혼했어. 난 그러지 않으려고 싸웠지. 거리를 두려고 애썼고, 그도 마찬가지였어. 하지만 우린 서로에게 어울려. 당신이 완전히 이해해줄 거라고는 생각하지 않아. 이전 같은 친구 사이로 돌아갈 거라고 기대하지도 않고. 친구와의 의리를 지키려 하는 것도 이해해. 그래도…… 우리도 친구잖아."

"엘라는 자살하려고 했어." 케이시는 불쑥 말했다. 말하고 나니 기분이 더 나빠졌다.

델리아는 고개를 떨어뜨렸다. 소식을 들은 뒤 줄곧 끔찍한 기분이었던 것이다.

"당신 잘못이라는 게 아니야. 하지만 모든 게 혼란스러워. 델리아……." 케이시는 델리아가 가져온 선물을 보았다. "도움이 될지 모르겠지만, 난 당신이 나쁜 사람이라고 생각하지 않아. 절대로. 이런 말을 하고 있다는 게 믿기지 않지만, 당신이 행복하기를 빌어. 잘되기를 바라." 그녀는 눈썹을 치켜올렸다. "솔직히 말하자면, 테드가 이렇게 멋진 여자들에게 매력이 있다니 어리둥절할 뿐이야. 정말 그렇다고. 남다른 마력이라도 있는 모양이지."

"정말 재수 없을 때가 있지. 그럴 때면, 난 그냥 닥치라고 해버려." 델리아는 팔짱을 꼈다가 다시 풀었다. "그 소식을 들었을 때…… 그녀가 코데인을 과다복용했다는 이야길 들었을 때…… 난 테드에게 아내 곁으로 돌아가라고 했어."

케이시는 할 말을 잃고 델리아의 눈을 바라보았다.

"하지만 그녀가 그를 원하지 않았어."

"알아." 사실이었다. 엘라는 이혼 절차를 밟고 있었고, 독점양육권을 원했다.

"우리가 이전 같은 친구 사이로 돌아갈 거라고는 생각하지 않아……." 델리아는 같은 말을 되풀이했다. 거절당할 거라는 사실을 알면서도 케이시가 그렇지 않다고 말해주기를 기대하고 있던 것이다.

케이시는 팔을 벌려 델리아를 포용했고, 델리아도 케이시를 꼭 껴안았다.

"미안해." 델리아는 말했다. "정말 미안해. 내가 이런 사람이라서."

"아니, 아니, 그런 말은 하지 마." 케이시는 말했다. 델리아의 말에 속상했다.

두 사람은 떨어져 섰다. 케이시는 델리아를 바라보았다.

"델리아, 행복하기를 바라. 난 당신이 사랑을 찾아서 기쁘고. 그가 당신에게 잘하길 바라. 그리고 당신 말이 맞아. 테드가 개자식처럼 굴 때는 그러지 말라고 똑똑히 말해줘야지. 아마 그 사람, 상대가 자신의 고삐를 쥐고 있다는 사실에 고마워할걸. 모든 사람이 자신의 가식을 있는 그대로 믿지 않는다는 게 그에게는 틀림없이 마음 놓이는 사실일 거야."

델리아는 고개를 끄덕였다. "테드는 나한테 잘해."

케이시도 고개를 끄덕였다.

"테드가 뭐라고 했는지 알아, 케이시? 자신이 삶의 모든 측면에서 전략적인 사람이었대." 델리아는 '전략적'이라는 단어를 말하면서 손가락으로 따옴표 모양을 만들었다. "나와 사랑에 빠진 건 자신이 할 수 있는 가장 비합리적인 행동이었다는 거야. 하지만 영리하고 계산적인 인간으로 산다는 건 주위에 튼튼한 감옥을 짓는 거라고, 예기치 못했던 행동을 하게 된 것이 자신을 새로운 인간으로 해방시켰다고 하더라. 자유로운 기분이긴 하지만, 두렵다고도 했어. 자신의 두려움을 있는 그대로 인정한 거야." 델리아는 그를 자랑스러워하는 것 같았다. "이런 설명을 듣고, 나는 그가 그저 바람을 피우고 있는 게 아니라는 걸 깨달았어. 그는…… 세상을 다 얻는다 해도 나를 잃으면 아무 소용 없다고 했어."

지금까지 델리아는 아무에게도 이런 말을 털어놓을 수 없었다. 수치심과 행복감을 가득 담은 그녀의 눈빛은 케이시의 눈을 슬쩍 피하고 있었다. 델리아는 고개를 들었다. "나도 지금까지 인생에 대해 그다지 전략적인 사람은 못 되었을 거야." 테드의 우스운 하버드식 표현을 델리아가 사용하니 묘했다. "남자들을 믿지 않았던 나지만, 테드와 같이 인생을 꾸려나가기로 결심했어. 미친 짓이라는 건 알아. 하지만 그와 나는 정말 아닌 것 같아 보여도 말이 돼. 무슨 말인지 알겠어? 나는 그가 무슨 생각을 하는지, 그가 어떻게 행동할지 잘 알아. 우리가 어떻게 이렇게 통할 수 있는지 설명하기 힘드네."

케이시는 이해하고 싶은 마음으로 고개를 끄덕였다. 그녀는 델리아의 손을 꼭 쥐었다.

"이만 가봐야겠어." 델리아는 말했다. 그녀는 케이시를 다시 포옹했다.

"그럼 안녕." 상실감이 또다시 밀려왔다.

델리아는 식당을 떠났다. 남자 몇몇은 그녀가 가는 것이 섭섭한 것 같았지만 굳이 붙잡지 않았다. 그녀는 이제 테드의 여자였다. 동굴 안에서 사는 것이 아니고서야, 보안카메라에 찍힌 영상 때문에 테드와 델리아가 '사임'했다는 소식을 모르는 사람은 없을 테니까.

식당에서 나가는 길에, 휴는 골프백을 자기 어깨에 멨다. 모두 식당에서 작별인사를 나누고, 거리로 나온 뒤 다시 인사했다. 케빈 제닝스는 케이시의 머리를 주먹으로 문질렀다. 트레이더 한 사람은 그녀의 목에 헤드록을 걸고는 간질이겠다고 협박하면서 '오빠'라고 불러보라고 했다.

"다들 정말 보고 싶을 거예요." 케이시는 헤드록에서 벗어나 콜록거리며 말했다. 술기운 때문에 모두 감상적이고 우스꽝스러워졌다.

휴가 택시를 부르더니 케이시를 집까지 데려다주겠다고 했다. 둘 다 이스트사이드에 살고 있었다. 케이시는 쓰러지듯 택시에 올랐고, 휴는 골프백을 트렁크에 넣었다. 어디서 내려야 하는지 그가 운전사에게 설명하는 것이 들렸다. "두 번 정차해주세요." 휴는 첫 행선지로 케이시의 주소를, 두 번째로 자기 주소를 말했지만 케이시는 휴의 집에서 몇 블록 더 멀리 살았기 때문에 말이 되지 않았다. 노란 택시 뒷자리에 앉으니, 레드와인과 샴페인, 브랜디 때문에 머리가 한층 몽롱했다. 내일은 숙취가 대단할 것이다.

"당신 저거 마음에 안 들지." 휴는 택시에 올라타며 자리에 앉기도 전에 말했다.

무슨 말인지 곧장 알아들을 수가 없었다. 그러다 문득 깨달았다.

"아뇨, 아뇨. 좋아요. 무슨 말씀이세요. 정말 멋진 선……."

휴는 그녀의 말을 잘랐다. "여자들이 좋아하는 건 보석이나 옷……."

"여자들은 현금도 필요해요."

휴는 웃었다. 옛 여자친구는 자신이 〈티파니에서 아침을〉의 주인공이라도 되는 양 공중화장실에 갈 때마다 관리인에게 줄 팁을 그에게서 받아 가곤 했다. 그때마다 그는 100달러 지폐를 건넸고, 거스름돈이 돌아오는 일은 없었다. 하지만 특출난 여자였다. 휴는 그녀의 남다른 재능을 생각하며 미소 지었다.

"부동산도 좋고요." 케이시는 말을 이었다. "보석보다 나아요. 다이아몬드를 되팔면 가격이 심하게 떨어지거든요."

휴는 그녀에게 돌아앉아 입술에 키스했다. 입을 누르는 그의 힘은 강했고, 케이시는 저항하지 않았다. 그는 오른손을 그녀의 목덜미에 얹었고, 케이시는 고개를 젖히고 그의 혀를 받아들였다. 휴는 그녀의 손을 자기 사타구니로 끌어당겼다.

케이시는 몸을 뒤로 뺐다. "아니, 이건 아니에요." 발기한 성기에 손이 닿는 것을 느끼고, 그녀는 얼른 손을 거두며 속삭였다. 키스는 좋았고, 휴보다 덜 매력적인 남자들과 잔 적도 많았다. 하지만 너무나 급작스럽고 예기치 못했던, 직접적인 접근이었다. 같이 일한 3년 동안 휴는 케이시를 대학생 꼬마 이상으로 대한 적이 없었다. "그만해요, 휴." 그녀는 그의 기분을 상하게 하고 싶지 않아 조용히 말했다.

"알겠습니다, 아가씨." 그는 몸을 뗐다. 그리고 양손으로 머리를 쓸어 넘겼다. "재미있군, 이런 경우는 잘 없는데." 그는 엄지와 검지로 입가를 닦았다.

"어떤 경우 말이죠? 여자가 거절하는 경우?"

그는 고개를 끄덕였다.

"뭐, 누구에게나 처음은 있게 마련이니까요." 케이시는 말했다. 여성이 거절한다는 것은 묘한 의미로 승리를 뜻한다. 언젠가 버지니아가 남자들은 자신을 거절한 여자를 잊지 못한다고 말한 적이 있었다. 거의 언제나 승낙하는 버지니아가 그런 말을 하다니 유난히 별스럽게 느껴졌다. "난 자존심보다 좋은 섹스를 택하겠어." 이어 버지니아는 이렇게 선언했고, 케이시는 대답했다. "방금 네 이론에 따르면, 넌 기억에 남는 것보다 좋은 섹스를 택하겠다는 말이구나." 하지만 논쟁에서 이긴 쪽은 버지니아였다. 그녀는 이렇게 말했다. "아니, 케이시. 섹스를 워낙 잘해서 남자가 잊지 못하도록 만들겠다는 뜻이지." 버지니아라면 분명 그럴 것이다.

휴는 똑바로 앉아 매무새를 가다듬었다. 그러더니 손을 뻗어 케이시의 손을 잡았다. 그녀의 기다란 손가락이 그의 손가락과 얽혔다.

케이시는 휴에게 눈길을 보냈지만, 대신 은우의 얼굴이 떠올랐다. 검고 서글픈 눈동자, 농담을 던질 때마다 날카롭게 추켜올리는 눈썹. 그의 옛 아내는 결혼생활 내내 다른 남자를 사랑했다. 결국 은우는 그녀를 떠나보냈지만, 그의 곁에 있었던 순간에도 아내는 다른 곳에 있었다. 케이시는 그에게 다시 상처를 주고 싶지 않았다.

휴는 의자 등받이에 고개를 기댔다. 소테른과 커피 기운 때문에 어질어질했다. "커피는 안 마시는 건데."

케이시는 뭐라고 해야 할지 알 수 없었다. 왜 내게 키스했을까?

"그럼, 그 녀석을 사랑하는 거야?" 휴는 물었다.

"녀석?" 케이시는 그의 말투를 흉내 냈다. "아, 아저씨들 세대는 그런 식으로 부르죠. 잊고 있었네요."

"내 질문에 대답하라고."

"그는 결혼 자체를 믿지 않아요." 이런 말을 할 생각이 없었지만 그냥 입에서 흘러나왔다.

"당신도 딱히 결혼할 부류 같지는 않은데."

"아마 그럴 거예요." 케이시도 동의했지만 막상 그 말을 들으니 마음에 걸렸다. '딱히 결혼할 것 같지 않은 부류의 여자'가 되고 싶은 이가 있을까. 물론 케이시는 살면서 몇 가지 실수를 저질렀다. 케이시는 엘라가 아니었지만 그렇다고 델리아 같은 여자도 아니었다. 심지어 델리아조차 하버드 경영대학원 출신과 결혼하는데. 사무실에서 케이시는 더없이 유능한 일꾼으로 존중받았다. 팀원들은 이렇게 성대한 송별회를 열어줄 정도로 그녀를 아꼈다. 휴는 무슨 뜻에서 이런 말을 한 걸까? 나 같은 여자와 결혼하지 않겠다는 뜻일까, 내가 결혼할 마음이 없어 보인다는 뜻일까? 케이시는 휴를 돌아보았다. 술기운 때문에 그의 뺨이 달아올라 있었다. 그의 바지를 내려다보다가, 문득 훔쳐본 게 민망한 기분이 들었다.

휴는 그녀의 눈길을 알아챘다. "뭘 보시나, 아가씨?"

"별것도 아니네요, 뭐." 그녀는 고향 퀸스의 애들 말투로 대꾸했다.

휴는 그녀의 손을 계속 잡고 있다가 자기 상체 쪽으로 끌어당겼다. 케이시의 시선은 흔들리지 않고 그의 눈을 주시하고 있었다. 휴는 그녀가 먼저 시선을 피하게 하려는 심산이었고, 그녀는 물러서고 싶지 않았다. 휴는 배를 납작하게 만들어서 케이시의 손을 자기 바지 안으로 집어넣었다. 사각팬티를 이룬 면 직물이 부드럽고 따뜻하게 느껴졌다. 그녀의 손이 그의 성기를 감쌌다.

케이시는 호흡을 진정시켰다. "뜨거운 환영 고맙습니다." 그녀는 침착하게 그의 성기를 천천히 위로 쓸어올렸다. 휴의 숨이 멈췄다. 케이시는 바지에서 손을 빼냈다. 자신에게 힘이 되돌아온 것을 느끼며, 그녀는 미소 지었다. 택시 운전사는 러시아 말인지 폴란드 말인지 알아들을 수 없는 언어로 회사 통신본부와 이야기를 주고받느라 바빴다. 휴에게 손으로 해줄 생각은 없었다.

아파트에서 다섯 블록도 채 떨어지지 않은 곳이었다. "휴? 늦었어요. 난 들어가서 자야 해요. 내일 출근해야 하거든요."

"음. 늦었지. 그러니까 침대로 가야지." 그는 윙크했다.

케이시는 고개를 저었다.

휴는 다시 다가와서 키스했고, 이번에는 그녀도 거부하지 않았다. 그의 혀가 입안으로 들어왔고, 손이 갈색 실크 블라우스 위를 문질렀다. 그의 솜씨는 좋았다. 솔직히 말하자면 케이시도 휴가 어떻게 사랑을 나눌지 궁금했다. 하지만 여기까지다, 그녀는 자신에게 다짐했다.

택시는 케이시의 아파트 앞에 멈췄다. 야간 근무를 하던 조지 오티스는 택시 쪽으로 다가오다 차 안에서 어떤 남자가 케이시 쪽으로 몸을 기대고 있는 것을 보는 순간 우뚝 멈췄다.

케이시는 휴에게서 떨어져 앉았다. 그녀는 휴에게 택시비를 일부 주려고 지갑을 열었다.

"돈은 됐어." 휴는 운전사에게 미터기를 그대로 두고 잠시 기다려달라고 말했다.

그들은 택시에서 내렸다. 휴는 트렁크에서 골프채를 꺼내어 케이시의 어깨에 가방끈을 걸어주었다. 그는 가까이 다가섰다.

"키스하지 마세요." 케이시는 정중하게 미소 지으며 말했다.

휴는 예쁜 갈색 눈을 찡그렸다.

"조지가 봐요." 케이시는 속삭였다.

"조지가 누구야? 이제 남자 둘이랑 사나?"

"도어맨요." 조지는 휴가 택시 안에서 그녀에게 키스하는 모습을 봤다 해도 은우에게 말할 사람은 아니었다. 그래도 그녀를 못마땅하게 생각할 것이다.

휴는 돌아서서 택시에 올라탔다. 차 안에서 그는 그녀에게 키스를 날렸다. 그에게 이래라저래라 할 수 있는 사람은 없었다. 멀리 있는 안내문이라도 읽으려는 듯, 그는 눈을 가늘게 찡그리며 그녀를 보았다. "잘 자, 고양이 아가씨."

"잘 들어가세요, 휴 에드거." 그녀는 인사하고 건물 쪽으로 돌아섰다.

조지는 정중하게 거리를 유지했지만 모든 장면을 놓치지 않고 목격했다. 그는 골프백을 받아 들었다. "고마워요, 조지." 케이시는 눈을 마주치지 않고 말했다.

도어맨은 입술을 얇게 꾹 다문 채 고개를 끄덕였다. 택시 안의 남자는 은우의 여자친구를 마치 잡아먹고 싶다는 눈빛으로 쳐다보고 있었다. 좋은 남자가 아니다, 그것만은 분명했다. 조지는 가방끈을 더 단단히 어깨에 걸고 케이시의 뒤를 따랐다. 그는 그녀를 엘리베이터에 태우고 위층으로 보내주었다.

은우는 집에 있었다. 그는 새 카드로 솔리테르 게임을 하고 있었다. 민첩한 손놀림으로 앞면이 밑으로 가도록 줄을 맞춰 카드를 배열하는 기분이 산뜻했다. 그날 저녁 집에 돌아온 그는 케이시가 송별회 때문에 집을 비운다는 것을 깜빡 잊었다. 텅 빈 아파트가 유난히 외롭게 느껴졌다. 회사 일은 잘 풀리지 않았다. 몇몇 주식에 대한 마지막 판단은 실패로 끝났고, 나름대로 배려하려는 의도겠지만 상사 프랭크는 올 연말 보너스가 작년 그대로이거나 삭감될 거라는 신호를 꾸준히 보내고 있었다. 보너스가 삭감된다면 차라리 해고 통보가 나았다. 그리고 지난주, 그는 케이시가 백화점에서 일하는 동안 폭스우즈에 가서 8,000달러를 잃었다. 도박사에게 진 빚은 2,000달러였다.

케이시는 열쇠로 문을 열고 들어와서 신발을 벗고 담뱃갑을 찾아 탁자 위를 살폈다. 은우는 카드놀이를 하느라 그녀가 들어오는 소리를 듣지 못했다. 그의 집중력은 여간해서 흐트러지지 않았다. 책을 읽고 있을 때 부르려면 어깨를 두드려야 했다.

"나 왔어." 케이시는 문 옆에 골프백을 내려놓았다. 마룻바닥이 더러워서 닦아야 할 것 같았다.

은우는 쌓인 카드에서 한 장을 뽑아 뒤집었다. 스페이드 2였다. 그는 가지런히 줄지어 배치한 카드에서 고개를 들었다.

"이야. 쇼핑했어?" 그는 골프채를 응시했다.

"일 잘했다고 선물로 받았어."

"어디 보자." 그는 의자에서 일어나며 말했다. "좋은데."

"응, 아주 좋아." 케이시는 실망감을 감추려고 애썼다.

은우는 아이언 두 개를 꺼내 한 손에 하나씩 들었다. 그는 쿠리야에서 남자들이 그랬던 것처럼 휘파람을 불었다. "끝내준다."

"팔아야지."

"뭐?" 은우는 마음 아픈 표정이었다. "그럴 수는 없지. 선물이잖아." 그는 케이시의 말에 충격받은 것 같았다.

둘 다 좋은 사립대학에서 교육받은 한국인이었지만, 그는 백만장자의 아들이었고 부유한 교외에서 자랐으며 유치원부터 줄곧 사립학교만 다닌 사람이었다. 친가와 외가, 양쪽을 훑어도 서울대나 연세대, 이화여대를 졸업하지 않은 사람이 단 한 명도 없었다. 반면 케이시의 부모님은 대학 문턱도 넘지 못했다. 그녀는 매스페스 가스 탱크와 퀸스 대로로 둘러싸인 싸구려 아파트에서 자랐다. 부모님은 아직도 셋집에 살고 있고 유일한 자산은 얼마 전에 불에 탔다. 그가 어떻게 그녀를 이해할 수 있을까?

"잘 들어, 부잣집 아드님. 난 돈이 필요해. 골프채 두 세트를 쌓아둘 형편이 아니라고. 알겠어? 현실을 직시하자고." 그녀는 얼굴을 찌푸리며 말했다.

"부잣집 아드님?" 마치 눈빛을 감추기라도 하려는 듯 은우의 눈이 가늘어졌다.

평소 같으면 사과했겠지만 케이시는 그럴 기분이 아니었다. 협탁 위 캐멀 담배가 눈에 띄었다. 치마 주머니에 라이터가 있었다.

"대체 왜 그러는 거야?"

"그저 다시 빚더미가 목구멍까지 쌓여서 그래. 학자금 대출, 복리로 불어나는 원리금 생각을 안 할 수가 없어. 물론 신용카드 빚도 늘 쌓여 있고." 케이시는 입을 꾹 봉했다. "알아. 내 잘못이라는 거. 다 내가 자초한 상황이야. 됐지?" 생각보다 훨씬 방어적인 목소리가 튀어나왔다. 하지만 은우는 어떤 일로도 그녀를 탓하지 않았다. "알아, 당신은 날 도와주려고 했지. 고맙게 생각하고 있어. 진심으로." 케이시는 점점 화가 치밀어서 고개를 저었다. 자신의 문제를 설명해야 하는 것이 싫었다. 돈은 그녀를 수치스럽게 하고, 화나게 하고, 두렵게 했다. 게다가 모두 자신이 저지른 일이었다. 한 삽, 또 한 삽, 스스로 무덤을 판 것이다. 빚을 생각하면 그 구멍 안에 얼굴을 들이밀고 사라져버리고 싶었다.

"올라갈게. 담배 피우러." 그녀는 캐멀을 집었다.

"케이시." 그는 나가지 못하도록 붙잡으려고 그녀를 불렀다. "오늘 하루 어땠는지 물어봐줄 수 있잖아." 그는 냉소적으로 말했다. 은우는 싸우는 성격이 아니었다. 게다가 여자와 싸우는 짓은 아무짝에도 쓸모없다는 것이 남성 클럽에서 통용되는 상식이었다. 여자들은 절대 자기 잘못을 인정하는 법이 없기 때문이다. 여자가 불만을 품으면 가슴 깊이 원한이 맺힌다. 하지만 케이시는 지금 부당하게 그를 공격하고 있었다.

케이시는 자기 신발을 내려다보았다. 누가 화를 내면 입을 다물어버리는 것이 그녀의 성격이었다. 길게 담배 한 모금을 빨면 머릿속 안개가 걷힐 것이다. 한 걸음에 두 계단씩 비상계단을 뛰어올라 옥상으로 나가고 싶었다. 케이시는 은우의 화난 얼굴을 차마 마주할 수가 없어서 깊이 숨을 들이쉬었다. 현관문을 열자 복도 저쪽 소각장 투입구에 쌓여 올라오는 쓰레기 냄새가 스쳤다. 어퍼이스트사이드건, 퀸스의 밴클릭 스트리트건, 아파트 쓰레기 냄새는 똑같았다. 멜론 껍질, 바퀴벌레 약 냄새가 칵테일처럼 뒤섞여 코끝에 풍겼다.

"나중에 이야기하면 안 될까?" 케이시는 힘없이 말했다.

"아니." 은우는 화난 목소리였다. "프랭크가 올해 내 보너스는 꽝이래. 투자 실적이 나아지지 않으면 아마 해고당할 거야. 내가 좋아하는 건 사실 장기투자야. 난 자료 조사를 했고 뭐가 좋은지도 알아. 단지 위험 회피형 투자자가 득실거리는 게 문제지. 요즘은 아무도 기업을 믿고 보유하려고 하지 않아. 단타, 단타, 단타, 다들 그 짓뿐이야. 웃기지 않아?" 은우는 싸늘하게 웃었다. "시장은 바로 수익을 내주길 바라는데, 난 큰 거 한 방을 노린다고."

은우는 저쪽으로 가버렸다. 그는 아시아 자산시장에서 벌어지는 상황을 자신이 얼마나 답답하게 여기고 있었는지 미처 깨닫지 못하고 있었다. 그저 최대한 많은 돈을 빨아들이는 것, 그것이 월스트리트의 전부였다. 방식이 문제가 되기는 하나? 그는 소파로 돌아갔다. "맹신도들은 다 떠나버렸어." 그는 혼자 중얼거렸다.

케이시는 손으로 목덜미를 감쌌다. 이따금 은우는 자신의 투자 판단이 어긋난다는 이야기를 한 적이 있었다. 지난주에는 저녁식사를 하면서, 그렇게 자료 조사와 차트 분석을 하는데도 시장이 비이성적으로 움직인다고 말하기도 했다. 시장 참여자들의 동기가 상충될 때 이런 일이 벌어진다는 것이었다. 케이시는 완전히 이해하지 못했다. 경영대학원에서 같은 그룹에 배정된 사람들의 성격을 파악하는 데 골몰하느라 그녀도 너무나 피곤했다. 은우의 상사 프랭크는 항상 은우를 영리하다며 칭찬해주던 사람이었지만, 요즘은 너무 영리한 게 오히려 독이 된다고 말하고 있었다. 은우가 선정한 종목은 회사 차원에서 너무 위험이 크거나 심지어 너무 보수적이어서 몇 년 동안 수익을 기대할 수 없는 것들이었다. 회사의 투자 철학은 은우의 생각과 매우 대조적이었다. 프랭크는 어마어마한 돈을 잃거나 거액을 챙기거나, 둘 중 하나를 양자택일하는 것보다 여러 곳에 자잘하게 투자하는 것이 낫다고 했다. 은우는 위험-회피 이론을 싫어했다. 그는 스스로를 맹신도라고 불렀다. 어떤 회사가 마음에 들면, 자기 입장을 거두어들이는 법이 없었다.

해달라는 대로 해주면 안 돼? 케이시는 말하고 싶었지만 그럴 수 없었다. 이 점이야말로 두 사람의 공통점이었기 때문이었다. 둘 다 고집이 셌다. 최악의 상황이라면 무슨 일이 벌어질까? 케이시는 생각했다. 은우는 가난해본 적이 없었기 때문에 가난을 두려워하지 않았다. 케이시는 가난했고, 절대 부자가 될 수 없을 것 같았다. 하지만 둘 다 자신의 허술한 생각을 절대 타협하려 하지 않았다.

은우는 소파에 앉아 겉면을 꿰뚫어 보기라도 하듯 카드를 노려보았다.

눈이 피곤해서 은우의 모습이 초점이 맞지 않았다. 그가 머리를 두 손에 묻고 커피 탁자 쪽으로 구부정하게 웅크리고 앉아 있는 것이 흐릿하게 보였다.

　케이시는 담배를 내려놓았다. "미안해. 몰랐어. 정말……."

　"괜찮아." 그는 말했다. "괜찮아."

　케이시는 그의 옆에 앉았고, 은우는 그녀의 어깨에 고개를 기
댔다. 지금 그를 두고 일어날 수는 없었다.

12
보험

   은우는 2월에 해고되었고, 다른 직장을 찾으려는 노력조차 없이 두 달이 흘렀다. 케이시는 신경 쓰지 않으려고 노력했다. 어머니의 말이 머릿속에 맴돌았다. "남자가 하는 일을 두고 기분 상하게 하지 마라." 하지만 남자한테 일이 없을 때는 어떻게 해야 하죠? 케이시는 어머니에게 묻고 싶었다.

   열 달 동안 그들은 행복하게 같이 살았기 때문에, 케이시는 일상을 바꾸지 않으려고 노력했다. 주중에는 학교에 가고 열심히 숙제를 했다. 토요일 아침 백화점에 가기 전에는 일찍 일어나서 집청소를 하고 이따금 모자를 만들었다. 사빈은 백화점에서 케이시의 모자를 판매하도록 해주고 이윤에서 백화점 몫을 떼지 않고 전부 케이시에게 몰아주었다. 모자는 한 달에 한 개꼴로 팔렸고, 100달러 정도 수익이 났다. 은우는 그녀와 같이 일어나서 경제지를 읽었고, 케이시가 출근한 뒤에는 볼보를 몰고 폭스우즈 카지노로 가서 블랙잭을 했다. 일요일 아침에는 집에서 달걀과 토스트를 먹고 같이 교회에 갔다. 예배가 끝나면, 케이시는 11시에 문을 여는 백화점 매장으로 향했다. 은우는 자신이 직접 투자를 해볼 생각으로 집에서 기업 분석을 했다. 돈을 절약하려고 케이시는 매일 밤 간단한 음식을 직접 요리했다. 학교에서 집에 오는 길에 종종 장을 보기도 했다.

4월은 케이시의 학사 일정이 바쁜 달이었고, 덕분에 냉장고가 텅텅 비었다. 집 안에는 먹을 것이 거의 없었다.

마지막 남은 달걀 다섯 개와 아메리칸 치즈 석 장으로 토요일 브런치를 때운 뒤, 케이시는 재킷과 핸드백을 집어 들었다. "장 보고 올게."

"같이 가자." 은우는 싱크대에 접시를 치우며 말했다. 케이시는 커피와 시리얼, 화장실 휴지가 떨어지지 않도록 비축하는 것을 자신의 일로 삼고 있었다. 제이와 같이 살 때도 이런 자질구레한 집안일을 꼼꼼히 챙겼고, 은우와 살 때도 마찬가지였다. 이런 일을 남자와 나눈다는 생각은 해본 적이 없었다.

"물건을 사서 내가 들고 돌아올게. 넌 바로 출근하면 되잖아." 그는 신문을 접었다. "우리가 같이 시간을 좀 더 보낼 수 있고."

"고마워." 케이시는 그의 제안에 놀랐다. 그가 평소 사려 깊은 사람이 아니어서가 아니라―은우는 천성적으로 남을 배려하는 사람이었다―자신이 장보기를 여자의 일로 여기고 있었다는 것이 새삼 이상하게 느껴져서였다. 버지니아는 케이시가 연애 측면에서는 구식이라고 했다. 남자들이 쫓아다니는 것을 좋아한다는 이유에서였다. 케이시는 단순히 연애뿐만 아니라 다른 면에서도 버지니아의 분류법이 그리 틀리지 않다는 것을 깨달았다. 집에서 어머니만 집안일을 하는 모습을 보고 자랐기 때문이었다. 자신이 구식으로 느껴졌다. 은우에게 일이 없다는 사실을 받아들이는 것이 이렇게 힘든 것도 그래서일까?

은우와 거리에 나선 케이시는 그의 손을 잡고 렉싱턴 가의 마트로 같이 걸어갔다. 은우는 엘라에 대해, 그녀의 아버지와 함께 살고 있는 엘라의 아이 아이린에 대해 이야기했다. 그는 엘라가 좀 더 힘을 내고 강해질 때까지 아버지와 같이 지내는 것이 당연하다고 생각했다. 하지만 케이시는 부모님 집에 돌아간다는 것을 상상할 수 없었다. 은우는 그냥 거리를 걷는 것이 행복한 것 같았다. 걱정거리도 별로 없어 보였다.

세제 진열대 앞에서 케이시는 값싼 마트 브랜드 표백제를 집었다. 클로락스보다 60센트 쌌다.

"마트 브랜드가 있는 줄 몰랐네." 은우가 말했다.

"별 차이 없어." 케이시는 약간 방어적으로 말했다. 은우는 클로락스 제품을 보고 있었다.

"네 말이 맞겠지. 난 그냥 몰랐다고." 그는 웃었다.

"클로락스가 더 나아?" 집을 떠난 뒤, 그녀도 계속 클로락스 제품을 사서 썼다.

은우는 고개를 저었다. 표백제 상표에 대해 생각해본 적이 없었다. 그는 카트를 밀고 그녀를 따랐다.

케이시는 사야 할 물건 목록에 정신이 팔린 척했다. 푼돈을 아끼려고 노력하는 모습을 은우가 본 것이다. 그녀는 그를 창피하게 만들고 싶지 않았다.

"난 세탁소집 딸이잖아. 빨래는 내게 맡겨줘." 케이시는 짐짓 도전적으로 목을 꼿꼿이 세웠다.

"알았어, 케이시." 그는 웃었다. "널 믿어."

그들은 모퉁이를 돌아 통조림 판매대로 향했다. 수프가 필요했다. 케이시는 통조림 여섯 개를 골랐다. 3개에 1달러 98센트짜리였다.

"이건 먹어본 적이 없는데." 은우가 말했다. "맨해튼 클램차우더 좋아해?" 케이시는 토마토가 든 수프를 좋아하지 않았다. 이건 은우 몫이었다.

"이 회사가 좋아. 전에 먹어봤어." 그녀는 차우더를 다시 선반에 놓고 할인 판매하는 치킨 누들 통조림 세 개를 집었다.

"난 프로그레소가 더 좋던데." 그는 일부러 할인하지 않는 제품을 골랐다. 그리고 케이시를 지켜보았다. 그녀는 몇 센트 덜 낼 수 있는 물건을 고르고 있었다. 굳이 이럴 필요가 없었다.

케이시는 할인하는 치킨 누들 세 개를 카트에 넣었다. 그리고 그에게 프로그레소 클램차우더 두 개를 건넸다. "고마워." 그가 말했다. 케이시는 목록을 살피며 앞장서서 걸음을 옮겼다.

은우는 카트를 멈추고 그녀가 돌아보기를 기다렸다.

통로 끝에 도착한 케이시는 뒤돌아보았다. 그는 움직이지 않고 있었다. 이쪽으로 오라는 뜻으로 손을 흔들었지만, 그는 꼼짝도 하지 않았다. 케이시는 다시 그에게 돌아갔다.

"무슨 일이야?" 그녀는 시비 거는 것처럼 들리지 않게 하려고 애썼다.

"난 네가 돈 걱정을 하는 게 싫어, 케이시." 그는 말했다. "클로락스와 프로그레소 수프 정도 살 돈은 있어. 이런 데서 아낄 필요 없다고. 나와 같이 사는 동안에는 내가 당신 생활을 돌봐준다고 했잖아." 답답했다. 그녀가 자신을 믿지 못하는 것이 싫었다.

케이시는 뭐라 말하려고 입을 열었지만, 무슨 말부터 꺼내야 할지 알 수 없었다. 거실 창문 근처 은우의 책상 위에는 속이 깊은 등나무 바구니가 놓여 있고, 그 안에는 납부하지 않은 청구서가 가득 들어 있었다. 그중에는 '독촉장', '독촉장-3회차'라는 글귀가 찍힌 것도 많았다. 이따금 자동응답기에 메시지가 남겨져 있기도 했다. 불길하고 권위적인 목소리였다. "자동차 대출금의 1월 상환액 관련 건으로 전화드렸습니다." 같이 있을 때 이런 메시지가 흘러나오면, 은우는 별거 아니라는 듯 넘겼다. "너무 바빠서 처리하는 것을 잊었어." 제이 커리는 청구서를 지불하라고 서명되어 있는 수표책을 그녀에게 주곤 했다. 전 남자친구 이야기는 빼고 그냥 그렇게 하면 어떻겠느냐고 권했더니, 은우는 은근히 짜증스러운 목소리로 조용히 말했다. "그럴 거 없어. 내가 알아서 할게." 지난 두 달 동안 그는 이따금 바구니를 비우고 청구서를 처리했다. 그에게 돈이 얼마나 있는지, 퇴직금에서 나오는 돈인지 블랙잭에서 딴 돈인지, 케이시로서는 알 길이 없었다. 그녀에게 지옥이란 지불해야 하는 청구서로 가득 찬 세탁물 바구니가 줄지어 놓여 있고 자동응답기에서 빚쟁이들의 음성이 흘러나오는 방, 케이시만이 유일한 채무자인 상황이었다.

"그냥 장 볼 때 나도 돈을 내고 싶어서. 당신은 이미 너무 많이 냈잖아." 그녀는 초조한 목소리로 말했다. 사실이었다. 지난 열 달 동안 집세와 공과금, 케이블 TV 비용을 모두 그가 부담했다. "미안해. 수프 말이야. 할인 제품을 먹이려던 건 아니야. 난 학생이니까 적당히 먹어도⋯⋯."

"케이시⋯⋯." 은우는 진지하게 말했다. "네가 원하는 걸 먹어. 이런 문제는 걱정하지 말고. 아니, 내가 생활을 책임지겠다고 그렇게 말했는데도⋯⋯." 그는 문득 입을 다물고 숨을 들이쉬었다. 차츰 평정심이 무너지고 있었다.

"알았어, 알았다고." 케이시는 입을 다물었다. 그와 싸우고 싶지 않았다. 갑자기 너무나 피곤했다. 그의 자존심이, 돈이 없다는 사실이 걱정스러웠고, 그녀 자신의 한심한 미래도 고민해야 했다. 올여름 투자은행 쪽에서는, 인턴에게 최고 수준의 급여를 지급하는 상위급 회사에는 아직 자리를 찾지 못했다. 사람을 찾는 인터넷 회사는 많지만 케이시는 그쪽 세상에 흥미가 없었다. 휴나 월터에게 연락하면 컨 데이비스에서 모집하는 인턴 자리를 얻어주겠지만, 전화를 걸어서 그런 청탁을 한다는 것이 민망했다. 이번에도 줄을 타고 들어가는 셈이 아닌가. 컨 데이비스는 스턴 스쿨에서 신규 인력을 모집하지 않는다. 뉴욕의 경영대학원 중에서 컨 데이비스가 인력을 채용하는 곳은 컬럼비아 대학교뿐이었다. 사빈의 말이 맞았다. 이름값은 너무나 중요했다.

"미안해." 자신이 왜 사과하고 있는지도 알 수 없었다.

"우린 괜찮을 거야."

"알아." 그를 볼 수가 없었다. "알고 있어. 분명 그럴 거야." 계산 대에서 은우는 케이시가 돈을 내려는 것을 거절했다. 그는 전액을 현금으로 계산했고, 거리로 나와 그녀에게 작별 키스를 했다. 케이시는 6호선을 타러 갔다. 한 팔에 쇼핑봉투 두 개씩, 네 개를 한 아름 안은 은우는 여자친구가 전철역으로 뛰어가는 모습을 바라보았다.

케이시는 성실한 학생이었고 경영대학원은 힘들지 않았다. 금요일마다 기업금융 수업이 끝난 뒤, 그녀는 그룹 프로젝트를 수행하기 위해 팀원들과 만났다. 작업이 끝나면 맥주를 마시러 다 같이 마리아노로 향했지만, 케이시는 빠졌다. 그녀는 친구들에게 작별 인사를 하고 대녀 아이린을 보러 포리스트힐스에 있는 엘라의 집으로 향했다.

퀸스까지 기차를 타고 가는 길은 30분이 채 걸리지 않았다. 가벼운 책을 읽기 딱 좋았다. 익숙한 세계에서 위안을 얻으려는 마음에 케이시는 최근 《미들마치》를 다시 읽기 시작했다. 책을 펼치자 책갈피 대신 버지니아의 편지 두 통이 들어 있었다. 한 통은 간밤에 집에서 읽었고, 다른 한 통은 천천히 읽으려고 아껴둔 것이었다.

케이시는 봉투를 찢었다. 앞면에 카라바조의 회화가 — 촉촉한 진홍색 입술의 소년이었다 — 인쇄된 카드가 들어 있고, 카드에 더 쓸 공간이 없어서 계속 편지를 이어 쓴 피렌체 대리석 패턴 종이가 반으로 접혀 있었다. 버지니아의 학생 같은 필기체를 보니—곡선을 커다랗게 굴리고 소문자 i의 점을 높이 찍는 습관이 엘라와 비슷했다—케이시는 너무나 흐뭇했다.

카드의 첫 줄을 읽고 그녀는 소리 내어 웃었다. "자, 지금부터 마음 단단히 먹어." 한심한 미국인이 외국에서 저지른 무모한 모험담을 기대하라는 뜻이었다. 버지니아는 난처한 상황을 피하지 않았고, 오히려 갈망했다. 자신의 웃음소리에 케이시는 퍼뜩 정신을 차리고 주위를 둘러보았다. 하지만 승객들은 아무것도 못 들은 것 같았고, 어깨 너머로 카드를 훔쳐보려는 사람도 없었다. 피곤한 몸을 끌고 집으로 돌아가는 승객들을 가득 태운 기차는 맡은 바 소임을 다하며 선로를 꾸역꾸역 달리고 있었다. 기차의 불빛은 깜빡이지 않았고, 정차할 때도 덜컹거리지 않았다. 매일 기차를 타고 다니다 보면 늘 겪는, 캄캄한 터널에 갇힌 채 술 취한 걸인이 종이컵을 돌리며 주절거리는 슬픈 인생사를 들어야 하는 상황도 벌어지지 않았다. 버지니아의 긴 편지를 동무 삼아, 가벼운 재킷 차림으로 헤드폰을 귀에 끼고 있는 직장인들 사이에 앉아 있으니 편안했다. 그중 한 헤드폰에서 레이 찰스 같은 목소리와 피아노 소리가 들려왔다. 그녀의 눈은 첫 문단의 두 번째 줄로 흘러갔다. "사랑하는 내 친구 케이시, 제이 커리가 결혼한대." 버지니아의 난삽한 언어를 잘못 이해한 건가? 케이시는 그 줄을 다시 읽었다. 자기가 어디를 읽고 있는지 알 수 없었다.

"메트로폴리탄 클럽에서 열린 약혼 파티에 갔던 친구들에게서 신부에 대한 정보를 얻었어." 버지니아는 썼다. 테라스 클럽의 회원인 제이는 자기 클럽은 물론 버지니아가 소속된 아이비 클럽 회원들과도 가깝게 지냈다. 양쪽 회원들은 종종 함께 어울렸다.

버지니아는 그가 게이코 우치다와 결혼한다고 썼다. 게이코 우치다는 커다란 갈색 눈동자와 창백한 입술을 하고 귀에는 회색 진주 귀걸이를 단, 말수가 적은 외국인 학생이었다. 외가는 어마어마한 부잣집, 아버지는 도자기 회사인 히라노의 고위 임원이었다. 외할아버지가 브라운 대학교에 체육관인가 뭔가를 기증했고, 이후 게이코와 형제들이 그 학교에 입학했다는 것이었다. 뉴욕에서 어머니와 가장 친한 친구가 메트로폴리탄 클럽 회원이어서 그곳에서 약혼 파티가 열린 것이었다. 테라스와 아이비 소속 남자들은 약혼녀의 미모를 칭찬하고 제이를 축하했다. 아이비 소속 여자들은 그녀를 평범하고 조그마한 여자라고 평했다.

버지니아가 여자들의 혹평을 덧붙인 것은 케이시의 기분을 다독이려는 의도였겠지만, 케이시는 게이코가 매력적인지 아닌지에 관심이 없었다. 아무러면 어떤가. 케이시에게 충격으로 다가온 것은 그가 또다시 아시아계 여자와 맺어졌다는 사실이었다. 마치 기계부품 갈아 끼우듯. 페티시의 문제가 바로 그런 거 아닌가? 물론 진정한 사랑일 수도 있겠지만, 그가 상대에게 매력을 느낀 근본적인 이유는 과연 무엇일까. 지금 자신이 한국인인 은우와 사귀고 있다는 사실에 그나마 마음이 놓였다. 그가 자신의 계급적 기반에서 밀려난 앵글로색슨 백인이 아니라는 것이. 오노 요코가 이런 질문을 받았다는 이야기를 어딘가에서 읽은 적이 있다. "백인 남자들은 왜 아시아계 여자들을 좋아할까요?" 오노 요코는 이렇게 대답한 모양이었다. "아시아계 여자들이 백인 남자를 좋아하는 건지도 모르죠." 케이시는 은우를 좋아하지만, 제이도 좋아했다. 오래전 테드가 제이는 아시아계 여자들과 사귈 법한 부류의 백인이라고 말한 적이 있었다. 자기 종족 여자 중에서는 괜찮은 상대를 구할 수가 없는 백인 남자에게 아시아계 여자가 위로상으로 주어진다는 듯한 말투였다. 테드는 정말 재수 없는 자식이야, 케이시는 생각했다.

케이시는 게이코와 제이에 대한 이야기가 더 없는지 나머지 내용을 얼른 훑었지만, 더는 없었다. 버지니아는 파올로라는 남자와의 애정 행각에 대해 더 많이 썼다. 가슴 두근거리는 연애 초기라 그런지, 버지니아는 평소보다 한층 더 문학적이고 공들인 언어를 사용했다. 마지막 문단에서 그녀는 이렇게 썼다. "학위를 제대로 마치겠다는 희망은 포기한 상태야. 내 전공 주제에 별 의미가 없는 것이 아닌가 하는 회의를 품은 채 이 웅장한 도서관에 틀어박혀서 관심이 남아 있는 척하려니 너무나 힘들어." 뭐? 케이시는 어깨를 으쓱하고 마지막 줄을 읽었다. "나는 로마에서 파올로를 떠났어. 이유는, 그냥. 사랑은 죽을 수 있는 거더라, 케이시. 너도 알겠지만. 그는 날 충분히 사랑하지 않았고, 그래서 나도 그를 덜 사랑하기 시작했어. 그가 내게 주는 것이 적기 때문에 내 심장도 덜 반응해. 그는 내게 생일선물조차 주지 않았어. 시시하게 들릴 거야. 난 그가 내 생각을 했다는 것을 확인하고 싶었을 뿐이었거든. 우리가 같이 있지 않을 때 그를 떠올릴 수 있는 징표 같은 것을 원했을 뿐인데. 흠, 이건 너무 미국적인가? 그러다가 볼로냐의 아메리칸 익스프레스 사무실에서 지오를 만났어. 그래서 파올로에게 작별의 편지를 썼어. 그는 절망했지만 나는 미안하지 않아. 그와는 끝을 내야 했어. 사랑하는 케이시, 한 가지 소식이 있어. 지오의 아이를 가진 것 같아. 나를 위해 기뻐해줘."

그녀는 그냥 이런 식으로 편지를 맺었다. 순간 케이시는 버지니아의 거창한 문체가 너무나 짜증스러웠다. 어쩌면 제이의 결혼 소식을 전해준 사람에게 화풀이하고 싶은 마음인지도 몰랐다. 제이는 떠났다.

기차가 멈췄다. 내려야 할 역을 두 정거장이나 지나 있었다. 케이시는 전동차에서 내려 반대편으로 건너간 뒤 다시 맨해튼 쪽으로 향하는 기차에 올랐다. 5분도 지나지 않아 그녀는 다시 내려 엘라의 집을 향해 걸어갔다.

왼손에는 편지를 계속 든 채 오른손으로 역에서부터 두 대째 담배를 피우고 있는데, 초인종이 울리자마자 엘라가 문을 열었다. 문간에서 기다리고 있었던 것 같았다. 금테 안경을 쓴 모습이 예쁜 대학생 같았다. 검은 머리는 하나로 틀어올려 고등학교 시절 쓰던 바나나핀으로 고정시켰고, 왼쪽 어깨에 노란 아기 턱받이 천을 두르고 있었다. 아이린은 팬케이크만 한 엘라의 진한 갈색 젖꼭지를 물고 있었다. 검은 조깅 팬츠와 축축한 얼룩투성이 흰 티셔츠 차림인데도 엘라는 싱그러웠다. 화사한 미모가 얼굴에 돌아왔다. 그 모습을 보고야 케이시는 얼마나 오랫동안 엘라의 얼굴에서 빛이 사라져 있었는지 깨달았다.

"가슴 보여." 케이시는 말했다. 그녀는 아이린의 동그란 머리를 누르지 않도록 조심하며 엘라와 포옹했다. "수유는 언제 끝나는 거야?" 그녀는 얼굴을 찡그렸다. "젖을 먹기에는 이제 너무 크지 않아?"

"떼는 중인데 그래도." 엘라는 어깨를 으쓱했다. 아이린은 이제 16개월이었다. 젖을 뗄 수는 있었지만 막상 끝난다고 생각하면 슬 펐다.

"아, 미안해, 엘라. 난 왜 이렇게 쓸데없이 남의 일에 간섭할까." 케이시는 자신이 전혀 끼어들 자격이 없는 문제에 말을 얹었다는 것을 깨달았다.

"아냐, 아냐. 네 말이 맞아. 아이린은 이제 낮에는 잔으로 우유 도 마시고 있으니 이럴 이유가……."

커피 탁자 위에 찻주전자와 스콘, 샌드위치, 꽃무늬 쟁반으로 받친 찻잔 두 개가 놓여 있었다. "이야, 멋지다." 케이시는 호두나 무로 벽을 마감한 거실에서 가장 좋아하는 자리로 향했다. 심 박 사는 거실을 영국 사냥꾼들의 오두막처럼 꾸미고 벽을 따라 한국 골동품 장을 두었다. 케이시는 녹색 코듀로이 천을 씌운 팔걸이의 자에 앉았다.

아이린은 잠들었고, 케이시는 엘라가 옷매무새를 가다듬을 수 있도록 아이를 받아 안았다. 엘라는 수유용 브래지어로 가슴을 덮고 셔츠를 내렸다. 그리고 다시 아이린을 안아서 거실 한복판 에 세워놓은 이동식 아기 침대에 눕혔다.

"오늘 그가 다녀갔어." 엘라는 말했다.

"그래? 〈섹스, 거짓말 그리고 비디오테이프〉의 주인공은 요즘 어떻게 지내시나?"

"테드가 안았는데 이번에는 아이린이 울지 않더라. '엄마'라는 말은 하는데 아직 '아빠'는 할 줄 몰라. 테드가 섭섭해하더라."

"그래서, 그는 어땠어?" 그가 아이린을 안고 있는 모습을 상상하니 불쾌했다.

"잘 지내는 것 같았어. 행복해 보였어." 그녀는 평온하게 말했다.

엘라의 집에 들른 테드는 건강하고 보기 좋은 모습이었다. 엘라는 이미 이혼 서류를 법원에 제출했고, 테드도 델리아와 본격적으로 새로운 생활을 시작한 것 같았다. 그는 사랑에 빠져 있었다. 모습만 보아도 알 수 있었다. 은행 계좌에 보너스로 들어온 현금이 충분했기 때문에, 테드는 보안카메라 영상과 관련된 풍문이 조금 잦아든 뒤에 새로운 직장을 찾아볼 예정이었다. 화질이 좋지 않은 영상에는 그와 델리아가 섹스하는 장면이 2분 정도 찍혀 있었다. 머리를 풀어 헤치고 흰 블라우스 앞섶을 열어젖힌 빨간 머리 여자가 사무용 의자에 앉은 키 큰 아시아계 남자 위에 걸터앉아 있는 모습이었다. 테이프에 테드의 얼굴은 보이지도 않았지만, 그와 델리아 둘 다 사임하라는 지시를 받았다.

그날 아침 테드는 프로그램 주식매매 회사를 차릴까도 생각해 봤는데 여기에 대해서는 별로 아는 바가 없어서 차라리 잘 아는 분야인 벤처 캐피털 펀드를 시작할까 고민 중이라고 엘라에게 말했다. 자본을 끌어들이는 능력은 아직 건재했고, 금융인으로서의 평판 역시 여전히 흠잡을 데 없었다. 의리 있는 하버드 경영대학원 친구들은 소문은 조용해질 테니 곧 재기할 수 있을 거라고 테드를 격려했다. 그는 엘라에게 아직 정신과의사 로레인에게 상담을 받느냐고 물었고, 엘라는 그렇다고 답했다. 티나의 결혼식 이후, 그녀는 일주일에 한 번 목요일마다 퇴근 후에 정신과 상담을 받고 있었다.

"넌 괜찮아?" 케이시는 물었다. "그러니까 내 말은, 테드가 갑자기 찾아온 거 말이야."

"응." 엘라는 조용히 말했다. "테드가 좋아 보여서 기뻐. 이게 더 나아. 아이린에게는 엄마 아빠가 너무 어린 나이에 결혼했다고 설명할 수 있을 거야. 아, 그리고 난 정말 내 일을 좋아해. 피츠시먼스 교장선생님도 정말 좋은 분이고, 데이비드 말로는 예전에 내가 맡았던 개발팀 자리에서 일하는 여자가 8월에 일을 그만둘 예정이라 가을에 그 자리로 복귀할 수 있을 거라고 했어."

"정말 잘됐다." 케이시는 말했다. 도무지 집중할 수가 없었다. "시내로 돌아올 계획은 있어?" 엘라는 여덟 달째 여기서 살고 있었다.

"점점 그 생각을 많이 하고 있어. 아무래도 그 집을 갖고 싶어."

"잘됐네. 전 남편은 꺼지라고 해."

"손에 든 건 뭐야?" 엘라는 물었다.

케이시는 왼손을 쳐다보았다. 편지였다. "아, 이런." 케이시는 생기 넘치는 진홍색 입술의 소년을 바라보았다. "제이가 결혼한대. 재미있는 소식이지?"

"아, 케이시. 정말…… 유감이야. 마음이 불편할 텐데."

"내가 떠난 건데 뭐." 케이시는 눈을 깜빡이며 눈물을 참았다. 갑자기 그가 그리웠다. 너무나 그리웠다. 영화관에서 나누었던 첫 키스, 프린스턴의 블레어 아치 아래에서 신기하다는 눈빛으로 그녀를 바라보던 그의 눈빛, 골프채를 사주던 때. 행복한 눈동자에서 반짝이던 자부심.

"사랑은 끝나는 게 아니야." 엘라는 말했다.

케이시는 고개를 끄덕였다. "난 괜찮아. 은우 씨는 정말 좋은 사람이야." 엘라는 케이시보다 훨씬 더 힘들어하고 있었다. 지금 제이 이야기를 꺼내는 것은 옳지 않은 것 같았다.

"은우 오빠 일자리 찾는 건 어떻게 되어가?"

케이시는 어깨를 으쓱했다. "다른 소식도 있어." 그녀는 화제를 돌렸다. "버지니아가 임신한 것 같대! 브리어리 여학생들은 대체 어떻게 된 거야? 다들 이렇게 어린 나이에 아이를 가지다니. 왜 이렇게 서두르는 거야?"

엘라는 케이시가 다른 이야기로 화제를 돌리도록 내버려두었다. 문득 그녀가 제이 커리를 사랑했듯 은우를 사랑하는지 궁금했다. 엘라는 누군가를 테드처럼 사랑한 적이 없었다. 그녀는 첫사랑만큼 열렬하게 누군가를 사랑할 수는 없다고 믿었다. 테드에 대해 아무리 화가 나더라도, 엘라는 델리아에 대한 그의 마음은 두 사람이 나누었던 감정보다는 못할 거라는 믿음으로 자위할 수 있었다. 처음이라는 것에는 특별한 뭔가가 있어야만 했다.

엘라는 다른 생각에 빠진 것 같았다.

"아버지가 누군지 알아?" 케이시는 가볍게 말하려고 애썼다.

"그 벽화 그리는 사람?" 엘라는 남자의 이름이 기억나지 않았다.

"아니, 아니. 파올로 말고. 새로 사귄 남자래. 밀라노에 사는 사업가! 말도 안 되지 않냐?" 케이시는 다시 편지를 들여다보며 지오에 대한 내용을 찾았다. 뭐더라, 섬유 관련 업종에서 일하는 돈 많은 남자였다.

엘라는 혼란스러워 고개를 저었다. 아이린이 잠에서 깨어 짧게 칭얼거렸다. 엘라는 얼른 일어나 아기를 안았다. 그녀는 아이린의 등을 두드려주었다.

"덕분에 인생을 보는 눈이 생겼어." 엘라는 말했다. 생각했던 것보다 더 뭔가 아는 척하는 것처럼 말이 흘러나왔다.

"응?" 케이시는 그녀를 보았다.

"아기 말이야. 아기 덕분에 인생을 보는 눈이 생겼다고. 네 친구도 곧 알게 될 거야." 엘라는 딸을 얼렀다. "진정 중요한 게 무엇인지."

케이시는 밀가루 포대 같은 아이린의 몸이 엘라의 왼쪽 어깨 위에 얹혀 있는 모습을 바라보았다. 엘라의 말은 사실이겠지만, 그래도 귀에 거슬렸다. 아기는 등을 구부린 채 엄마의 왼팔에 작은 엉덩이를 걸치고 있었다. 아이린은 테드를 변화시키지 못했잖아, 안 그래? 케이시는 반문하고 싶었다. 아이린이 태어났기 때문에 테드는 델리아와 사랑에 빠진 거야? 사빈의 남편 아이작은 아기가 태어날 때마다 그 탄생을 통해 자신이 죽음을 향해 다가가고 있다는 사실을 확인한다고 말한 적이 있었다. 암울했다. 아기와 아기의 인생에 필요한 것을 선택하는 대신, 테드는 자기 자신을 선택한 것일까? 자신의 인생과 자신의 쾌락을? 테드에 대해 공정한 시각을 유지하고 연민의 눈으로 바라보는 것은 쉽지 않았다. 하지만 케이시 역시 그와 똑같은 방식으로 사고할 수 있었다. 그 사실이 두려웠다.

"안아볼래?" 엘라는 물었다.

"그래." 케이시는 팔을 뻗었다. 그녀는 여전히 버지니아의 편지를 왼손에 쥐고 있었다. "아, 이런." 그녀는 편지를 가방 안에 쑤셔 넣고 아이린을 품에 안았다. 엘라는 친절하게 미소 지었다. 그 부드러운 표정을 보니 제이의 어머니 메리 엘런이 떠올랐다. 귀족적이고 명료한 목소리, 오랫동안 감내해야 했던 사회적 지위의 몰락, 가슴에서 한없이 솟아나는 연민. 엘라와 메리 엘런 둘 다 남편에게 버림받았다. 남자들은 왜 떠나는 걸까? 그 같은 굴욕은 분노를 일으키는 대신 여자들의 공감 능력을 키워주는 건지도 모른다. 케이시는 제이가 열심히 일해서 번 돈으로 자기 어머니의 실망을 덜어줄 수 있기를 바랐다. 메리 엘런이 디킨슨 전기를 완성하기를, 그 책이 곧장 서고로 직행해서 먼지만 쌓이는 신세가 되지 않고 큰 문학상을 받기를 바랐다. 어째서 테드한테는 돈과 선택권이 주어지고, 메리 엘런은 쥐꼬리만 한 사서 연금을 바라보며 10여 년은 더 일해야 하는 걸까? 제이의 약혼자 게이코에 대해 냉소하지 않기는 어려웠다. 그녀의 집안 재산과 인맥이라면 제이의 출세에도 도움이 될 것이다. 그는 자기보다 괜찮은 상대를 찾은 것이다. 그래서는 안 될 이유라도 있나? 대학 시절 제이는 걸핏하면 누구네 집에 돈이 있고 누구네 집에는 없다는 이야기에 집착했다. 그가 대학에 체육관을 지어줄 만한 갑부 집 딸을 만났다는 것은 놀랄 일이 아니었지만, 그래도 케이시는 서글픈 마음을 감출 수 없었다. 물론 돈이 중요하지 않았을 수도 있다. 하지만 중요했다는 것을 케이시는 알고 있었다. 제이는 골프 코스를, 멋진 스키 여행을, 전원주택을 좋아했다. 그 모든 것들이 눈에 밟히는 사람이었다. 이제 스스로 벌어서 그런 것들을 가질 수 있을 때까지 아내의 것을 사용하면 될 것이다. 가슴에서 우러나오는 욕망에 저항하는 것이 가능할까? 케이시와 결혼해봤자 사회적으로나 경제적으로나 제이에게 아무 도움도 되지 않을 것이다. 그러다 케이시는 문득 깨달았다. 제이가 아무 거리낌 없이 케이시의 부모님에게 억지로 인사하고 자기소개를 강요했던 것은 케이시가 부모님에게 그를 숨기고 있어서 화가 났기 때문이기도 했지만, 그보다 케이시의 부모님이 중요한 인물이 아니기 때문이었다. 사회적으로 별 볼일 없는 사람들이었고, 부모님이 별 볼 일 없는 사람들이라면 케이시 역시 마찬가지였다. 하지만 그런 그에게 케이시가 어떻게 화를 낼 수 있을까? 그저 그라는 사람이 그럴 뿐인데. 케이시 역시 혼자 일어서야 하는 사람이었다. 그런 측면에서 그녀는 제이의 입장을 너무나 잘 이해할 수 있었다.

케이시는 올리브처럼 검은 대녀의 눈에 키스했다. 머리카락에서 구수한 비스킷과 토스트 향이 풍겼다. 테드가 아이를 두고 떠날 수 있었던 것이 어떤 측면에서 이해될 것도 같았다. 한 인간이 이 정도의 책임감을 어떻게 감당할 수 있을까? 향기로운 검은 머리에 조그마한 분홍색 핀을 꽂은 이 아름답고 완벽한 존재를 돌본다는 책임감을. 그냥 안고만 있는데도 케이시는 이 아이가 얼마나 많은 것들을 필요로 하는지 절절하게 느낄 수 있었다. 아이를 울리고 싶지 않았고, 떨어뜨리고 싶지 않았다. 이 작은 인간을 어떻게 달래야 하는지 알 수 없었다. 졸음이 가득한 작은 얼굴에는 테드와 엘라를 닮은 구석이라고는 전혀 없었다. 심 박사는 아이린이 자기 여동생, 어린 시절 세상을 떠난 엘라의 고모를 닮았다고 했다.

팔이 가벼워지자 만족스러운 기분으로 엘라는 한숨을 푹 쉬었다. 그녀는 등을 죽 펴고 어깨를 이리저리 흔들며 고개를 앞뒤로 돌렸다. 긴 팔을 위로 뻗은 뒤, 다시 푹신한 소파에 등을 꼿꼿이 세우고 앉았다. 케이시가 아이린을 바라보는 눈빛에 사랑과 기쁨이 가득한 것을 보자, 엘라는 자기 자신이 예쁨받는 기분이 들었다. 누군가가 자신의 아이를 사랑한다는 것은 더없이 소중한 선물이다. 자기 자신이 사랑받는 기분이 드는 것이다.

케이시는 눈을 들었다. 친구의 자세는 반듯했고, 미소는 초연했다. 놀랍게도 일종의 거부감이 느껴졌다. 코데인을 과다복용했던 엘라에게 차라리 더 큰 애정을 느꼈다니, 알 수 없는 일이었다. 그 모습이 오히려 인간적으로 느껴져서였을까. 이건 부당한 생각이야, 케이시는 생각했다. 엘라는 이겨내려고, 아기를 위해 강해지려고 노력하고 있을 뿐이다. 엄마를 잃은 아이 엘라가 이제 엄마가 되지 않았나. 그 사실을 존중했지만 엘라의 태도에서는 어딘가 우월감과 가식이 느껴졌다. 테드가 진정 개자식이었을 때도 엘라는 단 한 번도 그에 대해 나쁜 말을 한 적이 없었다. 하지만 그 순간 케이시는 자신은 물론 모두가 마음에 품은 상처를 새삼 절

감했다. 엘라의 말에 동의할 수 있었다. 사랑은 끝나는 게 아니야. 어떻게 그럴 수 있나? 하지만 제이는 다른 여자와 결혼한다. 이것 역시 현실이었다.

아이린은 다시 잠에 빠졌다. 숨소리가 너무나 조용해서 케이시는 솜털 같은 아이의 숨결에 귀를 대보았다. 아빠가 떠나버렸으니 자신이 대녀에게 뭔가 보상을 해주고 싶었다. 테드는 이혼한 뒤에도 좋은 아빠가 될 수 있을까? 곁에 있어줄까? 지난 4년 동안 케이시는 엘라가 겉모습은 부자일지 몰라도 너무나 결핍된 구석이 있다는 점을 이해하게 되었다. 아이가 다 자랄 때까지 부모는 죽으면 안 돼, 케이시는 분한 마음으로 생각했다. 부모는 절대 아이 곁을 떠나서는 안 돼. 하지만 그녀 자신의 부모는, 그들은 어땠나? 케이시의 어머니와 아버지는 살아서 자신들의 의무를 다했다. 하지만 누구도 만족하지 않았다. 테드는 아내를 떠났다. 엘라의 어머니는 세상을 떠났다. 제이는 돈 많은 여자와 결혼한다.

가슴이 천근만근 무거워졌다.

엘라는 일어나 부엌으로 향했다. 아침에 연어 스테이크 몇 덩이를 샀는데, 아버지가 늦게 퇴근한다고 연락했다는 것이었다. 그녀는 둘이서 같이 저녁을 만들어 먹고 와인을 한 병 마시자고 했다.

"저녁 먹고 갈 수 있지?" 엘라는 물었다.

"아니." 케이시는 곧바로 대답했다. 저녁을 먹고 갈 생각이었는데, 왜 그렇게 대답했을까? 하지만 도저히 더 있을 수가 없었다. "집에 가봐야 해." 그녀는 서둘러 둘러댔다.

"하지만 방금 왔잖아." 엘라는 실망감 가득한 눈빛으로 말했다.

케이시를 많이 기다리고 있었고, 이제 느긋하게 같이 있을 거라고 생각했던 것이다.

"잠시 더 있을 수는 있는데, 가봐야 해. 기업금융 프로젝트를 시작해야 하거든." 사실 그 프로젝트는 전날 끝낸 터였다. "오늘은 네가 잘 지내는지 보러 온 거야. 아기 얼굴도 볼 겸. 둘 다 너무 좋아 보이네." 그녀는 짐짓 활기차게 말했다.

"아." 엘라는 말했다. 이해할 수 있었다. "그렇구나. 학교 공부 때문에 눈코 뜰 새 없겠네."

케이시는 더 이상 거짓말을 하고 싶지 않아 고개만 끄덕거렸다. 그녀는 스콘 하나를 집어 커다랗게 한 조각 잘랐다. 클로티드 크림을 발랐다. 엘라가 차를 따라주었다.

엘라는 테드 이야기를 좀 더 하면서 일이 이렇게 되고 보니 그를 위해 잘됐다고 생각한다고 했고, 케이시는 그냥 귀를 기울였다. 엘라는 거짓말을 하고 있지 않았다. 하지만 여자로서 자신이 느끼는 그대로를 말하는 것도 아니었다. 케이시는 제이와 그 여자들이 뒹구는 장면을 본 순간 자신이 어떤 기분이었는지 기억하고 있었다. 그 여자들이 별 의미가 없었다는 제이의 말도 믿었다. 엘라의 남편은 델리아와 사랑에 빠졌고 이제 그녀와 결혼할 것이다. 그는 엘라에게 거듭해서 거짓말을 했다. 테드는 개자식이었고, 엘라는 바보였다. 케이시는 거기 앉아 수녀님 같은 가식적인 말들을 들어주고 싶지 않았다. 얼마 지나지 않아, 그녀는 집으로 돌아가는 기차를 탔다.

집에 돌아오니, 은우는 책상에 앉아 《포린어페어스》 최신 호를 읽고 있었다.

"조지와 한 당구 약속은 어떻게 된 거야?"

은우는 고개를 저었다. "오늘은 허리가 아파서 쉬기로 했어." 케이시는 어딘가 풀죽은 모습이었다. "음, 엘라하고 저녁 먹고 올 줄 알았는데…… 무슨 일이야? 아무 일 없었지?"

"나 배고파." 그녀는 부엌으로 향했다. 냉장고나 선반에는 먹고 싶은 것이 없었다. 지겹게 또 파스타나 밥을 차려 먹을 생각을 하니 소리를 지르고 싶었다. "뭐라도 시켜 먹을까?" 그녀는 배달 메뉴판을 찾아 서랍을 뒤지며 소리쳤다.

은우는 놀라서 부엌으로 향했다. 그가 직장을 잃은 뒤 케이시는 배달 주문을 하거나 외식을 하자고 한 적이 없었다. 그녀는 벽에 달린 전화 옆에 서서 메뉴판을 보고 있었다.

"집에 현금 있어?" 그녀는 물었다.

"응. 원하는 대로 써." 은우는 지갑을 꺼냈다. 72달러가 있었다.

케이시는 벌써 수화기를 들고 주문을 하고 있었다. 메인 요리 네 개, 그리고 수프, 밥, 볶음국수, 채소 요리. 누가 다 먹으려고? 은우는 고개를 갸웃했다.

그는 잡지를 덮고 커피 탁자 위에 밀어놓았다. 그리고 텔레비전을 켜고 메츠 경기를 틀었다. 전화를 끊은 뒤, 케이시가 다가와서 옆에 앉았다.

"전부 얼마야?" 은우는 웃으며 물었다. 그녀가 그 음식을 전부 다 주문했다는 것이 우스웠다.

"몰라." 케이시는 화면을 응시한 채 말했다. 그녀는 메츠를 좋아했다.

8회가 진행되고 있었고, 마운드에 메츠 투수가 올라와 있었다. 투수는 연달아 볼넷 두 개를 주었다. 케이시는 텔레비전을 향해 외쳤다. "저 얼간이들, 도대체 왜 그리 돈을 많이 받는 걸까? 맨날 지라고 수백만 달러를 받는 건 아닐 거 아냐, 젠장."

은우는 재미있다고 생각하며 그녀의 뺨에 키스했다.

케이시는 조용해졌다. "그래도 뭔가 있는 사람들인 건 맞잖아." 그녀는 서글프게 말했다. 인생에서 실패했다는 기분이 다시 엄습했다. 똑똑하고 열심히 일하면 뭐 하나. 뭘 해야 하는지 모르는데.

은우는 그녀의 실망한 표정을 읽었다. "아니, 아니. 케이시, 당신 말이 맞아. 상대 팀한테 볼넷 주라고 월급 받는 건 아니지." 함부로 말할 때가 차라리 나았다. 케이시는 너무 쉽게 의기소침해질 때가 있었다. 은우는 입에 두 손을 확성기처럼 대고 텔레비전을 향해 외쳤다. "정신 차려, 이 패배자들아. 야구 제대로 하라고!" 하지만 케이시의 기분은 나아지지 않았다. 은우는 그녀의 어깨에 팔을 둘렀다.

도어맨이 초인종을 울렸다. 주문한 음식이 도착하는 데 20분도 채 걸리지 않았다. 전부 97달러였다.

"미안해, 케이시." 은우는 지갑에서 신용카드를 꺼냈지만, 배달부는 카드결제를 할 권한이 없었다.

"이 중에 뭘 취소하시겠어요?" 배달부는 물었다. "그렇게 해도 됩니다."

케이시는 자기가 너무 많이 시켰다는 것을 알았다. 가장 싼 메뉴 두 개를 취소하면 은우가 가진 현금으로 결제할 수 있었다.

"식당에 전화해서 카드번호를 불러주셔도 됩니다." 배달부가 제안했다.

케이시는 봉투 두 개에 들어 있는 음식들을 바라보았다. 너무 많았지만, 전부 다 먹고 싶었다. 소고기, 닭고기, 해산물, 두부.

"그러죠." 케이시는 전화 쪽으로 가서 식당에 전화한 뒤 신용카드 번호를 불러주었다. 지난 열 달 동안 그녀는 카드빚을 크게 줄이는 데 성공했고 씀씀이도 조절하고 있었다. 식당 여자는 배달원과 통화하겠다고 했다. 전화를 끊은 뒤, 배달원은 문 옆 바닥에 음식 봉투를 놓고 나가려고 했다. 케이시는 지갑에서 10달러를 꺼내 팁으로 주었다.

"고맙습니다." 배달원이 떠났다.

케이시는 많이 먹는 편이 아니었다. 대부분의 음식은 냉장고에 들어가거나 버려질 것이다. 은우는 식탁을 치우러 갔지만, 케이시는 봉투 두 개를 다 들고 커피 탁자로 향했다.

"접시 갖다줄까?" 그는 물었다. 케이시는 됐다고 대답했다. 그녀는 음식 봉투에서 일회용 젓가락을 꺼내 반으로 갈랐다.

그들은 야구를 보며 저녁을 먹었다.

13

여권

그녀의 낙은 노래였다.

리아 한이 여덟 살 때 조용한 성품이던 그녀의 어머니가 결핵으로 세상을 떠났다. 1년 뒤 복통을 달고 사는 새어머니가 들어왔다. 10대부터 그녀는 여섯 오빠와 가난에 시달리는 목사 아버지의 뒷바라지를 해야 했다. 날이 저물면 일곱 남자와 병약한 새어머니의 저녁을 준비했고, 토요일에는 세탁물을 허리까지 쌓아 올린 채 찬물에 손을 담그고 하루 종일 빨래를 했다. 교회는 어린 리아를 안아준 품이었고, 하나님 아버지는 유일한 위안이었다. 평생 찬송가를 부르면서 리아는 음악을 통해 성령과 소통함을 느꼈고, 독창을 할 때는 천국의 문이 열리며 주님의 찬미가 쏟아져 내리는 것 같았다. 리아가 소녀 시절로 돌아간 듯 가장 큰 행복을 느끼는 곳은 교회였다. 성스러운 음악은 그녀 안의 생명을 북돋워주고, 낙심한 가슴속에도 주님의 사랑을 비추었다.

종려주일에는 다른 일요일 아침과 마찬가지로 예배가 시작되기 두 시간 전, 우드사이드 필그림 교회 성가대원 60명이 지하 연습실에 모여 합창 연습을 했다. 바닥에는 모양이 잘 맞지 않는 빨갛고 검은 정사각형 장판이 깔려 있었다. 하지만 그날 아침에는 올해 일흔여덟인 성가대 지휘자 전 선생이 보면대 뒤에 자리 잡고 평소보다 몇 분 더 생각을 가다듬었다. 그 옆에는 찰스 홍 박사가 서 있었다. 한데 답답하게도 홍 박사는 청바지와 크루넥 스웨터 차림으로 교회에 나왔다. 그나마 재단이 잘된 갈색 트위드 재킷을 걸치긴 했지만 그것도 새 옷은 아니었다. 그는 피부가 맑아서 과식과 과음을 하지 않는 건강한 중년 남자라는 인상을 풍겼다.

"주님 안에서 하나 되는 형제자매 여러분, 이쪽은 찰스 문수 홍 박사입니다. 홍 박사님이 앞으로 새로이 성가대 지휘를 맡아주기로 하셨습니다." 전 선생은 서글픈 목소리로 머뭇거리며 말했다.

단원들은 잠시 두런거렸지만, 전 선생이 곧 말을 잇자 다시 조용해졌다.

"아시다시피 저는 건강상의 문제가 있습니다." 전 선생은 보란 듯이 기침을 했다. 그가 전립선암 치료를 받고 있다는 것은 다들 알고 있었다. 지난 5년 동안 은퇴 이야기가 계속 나왔지만 적당한 후임을 찾지 못했던 것이다. "비록 갑작스럽기는 하지만," 전 선생은 다시 의미심장하게 말을 멈추었다. "저는 부활절을 지낸 뒤에 아들과 같이 살러 캘리포니아로 가기로 했습니다. 거기서 치료도 더 잘 받게 될 겁니다." 그는 '아들'이라는 말을 입에 올릴 때만 미소 지었다. 로스앤젤레스에서 마취과의사로 일하고 있는 전 선생의 아들은 그의 인생의 한 줄기 밝은 빛이었다.

"제 건강 이야기는 이 정도로 해두겠습니다. 그 이야기를 할 시간은 나중에도 많이 있고요……." 자기보다 훨씬 많이 성취한 사람 대여섯 명 분량은 족히 될 법한 허영심을 지닌 나이 지긋한 테너는 다시 기침했다. 그리고 좀 더 밝은 목소리를 내려고 노력했다.

"홍 박사님은 제 천재적인 스승이자 친구인 서울대 음대 주진 홍 박사의 빼어난 자제분입니다. 줄리어드를 졸업했고 거기서 음악 박사학위를 땄습니다." 전 선생은 학교 이름에 존경심을 담아 또렷하게 발음했다. "훌륭한 피아니스트이자 오르가니스트이고 탁월한 성악 선생님이기도 합니다. 또한 작곡가이며 현재 세계적으로 유명한 라이샌더 사중주단의 의뢰를 받아 연가곡을 쓰고 계십니다. 합창음악에 특히 애정을 가진 덕분에 우리와 인연이 닿게 되었어요." 전 선생이 미소 지었다. "홍 박사님과 함께하게 되어 얼마나 영광인지 모릅니다. 주님 안에서 하나가 된 형제자매 여러분, 저를 아껴주셨듯 홍 박사님을 사랑하고 아껴주시기를 온 마음을 다해 바라겠습니다." 사도 바울의 서신에 큰 영향을 받은 전 선생은 종종 이렇게 바울 같은 말투를 썼다.

찰스는 뒷짐을 진 채 고개를 숙이고 아무 말도 하지 않았다.

성가대는 자기들끼리 두런거렸다. 턱살이 이중인 베이스가 테너에게 말했다. "젊은 분이네." 리아 한 옆에 앉은 매력적인 소프라노 경아 신이 홍 박사 쪽을 보며 미소 지었다. "오, 결혼반지 안 꼈어." 리아는 잡담하다가 들키고 싶지 않았다. 전 선생은 성가대원들이 연습 시간에 떠드는 것을 싫어했다. 그녀는 홍 박사의 손을 확인했다. 결혼반지는 없었지만, 오른손에 타원형 청금석이 박힌 금반지를 끼고 있었다. 다른 장신구는 없었다. 경아는 리아를 팔꿈치로 쿡쿡 찔렀다. "혹시 게이일까?" 그녀는 '게이'라는 단어를 두 음절로 '게―이―'라고 발음했다. 경아는 다이아몬드가 타히티 흑진주를 알알이 둘러싸고 있는 자기 귀걸이를 만지작거렸다. 하얀 목에는 귀걸이와 세트인 다이아몬드 잠금쇠가 달린 초커 목걸이를 걸고 있었다. 경아와 그녀의 여동생 조앤은 맨해튼에 운동화 도매점 세 곳을 운영하면서 작년 한 해 동안 170만 달러를 벌어들였다. 이런 것 정도는 얼마든지 사도 된다고 생각하며 지난 크리스마스에 직접 산 보석이었다.

찰스는 전 선생의 한껏 부풀린 소개에 개의치 않고 정중하게 미소 지었다. 스스로 생각할 때 그는 자기 재산이라고는 한 푼도 없는, 마흔여덟 살의 부잣집 아들이었다. 결혼에 두 번 실패했고, 아무짝에도 쓸모없는 음악 박사학위와 별로 유명하지 않은 오르간 콩쿠르에서 수상한 경력이 있었다. 교회에서는 한 달에 850달러를 받고 있었다. 뉴욕에서 생활하기에는 턱없이 부족한 돈이었지만, 찰스는 생활비로 그리 큰돈이 필요하지 않았다. 성악 교습으로도 일주일에 최소한 300달러는 들어왔다. 이 두 일거리가 있으면 아버지가 매달 넣어주는 용돈이 더 이상 필요하지 않을 것이다. 두 번째로 이혼하고 나니, 늙으신 아버지가 아직도 가문의 '예술가'를 뒷바라지하고 계신다는 둥 하는 형들의 잔소리를 더 들어줄 수가 없을 지경이었다.

성가대를 지휘해본 적이 없지만, 그는 훌륭한 성악 선생이었다. 전 선생은 오늘 독창할 여성 대원 조 집사는 키리 테 카나와와 제시 노먼보다 더 훌륭한 목소리를 갖고 있다고 한껏 자랑했다. 찰스는 보면대에 놓인 좌석 배치표를 확인하고 소프라노 자리에 있는 리아에게 눈길을 주었다. 조 집사는 가녀린 어깨와 흰 얼굴, 매끄러운 흰 머리를 지닌 아담한 여성이었다. 열대 조류처럼 눈화장을 한 바로 옆자리의 예쁜 검은 머리 소프라노와 대조적으로 화장을 거의 하지 않은 얼굴이었다. 리아는 홍 박사의 집요한 시선을 느끼고 눈빛을 피해 크게 숨을 들이마셨다.

눈치 빠른 경아는 그가 리아를 바라보는 것을 알아챘다. 새로 온 지휘자는 흥미로웠다. 섹시한 여성인 경아는 그가 자신을 주목할 거라고 생각했던 것이다. 그녀는 검은 머리를 매만지며 입가에 진홍색 립스틱이 번지지 않았는지 새끼손가락으로 꼼꼼히 확인했다. 입고 있는 성가대 가운 때문에 잘록한 허리와 풍만한 엉덩이, 늘씬한 다리를 아름답게 강조하는 클로드 몬타나 정장이 가려지지 않았으면 하는 마음이었다. 자기 상대가 될 만한 사람을 찾는 것은 아니었다. 경아는 약간 따분하지만 성실하고 상냥한 남자와 오랫동안 결혼생활을 유지하고 있었다. 하지만 그녀의 동생이 아직 미혼이었다. 경아는 요리 솜씨 좋고 아이들을 잘 다루는 조앤의 짝이 될 만한 사람을 찾아 항상 눈을 빛내곤 했다.

전 선생이 성가대의 목표에 대해 끝도 없이 이야기하는 동안 찰스는 좌석배치도를 훑어보며 이름과 얼굴을 대조했다. 턱이 축 늘어지고 심술궂은 눈빛을 지닌 중년 남자들과 머리를 새까맣게 염색하고 갈색 펜슬로 지나치게 진하게 눈썹을 그린, 더는 얼굴을 돋보이게 해주지 못하는 립스틱을 칠한 피곤한 애 엄마들의 뻔한 집단이었다. 그들은 조심성 많은 학생들처럼 찰스를 바라보았고, 찰스는 그들에게서 민족적 친밀감을 느끼지 못했다. 예수 그리스도를 찬양하겠다고 모인 이 어중이떠중이 이민자들을 대체 어떻게 지휘해야 하지?

지난주 면접 자리에서 임 목사는 찰스에게 예수 그리스도를 믿느냐고 물었다. 찰스는 대답했다. "주님은 저의 목자이십니다." 난쟁이처럼 작은 목사는 그의 냉소를 눈치채지 못하고 매우 흡족해했다. 그에게 이보다 완벽한 답변은 있을 수 없었다. 찰스는 용감한 전사이자 왕, 성경에서 가장 유명한 음악가인 다윗이 쓴 〈시편〉 23장 1절을 읊었던 것이다.

설교가 끝나자 성가대는 헌금 찬양을 부르기 위해 일어났다. 리아는 〈내 주는 강한 성이요〉의 첫 구절을 시작했다. 그녀가 입을 열자, 전 선생은 마음이 놓인다는 듯 잠시 눈을 감았다. 나머지 성가대도 후렴구에서 합류했지만, 리아의 목소리는 그림자처럼 계속 합창에 이어졌다. 첫 줄에 앉아 있던 찰스는 리아의 고음을 듣고 자기 귀를 의심하며 그녀의 얼굴을 찬찬히 뜯어보았다. 그녀는 폭넓고 복잡한 감정을 담아내는 세련된 음성을 갖고 있었다. 실제로 전 선생이 언급한 소프라노를 연상시키는 목소리였지만,

이 우아한 소리는 전통적인 의미에서 갈고닦은 것이라고는 볼 수 없었다. 날것의 슬픔이 들리는 음성이었다. 어떤 면에서는 형언할 수 없는 절절한 한을 표현하는 판소리의 애조를 연상시켰다. 그녀가 노래를 멈추자, 찰스는 너무나 깊은 외로움에 빠졌고 다시 듣고 싶다는 갈망을 느꼈다. 리아의 목소리는 이런저런 상념에서 그를 건져냈다. 마음이 편안하게 가라앉았다.

합창을 마친 성가대가 자리에 앉았다. 신도들은 경건한 감사와 찬미를 담아 "아멘, 아멘, 아멘!"하고 외쳤다. 리아는 고개를 숙이고 무릎 위에 펼쳐진 가운 자락을 매만졌다. 경아는 잘했다는 듯 리아의 허벅지를 톡톡 두드렸다. 그녀도 노래 솜씨가 좋았지만 리아와는 감히 비교가 되지 않았다.

예배가 끝난 뒤 성가대는 두 번째 연습을 위해 연습실에 다시 모였다. 많은 사람들이 스티로폼 커피 잔과 케이크 한 조각을 들고 있었다. 성가대원들의 일상은 연습과 교회 일정을 중심으로 돌아갔다. 매주 일요일에 연습 두 번, 수요일 밤에 한 번, 화요일 밤에는 성경공부 시간이 있었다. 대원들은 가운을 벗고 좀 더 편안한 자세로 앉아, 연습을 마친 뒤 어디로 가서 저녁을 먹을까 수다를 떨고 있었다. 대부분 서로 친한 사이였고 여자들은 함께 계를 하는 사람이 많았다. 어린아이를 둔 집도 서로 누구네 집에 모여서 저녁 먹는 자리를 마련할지 의논하고 있었다. 두 번째 연습은 늘 첫 번째 연습보다 분위기가 가벼웠다. 남자들은 이런저런 찬송가의 난이도가 너무 높았다고 전 선생에게 투덜거렸고, 여자들은 지휘자한테 야단이라도 맞고 싶은지 남의 뒷이야기를 늘어놓았다. 찰스도 바뀐 분위기를 감지했다. 자신이 새로운 역할에 과연 잘 적응할 수 있을지 알 수 없었다. 나이로 따지면 비슷한 연배였기 때문에, 이 사람들 앞에서 괴짜 아버지 노릇을 하는 자신의 모습이 상상되지 않았다.

"갑작스럽게 느껴지시겠지만 홍 박사에게 오늘 연습부터 지휘를 맡아달라고 이미 말씀드렸습니다. 제가 다음 주에 떠나기 때문에 오늘 밤에는 만날 사람들이 있어요. 당연히 수요일 밤에도 홍 박사님이 연습을 같이하실 겁니다." 전 선생은 마음이 아픈 것 같았다. "다음 주일 예배 시간에 뵙겠습니다." 그는 미소 지으며 잠시 입을 다물었다. 말이 다 끝난 것인지 아닌지 아무도 알 수 없었다. "여러분은 내겐…… 아들딸과 같아요." 그는 울기 시작했다. 찰스는 그에게 다가가서 손을 잡아주었다. "죄송합니다." 전 선생은 눈물을 흘리며 말을 이었다. "나는 늙었어요. 어떻게 나이를 먹으니, 마음 가는 사람들한테 정말 정을 많이 두게 되는군요." 그는 손수건으로 코를 닦았고, 찰스는 그의 등을 두드려주었다.

경아가 일어나 전 선생에게 박수를 치기 시작했고, 다른 사람들도 뒤따랐다. 모두 울고 있었다. 죽기 전에 아끼던 물건을 나누어주는 아버지의 모습을 바라보는 마음이었다. 전 선생은 까탈스러웠지만 20년 넘게 한결같은 마음으로 교회를 섬겨온 사람이었다. 자신이 예수 그리스도를 위해 개인적으로 얼마나 많은 것을 희생했는지, 그 시간과 재능을 다른 데 썼다면 얼마나 많은 돈을 벌었을지 기회 있을 때마다 입버릇처럼 말하기도 했다. "하지만

우리의 재능은 주님의 영광을 찬미하는 데 돌려야 합니다!"한때
는 전 선생을 망가진 살림살이 보듯 하던 성가대원들은 오랜 세
월 그 헌신적인 봉사를 지켜보면서 차츰 성미는 까다롭지만 참아
드려야 하는 집안 어르신처럼 생각하게 되었고, 이윽고 자식이 최
고로 잘되기만을 바라는 자애로운 부모님으로 여기게 되었다.

　전 선생은 축 처진 어깨로 구부정하게 보면대 앞에 서 있었다.
리아는 참을 수 없이 흐느끼고 있었고, 경아는 리아의 어깨에 팔
을 둘러주었다. 박수가 잦아들자 전 선생은 가죽 서류가방과 갈
색 레인코트를 집었다. 더 말을 하면 흐느낌이 터져 나올까 봐 턱
을 앙다문 표정이었다. 범퍼에 예수 그리스도를 상징하는 물고기
문양이 붙어 있는 갈색 닷지에 올라탄 뒤, 전 선생은 오른쪽 팔을
운전대에 걸치고 무거운 머리를 그 위에 묻었다. 그는 천사 같은
아내가 죽었을 때처럼 펑펑 울었다.

　전 선생이 연습실 문을 닫고 나간 뒤, 경아는 곧장 구석으로 가
서 빈 헌금 접시를 집어 들었다. 그리고 자기 지갑을 열더니 접시
에 700달러를 놓았다. 그녀는 리아에게 접시를 건넸고, 리아도 핸
드백을 열고 가진 현금을 모조리 털었다. 모두 167달러였다. 굳이
설명할 필요조차 없었다. 모두 한마음으로 전 선생의 송별선물을
모금했다. 누가 아프거나 남편을 잃었을 때, 혹은 결혼식이나 출
생처럼 기쁜 일이 있을 때 모자를 돌리면 곧 현금이 수북하게 든
마닐라 봉투가 전해진다. 이 낯선 땅에서 한국인 한 사람은 아무
것도 아닐지 몰라도 한국인들이 가득 찬 교회는 서로에게 도움이
될 수 있다. 그들은 서로를 기꺼이 돌보고자 했다. 경아가 기념패

제작을 맡고, 다음 주에 송별회를 열기로 했다. 찰스는 교인들의 배려에 감동했지만 짐짓 모르는 척 자기가 가져온 악보에 주의를 쏟는 척했다. 처음 접시를 돌린 소프라노에게 접시가 되돌아오자 그는 사람들에게 주목해달라고 했다.

찰스는 긴장했다. 그는 한국말로 이야기했다. 분명한 서울 억양이었다.

"성가대는 고마우신 전 선생님께서 작성해주신 일정표에 따라 앞으로 석 달 동안 활동하겠습니다. 다음 주 프로그램은 작년과 동일하다고 알고 있는데, 그러니 곡명을 보고 놀랄 분은 안 계실 거라고 생각합니다." 그는 웃지 않았다. 억양도 평소보다 단조로웠다. 평소 그의 목소리는 노래할 때의 테너 음성처럼 부드럽고 감미로웠다. 유명한 대학교수인 그의 아버지는 수업 첫날이 가장 중요하다고 말하곤 했다. "권위를 분명하게 세우고, 절대 처음부터 물러나면 안 된다. 나중에는 좀 더 융통성을 발휘할 수 있어. 시작부터 절대 무르게 보여서는 안 된다." 찰스에게 인생은 서로 연관된 활동의 연속이었다. 그가 보기에 높은 수준의 활동을 지속적으로 유지하는 것이 중요하다는 점을 이해하는 사람들만이 성공한 인생을 사는 것 같았다. 찰스는 들쑥날쑥한 연주가였다. 그의 형제 셋은 모두 서울에서 대학교수로 성공했다. 넷 다 박사학위를 땄지만, 학계 활동에 필요한 협상과 수완을 감당할 줄 모르는 것은 그 한 사람뿐이었다. 교수직을 맡을 때마다 늘 그만두는 것으로 끝났다.

찰스는 좌석배치도를 다시 보았다. 그는 대원들을 한 사람씩 앞으로 호명해 〈생일 축하합니다〉 노래를 시켰다. 그리고 자리에서 일어선 채 날카로운 테너, 얇은 바리톤, 훈련받지 않아서 귀가 찢어질 듯한 소프라노 소리를 주의 깊게 들었다. 몇몇 알토는 그럭저럭 괜찮았고 고맙게도 고함을 지르지 않았다. 소프라노로 분류된 몇 사람은 알토였고, 알토 몇몇은 사실 메조소프라노였다. 아까 전 선생에게 느꼈던 뭉클한 감정은 차츰 희미해지고 있었다. 대원들이 자기 목소리조차 모르고 있는 것은 분명 전 선생의 잘못이었다. 찰스는 경아 신을 불렀다. 아까 가장 먼저 일어나 박수를 치고 선물 모금을 시작한 여자였다.

그녀는 천천히 피아노 옆 자기 자리를 찾아 섰다. 음역은 개발하지 않은 상태였지만 잠재력은 있었다. 진한 눈매가 매력적이었고, 성가대에 등을 돌린 채 은밀하게 그를 바라보는 눈빛은 요염했다. 찰스는 이 상황이 재미있었다. 부티 나는 화려한 옷차림, 어깨를 강조한 커다란 패드, 뾰족한 하이힐, 너무 진한 스타킹. 하지만 허리는 가늘고 엉덩이는 풍만했다. 찰스는 빨간 립스틱을 바른 여자가 좋았다. 다이아몬드를 주렁주렁 걸친 걸로 보아 남편이 현금 장사를 하는 부류인 것 같았다. 경아 신의 결혼반지는 눈에 안 보일 수가 없었다. 찰스가 한국 여자를 사귄 것은 오래전이었고, 유부녀와 만난 것도 아주 오래전의 일이었다. 그의 첫 경험은 서울의 외로운 가정주부—대학 시절 교수님의 수줍음 많은 아내였다. 기회가 주어진다면, 기꺼이 자신에게 추파를 던지는 유부녀 소프라노와 뒹굴고 싶었다. 이 여자에게 수줍음이라곤 없었다.

다음은 리아였다. 가까이 서자 의외로 젊어 보여서 찰스는 놀랐다. 멀리서 볼 때는 흰머리 때문에 실제 나이보다 열 살에서 열다섯 살 정도 더 든 것처럼 보였다. 기껏해야 서른다섯 정도밖에 안된 것 같았고, 매끈한 얼굴은 피부 밑에서 빛을 발하는 것 같았다. 평생 나쁜 생각이라고는 해본 적이 없는 사람처럼 그녀의 표정에는 너무나 순수한 데가 있었다. 머리를 염색한다면 스물여덟 살로도 보일 것 같았지만, 워낙 순종적인 성격으로 보여서 염색 같은 것을 할 사람 같지 않았다. 미모가 빼어났고 이목구비는 오목조목하고 섬세했지만, 경아 같은 나이 든 여자를 볼 때만큼 성적으로 자극적이지는 않았다. 리아는 다른 여자들보다 날씬했고 허리와 엉덩이가 소년처럼 밋밋했다. 회색 드레스 밑에서 자그맣게 솟아오른 젖가슴은 찰스가 영국에서 사사받았던 독일 성악 교수를 연상시켰다. 몸에서 피부가 노출된 부위는 얼굴과 목, 손뿐이었다. 문득 그는 리아가 자신의 첫 아내 새러와 같은 체형이라는 것을 깨달았다. 새러는 아주 아담한 이탈리아인 소프라노였지만, 헤어질 때쯤에는 살이 많이 쪘었다.

찰스는 리아의 노래를 다시 듣고 싶어서 〈생일 축하합니다〉 대신, 〈내 주는 강한 성이요〉 1절을 시켰다. 뭐가 문제였을까. 그는 생각했다. 유서 깊은 대성당에 어울릴 만한 목소리였지만, 그녀에게는 계속 어딘가 거슬리는 데가 있었다. 그녀는 너무나 한국적이었다. 아마 둔하고 말 없는 성격일 것이다. 침대에서도 목석처럼 누워만 있을 것이다. 아래로 내리깐 눈길, 지나치게 겸손한 표정도 짜증스러웠다. 하지만 그녀가 노래를 시작하니 예배 때 그랬듯 가슴이 벅차오르는 것을 어쩔 수 없었다. 이 세상 사람 같지 않은 천상의 소리가 마음을 사로잡았다. 아마추어 가수에게서 이렇게 좋은 음색과 음역을 들어본 적은 거의 없었다. 호흡 조절도 뛰어났다. 좀 더 젊고 경제적인 지원이 된다면 대회에 나가보라고 권했을 것이다. 어느 대회에 나가도 수상할 거라 장담할 수 있었다. 노래가 끝나자, 찰스는 고개만 끄덕이고 아무 말도 하지 않았다. 그는 다음 사람을 호명했다. 연습이 끝나자 대원들에 대한 평가도 모두 완성되었다.

"수요일 저녁 7시 30분에 다시 뵙겠습니다. 두 시간 연습입니다. 감사합니다." 찰스는 불편하게 고개를 숙여 인사했다. 그는 배낭과 재킷을 들고 도망치듯 연습실을 나섰다.

그가 나가자, 뉴욕 라이프에서 보험설계사로 일하는 바리톤 피터 김이 성가대원들을 불러 모으더니 2년 전 찰스의 집에 찾아간 적이 있다고 말했다. 피터는 찰스의 형과 학교에서 알고 지낸 사이였다. 찰스 홍은 네 형제 중 막내였다. 증조할아버지와 할아버지는 조미료 MSG를 독점 제조, 유통하는 회사를 경영하고 있었다. 찰스의 형들은 아버지처럼 학자였고 다들 거물이었다. 할아버지가 가장 덜 아끼는 손자 찰스만 유럽과 미국에서 음악 공부를 했다. 한국에 머물렀다면 매년 상당한 돈을 받았을 것이다. 하지만 그러지 않았다. 찰스는 평생 그저 음악을 공부하며 이런저런 강습 일로 돈을 벌었다. 몇 년 전 어머니가 돌아가시기 전까지는 정기적으로 집에 돌아가곤 했다. 현재 마흔여덟 살, 이탈리아인 아내와 11년간 결혼생활을 하다가 이혼했고, 스웨덴인 아내와 두 번째로 결혼해서 4년 뒤 이혼했다. 아버지가 현금으로 매입한 브루클린 하이츠의 커다란 라임스톤 타운하우스에서 혼자 살고 있다. 자식은 없다. 여자들은 이 말에 숨을 들이쉬었다.

"형이 잡아준 약속 시간에 그 집에 찾아가니, 그는 약속이 있다는 걸 잊고 있더군요. 집에서 카드 테이블에 밥과 프랑크 소시지를 차려놓고 핫소스를 뿌려서 혼자 먹는데. 그 으리으리하고 비싼 집에 가구라고는 커다란 피아노 한 대, 소파 하나뿐이었어요. 자기는 생명보험 같은 건 필요 없다고 하더라구요. '내가 죽어도 아쉬울 사람이 없어요' 하면서요. 어쨌든 맥주도 내주고, 〈트리스탄과 이졸데〉 시디도 틀어줬어요." 피터는 어깨를 으쓱했다. "괜찮은 사람이었어요. 오늘 노래 부를 때 우리가 만난 적이 있다는 걸 기억도 못 하는 것 같더군요."

피터와 10여 명의 남자들은 갈비를 먹으러 나갔다. 몇몇 다른 사람들은 어느 집에서 화투를 칠지 상의하고 있었다. 혹시 한판 칠 기회가 있을까 싶어 빨간 화투 한 벌을 교회에 갖고 나오는 사람이 있기 마련이었다.

리아는 피터 김이 한 말을 하나도 빼놓지 않고 열심히 들었다. 그 설명대로라면 홍 박사는 비극적일 정도로 쓸쓸한 사람 같았다. 이 넓은 세상에 혼자라니. 하지만 평생 음악을 공부한다는 것은 어떤 것일까. 아마 천국 같을 것이다.

"계원들끼리 짜장면이나 먹으러 갈까?" 경아의 질문에 찰스에 대한 상념은 흩어졌다.

"아, 아냐, 언니. 집에 가서 밥해야죠." 그녀는 말했다.

"정말 모범적인 아내라니까. 그러면 우리가 전부 뭐가 돼." 경아는 이렇게 일찍 집에 들어갈 생각이 없었다. 아들과 딸은 대학에 보냈고, 남편은 일요일 밤마다 혼자 라면을 끓여 먹어도 아무 불만이 없었다. 그녀는 일주일에 두 번 남편을 성경 수업에 보내놓고 자기도 마음대로 살고 있었다.

성가대원들은 흩어졌다. 사흘 후 같은 연습실에 다시 모일 것이다.

수요일, 리아는 서둘러 일을 마쳤다. 이번 주 중으로 끝내야 하는 수선 일을 거의 다 마쳤기 때문에, 여자들이 뒷방에서 옷 분류하는 일을 도울 수 있었다. 그녀는 하루 종일 노래를 흥얼거렸다. 조셉의 저녁식사 반찬거리로는 세탁소 근처 마트에서 브로콜리와 생선 한 토막을 사두었다. 그는 요즘 통 먹지 않았다. 리아는 하루종일 속이 좋지 않아서 보리차에 밥이나 한 그릇 말아 먹을 생각이었다. 집으로 운전해 돌아오는 동안 두 사람은 거의 말이 없었다. 리아의 머릿속은 음악과 예전 지휘자, 새로 온 지휘자 생각으로 가득했다. 집에 도착하자마자 그녀는 부엌으로 달려가 저녁밥을 짓기 시작했고, 상을 차린 뒤 좋아하는 텔레비전 프로그램을 보고 있는 조셉을 불렀다.

"여보." 그녀는 부엌에서 남편을 불렀지만 대답이 없었다. "여보." 그녀는 다시 불렀다.

조셉은 거실 텔레비전 세트 앞에서 잠들어 있었다. 전쟁 이후, 결혼한 뒤로도 그는 이따금 악몽에 시달렸지만, 무슨 이유에서인지 건물에 불이 난 뒤로 더욱 자주 꾸는 것 같았다. 일찌감치 잠

자리에 들려고 노력해봐도 푹 잤다는 기분이 들지 않았다.

"여보." 리아는 그를 깨우려고 조용히 불렀다. 저녁을 거르고 잠 들게 하고 싶지 않았다. 조셉은 깊이 잠들었는지 움직이지 않았 다. 리아는 의자 반대편에서 낮은 의자를 끌어다가 발을 받쳐주 었다. 그리고 자투리 천을 기워 만든 퀼트 이불로 몸을 덮어주었 다. 그녀는 혹시 남편이 잠에서 깨면 먹을 수 있도록 부엌 식탁에 저녁을 차려놓고, 서둘러 성가대 연습실을 향해 차를 몰았다.

제일 먼저 도착한 사람은 리아가 아니었다. 빨간 벨트 드레스와 하이힐 차림의 경아가 이미 자기 자리에 앉아 있었다. 그녀는 예 쁜 다리를 꼬았다 풀었다 하며 연신 자세를 고쳐 앉았다. 그리고 결혼식 피로연장에 차려진 음식 바라보듯 그녀를 빤히 쳐다보는 바리톤 남자 대원들을 키득거리며 놀리고 있었다.

성가대원 대부분이 퇴근 후 곧장 오는 길이었기 때문에 주일 예배용 정장이 아닌 평상복 차림으로 연습에 참여했다. 그들의 직장은 스패니시 할렘의 식료품점, 맨해튼 미드타운의 네일숍, 브 롱크스의 헤어제품 도매상, 리아와 마찬가지로 세탁소 등이었다. 몇몇은 사무직이었지만 대부분 자기 가게를 경영하거나 점원으 로 일하고 있었다. 둘 다 테너인 마흔 살 노총각 김 씨 쌍둥이는 플러싱에서 브레이크 수리점을 경영하고 있었지만, 수요일 성가 대 연습에 참석하기 전에는 아이리시스프링 비누로 손을 박박 씻 고 아라미스 애프터셰이브를 뿌렸다. 형제는 같이 모시고 사는 어 머니가 잘 다려서 풀을 먹여준 흰 셔츠와 주름 잡은 이탈리아제 바지 차림이었다. 남편과 사별하고 퀸스 빌리지의 생선가게 계산대에서 하루 열두 시간씩 근무하는 고 여사 역시 김 씨 쌍둥이와 마찬가지로 향이 진한 비누와 물로 자기 몸에서 나는 직업적인 냄새를 씻어내려고 노력했다. 그녀는 아들 셋을 전부 하버드에 보낸 것으로 교회에서 유명했다. 맏아들은 브롱크스 과학고등학교 2학년 때 웨스팅하우스 과학경진대회에서 2등을 차지했다.

　모두 자리에 앉자, 찰스는 흰 지휘봉으로 쇠로 된 검은 보면대를 두드렸다. 오늘 그는 흰 티셔츠 위에 검은 브이넥 스웨터, 청바지 차림이었다. 오늘도 그의 표정은 입가에 웃음기 하나 없이 진지했다. 그는 지휘봉으로 성가대 서기인 노 여사를 가리켰다. 목 아래부터 이마 위 머리선까지 베이지색 파운데이션을 바른, 키가 크고 나이 지긋한 여자였다. 찰스는 노 여사에게 앞으로 나오라고 지시했다. 그녀는 20년 넘게 출석 관리, 성가대복 세탁, 폴더 정리, 성가대 관련 서류 복사 등을 담당하고 있었다. 찰스는 노 여사에게 〈오, 나의 구주여〉 악보 복사물을 대원들에게 나누어주라고 부탁했다.

　익숙한 악보를 보고 김 씨 형제는 기뻤다. 한데 다시 보니 악보가 소프라노 한 사람을 위해 편곡되어 있었다. 2주 연속으로 여성이 독창을 맡게 된 것이다.

　찰스는 시디 플레이어를 조작했다. 지금까지 성가대실에는 시디 플레이어가 없었다. 그는 아무 설명 없이 음악을 틀었다. 전 선생은 워낙 말이 많았기 때문에 연습 40분이면 구구절절 설교에다 성부마다 직접 시범을 보여주는 데만 한 시간 20분이 흐르는 것이 보통이었다.

음반은 엄숙한 첼로 독주로 시작되었고, 이어 소프라노가 첫 소절을 영어로 불렀다. "아, 용서하소서." 소프라노의 주문 같은 음색이 사람들을 매료시켰다. "내 죄를 기억 마시고." 후렴구에서 까마득히 높은 음을 내자, 다들 숨을 멈추고 소프라노의 어마어마한 음역에 감탄을 금치 못했다. 찬송의 강력한 힘이, 그 성역이 귀를 통해 전달되는 것 같았다. 찰스가 음악을 끄자, 뒤쪽에 앉아 있던 베이스 한 사람이 감동해서 소리쳤다. "아멘!" 다른 사람들도 입을 모아 우레처럼 외쳤다. 남자들은 새로운 지휘자의 말 없는 지도에 불만이 없는 것 같았다.

찰스는 부드러운 목소리로 반주자에게 후렴구를 연주하라고 지시했다. 그는 알토를 가리켰고, 알토는 자기들이 맡은 구절을 노래했다. 한동안 연습은 이런 식으로 진행되었다. 지휘자는 거의 말을 하지 않았다. 지휘봉 끝이 가리키는 파트를 따라 노랫소리는 화물열차처럼 연습실 안을 이리저리 번갈아 오갔다. 집중적인 지도하에, 대원들은 허리를 한층 더 곧게 펴고 앉아 더 좋은 소리를 내려고 노력하게 되었다. 성가대는 자기들이 내는 소리가 자랑스러웠지만, 찰스의 경멸은 차츰 커져갔다. 그가 하는 일은 한 달에 850달러를 받고 하기에는 훨씬, 훨씬 더 많은 노력이 필요한 일이었다.

찰스는 지휘봉으로 보면대를 두드렸다.

"이쯤에서 독창이 들어오는 것이 좋겠습니다. 조 집사님, 첫 소절부터 시작해주세요. 안단테로 시작해서……." 그는 리아나 성가대의 다른 사람들을 쳐다보지 않은 채 악보에만 집중했다. 그래서 혼란스러운 시선들을 눈치채지 못했다.

리아는 살짝 고개를 저었다. 분명 지휘자는 그녀를 지목했다. 아닌가? 교회에서는 다들 그녀를 조 집사라고 불렀고, 그녀 말고 조 집사가 한 사람 더 있었지만 그는 알토였다. 한데 어째서 또 나를 지목한 거지? 지난주에 이미 독창을 맡았는데. 그녀는 1년에 네 번 이상 독창을 맡은 적이 없고, 이보다 자주 독창을 맡은 사례도 없었다. 경아는 세 번이 최대였다. 전 선생은 독창을 남성과 여성에게 번갈아 맡겼다. 테너, 다음에는 소프라노, 다시 테너, 그리고 이따금 베이스나 알토에게 작은 부분을 맡기는 식이었다. 전 선생은 이중창도 좋아했다.

반주자가 연주했지만, 아무도 노래하지 않았다.

찰스는 고개를 들었다. "안단테……." 리아는 어떻게 해야 할지 알 수 없었다.

"천천히……." 그는 이렇게 말하면서 반주자를 돌아보았고, 반주자는 처음부터 다시 시작했다.

리아는 노래하지 않았다.

찰스는 짜증을 감추지 못하며 지휘봉을 다시 두드렸다.

"준비되셨어요?" 그는 리아를 똑바로 쳐다보았다. "무슨 일이에요?"

리아는 겁에 질렸지만 어떻게 문제 제기를 해야 할지 몰랐다. 찰스는 지휘봉으로 그녀에게 일어서라고 손짓했다.

"이리 와보세요." 그는 조용히 말했다. 리아는 숨을 얼른 들이마시고 일어섰다.

그녀가 반주자 옆에 서자 찰스는 한국말로 말했다. "시작."

리아는 시작하지 않았다.

"시작." 그는 훨씬 더 큰 목소리로 다시 말했다.

리아는 노래를 시작했다. 방금 음반에서 들은 노래를 염두에 두고 첫 두 소절에 감정을 더 많이 실어 노래했다. 눈으로는 친구 경아를 열심히 주목했다. 경아는 윗입술을 깨물어서 진홍색 립스틱이 아랫니에 묻어나 있었다.

한 시간 정도, 리아는 힘없이 노래했다. 9시가 되자, 어린아이를 키우는 엄마 한 사람이 손을 들더니 집에 가야 한다고 말했다. 이후 30분 동안 다른 사람들도 빨리 가고 싶어 안달이었다. 찰스는 이 따분한 일반인들의 관심사를 이해하려고 노력했다. 9시 30분, 그는 연습을 끝냈다. "일요일에는 정확히 오전 7시 30분까지 와주시기 바랍니다."

전 선생은 "오늘은 정말 열심히 연습하셨어요"라든가 그 비슷한 말로 성가대원들의 수고를 칭찬하며 연습을 끝내곤 했다. 하지만 찰스는 그런 말은 전혀 하지 않았다.

대원들은 하나둘 연습실을 나섰고, 리아도 이제 가도 되겠거니 생각했다. 그녀는 아직 피아노 옆자리에 서 있었다.

"30분 정도 더 연습하다 가시면?" 찰스는 질문하듯 아주 약간 끝을 올리며 말을 맺었다.

리아는 반주자가 재킷을 입는 모습을 보며 계속 서 있었다. 그녀도 어린아이를 키우고 있었다.

경아는 연습실 앞으로 나오더니 찰스에게 미소 지었다. 그는 그녀에게 차갑게 고개를 끄덕여 보였다. 경아는 검은 캐시미어 숄을 두르고 옥이 박힌 커다란 금핀으로 고정시키고 있었다.

"같이 나갈래?" 경아는 마치 찰스에게는 들리지 않는다는 듯 리아에게 물었다.

"그분은 좀 더 연습하셔야 합니다." 찰스는 그녀 대신 대답했다.

경아는 고개를 약간 젖혔다. 그녀는 찰스를 빤히 쳐다보았지만, 찰스는 눈치채지 못했다.

리아의 왼손이 더듬더듬 쇄골에 가 닿았다. 이 남자와 둘만 남는다니 몸둘 바를 몰랐다. 찰스는 피아노로 향했다. 함께 계를 하는 소프라노 전 집사가 경아를 데리러 다가왔다.

"그럼 안녕." 경아는 리아에게 말하며 전 집사의 팔짱을 꼈다.

이제 연습실에는 둘만 남았다. 리아는 스스로에게 허락한 좁은 공간에서 무의식적으로 서성거리고 있었다.

"앉으셔도 됩니다." 찰스는 말했다.

리아는 성가대 서기 노 여사가 앉아 있던 첫 줄 좌석에 앉았다. 그 자리에 앉으니 한층 안전해진 기분이었다.

"여기서 힘들어하셨지요." 찰스는 성악 교습을 받는 학생을 대하듯 좀 더 친절하게 말을 걸었다. 그는 피아노 의자에서 꼿꼿이 허리를 펴고 숨을 깊이 들이쉬고는 노래를 부르기 시작했다. "나의 영혼이 떨 때에 오 나의 구주여." 찰스는 숨도 쉬지 않고 같은 구절을 다시 불렀다.

가사를 들으니 마음이 안정되었다. 찰스의 테너 목소리는 우물물 한잔처럼 시원했다. 그날 밤 처음으로 리아는 죄인의 간구에 서린 불안을 느낄 수 있었다. 죄인은 자신이 주님의 은총을 받을 자격이 없다는 것을 가슴으로 깨닫고 있는 것이다.

"자, 여기서⋯⋯." 찰스는 악보에서 고개를 돌렸다. 리아는 두 손으로 얼굴을 감싼 채 울고 있었다. 그 순간, 그는 리아가 불가사의할 정도로 아름답다고 느꼈다. 소프라노가 우는 일은 드물지 않았다. 성악가였던 전처들도 둘 다 별것 아닌 일에 잘 울었다. 찰스가 집에 늦게 들어오면 두 번째 아내는 주체 못 할 정도로 울면서 저녁 식탁을 바닥에 엎었다. 첫 번째 아내는 파스텔 보라색을 보거나 라벤더 향을 맡으면 울었다. 하지만 찰스는 리아가 우는 모습에 놀랐다. 그녀를 관찰한 것은 아주 잠깐이었지만, 몸짓과 표정, 옷차림, 자세에 밴 금욕적인 성품이 그대로 드러났던 것이다.

찰스는 침을 삼켰다. "괜찮으세요?" 그는 물었다. 그녀에게 미소 지었다. "제가 구노를 연주하는 것이 마음에 안 드셨습니까?" 연습실에서 그가 미소를 짓는 것은 처음이었다.

리아는 그의 말이 무슨 뜻인지 이해할 수 없었다.

"샤를 구노, 작곡가 말입니다." 그의 프랑스어 액센트는 괜찮았다. "그는 사제가 되려고 했고, 4년 넘게 성가대 지휘자로 활동하기도 했습니다. 저는 그 반도 못 버틸 것 같아요." 그는 웃었다.

"죄송합니다." 리아는 코를 훌쩍이며 그를 바라보았다. 감정을 드러낸 것이 창피스러웠다. 정확히 무엇 때문에 눈물이 났는지 알 수 없었다.

찰스가 생각했던 것은 맞았다. 리아는 자주 우는 성격이 아니었지만, 그가 그 가사를 부르는 순간 이루 말할 수 없을 정도로 깊은 감동을 받았다. 다만 이런 것을 말로 할 수가 없었다. 많은 사람들이 리아의 입에서 흘러나오는 소리에 놀라면서 노래를 잘한다고 칭찬했고, 그녀 역시 평생 수많은 목소리를 듣고 깊은 감동을 받았다. 하지만 그녀는 가슴을 후벼 파는 절절한 감정을 언어로 표현할 수가 없었다. 때로 노래로 화답할 수 있다면 좋겠다는 생각이 들 때도 있었다. 물론 말도 안 되는 생각이었다. 인생은 오페라가 아니니까. 찰스의 목소리나 오늘 음반에서 들은 그런 목소리를 들으면, 그녀는 그저 이렇게 말하고 싶었다. 당신이 노래할 때 저는 하나님의 목소리를 들어요.

"무슨 일입니까?" 그는 물었다.

"저는 독창을 하면 안 돼요. 지난주에도 불렀는데, 성가대의 다른 사람들한테 불공평한……."

찰스는 고개를 갸우뚱했다. 성악가는 혼자 노래하는 기회를 절대 거절하지 않는 법이다. 이 여자는 정말 어처구니가 없었다. 믿기지 않는 자기희생이었다.

"한 가지 이해하셔야겠습니다. 저는 공평함에 관심이 없어요. 주님 역시 재능을 나누어주실 때 공평함에 별로 관심이 없으셨던 것 같고요. 보통은 가졌다는 재능이 별 볼 일 없거나 야심만 있기 일쑤인데, 당신은 재능이 있지만 야심이 없어요. 그래서 이런 데 처박혀 있는 겁니다."

리아는 그의 말뜻을 이해할 수 없어 이마에 주름을 잡았다.

"돌아가면서 독창을 맡긴다는 말씀은 전 선생님에게서 들었습니다. 다들 화가 나 있더군요. 오늘 저도 눈치챘습니다. 대안을 마련할 생각입니다만, 다음 일요일은 부활절, 아시다시피 기독교인에게는 큰 명절 아닙니까. 가장 좋은 음악을 선사해야 하지 않겠어요? 전 선생님도 떠나시는 마당이고요. 좋은 노래로 작별인사를 드려야 하지 않겠습니까? 어쨌든 이번 일요일에는 조 집사님이 노래해주셔야겠습니다. 지금 제가 참고 들어줄 수 있는 목소리는 집사님뿐이에요." 성악가들은 늘 누군가 칭찬해주기를 바란다. 찰스는 재능을 확인받고 싶다는 그들의 끝도 없는 욕구가 아주 지긋지긋한 사람이었다. 한데 성악가에게 독창을 한 번 더 해달라고 사정하고 있다니? 있을 수 없는 상황이었다.

"하지만."

"이 곡이 마음에 안 드십니까?"

"아뇨. 아뇨. 이보다 더 아름다운 곡이 어디 있겠어요. 하지만…… 하지만……."

"정말 저 소프라노 친구들이 당신한테 화낼까 봐 걱정스러우세요? 최고로 잘 부르는 사람은 언제나 따돌림받기 마련입니다. 주님을 찬양하는 것보다 남들이 어떻게 생각하는지가 더 중요하세요? 전 선생님의 마지막 예배가 어떻게 되든 상관없어요? 지난 일요일에 전 선생님이 떠난다고 하니까 우시던데요."

"저는…… 저는……." 리아는 말하는 것보다 입을 다물고 있는 것을, 다른 모든 것보다 노래를 좋아했다. 무슨 말이든 하고 싶었지만, 할 말이 없었다.

찰스는 이제 화가 나 있었다. 그녀가 아직도 동의하지 않는다는 것을 알 수 있기 때문이었다.

"사람들이 무슨 말을 할지, 어떻게 생각할지, 그런 걸 대체 왜 신경 씁니까. 젠장."

"단지 제가 그런 걸 신경 써서가 아니라……."

"겁쟁이처럼 굴지 마세요. 이미 당신은 너무 많은 걸 잃었습니다. 당신이 자기 몫을 챙기려고 싸웠더라면……."

리아는 자신에 대해 전혀 모르는 이 남자를 멍하니 응시했다. 도대체 무슨 이유로 내 인생에 대해 이렇게 험한 말을 쏟아붓고 있나? 그녀의 삶에 잘못된 것은 없었다. 열심히 일하고 자신을 사랑해주는 남편의 존재에 감사했고, 영리한 딸들의 존재에 감사했고, 건강한 것에 감사했다. 노래는 예상치 못하게 덤으로 주어진 아름다운 선물이었다. 그녀는 친구들에 대해서도 신경을 썼다. 모두에게 기회가 주어져야 한다. 그녀는 발치의 빨간 타일을 응시했다.

"이래서 한국인과 일하는 것이 싫어요. 다들 꽉 막혀서는. 팀 전체보다 당연히 당신 자신을 선택해야 할 것 아닙니까." 찰스는 리아가 자신의 말뜻을 이해하든 말든 상관없이 말을 내뱉고 있었다. 그는 자신의 가족에게, 뉴욕 이민자 사회에, 심지어 계속해서 타협하기를 원하는 자신이 아는 예술가들, 한국인도 아닌 예술가들에게 화를 내고 있었다. 예술가라면, 진정한 예술가라면 그럴 수 없다. 예술가라면 다른 사람들이 가진 것들을 갖지 못해도 어쩔 수 없는 것이다. 행복한 결혼생활, 아이들, 평화로운 가정, 은퇴 연금, 심지어 정신건강까지도. 이런 것들은 관습을 따르는 대가로 주어지지만 역사 속의 위대한 예술가들은 그중 많은 것들을 가질 수 없다. 전처 둘은 아이를 원했지만 그는 바로 이런 이유 때문에 아이를 거부했다. 찰스는 안정적인 직장이나 울어대는 아이가 들어설 자리를 마련하기 위해 예술을 포기할 생각이 없었다. 음악 없는 삶은 견딜 수 없었기 때문이었다. 음악이 없다면 총을 입에 물고 방아쇠를 당길 수도 있을 것 같았다.

찰스는 피아노 건반 위로 고개를 숙였다. 어느덧 그의 음악 인생은 김치찌개 냄새 풍기는 이 지하 연습실까지 전락하고 말았다. 진짜 재능을 지닌 머리가 희끗희끗한 가정주부에게서 공평해야 한다는 설교나 듣고 있다.

리아는 어떻게 해야 할지 알 수 없었다. 새 지휘자는 그녀에게 아주 화가 난 것 같았다.

"부를게요." 그녀는 말했다. "전 선생님 송별 예배에서 독창을 부를게요. 집에서 연습도 할게요." 그녀는 지휘자가 피아노에서 고개를 들고 자신을 봐주기를 바라며 말을 이었다. 다시 웃어주었으면. "저는 그저 연달아 두 번 주일 예배 때 제가 독창을 하는 것이 옳다고 생각하지 않았던 것뿐이라서요."

찰스는 고개를 들고 소리 질렀다. "빌어먹을! 내가 한 말을 전혀 안 들었습니까?"

리아는 겁에 질려 눈을 깜빡이며 물러섰다. 조셉은 이렇게 험한 말을 한 적이 없었다.

찰스는 다시 숨을 들이쉬었다. "플레이어에서 시디 꺼내서 집에 가져가서 들으세요. 성악가의 감정에 귀를 기울이세요. 가사를 음미하고 음악을 느끼세요. 원하는 이상 느끼세요. 구원에 대해 노래하고 싶으면, 죄를 인정해야 합니다." 그는 리아가 자신의 말을 이해하는지 알 수 없었다.

리아는 자리에서 일어났다. 떨리는 손으로 플레이어에서 시디를 꺼내고, 케이스에 넣었다. 그녀는 조용히 옷장으로 다가가 소지품을 꺼냈다. 문을 열고, 돌아서서 인사했다. 찰스는 두 손으로 얼굴에서 눈물을 닦았다. 리아는 그의 자존심을 지켜주고 싶어서 못 본 척했다. 교회 주차장에는 그녀의 차만 덩그러니 남아 있었다. 리아는 천천히 집으로 차를 몰았다. 지휘자가 정확히 어디서 사는지, 차도 없이 오늘 밤 얼마나 이동해야 하는지 궁금했다.

14

환대

케이시는 아침식사 설거지를 마치고 출근하려고 옷을 갈아입었다. 백화점 출근 시간은 한 시간 반이나 남아 있었지만, 집에 계속 있을 수가 없었다.

은우는 왜 일찍 집을 나서느냐고 묻지 않았지만, 케이시는 업무 시작 전에 사빈을 만나기로 약속했다고 굳이 둘러댔다. 사실이 아니었다. 매디슨 애비뉴를 향해 걸음을 옮기면서, 그녀는 왜 자신이 그에게 거짓말을 했는지 알 수 없었다.

그녀는 자기연민을 느끼는 것이 싫었고, 매디슨 애비뉴까지 한참 걷다 보면 더러운 기분이 나아질지도 모른다고 생각했다. 경영대학원 첫해가 거의 끝났지만 투자은행 여름 인턴 자리는 아직 얻지 못했고, 그 때문에 기분이 너무 좋지 않았다. 휴 언더힐은 필요한 것이 있으면 언제든지 전화하라고 했지만, 도움을 청한다는 것 자체가 싫었다. 학교 친구 대부분은 소규모 인터넷 스타트업에 여름 일자리를 얻었다. 케이시도 몇 군데 면접을 보았지만 구미가 당기는 곳을 찾지 못했다. 단어 끝에 닷컴이 붙으면 무슨 일이 생기는지, 그런 회사에서 무엇을 하는지 도무지 이해할 수가 없었다. 한데 다들 요즘 진짜 일은 그런 곳에서 벌어진다고들 했다. 게다가 면접관들은 열두 살도 안 되어 보일 정도로 어렸다. 하지만 몇 만 달러 수준의 빚을 진 여자가 일자리를 까탈스럽게 고를 처지는 아니라고 스스로 다짐하며, 케이시는 시장조사기업 스클라닷컴에서 들어온 제의를 거절하지 않았다. 은우가 직장을 잃은 지난 석 달 동안, 그녀의 신용카드 채무 상태는 점점 악화되고 있었다. 꾸준히 갚아가던 빚이 다시 늘고 있었다. 모자, 드레스, 멋진 구두, 백화점 근무복 차림으로 걷고 또 걸으며, 케이시는 그저 도망치고 싶었다. 하지만 어디로 가야 하나.

매디슨 애비뉴의 상점은 대부분 옷가게였지만 이상하게도 쇼윈도를 구경할 마음이 나지 않았다. 모든 것이 비쌌고 감히 엄두도 낼 수 없는 것들이었다. 요즘은 자신의 의류비 지출 내역만 봐도 구역질이 날 정도였다. 물건을 산다는 것에 대한 죄책감이 한시도 떠나지 않고 그녀를 짓누르고 있었다. 70번가 모퉁이에서 그녀는 깜빡이는 빨간 신호등 앞에 멈춰 섰다. 바로 몇 발짝 옆에 고서적 전문 서점이 있었다.

출입문 상부 문틀 위에 설치된 사각형 에어컨이 계속 웅웅거리며 도로에 물방울을 뚝뚝 떨어뜨렸다. 문을 열고 들어서자 종이 딸랑거렸다. 가게 안 어딘가에서 라디오에서 오보에 연주가 흘러나왔다. 책에 그려진 삽화가 담긴 액자가 노란색으로 칠한 벽에 걸려 있었다.

초록색 골프셔츠 차림의 나이 든 남자가 그녀에게 인사했다.

"안녕하세요." 머리 양쪽에 흰 머리털이 보송보송하게 남아 있을 뿐, 거의 대머리였다. 안경테는 파란색이고 손목에 찬 커다란 시계판 색깔과 어울렸다. 피부가 아주 창백했고, 얼굴과 손목의 파란 반점 때문에 우스꽝스러울 정도로 젊어 보였다. 나이는 일흔다섯, 혹은 여든 정도 될 것이다.

"멋진 모자로군요." 목소리는 나이에 비해 젊고 따뜻했다. 행복한 음성이었다. 그 목소리를 들으니 마음이 편안해졌다.

케이시는 클로슈 모자에 손을 댔다. 리넨으로 직접 만들어서 왼편에 작은 빨간 실크 꽃까지 단 모자였다.

"게다가 드레스까지. 이야, 멋진데요." 목소리는 즐거움으로 가득 차 있었다.

케이시는 앞뒤로 진홍색 수직선이 두 줄씩 있는 아이보리 플래퍼 스타일 드레스를 내려다보았다. 어깨에는 중고가게에서 산 자주색 실크 카디건을 걸치고 있었다. 주말에 입는 이런 변덕스러운 옷차림은 거의 시대극 무대의상처럼 보일 정도였다.

"데이지 뷰캐넌." 남자는 《위대한 개츠비》의 냉혈한 여인 이름을 외쳤다.

"네. 그런 것 같네요." 그녀는 대답했다. 그 이름은 남 몰래 보내는 윙크 같았다. 케이시 자신도 미처 의식하지 못했지만 그의 말이 맞았다. 이 모자와 드레스는 데이지 같은 사람이 입을 만한 것들이었다. 모자를 만들 때 케이시는 자기 자신이 아니라 보다 흥미로운 여성을 염두에 두었다. 자신이 소설 속 등장인물처럼 차려입는다는 생각은 해본 적이 없었다. "데이지가 한국인이라면 그렇겠어요." 갑자기 자신을 의식하자 쑥스러웠다.

남자는 이상하다는 듯 그녀를 쳐다보았다. "국적은 중요한 게 아니지요." 그는 이 시점에서 물러날 수 없다는 듯 엄숙하게 말했다. "분명 한국인 중에도 데이지나 베아트리체, 줄리엣이 있을 테니까."

케이시는 노인에게 반박하고 싶지 않아 눈을 깜빡였다. 무례한 것 같았다. 베아트리체가 어디서 나온 인물이더라? 단테였나? 그녀가 읽지 않은 책은 너무나 많았다. 제이도 그런 말을 종종 했었다.

"조셉 맥리드라고 해요." 그는 유쾌하게 말했다. "조, 아니면 조셉이라고 불러요. 둘 다 대답할 테니까."

"아……." 케이시는 갑자기 수줍어져서 미소 지었다. 아버지의 이름과 같았다.

조셉은 알루미늄 보행기에 기댄 채 절룩거리며 조심조심 마룻바닥을 가로질러 다가왔다. 그는 빛바랜 코듀로이와 갈색 허시퍼피 차림이었다. 왼쪽 신발은 쭈그러든 발목에 너무 커 보였다. 마침내 유리를 끼운 책장까지 와서 선 그는 빼곡하게 꽂힌 책등을 유심히 살펴보더니 작고 두꺼운 책 한 권을 꺼냈다. "이거지." 그는 만족스러운 표정이었다. 그는 검버섯투성이의 긴 손으로 책을 쥐고 가슴에 눌렀다. 보행기에서 손을 떼고 있어서 혹시 넘어지지 않을까 걱정스러웠다. 주름이 깊게 팬 이마에도 검버섯이 잔뜩 있었고, 눈가의 주름은 미소 지을 때마다 기분 좋게 깊어졌다.

"이걸 봐요, 이거." 그는 장난감을 쥔 아이처럼 책을 흔들었다.

혹시 이쪽으로 힘들게 걸어올까 봐, 케이시는 얼른 그가 있는 쪽으로 다가갔다.

조셉은 이것을 감사하게 여겼다. 그는 아무리 작은 친절도 당연하게 받아들이는 성격이 아니었다. 그는 책과 신문이 잔뜩 쌓인 호두나무 책상으로 다가가서 옆에 놓인 도서관 의자에 앉더니 오른손으로 케이시에게 맞은편 팔걸이의자에 앉으라고 손짓했다. 케이시는 손목시계를 흘끗 보고 의자에 앉았다. 기차를 타기까지 여유가 좀 있었다.

조셉은 아직 책을 가슴 가까이 댄 채 숨바꼭질하듯 두 손으로 표지를 가리고 있었다. 그는 잔뜩 집중한 눈으로 그녀를 쳐다보더니 꼭 껴안고 있던 책을 내밀었다.

"이 책 마음에 들 겁니다." 노인은 소장용 커버로 산뜻하게 싼 《제인 에어》를 한 권 내밀었다.

"아⋯⋯." 그녀는 한숨을 쉬며 말했다. 표지를 펼치니, 명함 크기의 카드 한 장이 들어 있었다. '미국 초판. 상태 최상. 뒤표지 작은 잉크 자국. 5,000달러.'

"제가 고등학교 때 제일 좋아한 책이에요." 어떻게 알았는지 물어보고 싶었다.

진한 녹색 눈동자에는 미세한 갈색 점이 있었다. 금빛 속눈썹은 짤막한 깃털 같았고, 눈가의 얇은 피부에는 햇빛 때문에 주근깨가 잔뜩 나 있었다. 여든 살보다 더 나이가 들었을 것 같기도 했다. 케이시의 아버지보다야 훨씬 나이가 많겠지만, 백인의 나이는 정확히 가늠할 수가 없었다. 비슷한 또래의 한국인보다 더 젊게 행동하기 때문이었다.

"세상 모든 책벌레 아가씨들은 제인 에어니까요." 그는 말했다. "좋은 사람이 되고 싶어 하는 아가씨들은 모두 다."

"전 책벌레가 아닌데요." 케이시는 말했다. 엘름허스트 도서관에서 좋아했던 사서 메디 부인이 만든 짧은 독서목록에 있던 옛날 책들을 몇 권 읽었고 메리 엘런 커리가 추천한 책도 읽긴 했지만, 그녀의 문제는 어떤 책이 마음에 들면 똑같은 책만 몇 번이고 들입다 읽는다는 점이었다. 왜 그런지 정확히 설명하기는 힘들었지만, 그녀가 좋아하는 책들은 두 번, 세 번 읽으면 더 좋았다. 버지니아 크래프트는 단테 이탈리아어 원서부터 그 많은 프루스트 프랑스어판에 이르기까지 온갖 책을 읽었다. 제이는 셰익스피어 희곡 수십 편을 읽었다. 그는 셰익스피어 소네트와 보들레르의 시상당 부분을 암송할 수 있었다. 케이시가 읽은 셰익스피어는 기껏해야 〈햄릿〉과 〈로미오와 줄리엣〉뿐이었다. 엘라와 제이는 시를 정말 좋아했지만, 그녀는 거의 아무것도 이해하지 못했다. 그녀는 경제학 전공이었고, 어떻게 읽어야 하는지 제대로 지도받지 않은 채 혼자 펭귄 클래식 스무 권 정도를 읽었을 뿐이었다. 하지만 책에 대한 친구들의 견해를 듣는 것이 좋았고, 자기가 좋아하는 책과 싫어하는 책을 자신 있게 말하는 친구들이 대단해 보였다. 친구들이 책에 대해 이야기할 때면 그녀는 질문을 많이 했다. 이런 대화는 케이시에게 좋은 수업 같았다. 사립학교에 다니고 비교문학과 영어를 전공한 친구들은 책에 나온 사상들을 완전히 이해하고 그 내용에 대해 자유롭게 토론하는 것이 가능한 것 같았다. 이 서점에 들어서기 전만 해도, 케이시는 자신이 문학을 자유자재로 다루는 친구들의 지식을 얼마나 부러워하는지 미처 깨닫지 못했다.

매일 아침 케이시는 성경을 읽고, 지하철에서는 좋아하는 동화책만 읽는 어린아이처럼 똑같은 책을 거듭 읽었다. 그녀는 버지니아 같은 지식인이나 탐미주의자가 아니었다. 그녀는 재봉틀 앞에 앉아 있거나 백화점 계산대 뒤에 서 있을 때 훨씬 편했다. 컨 데이비스나 스턴 스쿨에서 만난 사람 중에는 소설을 읽는 사람이 없었다. 백화점에서 만난 판매직원 중에는 작가나 예술가가 있었지만, 케이시를 요란한 모자와 값비싼 신발이나 즐기는 여자이겠거니 지레짐작하고 말을 걸 생각을 하지 않았다. 사실 그들의 눈은 정확했다. 월 스트리트에서 케이시가 만난 많은 사람들은 멋진 물건들을 소유하고, 새로 생긴 식당에서 식사를 하고, 값비싼 여행을 다니고 싶어 했지만, 그녀가 아는 예술가들은 그런 것들에 대해 경멸감을 표현했다. 케이시는 자신이 양쪽 어디에도 속하지 않는다고 느꼈다.

케이시는 《제인 에어》를 손에 쥐고 쓰다듬었다. 고등학교 시절 읽었던 《제인 에어》는 은우의 아파트에 있는 그녀의 책 무더기 어딘가에 섞여 있을 것이다. 이런 고서를 굳이 살 필요는 없었다. 하지만 그녀는 그 책을 가방에 넣고 싶었다. 미술관에서 다른 관객

없이 혼자 조용히 좋은 그림을 감상하고 싶은 마음처럼, 혼자 그 책을 탐독하고 싶었다.

조셉은 모자를 쓴 젊은 여자를 바라보았다. 표정이 너무 슬퍼 보여서, 그저 행복하게 해주고 싶은 마음이 들었다. 그는 눈을 감고 극적으로 두 팔을 들어 올렸다. 그리고 서커스의 마술사처럼 케이시의 핸드백을 향해 손을 흔들어 보였다.

"그 가방 안에는 낡은 《미들마치》 페이퍼백이 들어 있군요."

"네?" 케이시는 커다랗게 외쳤다. 핸드백 지퍼는 닫혀 있었다. "어떻게 아셨어요?" 그녀는 물었다.

조셉은 참을 수 없어 웃음을 터뜨렸다. "우리는 72번가와 렉싱턴 애비뉴 길모퉁이에 있는 같은 정류장에서 버스를 기다리는 사이예요. 지난가을까지, 월요일부터 금요일까지는 사무직 옷차림을 하고 있더군. 주말에는 멋진 모자와 화려하기 짝이 없는 드레스를 입으셨고. 요즘은 평일에 잘 안 보이더군요. 하지만 토요일에 버스에서 눈에 띌 때는 늘 책을 읽고 있었어. 가끔 너무 신경을 쓰지 않아서 차에 치일까 봐 걱정되기도 하지. 올해는 새커리, 하디, 엘리엇을 읽으시더군. 책 읽는 속도가 느린 편이거나, 같은 책을 읽고 또 읽는 것 같았어. 작년에는 《안나 카레니나》를 한참 동안 읽었고. 미국 작가도 읽으시더군. 캐더, 헤밍웨이, 더스패서스, 싱클레어 루이스. 1945년 이후 작가는 거의 없었고, 프랑스 소설도 손을 안 대고."

케이시는 입을 떡 벌렸지만 뭐라고 대답해야 할지 알 수 없었다. 이거 혹시 위험한 상황 아닌가?

"전《마담 보바리》와《사촌 베트》를 좋아하는데요." 그녀는 마침내 말했다. 질문에 가까운 말투였다.

"아주 좋은 책들이지." 조셉은 칭찬하듯 말했다. 그는 힘이 솟았다. "물론 플로베르가 발자크보다 더 탁월한 작가이지만." 그는 고개를 옆으로 갸웃하면서 파란 안경을 고쳐 썼다.

케이시는 아무 말 없이 미소 지었다. 두 작가 다 한 권씩밖에 읽지 않았다.

"하지만 그러다가도《미들마치》로 돌아가더군. 지난 토요일에도 그걸 읽고 있는 걸 봤어요. 그래서 아직 읽고 있을 거라고 생각한 겁니다."

"하지만 전 어르신을 한 번도 못 봤는데요." 케이시는 중얼거렸다. 문득 자신이 상대의 감정을 상하게 한 게 아닌가 하는 생각이 들었다. 그녀 역시 이런저런 곳에서 무시당한 경험이 있었기 때문에, 자신이 상대에게 전혀 관심을 두지 않았다는 것이 미안했다. 정확히 말해 그가 두렵게 느껴지지는 않았지만, 이건 한 번도 경험하지 못한 상황이었다. 자신을 관찰할 만한 대상이라고 생각해 본 적이 없었던 것이다.

조셉은 그녀가 염려하는 것을 눈치챘다. "무서워할 것 없어요, 아가씨. 난 아무 해 끼칠 일 없는 노인네라오. 게다가 장애인이고. 그저 사람들이 버스에서 뭘 읽나 관심이 많을 뿐이야. 작년에 세상을 떠난 아내는 내가 빤히 쳐다보는 것이 무례를 넘어서 병이라고 하더군, 상상할 수 있겠지?" 그는 클클 웃었다.

"게다가 아가씨는 예쁜 옷차림 때문에 늘 시선을 끌었어."

케이시는 자신이 입은 드레스와 굽 높은 메리제인 신발을 내려다보았다. "우습게 보이죠, 저도 알아요. 늘 일해야 하는 걸 견뎌내는 나름의 방식인 것 같아요. 저 자신을 즐기고……."

"아니, 아니, 아가씨. 그렇지 않아." 그는 케이시가 당황하는 것을 보고 말을 자르다가 곧 후회했다. 그녀가 무슨 일을 하는지 너무나 궁금했기 때문이었다. 혹시 배우일까? "정말 보기 좋아요. 아내는 세상에서 제일 아름다운 모자를 썼다오. 워낙 그쪽에 취미가 있었지. 나도 모자를 쓴 여자들을 보면 기분이 좋아."

"저는…… 버스정류장에서 어르신을 못 봤어요. 기억이 나지 않아서……. 그 말씀은 맞아요, 전 버스를 기다리면서 항상 책을 읽죠. 워낙 읽을 시간이 없어서……."

"노인을 쳐다보는 사람이 어디 있나." 그는 미소 지었다. 60대 초반이 되면서 깨닫기 시작한 사실이었다. 초대받는 일도 줄어들고, 젊은 사람들은 같이 어울리려 하지 않고, 중년들은 노인에게 얻을 것이 남아 있다고 생각하지 않는다. 자기 자신이 젊었을 때도 다르지 않았다고 생각하면 겸허해졌다.

케이시는 마음이 안 좋았다. 그녀의 친구 중에 가장 나이 많은 사람은 사빈이었지만, 사빈도 아직 40대 초반이었다.

"괜찮아." 그는 케이시를 달랬다. 그녀는 의도적으로 누군가를 무시하는 종류의 인간은 아니었다. "나도 젊을 때는 봐주는 사람들이 많았지. 이제 아가씨 차례야." 그는 신나는 기억들이 줄줄이 떠오르는지 너털웃음을 터뜨렸다. 그리고 팔짱을 끼더니 자랑스럽게 가슴을 내밀었다.

둘 다 웃었다.

"드디어 내 책방에 들어오셨으니, 《제인 에어》를 2,500달러에 드리지. 나는 아가씨가 여기 올 거라고 생각하지 않았어. 데이지가 내 파티에 나타나다니!"

케이시는 미소 지었다. 그녀는 노란 색인카드를 흘끗 보고 뒤표지를 확인했다. 잉크 자국은 무시해도 될 수준이었고 와인색 비슷하게 바래 있었다.

"난 올해 은퇴할 예정이라 재고를 천천히 정리하고 있어. 크리스마스 지나고 문을 닫을 거요. 일곱 달 남았지."

케이시는 《제인 에어》를 무릎에 놓았다. 가방을 열어 《미들마치》 페이퍼백을 꺼냈다. 갑자기 불쑥 용기가 솟았다. "도로시아 브룩은 정말 바보 아닌가요?" 케이시가 한편으로는 좋아하면서도 한편으로는 싫어하는 엘리엇 소설 속의 인물이었다.

"맞아. 원칙을 지닌 등장인물들은 대체로 그렇지." 그는 말했다. "하지만 엘리엇은 도로시아에게 시련을 부여해 도로시아는 늙은 커소번과 결혼하지. 한데 그는 바보였잖아! 난 도로시아가 안됐다는 생각이 들어. 너무 많이 믿고 있는 젊은 여자일 뿐이야." 도로시아의 남편 커소번은 아무도 읽지 않을 거창한 책을 집필하기 위해 자료 조사를 하며 평생을 보낸 학자였다.

"네, 하지만 커소번에게도 비극은 있어요. 그에게 돈과 일은 있지만, 진정한 사랑은 없잖아요. 사랑 없이 살 수는 없죠." 그녀는 불쑥 말했다.

"그렇지, 살 수 없지." 조셉은 고개를 끄덕이며 동감했다.

책방 주인은 문득 가슴이 아픈 것 같았다. 눈빛에 떠오른 슬픔 때문에 한층 나이 들어 보였다. 그녀가 한 말 때문에 심란해진 것이었다. 케이시는 자신에게 책을 살 돈이 있으면 얼마나 좋을까 생각했다.

"하지만 제인 에어는…… 훨씬 좋은 여자 주인공 아닌가요?" 케이시는 자유로운 손으로 희귀본을 집었다.

외로워 보이던 표정에 미소가 떠올랐다. "제인? 아, 제인은 제일 영리한 여자지."

케이시는 못생긴 고아로 태어나 가정교사가 된 뒤 비극적인 결혼생활을 하고 있는 집주인 로체스터와 사랑에 빠진 여주인공을 자신이 얼마나 사랑했던지 떠올리며 고개를 끄덕였다. 로체스터를 떠난 것은 얼마나 올바른 선택이었는지, 그가 아내와 사별하고 눈이 멀었을 때 돌아와 그를 돌본 것은 얼마나 착한 행동이었는지. 그 이야기는 어린 시절 어머니가 케이시와 동생에게 들려주던 한국 동화를 연상시켰다―희생과 헌신이야말로 좋은 여자가 걸어야 할 유일한 길이라는 교훈이었다.

케이시는 오래된 책을 바라보며 표지를 쓰다듬었다. 조셉에게 책을 다시 건넸지만, 그는 받지 않았다.

"2,000달러." 조셉은 그냥 주고 싶은 마음이 굴뚝같았지만, 일주일 동안 책을 한 권도 팔지 못했다. 집세를 내기 위해 다시 은퇴연금에 손대고 싶지는 않았다. 여름이 다가오고 있었고, 이맘때 판매는 신통치 않다. 크리스마스 시즌에 잘 팔아서 만회하는 것이 그의 목표였다.

"아주 좋은 가격이야." 그는 말했다.

"저한테는 정말 큰돈이에요." 주머니에 현금이 있다면 그에게 주었을 것이다. 그녀에게 돈은 언제나 일종의 짐이었다. 있으면 써버리게 되고, 없으면 어떻게 살아야 할지 걱정하게 된다. 항상 초조한 기분이 들지 않도록 돈이 늘 수중에 충분하다면 얼마나 좋을까. 아니, 충분한 돈이란 게 있기나 할까.

"1,500달러." 조셉은 입술을 내밀며 말했다. "내가 산 가격보다 더 싸게 주는 거야."

도대체 뭘 보고 내가 이런 희귀본을 살 형편이 된다고 생각하는 거지? 케이시는 어리둥절했다. 옛 상사 케빈 제닝스는 프린스턴에서 습득한 그럴듯한 어휘와 값비싼 옷차림을 놀려대곤 했다. 매장에 들어서면 이따금 점원들이 그녀를 돈 많은 일본인이라고 생각할 때도 있었다. 조셉도 그런 생각을 한 걸까? 경매장으로 일하러 가는 젊은 상속녀들과 한데 뒤섞여 어퍼이스트사이드 버스 정류장에서 버스를 타고 화려한 드레스 차림으로 옛날 소설을 읽고 있어서? 그렇지, 당연히 불에 태워도 좋을 정도로 돈이 많을 거라고 생각한 게 틀림없었다. 신발에 몇 백 달러를 쓸 수 있다면, 희귀 고서라고 못 살 이유가 없지 않나.

케이시가 들어온 뒤로 가게를 찾은 손님은 한 사람도 없었다. 백발의 주인은 그녀에게 친절하게 대해주었고, 책에 대해 이야기해주었다. 케이시는 반드시 매상을 올려야만 하는 절박함이 어떤 것인지 알았다.

"좋아요." 그녀는 조용히 말했다. 휴 언더힐에게 전화해서 시장

조사 일자리보다 훨씬 급여가 센 투자은행 여름 인턴 면접 기회를 알아봐달라고 부탁하는 수밖에 없다. 하지만 컨 데이비스 인턴 프로그램은 지금쯤 정원이 찼을 것이다. 당연히 그럴 것이다. 벌써 5월이니까.

케이시는 한도액이 2,000달러 남은 카드를 지갑에서 꺼냈다. 현금이나 수표로 물건을 사야 했던 대학 시절에는 불가능했던 일이었다. 의외로 케이시는 단 한 번도 수표를 부도낸 적이 없었다. 그건 사기처럼 느껴졌기 때문이었다. 그녀는 카드를 주인에게 건넸다.

"아, 정말 잘됐군." 그는 말했다. 케이시는 아주 좋은 가격으로 책을 갖게 되었다. 조셉은 이 아가씨가 이 책을 손에 넣은 것이 기뻤다. 그는 얇은 갈색 종이로 책을 포장했다.

케이시는 꾸러미를 받았다. "감사합니다."

"다시 들러줬으면 좋겠어."

"네, 버스정류장에서 어르신을 찾아볼게요."

조셉은 그녀의 얼굴을 확인했다. 행복해 보이지 않았다.

"괜찮나?" 그는 걱정스럽게 물었다.

"네, 그럼요." 그녀는 대답했다. "이만 가봐야겠어요."

서점을 나서니 콘크리트 보도의 날카로운 모서리가 부드러운 신발 밑창을 파고 들었다. 케이시는 택시를 불렀다. 지각할 수 없으니 점심값을 써야 할 판이었다. 매장에 도착하자 매니저 주디스가 차갑게 그녀를 맞았다. 점심시간에 케이시는 여느 때처럼 사빈의 사무실에 가서 요거트 한 컵을 먹었고, 사빈이 가을 컬렉션에 대해 이야기하는 것을 건성으로 들었다. 속으로 그녀는 조셉에게 책을 돌려주기로 마음먹었다. 어쩌면 그도 이해할 것이다.

하지만 다음 날 아침 케이시는 침대 옆 탁자에 책을 놓아두고 집을 나섰다. 일요일이라 문을 닫은 서점 앞으로 버스가 지나가자, 문득 조셉이 선반으로 걸어가서 직접 책을 꺼내주던 모습이 떠올랐다. 주중에 그녀는 학교에 갔고, 토요일 아침에 버스정류장에서 조셉과 마주쳤다. 그는 정말로 반가워했다. 조셉이 서점 건너편에서 내릴 때까지 두 사람은 나란히 버스에 앉아서 이야기를 나누었다. 그는 케이시가 쓴 모자를 보며 감탄하더니 아내 헤이즐에 대한 재미있는 이야기를 들려주었다. 헤이즐은 모자와 장갑이라면 사족을 못 쓰는 여자였다. 케이시는 책 이야기를 꺼낼 수가 없었다.

다음 주 월요일 아침, 케이시는 사무실에 있는 휴 언더힐에게 전화를 걸었다.

"오, 오랜만이야. 잘 지내지." 휴는 말했다. "목소리 들으니 반갑군."

"안녕하세요, 휴……." 케이시는 웃었다. 그는 피곤한 기색은 전혀 없고 활력이 넘쳤다. 마지막으로 그를 본 것은 쿠리야에서 있었던 케이시의 송별회였다. 9월, 학사 일정이 본격적으로 시작되기 전이었다. 그 뒤로 몇 번 통화는 했지만, 만나지는 못했다. "투자은행 인턴 프로그램에 면접 좀 주선해주실 수 있어요?" 그녀는 물었다.

휴는 커다랗게 웃었다. "하하, 진부한 인사치레에 시간 낭비하기 싫다 이거지. 잘 지냈어요, 휴? 어떻게 지냈어요? 부인과 아이들은 잘 지내요? 여름 계획은 어떻게 되세요? 이런 건 귀찮은 모양이지."

"부인과 아이들 없잖아요."

"그새 생겼을 수도 있잖아. 마지막으로 본 게 꽤 오래전인데."

"그렇게 오래되지 않았어요."

"오래됐어." 휴는 머릿속으로 달수를 계산했다. "거의 아홉 달이나 됐네! 허, 진짜 애를 낳았을 수도 있다고."

"그런 식으로 계산까지 하다니 정말 제가 너무나 보고 싶었나 보네요." 케이시도 그간 시간이 얼마나 지났나 헤아려보았더니, 그의 계산이 맞았다. 혹시 정말 결혼한 걸까? 하지만 휴가 결혼을 할 수도 있다는 생각 자체가 너무 터무니없었다. "어쨌든, 도와줄 수 있는지 없는지 말씀해주세요."

휴는 잠시 사이를 두고 머릿속에서 1부터 8까지 세었다. 8은 그의 행운의 숫자였다. 여자들은 잘못된 정보를 싫어하지만 기다리는 것도 싫어한다. 그는 케이시를 괴롭히고 싶었다. 아주 약간만.

"좀 늦지 않았나?" 그는 말했다. "이번에도 그놈의 자존심에 발목 잡힌 거야? 그것 때문에 나한테 더 일찍 전화를 안 한 거지?"

"휴." 그녀는 조용히 말했다. "도와줄 수 있어요, 없어요? 좋을 대로 하세요."

"그래, 고양이 아가씨. 당연히 도와줄 수 있지. 기꺼이 돕고 말고. 하지만 그런 뻐딱한 태도라니, 나한테 크게 빚진 거야."

케이시는 기분 좋게 미소 지었다. "늘 말만 그렇게 하시지."

"당신은? 행동을 취할 만반의 준비가 돼 있고?" 휴는 택시 안에 있던 그녀의 모습을 떠올렸다.

"수작 그만 부려요, 휴. 자리 얻어줄 수 있어요?" 도무지 진지한 말투를 유지할 수가 없었다.

"찰리 시덤에게 전화하지. 하지만 자리를 얻느냐 마느냐는 당신한테 달렸어." 휴의 친구 찰리는 경영대학원 학생을 대상으로 한 여름 인턴 프로그램 책임자였다.

"고마워요, 휴." 케이시는 마음이 놓였다. "당신 말이 맞아요. 자존심 때문에 좀 더 일찍 전화를 못 했어요."

"아, 속이 시원하군. 됐어. 내가 다시 전화하지."

몇 시간 뒤, 수요일 오후에 면접 일정이 잡혔다는 소식이 날아왔다. 케이시는 조직행동론 수업을 거르고 찰리 시덤을 만났고, 시덤은 왜 이렇게 늦게 면접을 보게 되었는지 캐물으며 그녀를 들들 볶았다. 어쨌든 그녀는 인턴 자리를 얻었고, 케이시는 휴에게 와인 한 병을 보내고 저녁을 한턱내겠다고 약속했다.

3부

은혜

1

대상

엘라의 변호사 로널드 커버데일은 테드의 요구에 놀라지 않은 유일한 사람이었다. 이혼 전문 변호사로 일해온 24년 동안, 그는 인간의 감정이 일으킬 수 있는 최악의 사태를 두루 구경했다.

엘라는 50번가와 파크 애비뉴 교차로에 위치한, 햇살이 환히 들어오는 39층 고급 사무실에 앉아 있었다. 이보다 더 아름다울 수 없는 날씨였다. 로널드 커버데일의 널찍한 사무실에서는 희미한 담배 냄새와 값비싼 시트러스 방향제 향이 풍겼다. 유리와 철로 된 책상 위에는 충전기 크기의 크리스털 재떨이가 놓여 있고, 반쯤 피운 꽁초가 딱 하나 버려져 있었다. 변호사는 말쑥했고 몸에 딱 맞게 재단된 영국제 슈트 차림이었다. 로널드는 두뇌 회전이 빠른 사람이었고 대부분의 사람들에 대해 인내심이 부족했다. 새 고객은 거의 필요하지 않았지만, 엘라 심 이혼 건은 아들이 다니는 학교의 개발팀장인 데이비드 그린이 부탁해서 맡게 된 것이었다. 로널드는 엘라 심이 고객으로서 마음에 들었다. 아니, 워낙 외모가 뛰어나게 아름다웠기 때문에 보고만 있어도 기분이 좋았다. 이혼 전문 변호사로 오랜 세월 일하며 터득한 사실 하나를 입증해주는 사례이기도 했다. 남자들은 젊고 아름다운 부인이든 못생긴 부인이든 상관없이 버리고 떠난다. 낭만적인 사랑이란 그리 안전하다고 할 수 없는 복잡하고 변덕스러운 결합이다.

로널드는 결혼이 지속되려면 배우자 쌍방에게 굳건한 의지와 실패에 대한 두려움, 관습에서 이탈하는 것에 대한 강렬한 수치심이 있어야 한다고 믿었다. 아니, 그것이 행복한 결혼생활의 비결은 아니지만, 적어도 두 사람이 결혼생활을 유지하게끔 할 수는 있다. 섹스를 많이 하면 그것도 도움이 된다. 아이를 위해서 참느니 어쩌느니 하지만 아이를 많이 갖는다고 결혼이 유지되지는 않는다. 사실 아이가 많을수록 남자가 바람을 피우고 여자는 너무 바빠서 눈치를 못 채거나 피곤해서 신경도 안 쓸 확률이 높아진다. 아이들이 그리 귀엽지 않아지고 여자가 재혼하기에도 너무 늦은 나이가 되면, 남자는 메데이아 효과*를 입증하며 떠난다. 엘라 심의 이혼은 여자가 임신한 동안 남자가 곁에 있다가 아이를 낳고 얼마 지나지 않아 떠난 경우였기 때문에 흥미로웠다. 로널드는 갖가지 사례를 다 보았다.

"왜 공동양육권을 달라고 할까요?" 엘라는 조신하게 두 손을

---

* 메데이아는 그리스 신화에 등장하는 이아손의 아내로, 다른 여성과 결혼하려는 남편에 대한 복수심으로 자신의 아이들을 모두 죽인다.

무릎 위에 모은 채 변호사에게 물었다.

"그가 왜 그렇게 하고 싶어 한다고 생각하십니까?" 로널드는 질문을 되받았다. 변호사가 굳이 이런 문제를 짐작할 이유는 없다. 아내가 자기 배우자를 더 잘 아는 법이다.

"전 8월부터 아버지의 집에서 지냈는데, 포리스트힐스에 있던 여덟 달 동안 테드는 아이린을 보러 여섯 번 찾아왔어요."

"부인께서 맨해튼에 돌아오신 뒤에는요?" 로널드는 펜을 집어 들고 날짜를 받아 적었다.

"저는 5월 1일에 집에 다시 들어왔어요." 돌아가서 집을 차지하라고 밀어붙인 사람은 케이시였다. "맨해튼에 돌아온 뒤 지난 2주 동안 테드는 한 번도 오지 않았어요. 그에게는 아이를 만날 권리가 있고, 그는 제가 권리를 절대 막지 않으리라는 걸 알아요. 아이린이 자기 아버지를 잘 알고 정기적으로 만나는 사이가 되기를 제가 바란다는 것도요." 엘라의 목소리는 점점 더 초조해졌다. "한데 변호사님께서 그가 아이린을 빼앗아갈 수도 있다고 말씀하시니."

"당신에게서 빼앗는 게 아닙니다, 엘라. 남편분은 법률적으로나 물리적으로나 공동양육권을 요구하고 있어요. 양육에 있어서 50퍼센트의 결정권을 가지고, 50퍼센트의 시간 동안 아이를 물리적으로 자신이 데리고 있을 수 있다는 뜻입니다. 테드의 변호사는 이 부분, 양육권 문제를 특히 강조했습니다."

"저는 아이린을 어떻게 키울 것인가 하는 문제에 대해 그의 의견을 물어볼 생각이었어요. 당연히 그럴 생각이었지만……." 엘라는 울기 시작했다. "하지만 절반이나 그와 같이 지내라고 보낼 수는……." 입에서 말이 나오지 않았다.

로널드는 책상 위의 휴지 상자를 그녀의 손 닿는 곳으로 밀어주었다.

"이해가 안 돼요." 엘라는 흐느낌을 삼켰다.

"이해를 못 하시는 게 아니라, 마음에 안 드시는 겁니다."

엘라는 혼란스러운 눈으로 그를 쳐다보았다.

로널드는 자신의 말투가 냉소적이었다는 것을 깨달았다. 네 번째 상담이었지만, 이 여자의 눈물은 다른 많은 여자들처럼 연기가 아니라는 것을 이제 알 수 있었다. 엘라 심은 정말 마음이 여린 사람이었고, 그는 약자를 향한 보호본능을 억눌러야 했다. 이혼소송을 진행할 때 변호사는 자기 자신의 고객조차 경계하는 자세로 대해야 한다.

"이해하시면서 이해를 못 하겠다고 하시면 안 됩니다. 그는 공동양육권을 원하고 있어요. 그 사실 자체에서 부인이 이해 못 하실 만한 부분은 전혀 없습니다. 부인은 똑똑하고 젊은 여성이에요. 부인이 정말 말하려던 것은 그가 하는 행동이 마음에 들지 않는다, 아니, 싫다. 혹은 동의하지 않는다, 입니다. 부인이 어떤 기분인지, 무엇을 원하시는지 말씀해주셔야 저는 부인의 대변인으로서 어떤 행동을 취해야 할지 알 수 있습니다. 세상이 완전히 무너지고 있는데 이해가 안 된다는 말만 하고 계시면 곤란합니다."

엘라는 고개를 끄덕였다. 보다 용감한 표정을 지어 보이려고 애썼다. 로널드의 시선은 너무 집요해서 머릿속을 꿰뚫어 볼 것 같은 느낌이었다. 그가 그녀를 두렵게 하고 있었다.

"엘라……." 변호사는 꿈에서 깨어나는 사람을 대하듯 부드럽게 말했다. "테드의 행동은 이혼의 지금 단계에서 흔한 일입니다. 부인을 잘 알고 있으니, 전략적으로 당신을 놀라게 할 수 있는 일을 하려 할 겁니다. 테드는 대체로 자기가 원하는 걸 갖는 성격인가요?" 수사적인 질문이었다. 변호사는 이미 답을 알고 있었다.

"네." 엘라는 그와 싸우는 것이 힘에 부쳐 물러났던 수많은 시간들을 떠올렸다.

"음, 남편분은 이전에 자기가 이겼던 바로 그 방식대로 이번 일도 할 겁니다. 생각해보세요. 실패하기 전에는 전략을 수정하지 않을 겁니다. 아시겠습니까?"

"네. 하지만 마음에 들지 않아요."

로널드는 미소 지었다. 그는 영리한 사람을 좋아했다. "왜 마음에 들지 않는지 말씀해주세요."

"테드가 항상 이겼고 제가 늘 져주었기 때문에, 그래서 마음에 들지 않아요. 그는 더 열심히, 더 부당한 방식으로 싸울 거고, 포기하지 않을 거예요. 테드는…… 변호사님은 그가 어떤 사람인지 몰라요."

"음, 조금은 알 것 같습니다. 전형적인 승리자 유형이죠. 이런 분은…… 까다로운 상대죠." 이혼 상대방에 대해 좋지 않은 말을 피하는 것이 로널드의 원칙이었다.

엘라는 시선을 피했다. 집에 들어오지도 않는 남자에게 절반이나 아이린을 빼앗기다니, 상상할 수가 없었다. 아이린이 밤에 두

부를 섞어주면 좋아한다는 것, 브로콜리를 먹이면 방귀를 뀐다는 걸 그가 알기나 할까?

"낙담해서는 안 됩니다. 승리하더라도 패자가 될 수 있으니까요, 엘라. 또한 테드에게 질 때마다 당신이 지기로 작정했다면, 그건 정말 진 것이 아닙니다."

엘라는 다시 그를 쳐다보았다. 희망이 있다고 말하려는 걸까?

"이런 겁니다. 저는 테드 같은 사람들을 수없이 봐왔지만, 다들 나쁘지 않은 사람입니다." 로널드는 어깨를 으쓱했다. "하지만 아무리 열심히 연구하고 정확해 보이는 전략을 쓴다 해도 이런 종류의 전투에는 의외의 상황이 발생합니다. 어떤 대상을 두고 싸우지 않고, 사람에 대해, 깊이 뿌리박힌 감정에 대해 싸움을 벌이기 때문에 그렇게 되지요. 이 업무를 하다 보면 의외의 상황이 많이 일어나요. 분명히 말씀드리지만 저는 그런 상황을 좋아하는 사람이 아닙니다."

"알겠어요." 엘라는 실망한 아이처럼 시무룩하게 말했다.

"양육권이 주요 의제입니다. 테드에게는 그것이 전략적인 무기가 되고 있어요." 로널드는 엘라가 자신의 말의 심각성을 제대로 이해하고 있는지 확인하려고 그녀의 눈을 보았다. 사람 자체가 이해력이 떨어지는 것 같지는 않았지만, 아직도 충격이 가시지 않은 듯했다. 경험상 이런 충격을 떨치려면 사람에 따라 1년에서 5년까지도 걸린다. 이혼하는 남녀는 모두 다른 방식으로 나이를 먹는다. 상대를 버리고 떠나는 경우, 불행한 결혼생활을 뒤로하고 사랑하는 사람을 찾아 떠나는 경우가 훨씬 낫다. 로널드의 첫 아내는 그가 떠난 뒤 재혼하지 않았다. 그녀가 충격을 완전히 이겨내는 데에 오랜 세월이 걸렸고, 로널드는 그 사실이 부끄러웠다.

"자기가 원하는 것을 얻기 위해 아이린을 이용할 거라는 말씀인가요?"

"물론입니다."

"믿을 수가 없어요. 테드는 악한 사람이 아니에요."

"전 그분이 악한 사람이라고 말씀드리지 않았습니다. 자신에게 유리한 일을 하고 있을 뿐이지요. 그분이 독점양육권을 요구하지 않은 것이 다행이라고 생각해야 합니다."

엘라는 한 대 얻어맞은 표정을 지었다.

로널드는 겨우 학생을 이해시킨 교수처럼 눈을 커다랗게 떴다. "맞습니다, 맞아요. 이해하셨군요."

"설마 그가 그런……."

"얼마든지 하고도 남습니다. 원하는 것은 뭐든지 할 수 있어요. 어쨌든 남편께서는 양육권을 이용해서 특정한 재산에 대한 부인의 권리를 포기하게 하고 양육비를 줄이고, 이런저런 일을 하려들 겁니다. 지금 돈은 문제가 되지 않는 것 같지만, 돈 많은 남자들도 상당히 쩨쩨하게 굴 수 있어요." 로널드는 테드가 고용한 변호사를 통해(변호사가 누구인지 알면 종종 고객의 성격을 정확하게 파악할 수 있다) 그가 진짜 개자식일 거라고 추정하고 있었다. 쳇 스테너는 머리부터 발끝까지 굶주린 사냥개 같은 인물이었다.

"혹은." 로널드는 말을 이었다. "남편분 역시 아이린과 인생 절반을 함께하고 싶다는 진지한 욕구를 갖고 계실 수도 있습니다."

로널드는 성공한 많은 남성들은 아이를 일종의 자산으로 바라보기 때문에 힘들게 얻은 재산을 남과 나누려 하지 않는다는 말은 굳이 하지 않았다. 차갑게 돌아서서 아내를 떠난 남자도 전처가 재혼하면 힘들어하는 경우가 있다. "아버지와 친하게 지낸다는 것은 아이린에게 좋은 일일 수 있겠지요."

"물론이에요. 난 아기를 아빠와 잘 모르는 사이로 만들 생각이 없어요. 그저 전…… 전 그가…… 그가 아이린을 키우게 하고 싶지 않아요." 엘라는 지금 테드와 같이 살고 있는 델리아의 이름을 차마 입에 올릴 수 없었다.

로널드는 의자 가장자리에 걸터앉아 몸을 앞으로 내밀었다. "그가 아이를 키우는 것이 걱정되십니까?"

"그와……."

"여자친구?" 로널드가 시원하게 말해버렸다.

"결혼할 거라고 했어요."

로널드는 그녀의 얼굴에서 시선을 돌리지 않았다. 엘라는 아직도 간통의 충격에서 벗어나지 못한 기색이 역력했다. 여자들은 그런 일을 쉽게 극복하지 못하지만, 업무 경험상 로널드는 오히려 여자들은 굴욕을 털어내고 다시 인생을 살아나가는 반면 남자들이야말로 절대 충격을 완전히 극복하지 못한다는 것을 알고 있었다.

"두 사람이 결혼하면 그 여자분도 아이린의 인생에 들어오게 됩니다. 양육권 문제가 어떻게 풀리든 그 여자분과 잘 지내는 것이 따님에게 최선이라는 점을 인정하셔야 한다고 조심스럽게 말씀드리고 싶습니다. 쉽지 않을 테고 부인께는 너무나 고통스러울 수도 있겠습니다만, 그쪽이 아이린에게 도움이 될 겁니다." 아이가 문제 될 경우 둘째 부인에 대해서 언제나 하는 정석적인 대사였다.

엘라는 고개를 끄덕였다. 평정을 유지하고 상냥하게 대하라는 뜻이다.

"자, 공동양육권 문제로 돌아가면……." 로널드는 시계를 확인하고 싶은 마음을 꾹 참았다. 밖에 다음 고객이 기다리고 있다. 비서가 벌써 한 번 벨을 울렸다.

"저는…… 저는 동의하지 않을 거예요." 그녀는 말했다. "당연히 만나게는 해주겠지만, 테드를, 테드를 아기와 같이 살게 할 수는 없어요." 엘라는 눈물을 겨우 참았다. 주님은 내게 왜 이런 시련을 내리셨을까? 테드는 도대체 왜 내게 이런 짓을 하는 걸까? 어떻게 내가 동의할 거라고 기대할 수 있었을까? 무슨 일이든 일어날 수 있다는 불확실성이 그녀의 삶을 지배하고 있었다. 하지만 주님은 이전에도 그녀를 실망시킨 적이 있었다. 어머니를 앗아가셨으니까. 엘라는 무엇이 어머니를 잃은 상실감에 비할 수 있을까 생각했지만, 그렇지 않았다. 삶은 계속해서 그녀를 위협하고 끝까지 몰아붙이고 있었다. 저항해야 한다. 그러지 않으면 지옥이 내리덮일 것 같았다. 아니, 아이린을 위해 싸워야 한다. 아이린을 위해서라면 사람이라도 죽일 수 있을 것 같았다.

"전 다른 건 상관없어요. 모르시겠어요?"

"이제 그가 얼마나 효율적인 전략을 쓰고 있는지 아시겠지요? 방금 부인은 그 한 가지 문제를 제외한 모든 것을 다 포기하셨습니다."

"그 애는 문제가 아니에요. 제 아기예요."

"네, 물론입니다." 로널드는 안심하라는 듯 담담하게 답했다.

"다른 건 아무 상관 없어요. 정말 전혀."

"좋습니다. 이제 부인의 한계를 알겠습니다. 제 한계도요." 첫 아내와 이혼할 때 로널드는 독점양육권을 아내에게 넘겼다. 그것이 아이들에게 더 나았기 때문이었다. 메건은 의심할 여지 없이 더 나은 부모였다. 그가 공동양육권을 가졌더라면, 두 사람이 아니라 네 사람의 인생이 망가졌을 것이다. 첫 결혼에서 태어난 아이들은 이제 대학을 졸업하고 한 사람 몫을 하고 있었다. 딸은 미술사 석사과정에 재학 중이고, 아들은 콜로라도 환경보호 단체에서 일하고 있었다. 그는 주말마다 아이들을 만났고, 명절에는 메건과 번갈아가며 아이들을 돌봤다. 두 번째 아내인 화가 제닌도 쉽게 다가갈 수 있으면서도 지나치게 간섭하지 않는 좋은 양어머니가 되어주었다. 아들과 딸은 두 번째 결혼에서 생긴 외아들 로버트와 잘 지냈고, 로버트 역시 제 어머니처럼 성격이 좋았다. 그는 두 번째 결혼의 성공이 첫 아내가 요구한 모든 조건을 다 들어주고 그 이상을 해주었기 때문이라고 생각하고 있었다.

"의사결정 과정에 있어 동등한 권리를 인정하신다면……."

"이 남자는 직장에서 여자와 성관계를 가졌고, 그 장면이 비디오에 녹화됐어요." 엘라는 격하게 말했다. "어떻게 그런 사람에게 내 아이를 맡기나요?" 엘라는 경멸을 더 감추지 못했다.

"그런 분과 어떻게 결혼생활을 하셨습니까?" 로널드는 물었다. 아슬아슬한 질문이었지만, 모험을 해보기로 했다.

"그가 이런 짓을 할 줄은 몰랐으니까요."

"장담하지만 그분 본인도 자신이 그런 짓을 할 줄은 몰랐을 겁니다, 엘라. 인간은 놀라운 구석이 많아요. 법정은 양육권 문제를 결정할 때 그 비디오의 존재에 영향받지 않을 겁니다. 그는 바람을 피웠지요. 많은 사람이 바람을 피웁니다. 아이에게 양쪽 부모가 필요하다는 사실이 성적 행위의 적합성에 대한 그 어떤 관습적인 사고방식보다 판결에 우선순위를 차지할 겁니다."

완벽한 사람은 없습니다, 엘라는 이런 뜻으로 받아들였다.

"그분은 여전히 부인의 법적인 남편이고 아이의 법적, 생물학적 아버지입니다."

"고맙습니다." 엘라는 아무도 자기 편을 들어주지 않는다는 것을 확인하고 씁쓸하게 말했다. "어쩌다 보니 잊고 있었네요." 그녀는 울음을 터뜨렸다. 그리고 핸드백을 움켜쥐고 사무실을 나설 채비를 했다.

"엘라, 저는 최선을 다할 겁니다."

"알아요. 전 변호사님을 믿어요."

"계속 연락드리겠습니다."

엘라는 고개를 끄덕이고 변호사 사무실을 나섰다.

엘라가 세인트크리스토퍼 학교 로비에 들어섰을 때, 가장 먼저 그녀를 불러세운 사람은 회의에 참석하러 가던 데이비드 그린이었다. 변호사 사무실 화장실에서 화장을 고치고 나와서 돌아오는 택시 안에서도 간신히 울음을 참았지만, 데이비드가 인사하자마자 다시 울음이 터져 나왔다. 엘라는 입술을 깨물었다.

"엘라, 무슨 일이야?"

"테드가 공동양육권을 요구했어요. 하지만 데이비드, 그는 아이한테 관심이 없어요. 아이를 장기짝처럼 이용해서……."

"뭐라고? 그런 미친 짓이."

엘라는 두 손으로 얼굴을 닦았다. 로비에 걸린 시계를 확인했다. 근처에 있던 사람들은 그녀가 우는 모습을 못 본 것 같았다. "사무실로 돌아가봐야겠어요. 전 괜찮아요."

"이런 상태로 어떻게 일하러 가." 교장실 바로 앞에 있는 엘라의 책상은 지나가는 사람들의 눈에 훤히 띄는 자리에 있었다. "이리와. 잠깐 내 사무실로 가지. 교장선생님은 잠깐 더 혼자 내버려둬도 아무 문제 없잖아."

엘라는 고개를 끄덕였다. 사실 오늘 변호사 상담 때문에 오전 내내 자리를 비워도 좋다고 허락을 받은 상태였다. "하지만 방금 나오시던 길 아니……."

"그런 걱정은 하지 말고. 이리 와."

사무실에 들어선 엘라는 녹색 소파에 앉았고, 데이비드도 옆에 나란히 앉았다.

"제가 정말 지긋지긋하게 굴고 있네요, 그렇죠?" 자꾸 눈물을 보이는 것이 민망했다. 사무실 문이 닫히자마자, 다시 눈물이 글썽거렸던 것이다.

"아니, 이건 정말 힘든 상황이야." 엘라가 불행한 모습을 보니 그도 마음이 아팠다. 어떻게 위로해주어야 할지 알 수 없었다. 대학 시절 친구 둘이 최근 이혼했고 그가 전해 들은 이야기도 많았지만, 내막은 불편할 정도로 비슷했다. 과로, 나쁜 습관, 외도, 의사소통의 문제. 하지만 사랑의 연금술이 열정을 어떻게 무관심으로 변화시키는지는 도무지 알 수가 없었다.

　데이비드는 테드를 몇 번 만났지만, 사심 때문이든 아니든 엘라가 그에게 아까운 사람이라고 믿고 있었다. 여자들이 테드 같은 남자와 결혼하는 이유야 뻔했지만—선명한 야심, 여러 모로 입증된 지능, 준수한 외모, 이런 것들이 매력일 것이다—몇 번 안 되는 만남에서도 테드가 엘라처럼 뿌리 깊은 선함을 지닌 인간이 아니라는 것은 분명해 보였던 것이다. 테드는 뼛속까지 편의주의자였다. 자선모금 저녁식사 자리에서 테드는 그날의 주빈으로 참석한, 배역을 따기 위해 감독과 잔다는 소문이 있는 여배우에 대해 이런 말을 한 적이 있었다. "그래서요? 그 여자가 몸을 대준다면, 원하는 것을 얻기 위해 효과가 있는 행동을 하는 것이겠지요. 그녀에게 섹스는 돈입니다. 모두 뭔가를 파는 세상 아닙니까." 그는 그것이 마치 널리 통용되는 가치관인 양 아무렇지 않게 툭 던졌다. 데이비드는 찜찜한 기분으로 그냥 웃고 말았지만, 엘라와 테드가 세상에 타협하며 살아가는 방식은 언제나 서로 다를 거라고 짐작할 수 있었다. 테드는 데이비드의 아버지와 다르지 않은 남자, 세속의 남자였다.

　엘라는 핸드백에서 휴지를 꺼내 얼굴을 닦았다. 데이비드는 경이로운 기분으로 그녀를 응시했다. 못난 남자들이 귀한 여자들을 손에 넣는 것은 자신이 최고를 가질 자격이 있다고 믿기 때문이다. 데이비드가 엘라 같은 여자를 가지려면, 먼저 자신에게 그럴 자격이 있다고 느껴야 할 것이다. 최고의 남자가 최고의 여자를 얻는다—아버지는 매력적인 여자가 권력을 지닌 남자와 같이 모임에 나온 것을 볼 때마다 그렇게 말했다. 데이비드는 물론 약혼녀를 아꼈지만, 콜린에 대한 그의 감정은 엘라에 대해 소용돌이치는 이 마음과 비교가 되지 않았다. 콜린은 똑똑하고 상냥했으며 어머니도 예비 며느리를 몹시 좋아했지만, 데이비드는 지금 이 순간 엘라를 안고 싶은 충동만큼 콜린을 안고 싶었던 적은 없었다. 엘라를 품에 안으면, 놓아주기가 정말 힘들 것 같았다.

"사랑해." 그는 말했다.

엘라는 그를 보았다. "뭐라고 하셨어요?"

한번 나온 말을 주워 담을 수는 없었다.

"당신을 사랑해. 당신이 이 결혼을 정리할 때까지 기다리겠어."

"데이비드. 무슨 말을 하는 거예요? 당신은 약혼했잖아요."

"알아. 하지만 콜린은 내가 당신을 사랑하듯 자기를 사랑해줄 남자를 만나야 할 것 같아. 난 어머니가 콜린이 좋다고 하시니까 그 뜻을 그저 따랐던 거야. 어머니를 존경하니까. 워낙 편찮으시기도 하고. 콜린은 어머니를 정말 잘 돌봐드렸고, 그래서 고마웠어. 당신은 결혼했고, 난 서른여섯 살이고. 이런 것들은 충분한 이유가 되지 않을지 모르지……. 어쨌든 난 당신을 계속 기다려온 것 같아. 다른 사람의 아내를 탐하는 것은 나쁜 짓이기 때문에 스스로 차마 이런 마음을 인정하지 못했어." 일단 고백하고 나니 초조하던 마음이 후련해졌다. 데이비드는 허리를 펴고 똑바로 앉아 엘라를 열심히 바라보았다. 어쩌면 우리 관계가 영원히 망가질 수도 있겠지, 그는 생각했다. 엘라는 나를 정말 나쁜 인간이라고 생각할지도 몰라.

엘라는 믿기지 않는다는 듯 고개를 갸우뚱했다. 그는 진심이었다. 엘라는 정수리에서 가르마를 타 넘긴 그의 곱슬머리, 아름다운 눈, 위로 구부러진 입술의 선을 쳐다보았다. 그녀도 그를 사랑했다. 그녀가 데이비드보다 더 좋아하는 사람은 아무도 없었다. 그녀는 천천히 고개를 저었다.

"하지만 그렇다고 해서 그게 덜 나쁜 일이 되는 건 아니잖아요? 당신의 이런 말들, 당신의 감정. 데이비드, 당신은 거의 결혼하다시피 한 사람이고, 바로 지난주에 난 당신 청첩장을 받았어요. 어쩌면 결혼을 앞두고 신경과민 상태라……." 그녀는 테드와 델리아가 자신에게 상처를 주었듯 자신이 다른 누군가의 마음을 아프게 하는 당사자가 된다는 것은 상상조차 할 수가 없었다.

"신경과민 같은 건 아니야. 그런 게 아니라고. 콜린에게는 당장 말하겠어. 당신이…… 당신이 나와 같은 마음이 아니어도 그렇게 할 거야." 데이비드는 최선을 다해 엘라의 눈을 관찰했지만 눈빛을 제대로 읽을 수 없었다. 그녀도 나를 사랑할까? 엘라는 학교에 기부금을 내는 사람도, 오랜 친구도 아니었다. 그는 사람들의 눈빛을 직감적으로 읽을 수 있었다. 하지만 누군가에게 이끌릴 때는 달랐다. 아무리 읽어도 혼란스러웠다. 지금 이 순간 그가 느낄 수 있는 것은 그저 자기 자신의 소망뿐이었다. 그녀가 날 사랑해주었으면 하는 마음, 이 마음이 다른 모든 인지 능력을 가려버렸다. 하지만 콜린에 대한 그의 마음은 확실했다.

"그녀와 결혼할 수는 없어. 한 인간을 다른 인간의 대용품으로 이용해서는 안 되니까."

엘라는 숨을 들이마셨다. 하루 동안 일어난 이 많은 일들을 어떻게 다 정리할 수 있을까. 테드의 잔인함, 변호사의 사무적인 딱딱함, 딸에 대해 느끼는 이 간절함, 데이비드의 사랑. 데이비드의 사랑. 어떻게 이런 일이 가능할 수 있지? 그녀에게 자신의 감정을 이렇게 분명하게 털어놓은 사람은 테드 외에는 없었다. 그리고 엘라는 그의 말을 믿었다. 엘라가 지금껏 만난 남자 역시 테드 말고는 아무도 없었다. 데이트를 한다는 것은 터무니없게 느껴졌다(케이시는 벌써 몇 번 권했다). 섹스도 불가능할 것 같았다(케이시는 이것도 권했다). 헤르페스 문제도 있었다. 벌써 1년 가까이 증상이 없었지만, 그래도. 헤르페스는 완치되지 않는다. 그녀가 바이러스를 갖고 있다면 증상이 발현되는 동안 다른 사람에게 옮길 수 있다. 의사가 그렇게 말했다. 이런 상황을 어떻게 설명하지? 데이비드에게 이걸 어떻게 설명해야 할까? 누가 나 같은 사람에게 손을 대고 싶어 할까?

"난 내가 어떤 마음인지 잘……."

"그렇겠지." 데이비드는 실망감을 감출 수가 없었다. "하필 최악의 순간을 골라서 이런 말을 해버린 것 같아."

"아니, 아니, 데이비드. 그런 뜻이 아니에요. 나도 당신에 대해서 같은 마음으로 오랫동안 갈등했어요."

그의 눈빛이 밝아졌다.

"난 내 감정이 존경심이라고 생각했어요. 무슨 말인지 알겠죠? 당신을 좋아한다든지 그런 감정은 스스로 인정할 수조차 없어서. 결혼한 여자는 그러면 안 되니까…… 그런 감정을…… 느끼면 안 되는 거니까요. 안 그래요? 그리고……."

자신이 질병을 지닌 사람처럼 느껴진다는 말은 차마 할 수가 없었다. 그녀는 성관계로 전염되는 병을 영구히 가진 상태인 것이다. 차라리 데이비드가 헤르페스를 가졌고 자신은 그렇지 않다면, 엘라는 전혀 상관없었을 것이다. 이해하고 넘어갔을 것이다. 하지만 그가 이런 상황을 이해한다는 것은 상상할 수가 없었다. 어떻게? 테드는 언젠가 모든 남자는 가슴 깊은 곳에서는 처녀를 원한다고 한 적이 있었다.

"내가 도움이 안 되는군. 미안해." 데이비드는 엘라가 이렇게 힘든 시기를 겪고 있는데 자신까지 혼란스럽게 해서는 안 된다고 생각했다.

"아니, 데이비드, 당신은 내게 둘도 없는 친구예요. 이제 알겠어요. 그리고 그렇게 말해주어서 고마워요. 정말 내게는…… 큰 의미가 있어요." 어느새 울음이 그쳤다. 연갈색 속눈썹으로 둘러싸인 그의 커다란 눈빛에 빨려 들어갈 것 같았다. 그는 두려운 것 같았다. 엘라는 파란 눈에 대해 깊게 생각해본 적이 없었고, 테드는 한국인이 파란 눈동자를 선망하는 것은 자기혐오라고 했다. 하지만 케이시에게 델리아가 어떤 사람인지 캐물어보니 파란 눈을 가졌다고 했다. 나는 테드의 말을 왜 그렇게 곧이곧대로 믿었을까. 왜 아름다운 것을 아름답다고 하지 못하는 거야? 지금 그녀는 테드에게 이렇게 말해주고 싶었다. 눈동자가 파랗다고 다 멋진 것은 아니지만 데이비드의 눈동자는 정말이지 끝내주게 아름다웠다. 그의 눈꺼풀에, 나무뿌리처럼 뻗어나간 푸르스름한 핏줄이 살짝 보이는 희고 빛나는 피부에 키스하고 싶었다.

"눈을 감아봐요." 그녀는 그에게 말했다.

데이비드는 눈을 감았다. 엘라는 몸을 기울여 방금 상상했던 대로 그의 눈꺼풀에 키스했다. 그의 눈은 그대로 감겨 있었다. 키스는 마치 축복처럼 그를 어루만졌다. 사랑받는 듯한, 치유된 듯한 기분이었다.

엘라는 두 손으로 입을 가렸다. "세상에, 내가 무슨 짓을 한 거야?" 마법에서 풀려난 것 같았다. "정말 미안해요. 대체 뭐가 씌었는지. 아니, 사실 알아요. 내가 하고 싶어서……."

데이비드는 눈을 떴다. 그가 눈을 계속 감고 있었던 것은 그 간지러운 입술의 감촉을 음미하고 싶어서였다.

그는 미소 지었다. "가봐야겠어." 자신이 계속 여기 있다가는 그녀와 사랑을 나누려 할 것이 분명했다. 지금 해서는 안 되는 일이다. 그가 그녀에게서 원하는 모든 것을 망가뜨릴 것이다. 기다려야 한다.

"하지만 여긴 당신 사무실이잖아요." 엘라는 웃었다.

데이비드는 미소 짓고 확인해야 한다는 듯 주위를 둘러보았다. 사실 머리가 어질어질했다. "회의에 가봐야 한다고. 오늘 저녁식사 같이할까?" 문득 그는 콜린과 이야기를 해야 한다는 것을 기억했다.

"난 집에 가야 해요. 아이린을 돌봐야죠."

"아, 그렇지. 당연하지."

"오늘 밤에 전화하세요. 집으로. 내가 아이린을 재운 뒤에."

"그래. 그러지."

엘라는 혼란스러우면서도 묘하게 행복한 기분으로 고개를 끄덕였다. 오늘 밤 그와 이야기를 나눌 수 있다. 앞으로도 수많은 나날 동안 그렇게 이야기를 나눌 것이다. 그녀는 소파에서 일어났고, 데이비드도 따라 일어났다.

그들은 델리아의 아파트를 떠나기 위해 짐을 싸고 있었다. 이삿짐 센터는 화요일에 오기로 되어 있었고 델리아가 이사를 지휘하고 있었다. 새 아파트 공사가 드디어 끝났다. 침실 세 개짜리 아파트는 물론 테드의 타운하우스만큼 편하지는 않았지만, 델리아의 작은 아파트에서 한 주라도 더 지내는 것보다는 훨씬 나을 것이다. 델리아는 새집이 마음에 들었다. 그녀는 전망 좋은 집에서 살아본 적이 없는데 이 집은 이스트강을 내려다보고 있었다. 아파트에는 도어맨이 있고, 식사 공간이 있는 넓은 주방도 있었다. 테드는 전부 새 가구를 원했다. 델리아는 테드의 주문에 모두 그러자고 했다. 그녀가 관심 있는 부분은 하나뿐이었다.

"쳇은 뭐라고 했어? 아이린에 대해서?" 그녀는 테드에게 물었다.

"내가 공동양육권을 갖게 될 가능성이 아주 높다고 했어." 테드는 옷장 비슷한 박스 안에 쇠막대를 끼웠다. "곧 아이를 보러 가야겠어. 엘라하고 통화해서 약속을 잡아야지. 한데 엘라는 기분이 영 좋지 않을 텐데……." 테드는 얼굴을 찡그렸다. 우는 엘라를 다시 감당하고 싶지 않았다.

"당연히 만나게 해줄 거야."

"아, 그럼 당연하지." 테드는 옷 상자 안에 깔끔하게 정장을 걸었다. 월요일에 입을 정장과 셔츠 두 벌은 따로 두었다.

현관에 딸린 수납장 앞에서 델리아는 흰 토끼털이 달린 빨간색 파카를 두꺼운 쓰레기봉투에 쑤셔 넣었다. 어디다 줘버릴 생각이었다. 테드는 지난 11월부터 랠리앤드컴퍼니에서 일하기 시작했고, 동료나 고객이 부부동반으로 참석하는 업무상 저녁 모임에 델리아를 데리고 나갔다. 그래서 그녀도 옷차림에 더 신경을 써야 했다. 테드는 비판적인 말을 한 적이 없지만, 다른 여자들의 옷차림을 보니 델리아는 자기 옷 색깔이 대체로 너무 밝다는 것을 의식하지 않을 수 없었다. 이런 자리에서 엘라가 어떤 옷을 입었는지, 어떻게 행동했는지도 종종 궁금했다. 테드는 엘라에 대한 이야기는 하지 않았고 델리아도 그녀에 대해 안 좋은 말을 듣고 싶은 마음은 없었지만, 때로 자신이 랠리앤드컴퍼니 금융 총책임자의 예비신부로서 잘하고 있는지 걱정하지 않을 수 없었다. 테드는 큼직한 일거리를 물었다—하버드 경영대학원 친구들은 그의 새 직책에 대해 이런 표현을 썼다. 랠리앤드컴퍼니는 최근 존스 홉슨을 합병했고, 자산 규모 측면에서, 특히 유가증권 인수 분야에서 컨 데이비스에게 위협적인 경쟁사였다.

"테드, 난 엘라한테 그 집을 줘야 한다고 생각해."

"그 집은 내가 찾아냈어. 1년이나 들여서 최신식으로 수리했고.

내년 보너스까지 합해도 그 정도로 좋은 집을 사려면 1년은 더 걸릴 거야. 게다가 엘라는 그 집을 좋아하지도 않고……."

"엘라의 아파트를 판 돈으로 수리했다면서."

"그래, 하지만 계약금과 대출금은 내가 냈고, 수리비도 많이 보탰어. 공기조절시스템 비용만 자그마치……."

"첫 아내가 당신한테 화가 나 있어서 좋을 게 뭐겠어?" 델리아는 그를 향해 걸어왔다. "좋을 일 없다고."

"당신은 누구 편이야?"

"두 번째 아내가 당신한테 화가 나 있는 것도 좋을 게 없고." 델리아는 씩 웃었다. 그녀는 테드 앞으로 바짝 다가서서 혀를 가볍게 넣으며 키스했다.

그는 델리아에게 미소 지었다. "무슨 수작인지 내가 모를 거라고 생각하지 마. 난 보기보다 영리해." 테드는 눈썹을 치켜올렸다. 델리아가 말만 걸어도 그는 흥분했다.

델리아는 다시 그에게 키스했다. "난 영리한 남자가 좋더라. 아주." 그녀는 몸을 바짝 밀어붙이다가 다시 물러났다. "난 당신이 영리하다는 사실을 의심한 적이 없어. 하지만 당신은 양육권을 원하잖아. 안 그래? 모든 걸 가질 수는 없어. 아무도 그럴 수는 없다고."

"두고 봐." 테드는 이 말을 도전으로 받아들였다. 전부 다 갖는 것이야말로 그가 원하는 바였다. 모든 부문에서 이기는 것.

"그 집을 원해?" 델리아가 물었다.

"난 집을 잃고 싶지 않아."

"아, 테드. 난 집 따위 상관없어. 더 좋은 집을 사면 되잖아."

"당신이 그 집을 못 봐서 그래."

"그럴 필요 없어. 우린 새로 얻은 아파트에 살면 되잖아. 거긴 아이린하고도 가까워. 새 집을 살 때도 이전 집 가까운 곳으로 마련하면 아이린을 최대한 많이 볼 수 있을 거야." 델리아는 아이린의 이름만 말해도 행복해졌다. 그녀는 양어머니가 되고 싶었다. 그녀는 테드를 사랑했다. 당연히 아이린도 사랑해줄 것이다. "아이린을 보고 싶어. 빨리. 여기 데려올 수 없을까?"

"모르겠어. 나는 보통 엘라가 있을 때 그냥 방문만 해. 요즘은 걸음마를 배웠고, 아직 배변훈련은 안 했어."

"나도 기저귀 갈 줄은 알아."

테드는 포장용 테이프로 옷 상자를 봉했다. 엘라는 델리아가 아이린과 함께 있는 것을 원하지 않을 것이다. 변호사는 문제가 될 수 있는 행동을 피하라고 했다. 아이는 말을 조금 할 줄 안다. 아이가 델리아에 대해 엘라에게 말할까?

"때가 될 때까지 기다리자."

델리아는 다시 짐 정리를 하러 돌아갔다. 아직 정리할 옷이 남아 있었다.

"당신이 아이를 그렇게 예뻐하는 줄 몰랐어." 테드는 말했다.

"난 애들을 좋아해. 내가 애들 좋아하는 거 알잖아." 옷장 구석에 먼지가 잔뜩 쌓여 있었다. 델리아는 탁자에서 걸레를 가져왔다.

"아이는 가지면 되지. 당신이 원하는 만큼. 난 애를 좋아해." 월

스트리트에서 내로라하는 남자들은 대체로 자녀를 서너 명씩 두었다. 그들이 가장 자주 하는 불평은 사립학교 학비였다.

델리아는 먼지를 닦아서 걸레로 모아 쥐었다. 그리고 걸레까지 통째로 쓰레기통에 던졌다. "하지만 내가 못 가진다면 어떡해?" 그녀는 조용히 말했다.

"당연히 가질 수 있지." 테드는 전혀 동요하지 않았다.

"테드……." 델리아는 그를 바라보았다.

"응." 그는 자기가 맡은 짐 꾸리기를 다 끝냈다. 그가 할 일은 별로 없었다. 부엌 짐 정리는 델리아가 이미 마쳤다.

"내가 아이를 가질 수 있을지 모르겠어."

테드는 뭐라고 해야 할지 몰랐다. 그녀는 진지했다.

"오랫동안 임신하려고 노력했어. 그런데 안 되더라고. 당신하고는 될까?" 그녀는 입을 다물고 그를 똑바로 응시했다. 지금 그가 떠나려 한다면 보내줄 생각이었다.

"아." 그는 말했다. 이유를 물어보아야 하는 걸까? 델리아의 얼굴에 나타난 단호한 결의는 받아들이기 쉽지 않았다. 그는 사실 델리아와 같이 아이를 가질 거라고 생각하고 있었던 것이다. 그냥 두 사람만 산다고 생각하니 조금 외로울 것 같았다.

"입양할 수도 있어. 그리고 아이린이 있잖아." 델리아는 바닥에 떨어진 플라스틱 옷걸이를 집었다.

테드는 어깨를 으쓱했다. 입양은 다른 사람들의 문제를 짊어지는 것처럼 느껴졌다. 어떤 애가 들어올지 어떻게 알지? 배경은 어떻게 확인하고? 그는 아무 대답도 하지 않았다.

"요즘은 온갖 기술이 다 있잖아." 문득 테드는 자기가 들어본 이런저런 방법들이 떠올라서 기분이 밝아졌다. 동료 몇몇은 시험관 시술로 아이를 낳았다. 그는 상자를 방구석으로 밀어놓았다. 돌아서 보니, 델리아는 팔로 무릎을 끌어안고 수납장 안에 앉아 있었다. 짝이 맞지 않는 신발들이 주위에 쌓여 있었다. 그는 그녀에게 다가갔다.

"델리아? 괜찮아. 다 잘될 거야." 그는 말했다. 델리아는 울고 있지 않았다. 그것이 그녀의 방식이었다. 그의 델리아는 감정 조절에 능했다. 테드가 그러하듯이.

"난 당신을 원해, 델리아. 그리고 우리한테는 아이린이 있잖아."

그녀는 그를 향해 미소 지었다. 테드는 분명 그녀를 사랑했다. 델리아는 타운하우스 이야기를 다시 꺼내지 않았다. 테드는 자기가 원하는 모든 것을 손에 넣을 거라고 그녀는 믿고 있었다. 어쩌면 아이가 생길지도 모른다. 누가 알겠는가. 테드와 함께 있으면, 모든 것이 가능해 보였다.

2

증기

 더글러스 심은 교회 지하실의 울퉁불퉁한 콘크리트 벽에 나란히 박힌 고리에서 외투를 찾았다. 모자는 이미 쓰고 있었다. 그는 찰스 홍의 집 위치를 손으로 표시한 약도가 있는지 확인하려고 슈트 주머니를 두드려보았다.

 성가대 지휘자는 수두에 걸린 모양이었다. 신도회 봉사단 단장으로서 그는 매주 일요일마다 환자와 노인들의 집을 찾았다. 한데 이렇게 신도의 집을 찾았을 때 가끔 차라리 의사가 아니었다면 하는 마음이 들 때가 있었다. 병석에 누운 신도들에게 자신은 안과의사이지 본인이 앓고 있는 특정 질환의—간, 췌장, 담낭, 전립선 등등 끝도 없었다—전문의가 아니라고 간곡히 말하기는 했지만, 어쨌거나 의사 노릇을 하면서 어디가 아프고 어떤 치료를 하고 있는지 모호한 언어로 설명하는 환자들의 말에 귀를 기울여야 했기 때문이었다. 아무 전문성도 없는 분야에 대해 의견을 달라는 요구도 종종 받았다. 오늘은 조셉 한 장로와 그의 아내 조 집사가 브루클린으로 동행하기로 되어 있었기 때문에 더글러스는 부부를 찾아 방 안을 둘러보았다.

리아가 여느 때처럼 잔걸음으로 혼자 다가왔다. 땋은 머리카락을 틀어올려 핀으로 찌르고 있으니, 목 위의 머리가 마치 줄기 끝에 피어난 한 떨기 흰 꽃 같았다. 그녀는 수수한 갈색 코트 차림이었다.

더글러스는 미소를 지었다. "아, 조 집사님. 오늘은 독창을 안 하시더군요. 집사님의 완벽한 목소리가 성가대랍시고 고래고래 멱을 따는 저 두꺼비 합창단에 묻히는 것을 들어야 하다니, 이 얼마나 슬픈 일입니까." 그는 야단맞을 것을 알고 있는 버릇없는 아이처럼 히죽 웃었다.

리아는 그의 짓궂은 말에 어떻게 대답해야 할지 몰랐다. 친구 경아라면 거침없이 대꾸했겠지만, 그녀는 지하실 반대편에서 동생과 함께 커피를 마시고 있었다.

"장로님은 어디 계십니까?" 평소라면 한 장로가 앞장서서 걷고 조 집사가 바로 뒤에서 따라오는 것이 보통이었다.

리아는 침을 삼키고 입을 열었다. "티나가 아기를 낳았어요."

"어, 그랬군요. 저는 임신한 줄도 몰랐습니다." 더글러스는 활짝 미소 지었다. 그는 아이들을 아주 좋아했다.

리아는 약간 고개를 돌렸다. 둘째 딸이 결혼식을 올린 뒤 며칠 사이에 아이를 가졌다는 소식은 경아와 계원 몇몇 외에 아무에게도 알리지 않았다. 자신이 케이시를 가졌을 때와 비슷한 시기였다. 하지만 티나와 철은 콘돔이 찢어졌기 때문에 임신했고, 그들은 낙태를 원하지 않았다.

"티나는 아직 의대에 다니지요?" 더글러스의 목소리에 걱정하는 기색이 묻어났다.

"2학년 1학기를 마쳤는데 지금 휴학 중이에요. 상황이 좀 편해질 때까지요. 철은 3학년인데 아주 중요한 해라서요."

"두 사람 모두에게 학업은 중요하죠." 더글러스는 고개를 깊이 끄덕이며 강조했다. 조 집사는 한층 더 말을 아끼려는 표정이었다. "그래, 한 장로님은 아기를 보러 가셨나요?"

"네." 리아는 비판적인 말을 들을 거라 예상했다. 그녀가 캘리포니아로 가서 아이 돌보는 일을 돕는 게 이치에 맞을 테지만, 그녀는 여행을 힘들어했다. 마지막으로 비행기를 탄 것은 미국에 처음 왔을 때였다. "남편은 목요일에 캘리포니아로 갔어요. 저는 가게를 보려고 남았고요. 둘 중 하나가 봐야 하니까요. 가게를."

"그럼요, 그럼요."

"아들이에요." 리아는 말했다.

"잘됐습니다."

"네, 드디어 아들이네요."

더글러스는 눈썹을 치켜올렸다. 그는 아들을 원한 적이 없었다. 그에게 엘라는 너무나 좋은 딸이었다.

"이름은 티머시라고 지었어요. 사도 바울을 도운 젊은이의 이름을 따서."

"네, 네. 좋은 이름입니다……. 정 집사님은 오늘 같이 못 가십니다." 더글러스는 말했다. 이 상황이 약간 어색했지만 겉으로 드러내고 싶지 않았다.

"네?" 리아는 눈을 깜빡거렸다. 그녀는 심 장로와 단둘이 차를 탄 적이 없었다.

"아들을 화학 과외교사에게 데려다줘야 한대요. 스탠리는 6월에 졸업시험을 봐야 하는데, 정 집사님 말로는 전부 낙제라네요. 거의 울상이었어요." 더글러스는 걱정스러운 표정을 지었다. "그 집 아들은 공부로 늘 속을 썩이죠. 그리고 보면 아들들이 늘 골치예요."

리아는 미소 지었다. 그녀에게 아들이 없기 때문에 심 장로가 배려해서 하는 말이었다. 남편 역시 아들을 낳지 못했다고 그녀를 타박한 적이 한 번도 없었다.

더글러스는 주차장으로 나가는 출구를 가리키며 잠시 멈췄다. 리아가 먼저 나갔으면 하는 것 같아서, 그녀가 앞장섰다.

더글러스의 차는 진녹색 스바루 스테이션왜건이었다. 그는 조수석 문을 열어주었다. 일본제 방향제 냄새가 풍겼다. 자몽 아니면 오렌지 향이었다. 컵홀더 옆에 분홍색 고형 방향제 통이 놓여 있었다.

"뭘 갖고 가십니까?" 그는 안전벨트를 착용하며 물었다. 조 집사는 무릎 위에 천으로 싼 커다란 통 세 개를 올려놓고 있었다. 그가 도시락통을 구경하는 것은 오랜만이었다. 한국에서는 직장인들이 집에서 요리한 점심을 가지고 출근할 때 사용한다.

"어젯밤에 끓인 국과 생선 요리예요."

"잘하셨습니다." 더글러스는 말했다. 자동차 뒷자리에는 몸이 아픈 신도를 위해 늘 준비해두는 과일 통조림상자가 있었다. 성가대 지휘자에게도 한 상자 줄 생각이었다.

"아, 생선 냄새." 리아가 코를 찡그렸다. "창문을 좀 열까요?" 심장로가 생선 요리에 들어간 간장과 마늘 냄새를 불쾌하게 여길 것 같아서 걱정스러웠다.

"냄새 좋은데요. 지휘자 선생이 조 집사님의 요리를 먹으면 벌떡 일어나시겠습니다." 더글러스는 말했다. 그는 콧노래를 흥얼거리며 주차에서 주행으로 기어를 바꾸었다. "따님들도 요리를 잘하나요?"

"별로요. 저는 애들한테 학교 공부만 시켰어요. 엘라는 요리 솜씨가 정말 좋더군요. 엘라의 쿠키가 기억나네요. 나이 드신 교인들을 위해 구웠던 쿠키요. 정말 맛있었어요."

"엘라는 미식 요리를 할 줄 알지요. 하지만 한국 음식은 잘 안 합니다. 요리책이 썩 좋지 않다면서요. 하지만 김치는 담글 줄 알아요. 《뉴욕타임스》에서 요리법을 찾았다고 하더군요. 우습지 않습니까?"

리아는 고개를 끄덕였다. 외동딸에게 김치 담그는 법을 가르쳐줄 사람이 없다니 안쓰러웠다.

"제가 엘라한테 전하죠. 조 집사님이 쿠키를 칭찬하셨다고. 한 접시 구워 올지도 모릅니다."

"아, 아니에요. 그럴 필요는. 엘라는 많이 바쁘잖아요. 그…… 직장도 다니고, 아기도……."

엘라 이야기를 해도 괜찮은지 알 수 없었다. 이혼 문제도 있고 복잡할 텐데.

"테드는 멍청이예요. 천하의 멍청이." 더글러스는 내뱉었다. 그는 도로만 똑바로 쳐다보았다. 사위 생각을 하니 속이 뒤집어졌지만 그는 조심스럽게 운전하면서 액셀 위에 발을 계속 가볍게 올려놓고 있었다. 교회 사람들에게는, 심지어 목사가 물어보았을 때도 그는 이혼 이야기를 아무에게도 하지 않았다. 하지만 어쩐지 조 집사에게는 이야기해도 괜찮을 것 같은 기분이 들었다. 차에 단둘이 있어서일까, 아니면 조 집사에게도 엘라 또래의 딸이 있어서일까. 엘라 문제로 걱정스러울 때마다 더글러스는 아내가 사무치게 그리웠다.

"손녀는 오케이인가요?" 그녀는 '오케이'라는 영어 단어를 썼다. 한국말을 사용하려니 너무 구체적으로 물어보는 기분이 들었다.

"아이린은 완벽합니다. 엘라 어렸을 때와 똑같아요." 손녀는 늘 방글방글 웃는 아기였다. 잘 웃었고 달래기도 쉬웠다. 기저귀를 갈아야 할 때가 되었거나, 피곤하거나, 배가 고플 때를 빼면 울지도 않았다. 더글러스의 사무실 책상 위에는 온통 아이린과 엘라가 같이 찍은 사진 액자가 놓여 있었다.

"엘라는요?" 리아는 마침내 용기를 내어 물었다.

"아주 잘 지냅니다." 더글러스는 조 집사가 마지막으로 보았을 엘라의 모습을 머릿속에서 지워주고 싶었다. 티나의 결혼식 날 구급차가 도착해서 병원으로 이동하던 모습이었다. "예전에 일하던 학교에 다시 출근하고 있고, 아주 좋은 육아도우미와 가정부가 계속 일을 도와주고 있습니다." 아내가 죽은 뒤 자신이 그랬던 것과 똑같이 엘라가 일하는 한부모로서 아기를 키우고 있다는 말을 입 밖에 내려니, 더글러스의 목소리가 차분해졌다. "11월에 스물여섯이 돼요."

리아는 운전하는 그의 옆모습을 돌아보았다. 슬픔으로 무너진 표정이었다.

"다시 결혼할 거예요." 리아는 말했다. "엘라는 그렇게 예쁘고 마음씨도 착하잖아요."

"테드는 바보 멍청이예요." 그는 말했다.

"그럼……." 리아는 잠시 사이를 두었다가 말을 이었다. "차라리 일찌감치 갈라선 게 잘된 일일 수도 있어요." 리아의 시누이는 여자 인생은 그저 서방 따라간다고 말한 적이 있었다. 경험상 사실이었다. 그녀가 아는 여자 중 행복한 사람은 전부 착하고 성실한 남자와 결혼을 잘한 사람들이었다. "엘라는 더 좋은 남자를 찾을 거예요. 이제……." 리아는 잠시 말을 골랐다. "인생 경험을 쌓았으니까요."

더글러스는 이 말에 놀랐지만, 진심에서 나온 말이라는 것을 알 수 있었다.

"그 애가 뭘 하든지 저는 상관없습니다." 그는 자신 있는 목소리로 말했다. 하지만 전적으로 사실은 아니었다. 아직도 그는 테드와 서둘러 결혼하는 것을 말리지 못한 것이 후회스러웠다. 반대할 수도 있었는데. 딸은 상냥한 성품을 지닌 순한 아이였다. 요즘 같은 세상이지만 아버지 말이라면 잘 들었을 텐데. 그는 확신했다. 하지만 외도 같은 문제는 보통 결혼생활을 어느 정도 한 뒤에야 드러나기 마련이다. 더글러스는 아이린의 얼굴을, 그 귀여운 속눈썹과 까르르 웃는 웃음소리를 떠올리려고 애썼다. 엘라의 목소리를 들으면 환해지는 얼굴을. 아이린은 이제 17개월이었지만 벌써 단어를 말할 줄 알았다. 아기는 그를 '할아버지' 대신 짧게 '하부지'라고 불렀다. 테드가 없었다면 아이린도 이 세상에 없을 것이다. 좋은 일만 생각하자, 더글러스는 자신에게 다짐했다. 예수그리스도 안에서 기쁨과 평화를 찾자.

더글러스는 초인종을 눌렀다. 낮고 조용한 소리였다. 듣기 좋을 정도였다. 하지만 아무도 응답하지 않았다. 그는 약도와 주소를 적은 쪽지를 꺼냈다. 이 집이 맞았다. 두 사람은 도로에서 여섯 단 올라간 석회암 계단 위에 서 있었다. 계단 밑에 다른 출입구가 하나 더 있었다. 연방건축 스타일의 저택 정면은 웅장했다. 더글러스는 다시 초인종을 눌렀다.

리아는 도시락 꾸러미를 다른 손으로 옮겨 들었다. 지휘자 선생님이 그녀가 가져온 음식을 좋아할지 궁금했다. 서튼플레이스에는 이 집과 비슷한 저택들이 있었지만, 브루클린에는 와본 적이 없었다. 그녀는 저택의 규모에 감탄했다. 부잣집 출신이라는 소문은 들었지만 홍 박사가 이렇게 떵떵거리며 사는 것을 보니 어쩐지 실망스러웠다. 난방도 안 되는 작은 아파트에 틀어박혀 음악을 위해 고통을 감내하는 모습을 머릿속에 그렸던 것이다. 작곡가라고 했으니, 리아는 병을 무릅쓰고 딱딱한 의자에 앉아 임시변통으로 탁자를 놓고 성가곡을 쓰는 홍 박사의 모습을 상상하고 있었다. 세탁소에는 예술가 손님들이 몇 명 있었다. 웨이터로 일하는 화가 한 사람은 언젠가 제복을 세탁할 돈이 없어서 그녀와 조셉에게 금빛 잉어를 그린 작은 수채화 한 점을 선물하기도 했다. 규정에 어긋나는 일이었지만 조셉은 자기 지갑에서 돈을 꺼내 세탁비로 계산대에 입금했다.

"한 번만 더 눌러볼까요." 더글러스는 초인종을 눌렀다. "몸이 좋아져서 외출하셨는지도 모르겠습니다."

하지만 집 안에서 다가오는 발소리가 들렸다. 낡은 놋쇠 손잡이가 안쪽에서 돌아갔다. 육중한 나무 문이 열렸다.

찰스는 두 사람을 예상하지 못했는지 놀란 표정을 지었다. 파란 스웨터, 회색 스웨트 팬츠 차림이었고, 맨발이었다. 얼굴과 목에는 붉은 발진이 가득했다. 하지만 그의 등 뒤로 보이는 거실에는 일요일 이른 오후의 눈부신 햇살이 가득했다. 그는 고개를 저으며 두 사람을 안으로 들였다.

"여기까지 오실 건 없었는데요." 찰스는 한국말로 말했다. 이런 모습을 보이는 것이 쑥스러웠다. 그는 리아 쪽을 보지 않으려고 애썼다.

현관문이 닫혔다. 찰스가 성가대 일을 처음 시작한 날, 이전에 이 집을 방문한 보험설계사 교인이 말했던 피아노와 스테레오는 거리 쪽으로 난 팔라디오 양식의 창문 옆에 있었다. 위아래로 긴 창문에는 커튼이 달려 있지 않았고, 유리창에는 때가 끼어 있었다. 보험설계사가 다녀간 이후 찰스의 아버지가 뉴욕에 찾아와서 르코르뷔지에 소파 두 개와 노구치 커피 탁자를 사주었다. 지금 탁자 위에는 책과 악보가 높다랗게 쌓여 있었다. 거실 구석마다 작은 먼지 공이 굴러다녔다.

"제가 가수를 모시고 왔습니다. 조 집사님이 노래를 불러드릴지도 몰라요. 그러면 기분이 좋아지실 겁니다." 더글러스는 정색을 하고 말했다.

장로님이 농담도 잘하시네, 리아는 생각했다.

찰스는 더글러스를 보고 이어 리아에게 시선을 돌렸다. "의사 선생님 말씀이 맞습니다. 노래 한 곡 불러주실 수 있을까요?" 그는 그녀에게 미소 지었다.

리아는 목덜미부터 이마까지 새빨개졌다. 신발을 벗지 않은 채, 그녀는 서둘러 가장 가까운 의자에 앉아 기도를 시작했다. 몸 상태가 좋지 않은데도 지휘자는 잘생겨 보였고, 리아는 그런 감정이 죄스러웠다. 더글러스는 찰스에게 상냥하게 미소 짓고 소파에 가 앉았다. 그는 이런 방식으로 주님을 섬길 수 있게 해주신 데 대해, 또한 안전하게 도착하게 해주신 데 대해 감사 기도를 올렸다.

리아는 기도를 마친 뒤 눈을 떴다.

"음식을 부엌에 둘까요?"

찰스는 부엌 상태가 신경 쓰여서 망설였다. 하지만 다른 수가 없었다. 그는 부엌 쪽을 가리켰다.

리아는 가져온 음식을 들고 그를 뒤따랐다. 부엌에는 담배 냄새와 참치 냄새가 풍겼다. 싱크대에는 접시와 프라이팬이 가득 쌓여 있고, 조리대 위에는 텅 빈 비엔나 소시지 통과 개봉한 시리얼상자가 굴러다녔다. 매일 사용하는 주방이었지만 제대로 청소하지 않은 지 몇 주, 아니, 몇 달은 된 것 같았다. 하지만 면적은 어마어마하게 넓었다. 거의 리아의 아파트에서 침실 하나 뺀 정도는 되는 것 같았다. 낡은 찬장은 여러 번 칠을 해서 마치 설탕 옷을 입힌 케이크 같았다. 리아는 오래된 대리석 작업대의 넓이에 감탄했다. 이만한 크기의 부엌이라면 김치통 열 개 정도는 너끈히 세워둘 수 있을 것 같았다. 물건이 너저분하게 널려 있고 지저분하다는 것은 전혀 신경 쓰이지 않았다. 오히려 청소를 많이 해야겠다는 생각이 드니 기분이 나아졌고, 부엌에 있으니 묘하게 편안했다. 리아는 부엌 식탁에 음식 꾸러미를 놓고 코트를 벗어 의자에 걸쳐놓았다. 그녀는 작업대 위에 널린 빈 소시지 깡통과 병을 쓰레기통에 집어넣었다.

남자들은 그녀가 청소를 시작하자 뭐라고 해야 할지 몰랐다. 어떻게 그만두게 할 방법이 없어 보였고, 말리기 더 편한 입장에 있는 더글러스조차 그냥 두는 것이 낫겠다고 생각했다. 누군가 해야 하는 일이라는 것은 분명했고, 한국에서 자란 남자들은 여자들에게 이런 일을 시키는 데 익숙했다. 두 사람 다 부엌에 이렇게 스스럼없이 들어온 한국 여자를 보는 게 워낙 오랜만이었다. 자신의 인생에 있었던 누군가를 연상시키는 다른 사람의 아내나 어머니가 자신을 돌봐준다는 사실에 어리둥절하고 놀란 나머지, 더글러스도 찰스도 뭐라 할 말을 찾을 수가 없었다. 그저 이런 순간을 폄하하고 싶지 않았다. 이것이 사랑 아닌가? 누군가 내 공간을 깨끗하게 치워주고, 아플 때 생각해주고, 이렇게 고생해봤자 얻을 것이 없는데도 외면하지 않는 것. 하지만 워낙 할 일이 많았다. 혼자서 이 부엌을 치우려면 하루 종일 걸릴 것이다. 더글러스는 자신이 도와야겠다고 생각했다. 그는 코트를 벗어 그녀의 코트 위에 걸쳤다.

찰스는 마침내 입을 열었다.

"조 집사님." 그는 조용히 말했다.

리아는 싱크대에 물을 틀어놓고 팔을 걷어붙인 채 설거지를 하고 있었다. 그녀는 대답이 없었다.

"리아." 찰스가 말했다. 더글러스는 그가 조 집사를 미국식 이름으로 부르는 것을 듣고 깜짝 놀랐다.

"리아." 찰스는 다시 말했다. "그러실 필요 없어요."

리아는 돌아보았다.

"제가 차라도 대접해야 하는데요. 집이 지저분해서 죄송합니다."

"무슨 말씀입니까, 쉬셔야죠." 더글러스는 단호하게 말했다. 독신 성가대 지휘자가 어떻게 살고 있는지 전혀 예상하지 못하고 찾아온 참이었다. 그 자신도 홀아비였지만, 그의 생활은 이 남자와는 매우 다른 것 같았다. 더글러스는 이렇게 지저분한 꼴을 그냥 두고 보지 못하는 깔끔한 남자였다. 가정부 조나스 부인은 20년 넘게 그와 엘라의 살림을 아주 능숙하게 돌보아주었고, 은퇴할 때는 후임 세실리아를 교육해서 업무를 모두 인계했다. "제가 가기 전에 조 집사님이 청소하는 걸 돕겠습니다. 박사님은 좀 누워 계십시오."

의사의 권유를 뿌리치기는 힘들었다. 온통 쑤시고 열이 났다. 간밤에는 거의 잠 한숨 자지 못했다. 찰스는 소파에 누우려고 터덜터덜 거실로 나갔다.

"조 집사님." 더글러스는 지나치게 목소리를 높이지 않으려고 노력하며 물소리 위로 말을 걸었다. "여기, 제가 좀 돕겠습니다."

리아는 미소 지으며 그를 만류했다. "심 장로님, 나가서 지휘자 선생님을 살펴봐주세요. 여기는 저 혼자 괜찮습니다. 제가 알아서 할게요." 그녀는 여기는 자신의 전문 분야라는 듯 조리대 위의 더러운 것들을 향해 손을 내저었다. "혼자 하는 게 나아요." 그녀는 거실 쪽으로 고개를 약간 기울인 채 까딱해 보였다. 그런 그녀의 모습은 정다웠지만, 더글러스는 그녀가 정말 일해도 괜찮을지 진지한 눈빛으로 쳐다보았다. 리아는 그의 불편한 기색은 아랑곳하지 않고 식탁으로 가더니 의사가 가져온 오렌지 주스 캔 여섯 개들이 묶음에서 두 개를 꺼내 더글러스에게 건넸다. 깨끗한 유리잔 두 개와 쟁반을 얼른 찾을 수 있을 것 같지는 않았다. 더글러스는 찰스를 찾아 밖으로 나갔다.

마침내 혼자 남게 된 리아는 수세미에서 물을 짜내고 세제를 묻혔다. 고맙게도 주방세제는 있었다. 이야기하는 것보다 일하는 게 편하지. 성가대 지휘자하고 대체 무슨 이야기를 한담? 그녀는 생각했다. 보통 이런 방문에서는 심 장로가 소그룹으로 기도를 이끈 뒤 병석에 누운 교인에게 늘 던지는 질문들이 이어졌다. 다음으로는 짤막한 예배 시간을 갖고, 주스 한잔이나 간단한 도넛을 먹은 뒤 일어서곤 했다. 예수의 형제 야고보는 〈야고보서〉에서 이웃의 영적인 필요는 물론 실질적인 필요를 어떻게 돌보아야 하는지 적었다. 리아의 아버지가 성경에서 가장 좋아하셨던 구절이 있다. "만일 형제나 자매가 헐벗고 일용할 양식이 없는데 너희 중에 누구든지 그에게 이르되 평안히 가라, 덥게 하라, 배부르게 하라 하며 그 몸에 쓸 것을 주지 않으면 무슨 유익이 있으리오." 티백이 눈에 띄면 냄비에라도 물을 끓여서 두 남자에게 따뜻한 마실 것을 내줄 텐데. 렌지 위에는 주전자조차 보이지 않았다. 주위를 둘러보니 전기밥솥 앞쪽에 커다란 크롬 커피머신이 있었지만, 리아는 어떻게 사용하는지 몰랐다. 집에서 그녀와 조셉은 인스턴트커피를 마셨다. 리아는 한 시간 동안 이 정도 일은 할 수 있겠다 생각하며 머릿속에 목록을 만들었다.

더글러스가 거실에 나가보니, 찰스는 소파에 누워 몸을 웅크린 채 잠들어 있었다. 얼굴은 수두로 벌겋게 달아올라 있었다. 의사는 조용히 계단을 올라갔다. 찰스의 침실은 계단을 다 올라간 뒤 제일 먼저 나오는 넓은 방이었다. 방은 아름다웠다. 문처럼 활짝 열리는 커다란 창문이 두 개 나 있었고, 마룻바닥에는 니스가 칠해져 있었으며, 돌을 깎아 만든 벽난로가 있었다. 폭이 넓은 마룻장을 깐 바닥에 온통 지저분한 옷가지와 신문지 더미가 널려 있었다. 딱 하나 놓인 안락의자 위에는 악보가 잔뜩 쌓여 있었다. 더글러스는 침대 위의 구겨진 담요를 털어서 접었다. 시트를 만져보니 오랫동안 빨지 않았는지 딱딱했다. 그는 담요를 챙기고 더러운 시트를 벗겨서 아래층으로 가지고 내려갔다.

우선 그는 담요로 찰스를 덮어주었다. 이어 집을 이리저리 둘러보다가 부엌 옆에서 세탁실을 발견하고 시트를 세탁기에 넣었다. 스테인리스 스틸 세탁기는 더글러스가 들어본 적 없는 독일 브랜드였다. 빨간 버튼을 누르니 세탁이 시작되었는데, 너무나 조용해서 물이 차고 있는지 뚜껑을 열고 확인해야 할 정도였다. 성가대지휘자는 이것저것 가진 물건이 많지 않았지만 갖고 있는 것들은 고가였고 안목이 좋았다. 하지만 제대로 관리된 것이 없었다. 마치 아무렇게나 방치하거나 함부로 사용하면 알아서 망가지겠거니 생각하고 있는 것 같았다.

세탁실에서 나오니 리아가 부엌 바닥 비질을 끝내고 이제 엎드려서 걸레로 바닥을 닦고 있었다. 어린 시절 집에서 일하던 가정부들이 마루를 열심히, 부드럽게 닦던 모습과 똑같았다. 더글러스의 어머니는 바닥에 머리카락 한 올만 눈에 띄어도 청소하는 아가씨를 야단치곤 했고, 거대한 저택의 공동공간 바닥은 하루 두 번씩 닦는 것이 일과였다. 리아는 조용히 노래를 부르고 있었지만, 찬송가 가사를 알아들을 수는 없었다. 더글러스는 그녀에게 다가갔다. 리아는 무릎을 꿇은 채 걸레를 손에 쥐고 그를 올려다보았다.

"저희 집 가정부 세실리아를 내일 보낼까 합니다." 세실리아도 브루클린에 살았지만 더글러스는 주소를 정확히 몰랐다. 조 집사에게 위층 방이 얼마나 어질러져 있는지 말하기가 망설여졌다. "침대 시트를 제가 세탁기에 넣었습니다." 그는 세탁실 문을 가리켰다. 리아는 놀라 눈을 크게 떴다. 의사가 세탁기를 돌리는 모습을 상상하기가 어려웠다. "이제 그만하셔도 될 거 같습니다. 부엌은 훨씬 나아졌네요." 리아는 더글러스가 자신의 노고를 인정해주자 미소 지었다. "집사님, 오늘은 딱 하루 쉬시는 날이잖아요. 홍 박사가 잠에서 깨는 걸 봐서 기도를 올리고 우리는 이만 가보는 게 좋겠습니다." 그는 리아 쪽으로 고개를 약간 숙였다. 그녀의 얼굴은 행복한 아이처럼 빛났다. 그 모습을 보니 가슴이 약간 두근거려서 시선을 피하지 않을 수 없었다.

"전 상관없어요. 세탁기가 돌아가는 동안 깨끗한 시트를 찾아서 침대를 정돈해드려야겠네요." 리아가 일어서려 하자, 더글러스가 얼른 손을 내밀었다. 그녀는 손을 잡고 일어선 뒤 곧바로 다시 놓았다. 이렇게 그의 손이 닿은 것은 처음이었다.

"지금 저희 집에는 아무도 없고, 누군가에게 도움이 될 수 있어 기쁘네요……." 리아는 더 이상 말하지 않고 입을 다물었다. 의사 역시 집에 아무도 없다는 것이 떠올랐기 때문이었다. 매주 아파누워 있는 신도들에게 봉사하러 다니는 게 그 때문일까? 일요일 오후마다 빈집을 마주해야 하는 게 싫은 걸까? 아니, 주님에 대한 그의 헌신적인 봉사를 그런 식으로 치부하는 것은 부당한 것 같았다. 전에는 이런 식으로 생각할 이유가 없었다. 하지만 남편과 떨어져서 리아 혼자 시간을 보낸 것은 오늘이 처음이었다.

더글러스는 그녀에게 미소 지었다. 그녀와 함께 있으니 바보처럼 마냥 기분이 좋았다. 어린 시절 그를 학교에 데려가곤 했던, 엘라의 고등학교 졸업도 보지 못하고 세상을 떠난 누님과 같이 지내던 때 이런 기분이었다. 조 집사는 그의 누님과 같은 온화한 표정을 지니고 있었다.

리아는 허리를 굽혀 쓰레받기를 집어들고 쓰레기통으로 향했다. 쓰레기가 가득 차자, 그녀는 검은 쓰레기봉투 가장자리를 잡아당기기 시작했다. 새 봉투를 끼워야 했다. 더글러스는 얼른 옆으로 가서 일을 도왔다.

"홍 박사님은 아주 잘 주무시고 계십니다." 더글러스는 말했다. 그는 봉투 양쪽 귀퉁이를 붙잡아 토끼 귀처럼 묶었다. 엘라가 어렸을 때 이렇게 하는 것을 좋아했다.

"정말 불편하실 거예요." 리아는 이마를 닦았다. 틀어 올린 머리에서 머리카락 한 가닥이 흘러내려 있었다. "케이시가 수두에 걸렸을 때가 기억나요. 같이 앓으라고 곧장 티나를 같은 방에 넣었죠. 그래야 빨리 지나가니까요."

더글러스는 이해할 수 있었다. 일하는 부모들은 시간을 아끼기 위해서 그렇게 한다. 그는 자신에게 아이가 둘이었다면 어땠을지 상상조차 할 수 없었다.

"지휘자 선생님 댁에는 먹을 게 전혀 없네요. 가게에 가서 식료품을 좀 사오는 것이 어떨까요? 신선한 과일이나 채소가 없어요."

"네, 그러지요." 더글러스는 차 열쇠를 꺼내려고 바지 주머니에 손을 넣었다. 그때 호출기가 진동했다. "아, 무슨 일이지?" 그는 껌 한 통 크기만 한 액정화면을 확인했다. "전화가……." 그는 전화를 걸어야 할 것 같아 주위를 둘러보았다.

리아는 냉장고 옆 벽을 가리켰다. 냉동실 위쪽에 두껍게 먼지가 쌓여 있는 전화기가 눈에 띄었다.

더글러스는 병원에 전화했다. 수술 후 회복 중이던 노인 환자가 고열과 경련을 일으키고 있어서 레지던트가 호출한 것이었다. 대기 중이던 신경외과의사가 그에게 연락하라고 레지던트에게 지시했다. 더글러스가 전화를 끊었다.

리아는 그가 뭐라고 할지 몰라 서서 기다렸다.

"지금 가봐야겠습니다." 그는 잇새로 공기를 빨아들였다.

"아." 할 일이 너무나 많이 남아 있었다. "아직 예배도 못 드렸는데요. 지휘자 선생님은 주무시고 계시고."

더글러스는 뭐라 말하려고 입을 열다가 다시 다물었다. "집사님 말씀이 맞습니다. 세탁기도 돌아가고 있고요." 그는 바닥을 내려다보았다. "이렇게 하죠." 그는 검지를 세웠다. "얼른 병원에 갔다가 곧바로 돌아오겠습니다. 오래 걸리지 않을 거예요."

"그럼 돌아오실 때까지 전 여기서 청소를 하죠."

"괜찮겠습니까?" 그는 물었다. "아니." 그는 속으로 갈등이 되는지 고개를 저었다. "아니, 집사님도 저랑 같이 가셨다가 일이 끝나면 같이 오시는 게 어떻겠습니까." 더글러스는 혼란스러웠다. 얼마나 걸릴지 가늠하기가 어려웠다. 병원은 길이 막히지만 않으면 30분 거리였고, 약이 잘 들면 대기 중인 의사들에게 지시를 내린 뒤 곧바로 돌아올 수 있다. "오래 걸려도 두 시간 뒤에는 올 수 있을 겁니다."

"아뇨." 리아는 자기도 모르게 조용히 말했다. 병원에서 기다리느니 집 청소를 하고 지휘자 선생님이 먹을 저녁식사 준비를 해놓는 것이 낫다. "저는 계속 일할게요. 정말 그게 더 좋습니다. 티나를 돕지 못해서 마음이 영 좋지 않았는데 이렇게라도……." 그녀는 부끄러워서 쓸쓸한 표정을 지었다. 자기 입에서 나온 말에 스스로 놀랐던 것이다.

"하지만 세실리아가 내일 와서 해도 되는데요."

"그분은 수두에 걸린 적이 있나요?"

"모르겠어요." 더글러스는 그 생각을 미처 못했다.

"제가 있을게요. 지휘자 선생님은 잠들어 계시니, 제가 침대를 정돈하고 마무리를 할게요. 걱정하지 마세요."

"괜찮으시겠습니까?"

리아는 걱정 말라는 듯 고개를 끄덕였다. 미소 짓는 모습이 신기할 정도로 누님을 연상시켜서, 더글러스는 그런 생각을 떨쳐내야 했다. 그는 자기 호출기 번호를 적어놓은 뒤 그녀를 남겨두고 부엌을 나섰다.

두 시간이 지났지만, 더글러스는 돌아오지 않았다. 찰스는 아직 잠들어 있었다. 부엌은 이제 거의 깨끗해졌고, 리아는 작은 갈색 봉투에 종이수건, 세탁비누, 전구 등과 우유, 주스, 커피 같은 기본적인 식료품 등 생활에 꼭 필요한 물건 목록을 적었다. 식용유는 병에 한 숟갈 정도 남아 있었고, 백설탕이나 차는 없었다. 냉장고 안에 곰팡이가 피어 있는 포장 용기를 보니, 배달을 시켜 먹거나 통조림, 혹은 음식을 용기에 담긴 채로 그냥 먹는 것 같았다. 늘 외식할 수도 있지만 리아로서는 알 길이 없었다. 그녀는 뜨거운 물과 주방세제로 일본제 전기밥솥 안팎을 깨끗이 닦고 식료품 창고 구석에 있던 새 쌀 포대를 뜯어 밥을 새로 지었다. 오랫동안 이렇게 행복했던 적이 없었다. 그녀가 하고 있는 일은 정말 중요한 일이었다. 깨끗한 시트를 들고 찰스의 침실로 올라가보니, 심 장로가 아까 목격한 난장판이 펼쳐져 있었다.

그녀는 침대를 정돈하고 빨래를 한아름 들고 와서 세탁물을 색깔별로 분류했다. 저녁 6시였지만, 아직 심 장로에게서는 소식이 없었다. 리아는 여기가 어디쯤인지 정확히 몰랐고, 가장 가까운 전철역이 어디인지도 몰랐다. 창밖에는 택시도 보이지 않았고, 누구한테 연락해야 할지도 알 수 없었다. 밥이 다 됐는지 밥솥에서 세 번 삑 소리가 났다. 리아는 밥솥 뚜껑을 열고 고슬고슬한 밥을 주걱으로 저었다. 그녀도 배가 고팠다. 크래커나 사과가 있으면 간단하게 요기를 할 수 있겠지만, 집 안에 그런 것은 없었다. 이미 다 둘러보았기 때문에 뭐가 있는지 훤히 알고 있었다. 캠벨 청키 수프 통조림 네 개, 참치 통조림 세 개뿐이었다. 리아는 빗자루와 쓰레받기, 걸레를 들고 위층으로 올라갔다.

바닥에 흩어진 책과 악보를 서랍장 위에 차곡차곡 쌓아 올린 뒤, 그녀는 불을 때지 않은 벽난로 안에 처박힌 신발짝들을 벽장으로 옮기고 어머니가 가르쳐주신 대로 바닥 청소를 시작했다. 먼저 꼼꼼하게 비질, 그다음에 젖은 걸레로 닦기, 마지막으로 마른 걸레 순서였다.

"뭐 하시는 겁니까?" 찰스가 침실 문틀에 비틀비틀 기대서서 물었다.

"어머." 리아는 깜짝 놀랐다. 그녀는 손을 가슴에 갖다 댔다. 일에 집중하느라 지휘자 선생님에 대해서는 까맣게 잊고 있었던 것이다.

"누가 여기 올라오라고 했어요?" 찰스의 목소리는 조용하고 몽롱했다. 화가 난 것이 아니라 자기 자신에게 짜증이 난 것이었다. 교회 독창자가 언제 자기 집에 들어왔는지 아무리 생각해도 기억이 나지 않았다. 그는 침실의 냉기를 느끼고 팔뚝을 손으로 문질렀다.

리아가 환기를 시키려고 창문을 열어놓았다. 환자들이 지내는 방은 자주 환기하는 것이 좋다고 들은 기억이 있어서였다.

찰스는 깨끗해진 방을 신기한 듯 둘러보았다. 원래대로 광택을 되찾은 마룻바닥은 그와 아버지가 부동산 중개인과 함께 처음 저택을 둘러보러 왔을 때 같았다.

"전 심 장로님과 같이 왔어요." 리아는 말했다. 기억이 안 나시나? "한데 장로님은 병원에서 호출이 와서 잠깐 가셨어요. 그래서 전 청소를 하고 있었고요. 죄송해요. 저는 도움이 될까 해서……."

"아니오. 전, 괜찮습니다. 저는……." 찰스는 현기증이 나서 눈을 감았다.

"괜찮으세요?"

찰스는 집중하려고 애쓰며 이를 악물었다.

"오늘 뭘 좀 드셨어요?" 그녀는 물었다.

"심 장로님은 어디 계십니까?"

"병원에서 급한 호출이 와서 잠시 가셨는데, 곧 오실 거예요."

방금 말한 걸 못 들은 건가? "장로님이 오시면 저도 바로 갈 거예요. 그냥 빨래만 끝내놓고 싶어서요."

찰스는 그제야 바닥에 널려 있던 옷가지들이 사라졌다는 것을 알아차렸다.

"선생님은 좀 누우시는 게 좋겠어요." 리아는 그가 정신을 잃을까 봐 걱정스러웠다. 그녀는 바닥에서 일어나서 그에게 다가갔다.

찰스는 침대로 다가가다가 세 번째 걸음을 옮긴 뒤 그녀에게 부딪힐 뻔했다. 리아는 혹시 그가 쓰러지기라도 하면 몸으로 받쳐주려고 그대로 서 있었다. 찰스는 약간 비틀거렸고, 리아는 그의 겨드랑이에 손을 넣어 부축해주었다. 그의 몸에서는 담배 냄새와 땀 냄새가 났다.

"늦었군요. 댁에 돌아가셔야 하지 않습니까?" 그녀가 다리에 담요를 덮어주자, 찰스는 물었다.

"택시를 불러주시면 갈 수 있겠지만, 심 장로님이 오시기로……."

"빨리 가시라는 것은 아닙니다. 단지 바깥어른께서……."

"그는 캘리포니아에 갔어요."

"아." 찰스는 더 이상 묻지 않았다.

"뭘 좀 드셔야겠어요. 여기서 기다리세요." 찰스가 워낙 힘이 없다 보니, 리아는 명령조로 힘주어 말했다.

그녀는 두 번 계단을 오르내리며 국과 생선 요리, 밥을 전부 위층으로 가져왔다. 찰스는 주스 두 캔을 마시고 조용히, 꾸준히 음식을 씹었다. 그는 가져온 음식을 다 먹었고 리아는 그의 식욕에 기뻤다. 식사를 마치자 그녀는 접시를 아래층으로 가지고 내려와서 거실을 치우기 시작했다. 이제 완전히 잠에서 깨고 배도 부른 찰스는 침대에 일어나 앉아 리아에게 뭐라고 해야 할까 생각하고 있었다. 초인종이 울렸고, 리아는 얼른 현관으로 나갔다.

더글러스는 숨을 몰아쉬고 있었다. 환자의 감염 상태가 심각해서 신경외과의사와 심장외과의사와 상의하는 것이 생각보다 오래 걸렸다. 환자가 진정된 뒤 더글러스는 곧장 병원을 나섰지만 다리를 오가는 차량이 너무 많았다. 그는 조 집사에게 상황을 설명했지만, 그녀는 오래 기다린 것을 그리 신경 쓰지 않는 것 같았다. 집은 거의 몰라보게 탈바꿈해 있었다.

"정말 고생하셨습니다." 그는 리아의 일솜씨에 놀랐다. 그가 외투를 벗자 리아가 받아 들었다. 그들은 아직 현관에 서 있었다.

"제가 사람 목숨을 살린 것도 아닌데요, 뭘." 리아는 미소 지었다.

더글러스는 그녀의 말을 듣고 내심 기뻐서 웃었다.

"이쪽 환자는 일어났습니까?" 그는 간호사 대하듯 물었다.

리아는 고개를 끄덕였다. 거의 쓰러질 뻔했지만 오렌지 주스를 마시고 저녁도 잘 먹었다는 이야기도 들려주었다. 그녀의 목소리에는 자부심이 어려 있었다.

더글러스는 계단에서 발소리를 듣고 고개를 들었다. 찰스는 스웨터를 벗고 깨끗한 셔츠로 갈아입고 있었다. "제가 이렇게 지저분한 상태였는지 미처 몰랐습니다." 그는 입고 있던 스웨터를 손에 든 채 말했다. "정말 뭐라고 감사해야 할지 모르겠어요." 그는 리아 쪽을 보며 말했지만, 그녀는 눈을 마주칠 수가 없었다. "집

안 꼴이 엉망이라 정말 죄송합니다."

"혼자 많이 아프셨잖습니까. 아무 일도 할 수 없으셨어요." 더글러스는 지휘자가 집사를 바라보는 눈길을 유심히 관찰했다. 그녀에 대해 묘한 보호본능이 느껴졌다.

찰스는 나무 난간을 붙잡고 조심스럽게 마지막 몇 계단을 내려왔다. "뭘 좀 드릴까요?" 집 안에 차나 커피가 있던가? 알 수가 없었다.

리아는 미소 지으며 거절했다. 그녀는 시계를 확인하고 세탁실로 달려가더니 반듯하게 갠 세탁물이 가득 담긴 바구니를 가지고 나왔다. "제가 위층에 갖다 둘게요."

찰스는 바구니를 받으려고 팔을 뻗었지만, 리아는 그가 또 쓰러질까 봐 걱정스러워서 말렸다. "괜찮아요. 전 일하는 걸 워낙 좋아해서요. 마무리를 해야죠." 그녀는 옷가지를 넣어놓기 위해 위층으로 올라갔다.

"더 주무십시오." 더글러스는 말했다. "집사님이 내려오시면, 저희가 박사님을 위해서 기도드리겠습니다."

찰스는 그렇게 하는 것이 좋겠다고 생각하며 고개를 끄덕였다.

리아가 돌아온 뒤, 그들은 거실에 모여 앉아 찰스의 건강과 안녕을 위해 기도했다. 더글러스는 성가대 지휘자가 빠르게 쾌유하여 교회가 한층 더 주님을 찬양할 수 있게 해달라고 간구했다. "주님께 영광을 돌리나이다." 더글러스는 기도를 마쳤다.

"아멘." 리아는 입을 모아 아멘을 읊었다. "아멘." 찰스도 나직하게 중얼거렸다.

봉사단은 외투를 입고 지휘자의 집을 나섰다. 찰스가 열린 문간에 서자, 더글러스는 감기에 걸릴지도 모르니 얼른 들어가라고 했다. 5월치고는 쌀쌀한 저녁 공기였다.

찰스는 문을 닫고 유리창을 통해 녹색 스테이션왜건이 출발하는 것을 지켜보았다. 구원받은 기분이었지만, 조 집사가 떠나고 나니 그 어느 때보다 깊은 외로움이 밀려왔다. 문득 그는 자신이 아직도 지저분한 스웨터를 손에 쥐고 있다는 것을 깨달았다. 무심코 스웨터를 개다 보니 얼른 빨아야 할 것 같았다.

3

디자인

　미시시피의 고급 티셔츠 공장에서 보낸 샘플이 페덱스를 통해 아침에 백화점으로 도착했다. 사빈은 보통 토요일에 출근했지만 오늘은 편두통 때문에 집에 있었다. 그녀는 연어색으로 꾸민 자기 침실에서 모자 매장에 있는 케이시에게 전화를 걸었다.

　"집에 갖고 와줄 수 있어? 그럼 정말 고맙겠는데." 사빈은 거품을 낸 말차를 한 모금 마셨다.

　"몸은 좀 어떠세요?" 케이시는 걱정하는 목소리로 물었다. 요즘 사빈은 두통이 잦았다. 2주 연속 토요일에 출근하지 못하고 있었다.

　"아, 그렇지 뭐. 커튼 닫아놓고 푹 자면 괜찮아. 케이시, 소포 가져다줄 수 있지?"

　유난히 심통 사나운 음성으로 미루어볼 때, 무엇보다 따분한 것 같았다. 사장은 뭔가 재미있는 일을 원하고 있었다. 그렇기 때문에 아무나 시켜서 소포를 가져오게 하지 않는 것이다.

"네 얼굴도 보면 좋잖니. 여기서 저녁 같이 먹자. 아이작도 반가워할 거야. 두통을 앓을 때마다 그에게 너무 미안해. 같이 있기 영 재미없는 사람이 되니까."

주디스는 휴식 시간이었고, 케이시 혼자 매장을 지키고 있었다. 옆에 아무도 없었지만 그녀는 고객을 응대할 때 쓰는 낮고 정중한 음성으로 말했다. "네, 손님. 뭘 찾으시나요?"

사빈이 목소리를 높였다. "케이시, 나중에 다시 전화할까?"

어리석은 생각이었다. 사빈은 대답을 듣지 못하면 정확히 10분 뒤에 다시 전화할 사람이었다.

"잠깐만요, 사장님." 케이시는 전화를 카운터 위에 놓았다. 등이 긴장으로 뻐근해서 엉덩이를 유리 진열장에 기대고 섰다. 진열장 맨 위 칸에 흰 동백 모양 모자핀이 약간 삐딱하게 놓여 있었다. 케이시는 핀을 바로 놓았다. 그날 아침, 영국인 자매 두 사람이 캔터베리 홀에서 열리는 결혼식에 쓰고 갈 멋진 뉴욕식 모자를 찾았다. 그중 언니가 핀을 보겠다고 했다. 마흔 살 정도 된 동생은 케이시가 만든 점무늬 베일이 달린 갈색 칵테일 모자를 샀고, 좀 더 현대적인 감각을 지닌 언니는 녹색이 섞인 검정 깃털 장식 필박스 모자를 골랐다. 모자 두 개를 판매한 수수료는 180달러였다. 그 생각을 하니 슬그머니 죄책감이 든 케이시는 다시 전화에 손을 뻗었다. 사빈이 케이시가 만든 모자를 백화점에서 판매하고 수익 전액을 갖게 해주지 않았다면, 오늘 번 수수료는 60달러였을 것이다.

하지만 케이시는 망설였다. 사빈은 은우를 저녁식사에 초대하지 않았다. 토요일 밤에 그 혼자 뭘 하지? 두 사람은 스파게티를 만들어 먹고 비디오숍에서 빌린 영화를 볼 계획이었다. 은우는 아직 무직 상태였고 당연히 기분이 별로 좋지 않았다. 사빈은 그를 패배자로 여겼고, 케이시에게도 한 번 이상 대놓고 그렇게 말했다. 은우는 한 번도 사빈에게 저녁식사 초대를 받지 못했다. 때로 케이시는 사빈이 한국 남자를 싫어하는 게 아닐까 하는 생각마저 들었다.

"케이시…… 케이시?"

그녀는 수화기를 집어 들었다. "네, 죄송합니다. 손님이 있었어요."

"판매는 안 됐고?"

"네."

"몇 시지?" 사빈은 물었다.

케이시는 시계를 보았다. 롤렉스 시계판이 그녀를 마주 보았다. "11시 12분요."

"주말에 숙제할 거 많아?"

"네." 화요일까지 골치 아픈 회계 프로젝트를 끝내야 한다.

"점심시간에 해도 되잖아. 내 사무실을 써."

케이시는 눈을 감았다.

"저녁식사는 오래 걸리지 않을 거야. 뭐 먹고 싶은지 이 사빈에게 말만 해."

이것이 다였다. 케이시가 집에 전화했지만 은우는 없었다. 그녀는 사빈의 집에서 저녁을 먹는다고 자동응답기에 메시지를 남겼다. 경제적으로 그녀와 은우의 생활은 힘들었다. 언제나 그랬듯 케이시는 항상 쪼들렸고, 퇴직금을 다 써버린 은우는 직장을 찾으면서 자기 돈으로 주식거래를 했고 이런저런 청구서를 도박으로 해결했다. 케이시의 어머니는 돈 문제로 남자 기분을 상하게 하지 말라고 가르쳤다. 판매직 경험상 케이시도 남자는 두 가지 점에서 매우 약한 존재라는 사실을 알고 있었다. 바로 돈과 탈모였다. 은우는 지금 고비를 겪고 있는데, 이런 때 그녀가 돈 문제나 도박에 대해 말을 꺼내기라도 하면 수치심으로 무너져버릴 것이다. SF 영화에 나오는 인물처럼 그가 그대로 증발해버리는 모습을 상상할 수 있었다. 수십억 개의 미세한 입자로 부서져버리는 은우의 모습을. 슝! 게다가 재정 문제에 관한 한 그녀가 뭐라고 할 말이 없기도 했다. 한마디도.

케이시는 생활비를 줄이기 위해 FIT 수강을 그만두었다. 프린스턴과 뉴욕대 경영대학원에 지불한 학비에 비하면 수강료는 아무것도 아니었지만, 그래도 한 달 치 식비는 너끈했다. 수업 끝나고 한잔하는 비용도 계산해보았다. 맥주와 안주, 게다가 늦게 파할 때 교통비를 합하면 무시할 수 없었다. 갈색 칵테일 모자는 그녀가 팔기 위해 만든 마지막 모자였다. 밤마다 오리털 이불을 턱까지 끌어 덮고 침대에 누운 채 그녀가 기도하는 것은 오직 한 가지였다. 학교로 돌아간 것이 부디 값비싼 실수의 반복이 아니기를. 케이시는 여름 인턴 자리가 이 모든 의문에 대한 답이 되어주기를 바라고 있었다.

강의실 밖에서 주워듣는 이야기들은 모두 어느 정도 사실이었다. 금융 전공자들에게 있어 경영대학원에 다니는 목적은 오로지 투자은행에 여름 인턴 자리를 얻기 위한 것이라는 이야기였다. 그렇게 여름이 끝나면, 졸업 후 월 스트리트의 회사로 들어오라는 정규직 제안이 들어온다. 2학년에 올라갈 때 배짱 좋은 사람들은 월 스트리트에서 온 제안을 한 단계 업그레이드해서 역으로 제안하기도 한다. 잘만 풀리면 졸업하자마자 좋은 자리에서 두둑한 급여를 받으며 일을 시작할 수 있는 것이다. 어마어마한 보너스를 받으면 학자금 대출은 2년 안에, 빚이 쌓였던 기간과 같은 시간 내에 갚을 수 있다. 이 정도 속도로 빚을 줄이는 유일한 일자리는 오직 월 스트리트 최고의 투자은행뿐이었다. 스턴 스쿨의 전공 분야 중에서 케이시는 금융을 택했다. 진짜 큰돈이 몰리는 곳이었다.

대학을 졸업하고 4년이 흐르는 동안 케이시가 확실히 깨달은 것이 하나 있었다. 개인적으로나 사회적으로나 더 이상 실패할 수는 없다는 것. 케이시는 자수성가한 여성이자 자기 분야의 개척자인 사빈을 자신이 아는 다른 어떤 여자들보다 존경했다. 사빈이나 아이작에게 컬럼비아 대기자 명단에서 나오게 해달라고 도움을 청하지 않고 뉴욕대 스턴 경영대학원을 선택했을 때(사빈이 틈만 나면 암시했듯, 단지 아이작이 학교 이사진이라고 해서, 혹은 제이 커리가 컬럼비아에 입학하는 데 그가 도움이 되었다고 해서, 케이시에게 반드시 입학 허가가 난다는 보장도 없었다), 학비를 대주겠다는 사빈의 제안을 거절했을 때 케이시가 원했던 것은 일종의 자율권이었지만, 이는 자칫 어마어마한 손해를 볼 수 있는 선택이었다. 혼자 힘으로 좋은 일자리를 찾지 못한다면 그 굴욕은 어마어마할 것이다. 부모님 문제는 또 어떤가. 케이시는 컬럼비아 대학교 로스쿨 입학을 미루고 그녀와 결혼할 마음조차 없는 이혼남과 같이 살고 있다. 어떻게 만회할 방법이 없었다. 동생은 좋은 한국인 예비 의사와 결혼했고 아들을 낳았다. 상대가 되지 않았다. 이번 달에는 스스로의 원칙을 깨뜨리고 휴 언더힐에게 도움까지 청했는데, 여름이 끝난 뒤 인턴 프로그램을 통해 정규직 제안을 받지 못하면 친구들 앞에서 망신살까지 뻗치는 셈이다. 케이시는 담배를 하루 두 갑씩 피워댔고 다이어트콜라를 많이 마셨다. 밤에는 잠이 오지 않았다.

그래서 새벽 3시에 벌떡 깨어나면 케이시는 자신이 잘 아는 방법으로 대처했다. 공부였다. 얄궂은 점은, 최고의 회사들이 그렇게까지 뉴욕대 스턴 스쿨을 무시하고 하버드, 워튼, 스탠퍼드, 그리고 그보다 못한 컬럼비아 재학생들 중에서만 직원을 뽑는다면, 성적증명서가 아무리 탁월하다 해도 소용이 없다는 것이다. 결국 휴에게, 택시 뒷자리에서 손으로 성기를 만진 그 남자에게 전화를 걸 수밖에 없었다.

프린스턴에 다닐 때 케이시와 친구들은 아이비리그 대학이 그렇지 않은 학교보다 낫다고 여기는 사고방식을 천박한 엘리트주의라고 배웠다. 프린스턴 출신이 퀸스 칼리지 졸업생보다 우월하다는 말은 절대 입에 담아서는 안 되는 말이었다. 뉴욕대에(상위 10위권이지만 5위에 들지는 못한다) 들어가고 나니 케이시는 아버지가 늘 하던 말을 이해할 수 있었다. 브랜드가 중요하다는 말.

스턴 스쿨에서는 신규 채용을 하지 않는 바로 그 은행들이 프린스턴에 찾아가서 학부 투자분석가 프로그램에 뽑아가기 위해 스무 살 학생들을 면접하지 않던가. 대학 졸업반 시절 컨 데이비스에 뽑히지 못했던 것은 게임의 규칙을 따르기를 거부했기 때문이었다는 것을 그때는 몰랐지만(말도 안 되는 노란색 정장, 낸시 레이건 농담, 투자은행 딱 한 군데만 지원한 오만. 테드 김의 지적은 정확했다), 어쨌든 그때는 회사가 둘러보러 오기는 했었다. 실패하든 성공하든 문은 열려 있었다. 문이라는 게 있었던 것이다.

순진했다. 그때 케이시는 그랬다. 녹색 나뭇잎과 부드러운 덩굴손이 드리우는 시원한 아이비 그늘이 없는 학교에 가기 전까지는 아이비리그 학위가 주는 어마어마한 특권과 보호를 미처 깨닫지 못하고 있었던 것이다. 컬럼비아 로스쿨에 진학했다면, 지금쯤 이미 1년 차 로펌 소속 변호사일 것이고 학자금 대출의 3분의 1 정도는 갚았을 것이다.

휴식을 마치고 돌아온 주디스가 케이시에게 점심을 먹고 오라고 했다. 케이시는 사빈의 사무실에 가서 회계학 숙제를 꺼냈지만, 미처 일을 시작하기 전에 페덱스 소포가 눈에 띄었다. 그녀는 토트백에 소포를 집어넣었다.

아이작 고츠먼이 펜트하우스 출입문을 열어주고 케이시가 올라오기를 기다리고 있었다.

케이시는 머리를 숙이고 엘리베이터에서 내렸다. 한 손에는 갈색 페도라, 다른 손에는 소포를 들고 있었다. 케이시는 소년 교복 같은 흰 블라우스에 폭이 넓은 갈색 벨트로 허리를 졸라맸고, 짧은 트위드 넥타이에 모직 바지를 입고 남성용 스타일 옥스퍼드 신발을 신고 있었다. 사람들의 시선이 집중될 만한 옷차림이었지만 정작 그녀의 표정은 우울해 보였다.

"이런, 힘내라고."

그가 나와 있을 거라고 예상하지 못했던 케이시는 고개를 들고 씩 웃었다. 보통 문을 열어주는 사람은 가정부였다. 아이작은 키 큰 곰 같았다. 거대한 몸집, 양옆에 펼친 커다란 손, 색이 바랜 코듀로이 바지와 캐멀색 스웨터. 그를 보니 마음이 푸근해졌다. 아이작은 그녀를 좋아했고, 그녀에게서 바라는 것이 아무것도 없었다. 제이 커리는 사빈을 동화 속의 대모님이라고 부르곤 했지만, 사실 진짜 대부처럼 느껴지는 쪽은 아이작이었다. 물건이나 경험 차원에서 뭔가 주는 것이 있어서가 아니라 그녀를 있는 그대로 받아들여주기 때문이었다. 좋은 사람에게서 이런 식으로 인정받는다는 것은 일종의 재산을 물려받는 것과 같다.

하지만 기나긴 한 주였고, 케이시는 녹초가 되어 있었다. 영업팀 보조직을 그만둔 것도 이런 심부름을 다니기에는 너무 나이가 많다는 바로 그 이유 때문이었다. 요즘 케이시는 사빈에게 종속된 이 상태가 너무 오래간다고 느끼고 있었다. 사빈이 자신의 백화점 제국을 헐값에 넘겨준다고 한들, 고마움 때문에 서명하지 않을 수 없는 상하관계의 고용계약서가 당연한 권리로 따라올 것이다. 그런 것을 어떻게 정량화할 수 있을까? 주말마다 소포를 배달하고, 내키지 않을 때도 함께 식사하고, 사빈의 마음에 들지 않

161

으면 사랑하는 사람이 바라는 것도 취소하면서, 영원히 그렇게 살아야 하나? 은우는 오늘 밤 시리얼 한 그릇으로 때울 것이다. 아예 식사를 잊어버릴지도 모른다. 케이시는 서글펐다.

아이작이 그녀의 뺨에 키스하고 재킷을 걸어주는 동안에도 케이시는 소포를 계속 들고 있었다. 저녁은 먹지 말고 그냥 가자, 그녀는 결심했다. 여왕님께 소포를 직접 전달하고 물러나자.

"사빈은 침실에 있어." 아이작은 케이시의 어두운 얼굴을 보며 말했다.

"죄송해요, 아이작. 참……." 그녀는 예의를 지켜야 한다는 것을 기억하고 미소 지었다. "어떻게 지내세요? 아저씨를 뵈면 늘 얼마나 반가운지 몰라요." 그는 케이시에게 따뜻하게 미소 지었다. 아무 이유 없이 눈물이 날 것 같아, 그녀는 침을 삼켰다. 친절한 눈빛만으로 이런 효과를 발휘하는 사람은 세 명 있었다. 제이의 엄마 메리 엘런 커리, 엘라 심, 그리고 아이작이었다.

아이작은 팔을 활짝 벌렸고 케이시는 그의 커다란 가슴에 순순히 몸을 묻었다.

수염을 바싹 깎은 턱이 이마에 와 닿았다. 삼나무 조각과 사향, 오렌지 껍질이 뒤섞인, 정말로 좋은 체취가 풍겼다. 이런 향이 나는 사람은 그 말고 아무도 없었다. 사빈은 파리의 향수 장인에게 맞춤 애프터셰이브를 주문하고 있었다. 병에는 아이작 안토니오 고츠먼의 첫 글자를 따서 'I.A.G.'라는 라벨이 붙어 있었다.

케이시가 먼저 팔을 풀고 떨어져 섰다. 쑥스럽고 눈물이 날 것 같았다.

아이작은 그녀의 어깨에 손을 짚었다. 더 말랐군, 그는 생각했다. 좋은 뜻에서가 아니라 먹을 것이 충분하지 않아서 야윈 사람 같았다.

"아가씨, 우리가 오늘 밤 페덱스 소포를 들고 여기 오는 첫 번째 사람에게 양고기 저녁식사를 무상으로 제공한다는 소식 들으셨습니까?" 그의 눈동자는 장난기로 반짝거렸다. 〈거래를 합시다〉의 사회자 몬티 홀 흉내를 내면서 늘 하는 익살이었다. 케이시와 처음 만났을 때 아이작은 심각한 목소리로 이렇게 말했다. "부인, 핸드백 안에 일회용 반창고가 있다면 10달러 드리죠." 케이시는 곧 농담이라는 것을 알아차렸지만, 그의 주문으로 화장품 가방에서 안전핀을 꺼내자 실제 그 자리에서 5달러를 준 적도 있었다.

"아가씨, 세상에! 손에 들고 계신 게 페덱스 소포 아닙니까?"

"네, 맞습니다." 케이시도 정색하고 맞장구를 쳤다.

"절호의 기회입니다! 오늘 밤에는 특히 아름다운 미소를 보여주시는 분께 초콜릿 소스를 얹은 판나코타도 제공하거든요."

케이시는 씩 웃었지만, 대놓고 거짓말을 하지 않으면서 저녁식사를 거절할 방법을 찾느라 머리를 굴리고 있었다.

"아가씨, 혹시 모자 있습니까?"

케이시는 고개를 끄덕이며 페도라를 그의 눈높이까지 들어 보였다. 매력적인 삼촌과 농담 따먹기를 하는 소녀 같은 기분이었다.

"음, 오늘은 숙녀분들의 모자를 이탈리아제 구두와 그에 어울리는 가방으로 바꿔드리는 행사도 진행되고 있습니다."

그녀는 웃음을 터뜨렸다. "그거 솔깃한데요."

"이제 진짜 케이시의 미소가 나왔군. 괜찮니?"

"괜찮아요. 제 걱정은 하지 마세요."

"아, 네 걱정은 안 해, 케이시 한. 그럴 필요가 없으니까. 넌 해야 할 일을 잘하는 사람 아니냐." 그는 말했다. 때로는 말하는 것 자체가 그것을 사실로 만들기도 한다.

케이시의 눈에 눈물이 고였다. "아, 전 모르겠어요, 아이작."

"하지만 나는 알아." 그는 케이시가 자신의 말을 믿기를 바라며 엄숙하게 고개를 끄덕였다. 아이작은 정작 자기 자식들이 어렸을 때는 회사 일이나 여자 뒤꽁무니를 쫓아다니기에 바빠서 이런 종류의 확신을 심어주지 못한 것을 후회하고 있었다. 자신이 케이시 또래였을 때, 세상이 온통 정복해야 할 대상으로 가득 차 보였던 것도 떠올랐다. 자식들에게 싸우고자 하는 투지가, 더 큰 뭔가를 손에 넣고 싶어 하는 욕망이 없다는 것을 생각하면 서글펐다. 자신을 증명해야 할 이유가 없었거나, 노력해서 증명할 수 있는 것이 없었을 것이다. 케이시의 내면에는 투지가 넘쳤지만 그녀는 언제나 혼자 싸우고 싶어 하는 것 같았다.

"사장님은 어디 계신가요?" 케이시는 물었다. 그녀는 깊이 숨을 들이마셨다.

"침실에 있어."

"아, 참. 그렇게 말씀하셨죠. 쉬고 계세요?"

"깨어 있어. 널 보고 싶어해."

"쉬고 계시면 그냥 가려고요." 케이시는 소포를 들어 보였다.

"아니, 아니. 무슨 소리야. 네가 오면 들여보내라고 하더구나. 네 얼굴을 보면 좋아할 거야."

"아." 케이시는 현관 벤치 위에 모자를 놓았다. "알겠어요."

"어딘지 알지?" 아이작은 계단을 가리켰다. "저녁식사를 같이 하자고 말해보렴. 둘이서 이야기 나누고 난 뒤에 나더러 식사를 차려주라고 했거든. 먹고 갈 거지?"

케이시는 고개를 끄덕였다. 성공하는 사람들은 이런 식으로 원하는 것을 얻는다, 그녀는 생각했다. 결과를 강요하는 것이다. 그녀는 아이작에게 살짝 손을 흔들고 위층으로 올라갔다.

대학 시절, 그녀는 아버지가 무슨 화학 회사를 갖고 있다는 존 프링글이라는 남학생과 알고 지냈다. 정비공과 청소부 사이에서 여섯 자녀의 막내로 태어난 그의 아버지는 로체스터 공과대학을 전액장학금으로 다녔다. 처음으로 100만 달러를 벌고 나니, 그 수백 배가 되는 돈이 쉽게 들어왔다. 졸업 축하연에서 존 프링글은 질 좋은 마리화나를 채운 던힐을 피우면서, 버지니아와 케이시에게 아버지의 첫 번째 결혼에서 태어난 이복형 둘도 아버지 밑에서 일한다고 했다. 존은 '일한다'는 말을 하면서 손가락으로 따옴표 표시를 해 보였다. 첫째 형을 '고자 1호', 둘째 형을 '고자 2호'라고 부르기도 했다. 형들은 아버지의 저질 농담에 웃어주고, 아버지가 스포츠 행사에서 너무 크게 떠들어도 꿀 먹은 벙어리, 아버지가 습관적으로 입에 손가락을 넣어서 어금니 사이에 낀 음식물 찌꺼기를 빼낼 때도 그냥 외면하고 만다고 했다.

파티에서 존은 마리화나에 취해서 완전히 꼭지가 돌았고, 케이시와 버지니아도 그때쯤 아스티 스푸만테 와인을 두 병이나 비운 상태였다. 버지니아는 샴페인 기운에 예쁜 얼굴이 벌겋게 달아오른 채 혀 꼬인 말투로 존에게 물었다. "그래서 너는…… 이제부터…… 뭐 하고 살 거야?" 존은 대답했다. "가능한 한 오랫동안 빈들거리다가 형들처럼 납작 엎드려야지. 머리 자르고, 슈트 빼입고, 젖가슴 큰 코네티컷 금발 여자랑 결혼해서 자식새끼도 보고. 공항까지 아버지 가방을 들어드리고, 방귀 농담에 웃어드리고."

그날 저녁 케이시는 잔뜩 취해 있었고, 그럴 때면 늘 그렇듯 졸리고 인내심이 있었다. 그녀는 존의 가족사를 열심히 들어주었다. 케이시는 1학년 때 바로 기숙사 위층에 살던 이 주근깨투성이 깡마른 소년을 가식적이고 별로 재미없다고 생각하고 있었지만—당시 존은 앤도버 대신 그로튼 사립학교를 나왔다는 남학생이었을 뿐, 정작 잘생긴 그의 룸메이트는 케이시와 버지니아에게 관심을 보이지 않았다—그래도 듣고 나니 조금은 안됐다는 기분이 들었다. 그는 형들의 한심한 전철을 밟는 것 말고는 자기 인생에 달리 선택의 여지가 없다고 진심으로 믿는 것 같았다. 다른 사람도 아닌 그의 인생에 선택의 여지가 없다니 말도 안 되는 소리였지만, 저녁 내내 그와 같이 있다 보니 중요한 것은 자신이 할 수 있는 것이 무엇인가가 아니라 자신이 할 수 있다고 믿는 것이 무엇인가라는 점을 조금은 이해할 것도 같았다.

하지만 그녀가 살던 엘름허스트 아파트에는 소니 빌라라는 이웃도 있었다. 소니가 마침내 트럭 운전사 자격증을 따자 그의 부모는 파티를 열어주었다. 팀스터스 트럭 회사에서 운전사로 일하면 부자가 될 수 있기 때문이었다. 디저트가 나오고, 카블의 퍼지 더웨일 케이크를 자르면서 소니는 미켈럽 맥주를 길게 죽 들이켜고 검은 콧수염에 묻은 거품을 닦았다. 예쁘고 검은 눈동자를 술기운으로 번득이며, 그는 그 자리에 모인 사람들에게 스물다섯 살 이전에 반드시 대형 트레일러를 한 대 사겠다고 맹세했다. 호기로운 선언을 들은 손님들은 생일 케이크에 꽂힌 촛불을 불어 끄려는 아이처럼 일제히 숨을 죽였다. 1년 뒤, 소니는 야간운전을 하는 동안 잠을 쫓으려고 복용하기 시작한 암페타민에 중독되었다. 사고를 두 번 낸 뒤, 그는 회사에서 쫓겨나 메트로폴리탄 미술관 경비 일을 하게 되었다.

케이시는 알고 싶었다. 인생이 마음대로 흘러가지 않는다면, 그것은 원래 그렇게 될 운명이 아니었기 때문일까, 혹은 스스로 믿음이 없기 때문일까, 혹은 내게 요구되는 노력만으로는 마음먹은 대로 갈 수 없는 것일까. 퀸스의 서민 동네 밴클릭 스트리트에서 들려오는 사연들은 대체로 한심한 결말로 끝났다. 유난히 기분이 처지는 날이면 케이시는 자신의 결말 역시 결국은 별 볼 일 없는 것이 되지 않을까 두려웠다.

천장이 높은 사빈의 침실 벽에는 은빛이 감도는 복숭아색 바탕에 벌새와 희귀한 꽃을 수작업으로 그린 중국풍 패턴 벽지가 발려 있었다. 조명을 어둑어둑하게 조절하고 커튼도 내린 채, 실크 퀼트 잠옷 차림으로 등에 유럽제 사각형 쿠션을 세 개 받치고 침대에 앉아 있으니 사빈 자신도 한 마리 아름다운 새 같았다.

"안녀어어엉, 달링." 사빈은 'darling'에서 r 발음을 빼고 발음했는데, 이것마저 이민자의 미숙한 발음으로 들리지 않고 마치 1940년대 할리우드 영화배우 목소리 같았다. "어서 와, 내 옆에 앉으렴."

케이시는 사빈의 양쪽 뺨에 키스하고 바닥에 세운 전등 옆의 안락의자에 앉았다.

"아니." 사빈은 오른쪽 관자놀이를 문지르며 우는 소리를 냈다. "침대에 와서 앉아. 이렇게 넓잖니. 옆에 바짝 와서 앉아." 그녀는 힘 있는 팔로 케이시를 끌어당겼다.

"소포 가져왔어요." 케이시는 사장이 자신을 끌어안자 조용히 말했다.

"아, 그래." 사빈은 소포를 받아서 침대 쿠션 옆에 던져두었다.

"괜찮으세요?" 케이시는 물었다. 가까이서 보니 사빈은 피곤해 보였다. 눈가에 잔주름이 자글자글했다.

사빈은 케이시를 뚫어지게 보았다. "그저 두통이지. 한데 너도 불쌍해 보이는구나."

"아뇨, 전 괜찮아요. 정말이에요." 케이시는 쾌활한 목소리를 내려고 애썼다. "컨 데이비스에서 방금 여름 인턴 자리를 얻었어요." 좋게 받아들이지 않을 것이다, 케이시는 생각했다. 사빈은 여름에는 자기 밑에서 관리자 훈련을 받으라고 봄 내내 케이시를 닦달했지만—그냥 둘이서 진행하는 비공식 프로그램을 말하는 것이었다—그녀는 새로운 종류의 업무 경험이 필요하다는 말로 이 문제를 피하고 있었다. "투자금융 분야예요."

"넌 이미 거기서 일했잖니. 뭐가 그리 새롭다고 그래?" 사빈은 싸울 태세를 갖추고 똑바로 앉았다. 케이시의 어깨에 둘렀던 팔을 내리더니 팔짱을 꼈다.

"영업부 보조로 돌아가는 게 아니니까요. 그게 달라요. 프린스턴에 있을 때는 학부생 대상 프로그램에 지원했다가 떨어졌고요. 스턴 스쿨의 다른 금융전공 학생들이 이런 기회를 얼마나 원하는지 상상도 못 하실 거예요." 어떻게 면접 기회를 얻었는지는 차마 말할 수 없었다.

사빈은 극적인 태도로 눈을 감고 요가 호흡법으로 숨을 들이마셨다. "네가 무슨 일을 하는지 잘 알 거라고 믿는다." 그녀는 마침내 말했다.

케이시는 가게에서 가져온 소포를 응시했다. 그렇게 나를 많이 도와준 사람에게서 도망치고 싶다는 이 욕망을 어떻게 설명할 수 있을까? 너무나 배은망덕한 것 같았고, 심지어 어리석었다.

"나랑 같이 일하겠다고 하면 너를 파리, 밀라노, 홍콩에 데려갈 생각이었어. 이탈리아에 친구가 있다고 하지 않았니? 늘 편지 주고받는다는?"

"저를 왜 그런 데 데리고 다니려고 하세요?" 케이시는 버지니아에 대해 사빈에게 말하고 싶지 않았다. 사빈은 케이시의 친구들에게 샘을 냈다.

"넌 왜 이렇게 날 힘들게 하니?"

"뭐라고요? 사빈? 토요일 밤인데, 난 소포 하나 전하려고 지하철을 타고 버스를 탔어요. 한데 그건 열어보지도 않으시네요."

사빈은 검지로 관자놀이를 눌렀다. "목소리 높이지 마라. 2주나 못 봤잖니. 넌 대체 어디 있었어?"

"풀타임으로 학교에 다니고, 일도 했죠!" 케이시는 슬슬 열이 오르고 있었다. "사장님이 지난 2주 동안 토요일에 백화점에 안 나오셨고, 제가 일하는 일요일에도 일을 안 하셨잖아요. 지난 목요일 밤에 제가 일하러 나왔을 때도 사장님이 회의 중이셔서 방해하지 않은 거예요." 케이시는 대명사 하나하나에 날카롭게 힘을 주어 강조했다. 지난 일정을 일일이 사빈에게 읊어야 한다는 사실이 믿기지 않았다. 케이시의 부모님은 딸이 뭘 하고 있는지 모르고 더 이상 물어보지도 않는다. 요즘 그녀는 기껏해야 6주에 한 번 어머니와 통화하고 있었다.

사빈은 페덱스 소포를 두 손으로 조심스럽게 들더니 꾸물거리며 열었다. 상자를 묶은 끈을 푸는 것도 제대로 하지 못해서 케이시가 대신 당겨주어야 했다.

"여기요." 케이시는 열린 상자를 내밀었다.

사빈은 긴소매 티셔츠 샘플을 꺼냈다. "이건 우리 백화점 브랜드 셔츠야." 아주 좋은 저지 면으로 제작된, 단순한 디자인의 긴소매 셔츠였다. "네 가지 색깔로 만들었어. 미국에서 가장 비싼 티셔츠가 될 거야."

케이시는 고개를 끄덕였다. 사빈은 이제 두통이 있는 것 같지도 않았다.

"같이 저녁 먹으러 내려오시지 그래요?" 케이시는 더 싸우고 싶지 않았다. 그녀는 말싸움을 무엇보다 싫어했다. 싸우고 나서 기분이 좋아진 적이 없었다. "아이작이 아래층에서 혼자 심심해 보였어요."

"컨 데이비스는 뉴욕대 경영대학원에서 면접을 보지 않는다고 했잖니." 사빈은 케이시를 응시했다. 마노석처럼 단단하게 반짝이는 눈동자였다.

케이시는 눈을 깜빡였다. 사빈은 무시무시할 정도로 기억력이 좋았다.

"뉴욕대에서는 면접을 안 봐요. 제 친구 휴가 면접을 주선해줬어요."

"넌 그런 식의 낙하산을 좋아하지 않는다면서. 그 때문에 컬럼비아에 추천서를 써달라고 아이작한테 부탁하지 않은 것 아니야? 컬럼비아에 갔더라면 휴에게 부탁할 필요도 없었을 거야. 친구한테 도와달라고 하지 않고 낯선 사람에게 도움을 받다니."

"휴는 제 친구예요."

"난 아니고?"

케이시는 한숨을 쉬고 두 손으로 머리를 감쌌다.

"인생은 복잡한 일투성이이고, 모든 걸 혼자 해낼 수 있는 사람은 없어, 케이시. 굳이 그 길을 선택한다면 너무나 느리게 한 걸음 한 걸음 가지 않을 수 없단 말이다."

"사장님은 혼자 하셨잖아요." 케이시는 이제 소리 지르고 있었다.

"무슨 말도 안 되는 소리냐. 날 도와준 건 한두 사람이 아니야." 사빈은 케이시가 자존심이 지나치게 세다고 어느 때보다 확신했다. "수도 없이 많은 사람들이 날 도와줬어. 회계사는 내 첫 연말 정산 비용을 깎아주었고, 식당 주인은 내가 돈 한 푼 없을 때 공짜로 아침식사를 줬고, 제조업체는 내가 자격이 없을 때 신용거래를 해줬어. 정말이지 너무나 많은 사람들이 날 도와줬단 말이다." 사빈도 고함을 질렀다. "이름조차 다 기억 못 해. 내가 어려움을 겪고 있는 사람들을 왜 돕는다고 생각하는 거니? 선행은 돌고도는 거야. 그게 핵심이라고, 빌어먹을! 넌 왜 그렇게 고집이 센 거냐?" 검은 눈동자 한복판의 진한 홍채가 바깥쪽을 빨아들이는 것 같더니 곧장 눈물이 가득 찼다.

"사장님은 왜 가난한 사람에게는 선택권조차 없는 것처럼 행동하시는 거예요? 저는 그럼 저한테 주어진 걸 무조건 받아들여야 해요? 항상 황송해해야 하냐고요." 케이시는 얼굴을 가린 머리카락을 쓸어 넘겼다. 목소리가 떨리고 있었다. "들어보세요, 사빈. 난 이 일을 해봐야 해요. 내가 투자금융 일로 성공할 수 있을지, 진짜 큰돈을 벌고 학자금 대출을 갚을 수 있을지 해봐야 한다고요. 제가 혼자 성공할 수 있는지 확인해봐야 해요. 제 의지대로요. 컬럼비아가 그렇게 큰 차이가 있다는 건 미처 몰랐어요. 세상이 어떻게 굴러가는지 몰랐다고요. 난 헛똑똑이였어요. 사장님 말이 맞아요. 훌륭하시네요. 난 스물여섯 살이고, 전부 다 알 수는 없어요. 사장님 같지 않다고요."

사빈은 몸을 약간 뒤로 젖히고 침착해졌다. 표정은 차가웠다. 케이시가 가난한 사람에게는 선택권도 없느냐고 말한 순간부터 속에서 뭔가 단단하게 굳는 것 같았다.

"난 네 학비를 대겠다고 했어." 사빈은 말했다. "아무 조건 없이. 갚을 필요도 없다고 했지. 졸업하고 돌아와서 내 밑에서 일하라고 한 것도 아니잖아. 여긴 군대가 아니야. 내가 널 전쟁터에 보내려는 게 아니라고."

아이작이 근심으로 일그러진 표정으로 들어왔다. "누가 전쟁터에 나간다고?" 복도에서 그는 여자 둘이 고함지르는 소리를 들었다. 케이시는 흐느끼고 있었고, 아까 문을 열어주었을 때보다 상태가 더 안 좋은 것 같았다. 그는 다정하게 그녀에게 미소 지었지만, 케이시는 자기 손만 바라볼 뿐이었다.

"여보, 손님한테 마실 것도 한잔 못 드렸는데." 아이작은 입으로는 미소 지으면서 나무라듯 눈썹을 올리고 사빈에게 말했다.

사빈은 한숨을 쉬면서 조금 누그러졌다. 가끔 케이시 때문에 돌아버릴 것 같을 때가 있었다. 그러고 보니 아직 마실 것도 권하지 않았다.

"가봐야겠어요." 케이시는 말했지만, 사빈은 그녀의 손을 잡았다.

"내가 사랑하는 케이시하고 조금 싸웠는데, 이제 괜찮아. 안 그러니?"

케이시는 아무 말도 하지 않았다. 존 프링글이 자기 아버지 서류가방을 들고 졸졸 뒤따라다니는 모습, 소니 빌라가 언젠가 반짝이는 새 트럭을 사겠다고, 자기 말에 귀를 기울일 정도로 멍청한 사람들 앞에서 떠벌리는 모습이 머릿속에 떠올랐다. 버지니아가 혀 꼬인 말투로 존에게 던진 질문이 문득 생각났다. "그래서 너는 이제부터 뭐 하고 살 거야?"

이 어리석은 자존심으로 나는 대체 뭘 성취했지? 케이시는 생각했다.

"네가 저녁을 먹고 간다면, 나도 아래층으로 내려갈게." 마실 것 생각을 미처 못 했다고 생각하니 사빈은 미안했다.

아이작은 클클 웃었다. "붙잡고 싶은 거요, 그냥 보내고 싶은 거요?"

사빈은 작은 쿠션을 그에게 던져서 머리를 맞혔다.

"아, 내 머리." 아이작은 충격에 비틀거리는 척 물러났다.

사빈은 아직도 케이시의 손을 잡고 있었다. 저녁을 먹지 않을 수 없는 상황이었다. 지금 떠나버리면, 더욱 되돌리기 힘든 상황이 될 것 같았다.

요리사는 모두 케이시가 가장 좋아하는 음식들로 맛있는 저녁 식사를 준비했다. 식탁에서 케이시와 사빈은 서로 의견 충돌을 피하려고 노력했다. 아이작이 손주들에게 오냐오냐한 이야기를 들려주자, 케이시는 웃었고 사빈은 별로 재미없는 척했다. 반쯤 은퇴해서 할 일이 없는 아이작은 이따금 방과 후 운전사가 딸린 차에 손주들을 태우고 브루클린과 뉴어크의 단골 식당에 데려가 프렌치프라이, 초콜릿 에그 크림, 식초 없이 발효시킨 피클 같은 음식을 먹곤 했다. 성인이 된 자녀들은 이런 음식들, 특히 기름진 간식 종류를 좋아하지 않았지만 아버지를 막지는 않았다.

디저트가 나왔고 아이작은 여자들의 잔에 차를 따랐다.

"케이시가 컨 데이비스 투자금융 부서에서 인턴 자리를 얻었대." 사빈은 거침없이 말했다.

케이시는 아이작이 어떤 반응을 보일지 알 수 없어서 미소만 지었다.

"축하해!" 아이작이 말했다.

"감사합니다." 그녀는 차를 홀짝 마셨다.

아이작도 케이시가 언젠가 백화점을 맡아주기를 바라는 사빈의 마음을 잘 알고 있었다. 그도 케이시를 아주 좋아했고, 여러 가지 측면에서 사빈의 소망이 나쁘지 않다고 생각했다. 케이시는 영리하고 젊다. 무엇이든 할 수 있을 것이다. 하지만 이것이 케이시에게 강요할 문제가 아니라는 것도 분명했다. 아이작은 케이시가 컨 데이비스에서 투자분석가로 일하고 싶다는 마음도 이해할 수 있었다. 아무리 하급직일지언정 엘리트 증권회사에서 금융인으로 일한다는 것이 어떤 것인지 케이시는 경험하고 싶은 것이다. 가난한 이민자인 케이시의 부모님은 세탁소를 운영해야 했다. 사빈이나 아이작 같은 사람은 아무것도 없는 빈손으로 시작할 수밖에 없었다. 헌터 칼리지를 졸업한 아이작이 월 스트리트에서 한 군데라도 면접을 본다는 것은 꿈도 꿀 수 없는 이야기였다. 뉴욕이라는 도시에서 자본의 피라미드를 기어 올라가는 동안, 아이작은 부동산이 지저분한 분야라고 믿는 사람들을 수없이 만났다. 아무리 성공했어도 사빈 역시 일개 장사꾼이었고, 이것은 손에 때를 묻힌다는 뜻이었다. 아이작은 프린스턴에 이런 식으로 선을 긋는 부류가 얼마나 많을지 상상할 수 있었다. 그것이 부모님에게 신탁자금 한 푼 물려받지 못하는 이 소녀의 머리를 혼란스럽게 했을 것이다. 아이작은 케이시가 안타까웠다. 한 가지 그가 확실하게 알고 있는 사실이 있다면, 티끌 한 점 없이 깨끗한 사람은

175

이 세상에 없다는 것이기 때문이다.

아이작의 첫 직업은 슈워츠 부부가 소유한, 예전에 코업시티에 속했던 브롱크스의 임대주택에 고객들을 데려가는 일이었다. 사빈은 20제곱미터 면적의 가게에서 수공 핸드백과 장갑을 판매하는 일로 장사를 시작했다. 케이시가 사빈 밑에서 10여 년 고생하면 돈방석에 앉을 수 있겠지만, 아이작은 당장 정석적인 궤도에서 인정받고 싶다는 그녀의 욕구를 이해할 수 있었다.

케이시는 크림 디저트를 마지막 한 입까지 다 먹었다. 넓은 베르나르도 디저트 접시를 은 스푼으로 닥닥 긁어서 초콜릿 소스를 한 방울도 남김없이 해치웠다. 스푼 손잡이에는 사빈과 아이작의 이름 첫 글자가 서로 얽힌 문양이 새겨져 있었다.

"스푼이 참 아름다워요. 예전부터 말씀드리려고 했는데." 케이시는 은 스푼을 들어 보였다.

사빈은 그녀에게 윙크했다.

아이작은 자기 스푼을 들고 유심히 뜯어보았다. 이 스푼을 주문하기 위해 파크 애비뉴에 있는 골동품과 은식기 가게에 아내와 같이 갔었다. 어느 옛날 영국 장인이 하나하나 수공한 작품이었다. 사빈은 60명분의 칼과 포크, 스푼을 주문했고, 여덟 개 한 세트의 가격은 2,000달러였다. 그중 매로 스푼*은 요리사가 오소 부코**를 내왔을 때 기껏해야 두 번 사용했나 싶을 정도였다.

"내게 이름을 물려주신 친척이 은세공사였다는 거 아니?"

---

* Marrow spoon, 뼈에서 골수를 발라낼 때 쓰는 가늘고 긴 숟가락.
** Osso buco, 이탈리아식 송아지 뒷다리 요리.

사빈은 찻잔에서 고개를 들고 의아한 듯 남편을 쳐다보았다. 그녀도 모르던 이야기였다. "누구 말이야?"

"어브. 어브 삼촌. 당신은 만나본 적 없어. 나도 못 만났어. 돌아가셨으니까. 오래전에. 폐병으로."

"아." 사빈은 말했다.

"이런 걸 만드는 일을 하셨다는 말인가요?" 케이시는 스푼 손잡이에 새겨진 알파벳 문양을 가리켰다.

아이작은 고개를 끄덕였다. 수십 년 동안 어브 삼촌에 대해서 잊고 있었다. 언젠가 아이작의 'I'가 어빙의 'I'를 딴 것이라고 아버지가 알려주셨던 것이다.

"그런데 어브 삼촌이 누구야?" 사빈은 허리를 폈다.

"친가 쪽 맏삼촌이었지. 아버지와 열다섯 살 정도 차이 나던가?"

케이시는 고개를 끄덕였다.

"한데 어브 삼촌은 변호사가 되고 싶다는 마음밖에 없었단다. 클래런스 대로 같은 유명 법조인이 되겠다는 꿈만 먹고 살았지." 아이작은 베니니 샹들리에의 투명한 유리알을 향해 유쾌하게 손을 들어올렸다. "당연히 조부모님들도 좋아했어. 한데……." 아이작은 잠시 말을 끊었다.

"그런데 학비가 없었나요?" 케이시는 물었다. 요즘 그녀는 자기 인생의 문제 대부분이 돈의 부족에서 기인했다고 믿고 있었다.

"아니. 아버지 집안에는 돈이 없었지만, 할아버지에게 누이가 있었는데 그 남편이 맨해튼에 깃털 공장을 갖고 있었어. 슬하에 딸만 셋을 둔 그 누이가 어브 삼촌의 학비를 대겠다고 약속했지."

"깃털 공장?" 사빈은 큰 소리로 물었다.

"장식, 담요, 베개, 이런 데 쓰는 깃털. 어쨌거나, 어브 삼촌은 컬럼비아에 낙방하고 시티 칼리지에 들어갔어." 그는 재미있다는 듯 눈썹을 치켜올렸다. 그는 매사에 희극적인 요소가 있다고 생각했다.

케이시는 엄숙하게 고개를 끄덕였다. "컬럼비아 낙방생이야 널렸죠."

"한데, 어브 삼촌은 자기가 유대인이고 가난해서 컬럼비아에서 거절당했다고 생각한 모양이야." 아이작은 어깨를 으쓱했다. "어쨌거나. 컬럼비아 손해지, 안 그러냐? 그래서 삼촌은 시티 칼리지로 갔어. 로스쿨 예비반. 성적은 좋았지. 같은 수업을 듣던 친구가 있었는데, 그 친구한테 아주 신앙심이 깊은 예쁜 사촌누이가 있었지. 그런데 문제는 내 조부모님이 종교가 모든 악의 근원이라고 생각하는 분들이었단 거야."

사빈은 뭔가 알고 있다는 듯 고개를 끄덕였다.

"어브 삼촌은 여전히 자기가 유대인이라서 컬럼비아에 물먹었다고 믿고 있었기 때문에 속이 상하기는 했지만, 한편으로는 유대인이니까 누리는 혜택도 있다고 생각했어. 친구의 예쁜 사촌 새러를 알게 된 것 말이다."

케이시는 미소 지었다. 아이작은 절반은 유대인, 절반은 이탈리아계 가톨릭 혈통이었다. 그는 임종을 앞두면 신부님과 랍비 둘 다 부르겠다고 맹세한 바 있었다("어쩌면 천국에 문이 여러 개 있을지도 모르니까").

"그래서 이름은 모르겠지만 어브 삼촌의 친구와, 그 예쁜 사촌 누이는 삼촌을 샤보스* 저녁식사에 초대했어. 어쩌다 보니 브루클린 유대교 근본주의자들과 어울리게 된 거야. 이 사실을 알게 된 조부모님은 의절하겠다고 협박했지만, 어브 삼촌은 아랑곳하지 않고 그 여자와 일가친척들을 계속 만났어."

"그래서요?" 케이시는 물었다.

"그리고 자기도 함께하겠다고 마음먹었어."

"누구와 함께해?" 사빈이 물었다.

"유대인들과."

"안 그래도 유대인이잖아."

"무슨 뜻인지 알잖아. 바 미츠바**를 치르고, 턱수염을 기르고. 근본주의자들이 따르는 그 온갖 관습 말이야." 아이작은 어깨를 으쓱했다. 그는 유대교에 대해 아는 것이 별로 없었고 최대한 거리를 두었다. "유대교 관습을 따르는 유대인이 되겠다고 생각한 거야. 그리고 새러와 결혼하기로 마음먹었어. 새러는 그가 진짜 유대교인이 되지 않으면 결혼할 수 없다고 했으니까. 재미있는 건, 종교에 입문한 뒤 어브 삼촌이 정말 신앙에 푹 빠지게 됐다는 거야. 결국 조부모님은 그에게 더 이상 연락하지 않았고 고모님만 계속 학비를 보내셨지."

"유대인들, 한국인들……." 사빈은 고개를 저었다. "다들 미치광이야."

---

* Shabbos, 유대교의 안식일.
** Bar mitzvah, 유대교의 성인식.

아이작은 웃었다. "이제 새러는 어브 삼촌더러 랍비에게 편지를 써서 결혼을 허락해달라고 청하고 변호사가 되어도 괜찮은지 물어보라고 했어."

케이시는 신기한 듯 고개를 갸우뚱했다. "허락을 받아요?"

"그래, 정말 미치광이들 아니냐." 그는 아내의 표현을 그대로 받았다. "하지만 들어보렴." 그는 검지를 세웠다.

"여보, 당신 이야기를 들으니 다시 머리가 아파." 사빈이 말했다.

"난 당신 두통에 책임이 없어." 아이작은 윙크했다. "랍비는 결혼을 허락했어. 그래서 새러는 내 숙모가 되었지. 내가 태어나기 전에 돌아가시긴 했지만. 하지만 랍비는 변호사가 되고 싶다는 어브 삼촌 일생의 꿈은 허락하지 않았어."

"네?" 케이시와 사빈은 동시에 입을 쩍 벌렸다.

"이야기부터 끝내자고." 그는 여자들이 이야기에 집중하자 흡족했다. "어브 삼촌의 편지를 읽은 랍비는 변호사가 되고 싶다는 열정이 지나치다며 실수일 거라는 결론을 내렸다고 말했어. 남자가 자기 일에 지나치게 많은 사랑과 열정을 품으면 일을 우상으로 삼고 자신과 가족의 일생을 파괴한다는 거야."

"그래서요? 싫어하는 일을 하라고요?" 케이시는 의자에 앉은 채 얼굴을 찌푸렸다.

"아니. 랍비는 일을 하되, 일은 일일 뿐 하나님보다 더 사랑하는 존재가 되어서는 안 된다는 생각이었지." 아이작 자신도 혼란스러웠다. "그래서 랍비는 삼촌에게 편지를 써서 은세공사가 되지 않겠느냐고 했어. 삼촌이 그다지 큰 열정을 느끼지 않았던 일이었지."

"정말 말도 안 돼." 사빈은 말했다. "나는 내 일을 사랑해. 내가 하는 일에 너무나 큰 열정을 느낀다고."

"뭐, 그 랍비 마음에는 안 들 거야." 아이작은 미소 지었다. "그래서? 우린 유대인이 아니잖아. 당신은 하나님을 믿지도 않고. 그러니 그게 중요한가? 게다가 이건 그저 일개 랍비의 엉뚱한 생각일 뿐이야."

케이시는 뭐라고 해야 할지 알 수 없었다.

아이작은 찻잔을 들었다. "아버지 말씀으로는, 삼촌은 행복하게 잘 살다가 세상을 떠났어. 아들 일곱, 딸 둘을 낳았지. 내 아버지가 제일 좋아한 형이었어. 아버지는 늘 어브 삼촌이 일하던 공장에 조부모님 몰래 숨어 들어가곤 했다지. 다이아몬드 구역 인근이었어. 하지만 아버지도 종교 부분에 대해서는 이해할 수가 없었다고 했어. 어머니도 교회를 좋아하지 않았고. 어쨌거나……." 아이작은 두 사람에게 미소 지었다. "차 더 줄까?" 그는 주전자를 바라보았다.

둘 다 고개를 저었다.

"직업 속에서 삶의 의미를 찾아서는 안 된다는 말인가요?" 대체 어떤 사람이 이런 명제에 고개를 저을까? 독서감상문을 쓰는 성실한 학생처럼 이 이야기에서도 교훈을 얻으려고 노력하며, 케이시는 생각했다. "하나님보다 일을 더욱 사랑해서는 안 되니까."

"어브 삼촌한테는 그랬겠지. 삼촌은 상당히 낭만적인 사람이었던 것 같아. 무슨 말인지 알겠지? 내 아버지는 어브 형보다 똑똑한 사람을 본 적이 없다고 했어. 어브 삼촌은 뭐든지 아주 열심히 했어. 아마 랍비가 그런 점을 꿰뚫어 보았는지도 모르지. 뭐, 내가 어떻게 알겠어?"

케이시는 기독교인이라면 어떻게 생각할지 알 수 없었다. 그래도 목사라면 이 지점은 아마 동의할 것이다. 성경에는 우상숭배가 죄라고 분명하게 나와 있고, 인간은 무엇이든 우상으로 만들 수 있으니. 일이라고 왜 안 되겠는가?

사빈은 코웃음을 쳤다. "나는 믿을 수가 없어. 온통 무슨 마술에, 미신에. 난 그저 좋은 사람이 되면 된다고 생각해. 변호사가 되고 싶은 사람한테 안 된다고 하는 건 미친 짓이야. 사람들을 실제로 도울 수 있는 좋은 직업이잖아."

일어날 시간이었다. 케이시는 집주인에게 감사하고 이만 가보겠다고 했다. "저녁 정말 맛있었어요."

"더 자주 놀러와라." 아이작은 말했다.

사빈은 아무 말도 하지 않고 남편과 같이 케이시를 문간까지 배웅해주었다. 그녀는 케이시가 재킷을 벽장에서 꺼내서 입는 것을 도와주었다. 그녀는 케이시 앞에 서서 목에 얇은 스카프를 둘러주었고, 케이시는 그대로 내버려두었다. 매듭도 아주 우아하게 매주었다. 양쪽 끝을 3센티미터 정도 남긴, 커다란 사각형 매듭이었다.

"난 네가 행복하기를 바라, 케이시." 사빈은 진지하게 말했다. "그리고 아까는…… 미안하다. 올바른 방식으로 널 도울 방법을 내가 몰라서 미안해. 난 그저 사랑하는 방법을 잘 모르는 것뿐이야. 상대를 내 마음대로 하려고 하면 안 되는 건데." 그녀는 울기 시작했다.

지금껏 케이시는 한 번도 성인의 사과를 받아본 적이 없었다. 뭐라고 해야 할지 알 수 없었다. 그녀도 성인이었지만 사빈과 아이작과 같이 있으면 아직 소녀처럼 느껴졌다.

"아뇨, 아뇨, 사장님. 울지 마세요." 케이시는 자기 손으로 친구의 손을 감쌌다. 머릿속으로는 당신을 얼마나 사랑하는지, 우리 둘의 관계가 얼마나 복잡한지, 당신 없이는 어떻게 해야 할지 모르겠다고 말하고 있었다. 하지만 가슴으로 느끼는 것들이 입 밖으로 나오지 않았다. 말들은 그저 머릿속에서 뱅뱅 돌 뿐이었다. 아이작은 케이시의 어깨에 팔을 두르고 고개를 숙여 아내의 이마에 키스했다. 그 키스를 바라보며 케이시는 생각했다. 축복이란 저런 것이겠지.

4

가격

컨 데이비스의 여름 인턴 프로그램에는 경영대학원 학생 스물한 명이 참여했고, 케이시는 증명해야 할 것이 많았다. 그중 열여섯 명만 정규직 제안을 받는다는 소문도 있었다. 휴 언더힐은 이 소문에 대해 부정도 긍정도 하지 않았지만(그는 여름 동안 케이시의 상사인 자기 친구 찰리 시덤에게 물어볼 생각이 없었다), 8주 동안 인턴 콘테스트가 벌어진다니 흥미진진하다고 생각했고 케이시에게도 그렇게 말했다. 하지만 인턴 첫 주가 지난 뒤 만난 술자리에서 월터 진은 장담했다. "아, 케이시, 당신은 통과할 거야." 그럼에도 과제를 받을 때마다 케이시는 주어진 일을 다 마치고 곧장 손을 들어 더 달라고 요청했다. 고맙게도 사빈은 여름 동안 휴가를 쓰게 해주었고, 인턴 생활이 시작된 뒤 지난 2주 동안 케이시는 주말마다 이틀 내내 제이 커리와 테드 김이 거

쳐간 컨 데이비스 건물 6층에서 비지땀을 흘렸다. 그녀의 책상은 제이가 낮은 직급으로 일할 때 쓰던 책상에서 네 자리 건너에 있었다.

예상했던 대로 업무 강도는 높았지만, 은우가 최대한 많이 도와주려고 애썼다. 토요일 아침에는 케이시가 출근하기 전에 커피를 끓여주기도 했다.

"네가 늘 집에 있던 때가 그리워." 은우는 블랙커피가 든 머그를 건네며 옆에 앉았다.

"아, 나도 당신이 보고 싶어." 케이시는 고개를 숙여 그에게 키스했다. "요즘 어때?" 그에 대해 찬찬히 생각해본 것이 오래전 일로 느껴졌다. 정신없는 여름 인턴 프로그램은 온갖 다양한 과제와 퇴근 후 사교모임으로 빠듯했다. 처음 2주는 숨 가쁠 정도로 쏜살같이 흘러갔다.

"아, 그거 알아? 오늘 캐린에게 보낼 운송 관련 보고서를 끝내고, 난 일찌감치 살금살금 나가서 내일 쉴 거야. 그녀가 나가 있는 동안 과제를 의자 위에 올려놓고 화장실 칸막이 안에 잠시 숨어 있으면 주말 근무에 걸리지 않을지도 몰라." 케이시는 눈썹을 치켜올리고 숨을 내뱉었다. "계속 이렇게 살 수는 없어. 게다가 일요일에는 교회에 가야 해. 오늘 밤에 같이 저녁 먹을까? 외출할까? 급여가 나왔어……." 케이시는 돈 쓰는 문제로 그의 기분을 상하게 하고 싶지 않아서 망설였다. 그는 아직 일자리를 찾지 못했다.

"나랑 같이 거기 가볼까. 오늘 밤에."

"어디?" 그녀는 어리둥절해서 미소 지었다.

"폭스우즈 카지노. 넌 한 번도 안 가봤잖아. 공짜로 방을 잡아 놓고 블랙잭 하는 법을 가르쳐줄게. 지금 하룻밤 자고 올 짐을 꾸려놓고 차에 넣어두었다가 너희 사무실에서 출발하면 돼. 재미있을 거야. 난 널 좀 더 많이 보고 싶다고." 은우는 생각에 잠긴 듯 그녀를 보았다. "우리한테도 데이트가 필요한 것 같아." 그는 케이시에게 다가서더니 가운 안에 손을 집어넣었다. 그는 그녀의 목에 입술을 갖다 댔고, 케이시는 눈을 감았다.

"난 출근해야……."

"쉬." 그는 속삭였다.

조셉 맥리드는 렉싱턴 애비뉴의 이발소 앞에 서서 알루미늄 보행기를 두 손으로 쥔 채 무게중심을 이쪽 발에서 저쪽 발로 연신 옮기고 있었다. 그가 탈 버스가 왔지만, 그는 차를 그냥 보냈다. 산들바람이 부는 6월의 아침이었고 바람이 그의 흰머리를 얼굴 주위로 이리저리 흩날렸다. 한여름, 게다가 토요일이라 서점에 손님이 많이 들 것 같지 않았지만, 집에 혼자 있는 것보다 서점을 지키는 편이 나았다. 그는 오늘 그녀를 마주칠 거라고 확신했다. 그래서 잠시 후 케이시가 이쪽으로 바삐 걸어오자, 그는 기다리기로 한 자신의 선택을 후회하지 않았다.

"왔군. 잘 지냈어요?"

"기다리고 계셨어요?" 그녀는 잠깐이라도 그와 같이 버스를 타고 갈 수 있어서 잘됐다고 생각했다. 토요일 아침마다 그를 만나는 것을 기대하고 있었던 것이다.

"오래 안 기다렸어." 그는 기분 좋게 말했다. "어떻게 지냈지, 아가씨?"

"잘 지냈어요. 한데 이번 일은 힘드네요. 정규직 제안을 꼭 받아내야 해요."

"아가씨는 할 수 있을 거요." 그는 미소 지었다. "내가 선물을 하나 가져왔어." 그는 모자상자를 들어 보였다. 케이시는 보행기를 짚고 있는 손에 그 상자가 쥐여 있는 것을 미처 깨닫지 못하고 있었다.

"저한테 줄 모자를 가져오신 거예요? 헤이즐 건가요?"

"그래, 안 가져올 수가 없더군. 아가씨가 그 직장 여성 같은 옷차림으로 다니는 걸 보는 게 견딜 수가 없어. 내 취향은 영 그쪽이 아니라." 그는 웃으며 말했다. "아가씨가 직장에 갈 때 이 모자를 쓸 것 같지는 않지만, 그래도 헤이즐의 모자를 하나 주겠다고 약속하지 않았나. 우리 집에 워낙 모자가 많다오."

"고맙습니다. 정말 친절하세요." 케이시는 검은 모자상자 안에 어떤 모자가 들어 있을지 너무나 궁금했다. FIT 강사들이 샘플로 가져온 옛날 모자 중에는 멋진 것들이 정말 많았다.

"이건 아내가 런던에서 산 거요." 둥근 상자 옆면에는 구식 서체로 "록앤드컴퍼니 모자상, 세인트제임스 스트리트, 런던"이라고 인쇄되어 있었다.

"열어봐도 될까요?" 그녀는 상자를 가리켰다.

"당연하지."

뚜껑을 열어보니 비둘기색 모자가 들어 있었다. 20세기 초 신사가 오페라 극장에 갈 때 쓰던 것 같은 실크해트였지만, 머리 위쪽 부분이 더 짧았다. 밴드는 잿빛이었다. "세상에. 정말 너무 멋져요. 이렇게 멋질 수가." 케이시는 감탄하며 양손으로 모자를 들어 올렸다. 장인의 기술과 디자인이 너무나 아름다웠다.

"아내는 딱 한 번 썼던 것 같아. 승마할 때 쓰는 모자 같기도 하고. 처남 존은 결혼식 날 신랑이 쓰는 모자를 닮았다고 하더군. 난 잘 모르겠어. 하지만 헤이즐은 이 모자를 좋아했다오. 늘 볼 수 있도록 항상 모자걸이에 꺼내놓고 지냈지. 그녀가 산 모자 중에서 가장 비싼 모자이기도 해." 조셉은 모자에 얽힌 아내의 추억이 떠올라 눈을 잠시 감았다. 얼마나 어여뺐는지, 얼마나 개성 뚜렷한 사람이었는지. 그녀는 영국에서 가장 유명한 모자장인의 모자를 갖게 됐다면서 소녀처럼 자랑스러워했다.

케이시는 조심스럽게 모자를 머리에 썼다. 그녀는 수줍게 조셉을 바라보며 비평을 기다렸다. 놀랄 정도로 잘 맞았다. 머리 크기는 알쏭달쏭한 치수라서 가늠하기가 어렵다.

"훌륭하군." 조셉은 말했다. "헤이즐도 당신 같은 아가씨가 써주기를 바랐을 거요. 난 늘 우리 집안에 여자가 많으면 얼마나 좋을까 했는데, 워낙 모자가 많으니. 한데……." 그는 서글프게 미소지었다. "아가씨가 이 모자를 가졌으면 좋겠어. 생각 같아서는 전부 다 주고 싶지만, 아가씨가 가져가도 그걸 다 어디다 보관할지……."

"아, 감사합니다, 조셉. 정말 마음에 들어요. 이보다 더 멋진 선물은 없을 거예요." 케이시는 보행기 위쪽으로 몸을 내밀어 서점

주인을 포옹했고, 조셉도 그녀를 마주 끌어안았다. 병약한 그의 몸이 너무나 작게 느껴졌다. 그를 보호하고 싶다는 마음이 들었다.

버스가 곧 도착해 두 사람은 버스에 올랐다. 조셉이 먼저 자기 정류장에서 내리고 케이시는 미드타운까지 계속 갔다. 하지만 버스를 타고 가는 내내, 그녀는 여왕이 된 기분으로 모자를 계속 쓰고 있었다. 버스가 사무실 건물에 가까워지자 그녀는 모자를 상자 안에 넣었다. 사무실에 도착한 뒤에는 선물을 책상 밑에 숨겼다.

하루 일과가 끝나고, 은우는 케이시가 전화한 지 채 10분도 지나지 않아서 도착했다. 낡은 볼보 스테이션왜건은 덜컹거리며 사무실 건물 앞에 멈췄다. 은우는 늘 시간 약속을 잘 지켰다. 기다리는 것을 싫어하는 케이시에게는 이 점이 중요했다. 하룻밤 지낼 짐가방은 트렁크 안에 있었고, 카지노는 차로 두 시간도 채 걸리지 않는 거리였다.

매니저 중 한 명인 랜디는 은우의 고향 친구였다. 그는 두 사람에게 식사권과 슬롯머신 토큰을 얼마간 건네주었다.

무료로 제공되는 스위트룸은 넓었지만 별다른 매력은 없었다. 욕실에는 거대한 자쿠지 욕조와 샤워기가 있었다. "난 목욕을 해야겠어." 느긋하게 몸을 담글 생각을 하니 눈이 반짝였다. 케이시는 얼른 가방으로 달려가서 세면도구를 꺼냈다. 호텔에 비치된 샴푸와 비누는 칼라일 호텔에 있던 것만큼 좋지는 않았다. 제이가 그 여자들과 뒹구는 것을 목격한 날 거기 묵었던 기억이 나서 문득 우스웠다. 벌써 정확히 4년 전 일이었다. 케이시는 제이 말고 다른 사람과 호텔에 묵은 적이 없었다.

케이시는 선반에서 수건을 꺼내고 욕실 가운을 찾아 문 뒤를 살폈다. 선반이 우당탕 소리를 내며 문에서 떨어졌다.

"그냥 둬." 은우가 말했다. "별나긴. 목욕하려고 카지노에 오는 사람이 어디 있어. 나중에 자기 전에 해도 되잖아. 식사하러 가자. 난 배고파 죽을 것 같아."

뷔페 음식의 양은 어마어마했다. 대용량 치즈 덩어리, 파스타가 가득 찬 펀치볼, 붉은 고기류와 커틀릿이 놓인 접시, 빵과 페이스트리가 넘쳐나는 바구니. 한쪽 벽 전체에는 오로지 디저트만 진열되어 있었다. 손님들은 각자 접시에 음식을 산처럼 쌓아서 빠른 속도로 해치웠다. 케이시는 너무나 피곤했다. 은우가 소년처럼 흥분한 모습을 보는 것이 행복하긴 했지만, 그냥 올라가서 쉬고 싶었다.

"블랙잭, 케이시." 그는 커피와 파이를 다 먹고 말했다. "블랙잭." 그는 우스꽝스럽게 어깨를 들썩였다.

케이시는 그에게 미소 짓고 고개를 끄덕였지만, 머릿속에는 자동차 트렁크에 두고 온 헤이즐 맥리드의 모자 생각뿐이었다. 모자의 모양과 색깔을 보니 헤이즐이 어떤 사람이었는지 궁금해졌다.

은우는 식사권으로 계산하고 팁 20달러를 남겼다. 그는 카드 게임을 빨리 하고 싶어 몸이 근질거릴 지경이었다. 은우에게 카지노는 내가 베이어드 톨 매장 내부를 걸어가는 것과 비슷한 효과를 불러일으키는 모양이지, 케이시는 생각했다. 자극, 유혹, 눈길을 빼앗는 효과. 인생에는 가질 수 없는 것이 수없이 많지만, 약간의 희망조차 없이 살아간다는 것은 견딜 수 없는 일이다. 최소한 이따금 그 소망을 펼쳐보기라도 해야 하는 것이다. 케이시에게 그것은 내가 아닌 다른 인생의 아름다움과 이미지에 대한 갈망이었고, 은우에게는 확률이라는 유혹에 무릎을 꿇는 일이었다.

솜씨 좋은 도박꾼들은 흡연실에 모인다고, 은우는 설명했다. 하루 거의 두 갑을 피우는 케이시였지만 그곳에 들어서니 눈에 눈물이 괴고 목이 턱 막혔다. 은우가 거기서 그렇게 흥분하는 모습을 보니 은근히 마음에 걸렸다. 겉보기에 그의 외모는 거기 있는 다른 사람들과 확연히 달랐다. 그는 키가 크고, 젊고, 깨끗했다. 그것 말고는 그를 묘사할 다른 방법이 없었다. 피부는 너무나 투명했고, 갈색 눈은 충분한 수면으로 초롱초롱했고, 아직도 사립학교 스타일의 옷을 입고 있었다. 실제로 학창 시절의 옷차림과 크게 다르지 않았다. 파란 블레이저만 걸치면 다트머스에 다니는 말쑥한 남학생이라고 해도 손색이 없었다. 카지노에 처음 와보는 케이시는 순진하게도 마피아 영화의 한 장면처럼 뭔가 화려한 곳을 상상했었다. 한데 사방에는 그저 배 나온 늙수그레한 남자들의 추레한 얼굴들, 마리오네트 인형처럼 입가에 주름이 깊게 팬 피곤한 여자들만 북적거렸다. 거기 있는 사람들은 어딘가 슬퍼 보였다. 남자친구와 같이 오지 않았다면, 케이시는 아마 그대로 돌아서서 도망가버렸을 것이다.

설명을 들어보니 블랙잭은 단순한 게임 같았다. 손에 쥐고 있는 카드의 숫자를 합한 점수가 21점 혹은 21점에 근접하도록 하는 것이 목적이었다. 21을 넘기면 진다. 얼굴이 그려진 카드는 10점, 에이스는 1점 아니면 11점이었다. 하지만 조금 더 지켜보니, 훨씬 복잡한 규칙과 용어들이 있어서 익히는 데 시간이 필요하다는 것을 알 수 있었다. 케이시는 은우가 가르쳐주는 것을 곧장 따라할 정도로 집중력도 없었고 그다지 흥미도 나지 않았다.

"이제 해보자." 은우가 말했고, 케이시는 뒤를 따랐다.

2달러 테이블의 대기줄은 길었고, 판돈이 최소 50달러인 테이블은 거의 비어 있었다. 마침내 그들은 10달러 테이블에 빈자리를 찾았다. 케이시는 정확히 두 판 하고 40달러를 잃었다. 은우는 그녀의 자리를 차지했다.

그는 즉각 다른 사람으로 변했다. 극도로 조용해졌고, 카드 한 장을 달라는 신호를 보낼 때만 여성 딜러에게 미소를 보냈고, 카드를 받으면 검지로 가볍게 한번 두드렸다. 대체로 그는 딜러의 재빠른 손놀림을 관찰하고 있는 것 같았다. 겉으로 봐서는 카드 숫자를 계산하고 있는지 아닌지 알 수 없었다. 여섯 벌의 카드 중에서 무작위로 주어지는 카드의 숫자와 순서를 어떻게 다 기억할 수 있는지 그저 신기할 따름이었다. 케이시는 딜러의 우아한 손놀림에 사로잡혔다. 슈에서 카드를 꺼내는 손짓, 게임이 끝났을 때 단 한 번의 움직임으로 카드 전체를 쓸어가는 손짓. 딜러는 손가락마다 반지를 두 개씩 끼고 있었고, 잘 다듬은 손톱에는 투명한 매니큐어를 발랐다. 은우는 돈을 계속 따고 있었지만, 케이시는 딜러의 손놀림에 감탄한 나머지 은우가 여섯 판 이상 내리 이기고 있었다는 것도 미처 몰랐다. 500달러로 시작한 돈이 32분 만에 2,600달러로 불어났다.

"무슨 일이야?" 그가 일어날 준비를 하는 것을 보고 케이시가 물었다. 그의 칩은 두 배로 쌓여 있었다.

"테이블을 바꿔야겠어. 행운이 돌아오는 것 같아."

하지만 케이시는 운을 믿지 않았다.

"네가 내 부적인 것 같아." 그는 그녀의 뺨에 키스했다.

그녀는 그의 옆에서 걸음을 옮겼다. 농담을 주고받을 기분이 아니었다. 너무 졸려서 눈을 뜨고 있기가 힘들었다. 실내의 담배 연기는 회색 수프처럼 한층 더 자욱해졌다. 그녀는 담배가 전혀 당기지 않았다.

50달러 테이블에서 은우는 다시 돈을 땄다. 그의 옆에는 남자 둘만 남아 있었다. 딜러는 머리에 기름을 발라 넘기고 귀걸이를 단 남자였다. 세 도박꾼은 모두 경험이 많았고 계속 돈을 땄다. 52분 지난 뒤, 은우는 9,000달러를 땄다. 그가 이기는 모습을 계속 보니 케이시는 짜증스러웠다. 그가 차가워질수록 돈이 더 많이 들어왔다. 그는 자신감도, 행복감도 비치지 않았다. 전혀 다른 사람이 된 것 같았다. 제이 커리가 처음 테니스를 치는 모습을 보았을 때, 싹싹한 문학소년이었던 그가 치열한 운동선수로 돌변하는 모습을 보았을 때도 이런 기분이었다. 은우가 돈을 따는 것이 기쁜 건 어쩔 수 없었다. 하지만 그가 섬뜩할 정도로 침착했고 집중력을 흐트러뜨리고 싶지도 않았기 때문에, 몸에 손을 대는 것도, 말을 거는 것도 두려웠다. 케이시는 서 있는 것이 너무나 피곤

했다.

한 판이 끝나고 700달러를 더 따자, 케이시는 은우의 어깨를 두드렸다. "이제 올라갈까? 난 정말 졸려."

은우는 고개를 돌려 그녀를 보았다. "핸드백 열어봐." 케이시는 그의 말대로 했다. 은우는 50달러 칩 열 개를 떼어놓고 나머지를 핸드백 안에 쏟아부었다. "이거 좀 갖고 있어줄래? 난 조금만 더 할게." 카지노로 들어온 뒤 처음으로, 그의 눈에 걱정스러운 빛이 번득였다.

케이시는 무엇이 그를 위해 좋을지 알 수 없는 기분으로 그를 가만히 쳐다보았다. "위층에 올라가서 목욕하고 있을게. 당신은 좀 더 하다가 올라와. 기다릴 테니까. 알겠지?"

"그래. 금방 올라갈 거야."

다음 날 아침 케이시가 잠에서 깨었을 때는 8시 30분이었다. 은우는 전날 밤 입었던 옷차림 그대로 옆에 누워 있었다. 침대 옆 협탁에는 50달러 칩과 100달러 칩이 산더미처럼 쌓여 있었다. 그녀는 다가가서 그를 살펴보았다. 머리카락과 옷에 담배 냄새가 찌들어 있었다. 무슨 꿈이라도 꾸는지 눈꺼풀이 파들거렸다. 케이시는 침대에서 빠져나와 그의 몸에 이불을 덮어주었다.

예배는 30분 뒤에 시작된다. 그 전에 시내로 돌아갈 방법은 없었다. 요즘 케이시는 예배를 거르는 것이 싫었다. 평소 출장 다닐 때 그러듯이 모닝콜을 부탁할 생각을 미처 못했던 자신이 후회스러웠다. 하지만 카지노는 호텔처럼 느껴지지 않았다. 최대한 객실 밖에서 시간을 보내도록 설계된 공간이었고, 아침 햇살 속에서 보니 방은 처음 들어섰을 때보다 더 볼품없었다. 공짜잖아, 그녀는 자신을 다독였다. 은우는 신나는 밤을 보낸 모양이고 그녀도 푹 잤다. 케이시는 샤워를 하고, 옷을 입고, 객실 안에서 커피를 만들었다.

짐가방을 확인한 케이시는 성경과 공책을 갖고 온다는 것을 잊어버린 것을 깨달았다. 아무거나 발로 차버리고 싶은 심정이었다. 여행을 떠난 지도 워낙 오래되었기 때문에, 매일 성경을 한 장씩 읽고 그날의 구절을 적는 것이 얼마나 규칙적인 습관으로 몸에 배어 있었는지 미처 모르고 있었다. 하루 종일 하나님을 잊고 지낼 수 있고 실제로 자주 그렇게 살았지만, 성경 읽기는 샤워나 커피, 양치질처럼 매일 아침 치르는 의식의 일부로 굳어져 있었다. 교회까지 나가지 않으니, 기분이 썩 좋지 않았다.

문밖에는 신문도 없었다. 컨 데이비스에서 호화로운 출장을 다니다 보니 아무 문제도 없는 공짜 호텔 객실에 불만을 품을 정도로 버릇이 나빠져서, 케이시는 자신을 비웃지 않을 수 없었다. 샤워를 마치고 몸을 닦은 수건은 집에서 쓰는 것보다, 출장길에 묵는 5성급 호텔에 비치된 것보다 까끌까끌했다. 주머니 사정은 극빈자나 다름없는 주제에 공주처럼 눈만 높다니 어불성설이었다. 그녀는 스티로폼 잔에 커피를 따라 마셨다. 높은 곳에 올라와서도 이렇게 불안하다면 굳이 성공해야 하는 이유가 뭘까. 그녀의 부모님은 호텔에서 묵는 일조차 없었다.

은우는 깊이 잠들어 있었다. 교회에 못 가고 성경 읽기를 빼먹은 것이 이렇게 마음에 걸리는 건 왜일까? 그녀는 대부분의 기독교 계율을 지키지 않고 살아가고 있었다. 그녀가 원한다 해도 결혼할 수 없는 남자와 자고, 부모님을 견디지 못해서 최소한의 접촉만 유지하며 살고 있었다. 기독교인과 박애주의자 대다수에게 여전히 알레르기 반응을 느꼈고, 이 모든 자신의 행동에 대해 조금도 유감을 느끼지 않았다. 성경 말씀은 분명했다. 믿음이 있다면, 자신의 죄악으로부터 돌아서야 한다. 케이시는 거의 변한 데가 없었다. 그러나, 앞뒤가 안 맞는 일이었지만, 그녀는 고집스러운 짜증과 조금도 개선되지 않는 상태 속에서도 하나님을 더욱 많이 찾고 있었다. 이제 무엇을 해야 할지 작은 실마리라도 얻고 싶었다.

은우의 안경은 협탁에 쌓인 칩 더미 옆에 위태롭게 놓여 있었다. 케이시는 얼마나 땄는지 궁금해서 협탁으로 다가갔다. 핸드백에는 아직 8,000달러 이상의 칩이 들어 있었다. 협탁에 놓인 칩은 거의 그 두 배였다. 하룻밤 게임에서 이렇게 많은 돈을 따는 것이 그에게는 일상일까? 이렇게 순진한 모습으로 침대에서 잠든 이 남자는 누구지? 케이시는 100달러 칩을 들어보았다. 금색 숫자가 찍힌 검은 칩이 손안에서 단단하게 느껴졌다. 이 정도의 돈을 따는 데는 뭔가가 있을 것이다. 직관일까, 전략일까, 그냥 감일까? 좋은 기억력과 결합한 수학 실력일까? 이런 생활을 어떻게 뒤로할 수 있을까? 은우가 할 줄 아는 이 일에는 어딘가 섹시한 데가 있었지만, 그녀는 그가 크게 잃는 모습도 본 적이 있었다. 마냥 동경하기에 이 세계는 너무나 예측불가였고, 케이시는 자신이 사랑하는 사람에게서 안정감을 갈망하는 인간이었다. 그는 케이시가 친척처럼 아끼는 마음을 갖게 되었던 제이와 너무나 달랐다. 은우는 한국인이었지만 그녀에게 친숙하게 느껴지지 않았다. 지금은 그녀 역시 달랐다. 케이시는 칩을 내려놓은 뒤 협탁 첫 번째 서랍을 열고 호텔 필기도구를 찾았다. 버지니아에게 편지를 쓰기 좋은 시간이었다.

문구류는 없었다. 대신 《기드온 성경》이 한 권 있었다. 케이시는 자리에 앉아 고린도인에게 보낸 바울의 첫 번째 편지를 펼쳐 읽으며 전화 옆 메모지에 오늘의 구절을 적기 시작했다. "각 사람은 부르심을 받은 그 부르심 그대로 지내라." 이 장에서 바울은 하나님에게서 믿음을 가지라는 부름을 받았을 때의 삶에 대해 이야기하고, 그 복잡한 삶의 모습들을 존중해야 한다고 말한다. 솔직히 케이시는 사도 바울에 그리 동감하지 못했다. 바울은 난해하고 오만했으며 여자를 좋아하는 것 같지 않았다. 성경과 하나님에게는 혼란스럽고 짜증스러운 부분들이 많았지만, 이 신앙이 콘크리트 보도 틈을 비집고 자라나는 앙상한 나무처럼 자신 안에서 자라나고 있다는 사실은 케이시도 무시할 수 없었다. 대학 시절 교수였던 윌리엄 버틀러가 자주 떠올랐다. 그와 이야기를 나누고 싶은 마음이 간절했지만 교수는 이미 세상을 떠났다. 죽음. 그것도 늘 마음에 걸렸다.

"일어났어?" 은우가 눈을 찡그리며 그녀를 보았다. 그는 더듬더듬 안경을 찾아 썼다.

"교회 못 갔어." 케이시는 실망스러운 목소리로 말했다. 하지만 더 이상 화가 나지는 않았다. "지금 시내로 돌아갈 수 있을까?" 그녀는 그에게 미소 지었다. "칩을 현금으로 바꾼 뒤에 말이야."

"간밤에는 미안해. 게임이 잘 풀려서, 집세를 메울 수 있을 것 같았어."

"집세?" 케이시는 걱정스러운 내색을 하지 않으려고 애썼다.

"밀렸거든."

"내가 돈을 벌잖아." 케이시는 집세에 대해 모르고 있었다. 얼마나 밀렸는데? 그녀는 묻고 싶었다. "내 돈은 다 써도 돼. 나도 그 집에 같이 살잖아."

"네가 번 돈으로는 네 빚이나 갚아. 애당초 그런 약속이었잖아." 그는 말했다. "게다가 난 간밤에 1만 8,000달러를 땄어. 그 핸드백에 들어 있는 것 말고."

"그렇게 많은 돈을…… 자주 따?" 케이시는 물었다. 상상 이상이었다. 거의 대학 등록금에 육박하는 액수였다.

"나도 평생 이 정도 딴 적은 없어. 더 필요했던 적도 없었고. 한데, 문제는 이걸 현금으로 바꿔서 나가는 거야."

"거기 무슨 문제가 있을까?" 카지노가 못 가게 막는다는 건지, 케이시는 알 수 없었다.

은우는 자기 자신에게 아니라고 말하는 듯 고개를 저었다. "오늘은 카드 테이블로 돌아가지 않을 거야. 자, 아침 먹으러 가자. 그런 뒤에 집에 데려다줄게."

고속도로를 달리면서 은우는 간밤에 일찍 객실로 돌아오지 않은 것에 대해 다시 사과했고, 케이시는 잊어버리라고 말했다. 정말 괜찮았다. 특히 은우가 기분 좋은 모습을 보니 더욱 그랬다.

"공짜로 호텔에 묵고, 공짜로 식사하고, 그 많은 돈까지 땄다니, 약간 미안할 지경이야."

"내 말 믿어. 그간 바친 돈을 생각하면 이 정도 딸 자격은 있어." 은우는 가볍게 기침을 했다.

케이시는 고개를 끄덕였다. 아마 그 말이 맞을 것이다.

"담배 있어?" 그는 물었다.

"아니." 그녀는 가방을 확인하고 대답했다.

"글러브박스를 찾아봐."

케이시는 글러브박스를 열었다. 캐멀 담배 두 갑과 녹색 종이 한 장이 들어 있었다. "이건 뭐야?" 그녀는 종이를 흘끗 보았다.

은우는 왼쪽 차선으로 옮기느라 이쪽을 보지 못했다.

녹색 종이는 도박중독 치료 모임 일정표였다. 14번가 근처에서 열리는 수요일 흡연자 모임에 동그라미가 쳐져 있었다.

"여기 갔다 왔어?"

"아, 그거." 은우는 그녀가 손에 든 일정표를 보더니 다시 도로로 시선을 주었다. 머리카락은 샤워를 해서 아직 젖어 있었고, 선글라스는 불편한 눈빛을 가려주었다. "갔었지. 한 번."

"그래?"

"담배 줘." 그는 말했고, 케이시는 한 대 불을 붙여주었다. "라디오도 틀어줘."

케이시는 라디오를 틀었다. 홀앤드오츠 곡이 흘러나왔다. "프라이빗 아이즈."

은우는 음악에 빠져드는 듯 고개를 까딱거리며 입술을 내밀었다.

"이 사람들 콘서트에 갔었어." 그는 말했다. "폭스우즈에서. 랜디, 어제 만난 그 친구가 표를 줘서. 칼리 사이먼 공연에 앞서 무대에 올랐어."

"난 칼리 사이먼 좋아해."

"그건 몰랐네." 그는 미소 지으며 말했다. 그녀에 대해 아직 모르는 것이 너무나 많았다. 예를 들어 그들은 음악 이야기를 나눈 적이 없었다.

"아픈 마음에는 빈 공간이 많아⋯⋯." 그녀는 노래했다.

은우는 왼손으로 자기 가슴을 두드렸다. "그런데 내 가슴은 아프게 하지 마. 여긴 벌써 뻥 뚫려 있으니까."

케이시는 일정표를 접어서 글러브 박스 안에 다시 넣었다.

시내로 돌아가는 동안 그들은 이번에 딴 돈을 축하하는 뜻으로 어디서 저녁을 먹을지 이야기했다. 케이시는 돈에 대해 들뜬 기분을 내보려고 노력했지만, 그러기가 힘들었다. 그녀는 돈 없이 자랐고 정확히 어떻게 해야 돈이 생기는지에 관해 사실 별로 생각이 없었지만, 도박은 어쩐지 정직하지 못한 방법으로 느껴졌다. 당연히 훔치는 건 아니라고 스스로에게 반박할 수 있었고 분명 합법적인 방식이었다. 그러나 이 모든 것이 어쩐지 불편했다. 어쩌면 엉덩이와 무릎이 닳아서 반질반질한 개버딘 바지 차림의 나이 지긋한 남자들이 체리밖에 보이지 않는 눈빛으로 슬롯머신 손잡이를 잡아당기는 모습들을 보았기 때문인지도 몰랐다. 은우는 블랙잭에 대해 설명하면서 이렇게 말했다. "카지노를 이길 수 있어. 이겨야만 해." 그때는 얼굴 없는 회사에서 돈을 가져온다는 소리처럼 들렸지만, 그 연기 자욱한 공간을 걷고 있으니 케이시는 사실 그 카지노가 인생이 따분하고 서글픈, 허황된 꿈을 쫓는 남녀로 가득 찬 공간이라는 것을 알 수 있었다. 그 성채를 건설하고 꾸민 것은 그들의 어리석은 돈이었다.

은우는 저녁에 32번가로 가서 식사를 하자고 제안했다. 갈비와 냉면. 진수성찬이잖아. 케이시는 그러자고 했다. 그녀는 라디오 소리를 키우고 은우의 행복을 같이 만끽하려고 노력했다.

5

본뜨기

찰스 홍은 아무 말도 할 필요가 없었다. 연습시간을 네 시간에서 여섯 시간으로 늘렸는데도 성가대는 자기들의 노래 솜씨가 아직 한참 모자란다는 것을 느끼고 있었다. 통 미소 짓지 않는 지휘자의 얼굴, 지친 듯 입술을 꾹 다문 표정, 단원들과 거의 눈을 마주치지 않고 만족스럽지 않은 음을 계속 반복하라고 지시하는 말투 같은 것을 보면 짐작할 수 있었다. 노래에 대한 불만을 겉으로 드러내지 않으려고 의식적으로 노력하고 있었지만, 찰스는 스스로 생각하는 것보다 투명한 사람이었다. 수요일 저녁 연습이 끝난 뒤, 남자들은 바비큐를 먹으러 갔고 나이가 많거나 어린아이를 키우지 않는 여자들은 뉴 차이나 헛 레스토랑으로 달려가서 짜장면을 먹었다. 늦은 저녁을 먹으면서 싱가대원들은 지휘자에 대해, 좀처럼 나아지지 않는 노래에 대해 이야기를 나누었다.

묘한 것이, 조금이나마 향상되었다는―그가 부임한 지 두 달 반, 그래도 어느 정도는 좋아진 면이 있었기 때문이었다―칭찬을 입에 올리기 거부하는 지휘자의 고집은 더 노력해야겠다는 단원들의 욕구에 불을 질렀다. 이런 집요함은 한국인 특유의 복잡한 심리 때문일 수도 있을 것이다. 게다가 급여를 더 많이 받는 것도 아닌데 이토록 열심히 노력하는 지휘자의 모습에 단원들은 감동했다. 미용 제품상 여섯 개를 운영하면서 성가대에서 바리톤을 맡고 있는 교회 회계위원장 이 장로는 지휘자의 쥐꼬리만 한 급여에 직접 서명하고 있었다. 큰돈을 버는 일도 아니니, 분명 지휘자는 돈이 아니라 주님만을 섬기는 어마어마한 재능의 소유자가 분명했다. 이 작은 우드사이드 교회의 성가대 지휘자는 음악 박사 학위를 갖고 있고 줄리어드까지 졸업한 사람 아닌가! 그들은 스스로를 꾸짖었다. 새로 부임한 지휘자를 기쁘게 해줄 수 있도록 있는 힘을 다해야 한다. 이런 수요일 식사 자리가 파할 때면, 성가대가 한두 해 동안 홍 교수의 지도를 받으면 뉴저지와 펜실베이니아의 자매결연 교회까지 투어를 다녀도 될 만한 우수한 성가대로 발돋움해 있을 것이라는 데 뜻을 모으곤 했다.

리아의 가슴을 움직인 것은 성가대 여자들이 홍 교수를 존경스러운 말투로 입에 올릴 때마다 사무치는 자부심이었다. 경아가 이따금 교수님이 총애하는 독창자는 무슨 생각을 하는지 궁금해서 슬쩍 찔러보곤 했지만, 리아는 이런 대화에 끼지 않았다. 지휘자가 수두로 고생할 때 그녀가 심 장로와 함께 홍 교수의 집에 두 번이나 찾아갔다는 사실을 아는 사람은 아무도 없었다. 한 번은 심 장로가 그녀를 혼자 두고 병원에 갔다 왔을 때였고, 다른 한 번은 그 직후 장을 봐주었을 때였다. 세탁소에서 바짓단을 수선하고 셔츠 소매에 떨어진 단추를 달 때, 리아는 지휘자의 집에서 혼자 보낸 오후를 생생하게 떠올리곤 했다. 그날의 기억의 조각들이 그녀의 상념에 불쑥 떠올랐다. 지휘자의 넓은 부엌 찬장에는 냄비 두 개, 프라이팬 하나뿐이었고, 양말은 군청색 모직이나 흰 면이었으며, 백양 브랜드 내복은 브이넥이었다. 그는 주로 미국 신문이나 잡지, 그리고 《한국일보》를 읽었다. 그녀가 정리해둔 그대로 옷장 안에 계속 신발을 보관하고 있을까, 아니면 사용하지 않는 침실 벽난로 안에 예전처럼 아무렇게나 던져둘까 하는 허황된 궁금증도 이따금 일었다.

남녀 독창자들은 단체 연습 후 홍 교수에게 추가로 받는 교습 덕분에 목소리가 한층 좋아졌다고 입을 모았다. 그는 요구하는 것이 많았지만 탁월한 성악 강사였고, 독창자들은 그와 함께하는 연습을 기다렸다. 리아도 마찬가지였다.

하지만 그녀는 연습 시간에 경아가 같이 있으면 교수의 얼굴을 볼 수가 없었다. 얼굴이 붉어지는 것이 눈에 띄었기 때문이었다. 이런 상황을 피하기 위해서 그가 그녀 쪽을 바라볼 때면, 리아는 악보를 들여다보며 연필로 여백에 이런저런 표시를 하곤 했다.

6월 첫 주 수요일 연습 시간에, 찰스는 리아에게 일요일 독창 연습을 해야 하니 남으라고 말했다. 그는 9시 반이 아니라 9시에 성가대를 해산시켰지만 아무도 불만을 갖지 않았다. 단원들은 가벼운 재킷을 집어들고 봄 날씨 같은 선선한 저녁 공기 속으로 흩어졌다. 다들 빨리 저녁을 먹고 싶었다.

리아는 자기 자리에서 일어나 연습실 앞으로 나갔다. 홍 교수는 독창자에게 늘 이렇게 지시했다. 그녀는 첫 줄에 조용히 앉아 그의 지도를 기다렸다. 젊은 반주자는 집에 가려고 소지품을 챙기고 있었다. 그녀도 딸 둘을 키우고 있었다.

찰스는 반주자에게 정중하게 손을 흔들었고, 반주자는 인사를 하고 나갔다. 찰스는 피아노 앞에 앉아 첫 소절을 연주하다가 문득 멈추고 목덜미를 긁었다.

"젠장." 그는 중얼거렸다. 그는 다시 연주를 시작했지만 갑자기 다시 멈추더니 욕조에서 나온 개처럼 고개를 열심히 흔들기 시작했다.

"괜찮으세요?" 그녀는 물었다.

"네." 그는 자신이 누구한테 남으라고 지시했는지 잊어버린 듯 리아가 아직 앉아 있자 약간 놀랐다. "아직 너무 가렵네요." 그는 검은 배낭을 뒤져 약사가 추천한 연고를 꺼냈다. 그는 약을 등에 발랐지만 어깨뼈 사이에 손이 닿지 않았다. "젠장."

리아는 도와주고 싶었지만 어떻게 해야 할지 몰라 그대로 앉아 있었다. 손을 약간 들어 올려 그에게 뻗으려다가, 다시 망설이며 내려놓았다.

찰스는 목과 등을 긁다가 추운 듯 몸을 떨었다.

"연고가 도움이 되나요?"

"잠깐 괜찮아지는 것 같다가 다시 가려워요." 그는 연고를 넣고 다시 가방을 뒤졌다. 신문 가판대에서 산 라이프세이버 사탕이 보이지 않았다. "젠장, 젠장, 젠장."

"제가 잠시 나갔다가 올까요?" 리아는 그가 혼자 있는 시간이 필요할지도 모른다고 생각했다. 너무 오랫동안 쉬지 않고 일했다.

"아뇨, 아뇨. 전 그저 사탕이 안 보여서 답답할 뿐이에요." 찰스는 웃었지만, 그 소리도 실없게 들렸다.

"저한테 목캔디가 있어요." 리아는 핸드백에 늘 넣어두는 커다란 홀스 봉지를 꺼냈다.

찰스는 곧장 사탕을 하나 까서 입에 넣었다. 지금 앉은 자리에서도 그의 배에서 꼬르륵거리는 소리가 들렸다. "홍 교수님, 혹시…… 오늘 뭘 좀 드셨어요?" 그의 집에 가본 적이 있기 때문에, 그가 음식 같은 것에 별로 신경을 쓰지 않는다는 것을 알고 있었다.

찰스는 뒤쪽 벽에 늘어선 성가대 가운을 넣는 철제 옷장에 멍하니 시선을 보냈다. 생각해보니 아침식사 뒤로 먹은 것이 없었다. 낮에는 연가곡을 쓰는 데 몰두해서 먹는 것을 잊었던 것이다. 보스턴의 라이샌더 사중주단이 의뢰한 연가곡을 두 달 내로 마쳐야 했고, 보스턴의 버클리 음악대학에서 전 세계 초연이 이루어질 예정이었다. 작곡이 순조롭게 진행되는 바람에 찰스는 오늘 성가대 연습에도 늦을 뻔했다.

멍한 표정을 보고, 리아는 그가 오늘 아무것도 못 먹었다는 것을 알 수 있었다.

"연습 끝나고 먹겠습니다." 찰스는 성가 악보를 향해 돌아앉았다.

"괜찮으시면 제가 주일 아침 일찍 올게요. 지금 가서 빨리 저녁을 드세요. 배가 많이 고프실 텐데." 핸드백에 파란 홀스 사탕 말고 다른 먹을거리가 있었다면 얼마나 좋을까. 꼬르륵거리는 소리가 한층 커졌다.

"저녁식사 하셨습니까?" 찰스는 물었다. 갑자기 너무나 시장했다.

리아는 고개를 저었다. 점심때 오렌지 하나를 먹었을 뿐이었다. 연습 전에는 너무 초조해서 좀처럼 먹을 것이 입에 들어가지 않았다. 지금도 지휘자 앞에 앉아 있기만 하는데도 초조했다. 하지만 그녀 자신이 배가 고픈 것은 문제가 아니었다. "뭘 드셔야 해요. 아픈 것도 이제 겨우 낫고 계시잖아요. 몸에 신경을 쓰셔야죠." 어린아이나 친오빠를 대하는 말투였지만, 그는 상관없는 것 같았다.

"아주 어릴 때부터 뭔가에 집중하면 먹는 걸 잘 잊어버렸습니다." 살아 계실 때, 어머니는 그를 보면 첫마디가 이런 질문이었다. "문수야, 오늘 밥 먹었니?" 그가 독일에 살고 전화로 통화할 때도 어머니는 늘 같은 질문을 했다. 특별 음식으로 서울 최고의 가게에서 구운 김, 카스테라, 마른오징어 같은 것을 사서 독일까지 보내곤 했기 때문에, 형들은 답답해 미칠 지경이었다. 돌아가실 때까지 어머니는 그가 많이 먹지 않는다고 걱정하셨다. 어머니 생각만 해도 가슴 한구석이 아팠다.

"정말 배가 고프네요." 그는 순순히 인정하는 자신이 놀라웠다. "근처에 샌드위치를 살 만한 곳이 있을까요? 제가 얼른 나갔다 올 테니까 여기서 기다리세요."

하지만 이렇게 늦게까지 문을 연 가게는 없었다. 가까운 식당까지 가려면 차를 타야 했다.

"여기서 차로 5분 정도 거리에 식당이 있어요. 여기서 기다리시면 제가 샌드위치를 사 올게요."

"그럼 같이 가죠. 우리 둘 다 뭘 좀 먹어야 하니까요." 찰스는 배낭과 스웨터를 집어들었다.

리아는 침을 삼켰다. 어떻게 그럴 수가 있을까? 그에게 차를 빌려주는 편이 좋은데, 그녀는 생각했다. 둘이 같이 식당에 갈 수는 없잖아.

"면허 있으세요?"

"아뇨, 운전할 줄 모릅니다."

"아."

"됐습니다." 리아는 그와 같이 나가는 것이 신경 쓰이는 것이다. 그녀는 유부녀고, 결혼한 한국 여자는 독신 남자와 같이 식당에 가거나 해서는 안 된다. 그는 리아의 세상이 아직 19세기라는 사실을 깜빡 잊고 있었다. "조금 더 연습하다가 저희 집 근처에서 뭘 먹겠습니다." 그는 사탕을 씹어 삼키고 하나를 더 깠다.

겨우 30분 연습한다 해도 그가 집에 도착하려면 한 시간 반은 더 있어야 할 것이다.

"제가 운전하죠." 리아는 핸드백을 들었다.

"좋습니다." 그는 그녀를 따라 문을 나섰다.

여자 종업원이 몇 명이냐고 물었고, 찰스는 두 명이라고 대답했다.

"테이블로 가실까요, 부스로 가실까요?"

"부스요." 찰스가 답했다.

리아는 아스테어 식당의 갈색 가죽 부스에 앉았다. 그녀는 당연히 포장 주문을 할 거라고 생각했는데, 지금 그들은 식당에 단둘이 앉아 있었다. 이 상황을 조셉에게 어떻게 설명하지?

찰스는 어니언링과 프렌치프라이를 곁들인 디럭스 햄버거와 큰 초콜릿 셰이크, 그리고 피클을 추가로 주문했다. 리아는 치즈버거와 진저에일을 골랐다. 한국인 커플에 신경을 쓰는 사람은 아무도 없었다. 프레드와 진저가 춤추는 사진 액자가 오렌지색 벽에 여러 개 나란히 걸려 있었다. 손님이 많은 편이었지만 교회 사람은 아무도 눈에 띄지 않았다. 음식은 곧바로 나왔고, 찰스는 음식을 먹으며 리아에게 질문했다.

"미국에는 언제 오셨어요?"

"1976년에요. 교수님은요?" 그녀는 버거를 얌전하게 베어 물었다.

"어렸을 때 이따금 미국에 방문했는데, 1980년에 처음 결혼하면서 정착했던 것 같아요."

리아는 그가 두 번 결혼했다는 것을 들은 적이 있어서 고개를 끄덕였다.

"하지만 많이 옮겨 다녔습니다. 학교를 영국과 독일에서 다녔고, 물론 여기서도 다녔죠." 뭘 먹으니 다시 기분이 훨씬 좋아졌다. "정말 배가 많이 고팠습니다."

리아는 웃으며 생각했다. 어쩌면 저렇게 똑똑한 남자가 그렇게 바보 같을까? 남자들은 어린아이 같은 데가 있다. 어린 시절 같은 마을에 살던 나이 든 여자들이 하던 말인데, 실제로 그런 것 같을 때가 많았다.

"먹는 걸 잊어버리다니 정말 바쁘셨나 봐요."

"지금 저는 연가곡을 작곡하고 있습니다."

리아는 이마에 주름을 잡았다. "연가곡요?"

"여러 곡을 연달아서 부르게 되어 있는 노래입니다. 공통된 주제나 이야기로 전체가 하나로 묶여요." 그는 어깨를 으쓱했다. 누군가와 이렇게 대화를 나누는 것은 오랜만이었다. 워낙 오래 혼자 지내다 보니 다른 사람과 같이 있는 것이 어색하다고 느낄 때가 많았다. 결혼생활에서 가장 그리운 것도 그런 지점, 무언가를 같이하고 이런저런 이야기를 나누어도 좋은 사람이 항상 곁에 있다는 것이었다. 결혼생활이 끝날 때쯤 그가 원했던 것은 오로지 집에 들어가지 않는 것뿐이었지만.

"그럼 박사님의 이야기는 뭔가요?"

"음, 셰익스피어의 시를 바탕으로 하고 있어요. 소네트요."

리아는 자리에 앉아서 시를 읽고 그것에 맞춰 음악을 만든다는 것이 어떤 기분일지 상상해보려고 애쓰며 고개를 끄덕였다. 그녀에게는 마술이나 연금술과 다를 것이 없는 것 같았다.

"정말 보람 있는 일이겠어요." 그녀는 말했다.

이런 말에 뭐라고 대답할 수 있을까? 그녀는 그가 하는 일을 이상화하고 있었다. 찰스는 그녀에게 미소 지었고, 리아는 얼굴을 빨갛게 붉혔다.

"그게 제 직업입니다." 그는 말했다. "저는 노래보다 작곡을 더 잘하고, 성가대 지휘보다 작곡을 더 잘해요."

"아, 아니에요. 박사님은 훌륭한 성가대 지휘자세요." 리아는 진심을 담아 말했다.

찰스는 이 말을 흘려들었다. 그는 접시에 케첩을 붓고, 케첩에 소금을 치고, 어니언링을 찍어서 입에 집어넣었다. 리아는 티나가 어니언링을 먹는 방식과 똑같다는 생각이 들어서 우스웠다.

"이러면 소금을 덜 먹게 돼요. 고혈압이 있거든요."

"아." 쳐다보고 있던 것을 들켜서 민망했다. "건강이 안 좋아 보이시지는 않아요." 그녀는 다시 얼굴을 붉혔다.

찰스는 고개를 끄덕였다. "겉모습에 속을 수 있죠." 그는 이 말을 영어로 했다가, 리아가 혼란스러워하는 걸 보고는 한국말로 대략 바꿔 말했다. 그녀는 고개를 끄덕였다. 한국말로 대화하니 그녀가 한층 친하게 느껴졌고, 한국말을 하지도 못하고 배우는 데 관심도 없던 백인 아내들과 결혼하기 전에 같이 잤던 한국 여자들이 어땠는지 떠올랐다. 모국어로 표현할 수 있는 것은 너무나 많아서, 한순간 그 자리는 내밀하게 변한다.

"제가 신경 쓰이게 했군요." 그는 미소 짓고 버거를 한 입 더 물었다.

리아는 소다 잔을 들었다.

"몇 살이세요?" 그는 물었다.

"마흔셋이에요."

"젊으시네요." 두 사람의 나이 차이는 다섯 살밖에 되지 않았다.

"전 할머니예요." 리아는 말했다. "막내딸이 얼마 전에 아들을 낳았답니다." 그녀는 수줍게 미소 지었다. 곧 뉴욕에 찾아오기로 되어 있었다. "제 손자는……."

"믿기지 않네요."

리아는 뭐라고 답해야 할지 몰랐다. 내가 할머니라는 게 안 믿길 이유가 뭐지? 그녀는 버거를 반으로 잘랐다.

"생일은 언제세요?" 그는 물었다. 찰스의 두 번째 아내는 숫자 점에 남달리 관심이 많았다. 그녀는 컴퓨터 숫자점 소프트웨어가 점지해준 날에 그를 떠났다.

"2월요."

"저도 2월입니다. 밸런타인데이가 제 생일이죠."

"어머! 그날이 제 생일인데요." 리아는 놀랐다. "14일이에요."

"그렇다면 우리 둘의 생일이네요. 내년에는 같이 축하할까요."

물론 농담이겠지. 그런 일이 있을 수 있나, 리아는 생각했다. 하지만 공통의 생일을 같이 축하하려면 무슨 방법이 있을까 하는 생각이 들지 않을 수 없었다. 생일이 같다니 특별하게 느껴졌다. 리아는 다시 버거를 작게 베어 물었다.

"제 노래가 온통 사랑에 대한 내용인 것도 그 때문인지 모릅니다." 찰스는 웃었다. "인정하지 않을 수 없지만, 난 사랑에 대해 사실 아무것도 몰라요. 어떻게 지속되는지."

리아는 숨을 쉴 수가 없었다.

웨이트리스가 탁자에 계산서를 내려놓자, 찰스가 집어 들었다.

리아는 지갑을 꺼냈다.

"넣어두세요. 아직 감사 인사도 제대로 못 드렸습니다." 그는 말했다. "집에 들러주신 것 말입니다. 그날은 죽는 줄 알았는데, 박사님과 집사님이 오셔서 정말 얼마나…… 감사했는지 모릅니다. 집 청소도 해주셨지요. 우유와 과일도 사다 주시고……." 그는 그녀에게 미소 지었다. "감사합니다. 두 분에게 뭔가 보답을 해야겠다고 생각했는데, 정확히 뭘 해야 할지 몰랐어요."

리아는 고개를 천천히 저었다. "아니에요. 그러실 필요 없어요. 정말…… 좋은 선생님이 되어주셔서 제가 감사드려야 하는걸요."

이 여자는 정말 다정하구나, 그는 생각했다. 그에 대해 어느 정도 마음이 있는 것도 분명했다. 사제관계에서는 이런 일이 간혹 생긴다. 학생들이 선생에게 사랑에 빠지는 것이다. 찰스 역시 학창 시절 선생님에게 푹 빠진 적이 있지만, 그는 이제 어른이었고 호감을 느끼는 여자에게 할 수 있는 일은 많았다. 쫓아다닐 수도 있고, 집에 데려올 수도 있고, 손에 넣을 수 없는 여자라면 혼자 머릿속에서 달콤한 환상의 날개를 펼칠 수도 있다. 리아는 자주 이런 연정에 빠지는 여자 같지 않았다. 식탁에 마주 앉았을 때 불편한 기색을 보이는 것으로 미루어보아 남편이 아닌 남자와 단둘이 식사해본 적이 없다고 짐작한 것도 정확했다. 그는 이렇게 말해주고 싶었다. '당신은 아무 잘못이 없어요.' 이렇게 아름답고 재능 많은 여자가 이다지도 감정과 경험에 굶주린 조용한 삶을 살고 있다는 것은 안타까운 일이었다. 예술가가 될 운명으로 태어난 사람이 퀸스의 작은 한인교회에서 1년에 독창 몇 번 하는 것으로 만족해야 하다니. 그녀의 무대는 너무나 좁았다. 남편 외에 같이 자본 상대가 없을 거라는 데 1,000달러는 걸 수 있었다. 절정을 느껴본 적도 없을 것이다.

현대적인 남자인 찰스가 보기에 한국 여자의 생활 반경은 너무나 좁았다. 종교 때문에 더욱 그랬다. 찰스의 형수들도 아주 좋은 여자였고 리아와 비교할 때 아주 부자였지만, 실제로는 몸만 자란 소녀에 불과했다. 자기 시간을 보내는 방법, 아무 탈 없이 할 수 있는 일들을 보면 성인 여자라고 할 수 없을 지경이었다. 그가 처음 같이 잔 유부녀는 어마어마한 성욕을 지닌 여자였다. 침대에서 때로 피가 나도록 그를 물기도 했다. 찰스가 관계를 끝냈을 때여자는 남편에게 아무 해명 없이 두 번이나 자살을 기도했고, 남편은 아내를 정신병원에 보낼까 심각하게 고려했다. 내용이 너무과격해서 찰스는 여자의 편지를 모두 버렸다. 마지막으로 소식을들으니 아이를 낳은 뒤 상태가 많이 나아진 모양이었다.

"저녁 잘 먹었어요." 리아는 말했다. 식사가 끝났다고 생각하니마음이 놓였다. 그녀에게는 너무 과한 흥분이었다.

"당신은 아름다운 분입니다." 그는 별 생각 없이 말했다.

리아가 기대조차 하지 않은 말이었다. 찰스는 그녀의 이마부터쇄골까지 발그레하게 복숭앗빛으로 다시 물드는 것을 보았다. 젖가슴도 저런 장밋빛일까 궁금했다.

그녀가 연습 이야기를 꺼내자 찰스는 됐다고 말했다. "예배 한시간 전에 나올 수 있겠어요?" 그는 물었다. "다른 분들만큼 연습을 많이 하실 필요는 없습니다." 그래서 리아는 그를 전철역까지태워주었다. 역사에는 녹색 등이 켜져 있었다. 어둑어둑한 거리에는 인적이 없었고, 근처의 상점은 모두 밤이라 문을 닫았다.

"집까지 태워드려야겠어요. 차가 없는 걸 몰랐네요."

"무슨 말씀이세요. 가는 데만 한 시간이 걸릴 텐데요."

리아는 조셉이 아직 안 자고 기다리고 있을지도 몰라서 바래다주겠다고 고집할 수가 없었다. 이미 늦은 시각이었다. 아마 남편은 텔레비전 앞에서 잠들어 있을 것이다.

리아는 도로 위로 높게 건설된 전철역 플랫폼 아래 차를 세웠다. 옆으로 트럭이 지나치자 찰스의 얼굴에 그림자가 스쳤다. 리아가 보던 KBS 드라마에서 나쁜 아들 역을 맡았던 배우와 닮은 얼굴이었다. 그녀는 기어를 주차로 옮겼다. 찰스는 문 손잡이로 손을 뻗었고, 리아는 고개 숙여 인사했다. 갑자기 그는 손을 거두더니 그녀의 입술에 키스했다.

어깨가 굳었다. 리아는 퍼뜩 물러났다. 그녀에게는 첫 키스였다. 그녀의 입은 닫혀 있었다. 악문 이를 누르는 그의 입술의 압력이 느껴졌다. 텔레비전에서 본 것처럼 낭만적인 순간이 아니었다. 그녀와 조셉은 키스하지 않았다. 정숙한 한국 여성이 할 짓이 아닌 것 같았다.

찰스는 두 손으로 그녀의 얼굴을 감쌌다. 그는 한층 힘을 더해 다시 키스했다.

리아의 팔과 손은 충격으로 얼어붙었다. 그러다 잠시 후 그녀는 차가운 목욕물에서 빠져나오듯 정신을 차렸다. 그녀는 뒤로 물러나 앉았다.

"아." 그녀는 숨을 몰아쉬었다.

찰스는 그녀에게 미소 지었다. "키스해본 적 없지요?" 이런 질문은 약간 무례했지만 그녀는 신경 쓰지 않을 것 같았다.

리아는 고개를 끄덕였다.

"가만히 있어봐요……." 찰스는 몸을 숙여 다시 키스했다. "내가 느껴져요?" 그의 눈은 그녀의 눈을 똑바로 바라보고 있었다.

그의 입술이 느껴졌다. 이것을 말하는 것일까? 이건 완전히 잘못된 행동이야, 그녀는 생각했다. "홍 교수님, 전 집에 가야 해요." 그녀는 말했다. 눈가에 눈물이 고였다.

"그렇게 부르지 마세요. 난 찰스입니다. 문수예요." 누가 그 이름을 불러준 것은 너무나 오래전의 일이었다.

리아는 입을 약간 벌렸지만 아무 말도 나오지 않았다.

"얼굴에서 힘을 빼요. 당신을 아프게 하려는 게 아니에요." 그는 키스하며 혀를 집어넣었다. 리아는 기침을 했다.

"저는…… 저는 이제 집에 가야 해요." 그녀는 울고 있었다.

"당신은 너무나 아름다워요." 그는 그녀의 얼굴을 가린 흰머리를 쓸어내렸다. "빌어먹을 천사 같아." 그는 영어로 말했다.

거리에는 아무도 없었다. 10시가 채 안 된 시각이었지만 거리는 황량했다. 노란 가로등이 머리 위에서 깜빡였다. 찰스는 그녀가 평생 만난 남자 중 가장 미남이었다. 그는 그녀에게 아름답다고 속삭이고 있었다. 결혼한 몸만 아니라면, 계속 키스하게 내버려두었을 것이다. 하지만 금요일 밤마다 그녀와 남편이 하는 행위는 오직 결혼한 사람들만이 하는 일이었다. 오직 남편과 아내 사이의 성관계만을 하나님께서 허락하셨다. 그저 남편을 돕기 위해 해야 하는 일로 알고 있을 뿐, 리아는 섹스에 대해 별 생각이 없었다. 하지만 문득 찰스와는 다를 수도 있겠다는 생각이 스쳤다. 이런 생각을 하니 수치심이 몰려왔다. 그저 생각하는 것으로도 간통의 죄를 범할 수 있다고, 리아는 그렇게 알고 있었다. 구약성서의 위대한 다윗 왕은 우리아의 아내 밧세바가 자신의 아이를 잉태하자 신뢰하는 친구 우리아를 죽였다. 주님의 기름 부음을 받은 양치기 왕 다윗조차도 육욕 앞에 무릎을 꿇었던 것이다. 그리고 자신의 죄를 숨기기 위해 친구를 죽였다. 이 순간 리아가 느끼는 것은 일종의 욕망이었고, 그 느낌 자체가 그녀에게는 낯설었다. 교수도 그녀를 원하고 있었다.

찰스는 그녀의 머리카락을 쓰다듬었고, 리아는 그 부드러운 손길을 멈추게 하고 싶지 않았다. 누가 그녀의 머리카락을 마지막으로 쓰다듬어준 것이 언제였던가.

"우리 집에 갈래요?" 그는 물었다.

"집에 돌아가야 해요." 그녀는 다시 말했다. 정신이 나간 게 아닐까?

찰스는 차에서 내리더니 운전석 문을 열고 그녀의 손을 잡았다. 리아는 차에서 내렸다. 자기가 운전하려는 걸까? 하지만 그는 운전면허도 없잖아, 그녀는 생각했다.

그는 차 옆으로 돌아가더니 뒷좌석 문을 열고 리아에게 들어가 앉으라고 손짓했다.

"우리 가까이 앉아요."

리아는 찰스를 그만두게 하려면 어떻게 해야 하는지 알 수 없어 아랫입술을 깨물었다. 수치와 위안이 번갈아 뒤섞이는 무시무시한 악몽처럼 느껴졌다.

찰스는 그녀에게 키스하고 어린아이 달래듯 머리를 쓰다듬었다.

"홍 교수님······. 제발, 하지 마세요." 그녀의 어깨가 굳었다.

그는 다시 키스했다. 그녀는 그의 집요한 혀의 압력에 굴복했다.

그는 그녀의 허리에 팔을 두르고 자기 쪽으로 끌어당기더니 부드럽게 그녀를 뒤로 눕혔다. 그러고는 젖가슴을 어루만지기 시작했다.

"당신을 보고 싶어요." 그는 그녀의 옷 지퍼를 내리고 브래지어를 끌렀다.

그녀는 고개를 저었다. "제발, 안 돼요." 그녀는 중얼거렸다. "집에 가야 해요." 그녀는 조용히 울었다. "제발."

찰스는 스타킹 안에 손을 넣고 속옷을 끌어내렸다. 그리고 그녀의 몸 위에 자리 잡고 몸을 숙였다. "리아, 아, 리아. 아름다운 리아······."

리아는 눈을 질끈 감았다. 아무 말도 할 수가 없었다. 눈물이 계속 흘렀고, 턱이 부들부들 떨렸다. 그녀의 잘못이었다. 그와 단둘이 식당에 가지 말았어야 했는데. 그는 그녀가 자신에게 마음이 있다는 것을 알고 있었을 것이다. 그에게 반해서 가게에서도 자기 생각을 한다는 것을 알고 있었을 것이다. 그는 넓은 세상을 경험한 사람이고 여자도 많이 알고 있다. 이 모든 것을 눈치챈 것이 틀림없었다. 그녀는 그를 막을 수가 없었다.

일이 끝나자 그녀의 얼굴은 온통 젖어 있었다. 찰스는 손으로 눈물을 닦아주었다.

"울 필요 없어요. 나랑 우리 집으로 가요. 내가 당신을 돌봐줄게요." 그는 말했다. "다 괜찮을 겁니다. 다른 사람들이 뭐라고 하건 난 신경 안 써요. 당신도 그래야 합니다. 당신은 예술가예요. 돈은 내가 벌겠습니다. 남편을 떠나도 돼요. 우리 둘이 다른 곳으로 이사 갑시다. 뭐든지 할 수 있어요. 난 평생 당신 같은 사람을 기다려온 게 분명해요." 말하는 동안 찰스 자신도 그 말이 사실이라고 믿기 시작했다. 리아와의 미래를 충분히 상상할 수 있었다. 이런 여자와 행복하게 살아가는 것도 충분히 상상할 수 있었다. 그녀는 작곡가의 훌륭한 아내가 될 것이다. 지금 곧장 그의 집에 가서 계속 같이 있어도 된다. 침대에서 제대로 사랑을 나눌 수도 있다. 더 이상 혼자 잠에서 깨고 싶지 않았다.

리아는 겁에 질려 그를 쳐다보았다. 지금 무슨 소리를 하는 거지? 입술이 너무 말라붙어서 그녀는 침으로 입술을 적셨다. 그녀는 손등으로 눈을 닦았다. "저는 집에 가야 해요." 그녀는 속삭였다. 팬티와 스타킹을 끌어 올리고 브래지어를 채웠다. 손을 등 뒤로 돌려서 드레스 지퍼를 올리려고 하니 찰스가 도와주었다. 그는 그녀의 이마에 다시 키스했다. 그는 너무나 행복했다.

"기분 상한 건 아니죠. 우린 오늘 밤 사랑을 나눈 거예요. 여보, 당신을 언제 볼 수 있을까요?"

그는 리아를 여보라고, 한국말로 불렀다.

"나…… 난 모르겠어요." 아무 생각도 할 수가 없었다.

"일요일 아침 일찍 나와요. 최대한 빨리. 언제든지 나한테 전화해요." 그가 안은 여자 중에 그녀만큼 순수한 사람은 없는 것 같았다. 그는 그녀를 사랑했다. 겁을 먹은 것도 이해는 갔지만, 그는 그녀 또한 자신을 사랑한다고 믿었다.

리아는 운전석으로 돌아갔다. 찰스는 차 옆에 서서 차창 안으로 고개를 들이밀고 키스했다. 전철역 입구에서 그는 작별인사로 손을 흔들었다.

집에 돌아오니 조셉은 침대에서 잠들어 있었다. 리아는 샤워를 했다. 젖가슴과 사타구니를 비누로 열심히 문질렀다. 오늘 있었던 일을 잊어버리고 싶었다. 누군가 총으로 쏴 죽여준다면 차라리 편할 텐데. 침대에 든 그녀는 누운 채로 기도를 올렸다. 차 뒷자리에서 교수가 그녀의 몸에 밀고 들어오는 동안, 머릿속에서는 주님께 구원해달라고 웅얼웅얼 애원하는 언어들이 온통 희미하게 뒤엉켜 있었다. 하지만 그동안, 5분 정도였는지 그보다 짧았는지 확실하지는 않지만, 차 옆을 지나치거나 가까이 다가온 사람은 없었다.

6

모형

눈을 감고 있으니, 엘라는 음표가 자신의 몸에 스며드는 것을 상상할 수 있었다. 고개를 기대고 싶었지만 혹시 잠이 들까 봐 두려웠다. 지루해서가 아니라 거기 앉아 있으니 안전하고 평화롭다는 기분이 들었기 때문이었다. 카네기홀의 검붉은 좌석에 파묻혀 있으니 이혼 소송도, 법정에서 선임한 사회복지사가 요구한 신원보증서도, 대면할 때마다 내가 너무 순진한 게 아닌가 싶고 최악의 경우 아예 사람을 멍청이로 만드는 날카로운 변호사의 모습도 머릿속에서 몰아낼 수 있었다. 게다가 피곤했다. 밤마다 그녀는 아이린을 잃어버릴지도 모른다는 걱정에 잠을 이루지 못했다. 아기는 지난달부터 벌써 여러 단어로 문장을 만들기 시작했다. 이번 주에 아기가 가장 좋아한 아침식사는 밥과 치킨핑거, 사과였다. 아이린은 음식을 한국말로 "밥―밥", 우유를 "우―유"라고 불렀다. 혼자 침대에 누워 있을 때면, 엘라는 테드가 쓰던 베개를 응시했다. 나는 어쩌면 그렇게 뻔한 것들을 못 볼 수 있었을까. 결혼 후에 남자는 얼마나 많이 바뀌는 걸까. 내가 멍청한 걸까, 그가 진정한 자신을 감추고 있었던 걸까. 내가 무엇을 잘못했던 걸까.

하지만 지금 그녀는 데이비드 그린과 데이트 비슷한 것을 하고 있었다. 그가 약혼자와 헤어진 지 아직 한 달이 채 지나지 않았다. 두 번 저녁식사를 했고, 학교에서 늘 만났고, 거의 매일 밤 통화하고 있었지만, 그것 말고는 별로 진전된 것이 없었다. 그는 식사 동안 그녀의 손을 잡았고 작별인사로 항상 포옹했다. 극장이나 파티에 같이 가자고 청했지만, 퇴근 후에 엘라는 아이린에게 밥을 먹이고 목욕을 시켜주는 것이 더 좋았다. 평일에는 외출하는 것이 내키지 않았다. 그녀는 데이비드를 집에 데려온 적이 없었다. 그는 이해한다고 했다. 엘라는 거절하는 데 서툴렀지만 아이린 문제에서는 싫다고 말하는 것이 쉬웠다. 하지만 라두 루푸가 베토벤을 연주해, 데이비드는 그날 오후 이렇게 고집했다. 놓칠 수 없잖아, 그는 파란 눈동자에 어두운 빛을 띠며 말했다. "육아도우미를 불러, 엘라. 그의 연주는 꼭 들어야 해. 그리고 이건 정말 좋은 표라고."

아주 좋은 좌석이었다. 피아니스트의 연주는 탁월했다. 엘라와 테드는 함께 음악회에 같이 간 적이 거의 없었다. 그는 영화나 멋진 식당을 더 좋아했다. 테드는 음식에 대해 까다로웠다. 《자갓》 평점 22점 아래의 식당은 가려 하지 않았다. 델리아는 요리를 잘할까?

테드와 같이 산 지난 6년 동안, 엘라는 자신이 무엇을 좋아하는지 잊고 있었다. 지금 듣고 있는 음악은 의심할 여지 없이 아름다웠다. 생각해보면 자신이 테드가 좋아하는 것들에만(구로사와 아키라 영화, 콜트레인, 양고기를 먹을 때는 바스마티 쌀 말고 난, 를레앤드샤토 계열 고급 호텔) 세심하게 신경 쓰고 매사 그의 취향에 자신을 맞추었다는 사실이 속상했다. 그래서 테드가 떠난 걸까? 그녀가 자기 주관도 없는 만만한 사람이라서? 변호사가 그녀에 대해 생각한 것도 그런 것 아니었나? 델리아에 대한 엘라의 질문에 몇 번 케이시가 답했던 내용으로 미루어 볼 때(엘라는 거의 자신을 학대하듯 델리아의 신상에 대한 정보를 알려달라고 케이시에게 애원하다시피 캐물었고, 케이시는 극히 일부만 알려주었다) 남편의 두 번째 아내가 될 여자는 권총이나 화약, 불쏘시개 같은 여자였다. 폭탄이라는 단어가 떠오르는 그런 사람. 엘라는 남편을 집에 붙잡아둘 정도로 자극적인 아내가 되지 못했다. 몸도 불어서 뚱뚱해졌다. 결국 체중 감량에 성공하기는 했지만, 테드가 떠난 뒤였다. 이제 엘라는 대학 시절만큼 마른 상태였다. 배에는 튼 자국과 늘어진 피부가 군데군데 있었지만 그 외에는 날씬한 스물다섯 살 여자의 몸이었다.

피아노 음악이 그치고, 오케스트라는 최종 악장에 들어갔다. 엘라는 8학년 때까지 피아노를 쳤지만 그녀가 연주를 잘할 때마다 몸에 팔을 두르고 껴안는 피아노 선생님이 싫어서 그만두었다. 그의 몸에서는 정향 냄새가 강하게 풍겼고, 팔꿈치에 구멍이 난 낡은 카디건을 늘 입고 다녔다. 아버지는 아무 설명 없이 수업을 그만두게 했고, 엘라는 그 후 테니스를 더 오래 배웠다. 엘라는 피아노 치는 것을 좋아했다. 테니스 치는 것도 좋아했지만, 테드는 골프나 스키를 더 좋아했다. 자신이 좋아하던 이런 것들을 테드 때문에 하지 않았다고 생각하니 스스로가 바보처럼 느껴졌다. 그렇게 해서 얻은 것도 없지 않은가. 남편은 결국 바람을 피웠고, 사람들은 그녀가 무미건조한 사람이라고 생각했다. 문득 눈물이 솟았다. 엘라는 데이비드가 보기 전에 얼른 눈물을 닦았다. 뭐라 설명하기가 어려울 것 같았다.

음악은 끝났다. 관객은 일어서서 박수를 쳤다. 엘라도 본능적으로 일어나서 최대한 열심히 박수를 쳤다. 아름다움과 감정을 선사한 사람에게는 빚을 진 것이나 마찬가지다. 몇몇은 출구를 향해 빠져나갔지만, 대다수는 앙코르를 외치며 우레 같은 박수를 이어가고 있었다.

두 곡이 더 연주된 뒤, 데이비드는 그녀가 레인코트 입는 것을 도와주었다.

"저녁은?" 그는 말했다. 아이린은 이미 잠들어 있을 시간이니 엘라도 수락할지 몰랐다.

엘라는 시계를 보았다. 신경이 너무 곤두서 있었다. "당신은 어디 살아요, 정확히?" 그녀는 물었다. 어퍼웨스트사이드 어디라는 것밖에 몰랐다.

"78번가와 웨스트엔드 애비뉴 근처." 그는 어리둥절한 듯 미소 지었다.

"당신이 사는 곳을 구경할 수 있을까요? 아파트예요?" 엘라는 데이비드의 옷깃을 바로잡고 어깨도 반듯하게 쓸어주었다. 엘라의 손길은 다정했다. "그래도 괜찮을까요?"

"그럼, 물론이지." 요즘 엘라의 행동을 예측하기 쉽지 않았다. 처음 그녀는 오늘 밤 음악회에도 오지 않으려고 했었다. 그래서 데이비드는 육아도우미에게 늦게까지 있어달라고 하면 되지 않겠느냐고 약간 구슬리기까지 했다. 인생에 아름다운 것들이 자리할 공간을 만들어야 한다고 했다. 한데 엘라가 이제 그의 집을 보고 싶다는 것이다.

거리에 나온 엘라는 자신이 무엇 때문에 그런 제안을 했는지 스스로 어리둥절했다. 데이비드는 택시를 잡으려고 했지만 빈 택시가 없었다. "지하철을 타죠." 그녀가 말했다. 그들은 1호선을 타고 79번가에서 내린 뒤 걸었다. 데이비드와 같이 있으면 엘라는 어디로 갈지, 어떻게 가는 것이 좋을지 스스럼없이 제안할 수 있었다. 자유롭게 해방된 기분인 동시에 그의 행복에 대한 책임감도 느껴졌다. 내가 원하는 것을 그가 하고 싶지 않으면 어떻게 하지? 아직 그런 일은 없었지만 언젠가는 생길 것이다. 그럼 그냥 흘러가는 대로 따라가는 것이 더 편하다.

집을 향해 걸으면서, 그는 교도소에서 가르치는 학생들 이야기를 했다. 학생들은 시를 발표하고 싶어 하지만 자기들의 아이디어를 도둑맞을까 봐 두려워한다고 했다. 데이비드는 재소자들을 조롱하는 것이 아니었다. "그렇게 세상을 의심할 필요는 없지만, 그 사람들이 자기들의 창의적인 아이디어에 자부심을 갖는다는 것이 어떤 면에서 대단하지 않아?" 그는 물었다. "자기가 주관적으로, 객관적으로 가치 있는 뭔가를 만들어냈다고 생각하는 것이? 자기들의 시가 남들이 훔치고 싶을 만큼 훌륭하다고 믿는 거잖아." 엘라는 그 말이 맞다고 생각하며 고개를 끄덕였다. 내 인생에서 가치 있는 것은 무엇일까? 테드가 아이린을 빼앗아간다면, 그녀에게는 아무것도 없었다.

"괜찮아?" 데이비드는 물었다.

"네." 자나깨나 이혼 생각만 하는 것은 좋지 않다. "데이비드, 당신은 정말 대단한 일을 하고 있는 거예요. 사람들이 자기 자신을 믿도록 해주는 거잖아요. 나한테도 그렇게 해줬어요." 그녀는 말했다. "당신의 우정은 내게 정말 큰 의미예요."

데이비드는 그녀의 손을 꼭 쥐었다. "당신은 내게 정말 특별한 사람이야."

데이비드의 집은 오렌지색 벽돌로 지어진 타운하우스였는데, 정확히 어떤 양식이라고 말할 수는 없었다. 출입구는 아치형이었고, 진한 색 패널을 짜 맞춘 문짝은 초콜릿 바와 비슷한 모양이었으며, 지붕은 비스듬히 경사진 형태였다. 전면부는 아주 매력적이었고 관리가 잘되어 있다는 것을 알 수 있었다. 데이비드가 문을 열자, 엘라는 내부를 보고 흠칫 놀랐다.

거실은 아름다웠다. 바닥에는 오래된 러그가 깔려 있고, 천장이 높은 벽에는 책이 빼곡했으며, 가족 대대로 물려받은 묵직한 마호가니 가구가 놓여 있었다. 와이어스 작품으로 보이는 그림이

벽에 걸려 있었다.

"마실 것 줄까?" 그가 물었지만 엘라는 거절했다. "배고파?" 그는 근처 피자집에 저녁을 주문하자고 했다. "난 보통 저녁을 시리얼이나 샌드위치로 때워."

엘라는 다시 고개를 저었다. "집 안을 전부 다 구경하고 싶어요." 그녀는 말했다. "정말 근사하네요."

"좋아." 데이비드는 배가 몹시 고팠다. 아니, 콘서트장에 있을 때만 해도 그랬다. 한데 지금은 어떻게 하면 엘라의 몸을 만질 수 있을까 하는 생각밖에 없었다. 하지만 그는 두려웠다. 일반적인 상황이라면, 물론 그에게 이런 일이 자주 있지는 않았지만, 다른 여자가 그의 집에 와보고 싶다고 하더라도 그에게 같이 잘 준비가 되어 있지 않다면 아마 거절했을 것이다. 하지만 엘라가 그렇게 말했을 때, 그녀가 섹스를 원하는 거라고 생각할 수 없었다. 다른 이유였겠지만 그는 정확히 무슨 이유인지 알 수 없었다. 하지만 여기 와 있으니 그는 그녀를 만지고 싶었다. 가까이 있고 싶었다.

"나한테 그의 음반이 있어."

"누구요?" 엘라는 소파에 시선을 보냈다. 집을 둘러보고 싶다고 대담하게 말했지만 자리에 앉으려면 그의 허락이 필요할 것 같았다.

"라두 루푸." 그는 말했다. "피아니스트. 오늘 밤에 연주한 사람."

"어느 나라 사람이죠?"

"루마니아일 거야."

엘라는 한 발에서 다른 발로 체중을 약간 옮겨 실었다. 점점 더 어색해지는 기분이 들어 그녀는 마침내 소파에 앉았다.

"당신이 여기 와서 기뻐. 미처 초대할 생각을 못 했는데……."

"미안해요." 그녀는 점점 소심해지는 것을 느끼며 그의 말을 잘 랐다. "내가 무례했어요. 당신이 어떻게 사는지 알고 싶었던 것 같 아요. 우리가 평소 있는 공간 밖에서 당신이 어떤 사람인지. 당신 집을 보고 싶었어요. 난…… 내가 무슨 생각을 했는지 모르겠네 요." 엘라는 눈을 커다랗게 떴다가 잠시 감았다. "아, 한심해."

"아니, 아니." 그는 그녀를 보고 미소 지었다. 좋은 징조다, 그렇 지 않나? 그녀가 나를 더 많이 알고 싶어 하다니. 변호사 사무실 에서 돌아온 그녀에게 고백한 날 이후로, 데이비드는 두 사람의 관계가 어떻게 흘러갈지 계속 생각하고 있었다. 하지만 그 문제를 꺼내는 것은 망설여졌다. "당신이 여기 와서 내가 얼마나 기쁜지 모를 거야. 이거 들을까?"

"응?"

"음반 말이야."

"아, 그럼요. 네. 좋아요."

데이비드는 시디를 플레이어에 넣었다. 손을 바쁘게 움직이고 있으니 마음이 편했다.

"좋아, 이제 나머지를 보여주지." 그는 볼륨을 조절한 뒤 말했 다. 아래층으로 내려가 데이비드는 지하층에 있는 부엌과 식당을 보여주었다. 손질이 필요해 보이는 작은 정원이 딸려 있었다.

그는 계단을 가리키며 엘라에게 먼저 올라가라고 손짓했다. 2층 에는 큰 방 두 개가 있었다. 하나는 손님방, 다른 하나는 커다란 피아노와 첼로가 있는 음악실 같은 공간이었다. 보면대 두 개가 마치 대화하듯 서로 마주 보고 있었다. 엘라는 피아노 의자에 앉아 손을 건반에 올려놓았다. 그녀가 기억하는 곡은 드뷔시의 〈달빛〉이었다. 연습을 많이 해야 했던, 엘라에게는 까다로운 곡이었다. 그녀는 연주를 시작했다. 군데군데 틀리기도 했지만 멈추지 않았다. 서툰 연주였지만 곡의 정서와 매력이 새삼 엘라의 가슴에 사무치게 다가왔다. 피아노 연습 때문에 드라마 〈브레이디 번치〉를 보지 못했던 기억이 났다. 그녀가 가장 좋아한 등장인물은 금발의 생머리였던 둘째 잰이었다. 엘라도 다섯 명의 형제자매를 갖고 싶었다. 왜 아빠는 재혼하지 않았을까? 내게도 가족이 생겼을 텐데. 내가 아버지께 만들어드리기 위해 그토록 노력했던 이 가족 너머의 뭔가가 생길 텐데.

"언제 피아노를 배웠어?" 그는 물었다.

"오래전에요. 난 오늘 의외인 구석이 많죠." 엘라는 연주를 멈추고 이마를 짚었다. "오늘 당신 앞에서 연주하게 될 줄 알았다면, 어렸을 때 더 열심히 연습하는 건데."

"훌륭한 연주였어." 엘라는 말보다 피아노 연주에 감정을 더 많이 넣을 줄 아는군, 그는 생각했다. 말할 때의 엘라는 더 조심스러웠다.

"아니, 훌륭하지 않았어요. 하지만 뭐, 즐거웠어요. 다시 배워볼까 싶기도 하네요. 아이린과 같이 교습을 받는다든가."

데이비드는 첼로 뒤에 앉아서 엘라가 모르는 곡을 연주했다.

"뭐예요?"

"이것도 드뷔시야. 〈소나타 D단조〉." 그는 말했다. "도입부 조금밖에 연주할 줄 몰라."

엘라는 미소 지었다. "미처 몰랐네요."

"말한 적이 없으니까." 그는 활을 극적으로 줄에서 뗐다. "자, 에어컨 점검하러 다락방까지 올라가고 싶은 게 아니라면, 이제 딱 한 층 남았어. 한데 일단 커다란 피자 한 판부터 주문해야겠어. 당신도 괜찮다면." 그는 말했다. "나가서 뭘 먹어도 되고."

엘라는 대답 없이 그를 따라 계단을 올라갔다.

두 사람은 3층 계단 위 공간에 올라섰다. 엘라는 앞장서서 방에 들어가는 것을 망설이고 있었고, 그도 움직이지 않았다. 3층에는 침실 세 개가 있었다. 하나는 그의 침실이었다. 아주 넓지만, 큼직한 침대와 책이 높이 쌓인 협탁 외에 가구가 거의 없었다. 다른 침실 하나는 서재로 개조한 공간이었다. 세 번째 침실은 손님용이었다. 구석 창가에는 다양한 크기의 다육식물 화분이 열 개 남짓 놓여 있었다.

"전부 다육식물이네요." 그녀는 반갑게 말했다. "나도 있어요."

"모두 같은 뿌리에서 번식시킨 거야." 그는 자랑스럽게 말했다.

엘라는 식물을 다시 살폈다. 누군가의 집에 찾아가면 알아낼 수 있는 것들이 정말 많다.

"정말 큰 집이네요. 관리도 잘하고 있고요." 그녀의 집도 컸다. 테드에게는 그 점이 매우 중요했다. 학교에서 일하면서 대단치 않은 급여를 받는 두 사람에게 맨해튼의 이런 호화주택은 어울리지 않았다. 엘라의 집은 테드와 아버지의 돈으로 샀지만, 이제 보니 데이비드도 집안에서 물려받은 재산이나 투자자본이 꽤 있는 모양이었다.

"당신 약혼녀는…… 여기 살았나요?"

"전 약혼녀." 그는 고쳐 말했다.

"미안해요."

"아니, 그녀는 여기 산 적이 없어. 그럴 생각도 해본 적이 없어. 난 착한 가톨릭 소년이니까."

"아, 생각조차 안 해봤다고요?" 엘라는 미소 지었다.

"난 착한 사람이지만, 무슨 사제는 아니야." 그는 헛기침을 했다. 그녀에게 키스하고 싶었다. 엘라의 입술은 빨갛게 익은 작은 과일 같았다.

"아니, 그런 뜻이 아니라요." 엘라는 머뭇거리며 말했다. 같이 사는 것에 대한 이야기를 하고 싶었는데, 그는 섹스를 말하고 있었다. 엘라의 말뜻은 그런 것이 아니었다. 아닌가? 그들은 계단 위쪽에 그대로 서 있었다. 둘 다 섹스라는 말을 꺼내기를 두려워하고 있었지만, 데이비드는 엘라를 그런 식으로 생각하고 있다는 말을 하려던 것이었다. 이제 엘라도 데이비드와 섹스를 하면 어떨지 생각하고 있었다. 문득 헤르페스 문제가 떠올랐다. 엘라는 아직 그에게 털어놓은 적이 없었다. 그 사실을 알면 그도 그녀와 자고 싶지 않아질지도 모르지만, 그렇다 해도 이해할 것이다.

"난 헤르페스에 걸렸어요." 그녀는 불쑥 말했다.

"뭐라고?"

"테드 때문에. 테드가 델리아와 바람을 피우고 내게 헤르페스를 옮긴 거예요. 얼마 전 테드가 델리아는 헤르페스가 없다고 했지만, 어쨌거나 우리 둘은 갖고 있어요. 내가 증상이 있을 때 당신과 자면 당신한테도 옮을지도 몰라요. 그 뒤로 헤르페스에 대한 책을 몇 권 읽어봐서 자세히 알아요. 아이린을 임신했을 때 처음 알게 됐어요. 당신에게 반드시 옮는다는 건 아니지만, 얼마든지 그럴 수 있고, 그러니까…… 당신이 나랑 자고 싶은 거냐고 묻는 건 아니에요. 그저, 오늘은 어차피 내가 여러 번 선을 넘은 날이니까, 그냥 이 이야기도 해버리는 게 좋을 것 같아서요. 다시는 이런 용기가 나지 않을지도 모르고…… 아, 맙소사." 엘라는 돌아서서 계단을 내려갔다.

"잠깐. 잠깐. 가지 마."

엘라는 돌아섰다.

"이리 와. 내 옆에 앉아."

엘라는 계단에 앉았다. 데이비드도 그녀의 옆에 앉았다.

"난 당연히 당신과 같이 자고 싶어. 정말 당신과 사랑을 나누고 싶어."

"헤르페스." 다시 그 말을 입 밖에 냈을 때, 엘라는 그가 무슨 생각을 하는지 알 수 없었다. 그의 얼굴조차 볼 수가 없었다. 하지만 자신의 입을 통해 그 말을 들으니 그래도 그나마 덜 끔찍하게 느껴졌다. 처음 의사한테 들었을 때는 무슨 무시무시한 역병처럼 느껴졌던 것이다. 책을 찾아 읽고, 아이린이 건강하게 태어나고, 데이비드도 질색하는 것 같지는 않고, 그래, 이것이 세상의 끝은 아니다, 엘라는 깨달았다. 질병이긴 하지만 죽을병은 아니다.

그가 더 이상 그녀와 만나고 싶지 않다고 한다면, 이해할 수 있었다. 그렇다면 그것은 사랑이 아닐 뿐이다. 사랑은 무엇이든 이긴다고 하지 않았나? 어쩌면 평생 아무도 그녀를 원하지 않을지도 모른다.

"아파?" 그는 물었다.

"이젠 안 아파요. 처음에는 불편했는데 아프지는 않았어요. 사실 이제 증상도 나타나지 않아요. 종종 갖고 있다는 것도 잊어버려요. 증상이 나타나지 않으면 상대에게 옮기지도 않는대요. 하지만 내게 증상이 나타나고 그때 그걸……" 엘라는 잠시 말을 골랐다. "사랑을 나누면, 옮길 수 있어요."

"그럼 헤르페스 때문에 당신한테 통증이 있는 건 아니란 말이지?" 그는 물었다.

"아니에요. 하지만 바이러스는 잠복 상태로 남아 있어서 완전히 제거할 수는 없어요." 마치 자신이 오염된 듯한 기분이라는 것을 어떻게 설명해야 할까. "난 그저…… 내게 아주 역겨운 뭔가를 달고 사는 기분이에요."

"그런 식으로 생각하지 마. 정말 안타깝군." 그는 미간을 찡그렸다. "분명히 말해두지만, 난 당신을 조금도 그렇게 느끼지 않아. 당신한테 이런 짓을 한 테드한테 주먹을 날리고 싶긴 하지만, 그가 결국 이렇게 물러가줘서 고마워. 난 정말 그에게 감사해야 해."

엘라는 웃었다.

"엘라, 난 그건 괜찮다고 생각해."

"아뇨."

"맞다니까. 괜찮아. 조사를 해볼게. 하지만 내가 볼 때 그건 일종의 문신 같은 거야."

"난 그런 식으로 생각해본 적이 없어요."

"하지만 책을 찾아보고 정보를 파악한다고 해서, 그것이 내 감정을 좌지우지하는 건 아니야. 내 감정이 어떻게 이런 일로 변하겠어?" 그는 말했다.

엘라는 뭐라 대답해야 할지 모른 채 그를 바라보았다. 그는 정말 속이 깊었다.

"당신이 날 사랑한다면 나와 결혼해야 한다고 생각해." 그는 말했다.

엘라는 그의 말에 놀랐다. "난 당신을 사랑해요." 그녀는 말했다. 말이 너무나 빨리 나왔지만 민망하지 않았다.

"법적으로 이혼이 마무리된 뒤에. 헤르페스도. 내가 헤르페스에 걸려서 아프면, 당신이 날 돌봐줘야 할 테니까." 데이비드는 팔짱을 꼈다.

"당신 진심이군요."

데이비드는 고개를 끄덕였다. "결혼 문제는 진심이야. 내가 헤르페스에 걸린다고 해서 당신이 굳이 나한테 잘해줄 건 없어. 그건 농담이었……."

"정말로 괜찮다고 생각해요?"

"괜찮지 않아. 당신한테는 끔찍한 일이고, 너무나 부당한 상황으로 느껴지겠지. 하지만 질병이란 게 그런 거잖아, 안 그래? 병에 걸리고 싶은 사람이 누가 있겠어." 그의 어머니는 더없이 다정한 여자였지만, 암은 너무나 잔인했다. "하지만 누구에게나 부당하게 겪는 일은 있지 않나? 당신도 당신 몫의 부당한 상황을 겪었어. 하지만 헤르페스는…… 그건 우리한테 문제가 안 돼."

"어떻게요?" 엘라는 이런 말을 들으리라고 전혀 예상하지 못했다. "당신은 도대체 어디서 온 사람이에요?"

데이비드는 그녀의 몸에 팔을 둘렀다. "아, 사랑하는 엘라. 사랑하는 내 사람."

뻣뻣하던 몸에서 힘이 빠지는 것을 느끼며, 엘라는 그의 가슴에 얼굴을 묻었다.

테드의 아버지가 돌아가셨다는 소식은 갑자기 날아왔지만, 사실 병환을 앓은 것은 오래된 일이었다. 아버지는 고혈압과 당뇨를 갖고 있었고 뇌졸중을 두 번 겪었다. 지난 10년 동안 만성 신장질환을 앓고 있었고 일주일에 세 번 투석을 받아야 했다. 테드가 하버드 대학과 경영대학원을 졸업할 때도, 결혼식 때도 몸이 좋지 않아서 참석하지 못했다. 전화로 아버지의 부음을 알린 누나는 어머니가 장례식에 테드가 참석하지 못해도 괜찮다고 말했다고 전했다. 어머니는 테드가 엘라와 아기를 버리고 떠났다는 것을 안 뒤로 그와 대화를 하지 않았다. 테드는 연락하려고 노력했지만, 전화를 걸어도 어머니는 받지 않았고 메시지를 남겨도 연락하지 않았다.

"난 안 가는 게 좋을 같아." 델리아는 그가 같이 가자고 하자 이렇게 말했다. "자기, 나도 정말 같이 가고 싶어. 하지만 아직 어머니랑 통화도 못 했다면서. 우선 혼자 찾아뵙는 게 좋지 않겠어?"

베이지색 무선전화를 쥐고 앉아 있는 테드의 모습은 불쌍하기 그지없었다. 누나는 수화기 너머에서 미친 듯이 흐느꼈지만 울음소리는 그를 한층 차갑게 했다. "당신 좋을 대로 해." 그는 말했다.

마지막으로 테드가 어머니와 통화한 것은 엘라가 약물을 복용하기 전인 작년 8월이었다. 어머니는 집으로 전화를 걸어 엘라와 통화한 다음 날 테드의 사무실로 전화해서(전에는 한 번도 이런 적이 없었다) 엘라와 관계를 회복하기 전에는 연락하지 말라고 전했다. 테드는 위세척을 받은 엘라에게 병원에서 다시 받아달라고 애원했지만, 엘라는 거절했다. 엘라는 이혼을 원했다. 테드는 이 소식을 어머니에게 전했지만 그래도 어머니는 그를 탓했다. 결혼은 더 나은 제안이 들어왔다고 그만둘 수 있는 것이 아니라고 했다. "사람과의 약속은 직장과 다른 거다." 어머니는 이렇게 말하고 전화를 끊어버렸다. 그 후 테드는 몇 번 전화를 시도했지만 어머니는 누그러지지 않았고, 그도 결국 지쳐서 포기했다. 그의 계획은 독립기념일 연휴에 아이린을 데리고 부모님을 찾아뵙는 것이었다. 그 와중에 아버지가 돌아가신 것이다.

테드는 앉아 있던 의자에서 커다란 녹색 베개를 집어 배 위에 얹었다. 그리고 팔과 상체 사이에 베개를 끼운 채 팔짱을 꼈다. 머릿속에 떠오르는 것은 오직 아버지의 검게 탄 얼굴과 서글픈 누런 흰자위, 작은 입뿐이었다. 아버지는 퉁명스럽고 조용한 그만의 방식으로 아들을 사랑했다. 테드는 그가 가장 아낀 자식이었다. 테드가 필립스 아카데미에 입학하기 전, 아버지는 그를 공항으로 바래다주며 작은 흰색 봉투를 건넸다. "가난한 동양인이라는 이유로 누구에게도 별 볼 일 없는 인간 취급은 받지 마라. 틀린 것은 그들이야, 테디. 넌 내 아들이다. 하지만 테디, 부디 이 한심한 곳으로 돌아오지 마라. 내가 널 보러 가마. 네가 알래스카에서 사는 모습은 보고 싶지 않다." 아버지의 시꺼먼 손가락의 감촉이 생생했다. 아버지의 손은 생선 비늘을 벗기다 생긴 흉터투성이였고, 통조림 공장에서 일어난 사고로 오른쪽 새끼손가락 끝이 날아가고 없었다. 아버지가 주신 봉투 안에 들어 있던 20달러 지폐 다섯 장을 쓴 뒤, 오랜 세월 동안 테드는 이 봉투를 액자에 넣어서 누렇게 바랠 때까지 책상 위에 두고 있었다. 아버지가 직접 쓴 '테디'라는 글씨가 남아 있기 때문이었다.

"자기, 나도 같이 갔으면 좋겠어?" 델리아가 다가오며 물었다.

테드는 그녀가 자신의 마음을 읽었으면 좋겠다는 생각이 들었다. 평소였다면 상황이 더 나아 보이도록 뭔가 낙관적인 이야기를 했을 것이다. 하지만 오늘은 그럴 마음이 나지 않았다.

델리아는 그의 목덜미를 어루만졌다. "같이 가자, 나도 자기 가족을 만나보고 싶어."

그녀는 두 사람이 묵을 호텔을 예약하고, 항공권과 장례식 화환을 주문하고, 공항에서 타고 갈 자동차도 예약했다. 이런 자질구레한 일로 테드의 머릿속이 복잡해지지 않도록 하려는 배려였다. 델리아는 자신이 좋은 동맹이라는 사실을 입증해 보이고 싶었다. 청혼할 때 테드는 그녀에게 이렇게 말했다. "당신과 나는 똑같은 사람이야." 델리아는 이 말을 둘 다 가난한 집에서 자랐다는 뜻으로 이해했다. 하지만 그렇지 않았다. 그들은 어떤 난관에서도 살아남을 수 있었기 때문에 똑같은 사람이었다. 그녀는 테드가 혼자 이 상황에서 살아남도록 내버려두고 싶지 않았다.

그는 렌트카를 몰고 부모님의 집으로 향했다. 도로 끝에서 그는 벽면에 베이지색 알루미늄이 깔린 수수한 집을 가리켰다. 델리아가 어머니와 오빠 셋과 같이 자란 집보다 별로 크지 않았다. 차 몇 대가 집 앞에 서 있었다. 테드는 속도를 늦췄다. 델리아의 눈에 그는 어딘가 달라 보였다. 겁에 질린 것 같기도 했다.

사립학교에 다니다가 여름에 집에 돌아올 때마다 통조림 공장에서 일했다는 이야기를 테드가 한 적이 있었다. 다른 공장 일꾼들이 점심시간에 직원 휴게실에서 못생긴 여자들을 더듬는 동안 SAT 모의고사를 보기도 했다. 둘 다 아무것도 없이 자랐지만, 테드는 공부를 통해 개천에서 빠져나왔다. 델리아는 학교가 싫었다. 중학교 상급반에서 난독증 판정을 받았지만, 그녀는 항상 자신이 그냥 머리가 나쁘다고 생각했다. 고등학교 3학년에 올라간 그녀는 졸업하기 위해 몇몇 교사들과 잤다. 수업 한 번 듣지 않고 영어에서 98점을 받았는데, 셔트 선생이 금요일 오후에 전화를 걸어서 불러내면 벤저민 철물점 뒤에 세운 차 안에서 젖가슴을 주무르게 해주고 손으로 자위를 대신해준 덕분이었다. 그는 학생과 성관계를 가지는 것은 잘못이지만 다른 짓은 괜찮다고 생각한 유일한 사람이었다. 생물 선생은 항문성교에 이르기까지 거리끼는 것이 전혀 없었는데, 너무 아파서 지금까지도 델리아가 제일 꺼리는 거였다.

델리아는 미술과 체육, 연극에서 순전히 실력으로 괜찮은 성적을 받았다. 다른 과목들은 낙제를 간신히 면했다. 펜을 쥐고 문장하나 완성하기 힘든 판에 오셀로가 자신이 사랑하는 여자를 죽인 이유에 대해 보고서를 쓰느니 그냥 어른한테 블라우스 안에손을 넣게 해주거나 무릎을 꿇고 빨아주는 것이 더 쉬웠다. 고등학교 성적표는 들쑥날쑥했지만 어쨌든 그녀는 졸업했다. 세인트존 대학에서 다섯 학기를 다니던 그녀는 통근 기차에서 눈이 맞은 컨 데이비스 트레이더의 격려로 영업부 보조직에 지원했다. 델리아는 이제 남은 평생 테드가 아닌 다른 남자와 자고 싶은 마음이 없었다.

테드는 차를 세우고 옆으로 돌아와서 조수석 문을 열어주었다. 그들은 흰 포드 토러스 안에 짐을 그대로 남겨두었다.

테드의 어머니가 문을 열었다.

"왔구나." 그녀는 한국말로 말했다. 그를 만났는데도 반가운 기색이 없었다. "그래, 오는 게 맞는 거지." 그녀는 보일락말락 미소지었다.

집에 오면 너무나 이상한 기분이 들었다. 엘라 아버지의 억양과는 판이하게 다른 어머니의 한국말을 듣는 것도 그랬다. 평범하게꾸며진 거실에는 10여 명의 교회 사람들이 앉아 있었다. 부엌에모여 있던 여자들이 그와 델리아를 빼꼼히 내다보았다. 형과 누나는 보이지 않았다.

테드는 앉아 있다가 자신을 보고 고개를 끄덕이는 한국인들 쪽으로 허리를 굽혀 인사했다. 그들도 마주 인사했다. 하버드에 진학해서 연봉 수백만 달러를 벌고 부모님과 형, 누나에게 집을 사주었다는 이 집 아들 테디다. 그와 결혼한 아름다운 한국 여자도 사진으로 보아 알고 있었다. 의사의 딸이라는 며느리는 아들이 일하느라 아무리 바빠도 매주 일요일 밤마다 시어머니에게 꼬박꼬박 전화를 드린다고 했다. 딸도 낳았는데, 이제 한 살 정도 되었을 것이다. 손님들은 테디 옆에 서 있는 미국 여자를 어떻게 생각해야 할지 몰랐다.

테드의 어머니도 델리아를 보았다. "맙소사! 네 아버지 장례식에 이 여자를 데려온 거야?" 어머니는 고개를 설레설레 젓지 않을 수 없었다. 여자는 잡지에서 흔히 볼 법한 외모였다. 밝은 오렌지색 머리, 반짝이는 파란 눈동자, 빨간 립스틱. 그녀는 몸에 달라붙는 검은색 터틀넥 스웨터에 검은색 바지 차림이었다. 가슴이 크고 허리가 잘록했지만, 엘라의 얌전한 아름다움은 찾아보려야 찾아볼 수가 없었다. 이 섹시한 '미국' 여자와 같이 살겠다고 제 인생을 내버리다니. 이제 그녀의 자식 셋은 모두 미국인과 사귀고 있었다.

"넌 돌대가리냐?"

테드는 돌아서서 그냥 가버릴까 생각했다. "엄마." 그는 애원하듯 말했다.

"저거 엘라가 보냈다." 어머니는 커피 탁자에 놓인 어마어마한 흰 장미 꽃다발을 가리켰다.

"어떻게 알았대요?"

"일요일마다 나하고 통화하니까. 그 아이가 전화해서 아이린 소식을 전해준다. 내가 전화해서 아빠 소식을 알렸어."

테드는 고개를 끄덕였다. 곧 전처가 될 사람이 그렇게까지 배려하다니.

"장례식에 와달라고 했더니, 내가 아직 너랑 제대로 이야기를 나눈 적이 없어서 적절치 않을 것 같다더라. 하지만 난 엘라와 아기가 보고 싶다. 8월에 뉴욕으로 가서 만나볼 생각이야."

테드는 고개를 끄덕였다. 상상했던 것보다 더 고약한 상황이었다. 갑자기 엘라가 미웠다. 의도한 것은 아니겠지만, 엘라는 더 좋은 자식이 되기 위해 그와 끊임없이 경쟁하고 있었고, 그런 그녀를 이길 방법은 없었다. 전화로 이야기하는 것을 좋아하지 않는 아버지도 엘라가 전화하면 항상 통화하셨다.

"저 여자를 여기 데려오다니 믿을 수가 없구나." 어머니는 어처구니없다는 듯 중얼거렸다.

델리아는 용기를 내려고 노력하며 테드의 어머니에게 미소 지었다. 엘라는 어머니에게 테드가 직장에서 만난 여자와 사랑에 빠졌고 결혼생활은 끝났다는 말 외에 다른 이야기는 하지 않았지만, 델리아는 그 사실을 모르고 있었다.

"네 아버지 장례식에 이 여자를 데려오다니. 아빠한테 네가 어떻게 이럴 수가 있냐."

테드는 한숨을 쉬었다. "다른 데서 이야기하면 안 될까요? 제 방 비어 있나요?"

"네 가방은?" 어머니는 델리아를 어디서 재워야 할지 알 수 없었다. 유부남과 독신 여자를 자기 집에서 한방에 재운다는 것은 있을 수 없는 일이었다. "짐은 어디 있니?"

"차에 있어요. 우리는 호텔에서 지낼 거예요."

"호텔?" 테드의 가족들은 호텔에서 묵지 않았다. 어머니는 아들을 뚫어지게 쳐다보았다.

"엄마, 위층으로 올라가요." 테드의 한국말은 영 어설펐다. 억양은 성인이 된 목소리와 어울리지 않았고, 단어도 잘 떠오르지 않았다. '이혼'이 한국말로 뭐더라?

테드는 등을 꼿꼿이 세웠다. 더 이상 사과하고 싶지 않았다. 그들은 아직도 현관에 서 있었고 델리아는 그에게서 두 발짝 정도 뒤에 있었다. 아직 그녀를 소개하지도 못했다. 델리아는 미소 지으려고 노력하는 것을 포기하고 벽의 사진만 응시하고 있었다. 그와 엘라의 사진이 많았다. 델리아는 웨딩드레스 차림의 엘라에게서 시선을 뗄 수 없었다. 케이시가 오래전에, 이런 상황을 알기 전에, 테드의 아내는 중국 여배우 공리를 닮았다고 말한 적이 있었다. 델리아가 보기에 엘라의 이목구비는 공리보다 더 섬세한 것 같았다.

테드의 어머니는 델리아가 결혼사진을 쳐다보는 것을 보았다. 이 집을 찾아오는 사람들은 항상 사진을 보며 엘라가 정말 착하고 예쁘다고, 테디가 정말 운이 좋다고 입을 모았다. 남편을 잃는 것도 모자라서 이제 자식들이 이혼하는 꼴을 봐야 하다니, 어머니는 생각했다. 딸 줄리는 이혼했고 이제 테디마저 좋은 여자와 헤어지려 하고 있었다. 첫째 마이클은 아직 결혼하지 않았지만 평생 할 것 같지 않았다.

테드의 어머니는 돌아서서 현관에서 몇 걸음 떨어진 부엌으로 향했다. 이제 막 온 손님 앞에서 심란해진 표정을 보더니, 부엌에서 찻잔을 치우던 교회 여자들은 자기들끼리 고갯짓을 하고 말없이 거실로 물러났다. 세 사람만 남았다.

테드는 델리아에게 돌아섰다. "미안해. 어머니는 영어를 하는 걸 좋아하지 않지만 다 알아들으셔."

"내 걱정은 하지 마, 테드." 델리아는 말했다. 그녀는 다시 테드의 어머니에게 미소 지었다.

"이쪽은 델리아." 테드는 어머니를 바라보았다. "제 약혼자예요. 이혼 절차가 끝나면 곧 결혼할 생각이에요."

델리아는 손을 내밀었다. "안녕하세요, 미시즈 김. 남편분의 일은 정말 유감입니다. 더 좋은 상황에서 만났다면 좋았을 텐데요." 비행기에서 계속 혼자 연습한 대사였다.

테드의 어머니는 젊은 여자의 얼굴을 응시하며 어떤 사람인지 찬찬히 살폈다. 뾰족한 턱선과 턱이 약간 앞으로 튀어나온 모양이 마음에 들지 않았다. 팔자가 세다. 이 여자의 팔자가 아들에게 어떤 영향을 끼칠까. 이 여우가 남의 닭장에서 영계를 훔친 건가, 테디가 남의 집 씨암탉을 훔친 건가? 아들도 순진하지는 않았다. 하지만 한쪽이 기혼이고 한쪽이 미혼인 사람 둘이 같이 산다는 게 옳지 않다는 건 알 정도의 나이 아닌가.

테드의 어머니가 악수를 받지 않자 델리아는 손을 거두었다.

그녀는 어둡게 미소 짓고 근처에 놓인 부엌 물건들에 시선을 주었다. 구형 토스터, 전기밥솥, 방금 씻어서 말리려고 싱크대에 놓아둔 커다란 빈 유리병. 부엌에서 풍기는 냄새는 그리 거슬리지 않았다. 매운 고춧가루, 간장, 마늘 냄새가 났다. 델리아는 요리를 자주 하지 않았고, 그녀의 부엌에서는 작업대를 닦을 때 쓰는 세제 냄새만 풍겼다.

교회 여자들이 갑작스럽게 부엌을 비우고 나가느라 다 치우지 못한 음식이 그대로 널려 있었다. 어머니는 랩을 가져와서 손대지 않은 케이크와 도넛 접시를 쌌다. 이렇게 많은 음식을 다 먹을 사람이 없었다. 값비싼 음식을 전부 버려야 한다고 생각하니 너무 아까웠다.

어머니는 테드와 델리아에게 등을 돌리고 있었다. 그냥 다들 집에서 내보내고 혼자 있고 싶었다. 그녀는 평생 열심히 일해온 여성이었다. 40년 동안 라우리 공장에서 착한 남편 옆에 나란히 서서 연어와 고등어 통조림을 만들었다. 자식 셋을 키웠고, 매일 저녁식사를 준비했다. 10년 넘게 일주일에 사흘 밤마다 투석을 해야 하는 남편을 병원에 데리고 다녔다. 토요일마다 청소를 하고, 장을 보고, 다림질을 했다. 일요일마다 교회에 다니고, 가족들이 저녁에 먹을 고기 요리를 하고, 이제 자식들이 다 크니 손자들이 먹을 음식을 만들고 있었다. 단돈 1달러도 아쉬운 소리를 한 적이 없었고, 누구에게 해를 끼친 적도 없었다. 하지만 그래도 어딘가 잘못된 데가 있었다. 우체국에서 안정적인 직장을 갖고 있는 마이클은 항상 그만두겠다고 협박했다. 첫째는 여자친구를 만나도 몇 달 이상 가는 법이 없었다. 줄리는 술만 마시면 그녀를 때리던 키 작은 고등학교 시절 남자친구 크레이그 뮬러와 결혼했다가 겨우 헤어졌지만 혼자 힘으로 아들 둘을 키울 형편이 되지 않았다. 크레이그는 걸핏하면 양육비도 늦게 보냈다. 한데 테드까지 딸보다 극진했던 엘라를 두고 바람을 피우더니 이제 부엌에 서 있는 이 여자하고 살겠다는 것이었다. 남편이 죽어서 이 꼴을 보지 못한다는 것이 그나마 유일한 위안이었다. 이 일이 아니어도 넘치도록 고생한 양반이었다.

"이 여자 때문에 엘라를 떠났다고? 이 여자 때문에? 미친놈 아니냐." 테드의 어머니는 한국말로 혼잣말처럼 중얼거렸다. "대체 엘라가 너한테 무슨 짓을 했길래."

"아무 짓도 안 했어요." 테드는 말했다. "그냥 우린 더 이상 서로 사랑하지 않아요."

"아니, 테디. 난 엘라가 널 사랑한다는 걸 알아. 착한 애잖니. 네가 나쁜 짓을 했다고 해서 그냥 돌아서는 애가 아니다. 마음이 그렇게 무 자르듯 식는 법은 없어. 그렇게 멍청한 소리가 어디 있냐."

"아뇨, 엄마. 엘라는 절 더 이상 사랑하지 않아요. 이혼을 원해요."

"네가 계속 결혼생활을 할 마음이 없다는 걸 아니까 이혼하자고 했겠지. 네가 남아 있겠다고 하면 그 애도 방법을 찾을 거 아니냐."

"아뇨, 전 엘라와 계속 결혼생활을 할 마음이 없다고요. 아시겠어요?" 테드는 주먹을 꽉 쥐었다.

"그러다가 이 여자한테도 마음이 식으면 어쩔 거냐? 상한 생선처럼 내버리고 다른 여자를 찾을래? 왜 미국 사람들은 섹스에 그렇게 죽고 못 사는 거냐? 사랑은 섹스가 아니야."

테드는 어머니의 입에서 섹스라는 단어를 들어본 적이 없었다. 어머니는 일부러 그 단어를 영어로 말했다. 테드는 발표할 차례를 기다릴 때처럼 팔을 뒤로 돌리고 뒷짐을 졌다. 그는 150센티미터가 될까 말까 한 어머니보다 키가 훨씬 컸다. 그는 뭐라 말하려다가 꾹 참았다. 어머니에게서 그런 말을 듣고 싶지 않았다. 델리아와의 사이에 있었던 일을 설명할 수가 없었기 때문이었다. 그녀에 대한 그의 감정은 다른 누구에 대해 느낀 감정보다 더 강렬했다. 델리아는 그에게 고향 같았다. 엘라는 그가 사려고 꿈꾸었던 언덕 위의 집이었다. 하지만 그녀와 함께 있을 때 그는 진정으로 긴장을 풀 수가 없었다. 선하고 유순한 성격에도 더 이상 매력을 느낄 수가 없었다. 그녀는 자기 자신의 필요나 욕구가 없는 사람 같았다. 대학 4학년 봄에 플라이 가든 파티에서 한 심리학 전공자가 이렇게 말하는 것을 들었다. "어떤 사람이 고르는 아내는 그 사람의 개인적인 자아와 사회적인 자아를 비추는 거울과 같아. 그 사람이 자기 자신을 어떻게 바라보는지 알려주지." 이후 테드는 이 말을 죽 간직해왔다. 엘라를 만났을 때, 그는 그녀와 결혼해야 한다고 느꼈다. 그녀야말로 정확히 자신이 거울에서 보고 싶었던 모습 그대로였기 때문이다. 교육을 잘 받고, 집안도 좋고, 흠잡을 데 없을 정도로 아름다운 모습. 하지만 델리아와의 만남은 그가 아내에게서 원하는 것을 바꾸어놓았다. 델리아는 현실의 그를 보다 정확히 비추는 거울이었던 것이다. 테드는 그녀를 좀 더 정직하게 사랑했다. 사랑하지 않는 사람과 같이 늙어가고 싶지 않았다. 서로에 대한 낭만적인 감정이 전혀 없다는 사실을 정중한 예절로 은폐한 채 겉으로만 그럴싸한 인생을 살고 싶지 않았다. 아내를 떠난 이후 그가 자기 자신에 대해 깨달은 것들이었다. 마지막으로 그는 경제적으로도 이혼할 능력이 충분했다. 스톡옵션을 제외하고도 마지막으로 그가 받은 보너스는 300만 달러에 가까웠다. 새 직장에서 보장받은 계약 조건은 훨씬 좋았고, 실적을 많이 올리면 훨씬 큰 보너스도 얻게 되어 있었다. 잘만 하면 한도 끝도 없이 벌 수 있을 듯했다. 가까운 친구에게 영어로 설명하기도 어려운 이런 것들을 이 부엌에서 구구절절 늘어놓는다는 것은 불가능했다. 이 공간에서 행복이나 로맨스, 사랑은 부질없는 것, 희생해도 상관없는 것이었다. 그래서 테드는 그저 말없이 서 있었다. 스스로 생각했던 것보다 사랑은 그에게 훨씬 더 중요했다. 어머니는 마음 내키는 대로 떠들라고 내버려둘 생각이었다.

"이제 아이린은 아빠도 없는 자식이 되겠구나."

아기 이름을 들은 델리아가 고개를 들었다. 한국말로 그들이 무슨 말을 하고 있는지 알 수는 없었지만, 몇몇 이름들은 알아들을 수 있었다. 테드의 어머니는 테드의 딸을 '아일―린'이라고 불렀다.

"아이린에 대한 공동양육권을 얻어낼 생각이에요. 최소한 절반은 우리가 데리고 살아야죠."

"그건 무슨 소리냐? 어떻게?"

"그냥, 그렇게 하면 돼요."

"안 된다, 테디."

"마이클과 줄리는 어디 있어요?" 테드는 형과 누나를 찾아 주위를 둘러보았다. 여기 와 있을 텐데.

"네가 어떻게 그럴 수가 있냐? 도대체 어쩌다 네가 이렇게 됐는지 모르겠구나."

델리아는 테드가 안쓰러웠다. 팔을 잡아주거나 등을 쓰다듬어주고 싶었다. 하지만 어머니가 못마땅하게 생각할 것이다.

"테디, 그건 좋은 짓이 아니야. 나쁜 짓이야." 어머니는 이 부분을 영어로 말했다.

테드는 이를 악물었다. 그는 한숨을 쉬었다.

"가자, 델리아. 호텔에 가는 게 좋겠어." 그는 델리아에게 말했다.

"엘라에게 네가 어떻게 그럴 수 있니?" 어머니는 역겹다는 눈빛으로 아들을 쳐다보았다.

"엄마는 제 편을 들어줘야 하는 거 아니에요?" 테드는 어머니에게 말했다. 그는 델리아의 손을 잡고 집을 나섰다.

장례식에는 200명이 참석했다. 자식들은 아무도 추도사를 낭독하지 않았지만 앞줄에 어머니와 나란히 앉았다. 어머니는 목놓아 울었다. 그녀는 마이클에게 몸을 기댄 채 어중간하게 찬 감자 푸대처럼 몸을 접고 축 늘어져 있었다. 줄리도 장례가 진행되는 내내 흐느꼈다.

고난은 끝났습니다. 목사는 말했다. 이제 안식이 찾아왔습니다. 조니 김은 시련을 겪었고, 그의 곤궁한 삶은 힘든 육체노동으로 가득 찼습니다. 육신은 무너졌지만 영혼은 완성되었습니다. 주님은 신실하고 겸허한 종을 사랑하시어 천국의 저택에 훌륭한 방을 내어주실 것입니다. 테드는 울 수 없었다. 자신이 여기가 아닌 다른 곳에 있는 것 같았다. 여기는 앵커리지가 아니었다. 진한 화장을 하고 관 속에 누워 있는 시체는 아버지가 아니었다. 영혼이나 천국 같은 것이 있는지 알 수 없었지만 그렇다고 믿고 싶었다. 아버지가 그에게 작별인사 한마디 없이 돌아가셨다니, 이럴 수는 없었다. 뒤통수가 뻐근했다. 그는 관자놀이를 두 손으로 눌렀다. 델리아가 그의 등을 문질러주었다.

장례식이 끝난 뒤, 마이클과 테드는 교회 뒤쪽에 서 있었지만 어머니와 줄리는 도저히 일어설 수가 없어서 그대로 앉아 있었다. 조문객들은 한 줄로 서서 조의를 표했다. 마이클은 테드보다 손님들과 이야기를 많이 나누었다. 델리아는 줄리의 두 아들인 일곱 살 난 에릭과 네 살 난 숀과 놀아주느라 장례식 프로그램 뒤쪽에 가필드 그림을 그리고 있었다.

집으로 돌아온 뒤 조문객들은 간단하게 차린 식사를 했지만, 오래 머물지 않았다. 라우리 공장에서 일하던 사람들은 마이클과 줄리, 테드에게 아버지가 얼마나 좋은 사람이었는지 이야기했다. 집세를 낼 돈이 없거나 식료품이 다 떨어졌을 때 조니 김은 아무리 적은 돈이라도 반드시 보태주는 사람이었다고 했다. 테드는 친구들에게 베풀줄 알았던 아버지가 자랑스러웠다.

하루 종일 마이클과 줄리는 테드가 무섭기라도 한지 그의 곁에 있으면 조심했다. 테드는 다들 요즘 어떻게 사는지 듣고 싶었지만,

마이클은 거의 아무 말도 하지 않았고 줄리만 계속 떠들어댈 뿐 흥미롭거나 새로운 소식은 전혀 없었다. 다들 테드의 이혼 소식을 알고 있었지만 아무것도 묻지 않았다. 그들은 테드가 뉴욕으로 돌아가면 전화로 연락하고 어머니에게 어떻게 해드려야 할지 의논하기로 약속했다. 줄리가 아이들을 데리고 어머니 집에 들어와 살겠다고 제안했지만, 어머니는 계속 혼자 살고 싶다는 뜻을 분명히 했다. 결국 테드와 델리아는 숀과 에릭에게만 집중했다. 둘 다 발랄하고 영리한 아이들이었다. 테드는 동생이 형보다 더 영리하다고 생각했지만 형은 외모가 더 뛰어났다. 그는 조카들을 제대로 교육시켜야겠다고 결심했다. 조문객들이 모두 떠나고 난 뒤 테드도 일어설 준비를 했다. 비행기는 한밤중에 떠날 예정인데, 그들은 아직 호텔에서 체크아웃하지 않았다.

테드는 코트를 챙기려고 형이 쓰던 방으로 올라갔다. 지금 이 방에는 어머니의 재봉틀과 간이침대가 놓여 있었다. 20년 전 테드는 이 방에서 마이클과 함께 살았다. 그때는 여기가 그의 세상이었다. 구질구질한 동네, 싸구려 가구, 낙후된 학교, 말이 없던 교육받지 못한 부모. 테드의 옛 세상은 이제 자신이 이해할 수 있는 곳이 아니었다. 절대 다시 돌아오지 말라던 아버지의 말씀은 옳았다.

코트를 들고 아래층으로 내려가는데, 천천히 계단을 올라오는 어머니의 머리가 보였다.

"전 지금 가요."

"벌써?"

"뉴욕에서 전화드릴게요. 할 일이 많아요. 양육권 재판도……."

"엘라에게서 아이를 빼앗지 마라."

"제 딸이기도 해요."

"아니다. 무엇보다 우선 엘라의 딸이야. 엘라가 잘못한 게 없다면 그 애가 아기를 키우는 게 맞아. 너한테는 델리아가 있잖니. 아기는 그 여자랑 더 가지면 될 테고."

"델리아는 아기를 가질 수가 없어요."

"그럼 그렇지." 어머니는 혼자 고개를 끄덕였다. 델리아가 젊어 보이기는 해도 서른다섯이 넘었을 거라고 짐작했던 것이다.

테드는 추위를 느끼고 코트를 걸쳤다. 어머니는 언제나 냉정하고 독선적인 분이었다. 자라면서 때로 그런 엄마가 싫을 때도 있었다. 문득 델리아에게는 독선적인 데가 거의 없다는 생각이 떠올랐다. 실수를 저지르고 타인에게서 비난을 들어본 경험 때문에 그런 것인지도 모른다. 엘라도 차갑지는 않았다. 그가 사랑한 여자들은 어머니보다 훨씬 친절했다. 차라리 아버지와 비슷한 성격이었다.

"엘라에게서 아이린을 빼앗아서는 안 된다. 넌 이미 그 애의 인생을 망쳤어. 이제 이혼녀로 살아야 하지 않니. 그 창피와 수모를 어떻게 견딜까."

"요즘 세상은 달라요."

어머니는 난간을 움켜잡았다. "네 아버지는 언제나 널 정말 자랑스러워하셨다. 네가 하는 일이라면 뭐든 잘못이라고 하는 법이 없었지. 네가 고향에 오지 않아도 아버지는 항상 괜찮다고 하셨어. 아주, 아주 많이 편찮을 때도 이렇게만 말씀하셨다. '테디는 열심히 일하고 있을 텐데 방해하지 마. 남자가 열심히 일할 때는 방해하는 게 아니야.' 아는 사람들을 모조리 붙잡고 자기 아들이 하버드 대학이랑 경영대학원을 나왔다고 얼마나 자랑했는지. 네가 노숙자가 되어서 다리 밑에서 살아도, 그거 하나는 네가 아버지한테 효도한 거다. 하버드에 간 거 말이다. 아무리 돈 많은 사람들도 우리 아들은 하버드에 갔다고 말하면 아버지를 다시 봤으니까. 네 졸업식, 결혼식에는 너무 아파서 가지 못하셨지. 그래도 아버지는 얼마나 아픈지 알리지 말라고 하셨어. 널 걱정시킬까 봐. 아기가 태어나고 넌 아기를 한 번도 안 데리고 왔지. 그때 아버지는 정말 슬퍼하셨지만, 네 아버지는, 그냥 이렇게 말했다. '테디가 많이 바쁜 모양이야. 1년에 몇 백만 달러를 버는 건 쉬운 일이 아니지. 휴가도 못 쓸 거고. 가족을 먹여 살리려고 그렇게 열심히 일하고 있는 거야. 이제 더 열심히 일해야겠지. 먹여 살릴 가족이 한 사람 더 늘었잖아, 하버드도 보내야 할 테고. 테디는 미국에서 중요한 사람이 됐어.'" 어머니가 그를 바라보는 눈빛이 너무나 차가워서, 테드는 어머니가 점점 무서워졌다. 어머니는 그를 진심으로 미워하는 것 같았다. "네 아버지가 돌아가시기 전에, 병원에 있을 때, 아버지는 이렇게 말씀하셨다. '테디는 좋은 녀석이야. 날 보러 오지 않는다고 테디한테 너무 뭐라고 하지 마. 테디는 좋은 녀석이라는 걸 내가 알거든. 미국은 녹록한 곳이 아니잖아. 그런데도 그 녀석은 여기서 성공했잖아. 얼마나 기특한지 모르겠어.' 네 아버지는 그렇게 말씀하셨다."

테드는 발만 내려다보았다. 아직 신발을 신지 않은 상태였다. 그는 말을 할 수가 없었다. 갈색으로 찌든 주름투성이 얼굴, 철사처럼 뻣뻣한 희끗희끗한 머리털을 지닌 이 여자 앞에서, 한마디도 자신을 변호할 수가 없었고 그러고 싶지도 않았다. 그는 그녀의 몸에서, 아버지의 몸에서 나왔다. 그는 아이린을 몰랐지만 공동양육권을 얻으면 아이에 대해 훨씬 더 많이 알 수 있을 거라고 생각했다. 아이가 아무리 난리를 피워도 사랑해주겠다고 다짐했다. 엘라가 임신 중에 헤르페스 진단을 받았을 때는 일요일마다 빠지지 않고 교회에 나가서 단 한 가지를 위해 기도했다. 자신이 어쩌다 엘라에게 감염시킨 헤르페스로 인해 아이린이 다치지 않게 해달라고. 지금 이 순간까지 그는 주님이 자신의 기도에 응답하셨다는 사실을 인정하는 것을 잊고 있었다. 고등학생 시절 테드는 하버드에 입학해서 돈을 많이 벌게 해달라고, 그래서 부모님을 영원히 잘 모실 수 있게 해달라고 하나님에게 기도했다. 그리고 그 약속을 잘 지켰다.

"네가 아이린을 데려가면 안 된다." 어머니는 말했다. "더 이상 엘라에게 상처 주지 마."

"뉴욕에 가서 전화드릴게요." 테드는 돌아서서 어머니 옆을 지나쳤다. 평생 그가 했던 모든 잘한 일들이 이혼으로 인해, 엘라와 결혼했으면서 델리아와 사랑에 빠진 것으로 인해, 이제 아이린의 공동양육권을 원한다는 것으로 인해 무위로 돌아가고 있었다. 어머니는 그를 한심한 인간이라고 생각하고 있었다.

하지만 어머니가 이해하지 못하는 것이 있었다. 변호사는 엘라가 독점양육권을 갖는다면 그의 동의 없이 아이린을 데리고 먼 곳으로 가버릴 수도 있다고 했다. 내 아이를 마음대로 데려갈 수 있는 권리를 줄 수는 없다. 누구에게도.

"네 아버지는……." 어머니는 다시 흐느끼기 시작했다.

테드는 계단에 얼어붙었다. 어머니를 보려고 돌아섰지만, 어머니는 거기 없었다. 어머니는 자기 방으로 들어가서 문을 닫아버렸다. 그의 면전에서 닫혔던 마지막 문은 그가 기억하기로 엘라의 방문, 헤르페스에 걸렸다는 것을 알게 된 그날 밤이었다. 문이 열리고 방 안에 들어서자마자 그는 다시 나가고 싶었다. 테드는 어머니의 방문을 두드리지 않았다.

아래층으로 내려온 테드는 델리아가 코트 입는 것을 도와주었다. 그들은 마이클과 줄리, 아이들에게 작별인사를 했다. 아침이면 다시 뉴욕에 가 있을 것이다.

7

가위

페덱스로 편지를 보내다니, 너무나 버지니아다운 행동이었다. 수요일 오후 두꺼운 판지로 된 봉투가 책상 위에 툭 떨어졌다.

"유산했어. 난 괜찮아. 지오는 차버렸어. 그것도 괜찮아. 기분전환할 거리가 필요해, 사랑하는 케이시. 피레이드!* 피레이드! 피레이드! 금요일 밤 JFK공항으로 들어가서, 토요일에 당연히 너랑 같이 동창회에 참석하고, 일요일에는 뉴포트로 가서 레이디 유제니를 찾아뵙기로 약속했어. 이탈리아 레드와인 말고 데킬라를 빨고싶어 미칠 지경. 토요일 아침 7시에 우리 집으로 와. 거기서는 내가 차를 몰 테니까 돌아오는 길에는 네가 운전해. 너무너무 보고싶다. 4년 만이야, 케이시. 우리 정말 늙지 않았냐. 기억해. 넌 나한

---

* P-rade, 유서 깊은 프린스턴 동창회 행사.

테 피레이드를 약속했다는 사실!"

잊지 않고 있었다. 4학년 때 동창회 행사에서 어느 노인네 학번 모임의 바텐더로 참가한 케이시는 그날 저녁 같이 있어주는 보답으로 언젠가 딱 한 번 피레이드에 같이 가주겠다고 버지니아에게 약속했다. 케이시는 오렌지색과 검은색 복장을 차려입고 연례 졸업생 행진에 참가하고 싶은 마음은 없었다. 하지만 빚지고는 못 사는 법이다.

제인 크래프트는 딸 버지니아가 피레이드에 입고 갈 옷을 고르느라 새벽부터 깨서 난리법석이었다.

"케이시 한, 이건 약간 노출이 심하지 않을까?" 제인은 케이시가 아파트에 들어서자마자 물었다. 툴툴거리는 소리의 원인을 찾아 멀리 부엌을 바라보니, 열린 문 안에 버지니아가 서 있었다. 그녀는 오렌지색과 검은색이 섞인 푸치 비키니 상의와 목선이 깊이 팬 얇은 셔츠, 검은 바지 차림이었다. 그녀는 긴 호랑이 꼬리를 엉덩이에 붙이느라 바빴다. 여전히 멋진 몸매였다.

"아아아아아!" 버지니아는 친구의 모습을 보더니 비명을 질렀다. 그녀는 오렌지색 슬리퍼를 신은 채 토닥토닥 달려오더니 케이시를 있는 힘껏 껴안았다. "왔구나! 왔어! 넌 언제나 의리를 지키지. 올 줄 알았어! 올 줄 알았다고!" 버지니아는 펄쩍펄쩍 뛰었다.

크래프트 부인은 천방지축 딸을 바라보며 미소 짓지 않을 수 없었다. 버지니아는 이제 스물일곱 살이었지만 하는 행동은 다섯 살배기 시절과 조금도 달라진 데가 없었다. 부인도 남편 프리치도

기질적으로 버지니아와 닮은 면이 전혀 없었지만, 딸의 그 변함없는 발랄함에—나이를 먹어가며 부부의 생활은 죽은 듯이 고요해지고 있었다—제인 크래프트는 점점 더 감사하고 있었다.

케이시는 버지니아를 마주 끌어안았다. 너무나 오랜만이었다. 지난 4년간 케이시는 돈 문제나 학교, 직장을 이유로 이탈리아로 놀러 오라는 버지니아의 초대를 여러 번 거절했지만, 이제는 진작 찾아가서 버지니아를 만났다면 얼마나 좋았을까 하는 생각이 들었다. 친구와 같이 있으니 너무나 기뻤다.

제인은 이제 훈계보다는 체념한 듯 당혹스러운 표정으로 케이시를 돌아보았다. 그녀는 차분한 성격인 한국인 룸메이트가 항상 천방지축인 딸을 조금이나마 가라앉히는 역할을 해주지 않을까 늘 기대하고 있었다. 오늘 케이시는 버지니아보다 더 나이 들어 보였다. 육체적으로 그렇다기보다 표정이 그랬다. 눈은 피곤해 보였고, 살도 빠져서 얼굴이 더 약해 보이고 쇄골이 한층 두드러졌다. 덜 예뻐 보이네, 제인은 생각했다.

"케이시 한, 네가 우리 버지니아한테 정신 좀 차리라고 해줘야겠다. 이 꼴로 캠퍼스를 어떻게 돌아다니겠니."

케이시는 전에도 이런 입장에 처한 적이 있었다.

"물 한 잔 마셔도 될까요?" 케이시는 스물여섯 살이라기보다 열여섯 살로 되돌아간 목소리로 밝게 친구네 어머니에게 물었다.

"아, 그렇지, 이런." 제인 크래프트는 부엌 반대쪽으로 갔다. "먹을 것도 좀 줄까?"

"아뇨, 아뇨, 괜찮습니다." 케이시는 불쌍한 크래프트 부인의 주의를 다른 곳으로 돌리는 나쁜 친구가 된 기분으로 버지니아를 향해 얼굴을 찌푸려 보였다.

"잘했어, 한." 버지니아는 입 모양으로 말했다. 그녀는 꼬리를 마저 붙였다.

크래프트 부인은 케이시에게 얼음물 한 잔을 건넸고, 그녀는 물을 마셨다. 다 마신 뒤 싱크대로 가서 빈 잔을 내려놓았다. 돌아오니 친구가 그녀의 손을 덥석 잡고 부엌 문 쪽으로 이끌었다.

"마마 제인." 버지니아는 어머니의 양볼에 키스했다. "우리 갈게요."

케이시는 어쩔 수 없다는 표정으로 크래프트 부인에게 손을 흔들었다. 이런 식으로 급히 나가는 것은 무례한 짓이었지만, 둘 다 집에 더 있고 싶은 마음이 없었다.

피레이드 행진의 선두에 선 졸업 25주년 동창생들은 오렌지색과 검은색이 섞인 체크무늬 버튼다운 셔츠와 파나마모자를 쓴 우스꽝스러운 차림이었지만 매우 행복해 보였다. 그들은 피츠랜돌프 게이트를 출발하는 일행 중에서 가장 규모가 컸고, 그 뒤에는 가장 나이 든 졸업생들, 이어 가장 어린 졸업생들이 뒤따랐다. 호랑이 줄무늬 재킷과 거기 어울리는 띠로 장식한 밀짚모자 차림의 나이 지긋한 남자들이 인파 앞을 줄줄이 지나갔다. 골프 카트와 전동휠체어를 탄 노인들도 기쁘게 손을 흔들었다. 정정한 노인들은 막대기를 단 플래카드에 '모든 것을 보았고, 모든 것을 경험했으나, 아무것도 기억이 안 난다' 하는 식의 우스운 말을 적어서 들고 있었다. 아내들과 손주들이 옆에서 같이 걷고 있었다. 언젠가 나도 친구들과 함께 이렇게 즐거운 기분으로 캠퍼스를 행진할 수 있을까? 90살 가까운 나이에 이런 행사에 참가할 수 있을 정도로 잘 살고 있다면, 그것 자체가 기뻐할 만한 일일 테지. 케이시는 스물여섯이었지만, 행복감 비슷한 것도 느낄 수가 없었다.

섭씨 23도의 구름 한 점 없는 날씨에 유쾌한 인파 한가운데에 섞여 있었지만, 그녀에게 인생은 어렵고 불확실하기만 했다. 게다가 그녀는 자기 자신이 모교에 대한 자부심으로 가득 찬 졸업생이라고 생각해본 적이 없었다. 4학년 때 지급받은 오렌지색 재킷은 어디에 두었는지 아무리 생각해도 기억이 나지 않아서, 오늘 같은 날에도 흰 셔츠와 흰 바지를 입고 있었다. 버지니아도 자기 재킷을 잃어버렸다. 친구는 나이 지긋한 선배들을 향해 구호를 외쳤고, 케이시도 같이 소리쳤다. "야! 야! 으—! 으—! 호랑이! 호랑이! 호랑이! 만세! 만세! 만세! 으흥! 으흥! 으흥! 93! 93! 93!" 35주년 동창생들도 같은 구호를 외쳤다.

예전 학번들은 압도적으로 백인 남성 위주였다. 검버섯이 번진 이마와 깊이 팬 주름, 정수리에 몇 가닥 남지 않은 부드러운 흰머리가 수십 년의 세월을 말해주고 있었다. 아이들 같다, 케이시는 생각했다. 아주 행복한 아이들. 그들이 행복한 시간을 보내는 모습을 어떻게 억울하게 생각할 수 있을까? 그들과 나는 이 학교라는 끈으로 연결되어 있다. 프린스턴이 내 학비를 다 대주었다. 나는 빚을 진 것 아닌가? 그 때문에 프린스턴이 공짜로 나를 졸업시켜준 걸까? 분명 그들은 언젠가 케이시가 그 빚을 갚을 거라고 생각했을 것이다. 컨 데이비스에서 직장을 잡고 언젠가 돈 많은 금융인이 된다면, 케이시도 아마 이 사람들이 했듯이 프린스턴에 기금을 보내고 그녀처럼 힘든 형편의 아이들이 교육받을 수 있도록 도울 것이다. 만약 그러지 못한다면? 인생에서 별로 내세울 것 없이 실패한다면? 케이시는 입술을 깨물었다. 버지니아는 계속 구호를 외치라고 팔꿈치로 그녀를 쿡쿡 찌르더니 다시 호랑이 꼬리를 흔들기 시작했다. 5주년 동창생들이 행진한 뒤, 케이시와 버지니아는 1993년도 졸업생 무리에 합류했다. 같은 학번 중에서 오늘 나온 사람은 50명도 채 되지 않았다. 졸업한 지 겨우 4년째였다. 케이시는 인파 속에서 좀 더 신이 난 것처럼 행동하려고 노력했다.

포필드는 광활했다. 잔디밭이 군데군데 벗어지고 넓은 진흙탕이 되어 있었다. 천막을 친 연단에는 대학 임원들이 서서 각 학번 졸업생들이 도착할 때마다 환영하며 그들이 학교에 다니던 시절을 소개했다. 차츰 대열을 이루어 행진하던 사람들은 평화롭게 흩어졌다. 다들 기분이 좋았다. 졸업생들은 잔디밭 위에 여기저기 모여 서로 근황을 주고받았다. 아이들은 커다란 비치볼을 가지고 옆에서 놀고 있었다. 부모들은 뛰어다니는 아이들을 굳이 붙잡지 않고 자기 자리에서 여유롭게 지켜보고 있었다. 케이시와 티나는 부모님과 이런 행사에 참석해본 적이 없었다. 프린스턴에 다닌 부모 밑에서 자란다는 것은 어떤 기분일까? 아이비 졸업생들은 버지니아를 멈춰 세우고 인사를 나누었지만, 케이시는 쑥스러운 기분에 뒤로 물러섰다. 하지만 그녀는 포필드 행사가 끝나면 버지니아와 같이 아이비에 가기로 했다. 자신의 소속 클럽 차터 회원들과 만나고 싶지 않아서였다. 이미 몇몇 동창생들과 인사를 나눈 케이시는 그저 당혹스러운 기분이었다. 학교에 돌아오는 것이 아니었다. 이런 식으로는 아니었다. 그녀의 인생에는 화려하거나 흥미로운 이야깃거리가 전혀 없었다.

1991년 졸업생 모임에서 제이 커리는 약혼녀 게이코를 친구들에게 소개하느라 바빴다. 아무도 케이시에 대해 묻지 않았다. 친구들 대다수는 테라스에서 열리는 바비큐 파티에 모일 계획이었고, 게이코도 기꺼이 가겠다고 했다. 그녀는 내내 그의 손을 잡은 채 모두와 이야기를 나누었다. 약혼녀는 케이시보다 훨씬 사교적인 사람이었다. 케이시는 필요할 때는 활달하게 굴 수 있었지만, 그가 바란 것보다는 더 내성적이었다. 케이시는 제이의 사교클럽에서 식사하는 것을 싫어했고, 제이와 가까운 아이비나 타이거인, 콜로니얼 클럽 친구들 대부분과 그저 데면데면했다. 약혼녀가 사교적인 사람이라 제이는 마음이 편했다. 하지만 오늘은 케이시를 떠올리지 않을 수 없었다. 그렇게 같이 잘 지냈는데, 어쩌다가 이렇게 돼버린 걸까. 그는 평생 두 여자를 사랑했다. 케이시와 게이코였다. 하지만 그 두 사람은 더 다를 수 없을 정도로 극과 극이었다.

케이시는 옷을 사는 데 돈을 많이 썼지만 양말은 꿰매 신었고, 스타킹을 손으로 빨았고, 모자는 직접 만들었다. 돈을 벌기 위해 언제나 아르바이트를 했다. 게이코는 스타킹을 단 한 번 신고 그대로 버렸다. 그의 어머니가 안다면 기절하실 일이었다. 사실 어머니는 게이코와 그녀의 부모님을 만나면 어색할 정도로 예의를 지켰다.

어쩌면 이런 건 중요한 문제가 아닐 것이다. 게이코는 제이와 마찬가지로 투자은행에서 정직원으로 일하며 그의 수입과 맞먹을 정도로 벌고 있었고, 옷값 같은 것은 부모님이 대고 있었다. 아버지 우치다 씨는 결혼선물로 5번 애비뉴에 있는 아파트를 사주기로 했다. 하지만 제이는 아들 둘을 기르는 홀어머니 밑에서 자랐다. 그는 작은 소고기 한 덩어리를 세 사람이 나누어 먹는 것이 어떤 것인지 기억했다. 어머니는 입맛이 없어서 고기가 안 당긴다고 말씀하시곤 했다. 그와 게이코가 행여 가난해질 이유는 없겠지만, 제이는 혹시 돈이 쪼들리면 어떻게 될까 생각하지 않을 수 없었다. 결혼 이후 남자의 인생이 송두리째 뒤바뀌는 내용의 소설을 대학에서 너무 많이 읽은 탓에 이런 불안감이 생긴 것 같았고, 최대한 저축하고 투자하지 않으면 안 된다는 기분은 어쩔 수가 없었다. 다행히 돈 문제 외에 다른 장점도 있었다. 제이는 케이시와 섹스하는 것도 좋았지만 게이코와 섹스하는 것도 좋았다. 대단한 장점이지, 그는 생각했다.

그렇게 서로 다른 사람들을 사랑하면서 그중 단 한 사람과 결혼할 수 있을까? 두 번의 중요한 연애 경험에 대해 생각하면서, 그는 케이시가 갖고 있었던 점과 게이코에게 없는 점을 서로 비교하고 있었다. 이것은 부당한 짓이다. 그도 알았다. 두 여자에게는 공통점도 있었다. 둘 다 마음이 넓었고 그가 행복할 수 있도록 배려하는 마음이 깊었다. 어떻게 그 모든 사랑과 장점들을 한 사람 안에 모두 합칠 수 있겠나? 그런 여자는 세상에 존재하지 않는다는 사실을 어떻게 받아들일 수 있나?

그때 제이는 그녀를 보았다. 3미터쯤 떨어진 곳에, 케이시가 버지니아와 아이비 클럽 친구들 사이에 섞인 채 늘 그렇듯 약간 뒤로 물러나 있었다. 쓸쓸해 보이기까지 하는 모습이었다. 케이시는 혼자 파티에 가는 것을 두려워하곤 했다. 제이는 그녀가 파티에서 낯선 사람들과 이야기를 나누겠다고 애써 다짐하던 모습, 사교적으로 행동하는 데 능한 척하던 모습을 기억하고 있었다. 케이시의 연기는 그럭저럭 쓸 만했기 때문에 아무도 그녀가 수줍음이 많거나 자신감이 부족하다고 생각하지 않았다. 하지만 굳이 노력하지 않을 때는 얼핏 시큰둥한 사람으로 보였다. 같이 파티에 갔다가 사라져서 찾아나서면, 건물 옥상에서 밤하늘을 바라보며 담배를 피우고 있기 일쑤였다. 그녀는 제이에게 빨리 집에 돌아가자고 조르지 않았다. 그냥 그가 준비될 때까지 옥상에 올라가서 기다리고 있었다. 마치 네가 사교를 해야 한다는 건 알지만 이쪽도 혼자 있어야 한다는 걸 이해해달라는 식이었다.

흰 리넨 셔츠와 흰 바지 차림의 케이시는 젊고 예뻐 보였다. 기억하던 모습보다 더 말랐고, 머리카락은 약간 더 길었다. 아직 그 은팔찌를 끼고 있는 것을 보고 제이는 자기도 모르게 미소 지었다. 가슴이 찡한 것을 느끼며, 그는 아직도 낭만에 젖는 바보라고 자신을 꾸짖었다. 게이코는 멋진 사람이고 내가 원하는 삶에 휠씬 더 잘 어울리는 사람이다. 성공해서 편안한 삶을 사는 데 대해서 괜히 양가적인 감정을 품고 있지 않다. 게다가 게이코는 그를 원했고, 케이시는 그렇지 않았다. 그러나 실연의 고통을 준 여자는 언제나 원하는 이상의 힘을 그 상대에게 휘두를 수 있다는 것이 문제였다. 하지만 케이시는 지금 행복해 보이지 않았다. 나 때문일까, 우리가 이제 같이 지내지 않아서 슬픈 건가, 제이는 이렇게 생각하니 약간 으쓱해졌다. 다가가서 그녀에게 키스하고 싶다는 충동이 솟았다. 케이시, 나 왔어. 제이는 옥상으로 그녀를 데리러 갔을 때처럼 말하고 싶었다. 이제 집에 가자. 그는 케이시에 대해 이런 비이성적인 감정으로 가득 차 있었다. 그러나 그는 게이코도 사랑했다. 얼마든지 두 사람을 동시에 사랑할 수는 있다. 단지 현실에 적용하기 힘들 뿐이다.

게이코는 키 큰 아시아계 여자를 보고 약혼자의 표정이 변하는 것을 눈치챘다. 질투가 가슴을 쿡 찔렀지만, 그녀는 제이가 결국 선택한 것은 자신이라고 마음을 다잡았다. 게이코는 첫눈에 반하는 사랑을 믿었고 그들의 사랑은 진정한 것이라고 확신했다. 그녀는 조직행동론 수업에서 제이를 처음 만난 순간 사랑에 빠졌다. 2주 뒤, 두 사람은 학급 단합회를 마치고 데이트를 했다. 제이는 그녀에게 처음 오르가슴을 느끼게 해주었다.

"저 여자야?"

"누구?" 제이는 태평스럽게 대답했다. 그는 게이코에게 미소 짓고 입술에 키스했다.

"케이시 한 말이야." 게이코는 이름을 큰 소리로 입에 올렸다. 제이는 매력적이었고 때로 입에 침도 안 바르고 거짓말도 잘했다.

케이시는 자기 이름을 듣고 이쪽을 돌아보았다. 그였다. 진짜 제이 커리였다. 그의 옆에 서 있는 아시아계 여자는 분명 약혼자 게이코 우치다일 것이다. 버지니아의 편지에서 읽은 뒤, 그 이름은 케이시의 머릿속에 각인되어 있었다. 그녀와 달리 게이코는 160센티미터가 채 안 되어 보이는 아담한 체구였다. 눈이 커다랗고 코가 작은, 아주 예쁜 얼굴이었다. 게이코의 이목구비는 케이시보다 섬세했고 팔다리가 가늘었으며 발이 좁았다. 검은 셔츠 드레스를 입고 허리에 에르메스 벨트를 차고 있었다.

케이시는 그에게 걸어갔고, 제이도 이쪽으로 다가왔다.

"안녕." 케이시는 미소 짓고 그의 뺨에 키스했다.

"안녕, 케이시. 안녕." 제이는 약간 미칠 것 같은 기분이었지만 활짝 미소 지었다. "여기서 만나다니 놀랐어."

"나도 그래." 케이시는 웃었다. "약속을 해서……." 그녀는 버지니아를 돌아보았지만, 버지니아는 아이비 클럽의 미남 행크 로먼과 열심히 이야기하는 중이었다. 케이시와 버지니아가 2학년일 때 그는 졸업반이었다. 케이시는 친구의 활기를 보며 미소 지었다. "정말 만나서……."

제이는 그녀의 미소를 보니 반가웠다. "이쪽은…… 이쪽은 게이코야. 내 약혼녀."

"응, 들었어. 축하해." 케이시는 게이코의 손을 단단히 잡고 악수를 나누었다. 가까이서 보니 더 예뻤다. 희고 가느다란 목이 아름다웠다. 작은 귀에는 커다란 흑진주 귀걸이를 달고 있었다. "버지니아한테서 약혼 파티를 성대하게 했다고 들었어. 전화를 하려고 했는데, 전화번호를……."

"이사했어." 그는 고개를 끄덕였다. 케이시와 좀 더 이야기를 나누고 싶었다. 눈빛은 반짝이는데도 턱이 굳어진 것을 보니 초조하다는 것을 알 수 있었다. 하지만 초조하기는 제이도 마찬가지였다. "난 지금 스털링 포스터에서 일해." 그는 주머니를 뒤져 명함을 꺼냈다. "여기. 블룸버그*로 연락해도 되고."

"잘됐네. 알았어……." 그녀는 미소 짓고 게이코를 돌아보았다. "축하해요. 만나서 정말 반가워요." 게이코는 상냥한 사람 같았다. 받아들이기는 힘들었지만, 케이시는 제이를 생각하니 기뻤다. 결국 그가 행복할 거라고 믿고 싶었다.

"당신에 대해서 좋은 말을 많이 들었어요." 게이코는 어깨를 반듯하게 펴고 자신 있게 서 있었다. "둘이서 잠시 못다 한 이야기 나누지 그래요? 난 잠시 화장실에……." 그녀는 미소 짓고 제이와 케이시에게 작게 손을 흔들었다. 그리고 빠르게 걸음을 옮겼다. 지금 할 이야기를 다 하는 것이 나중에 하는 것보다 낫다고 생각한 것이었다.

제이는 침을 삼켰다. 질투심이 없거나 그런 기색을 비치지 않는 것은 게이코다웠다. 이런 면에서 그녀는 정말 대단하게 느껴졌다. 게이코가 어떤 일에도 동요하지 않는 반면, 케이시는 겉보기보다 쉽게 다치는 사람이었다. 문득 제이는 인파 한가운데에서 케이시

---

* Bloomberg Terminal, 투자자들이 블룸버그 데이터 서비스에 접속하는 컴퓨터 시스템. 전 세계 실시간 데이터와 뉴스, 메시지를 제공한다.

와 단둘이 있게 된 것이 행복했다. 잠시나마 이야기를 나눌 기회가 생긴 것이 잘된 것 같았다.

"어떻게 지내?" 케이시가 먼저 물었다. 묻고 싶은 질문이 너무나 많았고, 그가 솔직하게 답해주기를 바라는 마음이었다. 제이는 언제나 그녀보다 더 감정적이었다. 케이시가 그에게서 가장 좋아하던 점 중의 하나였다. 케이시는 묻고 싶었다. 그녀와 지내는 게 행복해? 네 인생이 행복해? 내가 그립지 않아? 아직 나를 사랑해? 우리의 사랑은 네게 의미가 있었어? 그가 다시 돌아오는 것을 원하지는 않았다. 절대 그런 것이 아니었다. 하지만 케이시는 여전히 제이에게서 매력을 느꼈다. 헤어진 지 3년이나 지났는데도. "변한 데가 없네. 조금도."

"너도 마찬가지야." 케이시는 여전히 그에게 섹시했다. 그들 사이에는 언제나 화학반응 같은 것이 있었다.

케이시는 가슴 깊이 숨을 들이마셨다. 제이의 체취가 느껴졌다. 베티베르 향 애프터셰이브였다. 온갖 그림들이 밀물처럼 뇌리에 떠올랐다. 하지만 그들이 결혼하는 장면, 영원히 함께 사는 장면은 단 한 장도 없었다. 결국 그것 때문에 그녀가 헤어지자고 했던 것 아니었나? 게다가 그녀는 은우를 사랑했다. 그는 아마 지금 폭스우즈에 있을 것이다. 지난주, 그는 소형 자산관리 회사에서 분석가 자리를 제안받았으나 거절했다. 한 단계 내려가는 일이라고 했다. 케이시는 제이의 얼굴을, 반짝이는 파란 눈동자를, 콧대가 우뚝 솟은 코를 머릿속에 각인시키려는 듯 찬찬히 바라보았다. 그는 세상에서 가장 좋은 친구였다. 그는 그녀에게 사랑을 더 많이 표현하는 법을, 마음을 여는 법을 가르쳤고, 낯선 사람들에게 미소 짓는 법을 알려주었다. 힘든 순간도 있었지만 케이시는 버지니아나 엘라보다 그를 더 사랑했고 동생보다 그를 더 가깝게 느꼈다. 아무도 제이만큼 친밀하게 느껴지지 않았다. 아예 만나지 않았을 때가 더 편했다는 생각이 스쳤다. 케이시가 이런 생각들을 하는 동안 제이는 자신이 케이시에게 청혼하기로 결심했을 때 어떤 확신이 들었는지 기억하고 있었다—둘 다 교육을 통해 주어진 환경을 뛰어넘어 각자의 삶을 확장해온 사람들이라는 것, 그래서 그들만큼 서로를 잘 이해하는 사람은 없으리라는 것이었다. 어디에 있건—맥도날드에 있건, 낸터킷 사운드에서 항해하는 친구의 요트에 있건—그들에게는 모든 것이 흥미로웠다. 세상의 거대함을 배우고 있기 때문이었다. 왜 우리는 더 이상 같이하지 못하는 걸까? 아, 그렇지, 그는 고통스럽게 떠올렸다. 케이시가 머릿속에서 무슨 터무니없는 그림인가를 통해 우리가 함께하는 미래를 볼 수 없다고 했었지. 하지만 그는 보았다. 그는 둘이 끝까지 뜨겁게 침대에서 뒹굴면서 같이 나이 들어가는 모습을 너무나 잘 볼 수 있었다. 하지만 케이시는 그를 원하지 않았고, 그는 단순한 친구로 남기를 거부했다. 그래서 3년이라는 시간 동안 만나지 못했다. 그리고 이렇게 마주쳤다.

"아버지가 올해 돌아가셨어." 그는 말했다. 왜 이런 말을 하고 있지?

"아, 세상에. 그랬구나. 너무 마음 아프다." 케이시는 그를 안아주고 싶었다. 그녀는 그의 팔에 손을 댔다.

"아버지는 게이였어. 친척 아저씨와 같이 사셨지. 둘이 애인 사이였어."

"그래서……."

"드디어 수수께끼가 풀렸지?"

"아, 아버지가 돌아가셨다는 걸 내가 알았다면 좋았을 텐데."

제이는 이 말을 무시했다.

"그 때문에 아버지가 집을 나가서 돌아오지 않았던……." 제이의 목소리가 갈라졌다. "어쨌든 다 끝났어."

케이시는 그의 팔을 자연스럽게 놓지 않고 약간 더 오래 잡고 있었다. 잡은 손에 한 번 힘을 준 뒤, 손을 거두었다.

"어쨌든……." 그는 한숨을 쉬었다. "정신없지, 안 그래?"

"어머니는, 아, 잘 지내셔?" 케이시는 메리 엘런이 떠올라 미소 지었다.

제이는 콧물을 들이마시고 코를 닦았다. 그는 잠시 다른 곳을 보고 있다가 아무 일도 없는 것처럼 다시 그녀를 보며 미소 지었다.

"어머니는 디킨슨 전기를 계약했어. 그래서 책이 나왔어. 너한테 알리고 싶어 하셨는데 내가 연락하지 말라고 말씀드렸어. 왜냐하면……."

케이시는 고개를 들었다. "내가 구해볼게."

"내가 감당할 수가 없어서. 어머니가 너에 대해 물어보시는 걸. 그때는 정말 힘들어서……."

"나도 힘들었어, 제이. 지금도 힘들고."

269

제이는 팔짱을 꼈다. 그런 식으로 차인 사람이랑 마찬가지일 리가 없잖아, 그는 말하고 싶었다. 떠나는 쪽이 훨씬 나아. 그는 입을 다물었다.

"게이코는 좋은 사람 같아."

"응. 좋은 사람이야."

"아름답기도 하고."

"내면도 그래."

케이시는 고개를 끄덕였다. "그럼 넌 운이 참 좋네. 모든 게 더 나은 쪽으로 풀렸으니까."

제이는 말이 나오지 않아 고개만 끄덕였다.

그녀는 그의 얼굴에서 상처를 읽을 수 있었다. "아주 이기적인 말 하나 해도 될까?"

"그래."

"네가 그리웠어, 제이 커리. 넌 언제나 내게 좋은 친구였어. 그리고 난 지금 질투 나. 하지만 네가 그녀와 같이 있으면 훨씬 더 행복할 거라고 생각해."

"그런 말을 하다니 정말 이기적이군. 거창하기도 하고." 그는 웃으며 밝은 하늘을 쳐다보았다.

"난 이제 갈 거야. 약속이 있어서⋯⋯" 케이시는 추운지 팔을 문질렀다.

"아이비 클럽?" 그는 물었다.

"응. 넌 테라스?"

"응."

270

제이는 팔을 벌렸고, 케이시는 그를 포옹했다.

"결혼식에 올래?" 그는 물었다.

"아니. 하지만 고마워. 넌 언제나 나보다 더 좋은 사람이었지. 그 것도 변하지 않았네."

케이시는 버지니아에게 돌아갔다. 그녀는 케이시가 제이와 만 난 것을 눈치채고 있다가 대화 중이던 행크 로먼과 헤어졌다. 그 다지 재미있는 남자는 아니었다. 버지니아는 케이시를 꼭 껴안으 며 뺨에 키스했고, 케이시는 그녀에게 미소 지었다. 버지니아는 이 런 행동을 할 줄 아는 사람이었다. 아무도 이렇게 해주는 사람은 없었다. 그녀는 숨김없이 사랑을 표현하는 사람이었다. 나중에 케 이시는 버지니아에게 모든 것을 다 털어놓을 생각이었다. 하지만 일단 그들은 여학생처럼 팔짱을 낀 채 포필드를 나서서 프로스펙 트 애비뉴로 향했다.

8

복귀

이렇게까지 말하기에는 아직 시기상조인지 몰라도, 케이시는 업무를 잔뜩 안겨주는 대리 캐린 글리섬과 래리 처틀이 미웠다. 지난 3주 동안 가뜩이나 다른 대리들이 맡긴 업무도 많았는데, 캐린과 래리는 중국 남부 지방에 트랙터가 몇 대가 있는지 알아내서 1996년 브라질의 트랙터 보유 대수와 대조하는 스프레드시트를 만들고, 페루와 에콰도르, 온두라스의 과일 통조림 수출액과 GDP의 상관관계를 산출하라고 지시했다. 인도의 탄산음료 생산량에 관련된 데이터와 알래스카의 유정 관련 데이터도 취합하라고 했다. 시키면 척척 해내기 때문에 케이시가 가장 편하게 일을 맡길 수 있는 인턴이었지만, 아시아영업부 브로커들과 달리 투자금융팀의 캐린과 래리는 고맙다는 말이나 부탁한다는 말을 하는 법이 없었다. 잘 지내냐는 간단한 인사조차 하지 않았다. 케이시는 정규직 일자리를 얻는 데 집중하자고, 자잘한 예의 따위는 중요하지 않다고 자신을 다독였지만, 아니, 중요했다. 신경 쓰지 말아야 하는데도 케이시에게는 그런 것들이 중요했다. 어쩌면 케이시가 느낀 감정은 미움이 아니라 경멸이었는지도 모른다.

스물한 명의 인턴은 모두 복도처럼 생긴 사무실에서 근무했고, 사무실 안에는 뚜껑 달린 책상이 평행하게 줄줄이 배치되어 있었다. 창가에서 세 번째 책상이 케이시의 자리였다. 목요일 아침 케이시에게 손님이 찾아왔다. 책상은 온통 자료 조사 논문과 참고 도서, 소비자 데이터 관련 정부간행물, 리보금리와 연준 기준금리 차트 등으로 어질러져 있었다. 오후까지 보고서를 작성해서 캐런에게 제출해야 했는데, 지금 한창 색인을 마무리하는 중이었다. 마지막 두 부분을 제대로 정리했는지 확인하고 있는데 누가 책상을 똑똑 두드리는 소리가 들렸다.

"안녕."

이럴 사람은 휴밖에 없었다.

"에휴, 이 많은 풋풋한 젊은이들을 이런 식으로 가둬두다니 정말 끔찍한 일이야." 휴 언더힐은 사무실을 둘러보았고, 다른 인턴들은 그가 누군지도 모르면서 미소 지었다. 다들 넓은 가슴팍에 팔짱을 끼고 짐짓 한탄하는 표정을 짓고 있는 잘생긴 남자를 흘끔거렸다. 긴장을 풀고 있는 모습으로 미루어볼 때 중요한 인물 같았다. 인턴들은 누가 자신의 미래에 영향을 미치게 될지 알 길이 없었기 때문에 언제나 최고로 행동을 조심하는 것밖에 도리가 없었다. "바깥 날씨가 얼마나 화창한데. 자고로 아이들은 햇빛 아래에서 뛰어 놀아야 되는 거 아닌가? 이런 일구덩이에……." 휴는 책상 위에 놓인 서류 하나를 들고 차트를 홀홀 넘기더니 위아래를 거꾸로 들었다가 가로세로를 뒤집었다가 했다. 토하는 척하기도 했다.

"아, 또 오셨군요." 케이시는 말했다. "브로커도 6층 출입이 가능한가요? 아시다시피 여기는 별 네 개짜리 식당이나 와인바는 없는데요." 그녀는 미소가 떠오르려는 것을 참았다.

그는 눈썹을 의미심장하게 치켜올리더니 손을 들었다. 케이시는 그와 하이파이브를 나누었다. 둘 다 웃었다.

"안녕, 아가씨." 휴는 말했다. 그의 미소는 눈부실 정도였다. 대부분의 인턴들은 계속 그를 쳐다보고 있었다. 휴는 그들에게도 자비롭게 미소를 보냈다. "자, 다들 업무 계속해, 꼬마들."

"부탁이 있어." 그는 속삭였다.

"네?" 케이시는 냉랭한 눈으로 그를 보았다. "어떻게 도와드리면 되죠?"

"이런, 젊은 아가씨가 이렇게 의심스러운 눈빛을 번득이다니. 흠, 그러고 보니 그렇게 젊지도 않던가?"

"남한테 도움을 청할 때 이렇게 하시나요? 별로 효과가 없을 것 같은데요."

"아, 그렇지. 케이시, 사람이 필요해."

"네?"

"크레인 파트너스와 켈너 자금운용사. 아이디어 원탁회의차 버

274

몬트로 골프 회동을 주선했는데 한 사람이 모자라. 월터는 이미 세 명을 모아 팀을 구성했고, 난 아직 두 명. 케빈은 바쁘대. 마침 당신이 컨 데이비스에서 일하고 있으니 안 될 것 없잖아? 다들 골프팀에 여자가 동행하는 걸 좋아하고. 이 아이디어 원탁회의는 새로운⋯⋯."

"회의는 개뿔." 케이시는 불쑥 말하고 손으로 입을 가렸다. "아, 이런. 아이디어 '원탁회의'라고 하셨죠?" 그녀는 책상에 팔꿈치를 올리고 손에 턱을 괴었다. "그게 일이라고 생각하세요?"

"아니, 아가씨. 나는 천재야. 당신은 평범한 노동자고. 나는 노동자가 아니야. 나는 이 원탁회의를 주선하는 사람이지. 골프를 치면서 고객과 사업 이야기를 할 거야. 당신도 비즈니스우먼으로 발돋움하는 고단한 여정에서 이 업무에 동참해줄 수 있다면 대단히 감사하겠는데. 참, 비즈니스우먼도 성차별적인 단어던가?" 휴는 기침을 했다. "제발, 케이시. 무릎이라도 꿇을까? 여자들은 그런 걸 좋아하잖아."

"남자들도 좋아하지 않던가요." 이 농담은 참을 수가 없었다.

"이 발랑 까진 아가씨." 휴는 씩 웃고 그녀의 어깨에 가볍게 손을 올렸다. 그의 엄지가 날카로운 어깨뼈를 쓰다듬었다.

케이시는 다시 서류 쪽으로 돌아앉았다. "언제요?"

"이번 주말."

"이번 주말? 오늘이 목요일이잖아요."

"제발."

"전 일해야 해요. 지난주 토요일은 동창회 때문에 날렸다고요."

"내가 찰리에게 특별 허락을 신청해놓을게." 그는 아주 조용히 말했다.

"찰리한테 벌써 빚 많이 지신 것 같은데요." 그녀는 속삭였지만, 듣는 사람이 있는 것 같지는 않았다.

"아니, 그렇지 않아." 휴는 진지한 표정을 짓더니 그녀의 메모장에 휘갈겨 썼다. "찰리가 내 부탁으로 면접 기회를 준 건 맞지만, 당신한테 자격이 있다고 생각하지 않았다면 인턴 자리를 주지 않았을 거야. 당신은 이 방에 있는 사람들 중 성적이 제일 좋았어. 찰리가 그러더군."

"그 말은 전에 안 하셨잖아요." 케이시도 적었다.

"아, 안 했던가?" 휴는 빠르게 적었다.

"안 했어요." 케이시는 말하고, 이어 이렇게 적었다. "정보를 숨기는 나쁜 놈."

휴는 웃었다. "그거 마음에 드는데. 참신해."

그때 캐린이 인턴 사무실로 들어와서 케이시가 남자와 같이 있는 것을 보았다. 그녀는 케이시의 책상으로 다가왔다.

케이시는 그녀를 보고 얼른 겨드랑이에 메모장을 끼웠다.

휴는 캐린에게 미소 지었다. 누군지 몰랐고 관심도 없었다. 그냥 독신 여자일 뿐이었다. 휴는 습관적으로 손가락에 반지를 끼웠는지부터 확인했다.

"이쪽은 휴 언더힐이에요." 케이시는 캐린에게 말했다. "이쪽은 캐린 글리섬." 그녀는 휴에게 말했다.

그들은 악수를 나누었다.

"캐린, 드디어 이렇게 만나게 돼서 반갑습니다. 찰리가 당신의…… 업무에 대해 칭찬을 많이 하더군요." 휴의 얼굴은 평온했지만, 눈은 미소 짓고 있었다. 캐린에게도 그가 얼마나 매력적인지 눈에 띌 수밖에 없었다.

"아, 찰리의 친구분이신가요?" 그녀는 물었다.

"네, 아주 좋은 친구입니다." 그와 찰리는 뉴케이넌에서 같이 자랐고 같은 동네 소녀들과 데이트를 한 사이였다. 부모님들은 뉴케이넌과 맨해튼의 같은 모임에 드나들었다. 대학 시절 이후 그들은 격주로 화요일 밤마다 포커를 쳤다. 하지만 찰리가 한 번도 입에 올린 적이 없는 이 캐린이라는 여자가 그런 것까지 일일이 알 필요는 없었다.

"아." 캐린은 말했다. 그녀는 스무 명 정원인 여름 인턴 프로그램에 스물한 번째로 합류한 케이시가 회사 안에 분명 연줄이 있다는 것을 이미 짐작하고 있었다. 여름 인턴 프로그램 책임자 찰리 시덤이 케이시 한에게 상당히 우호적이었기 때문이었다. 찰리는 대체로 여름 인턴들에게 무관심했다. 성적인 관심일 리는 없어, 캐린은 추측했다. 찰리는 금발하고만 자는데, 케이시는 그의 주의를 끌 만큼 예쁘지 않잖아. 하지만 휴를 만나보니 이제야 어떤 인맥이었는지 정확히 알 수 있었다. 그런데 이 남자와 케이시는 무슨 사이지? 딱히 로맨틱한 관계 같지는 않았다. 사실 캐린은 휴가 자신에게 추파를 보낸다고 생각하고 있었다. 그는 여기가 침실이라는 듯 그녀를 쳐다보고 있었다.

캐린은 케이시가 안중에도 없는 표정이었다. 케이시는 둘만 있게 잠시 자리를 비켜줄까 하는 생각도 해보았다. 순진한 여자들이 죄다 그렇듯, 캐린도 휴에게 빠져들고 있었다. 월 스트리트 여자들은 이익이나 손실에 대해서는 해박해도 남자 문제라면 중학교 여학생 수준이었다. 이건 단지 휴가 미남이고 키가 크고 몸이 좋아서가 아니었다. 그는 타인에게 놀라운 관심을 보내는 사람이었다. 그가 상대를 바라보는 눈빛은 남달랐다. 절대적인 집중력이었다. 케이시는 그가 여자를 갖고 노는 방식이 한심하다고 생각했다. 이런 관심에는 중독성이 있어서 한번 빠지면 늪처럼 헤어나지 못하게 된다. 때로 케이시는 그에게 벌을 주고 싶었고, 심술궂게 굴기도 했다. 묘하게도 휴는 언제나 그녀에게 친절했다. 그는 나쁜 사람은 아니었다—그렇게 말하는 건 부당했다. 단지 너무 매력적이라는 점이 본인에게 독이 되는 경우였고, 어떤 면에서 케이시는 그것이 무책임하다고 생각했다.

"여기 케이시는 내 팀에서 같이 일했습니다." 휴는 캐린의 의문을 짐작하고 말했다.

케이시도 맞는다는 뜻으로 고개를 끄덕였지만 더 설명하고 싶지는 않았다.

"아?" 캐린은 할 말을 잃은 것 같았다. 늘 그렇듯, 그녀는 매력적인 남자와 같이 있으면 말수가 적어졌다.

"아니, 당신은 너무 젊어 보이는데……." 그는 믿기지 않는다는 듯 말했다. "케이시의 직속상관인가요?" 그는 자신의 힘이 차츰 커져가는 것을 의식하며 캐린에게 물었다.

캐린은 미소 지었다. "꼭 그런 건 아닙니다."

하지만 그랬다.

"케이시는 몇 가지 프로젝트에서 절 돕고 있어요."

"그 일은 거의 다 끝났습니다. 30분 안에 마무리될 거예요." 케이시는 휴가 사라져준다면 10분 안에도 끝낼 수 있다고 말하려다가 참았다. 캐린이 짝사랑에 빠진 소녀처럼 구는 모습을 보고 있으니 재미있기도 했다. 일반적인 상황이었다면, 휴는 캐린에게 두 번 다시 눈길을 주지 않을 것이다. 그녀는 너무 진지하고 찌푸린 표정이었다. 철테 안경, 연한 금발 곱슬머리, 육상선수 같은 몸매와 납작한 가슴, 굽이 3센티미터밖에 안 되는 페라가모 구두.

"보고서 끝내고 또 시키실 일 있나요?" 케이시는 물었다.

"아니." 캐린은 말했다. 휴 앞에서 다른 일을 또 시킬 수는 없었다. "하지만 래리가 이번 주말에 손이 좀 필요할 텐데."

"이번 주말에요?" 케이시는 휴를 쳐다보며 물었다.

캐린은 고개를 끄덕였다. 부드러운 미소가 그녀의 얼굴에 떠올랐다.

"안타깝군요." 휴가 입을 열었다. "우리 팀은 이번 주말에 버몬트에서 열리는 아이디어 원탁회의 때문에 케이시가 정말 필요합니다. 제 동료 월터 진이 특별히 부탁했어요. 아, 그 친구도 찰리를 잘 압니다. 우린 같이 카드를 치는 사이거든요. 케이시한테는 정말 무리가 되는 부탁이겠지만, 저는 여름 인턴들이 주말에도 일하는 줄은 몰랐습니다. 당신도 설마 주말에 일하는 건 아니겠지요, 캐린."

"아뇨, 매주 그런 건 아니에요." 캐린은 수줍게 말했다. "매주 주말에 일해?" 그녀는 걱정스럽다는 목소리로 케이시에게 물었다.

"지난 토요일은 쉬었어요." 케이시는 퍼레이드를 떠올리며 대답했다. 제이의 명함은 아직 그녀의 지갑 안에 들어 있었다. "일요일에도 한 번 쉰 적이 있어요. 2주 전이었던가? 상관없습니다. 이번 주말에는 일할 수 있어요. 전 괜찮습니다."

"음, 그럼 내가 래리한테 말해볼게." 캐린은 말했다. "그 아이디어 원탁회의에…… 참석하지 그래. 난 당신이 그렇게 일을 많이 하는 줄 몰랐어."

"캐린, 정말 전 괜찮습니다. 전 일하는 게 좋아요."

휴는 케이시에게 미소 지었다. 책상 밑으로 케이시의 발을 찰수만 있다면, 그렇게 해줬을 텐데.

"아니, 아니." 캐린은 언니처럼 친절한 목소리로 말했다. "내가 래리한테 이야기해줄게."

"정말 마음 넓은 분이군요. 절 위해서 그렇게까지 해주시다니. 당신 같은 분과 같이 일하다니 케이시는 정말 운이 좋아요." 휴는 캐린에게 집중한 시선을 거두지 않고 미소 지었다. "정말 감사합니다. 너무나 고마워요."

캐린은 초조하게 미소 짓고 자신의 맨손을 확인했다. 그녀는 머리를 매만졌다. "음, 그럼 가보겠습니다."

그녀는 사무실을 나섰고, 휴는 예의 바르게 돌아서서 그녀의 뒷모습을 지켜보았다. 캐린이 돌아섰다면, 자신에게 관심을 쏟아붓고 있는 그의 모습을 볼 수 있었을 것이다. 여자들은 고깃덩이 취급당하는 것이 지긋지긋하다고 열변을 토하면서도 내심 이런 시선을 원한다. 그렇지 않다면 왜 걸어 나가면서 엉덩이를 살랑거리겠는가. 상대가 엉덩이를 봐주기를 바라는 것이다.

"사기 전문가." 케이시는 메모장에 이렇게 쓰고 웃는 얼굴 그림을 그렸다.

"그럼, 전문가지." 그는 흘려 적었다. "그리고 고양이 아가씨, 당신도 버몬트에서 근사한 주말을 보내야지. 아름다울 거야. 최고급 골프채도 있잖아. 가겠다고 해, 케이시."

케이시는 하품을 하고 두 팔을 뻗었다.

"금요일 밤 7시에 데리러 갈게. 고객들은 현지에서 만나기로 했어. 티오프 시간은 다음 날 아침 8시." 그는 적었다.

"이렇게 주제넘은 인간을 보았나." 케이시는 적었다.

"고마워, 자기. 할 수만 있다면 지금 이 자리에서 키스를 날리고 싶군." 그는 적었다.

"웩." 그녀가 적었다. 휴는 그녀의 등을 두들기고 사무실을 나섰다.

금요일 아침, 은우는 케이시가 버몬트 여행을 위해 짐을 꾸리는 것을 지켜보았다. 약속 시간이 빠듯했다.

"우리도 골프 모임에서 만났지." 은우는 소심하게 입을 열었다.

"맞아, 그랬어." 케이시는 기분 좋게 미소 지었다. 그녀는 항공편 탑승 수속할 때 쓰는 어마어마한 캔버스 골프백 지퍼를 열었고, 은우는 골프채를 가방에 담아주었다. 케이시는 골프채를 들고 사무실에 들어가는 모습을 상상해보았다.

"골프, 한동안 안 쳤지."

"맞아. 망신이나 안 당하면 다행인데." 은우 없이 혼자 가려니 어색했다. 그도 한동안 골프장에 나간 적이 없었다. "인턴 기간이 끝나고 개학하기 전에 우리 둘이 갈까. 차를 몰고 저지로 나가면 되잖아. 아니면 최소한 첼시 부두 실내연습장에서 한 바구니 쳐도 되고. 음, 시계를 어디다 뒀더라?" 그녀는 거실을 둘러보았다. 시계는 출입문 옆에 열쇠와 같이 놓여 있었다. "아." 그녀는 시계가 어디 있는지 확인하고 핸드백을 들었다. "몇 시야? 젠장, 늦으면 안 되는데."

"내가 시계 갖다줄게." 은우는 골프가방을 들고 문 쪽으로 옮겼다. 그는 시계를 확인했다. "7시 46분." 그는 말하고 시계를 그녀에게 건넸다.

"고마워." 케이시는 옷가방을 들었다. "아, 젠장. 세면도구를 잊었네. 도대체 머리를 어디다 둔 건지." 그녀는 욕실로 달려가서 화장품 가방에 물건을 마구 쑤셔넣었다.

현관에서 그녀는 빠뜨린 것이 없는지 확인했다. 멀리 떠난다고 생각하니 마음이 들떴다.

"다 챙긴 것 같은데."

은우는 평소보다 더 무거운 표정으로 아무 말도 하지 않았다.

"괜찮아?" 그녀는 물었다. "설마 이 시시한 골프 모임이 그리운 거야? 휴가 이걸 아이디어 회의라고 둘러댄 건 정말 어처구니가 없어. 사기꾼도 그런 사기꾼이……."

"어제 차와 시계를 팔았어."

"뭐?" 케이시는 열쇠를 내려놓았다.

"응. 칼에게 돈을 갚아야 해서, 차와 시계를 넘겨줬어."

"카지노 물주? 세상에. 난 몰랐어."

"네가 어떻게 알겠어. 간밤에 있었던 일인데."

"그랬구나. 혹시 돈 필요해? 나한테 좀 있어. 여기." 케이시는 지갑을 열었다. 그리고 현금 120달러를 꺼냈다. 여름 인턴 일을 하면서 상당히 큰 액수의 급여가 들어왔기 때문에, 요즘 그녀의 재정 상태는 안정되어 있었다. "더 필요해? 나한테 있는 돈 다 줄게."

은우는 돈을 그대로 그녀의 손에 쥐여주었다. "아니, 난 이 돈 필요 없어. 난 괜찮아."

"아버지가 졸업 기념으로 사주신 시계라고 했잖아."

"그래 봐야 그냥 물건일 뿐이야."

"물론 그렇지만, 그래도……."

"업무인데, 늦겠다." 은우는 문을 열었다.

케이시는 뭔가 힘이 될 만한 말이 없을까 생각하며 망설였다.

"돌아올 거야?" 그가 물었다.

"무슨 뜻이야?"

"아무것도 아니야." 그는 말했다. "보고 싶을 거야."

"나도." 그녀는 말했다. 이 사람은 첫 데이트 날 그녀를 초조하게 했던 그 남자가 아니었다. 마이애미에서 은우와 지낸 뒤 엘라에게 전화했던 기억이 났다. 그는 완벽한 남자 같았다. 한국인, 좋은 집안, 훌륭한 학벌, 게다가 자상한 성격까지. 뉴욕에서 만난 첫 데이트는 헬스키친 근처의 이탈리아 식당이었다. 식사 도중 케이시는 너무 긴장해서 조개가 들어간 엔젤헤어 파스타가 입에 들어

가지도 않았다. 그때 그가 물었다. "당신도 데이트할 때 아무것도 안 먹는 여자예요?" 그녀는 말했다. "이게 데이트인가요?" 그는 말했다. "네, 데이트죠. 난 당신한테 잘 보이려고 노력 중인데요." 그녀는 곧장 그와 같이 잤다. 은우에게는 정말 섹시하고 남자다운 데가 있었다. 그녀에게 그는 낯설기도 하고 친숙하기도 한 사람이었다. 요즘 두 사람은 섹스를 자주 하지 않았다. 아예 안 하는 건 아니었지만, 분명 전만큼은 아니었다. 그녀가 정말 놀랐던 것은 최근 들어온 분석가 자리를 그가 거절했다고 했을 때였다. 한 단계 내려가는 일이면 어때? 아예 일자리가 없는 것보다는 낫지 않나? 그리고 도박 문제도 있었다. 그 문제에 대해서는 뭐라고 해야 하지? 자동차와 시계를 넘겨주다니. 그녀는 은우가 낡은 볼보 스테이션왜건을 얼마나 좋아했는지 알고 있었다. 건물이 무너져서 산산조각 나는 광경을 지켜보는 기분이었다.

"내가 도울 방법이 없을까?"

"난 괜찮아. 이런 식으로 불쑥 말을 꺼내는 게 아닌데."

"나 가지 말까? 주말여행?"

"넌 가야지, 케이시. 여름 인턴 자리를 얻어준 사람이잖아."

"알아, 하지만 당신이……." 차마 '상태가 안 좋잖아'라고 말을 맺을 수는 없었다.

"난 괜찮아, 케이시. 잘 지내다 와. 짬이 나면 전화하고. 난 집에 있을 거야."

"알았어." 그녀는 그에게 작별 키스를 했다.

휴가 마구 속도를 낸 덕분에 버몬트까지 가는 길을 예정보다 30분 단축할 수 있었다. 맨체스터 빌리지의 호텔에 도착하자마자, 케이시는 차에서 튀어나가고 싶었다. 차에서 마셔댄 대용량 다이어트콜라 때문에 신경이 곤두선 데다 월터가 했던 말이 뇌리에서 떠나지 않았다. 휴게소에서 월터는 자기와 거래했던 은우에 대해 물었다. "지난주에 그 친구한테 메시지를 남겼어. 분석가 일자리가 있어서 연결해주려고. 나쁜 회사도 아니고. 한데 연락이 오지 않는군. 바쁜가 보지." 그는 케이시를 유심히 바라보며 대답을 기다렸다.

"아, 그랬나요? 나한테는 말 안 하던데요." 사실이었다. 은우는 그런 말을 하지 않았다. 왜 이야기를 안 했을까? 왜 월터에게 연락을 하지 않았을까? 월터는 사람들을 좋게 소개해줄 줄 아는 사람이었다. 월터 같은 사람이 보증해준다는 것은 결코 사소한 일이 아니다. 은우의 문제는 뭐지?

체크인을 끝내자, 거의 11시였다.

"바에서 한잔할까?" 휴가 케이시와 월터에게 물었다.

"네. 와인 마시고 싶어요." 그녀는 말했다.

"난 들어가서 쉬고 싶어. 아침식사 때 보지. 잘 자." 월터는 자기 방으로 들어갔다.

호텔의 바는 천장이 좁았다. 18세기 여관에서 원래 술집으로 사용하던 방 중 하나였다. 휴는 바 안쪽의 소파에 앉아 술을 주문했다.

"왜 그 친구는 아직 일자리를 안 잡은 거야?" 그는 물었다.

"당신이 상관할 바가 아니잖아요." 케이시는 미소 지으며 대답했다. "직장에서 한 번도 잘려본 적 없어요?" 남의 아픔에 공감할 줄 모르는 나쁜 자식이라는 말투였다.

"날 오해하고 있군, 케이시. 은우는 원하면 언제든 직장을 잡을 수 있는 똑똑한 친구잖아. 본인이 원하지 않는 거겠지. 왜 그런 거야?"

"몰라요." 그녀는 어깨를 으쓱했다.

"실망한 엄마 같은 말투군. 하지만 다 큰 남자의 엄마 노릇을 하기에 당신은 아직 새파랗게 보여."

"당신이 영업부에 있는 게 난 가끔 신기해요." 그녀는 말했다. "나이 이야기가 나왔으니 말인데, 언제 은퇴할 거예요? 휴의 분야에서는 쉰 넘은 뒤에 영업부에서 일하는 사람이 없잖아요."

"쉰이라니. 아직 한참 멀었어." 휴는 짜증스러운 기색이었다.

"그렇다고 서른도 아니잖아요." 정확히 은우의 나이였다. "나보다 먼저 쉰이 될 거고요. 11년이나 먼저."

"아, 여자 나이로 스물여섯이면 어떻게 되더라?" 그는 미소 짓고 그녀의 얼굴에 자기 얼굴을 바싹 갖다 댔다. "나이를 먹을수록 더 젊어지는 사람은 없어."

"물러나세요, 휴." 케이시는 뒤로 약간 물러앉아 화이트와인을 마셨다.

휴는 바를 확인했다. 손님이 아무도 없었다.

"나가야 할 것 같은데. 같이. 다른 데로 가자고."

케이시는 그의 눈을 보았다. 예쁜 눈이었다. 그의 얼굴은 정말 아름다웠다. 거의 질투가 날 지경이었다. 케이시는 휴처럼 아름다웠던 적이 없었다.

"진흙탕 같은 갈색."

"뭐?"

"당신 눈동자 색은 진흙 같아요."

"날 좋아하는군." 그는 말했다.

"당신은 모든 사람이 당신을 좋아한다고 생각하죠. 그것만큼 거부감이 드는 남자 성격도 없어요. 부럽기는 하네요, 그래도."

"말해봐." 휴는 술잔을 들었다. 그녀가 한 말이 무슨 뜻인지 궁금했지만 겉으로는 초연한 척하고 싶었다.

"당신은 너무나 자유로우니까요. 동작, 말투, 외모. 당신은 예외적이거나 남과 다른 존재가 아니잖아요. 그저 키 크고, 잘생긴…… 든든한 인맥을 지닌 백인 남자죠. 태어날 때부터 당신은 그런 사람이었어요. 그런 건 어떤 삶일까?"

"그게 부럽다고?"

"어쩌면." 케이시는 인정하기 싫었다. "네, 어쩌면 그런지도 몰라요. 모든 사람이 언제나 당신을 좋아하죠. 생각해보면, 그럴 이유가 없는데도. 예를 들어 캐린 같은 사람. 당신은 그녀를 좋아하지 않아요. 하지만 그쪽은 당신이 데이트를 신청해줬으면 좋겠다고 은근히 바라고 있을걸요. 노력하지 않은 권력을 당신이 얼마나 많이 갖고 있는지, 생각해보면 터무니없을 정도예요."

"권력? 무슨 권력? 캐린? 당신 상사? 그 여자는…… 됐어. 좋은 여자겠지. 난 아무 감정도 없어."

"바로 그거예요. 한데 감정도 없으면서 왜 그렇게 추파를 던졌어요? 오해하게 했잖아요. 난 당신의 그런 면이 싫어요."

"질투해?"

"맙소사." 케이시는 고개를 저었다. "나르시스는 휴가도 안 가시나?"

"아니, 당신 말이 맞아." 휴의 말투가 심각하게 변했다. "사람들이 나를 너무 좋아하는 것 같기도 해. 물론 당신만 빼고. 하지만 당신이야말로 날 좋아해야 해. 내가 당신을 얼마나 아끼는데."

"됐고요, 우린 친구예요. 당신도 알잖아요." 그의 감정을 상하게 할 생각은 없었다.

"가까운 친구지." 휴는 왼손으로 그녀의 허리를 감고 오른손을 치마 위에 올렸다.

"왜 이러는 거예요?" 케이시는 그를 밀어내지 않고 소파에서 약간 물러나 앉았다. 그가 이다음에 뭐라고 말할지 궁금했다.

그는 그녀를 똑바로 바라보더니 오른손을 그녀의 치마 밑에 넣었다.

"이만 실례할게요." 그녀는 정색하며 말했다.

그는 손을 거두었다. "은우 때문에?" 그는 케이시가 남자친구 때문에 저항하는 것이 분명하다고 생각했다.

"모르겠어요." 그녀는 말했다. 이 말은 사실이었다. 그날 아침 은우는 "돌아올 거야?"라고 물었다. 문득 케이시는 자신이 그 질문에 대답하지 않았다는 사실을 깨달았다. 그를 떠난다고 느끼게 할 만한 행동을 내가 했던가? 계속 신경 쓰이는 것은 그가 시계와 자동차까지 넘길 정도로 쪼들리면서도 분석가 자리를 거절했다는 점이었다. 도대체 말이 되지 않았다. "계산하세요."

휴가 웨이터에게 눈짓했다. 탁자에 주의를 기울이고 있던 웨이터는 곧장 가죽 폴더 안에 든 계산서를 가져왔다. 그는 객실 번호를 적었고, 케이시는 일어섰다.

섹스는 부드럽지 않았다. 적대적이기까지 했다. 휴는 케이시를 사랑하지 않았고, 케이시도 그를 사랑하지 않았다. 하지만 케이시는 그의 움직임이 좋았고 조금도 민망해하지 않는다는 점에 감탄했다. 그는 그녀 때문에 흥분했고, 케이시에게는 그것이 나름의 자극이 되었다. 주도하는 것이 누구라고 잘라 말하기는 어려웠다. 아마 둘 다 아니었을 것이다. 섹스가 끝난 뒤 케이시는 자기 방으로 가려고 옷을 입었다. 휴는 계속 있으라고 붙잡지 않았지만 그녀가 방을 나서기 전 오랫동안 그녀에게 키스했다. 그날 밤 유일하게 부드러웠던 순간이었다.

다음 날 케이시는 골프를 멋지게 쳤다. 고객들은 여자 인턴사원의 탄탄한 골프 실력에 감탄하면서도 한편으로는 약이 올랐다. 월터는 케이시가 78타를 기록했다는 말을 듣고 이렇게 말했다. "잘했어, 한." 그간 통 골프를 치지 않았는데도 이렇게 좋은 성적이 나와서 그녀조차 놀랐다. 고객들과 같이 길었던 저녁식사를 마친 뒤, 케이시는 자기 방으로 돌아갔다. 10분도 채 지나지 않아 휴가 찾아왔다.

"나야." 그는 문 밖에서 말했다.

그날 아침 일찍 아침을 먹으러 내려가기 전, 케이시는 성경을 읽고 오늘의 구절을 받아적고 기도했다. 용서를 간구했다. 휴가 문을 두드리는 노크 소리를 듣고 그녀는 망설였다. 30초였을까, 40초였을까. 케이시의 한계는 거기까지였다.

휴가 와인 한 병을 가져왔지만 그녀는 거절했다. 이미 저녁식사에서 와인을 몇 잔 마셨던 것이다. "나도 필요 없어." 그는 말했다. "내가 안 마시는 게 우리한테 좋거든." 그는 웃더니 그녀에게 키스하고 블라우스를 벗겼다. 두 사람은 이야기를 거의 나누지 않고 새로운 것들을 시도하기 시작했다. 케이시는 휴가 섹스에 대해 아는 것이 많다는 데 놀랐다. 그녀가 알게 된 가장 끔찍한 사실은 이 부분이었다. 은우를 머릿속에서 몰아내고 육체에만 집중하는 것이 그리 어렵지 않았다는 것.

케이시는 절정을 느낀 뒤 휴의 얼굴을 보았다. 그는 제이를 연상시켰다. 생김새가 많이 닮아서가 아니라, 제이처럼 휴 역시 언제나 뭔가를 보고 재미를 느끼는 사람이었기 때문이었다. 그들은 이질적인 것들을 보고 웃을 수 있는 종류의 남자들이었다. 좋게 말하자면 그들은 유머로 인생에 맞섰고, 나쁘게 말하면 이따금 인간미가 없는 것처럼 보일 때가 있었다. 케이시는 휴가 8번 애비뉴에서 술에 취한 채 소프트슈 댄스를 추는 노숙자를 보고 웃는 모습을 보았다. 제이가 자리를 비운 인도 출신 친구의 억양을 흉내 내던 일도 기억났다.

이제 케이시는 제이가 자신에게 한 짓을 똑같이 은우에게 저지른 셈이었다. 모욕감을 느낀 그날의 기억이 채 사라지지 않았는데, 그녀는 은우의 감정을 무시했다. 동창회에서 제이를 만났을 때는 그가 여대생 둘과 뒹굴던 기억이 도움을 주었다. 덕분에 이제 그녀와 제이는 더 이상 애인이 아니라는 사실을 쉽게 받아들일 수 있었다. 이런 상처를 주다니, 나는 은우를 좋은 친구로서도 사랑하지 않는 걸까? 휴가 같이 골프 여행을 가자고 제안했을 때 혹시 이런 일이 일어날 거라고 예상했던가? 케이시는 그렇게 생각하지 않았다. 완전히는. 깨어져서 덕지덕지 붙인 것일지언정, 케이시는 자기 자신의 도덕적 원칙을 깨뜨렸다. 그녀는 자신이 이런 짓을 저지를 수 있는 사람이라고 미처 생각하지 못했다.

케이시는 시트로 가볍게 몸을 덮고 베개를 베고 누웠다.

"무슨 생각해?" 휴는 물었다. "별로 행복해 보이지 않는데."

"남자들은 섹스가 끝난 뒤에 말이 별로 없는 줄 알았는데요."

"남자들에 대해 당신이 뭘 알아?"

"그건 그렇죠."

케이시는 몸을 일으키고 다리를 침대 옆으로 내려놓았다.

"잠깐만 기다리면 한 판 더 할 수 있어."

휴는 케이시의 얼굴을 볼 수 없는 위치였지만 그녀는 얼굴을 찡그리고 있었다. 그 말을 하는 휴의 말투 때문에 기분이 상했다. 케이시는 제이 이전에도 유희 같은 섹스를 많이 경험했고 앞으로도 얼마든지 즐길 용의가 있었지만, 그들이 방금 한 것이 테니스 게임과 다를 바 없다는 듯 '한 판 더' 한다는 휴의 말투가 어쩐지 거슬렸던 것이다. 은우는 절대 그런 식으로 말하지 않았다. 그들의 사랑은 열정적이고 에로틱했으며, 비록 은우는 다시 결혼할 생각이 없었지만 케이시는 그가 자신에게 충실하다는 것을 믿어 의심치 않았다. 갑자기 자신이 은우를 차지할 자격이 없는 사람처럼 느껴졌다. 그는 다른 사람을 만나는 편이 나을 것이다. 케이시에게 휴는 낯선 사람도 아니었다. 케이시는 휴를 은우보다 더 오래 알고 지냈지만, 그가 자신에게 감정을 품고 있었던 것도 몰랐다. 아니, 이런 것은 중요하지 않을 것이다. 그녀도 그를 사랑하지 않았다.

케이시는 다시 침대에 누웠다. 피곤해서 자기 전에 씻고 싶은 마음도 없었다.

그녀는 휴의 입술에 키스했다. 자기 자신의 감정을 시험해보고 싶었다. 그들이 하고 있는 이 행위는 무엇일까?

그는 케이시의 입술에 자기 입을 눌렀다. 그의 몸무게가 묵직하게 느껴졌다.

"난 당신을 좋아하지도 않는데." 휴의 마음을 상하게 하고 싶었다.

"난 당신이 참을 수 없이 싫어." 휴는 대꾸했다. "하지만 같이 자고 싶다는 생각은 꽤 오래 했지."

"왜요?" 그녀는 센 척하며 물었다. 그녀는 그의 몸에서 떨어져 나와 팔꿈치를 괴고 얼굴을 받쳤다.

휴는 그녀의 굴곡진 골반을 쓰다듬었다. "그런 걸 누가 설명할 수 있겠어."

그는 온갖 말들을 할 수 있었다. 휴는 어쨌든 달변가였다. 타고
난 영업사원이었다. 케이시를 좋아한다는 둥, 몸매가 마음에 든다
는 둥, 아름답다고, 그녀의 미소가 좋다고, 눈이 예쁘다고, 남자들
이 섹스를 하려고 주워섬기는 온갖 헛소리들을 할 수도 있었다.
마음에도 없는 감탄을 섞어가며 이런 말을 늘어놓을 수도 있었
을 것이다. 하지만 그러지 않았다. 휴는 왜 케이시와 자고 싶은지
자기도 몰랐고, 아는 척하려고 하지도 않았다. 어쩌면 그녀가 아
닌 다른 누구라도 상관없었을 것이다.

"정말 내가 참을 수 없이 싫어요?" 이번에 케이시의 말투는 진
지했다.

"아니, 무슨 소리야. 당신을 상당히 좋아한다니까. 난 안 좋아하
는 사람과 사랑을 나눌 수가 없어. 그럴 수 있는 당신과 달라."

케이시는 말문이 막혀 그를 쳐다보았다.

"난 자러 가야겠어요." 그녀는 혼자 있고 싶었다. 더 이상 무엇
을 믿어야 할지 알 수 없었다. 나를 배려하는 마음에서 저렇게 말
하는 걸까, 정말 진심일까? 한데 그의 말은 틀리지 않았다. 케이시
는 좋아하지 않는 남자들과 잤다. 하지만 그녀는 휴를 좋아했다.
단지 지금은 그렇게 말할 기분이 들지 않았다.

"그에게 돌아갈 거야?" 그는 물었다. 보통 휴는 외도를 하는 상
대에게 남편이나 애인 이야기를 절대 꺼내지 않는 사람이었지만,
케이시에게는 그런 방식이 통하지 않을 것 같았다. 그녀는 눈앞의
상황을 못 본 척하는 사람이 아니었다. 최악의 경우 대놓고 말하
지는 않더라도 무슨 일이 벌어지는지는 다 알고 있는 사람이었다.

케이시는 그에게 돌아누웠고, 휴는 그녀의 작은 젖가슴을 두 손으로 감쌌다. 그는 엄지로 유두를 만지작거렸다.

"그만 해요, 휴." 말을 내뱉는 순간, 케이시는 은우라는 이름과 휴라는 이름이 서로 비슷하게 발음된다는 것을 깨달았다. 둘 다 모음에 장음 u가 들어 있었다. 그녀는 제이에게서 유운과 자운을 비롯해 운율의 이런저런 요소들을 배운 적이 있었다. 마치 남자 셋 모두와 함께 침대에 있는 기분이었다. 케이시는 마침내 일어나서 가운을 걸쳤다.

"나도 여기서 자고 갈까?"

"난 졸려요." 케이시는 말했다.

"그럼 갈까?"

"내일 봐요, 휴."

"알았어."

일요일, 뉴욕으로 돌아가는 길은 한층 짧게 느껴졌다. 케이시는 대부분 월터와 이야기를 나누었다. 월터는 차 안의 분위기가 달라진 것을 느꼈지만 아무 말도 하지 않았다. 설마 휴가 케이시를 유혹할 정도로 저급하게 굴 거라고 생각하지 않았다. 케이시는 부하직원이니 성희롱 문제가 될 수도 있었다. 미드타운에 있는 휴의 주차장 근처 주유소에서 기름을 채운 뒤, 그들은 차를 넣어두고 각자 택시를 타고 집에 가기로 했다. 월터는 브루클린에 살았기 때문에 제일 먼저 오는 택시를 탔다.

"내가 내려주지." 다음 택시가 도착하자 휴가 말했다.

휴는 운전사에게 길을 알려준 뒤 1분도 지나지 않아 케이시를 더듬기 시작했다.

케이시는 허벅지 안쪽에서 그의 손을 밀어냈다. "아니, 휴. 이제 이런 건 그만해요."

휴는 그녀에게서 돌아앉아 정면을 보았다. "왜?" 그는 업무용 목소리로 침착하게 물었다.

"내가 나쁜 사람처럼 느껴져서요. 난 정말 위선자예요."

오늘이 일요일이라는 이야기는 휴에게 말할 수 없었다. 그저 하나님이 날 얼마나 개똥 같은 인간으로 보실까 하는 생각뿐이었다. 실제로 개똥 같은 인간이니까. 하나님이 진짜 하나님이라면 에둘러 말하지 않을 것 같았다. 케이시는 물론 천사는 아니지만, 이건 그녀 기준으로도 정말 저열한 행동이었다.

"당신은 그를 떠나야 해."

"뭐라고요?"

"잠시 내 집에서 지내도 돼. 생각이 정리될 때까지."

"휴는 여자랑 같이 안 살잖아요."

"내가 언제 나랑 같이 살자고 했어? 당신은 내 친구잖아. 원할 때면 언제든지 신세 져도 된다고."

케이시는 눈을 감았다.

"은우는 패배자야. 그 친구 도박벽은 이제 정상이라고 볼 수 없어. 당신은 미래가 없는 사람과 얽혀 있는 거야."

"은우는 좋은 사람이에요. 너무나 정직하고."

"그래, 하지만 좋은 남자는……."

"입 닥쳐요. 그는 나 같은 인간이 범접할 수 없을 정도로 좋은 사람이니까."

"나랑 결혼하자는 것도 아니고 데이트를 하자는 것도 아니잖아. 난 그냥 좋은 친구로서 행동하려는 것뿐이야."

"고마워요." 케이시는 고개를 끄덕였다. 그녀와 결혼하고 싶어 했던 유일한 남자는 제이였다. 케이시는 그의 의지력이 너무 약하다고 생각했는데 이제 보니 그녀 자신의 의지력도 약하기 그지없었다. 은우는 결혼이라는 제도를 믿지 않는다. 그렇다면 그는 그냥 고정적으로 그녀와 섹스하는 것만을 원했다고 생각해야 할까? 솔직히 그녀도 지금 당장 누군가와 결혼할 마음은 없지만, 아예 결혼 상대로 고려조차 되지 않는다는 것은 어떤 여자라도 모욕으로 느낄 일이다. 기분 한번 끝내주는군, 그녀는 생각했다. 그녀는 이제 누가 뭐래도 나쁜 년—집으로 데려가서 어머니에게 인사시킬 수 없는 그런 부류였다. 요리도 싫어하고, 청소도 싫어하고, 꼬박꼬박 돈 벌어오는 재주도 그리 좋지 못하다. 직장에 빠지지 않고 출근하는 정도는 할 수 있고, 똑같은 고전을 읽고 또 읽으며, 모자를 만든다. 아이에 대해서는, 기껏해야 무덤덤한 입장이다. 대체 여자답시고 특별한 점이 뭐가 있나?

"뭐가 그렇게 대단한 건지 모르겠군. 그는 당신과 결혼하지 않겠다고 했다면서."

"결혼이라는 제도를 믿지 않는다고 했어요. 나도 결혼할 마음이 없고요." 다친 자존심을 숨기려는 게 아니라면, 자신이 왜 굳이 이런 설명을 하고 있는지 알 수 없었다. "지금 그를 떠날 수는 없어요. 그는 일자리를 잃었어요. 차도 없고, 심지어 시계도 없어요."

"게다가 여자친구는 다른 남자와 뒹굴고." 그는 케이시를 자극하고 싶었다.

하지만 이 말은 정반대의 효과를 낳았다. 케이시는 말문이 막혔다. 오늘 하루에 대해 그나마 남아 있던 좋은 기분이 송두리째 증발했다. 그녀는 앞유리창 밖을 내다보았다. 아직 완전히 캄캄해지지 않았다.

"아니, 아니, 아니." 휴가 말했다. 케이시는 달랠 수도 없을 정도로 슬퍼 보였던 것이다. "내가 나쁜 놈이야. 진심으로."

"우리 둘 다 나빠요. 나는 끔찍한 인간이에요."

"그래, 하지만 모든 인간은 끔찍해. 이따금 그렇지 않을 때가 있는 것뿐이라고." 휴는 한참 동안 케이시에게 키스했다. 케이시는 그 따뜻한 느낌에 몸을 맡겼다.

택시는 건물 앞에 멈췄다. 도어맨 조지는 차에 다가가 짐칸을 두드렸다. 그는 케이시가 두 손으로 머리카락을 매만지는 것을, 그녀의 가슴 위에 남자의 손이 올라가 있고 케이시가 천천히 그에게서 물러나 앉는 것을 보았다.

케이시는 작별인사를 하지 않고 차에서 내렸다.

"전화할게." 휴가 말했다.

그녀는 고개를 끄덕였다. 조지는 두 사람이 같이 있는 것을 보았다. 휴는 그녀의 청바지 안에 한 손을 넣고 오른쪽 가슴에 다른 한 손을 얹은 채 그녀의 입안에 혀를 집어넣고 있었다. 피부에서 아직 휴의 애프터셰이브 향이 풍겼다.

"안녕하세요, 조지." 그녀는 그의 눈을 쳐다보았다.

조지는 아무 대답 없이 고개만 끄덕였다. 아무것도 못 본 척할 것이다. 그것이 그의 일이었다. 이 일을 하면서 그는 남자보다 여자들이 바람피우는 것을 더 많이 보았다. 남자는 다 개라는 둥 하는 소리는 많은 남자와 동시에 재미를 보는 독신 여성에 비하면 아무것도 아니었다. 조지가 보기에 은우의 여자친구는 쌍년이었다. 멋진 옷, 대학물 먹은 억양과 그럴듯한 말솜씨는 그에게 아무 의미도 없었다. 조지는 골프가방을 엘리베이터에 넣어주고 물었다. "이렇게 두면 될까요?"

"네, 괜찮아요. 고맙습니다." 케이시는 엘리베이터 버튼을 눌렀다.

9

이음매

조셉 한은 새로 부임한 지휘자와 한 번도 이야기를 나눈 적이 없었다. 차량정비사이자 성가대에서 바리톤을 맡고 있는 깡마른 김 장로가, 부잣집 출신이라 아버지 재산으로 놀고먹으면 그만인데도 열심히 자기 힘으로 일해서 먹고사는 젊은 남자라고 평한 적이 있었다. 조셉은 이 점을 높이 샀다. 그 자신도 부유한 집안에서 태어났지만 젊을 때부터 힘들게 일했다. 때로 전쟁이 아니었다면 자기 인생은 어떻게 풀렸을까 생각해볼 때가 있었다. 형들처럼 대학에 갔을까, 막내아들이니 집에서 빈들거리며 한량으로 살았을까. 미국에서 조셉은 부자가 되지 못했고 내세울 것도 별로 없었지만, 그는 열여섯 살부터 성실하게 일했다. 그는 마르고 진지해 보이는 찰스 홍의 생김새가 마음에 들었다. 지휘자는 넥타이를 매지도, 정장을 입지도 않았다. 리아는 자동차조차 없더라고 했다.

이번 주 일요일에 조셉은 찰스 홍에게 할 이야기가 있어서 성가대 연습실을 찾아갔다. 물론 리아 때문이었다. 리아는 연달아 4주째 교회를 빠지고 있었다. 세탁소에는 출근했지만 목소리가 나오지 않아서 손님들과 대화조차 할 수 없었기 때문에 주로 바느질만 했다. 이달 초순에는 심한 감기를 앓았고 요즘은 바이러스성 장염으로 고생하고 있었다. 지난주에도 얼굴이 너무 파리하고 힘이 없어 보여서 조셉이 목요일과 금요일에 집에서 쉬라고 했다. 살도 빠졌다. 빨리 나아지지 않으면 본사의 허락을 받아 가게 문을 닫고 의사에게 데려갈 생각이었다.

오늘 오후 티나와 철, 손자 티머시가 비행기 편으로 뉴욕에 도착할 예정이었고, 케이시와 은우도 집에 오기로 했다. 마침내 티머시가 오는 것이다. 손자를 보러 샌프란시스코에 다녀온 뒤, 조셉은 한층 희망에 부풀었다. 하지만 이상하게도 리아의 상태는 나빠지기만 했다. 몸이 좋지 않은데 세탁소에서 일만 하고 교회를 빠지는 것은 그녀답지 않았다. 26년 동안 결혼생활을 하면서 리아가 교회를 빠진 것은 손가락으로 꼽을 정도였다. 심지어 심 장로조차 그녀가 보이지 않는다는 것을 알아차리고 안부를 물을 정도였다.

조셉은 원래부터 교회에 열심히 다닌 사람은 아니었다. 그로 하여금 예수 그리스도를 자신의 구세주로 받아들이도록 만든 것은 리아의 신앙이었다. 조셉의 첫 아내는 기독교인이 아니었다. 하지만 좋은 사람이었으니 오래 살았다면 신앙인이 되었을지도 모른다. 목사는 예수 그리스도를 영접하고 죄악에서 빠져나오는 사람들만이 구원받는다고 했다. 하지만 첫 아내는 복음을 들을 기회조차 얻기 전에 세상을 떠났다. 그녀는 어떻게 됐을까? 조셉이 늘 목사에게 하고 싶었던 질문이었지만, 정작 물을 기회가 생겨도 용기가 나지 않았다.

조셉은 성가대 연습실에 들어갔다. 몇몇 사람들이 그에게 인사했다. 그는 허리를 굽혀 마주 인사했다. 찰스는 연습실 앞쪽 작은 나무 책상 뒤에 앉아 있었다. 길거리에서 주운 허름한 물건이었다.

찰스는 다가오는 발소리를 듣고 고개를 들었다. 그는 자기 눈을 믿을 수가 없었다. 남자의 진지한 얼굴은 그래도 상당히 온화해 보였다. 마지막으로 리아를 본 것은 거의 한 달 전이었다. 그 이후 찰스는 그녀 말고 아무것도 생각할 수가 없었다. 그의 머릿속에서 리아는 감옥에 갇힌 천사였다. 내내 그는 어떻게 하면 그녀를 위험에 빠뜨리지 않고 해방시킬 수 있을까 하는 생각뿐이었다. 오늘을 포함해서 지난 네 번의 일요일에 소프라노 경아 신이 리아가 아프다고 알려주지 않았다면, 남편이 리아를 죽인 게 아닐까, 어딘가로 납치해서 빼돌린 게 아닐까 하는 의심까지 했을 것이다. 찰스는 리아가 괜찮으냐는 질문 이상을 할 수 없었고, 경아도 굳이 나서서 그 이상의 소식을 알려주지 않았다. 한창 망상에 젖어 있다가도, 이따금 제정신이 돌아올 때면 찰스는 리아가 오랫동안 결혼생활을 한 유부녀이고 남편과 다 큰 딸 둘 외에 세상 물정을 전혀 모르는 사람이라는 사실을 상기하곤 했다. 하지만 리아는 분명 그에게 연모하는 감정을 품고 있었다. 찰스는 확신했다. 그러다가도 의심이 고개를 들었다. 그녀가 평생 동안 해온 결혼생활을 헌신짝처럼 버리고 나이 든 남편을 떠날 수 있는 그런 종류의 여자라면, 나는 과연 사랑할 수 있었을까? 사랑할 수 있을까?

내가 언제 사랑에 빠졌을까? 처음 그녀의 노래를 들은 순간이었나? 아니, 그렇지 않다. 어떤 순간이라고 꼬집을 수 있을까, 그런 많은 순간들이 차곡차곡 쌓인 결과가 아닐까? 찰스가 리아에 대해 이런 여자를 만난 적이 없다고 생각하기 시작한 것은 그녀가 그 의사와 같이 브루클린 집에 처음 찾아왔을 때였는지도 모른다. 의사 역시 리아에게 마음을 두고 있는 것이 뻔히 보였다. 리아는 자연스럽게 그의 세상에 들어올 수 없었을 사람이었다. 변변찮은 집안 출신에, 정규교육을 거의 받지 못했으며, 뉴욕의 세탁소에서 옷 수선을 한다. 하지만 그녀는 여성의 몸에 숨은 아름다운 한 마리 종달새였다. 리아가 악보를 읽을 수 있다는 사실도 정말 뜻밖이었다. 고향에서 어느 수녀가 가르쳐주었다고 했다. 리아의 존재 자체가 찰스로 하여금 모든 것에 의문을 품게 했다.

조셉은 왜 여기 왔지? 찰스는 온갖 질문과 두려움이 엉망진창으로 뒤엉킨 머릿속을 정리하려고 애썼다. 조셉이 그를 총으로 쏜다 해도, 그는 맞아도 싼 인간이었다. 다른 남자의 아내는 신성불가침의 존재다. 두말할 필요가 없지만, 그는 지금까지 그 선을 아무렇지 않게 넘나들었다. 그러나 지금까지 여러 유부녀와 자본 경험상, 여자들도 애매한 상황에서 벗어나기보다 불륜 관계를 유지하려 들었고, 찰스가 관계를 끝내려 하면 화를 냈다. 먼저 떠나야 했던 쪽은 언제나 찰스였다. 그가 여자 쪽에서 남편을 떠나기를 바라는 것은 처음이었다. 하지만 그 뒤로 리아는 한 번도 그에게 전화하지 않았다. 이 얼마나 얄궂은 상황인지. 하나님은 없다. 그는 생각했다. 인간의 운명으로 장난을 치는 존재일 뿐.

"한 장로님." 찰스는 자리에서 일어서며 말했다. 그는 혹시 자세가 흔들릴까 봐 뒷짐을 졌다.

조셉은 자기보다 젊은 남자에게 고개를 가볍게 숙여 묵례했다. 찰스는 허리 숙여 인사했다.

"제 아내가……." 조셉은 말을 꺼냈다.

"네?" 지나치게 빨리 대답이 나왔다. "몸은 좀 어떠십니까?"

"영 좋지 않습니다. 기침이 심해요. 복통도 계속 앓고 있습니다."

"신 집사님 말씀으로는 부인께서 감기에 걸리셨다고 하던데요. 목소리가 안 나온다고요. 심각한 겁니까?"

"지난달에 독창을 못 하게 돼서 너무 죄송하다고 합니다."

"그건 다 잘됐으니 걱정하지 마세요." 오늘 아침에는 경아가 대신했다. 괜찮다고 생각했지만 오늘 아침 찰스는 통 아무것에도 집중할 수 없었다.

"목 때문에 집사람이 너무 고생합니다. 흥얼거리지도 못해요. 아무 소리도 안 들리니 기분이 묘해서……." 문득 구구절절 설명하는 것이 바보처럼 느껴졌다. 자기가 왜 여기 왔는지도 알 수 없었다. 아내가 부탁한 것도 아니었다. 성가대가 리아한테 가장 중요하다는 것만 알고 있을 뿐이었다.

"병원에 가보셨습니까?"

"가지 않으려고 해요. 첫 3주 동안은 아픈데도 가게에 나가서 일했습니다. 바느질을 할 때는 어차피 손님들과 많이 이야기할 필요가 없으니까요." 리아는 목에 면 스카프를 감고 다녔다. 몇 시간이고 말 한마디 없이 재봉틀 앞에 조용히 앉아서 일했다. "하지만 이번 주에는 제가 며칠 집에 있으라고 했습니다. 너무 피곤해 보여서요. 기침도 심하고."

찰스는 뭐라고 해야 할지 몰라 고개만 끄덕였다. 하루 종일 정적 속에서 보내는 모습을 상상하니 가슴이 찡하게 아파왔다. 그는 자기도 모르게 얼굴을 찡그렸다.

"제가 뭐라도 해드릴 일이 있을까요? 집으로 전화를 드려도 되겠습니까?"

"아." 지휘자의 친절에 조셉의 얼굴이 환해졌다. "그럼 정말 좋겠습니다. 지휘자님께서 시간을 내주시면 아내도 정말 영광으로……."

"아뇨, 아뇨, 무슨 말씀을요." 찰스는 손을 내저었다. "제가 기쁩니다. 통화는 하실 수 있겠지요?" 그는 자기 목울대를 쓰다듬었다.

"아, 네. 오래는 힘들겠지만요. 기침을 계속하고 있습니다. 기분도 안 좋은 것 같아요." 리아를 염려해주는 사람에게 이런 이야기를 털어놓을 수 있어서 속이 후련했다. 이렇게까지 신경을 써주다니 정말 책임감 강하고 마음이 따뜻한 사람이었다.

조셉은 집 전화번호를 교회 주보 뒷면에 적어주었다. 그들은 고개를 숙여 작별인사를 했다.

성가대 연습실을 나서는데, 경아 신이 조셉을 부르면서 의자에서 벌떡 일어났다.

조셉은 짧게 목례했다. 경아는 그에게 다가왔다. 조셉은 퍼뜩 뒤로 물러났다. 성가대원들이 다들 쳐다보다가 고개를 돌렸다. 찰스는 모른 척하고 악보만 바라보고 있었다.

"한 장로님, 한 장로님." 경아는 숨찬 목소리로 그를 불렀다. "부인께서 어떻게 지내는지 정말 궁금하네요. 오늘 아침에 통화할 때 교회에 또 못 나온다고 해서 정말 걱정했어요. 몸은 좀 좋아지고 있나요? 목소리가 너무 안 나오더라고요. 거의 들리지도 않을 정도였어요. 감기를 방치하면 폐렴이 될 수도 있어요. 엑스레이를 찍어보는 게 좋지 않을까요?" 그녀는 대담하게 조섭의 눈을 쳐다보았다. 그는 무표정하고 냉랭한 얼굴이었다. 그는 경아를 별로 좋아하지 않았다. 그 정도는 충분히 읽을 수 있었다. 쑥스러움을 많이 타는 경아의 남편은 열심히 일했고 아내의 활동에 간섭하지 않았다. 아이들에게는 좋은 아버지였다. 하지만 너무 따분한 사람이라, 가끔 같은 방에 있다는 것조차 잊어버릴 때가 있었다. 경아는 결혼은 필요해서 하는 것이지만 너무 부자연스럽다고 생각하고 있었다.

"오늘은 쉬고 있습니다. 아마 다음 주에 병원에 가볼 것 같아요."

"손자가 온다면서요." 경아는 조섭에게 미소 지었다. 대부분의 남자들은 그녀를 좋아했는데, 조섭은 그렇지 않다는 것이 경아는 기분 나빴다. 목석 같은 흰머리를 좋아하나. "손자를 보면 기분이 좋아질 거예요."

"네." 그는 얼른 미소 짓고 모자를 썼다. 리아가 점심거리로 주문해둔 잔치 음식을 가지러 한국 마트에 들러야 했다.

"바쁘시겠어요." 경아는 말했다. 조섭은 빨리 가고 싶은데 그녀가 붙잡고 있었던 것이다. "빨리 댁에 돌아가셔서 부인을 돌보셔야죠. 제가 나중에 전화할게요."

조셉은 고개를 끄덕였다. 아내가 도대체 왜 이런 여자와 말을 섞고 지내는지 알 수가 없었다. 경아의 립스틱은 쥐를 잡아먹은 것처럼 시뻘건 색이었다.

리아는 혼자 부엌에 있었다. 집을 나서기 전에 조셉은 리아가 마실 인삼차를 끓여놓았다. 조금 마셔보겠다고 약속했지만, 냄새가 너무 역하게 느껴진 나머지 입술에 갖다 대려는 순간 아침에 몇 숟가락 겨우 넘긴 밥이 그대로 올라올 뻔했다. 너무 피곤해서 서 있을 힘조차 없었고, 기침도 계속 나왔다. 가끔 기침이 너무 심해서 앉아 있어야 할 때도 있었다. 누가 주먹으로 가슴을 치는 느낌이었다.

아이들은 오늘 오기로 했는데 음식을 전혀 만들지 못했다. 조셉이 꼼짝도 하지 말라고 엄포를 놓았던 것이다. 그래서 난생처음으로 그녀는 가게에 음식을 주문했다. 경아는 공 씨네 음식이면 충분하니 점심 만들 생각은 하지도 말라고 했다. "왜 그렇게 사람이 꽉 막혔어." 친구는 이렇게 말한 적도 있었다.

리아는 부엌을 나와 거실 소파에 누웠다. 혼자 가만히 누워 있으니 상념은 다시 홍 교수에게로 흘러갔다. 그 식당에 홍 교수와 같이 앉아 그가 아는 가수 이야기, 그가 갔던 콘서트 이야기를 들을 수 있다면 얼마나 좋을까 하는 생각이 들어 죄책감이 엄습할 때도 있었다. 그는 자신이 작곡하고 있는 연가곡에 대해서, 오르간 음악에 대한 이유를 알 수 없는 관심에 대해서 열정적으로 토로했다. "샤를마리 비도르는 놀라운 작곡가입니다. 당신도 들어보셨을 거예요. 최소한 〈오르간 교향곡 5번 5악장〉 정도는요. 토카타죠. 결혼식에서 자주 연주됩니다." 그는 잔뜩 들떠서 몇 소절을 흥얼거렸다. 리아는 이런 것들을 전혀 몰랐고, 알고 싶었다. 그녀가 모르는 것은 너무나 많았다. 홍 교수와 같이 있음으로써 그녀는 저 바깥세상에 다른 뭔가가 있다는 사실에 눈뜰 수 있었고, 그 리듬을 갈망하게 되었다. 귓가에 그의 엄격한 목소리, 흥분한 목소리가 들리는 듯했다. 혼자 있으면 기억 속의 그 목소리가 다시 밀려왔다. 자동차 안에서 그는 너무나 부드럽고 다급했다. 두려움에도 불구하고 그의 목소리는 리아를 빨아들였다. 저녁을 먹다가 그는 이렇게 단언하기도 했다. "라흐마니노프는 감상적이에요." 그것이 일종의 저주라는 듯한 말투였다.

그런 판단을 내릴 수 있다는 것이, 그런 말을 자신 있게 할 수 있다는 것이 대단해 보였다. 여자가 그런 말투를 쓰는 것은 상상조차 할 수 없었다. 찰스는 이렇게 말했다. "당신의 목소리는 제가 들어본 그 누구의 목소리와도 달라요. 당신이 어렸을 때 만나지 못한 것이 안타까울 뿐입니다." 잔인하게 말하려는 의도는 아니었어, 그녀는 생각했다. 그저 그가 선생이고 그녀가 기회를 놓친 성악가라는 사실을 직시하는 것이었다. 그뿐이었다. 하지만 그는 리아를 그저 우드사이드 교회 성가대의 일원이 아닌 진짜 성악가로 생각해주었다. 이런 생각들을 모두 머릿속에서 몰아내면, 이번에는 자동차 안에서 있었던 일이 떠올랐다. 절대로 돌이킬 수 없는 그 일. 이제 리아는 영원히 간통을 저지른 죄인이었다. 남자가 그녀의 몸에 들어왔고, 남녀의 몸이 하나로 합쳐지면 모든 것이 달라진다. 섹스는 여자가 한 남자, 그녀의 남편에게 주는 선물이다. 남자는 물처럼 섹스를 필요로 한다. 누구나 알고 있다. 홍 교수처럼 세상을 많이 아는 세련된 남자가 자신을 원할 수 있다는 사실이 두렵기도 하고 자극적이기도 했다. 제발, 그녀는 분명히 말했다. 안 돼요. 집에 가야 한다고 말했다. 하지만 분명 그녀가 그를 유혹한 것이리라. 그것은 하나님의 뜻에 어긋나는 중한 죄였다. 있을 수 없는 일이었다. 리아는 자신이 남자를 유혹할 수 있다고 생각한 적이 없었다. 그녀가 아는 한, 조셉이 아닌 누구도 그녀를 원한 적이 없었다. 어떤 면에서 이 믿음이 그녀를 보호해주었다. 홍 교수와 그 식당에 가면 안 되는 거였는데. 리아는 죽고 싶었다.

전화가 울렸다. 그녀는 일어나서 전화를 받으러 갔다.

"여보세요?" 그녀는 한국말로 전화를 받았다. 거의 하루 종일 혼자 있다가 갑자기 목소리를 내려니, 다시 기침이 나왔다.

"혼자 계십니까?" 찰스가 물었다.

"어머." 리아는 놀라 말했다. 그의 목소리였다.

"지금 제가 당신을 데리러 갈 수 있어요."

리아는 고개를 저었다. 무슨 소리를 하는 거지?

"리아, 떠날 수 있어요? 나랑 같이 삽시다."

리아는 기침을 하고 또 했다.

"당신이 내 곁에 있다면 행복할 겁니다."

"전 실수를 했어요. 제 잘못이에요. 부디 용서해주세요. 제가 끔찍한 잘못을 저지른 거예요⋯⋯." 리아는 흐느끼기 시작했다.

"다음 주에 교회에 나올 겁니까?" 그는 물었다. "리아?"

"모르겠어요." 기침이 멎었다. 불행한 얼굴을 타고 눈물이 흘러내렸다. 콧물도 흘렸다.

찰스는 한숨을 쉬었다. 성가대 연습실로 돌아가야 했다. 성가대만 남겨두고 나온 참이었다. 지금 전화하지 않았다면, 리아의 남편이 거기 있었을 것이다. 그는 빈 교회 사무실에서 통화하고 있었다. 벽에는 성경책 판매상이 공짜로 나누어주는, 매일 한 장씩 찢어서 버리는 일력이 걸려 있었다. 6월의 구절은 한국말로 된 〈시편〉 23장의 한 구절이었다. 나의 안위는 어디에 있나? 찰스는 생각했다. 어쩌다 김치 냄새 풍기는 교회 지하실에 처박혀서 머리 허연 여자한테 남편을 떠나라고 조르는 신세가 되었지?

"제발, 용서해주세요." 리아는 홍 교수가 자기한테 화를 낸다는 생각만 해도 견딜 수가 없었다.

"어쩌면 실수였을지도 모르겠습니다." 찰스는 중얼거렸다.

리아의 심장이 내려앉았다. 같이 살자고 해놓고서. 그날 밤 분명 그렇게 말했고, 오늘도 데리러 오겠다고 전화했다. 한데 실수라니. 어머. 이런 남자는 이다지도 빨리 마음이 변하는구나. 그들이 절대로 함께할 수 없다는 사실은 당연히 알고 있었다. 그를 원한 죄를 지었으니 그녀는 죽어 마땅했다. 하지만 마음 한구석에서는 어쩌면 그 많은 소설책과 텔레비전 프로에서 나오는 이야기가 다 이런 것이 아닐까 하는 생각을 품고 있었다. 이루어질 수 없는 순수한 사랑. 리아는 자신이 경험한 것이 이런 사랑이라고 생각했다. 한데, 아니, 그의 마음이 이렇게 쉽게 바뀐다면 이것이 그런 사랑일 리 없다. 혹시 그는 제비일까? 영리한 여자는 제비처럼 홀연히 나타나 귀에 솔깃한 노래를 들려주는 남자를 경계해야 한다. 그런 남자는 눈먼 여자의 인생에 홀쩍 들어와 믿음이라는 보석을 빼앗고 텅 빈 가슴만 남겨놓은 채 다시 홀쩍 날아가버린다.

리아는 수화기를 귀에 바짝 댄 채 혹시 남편이 들어올까 봐 현관문을 쳐다보고 있었다. 점심거리를 들고. 아픈 동안 남편은 지극정성으로 그녀를 돌봐주었다. 딸들이 초인종을 울리면 어떻게 하지? 아이들이 아직 열쇠를 갖고 있을까? 리아는 집에서 입는 옷소매로 눈물을 닦았다.

"끊어야겠어요." 찰스는 말했다. 전화한 것이 한심하게 느껴졌다. 지난 한 달 동안, 그는 그녀가 자기한테 올 거라고 생각하고 대비하고 있었다. 언제라도 그녀가 현관문을 두드리고 여기서 지내게 해달라고 할 것 같았다. 당연히 집에 들일 생각이었다. 결혼할 생각이었다. 심지어 한국에 데려갈 생각이었다. 아버지는 그녀를 좋아할 것이다. 전처 둘은 아버지의 마음에 들지 않았다. 한데 지금 생각하니 이 모든 상상이 어린애처럼 느껴졌다. 돌아가신 할머니가 살아 돌아왔으면 좋겠다고 생각했던 소년 시절이나, 농사꾼과 결혼해서 떠난 유모가 잠깐 고향에 다니러 간 것뿐이라고, 그가 좋아하는 엿을 사 가지고 돌아올 거라고 몇 달 동안이나 기다렸던 여덟 살 때 소원과 다를 바가 없었다. 갑자기 고향이, 더는 존재하지 않는 어린 시절의 집이 그리웠다. 젊은 어머니가 아직 살아 계시고, 할머니는 응접실에서 소설을 읽고, 좋아하던 유모도 아직 그들과 같이 살면서 그의 침대 발치에서 자다가 숙제를 마치면 요구르트를 갖다주는 집, 찰스의 피아노 소리에 그녀들이 기뻐하던 집.

하지만 연애는 쌍방의 망상일 뿐, 사랑을 손에 넣고 나면 모든 것이 빗나가기 마련이었다. 찰스와 결혼한 디바들은 결코 기뻐하는 법이 없었다. 행복하기를 거부하는 여자와 결혼생활을 한다는 것은 심술궂은 저주와 같았다. 찰스는 바람을 피우며 집 밖에서 나돌았다. 아내의 악의에 찬 분노는 차츰 살기로 변해갔다. 디바에게서 법적으로 탈출하는 과정은 어마어마한 시간 낭비였다. 혼자 사는 것이 낫다. 그는 아이를 갖지 않을 것이다.

리아는 아직 수화기를 들고 있었다. "전 선생님이 절 생각하시는 줄 알았어요." 자신도 모르게 조용히 이런 말이 입에서 흘러나왔다. "저와 함께 살고 싶으신 거라고 생각했어요."

이제 찰스가 입을 다물 차례였다. 그가 잘 아는 목소리였다. 상처받은 여자의 목소리. 그 목소리를 들으니 마음에서 자비심이 싹 사라졌다.

"당신은 아름다운 목소리를 갖고 있어요, 리아. 내가 들어본 가장 아름다운 목소리." 그는 이렇게 말했고 사실이라고 믿었다. 그는 칼라스, 프라이스, 테 카나와, 배틀의 노래를 들었다. 하지만 머리가 허옇게 센 이 중년의 재단사는 디바들을 능가했다. 하나님이 정말 존재한다 해도, 그가 재능을 나누어주는 방식은 이치에 맞지 않았다. 혹시 하나님은 가장 큰 재능을 혼자 듣기 위해 아무도 모르게 숨겨두는 걸까? 몇 분 전만 해도, 그는 자신이 가진 모든 것을 이 여자에게 줄까 생각했었다.

리아는 기침을 하기 시작했다. 멈출 수가 없었다.

"당신은 쉬어야 합니다. 남편분께서 오늘 아침 여기 오셨는 데……."

"남편과 이야기하셨어요?" 그에게서 남편 이야기를 들으니 한 대 얻어맞는 기분이었다.

"네. 걱정하셨습니다."

당신은요? 리아는 묻고 싶었지만 그러지 않았다. 그는 그녀를 사랑하지 않았다. 지속될 수 있는 사랑이 아니었다. 사랑에는 근심이 따르고, 희생이 따른다. 사랑에는 신실함이 따른다. 지난 4주 동안 그는 한 번도 그녀에게 연락하려 하지 않았다. 그는 의지할 수 없는 사람이었다. 찰스를 사랑할 수 있는 사람으로 생각했다는 것 자체가 당혹스러울 정도였다.

"그럼 가보세요. 바쁘시겠네요. 전화 주셔서 감사합니다." 리아 는 찰스가 먼저 끊기를 기다렸다. 그녀는 항상 상대가 먼저 끊기 를 기다렸다가 수화기를 놓는 사람이었다. 그것이 그녀의 방식이 었다. 하지만 아무리 기다려도 딸깍 소리는 들리지 않았다. 조용 하고 규칙적인 숨소리만 들려왔다. 그의 흰 속옷에서 풍기던 세탁 세제의 레몬 향이, 세탁물을 개다가 코에 속옷을 갖다 댔던 것이 기억났다.

리아는 수화기를 놓았다. 이래도 괜찮을 것 같았다. 그가 먼저 그녀를 놓아버렸으니까.

밴클릭 스트리트에 다가가면서, 케이시는 아기 선물을 포장한 리본을 초조하게 만지작거렸다. 베이비 갭에서 산 티머시의 옷이었다. 은우가 같이 가주겠다고 한 것이 고마웠다. 지하철 N선을 타고 가면서, 그는 케이시가 밑줄 친 《미들마치》의 구절을 엉터리 영국 액센트로 소리 내어 읽어서 케이시를 웃겼다. 은우의 다정함 덕분에 휴가 남긴 솔깃한 메시지를 보고도 연락을 취하지 않는 것이 쉬워졌다. 티나의 아기를 처음 만난다고 생각하니 설레었지만, 4년 만에 처음 집으로 찾아가는 길이라 초조했다. 사진으로 본 티머시는 마시멜로 같은 얼굴에 까만 머리털이 보송보송 나 있었다. 은우는 아이를 돈 킹이라고 불렀다. 티머시와 티나를 볼 수 있다는 것은 지하철을 타고 그랜드 애비뉴로 가는 이유로 충분했다.

아파트 건물은 기억보다 더 낮았다. 케이시는 아파트 현관의 방탄유리와 조잡한 액자를 씌운 로비의 포스터, 복도에 풍기는 바퀴벌레 약 냄새를 은우가 어떻게 생각할지 신경 쓰였다. 도어맨은 없었다. "농담해?" 그녀는 은우가 도어맨에 대해 물어보자 이렇게 대답했다. 어렸을 때 아파트 소각장 옆집에 사는 남자가 현관문을 열어둔 채 집 안에서 속옷 바람으로 돌아다니곤 했기 때문에, 케이시와 여동생은 쓰레기를 버리러 나갈 때마다 무서웠다. 위험한 사람은 아니었겠지만, 소녀였던 자매는 그 남자가 인사라도 할라치면 얼른 도망치곤 했다. 은우는 건물이 참 좋다고 강조했고, 케이시는 예의 바른 그의 말투에 웃었다. 건물은 구질구질했다. 앞으로 좋아질 일도 없고 부모님이 이사 갈 일도 없을 것이다.

조셉이 두 사람을 맞았다. 다행히 은우는 한국말로 이야기해서 부모님을 편하게 해주었다.

케이시는 거실에 어색하게 선 채 아버지가 남자친구에게 스카치를 따라주고 자신도 한 잔 따르는 모습을 지켜보았다. 두 남자는 자주색 시맨스 소파에 앉았지만, 케이시는 같이 앉아서는 안 될 것 같은 기분이 들었다.

"부모님은 어떻게 지내시는가?" 조셉은 은우에게 물었다. 호기심 어린 눈빛이었다.

"잘 계십니다." 은우는 대답했다. 사실이었다. 안 좋은 소식이 들린 적은 없었으니, 텍사스에는 별일 없다고 추측해도 될 것이다. 그의 형제들은 말썽을 부릴 줄 모르는 성격이었다. 은우가 요즘 직장에 다니지 않는다고 했을 때 어머니는 아무 말도 덧붙이지 않았다. 아버지는 이렇게 말했다. "네가 알아서 잘하겠지." 은우는 케이시의 아버지가 술을 한 모금 마신 뒤에 자기 잔을 들었다.

조셉은 이 청년이 자기 딸과 결혼할지 궁금했다. 은우는 이혼남이었다. 그 사실 하나만으로 한때는 사윗감으로 거들떠보지도 않았겠지만, 케이시에게라면 굳이 이의를 제기할 필요가 없을 것 같았다. 이제 그도 케이시는 자기가 빨강이라고 말하면 파랑이라고 할 녀석이라는 것을 알고 있었다. 그래서 그는 아무 말도 하지 않았다. 대신 청년의 가족에 대해 계속 질문을 던졌다.

은우는 부모님과 두 형, 누나에 대한 조셉의 질문에 꼬박꼬박 대답했다. 형들은 댈러스에서 변호사로 일하고 있고, 누나는 소아과의사였다. 금융권에서 일하는 사람은 그 혼자였고, 댈러스를 떠난 것도 은우 하나뿐이었다. 조셉은 몇 가지 더 물어보다가 원산에 있던 자기 가족 이야기를 조금 꺼냈다. 아버지가 북한에서 내려온 전쟁 피란민이었다는 것 말고 케이시가 은우에게 한 적이 없었던 이야기였다. 케이시의 아버지가 한국말을 하는 말투에는 어딘가 위엄 있고 점잖은 데가 있었다. 근엄해서 남자다웠다. 어딘가 호기심을 불러일으키는 인물이었다. 한눈에도 자존심 강한 성격이라는 것을 알 수 있었고, 어디서 그런 자존심이 나오는지 궁금하지 않을 수 없었다. 성공한 보험 회사 대표인 은우의 아버지는 누구에게나 농담을 던지며 상대를 편안하게 해주려는 성품이었다. 그는 '선생님'이라는 단어를 자주 사용했고 자식들에게도 예의범절을 강조했다. 케이시의 아버지는 그런 데 관심이 없는 사람 같았다. 케이시에게도 전혀 말을 걸지 않았다. 그녀는 남자들만 남겨두고 이미 거실을 나간 뒤였다. 은우와 아버지가 문제없이 어울리고 있는 것을 확인한 뒤, 케이시는 어머니가 음식을 차리고 있는 부엌으로 갔다.

"기침이 너무 심하네요, 엄마. 왜 그래요?" 케이시가 물었다. 부엌 벽이 어쩐지 조금 움직인 것 같았지만 그럴 리가 없었다. 예전처럼 반짝거릴 정도로 희지도 않았다. 어머니가 거의 종교처럼 열심히, 세제로 닦던 벽이었는데. 하지만 모든 것이 언제까지나 똑같기를 바랄 수는 없다. "괜찮으세요?"

리아는 말이 나오지 않아 고개만 끄덕였다. 그녀는 아까 따라 놓은 인삼차로 목을 축였다. 그리고 곧장 싱크대에 뱉어냈다. 너무 썼다. 속도 쓰렸다.

거실에서 텔레비전 소리가 들려왔다. 남자들은 자연 다큐멘터리를 보는 것 같았다. 아버지는 이런 프로그램을 끝도 없이 봤다. 그들은 더 이상 대화하지 않았다.

"너한테 잘해주니?" 리아는 한국말로 조용히 물었다.

"착한 사람이에요. 저보다 훨씬 착해요."

"잘됐구나. 여자보다 남자 쪽이 더 많이 사랑하는 게 좋단다."

어머니가 늘 하던 말이었다.

"네 아버지 드실 안주 좀 가져갈래?" 리아는 마른오징어를 담은 나무그릇을 건네주었다. 케이시는 그릇을 남자들에게 가져갔다. 그들은 PBS에서 방송하는 사자 다큐멘터리를 시청하고 있었다. 은우는 고맙다고 했고, 아버지는 아무 말도 없었다. 그는 은우 쪽으로 그릇을 밀었고, 은우는 오징어를 한 줌 쥐었다. 그러자 조셉도 조금 집었다. 둘 다 술잔에 위스키가 가득 차 있었다.

"얼음 좀 더 주지." 조셉은 말했다. 케이시는 얼음을 가지러 갔다.

어머니는 자리에 앉은 채 포장음식을 접시와 그릇에 담고 있었다.

"영 안 좋아 보이세요." 케이시는 흰 코닝 그릇에 얼음을 담으며 말했다. 집에는 제대로 된 얼음통이 없었다.

"엄마는 괜찮아. 걱정 마라." 리아는 말했지만, 사실 죽고 싶었다. 죽는 편이 편할 것 같았다. 고통을 견딜 수가 없었다. 그녀는 영원히 망가진 몸, 더럽혀진 몸이었다. 날 데리러 온다던 말은 진심이었을까? 브루클린의 그 집에서 산다는 건 어떤 걸까? 이제 젊지도 않고, 아내와 딸들을 먹여 살리겠다고 평생 뼈 빠지게 일한 남편은 누가 돌봐주나? 케이시와 티나는 어떻게 생각할까?

"학교는 어떠니?"

"좋아요." 케이시는 말했다. "성적은 잘 나왔는데, 여름 인턴 일자리가 너무 고되어서……." 케이시는 욕설을 하려다 입을 다물었다. '젠장' '빌어먹게' 이런 단어를 쓰면 엄마는 기절할 것이다. 엄마는 너무나 약해 보였다. 게다가 정규직 일자리를 왜 얻어야 하는지 굳이 시시콜콜 설명할 필요가 있나? 부모님은 이런 걸 이해조차 못 할 텐데. 케이시는 그저 성공해서 집에 돌아오거나, 아예 돌아오지 않으면 될 뿐이다. 어떻게 하면 성공할 수 있는가 하는 문제는 그녀가 알아서 할 일이었다. "병원에 가보시죠. 기침 말이에요."

"엄마는 괜찮아." 리아는 음식이 들어 있던 갈색 종이봉투를 접었다. "은우의 일은 어떠니? 잘되고 있니?"

"지금은 일을 안 해요."

"아."

"잠시 쉬는 중이에요. 뭘 하고 싶은지 생각을 정리하려고요."

대학 졸업 후에 딸이 하던 소리 아니었던가?

"저 청년은 몇 살이야?"

"저보다 많아요."

어머니는 피곤한 표정으로 딸을 바라보았다.

"서른 살이에요. 8월에 서른한 살이 돼요."

리아는 고개를 끄덕였다. 더 이상 젊다고 할 수 없는 나이였다.

케이시는 어머니의 말없는 평가가 싫었다. 그녀는 언제든지 은우가 마음만 먹으면 다른 곳에서 같은 일자리를 얻을 수 있다고 막연히 생각했다. 일을 찾는 데 이렇게 오래 걸릴 거라고는 전혀 생각해본 적이 없었다. 벌써 넉 달째였다. 영원한 세월은 아니었지만, 은우가 일자리를 찾고 있는, 아니, 찾고 있지도 않은 이런 상태는 마음에 걸렸다. 당연히 돈 문제가 있었다. 그 부분은 당연했지만, 단순히 무직인 것 때문이 아니라 거의 대부분 도박빚이라는 것이 문제였다. 휴는 돈 몇 푼 거는 신사적인 오락과 도덕적인 결함을 구분하면서 은우의 문제가 심각하다고 했다.

테드 김은 월 스트리트에서 직장을 얻는 방식은 인맥이라고 여러 번 분명히 말했다. 유능한 사람에게는 연락이 오게 마련이다. 정말 끝내주게 일을 잘한다면 해당 업계 종사자들이 그 사람만 쳐다보게 된다. 뭔가 잘 풀리지 않는 것 같으면 경쟁사가 잽싸게 달려들어 거절할 수 없는 제안을 내민다. 더 나은 인생, 업그레이드, 더 큰 파이 조각을 갖게 되는 것이다. 사실일까? 테드는 허풍이 심한 편이었지만 공적으로 그런 망신을 당하고도 가뿐하게 새로운 자리를 찾은 것만은 사실이었다. 은우 역시 테드의 말에 크게 이견은 없을 것이다. 은우의 업계에서 은우 정도라면 구직신문 같은 것을 뒤질 필요는 없다. 헤드헌터 업계에는 이런 금언이 있다. 채용될 사람은 서로 채용하려고 난리고, 잘리는 사람은 입질 한 번 안 온다고. 은우의 도박 문제에 대해 휴가 한 말이 사실이라면, 월 스트리트의 다른 사람들도 그렇게 생각할까? 혹시 휴가 월터에도 그런 이야기를 했을까? 은우가 높은 직급의 분석가로 다시 채용될 가능성은 얼마나 될까? 케이시는 업계 사람들이 남자친구를 어떻게 볼까 하는 문제는 한 번도 생각해본 적이 없었다. 결혼한 사이도 아니었다. 내 미래는 그와 얽혀 있지 않잖아, 그녀는 자신에게 말했다. 물론 은우는 직장을 구할 것이다. 당연히 그럴 것이다.

아기가 도착했다. 노란색과 파란색이 섞인 담요에 폭 싸인 채, 티머시는 젖을 실컷 먹고 가물가물 졸고 있었다. 조그마한 얼굴은 평화로웠다. 손자를 품에 앉은 조셉은 기쁜 표정을 숨기지 못했다. 리아는 행복에 복받쳐 눈물을 터뜨렸고, 티나는 어머니를 끌어안았다. 기침은 조금 가셨다. 리아는 혹시 병을 옮길까 봐 아기를 안아주지도 못했다.

케이시도 티나와 철을 만나서 반가웠다. 그들이 들어서니 아파트는 한층 행복해진 분위기였다. 동생은 피곤해 보였지만 그래도 집에 돌아와서 행복한 얼굴이었다. 철은 비행이 길었지만 아기는 잘 왔다고 했다. 기내에서 거의 잠들어 있었고 잠깐 깼을 때도 조용했다. 이착륙 순간에 잠시 울었을 뿐이었다.

티나는 나이 들어 보였다. 임신 기간 동안 붙은 살과 짧게 자른 머리, 비행기 여행용으로 쓴 검은 테 안경 때문일지도 모른다. 그녀는 가슴이 커졌다고 농담처럼 이야기하면서 수유브라 사이즈가 34DD라고 했다. 마지막으로 식구들이 모두 한자리에 모인 것이 결혼식 날이었는데, 벌써 새신부다운 모습은 완전히 사라지고 없었다. 아기가 너무 빨리 생긴 탓이었다. 티나는 자기가 아기 엄마라는 사실이 충격적인 것 같았다. "나한테 아들이 있다고!" 그녀는 외쳤다.

"진짜 이상하다." 케이시도 히죽 웃으며 대답했다.

남자들은 거실로 향했다. 철은 은우와 이야기를 나누었다. 둘은 서로 편하게 대화했다. 조셉은 철에게 술잔을 갖다주려고 부엌으로 들어왔다. 곧 남자들은 모두 위스키를 마시며 오징어를 질겅질겅 씹었다. 자연 다큐멘터리는 소리를 줄인 채 계속 켜져 있었다. 사자가 불쌍한 영양을 찢어발겼다. 여자들이 있는 부엌으로 유리잔 부딪치는 소리와 침착한 남자들의 목소리가 들려왔다. 리아는 티나가 도착하자 곤두섰던 신경이 누그러진 것 같았다. 가족의 평화가 완성된 순간이었다. 대학원에 다니는 딸 둘과 좋은 집안 출신의 한국 청년 둘, 그리고 이제 손자까지 태어난 이민자 가족.

저녁 식탁에서 철이 감사기도를 올렸고, 리아는 그를 보며 미소 지었다. 티나는 이보다 더 좋은 사위를 집에 데려올 수 없었을 것이다. 집안은 은우가 더 좋긴 했지만, 철은 진실했고 아직도 티나에게 홀딱 빠져 있었다. 리아는 홍 교수를 머릿속에서 몰아내려고 애썼다.

아기는 젖을 먹고 기저귀를 가느라고 딱 한 번 깼다. 티나는 어린 시절 쓰던 침실에서 아들에게 젖을 먹였다. 케이시는 그동안 조용히 동생 옆에 앉아 있었다. 아기는 열심히 젖을 빨더니 눈 깜짝할 사이에 다시 잠들었다.

티나와 철은 은우와 케이시를 시내까지 태워주었다. 부모님은 집에서 자고 가라고 했지만, 동생 부부는 오늘 밤 미드타운 힐튼 호텔에서 묵기로 했다. 철이 아침 일찍 루스벨트 병원에서 동료들을 만나기로 되어 있었다. 남자들은 차 앞자리에 앉아 볼티모어 오리올스 야구팀 이야기를 했다. 철의 고향 팀이었고 은우가 좋아하는 팀 중 하나이기도 했다.

자동차를 타고 가는 동안 케이시는 티나가 통 말을 하지 않는 것을 깨달았다. 티머시에 완전히 정신이 팔려 있었던 것이다. 케이시도 아기가 너무나 사랑스러웠다. 그러지 않을 수가 없었다. 갓 태어난 아기는 완벽했다.

"넌 정말 운이 좋아." 케이시는 티나가 이쪽도 봐주기를 바라면서 아쉬운 듯 말했다. "이봐, 티나. 아기 축하 파티를 못 가서 미안해. 기말고사 때문에 정신이 없었어. 학자금 대출과 면접 때문에 신경도 곤두섰고. 대출금이 어마어마하거든. 너도 대출금 있지? 알아." 한데 티나는 대출 걱정을 하지 않는 것 같았다.

"아, 축하 파티 같은 건 쓸데없어. 그리고 언니가 아기 침대를 보내줬잖아. 그것도 꽤 비용이……."

"항공권이나 낙제로 인한 비용보다는 장기적인 관점에서 모두에게 아기 침대가 나을 것 같았어. 나도 가고 싶었는데."

"이야, 그럴듯한데. 경영대학원에 1년 다니더니 완전히 현실적으로 변했어." 티나가 웃었다.

"그건 무섭다."

티나는 아기의 사랑스러운 검은 머리를 쓰다듬었다. 학창 시절 친구가 열어준 아기 축하 파티에서 다들 티나의 엄마와 언니는 왜 안 왔느냐고 물었다. 티나는 둘 다 일하느라 바쁘다고 했다. 티나에게 무엇이든 할 수 있다는 자신감을 심어준 아버지를 제외하고는, 어머니와 언니는 의지하기 힘든 사람이었다. 그들은 자기 앞가림을 하기에도 바빴다.

케이시는 목소리를 낮추었다. "너한테 돈을 갚으려고. 네가 빌려줬던 돈 말이야. 이번 여름 인턴 급여가 상당히 좋아. 졸업한 뒤 정규직으로 채용되면 아마 다시는 돈 걱정을 안 해도 될 거야."

티나는 가볍게 고개를 저었다. "됐어, 언니."

"내가 수표를 보낼게. 오늘 가져온다는 걸 잊었어."

티머시가 꼼지락거렸고, 둘 다 숨을 죽였다. 아기는 깨지 않았다. 앞자리의 남자들도 뒷자리에 주의를 기울이지 않았다. 티나는 아기 담요를 유아용 좌석에 찔러 넣었다. 그녀의 남편은 케이시가 낙태했던 일이나 졸업 후 독립을 돕느라 티나가 돈을 빌려준 일은 모르고 있었다. 그 모든 일은 이제 대수롭지 않게 느껴졌다. 마치 아주 오래전, 어린 시절의 생채기 같았다. 자매는 이제 어른이었다. 티나는 미래에 대해 생각하고 싶었다. 지금은 잠시 휴학했지만 1998년 가을에는 복학할 것이다.

티나는 미소 지으며 손가락으로 팔찌를 가리켰다. "어머, 아직 원더우먼 팔찌 차고 있네. 그거 참 예뻐."

케이시는 가슴 앞에 팔을 엇갈리게 겹쳤고, 두 사람은 웃었다. 그녀는 대학 1학년 때부터 줄곧 차온 팔찌를 내려다보았다. 사빈이 처음 준 선물 중 하나였다. 그녀는 팔찌 하나를 손목에서 뺐다.

"여기." 케이시는 말했다. "네가 하나 가져." 그녀는 동생의 손목에 팔찌를 채워주었다.

"안 돼, 그러면. 이건 세트잖아. 언니 거고. 원더우먼은 두 개를 차야 돼. 나 때문에 반으로 나눌 수는 없어."

"그럼 두 개 다 가져. 난 너한테 아무것도 준 게 없잖니." 케이시는 팔찌를 마저 끌러 티나의 손목에 채워주었다. "너한테 잘 어울린다."

티나는 가슴 앞에 팔을 엇갈리게 갖다 대면서 키득거렸다. "안돼. 사빈이 준 거잖아. 언니가 좋아하는 팔찌고."

케이시는 팔찌를 푼 맨 팔을 손으로 감쌌다. "사빈은 이해할 거야. 네가 가졌으면 좋겠어."

"정말?" 티나는 손목에서 반짝이는 은팔찌를 내려다보았다.

"어쨌든 진짜 원더우먼은 너잖아." 케이시는 말했다. 약간 쓸쓸하긴 했지만 그렇게 속상하지는 않았다.

티나는 어떻게 대답해야 할지 몰랐다. 마치 티나가 언니에 대해 느껴본 적도 없던 경쟁에서 케이시가 패배를 인정하고 있는 것 같았다. 그녀는 그저 언니의 사랑과 관심을 원했을 뿐이었다. 경쟁은 없었다. 있었나? 하지만 선물을 받지 않으면 언니의 마음이 상할 것이다.

"언니는 나한테 많은 걸 줬어. 아기 침대도 그렇고, 오늘 티머시 옷도 주고."

"난 네가 팔찌를 가졌으면 좋겠어." 케이시는 팔찌 모서리를 확인했다. 둥글둥글했다. 티나가 아기를 안아도 다칠 일은 없을 것이다. "정말이야, 진심으로."

"고마워, 언니."

케이시는 갑자기 기분이 좋아졌다. 갈색으로 그을린 피부가 가느다란 손목 위로 팔찌에 가려졌던 흰 선과 대조를 이루었다.

"티머시가 언니를 닮았으면 좋겠어." 티나는 말했다.

"네 아름다운 아기한테 그런 한심한 소원을 빌다니, 무슨 짓이야." 케이시는 티머시의 이마에 키스했다.

"언니는 진심으로 살아가는 사람이니까. 언니는 언니 자신이야. 그게 중요해." 티나의 목소리는 확신에 가득 차 있었다. 평생 그녀는 타인의 필요와 소망, 기대에 흔들리지 않고 결정을 내릴 수 있기를 바랐다. "언니 같은 사람은 없어." 티나는 말했다. "결국에는, 가장 중요한 건 그거라고 생각해. 그리고 정직한 것."

케이시는 티나가 전하려는 좋은 마음을 있는 그대로 받아들이려고 노력하며 숨을 죽였다. 하지만 완전히 믿을 수는 없었다. 케이시는 진짜인지 확인하려는 듯 아기의 부드러운 발을 가만히 만져보았다.

철은 은우의 아파트에 두 사람을 내려주었다. 근무 중인 도어맨 프랭크가 손을 흔들었다. 조지는 이번 주말에 휴가였다.

집에 들어와서 은우는 케이시의 레인코트를 벽에 걸었다. 그러더니 현관 서랍장에서 셀로판지로 포장된 시디 하나를 꺼냈다.

"별거 아니야."

"무슨 일인데?"

"이유는 없어."

〈다시 돌아와〉가 수록된 칼리 사이먼 모음집이었다.

케이시는 그의 입술에 키스했다. "마음에 들어. 나한테 없는 거고. 예전에 있었는데 잃어버렸어." 기분이 너무나 고약했다.

"타워레코드를 지나가다가 그 노래를 좋아한다고 했던 기억이 났어. 얼마 전에."

"기억해." 은우가 돈을 땄던 날이었다. 케이시는 안락의자에 앉았다.

"요즘 상황이 별로 좋지 않았던 거 알아. 내 문제 말이야. 일자리 문제는 어떻게 해보려고 노력하는 중이야. 넌 지난 몇 달 동안 정말 좋은 친구였어. 난 너 없이 견디지 못했을 거야. 앞으로는 좋아질 거야. 보석이나 뭐 그런 걸 사주고 싶지만……."

케이시는 고개를 저었다. "아니, 난 이게 더 좋아."

은우는 고개를 끄덕였다. 케이시와 함께하고 싶었다. 시간이 흐르면서 점점 더 확신할 수 있었다. 우선 내가 중심을 잡고 바로 서야 한다. 필요한 데 연락하자. 도박을 끊자. 사랑이 있으면 다시 시작할 수 있다.

"나 휴 언더힐과 같이 잤어. 버몬트에서." 케이시는 불쑥 말했다. 그녀는 두 손을 겹쳐 자신의 입을 막았다.

"뭐?"

케이시는 다시 말하지 않았다. 상처 입은 은우의 눈빛을 차마 볼 수 없었지만, 숨길 수도 없을 것 같았다. 말하지 않을 수 없었다.

"그게 무슨 소리야?"

"미안해."

"어떻게 그럴 수가 있어? 넌 매일같이 그놈의 성경을 읽잖아. 매주 일요일에 교회에도 나가잖아. 거기는 무슨 너처럼 어마어마한 위선자를 양성하는 곳이야?"

케이시는 고개를 숙였다. "미안해. 난 이 집에서 나가야겠지."

"왜? 움직이는 거라면 같이 잔다는 휴 언더힐 만나러? 일자리도 그렇게 얻은 거야?"

"아니." 그녀는 고개를 저었다. "아니."

그는 믿기지 않는다는 표정이었다. "이렇게 뻔한 여자였다니. 너도 결국 몸 대주고 사다리 기어 올라가는 여자였어? 그 자식은 네가 어떻게 되건 콧방귀도 안 뀔걸. 월 스트리트에 그런 남자는 널렸어. 좋은 사람이 아니라고, 케이시. 어떻게 그럴 수가 있어?" 여차하면 그녀를 때리게 될 것 같아서, 은우는 뒤로 물러났다.

"그런 게 아니야."

"아, 그래?"

"미안해, 은우 씨. 미안해. 당신한테 말할 수가 없었어." 케이시는 자기 손을 내려다보았다. 팔찌가 그리웠다.

"나가. 당장 나가. 나가라고!" 은우는 소리 질렀다. "네 물건도 다 갖고 나가. 꺼지란 말이야!" 그는 바닥에 주저앉았다. 몸이 허물어졌다. 그녀가 혐오스러웠다. 다시 결혼하지 않겠다고 생각했던 결심이 옳았다. 그녀는 전처보다 더 나빴다. 최소한 전처는 옛 남자를 사랑하지 않았나. 일자리를 얻으려고 추잡한 브로커에게 다리를 벌리지는 않았다. 어떤 인간이 그런 짓을 한단 말인가?

"당신이 생각하는 그런 건 아니야. 나도 뭐라고 설명할 수 없지만, 무슨 의미가 있는 행동은 아니었어. 미안해."

"짐 싸서 꺼져."

케이시는 침실로 급히 들어가 출근용 복장과 신발을 버몬트 여행에 가져갔던 슈트케이스에 마구 던져 넣었다.

짐을 다 챙긴 뒤, 그녀는 가방을 가지고 현관문 앞에 섰다. "미안해, 은우 씨."

"그냥 가, 제발."

케이시는 탁자 위에 열쇠를 올려놓고 조용히 문을 닫았다.

72번가는 인적 없이 텅 비어 있었다. 대부분 어딘가에서 주말을 즐기고 있을 것이다. 도어맨이 택시가 필요하냐고 물었고, 그녀는 됐다고 말했다. 케이시는 건물의 창문을 올려다보았다. 불이 켜진 곳보다 꺼진 곳이 많았다.

10

수정

"공동양육권을 요구하는 것은 절대 불합리한 요구가 아닙니다."
쳇 스테너가 말했다. 테드는 엘라와 시선을 마주치지 않고 자기
변호사에게 동의한다는 뜻으로 고개를 끄덕였다. 엘라는 회의 탁
자 맞은편에 앉아 있었다. 테드는 변호사 앞에 깔끔하게 쌓인 서
류에만 눈길을 집중했다.

"당신은 그 아이가 어떻게 생겼는지조차 모르잖아요." 엘라는
테드를 바라보며 중얼거렸다. 지금 이런 말을 하려던 것은 아니었
는데, 그냥 말이 튀어나와버렸다. 옆에 앉아 있던 로널드 커버데일
이 그녀의 팔을 살짝 건드렸다. 엘라는 무시했다. "당신은 몇 주째
그 아이를 본 적도 없어요. 도대체 아이를 본 적이라곤 없잖아요.
왜 굳이 양육시간 절반을 요구하는 거죠, 테드? 이해할 수가 없어
요. 어쨌거나 당신은 너무 바쁘고……" 로널드 커버데일은 다시

그녀의 팔을 건드리더니 펜을 들었다.

"엘라가 하는 말 역시 이치에 어긋난 데가 전혀 없습니다. 아버지 쪽은 누가 뭐래도 부담이 많이 되는 직장에서 일하시지요. 엘라는 아버지 쪽이 부모 노릇을 안 했다고 비난하는 것이 아닙니다. 그런 말씀은 전혀 아니셨고요. 단지 어린아이를 돌보기 위해 매일같이 해야 하는 일들을 아버지가 하기 힘들겠다는 것이고, 그래서 아이의 최선을 위해 우리가 고려해야 할 점은……."

"사실이 아니라는 거 알잖습니까, 로널드." 쳇이 말했다. "또한 저는 당신이 이런 문제에 성차별적인 입장을 취하지는 않으실 거라고 믿습니다. 아이의 건강한 발달을 위해 아버지의 역할이 어머니의 역할과 똑같이 중요하다는 것에는 두말할 나위가 없고, 따라서 아버지가 공동양육권을 가져야 한다는 것입니다."

엘라의 변호사는 상대측 변호사를 멍하니 응시했다. 쳇 스테너는 최고로 재수 없는 자식이었다. 이쪽은 점잖은 방식을 조금 더 오래 끌고 가야 할 것 같았다.

"테드는 직장에서 정말 열심히 일하지만, 딸의 인생에 한 부분이 되고 싶다는 열정 또한 너무나 큽니다. 양쪽 부모가 다 있다는 것이 한 아이의 인생에 근본적으로 얼마나 큰 도움이 되는지 많은 연구 결과가 증명하고 있습니다. 따라서 아이린에게 가장 좋은 것은……." 쳇은 로널드가 입을 여는 것을 보고 잠시 말을 멈췄다. 변호사가 끼어들 거라고 생각했는데 엘라가 얼른 말을 가로챘다.

"하지만 당신은 아이를 보러 오지도 않잖아요, 테드. 애가 태어난 뒤로 기껏해야 대여섯 번 봤나요? 당신은 그저 이기고 싶어서

이 협상을 하고 있는 거예요. 테드, 이건 게임이 아니에요. 우리 딸의 인생이 걸린 문제라고요."

"엘라, 그건 부당한 소리야." 테드는 마침내 그녀의 얼굴을 쳐다보았다. "난 아이린을 더 잘 알고 싶어. 우리 집에서 다섯 블록도 채 떨어지지 않은 곳에 방 세 개짜리 아파트도 빌렸어. 아이린을 더 자주 볼 수 있도록. 랠리의 새 직장에 자리를 잡느라 정신이 없었지만……."

"내 앞에서 부당함을 논하다니요."

"맙소사……." 테드는 한숨을 쉬더니 커피 주전자를 들어 자기 컵에 기울였다. 주전자는 비어 있었다. "더 없습니까?"

쳇은 고개를 끄덕였다. 그의 동료 킴벌리 히스가 일어나서 커피를 더 가져오라고 비서실에 주문했다. 그런 다음 울고 있는 아내에게 휴지를 건넸다. 킴벌리는 40대 중반의 변호사로, 사립학교에서 10여 년 동안 라틴어를 가르치다 로스쿨에 들어갔다. 그녀는 이런 회의에서 분위기를 부드럽게 조정하는 역할을 맡고 있었다. 쳇은 여자들의 신파극을 싫어했다. 여자들은 너무 많이 울었다. 특히 입장이 애매할 때 더욱 그랬다. 경험상 쳇은 판사가 양육 책임이 기존에 어떻게 배분되어 있는지를 중요하게 본다는 것을 알고 있었지만, 아내 역시 풀타임으로 일하고 있다는 사실은 여자 쪽에 도움이 되지 않을 것이다. 물론 여자는 노동시간이 주당 최대 40시간 정도인 반면, 테드는 출장까지 합하면 주당 60시간에서 120시간까지 일하고 있었다. 하지만 노동시간 외에 출퇴근시간까지 빠진다고 볼 때, 아내가 일주일에 60시간 정도 육아도우미를 쓰는 것으로 보아야 한다고 항변하기는 쉬울 것이다. 그러니 양쪽 다 풀타임으로 양육에 참여하지 않고 있다는 결론을 쉽게 얻을 수 있다. 자식에게 시간을 낼 수 없는 사람들이 도대체 애는 왜 낳는지, 쳇에게는 수수께끼였다.

킴벌리는 휴지 상자를 통째로 주었고, 아내는 코를 풀었다. 젊은 아내는 초상화에 나오는 여자처럼 아름다웠지만, 약혼녀 쪽이 훨씬 섹시했다. 두 번째 아내들은 예외 없이 그렇다. 두 번, 세 번 결혼할 경제력이 있는 남자에게 섹스는 물러설 수 없는 필수조건이다. 결혼 전 쳇은 테드에게 혼전계약서를 권했는데 그가 거절했었다. 쪼다 같은 놈.

테드는 안경을 벗었다. 요즘 그는 콘택트렌즈가 안 맞아서 고생하고 있었다. 좌중의 변호사 세 사람은 남편까지 무너지나 싶어 일제히 테드를 쳐다보았다. 이혼 전문 법률 회사 회의실에 눈물바람이 휩쓰는 일은 거의 일상이었다. 하지만 남편은 우는 것이 아니었다. 그는 콧등을 꾹 누르며 눈을 빠르게 깜빡였다.

"방이 너무 건조하군요." 테드가 말했다. 엘라의 변호사가 앉은 자리 바로 위쪽 환기구에서 차가운 바람이 휙 들어왔다.

엘라는 테드가 얼굴, 특히 눈 주위를 문지르는 것을 알아챘다. 그도 우는 걸까? 그가 우는 모습은 너무나 오랜만이었기 때문에 안됐다는 마음이 들었다. 육체적으로 힘들어 보이지는 않았지만, 아버지가 얼마 전에 돌아가셨으니 그에게도 이 모든 상황이 버거울 것이다. 엘라와 마찬가지로 그도 체중이 줄어든 것 같았다. 살이 빠지니 둘 다 초췌하고 한층 나이 들어 보였다. 그래도 테드는 미남이었다. 오늘은 티타늄 테 안경과 청바지, 잘 다린 흰 셔츠, 검은 블레이저 차림을 하고 있으니 아트딜러 같았다.

테드는 오른쪽 눈을 여러 번 깜박였다. 고개를 앞뒤로 돌리더니, 방 안의 모든 사람들을 한 번씩 쳐다보았다. 앞에 놓인 서류를 들고 왼쪽 눈을 감고 읽으려고 해보았지만, 전혀 보이지 않았다. 맨 윗장 피고라는 단어 위에 그의 이름이 적혀 있었다. 왼쪽 눈으로 읽을 수 있기 때문에 알고 있지만, 오른쪽 눈으로는 이름조차 보이지 않았다. 분명 그의 이름인데도, 흰 공간 위에 시꺼멓고 구불구불한 얼룩만 둥둥 떠 있는 것 같았다. "도대체 왜 이러지?" 그는 소리 내어 말했다.

"왜 그래요? 괜찮아요?" 엘라는 자리에서 일어나 테드의 눈을 살펴보러 그쪽으로 다가갔다. 세인트크리스토퍼에서 학생의 상처를 살펴보던 선생님 같은 태도였다. 테드는 이제 미친 듯이 눈을 깜빡이며 벽을 위아래로 쳐다보다가 다시 사람들을 바라보고 이어 서류에 시선을 주었다. 그는 종이 한 장을 눈에 가까이 갖다 댔다.

"눈이 안 보여. 오른쪽 눈이." 그는 말했다. "엘라, 눈이 안 보여."

엘라는 그의 옆에 서서 오른쪽 눈을 들여다보았다. "속눈썹 때문에 그런 거 아니에요? 속눈썹은 없는데."

로널드는 고객이 남편의 얼굴을 살펴보는 모습을 지켜보았다. 아직 이 남자한테 마음이 남은 건가? 아주 난장판인데, 그는 생각했다. 사랑이란 정말이지 독을 뿜는 쓰레기장이다. 여자들은 항상 상처받고 화가 나서 이혼하겠다고 하지만, 남자들은 제대로 응답하지 않는다. 허풍을 치면 안 돼, 그는 생각했다. 사랑 문제에서는 절대 허풍을 쳐서는 안 돼. 그래야 한다면 사랑이 아니지. 할아버지가 늘 하던 그 말씀이 딱 맞다. "세상에는 절대 정답이 없는 질문이 딱 두 가지 있어. 첫째, '날 얼마나 사랑해요?' 둘째, '둘 중에 누가 대장이야?'" 결국 로널드는 결혼이란 기본적으로 스핑크스의 수수께끼 같은 이 두 가지 질문에 기반을 두고 있지만 자칫 잘못된 답을 내놓을 경우 양쪽 다 산 채로 잡아먹힐 수 있는 싸움이라고 믿고 있었다.

엘라는 휴지를 들어 그의 안경을 닦아준 뒤 티끌을 입으로 불었다. "다시 써봐요." 그녀는 걱정스럽게 말했다.

테드는 안경을 썼다.

"좀 나아요?"

"아니, 내 이름도 보이지 않아." 그는 갑갑해서 분통을 터뜨렸다.

엘라는 자기 자리로 돌아가야 하는지 알 수 없어 팔짱을 꼈다. 테드에게 혹시 무슨 다른 속내가 있나? 요즘 그녀는 의외의 상황이나 악의적인 사람을 대하더라도 조금도 흔들리거나 상처받지 않는 경우가 대부분이었다. 사람들이 언제나 선하기만 한 것은 아니다. 오랫동안 그녀는 너무나 순진했다. 케이시가 컨 데이비스의 동료와 바람을 피웠다고 얼마 전 은우가 말했다. 어떻게 그럴 수가 있지? 자기도 제이한테 그런 짓을 당했으면서? 내 결혼생활이 그것 때문에 어떻게 파탄났는지 잘 알고 있으면서. 게다가 은우 오빠에게, 그렇게 다정한 사람한테 어떻게 그럴 수가 있을까. 엘라는 자기 자리로 돌아갔다.

"괜찮으십니까?" 쳇 스테너가 마침내 입을 열었다. 그는 엘라가 돕는 것을 방해하고 싶지 않았다. 자칫 무례해 보였을 것이다.

엘라는 테드의 대답을 기다리며 고개를 들었다. 그는 아무 말도 없이 그저 어쩔 줄 모르고 있었다. 그녀는 그를 돕고 싶었다. "안약 갖고 있어요? 내가 뭐라도 구해줄까요?"

엘라의 목소리는 배려로 가득했다. 그 목소리를 들으니 테드는 기분이 좋지 않았다. 그는 말이 나오지 않아 고개만 저었다. 안경을 쓰니 왼쪽 눈으로 그녀의 얼굴이 똑똑히 보였다. 단정한 군청색 드레스에 대비되어 흰 피부가 유난히 희어 보였다. 처음 결혼했을 때 그녀가 산 니트 울 드레스였다. 삭스 백화점에서. 비싼 옷이었지만 테드가 적극 추천했다. 그 옷을 입으니 엘라가 자신감 있고 우아해 보였던 것이다. 내 기분을 상하게 하려고 저 옷을 입었을까? 아니. 엘라는 그런 사람이 아니다. 하지만 그 옷은 두 사람의 좋은 시절을 떠올리게 했다. 엘라는 그가 본 적 없는 진주 목걸이도 하고 있었다. 어디서 났을까? 자기가 사지는 않았을 텐데. 벌써 남자친구가 생겼나? 그 생각을 하니 속이 쓰렸다. 오른쪽 눈으로는 아무리 노력해도 예쁜 아시아계 여자의 윤곽만 겨우 보일 뿐이었다. 갸름한 얼굴과 섬세한 이목구비, 진홍색 립스틱.

테드는 왼쪽 눈을 감고 흐릿한 형상을 알아보려고 애쓰며 다시 회의실을 둘러보았다. 벽에 걸린 액자의 윤곽도 이지러져 보였다. 오른쪽 눈으로 보니 변호사의 머리는 마치 놀이동산 마술의 집 거울에 비친 모습 같았다. 테드가 그들을 보려고 애쓰는 동안 아무도 입을 열지 않았다.

"모든 것이 더러운 렌즈를 통해서 보는 것 같아. 젠장." 그는 말했다.

쳇은 옆으로 돌아앉아 테드의 어깨에 팔을 걸쳤다. "오늘 회의는 이 정도로 정리하는 것이 좋겠습니다. 안과에 가보시는 게 좋겠어요." 그는 고객한테 무슨 일이 있나 의아한 기분으로 고개를 옆으로 까딱했다. 22년 변호사 생활을 하는 동안, 그는 심장마비로 사람이 죽는 일을 한 번 목격했고(놀랍게도 남편이 아니라 아내였고, 아직 이혼 전이었기에 거액의 생명보험금이 남편한테 돌아갔다. 당연하게도 아내의 가족들은 소송을 걸려고 했다), 몸싸움은 서른 건 정도 겪었다. 장전되지 않은 권총을 뽑아 드는 사태도 한 건 있었다. 고함이나 욕설은 일상다반사였다. 하지만 고객의 한쪽 눈이 거의 실명되다니, 이런 일은 처음이었다. 그는 조금도 동요하지 않은 침착한 목소리로 물었다. "안과 주치의에게 전화를 하는 게 어떨까요, 테드?"

"이름이 어떻게 되나요?" 킴벌리는 전화번호를 찾아보기 위해 신속하게 펜을 집어 들었다.

테드는 대답 없이 얼굴만 찌푸렸다. 그는 커다랗게 한숨을 쉬었다.

"제 아버지예요." 엘라가 말했다. "제 아버지가 테드의 안과 주치의예요."

킴벌리와 쳇은 드문 경우가 아니라는 듯 고개를 끄덕였다.

로널드는 미소 지으며 고개를 돌렸다.

"내가 전화해줄까요?" 엘라는 물었다. 지금처럼 테드가 어쩔 줄 모르는 모습은 본 적이 없었다. 심지어 겁에 질린 것 같았다. 엘라는 당장 병원에 데려가야겠다고 생각했다.

"응급실로 가면 돼. 그렇게 하는 게 좋겠군. 그래." 테드는 이제 엘라의 아버지에게 신세 질 수 없다고 생각하며 차갑게 말했다. 엘라를 떠난 뒤로 그는 심 박사와 거의 연락한 적이 없었다.

엘라는 화가 나서 이마를 찌푸렸다. "말도 안 되는 소리 하지 말아요, 테드. 아빠가 봐주신다니까. 우리 아빠가 의사잖아."

엘라는 학교에 전화해서 늦을 거라고 양해를 구했다. 상사는 늘 그렇듯 마음이 바다처럼 넓었다. 이어 엘라는 아버지의 병원에 전화했다. 샬린은 아버지가 자리에 계신다고, 찾아오면 반가워하실 거라고 했다. 엘라는 테드를 데려간다는 말은 하지 않았다. 엘라가 전화를 건 뒤 회의는 파했고, 변호사들은 어깨를 으쓱하며 정중한 인사말을 주워섬겼다. 모두 다음에 다시 연락하기로 했다.

택시 안에서 테드는 계속 시력을 시험해보았지만, 오른쪽 눈으로는 흐릿한 색깔과 모호한 형태만 보일 뿐 아무것도 알아볼 수 없었다. 택시 안의 불빛도 어둑어둑했다.

"미안해, 엘라. 내가 당신 하루 일정을 망쳤군."

"당신은 내 인생을 망치고 있어요." 엘라는 대꾸했다.

그녀의 입에서 이런 말이 나왔다는 사실에 둘 다 퍼뜩 놀랐다.

"맞아." 그는 두 눈을 감았다. "그것도 미안해."

택시가 엘라의 아버지 병원에 도착하자, 테드는 차비를 내려고 했다. 하지만 눈을 깜빡이지 않으면 미터기의 숫자가 보이지 않았다. 답답한 기분으로 그는 엘라에게 지갑을 건넸다. "필요한 만큼 가져가."

테드가 하버드 경영대학원을 졸업했을 때 티 앤서니에서 엘라가 사준 검은 악어가죽 지갑이었다. 지갑 왼쪽에 테드의 이름 첫 글자가 금박으로 찍혀 있었다. 금박은 이제 많이 벗어졌다.

"내가 준 거네요." 엘라는 나직하게 말했다.

"알아." 그는 계속 눈을 감고 있었다. "미안해, 엘라. 모든 게 정말 미안해."

엘라는 그가 내민 지갑에 손을 댈 수가 없었다. 그녀는 핸드백을 열고 1달러와 5달러짜리를 넣어두는 잔돈 지갑을 꺼냈다.

"지갑 돌려줄까?" 선물을 다 돌려주어야 할까?

"어쩌면 그렇게 인정이 없을 수가 있어요." 엘라는 눈을 닦았다.

"미안해, 엘라." 테드는 오른쪽 눈은 그대로 감은 채 왼쪽 눈만 떴다. 이제 들어가서 아버지를 만나야 하는 참인데, 엘라는 다시 울고 있었다.

"난 그 지갑을 당신한테 줬어요. 당신이 원하는 모든 걸 다 줬다고요. 당신이 말한 모든 걸 다 했어요. 그런데도 당신은 아이린을 빼앗아가려고……" 그녀는 코를 훌쩍였다.

운전사는 여자가 울고 있고 남자가 눈을 감고 있다는 것을 의식했다. 뭔가 배려해주고 싶다는 생각에, 그는 미터기를 껐다.

"빨리 내리자고요." 엘라는 운전사에게 요금을 내고 팁으로 3달러를 건넸다. "내려요." 그녀는 그에게 자신의 팔을 내밀었다.

샬린이 딸과 테드가 왔다고 알렸을 때 더글러스 심은 수정된 레지던트 명단을 확인하고 있었다. 엘라는 보일락말락 미소 지으며 사무실에 들어섰다. 눈 주위에 화장이 번져 있었고, 립스틱도 다 지워져 있었다. 테드는 오른쪽 눈을 감은 채 그녀 옆에 서 있었다.

"괜찮니?" 그는 테드를 무시하고 딸에게 물었다.

엘라는 왜 왔는지 말이 나오지 않아서 고개만 끄덕였다. 아까 사무실에 들어오기 전에 엘리베이터에서 얼굴을 닦느라 그렇게 애썼는데, 다정한 아버지의 얼굴을 보니 다시 눈물이 솟았다.

"안녕하세요, 아빠. 괜찮으시죠?"

"엘라, 엘라." 더글러스는 딸의 눈에 괸 눈물을 보았다. 그는 딸의 어깨에 팔을 두르고 그녀와 테드 사이에 섰다.

"아, 아빠. 전 괜찮아요."

"알아. 네가 괜찮은 거 안다."

엘라는 다시 평정을 되찾으려고 애썼다. "테드의 눈 때문에 왔어요. 앞이 안 보인대요."

더글러스는 젊은 남자를 쳐다보았다.

"아버지." 반사적으로 테드의 입에서 호칭이 튀어나왔다. 결혼 후로 엘라의 아버지를 늘 이렇게 불렀던 것이다. "아니, 박사님······."

더글러스는 이를 악물었다. 테드가 아버지라고 부르다가 호칭을 정정하는 것을 듣기가 힘들었다. 그는 오래전에 세상을 떠난 아내의 아버지를 돌아가실 때까지 '아버지'라고 불렀다.

"눈은 어떻게 된 건가? 여기, 앉아보게."

테드는 앉았다. "이 일로 번거롭게 해드려서 죄송합니다. 같이 변호사 사무실에서 문제를 이야기하고 있는데, 갑자기 앞이 보이지 않았어요. 오른쪽 눈요. 아니, 보이기는 하는데, 제대로 보이지 않습니다." 그는 빠르게 설명했다.

더글러스는 테드의 팔을 잡고 옆방의 검사실로 이끌었다. 엘라도 뒤따랐다.

검사실은 어둑어둑했다. 가느다란 빛 한 가닥이 흰 벽에 걸린 시력검사표를 비추고 있었다. 더글러스는 시력검사표의 모든 줄에서 첫 글자를 읽어보라고 했지만, 테드는 첫 줄의 제일 큰 E자조차 읽을 수가 없었다. 더글러스는 테드의 눈에 동공을 확장하는 안약을 넣었다. 따가웠다.

"앗." 테드는 반사적으로 눈물이 솟아서 눈을 깜빡였다.

"괜찮아질 걸세." 더글러스는 말했다. 동공을 확장하기 전에 마취약을 떨어뜨리는 것을 깜빡 잊었다. 그는 검안경으로 테드의 안구 뒤쪽을 확인하고 이어 해상도가 더 좋은 90디옵터 렌즈로 이동했다.

"중심장액성망막증이야."

"그게 뭐예요?" 엘라는 아버지에게 물었다. 의사의 딸이라 많은 의학용어에 익숙했지만, 이런 진단은 들어본 적이 없었다.

"망막 조직이 찢어져서 체액이 스며들었어. 그 때문에 시야가 왜곡되는 거야."

테드는 머리를 퍼뜩 뒤로 젖혔다. "왜 그런 겁니까?"

"이런 증상은 원인을 정확히 규명할 수 없어. 아무도 확실히 몰라. 요즘 자네 인생에 일어나는 일로 미루어볼 때 극적인 사건들이 많았겠지. 여자보다 남자한테 더 많이 발생해. 스트레스와 비례하는 경향이 있고. 코르티솔 수치가 높아서 그럴 수도 있는데, 이 수치 역시 스트레스와 관계가 있어. 일이 내 마음대로 안 될 때. 특히 중심장액성망막증은 A타입 성격유형에서 자주 발생하는 경향이 있어." 더글러스는 이런 말을 하고 싶지 않다는 듯 얼굴을 찡그려 보였다. 상대를 비판하는 것처럼 들렸기 때문이었다. "재발할 수도 있고, 저절로 낫기도 해. 나도 자주 보는 증상은 아닌데 몇 번 봤어. 모두 남자였고 극심한 스트레스에 시달리고 있었지. 모두 객관적으로 볼 때 스트레스를 많이 받는 직업군에 종사했어. 예를 들어 조종사 같은 직업 말일세. 그런 사람들은 스트레스를 많이 받을 거라고 짐작할 수 있지 않나." 더글러스는 어깨를 으쓱했다. 요즘 스트레스 안 받는 사람이 어디 있나.

"하지만 우린 스트레스 없어요." 엘라는 이렇게 말하고 웃었다. 테드도 웃었다.

"이 병이 재미있다고 생각하니 다행이구나." 더글러스는 말했다.

테드는 오른쪽 눈을 감고 왼쪽 눈에 집중했다. 그의 얼굴은 더글러스의 얼굴 쪽으로 기울었다. 세극등 반대편에 앉아 있는 엘라의 아버지는 테드 자신의 아버지와 닮은 데가 전혀 없었다. 희끗희끗한 머리가 정수리를 부드럽게 한 움큼 뒤덮었고, 테니스와 골프를 치느라 그을린 피부 때문에 건강해 보였다. 미소 지을 때는 눈가의 주름이 아주 약간 깊어졌다. 그는 면바지와 재킷 차림에 타이를 매고 있었다. 사무실에서 흰 가운을 거의 입지 않았다. 가장 큰 차이는 손이었다. 엘라의 아버지는 길고 손끝이 가느다란 중간 크기의 손이었다. 손톱은 짧게 직선으로 잘랐고, 큐티클 아랫부분에 작게 흰 초승달 모양이 있었다. 테드의 손은 자기 아버지보다 엘라의 아버지와 비슷했다. 엘라의 아버지에게서 더 이상 인정받지 못한다는 것은 심각한 타격이 될 거라고 진작부터 생각했지만, 아예 안 보고 지내는 동안에는 그런 생각을 안 하는 것이 쉬웠다. 돌아가신 아버지에 대한 그리움이 가슴 찡하게 밀려왔다.

"그럼 이제 어떻게 해야 할까요?" 그는 물었다.

"완전히 나으려면 몇 주, 몇 달은 걸릴 거야. 저절로 나을 수도 있어. 그런 경우도 봤어. 더 악화될 수도 있고. 만성으로 진행되는 경우도 있네. 그렇게 되면 위험해. 그런 상황이 되면 적극적으로 치료해야겠지. 하지만 수술을 한다고 꼭 도움이 되는 건 아니야. 일단 이대로 두고 경과를 지켜보기로 하세. 하지만 이건 심각한 증상이야, 테드. 시력을 잃으면 안 되지 않나."

"네?"

"그렇게 되지 않길 바라야지. 난 그렇게 될 거라고 생각하지 않네. 하지만 한동안은 일상에서 스트레스를 줄이려고 노력해야 할 거야." 더글러스도 이 청년이 경쟁심이 강하고 완벽주의 성향이 심하다는 것은 원래부터 알았지만, 중심장액성망막증이 생기다니 복잡한 수식이 증명된 것을 보는 기분이었다.

청년은 황망해 보였다.

"오늘은 집에 가서 반드시 좀 쉬어. 확장된 동공은 얼마 후 정상으로 되돌아갈 거야. 내일도 좀 더 휴식을 취할 방법을 강구해보게. 요가든 스트레스 완화 요법이든. 불안과 긴장을 완화해주는 약물도 있지. 심리상담사나 정신과의사를 찾아가는 것도 생각해보게나. 자네 인생에 대해 그냥 이런저런 이야기를 나누는 거야. 도움이 될 수 있어."

"알겠습니다." 낯선 사람에게 자기 문제를 이야기하다니, 테드로서는 상상조차 할 수 없었다. 변호사에게 보안카메라 영상과 헤르페스에 대해 이야기하는 것만으로도 충분히 힘들었다. 그는 갑자기 사라진 시력이 마찬가지로 갑자기 돌아오지 않을까 싶어 오른쪽 눈을 다시 점검했다. 모든 것이 아직 흐릿했다.

"집에는 어떻게 갈 건가?" 더글러스가 물었다.

"제가 택시에 태워 보낼게요." 엘라가 말했다.

"내가 해줄까?" 더글러스는 딸에게 물었다.

엘라는 고개를 저었다. "학교로 돌아가려면 어차피 저도 타야 해요."

더글러스는 고개를 끄덕였다.

"전 괜찮아요, 아빠." 엘라는 근심 어린 아버지의 얼굴을 보고 말했다. 기분이 좋지 않을 때 늘 그렇듯 이마 왼쪽에 가느다란 핏줄이 불거져 있었다. 아버지는 딸에게 언제나 더없이 자상했는데, 이제 그녀가 아버지에게 걱정을 끼치고 있었다. "사무실에 돌아가는 대로 전화드릴게요." 그녀는 아버지에게 짐짓 씩씩하게 미소지었다.

"감사합니다." 테드는 더글러스와 악수를 나누며 말했다. "뭐라고 말씀드려야 할지 모르겠습니다. 샬린에게 제 보험 관련 정보를 알리고 갈까요? 아니면……."

"무슨 소리야. 그냥 푹 쉬어. 집에 가보게, 테드."

의사는 진료실을 나서는 두 사람의 뒷모습을 지켜보다가 문이 닫히자 책상에 머리를 기댔다. 엘라에게 좋지 않은 일이 생겼을 때 언제나 그렇듯, 아내라면 이럴 때 어떻게 했을까 하는 의문이 떠올랐다. 아내는 언제나 올바른 답을 아는 사람이었다. 그저 자신이 그렇게 했기를 바랄 뿐이었다.

엘라는 테드를 택시에 태워서 같이 가다가 아파트에 내려주었다. 그는 엘라에게 고맙다고 말했다. 그녀의 선한 성품은 어긋난 적이 없었다. 엘라는 지금 이 순간에도 그에게 친절할 수 있는 사람이었다.

아파트는 비어 있었다. 델리아는 사무실에 가고 없었다. 테드는 곧 그녀에게 전화할 생각이었다. 도어맨이 아까 그가 현관에 들어서자 우편물을 건네주었다. 그는 우편물을 확인했지만, 동공이 아직 확장되어 있어서 글자를 거의 읽을 수가 없었다. 한데 아버지가 즐겨 사용하시던 엽서 크기의 얇은 봉투 하나가 눈에 띄었다. 아버지가 돌아가시기 전에 뭔가 보냈을까? 하지만 필적은 어머니의 것에 가까웠다. 지금은 정확히 알 수 없었다.

봉투에는 지난달 테드가 부모님에게 보낸 1,000달러 수표가 들어 있었다. 하버드 경영대학원을 졸업한 이후, 그는 매달 부모님에게 수표를 보내고 명절에는 더 큰 선물을 드렸다. 테드는 오른쪽 눈을 감은 뒤 편지를 최대한 멀리 들었다. 어머니의 편지를 조금은 읽을 수가 있었다. 수표를 돌려보낸다, 더 이상 돈을 보내지 말라는 내용이었다. 네 돈을 받고 싶지 않다, 크게 돈 쓸 일도 없다고 했다. 맨 아랫줄에는 이렇게 적혀 있었다. "네가 엘라에게 잘했으면 좋겠구나. 그 애는 시부모한테 언제나 정말 잘했다. 착하게 살아라, 테디." 어머니는 언제나처럼 마지막에 이렇게 서명했다. "엄마가."

독립기념일 휴일이 지나고 화요일, 로널드 커버데일은 학교에 있는 엘라에게 전화를 걸었다. 텅 빈 교장선생님 사무실에 전화벨 소리가 메아리쳤다. 여름방학을 맞아 아이들이 모두 떠나고 나니 건물은 음산한 분위기였다. 이제 곧 행정직원들도 6주 휴가를 맞아 학교를 비우게 된다.

변호사의 인사는 활기찼다. 엘라가 누구 목소리인지 단번에 못 알아들을 정도였다.

테드가 50대 50으로 공동양육권을 주장하지 않기로 했다는 소식이었다. 엘라가 테드의 지분을 사들인다면 타운하우스도 엘라가 계속 가질 수 있다는 것이었다. 엘라가 아이린의 양육권을 단독으로 갖되, 테드에게는 주말 면접권을 주고 명절을 공동으로 보낼 수 있도록 해달라는 요청이었다.

엘라는 잠시 할 말을 잃었다. "아, 정말 다행이에요. 그런데 왜죠?"

"그런 말은 없었습니다. 빨리 끝내고 싶은 모양이지요. 쳇은 서류도 서둘러 정리해주겠다고 했습니다. 이유는 말하지 않았습니다. 정말 잘된 겁니다, 아시겠지만. 두 분은 이제 각자 인생의 다음 단계로 나아가게 됐어요."

"네, 네, 물론이지요. 제가 원하던 바예요. 고맙습니다, 로널드. 뭐라고 감사해야 할지 모르겠어요." 감동에 북받쳐 말이 잘 나오지 않았다.

"제가 한 일은 아무것도 없습니다."

"저도 그렇네요." 그녀는 이렇게 말하고 행복하게 전화를 끊었다.

그녀는 데이비드에게 이 기쁜 소식을 알리려고 사무실을 뛰쳐나갔다.

케이시는 은우의 아파트에서 나온 날 밤 사빈에게 받은 열쇠로 고츠먼 부부의 아파트 문을 열고 들어섰다.

그녀는 하이힐을 벗고 살금살금 임시로 사용하고 있는 손님방으로 향했다. 한데 방문을 열어보니 불이 켜져 있었다. 사빈이 모딜리아니 책을 무릎 위에 펼친 채 장의자에 누워 잠들어 있었다.

케이시는 핸드백을 문고리에 걸었다.

사빈은 퍼뜩 잠에서 깨었다. "안녕." 그녀는 얼굴을 덮은 앞머리를 쓸어 올렸다. "몇 시지?"

케이시는 시계를 보았다. "1시 12분이에요."

"회사에서 오는 길이야?"

"그럼 어디겠어요?" 그녀는 대답했다. 사빈이 왜 내 방에서 자고 있지? 아이작과 같이 자기 싫더라도, 이 아파트에는 빈 침실이 두 개 더 있었다. "괜찮으세요?"

사빈은 허리를 곧추세우고 일어나 앉았다. 이제 완전히 눈이 초롱초롱해졌다. "일은 어땠어?"

"일이 다 그렇죠." 케이시는 불평할 생각이 없었다. 컨 데이비스에서 일하는 것을 반대하는 사빈에게 실탄만 쥐여줄 뿐이다.

"너무 늦었잖아, 케이시."

"죄송해요, 사빈. 제가 이 집에서 지내는 게 너무 폐가 되지 않았으면 좋겠어요. 여기서 잘 수 있게 해주셔서 얼마나 고마운지 몰라요. 아파트를 구하는 문제는 고민하는 중이에요. 단지 시간이 너무 없어서……."

"아니, 아니야, 케이시. 개학 때까지 여기서 지내라고 한 건 나잖아. 네가 원한다면 언제까지 있어도 좋아. 단지 우리가 너를 거의 볼 수가 없잖니. 난 널 좀 더 자주 볼 거라고 생각했지. 지난주에는 한 번밖에 못 봤잖니. 출근하기 전 부엌에서 10분 정도. 거기 사람들은 무슨 문제라니? 그렇게까지 일을 많이 시키다니 너무 비인간적이야. 게다가 당연히 정규직 일자리를 얻어야 하는 사람한테 일자리를 안 줄 수도 있다니. 사업을 그런 식으로 해서는 안돼. 같이 일하는 사람이 전부 다 유능하면 어떻게 되는 거야? 그럼 어떻게 해? 사람을 자르지 않으면 안 되는 상황을 만들어놓은 거 아니야?" 사빈은 갑자기 열변을 토했다. "넌 요즘 통 먹지를 않고. 꼴이 그게 뭐냐."

사빈이 말을 많이 할수록 케이시는 말수가 적어졌다. 그것이 그들의 방식이었다. 게다가 지금 그녀는 사빈의 집에 손님으로 머물고 있다. 케이시는 신발을 벽장에 넣고 깔끔하게 정리하려고 애썼다. 옷을 갈아입고 싶었지만 사빈 앞에서 옷을 벗는다는 것이 민망했다. 사빈이 곧 나가줄까? 벽장 안에는 케이시 자신의 옷 말고도 사빈이 이제 안 입는다면서 출근용으로 빌려준 정장 대여섯 벌이 걸려 있었다. 그녀는 지금 사빈의 소매 없는 블라우스와 몇 년 전 처음 부모님의 아파트에서 나왔을 때 산 회색 치마를 입고 있었다. 그동안 살이 몇 킬로그램 빠져서 사빈의 옷을 입을 수 있었지만, 사빈의 재킷을 입기에 케이시는 팔이 너무 길었다.

"케이시, 무슨 일이야?" 사빈은 걱정스러운 목소리였다. "괜찮아?"

"괜찮아요. 그저 피곤할 뿐이에요."

"그 남자가 보고 싶어서? 그 도박쟁이?"

"아뇨." 케이시는 곧바로 대답했다. 사실이 아니었지만 사빈에게 그런 말을 할 수는 없었다. 은우가 많이 생각났다. 게다가 자신이 한 짓도 너무나 끔찍하게 여겨졌다. 바람을 피운 것도 모자라서 그걸 고백까지 하다니. 일주일 동안 생각해본 뒤, 케이시는 둘 다 잔인한 짓이었다는 결론을 내렸다. 그날 아침, 그녀는 전화기를 들었지만 차마 그에게 전화를 걸 수는 없었다. 케이시의 물건은 아직 전부 다 그의 집에 있었지만 지금 와서 물건 이야기를 꺼낸다는 것도 너무 냉정하게 느껴졌다. 사빈의 말이 정곡을 찔렀다. 케이시는 은우가 그리웠다. 아파트를 얻는 대로 그에게 연락하자, 그녀는 자신에게 말했다. 9월쯤 되면 은우도 케이시가 좀 덜 미울 것이고 그녀도 용기가 더 생길 것이다.

케이시는 손님용 화장실로 들어갔다. 문은 약간 열어두었다. 사빈은 하고 싶은 말이 속에서 부글부글 끓어오르는 기색이었다. 케이시는 사빈이 비치해둔 손님용 가운 두 개 중에서 하나를 걸쳤다. 멋진 호텔에서 탐낼 법한 종류의 물건이었다. 집주인은 방을 떠날 기미가 보이지 않았다.

케이시는 세수를 하기 시작했다. 사빈의 목소리를 듣고 그녀는 수돗물을 잠갔다.

"넌 그에게 화가 났기 때문에 바람을 피운 거야."

케이시는 얼굴을 찌푸렸다. 사빈은 모든 문제에 대해 자신만의 이론을 갖고 있었다. 케이시는 수건으로 얼굴에 남은 비눗기를 닦아낸 뒤 구부정하게 등을 구부린 채 팔짱을 끼고 침대에 앉았다. 그녀는 이탈리아제 침대보를 쓰다듬었다. 파란 퀼트 천은 아름다웠다.

"왜 제가 그에게 화가 났겠어요?" 그녀는 물었다.

"뻔하잖아. 그는 직장을 잃었고, 새 직장을 구할 생각도 하지 않았고, 심각한 도박중독이고, 너랑 결혼하는 것도 원하지 않았어."

"저도 결혼할 마음 없었어요." 달리 반박할 말이 없었다.

"그건 요점이 아니야. 너도 알잖니. 그는 미래에 대해 생각하지 않았어. 넌 그것 때문에 그를 존중할 수 없었던 거다."

"이야, 공짜 방에 공짜 조언까지 해주시다니, 정말 감사합니다." 더 이상 공손하게 굴 마음이 들지 않았다. 너무 늦은 시각이었고, 그녀는 자고 싶었다. 몇 시간 뒤에는 다시 일어나야 한다. 캐린이 그날 오후 그녀에게 어마어마한 일거리를 던져주었던 것이다.

"이제 자도 될까요?"

"바람을 피우는 데는 항상 이유가 있게 마련이거든."

"어디 해볼까요?" 케이시는 발가락을 꼼지락거렸다. "그렇다면 왜 제이는……."

"네가 그를 네 부모님에게 소개하지 않았으니까. 네가 그를 부끄럽게 생각했기 때문에 제이는 너한테 화가 났던 거다."

"정답 하나로 모든 문제가 해결되네요. 눈 깜짝할 사이에." 케이시는 아무렇지도 않은 척 미소 지었다. 사실 그녀는 사빈의 통찰에 당황했다. "어떻게 이 문제에 대해 그렇게 잘 아세요?"

"아이작이 바람을 피우니까."

"그럴 리가요. 대표님을 정말 아끼시잖아요."

"나도 알아. 그는 나를 떠나지 않아. 나 없이 살 수 없는 사람이거든."

"흠, 자존감에 상처를 입고 혼자 끙끙 앓고 계신 게 아니라서 다행이네요."

"내가 그런 걸 막을 수는 없어. 그는 그저 그런 사람이야. 결혼할 때부터 느꼈어. 그는 내가 모른다고 생각하지만, 난 알아. 내가 그의 모든 감정적인 필요를 다 채워줄 수는 없고, 그도 어린 시절 무슨 상처를 입었든 혼자 힘으로 치유할 수 없으니……."

케이시는 차츰 사빈의 이야기를 한 귀로 듣고 한 귀로 흘리고 있었다. 섹스나 사랑 이야기만 나오면 사빈은 늘 이런 식의 장광설을 늘어놓았다. 사빈에게는 모든 문제가 결국 심리적인 동기로 귀결되는 것 같았다. 마치 케이크는 그저 밀가루, 우유, 설탕, 달걀 이라는 식이었다. 케이시는 이런 분석에 매력을 느끼지 못했고 궁극적으로 설득력이 있다고 생각하지도 않았다. 어쩌면 사빈의 말이 아예 틀린 것은 아닐지도 모르지만, 무언가 중요한 것이, 로맨스가 빠진 것 같았다. 은우가 들었다면 말도 안 되는 웃기는 소리라고 했을 것이다. 하지만 두 사람은 한 번도 만난 적이 없었다.

사빈은 미술책을 덮고 고개를 의자에 뒤로 기댔다.

케이시는 아이작이 바람을 피운다는 것을 전혀 모르고 있었다. 분명 고통스러울 것이다.

"왜 계속 같이 사시는 거예요?" 그녀는 물었다.

"우린 같이 있으면 아주 좋으니까. 나는 그를 사업가로서 대단히 존경해. 아주 친절한 사람이고. 그런 성품은 생각보다 흔치 않단다. 게다가 그는 날 혼자 내버려둬. 내가 하고 싶은 일을 할 수 있도록."

"사랑은요?"

"사랑은 존중이야, 케이시. 넌 은우를 존중하지 않았어."

"아뇨, 난 그를 존중해요. 그는 아주 똑똑한 사람이에요. 독창적인 사고를 하는 사람이에요. 난 그 점을 무엇보다⋯⋯."

"그렇게 존중한다는 남자를⋯⋯."

"대표님은 은우를 존중하지 않잖아요. 난 존중해요. 그는 힘든 시기를 겪고 있어요. 누구나 실수할 수 있잖아요. 난 그가 돈을 많이 벌든 못 벌든 상관없어요. 그런 건 내 기준이 아니에요."

"네 기준이기도 해. 그럼 컨 데이비스는 어떻게 설명할 거냐?"

"난 빚을 갚아야 해요, 사빈. 학비를 내야 하고……."

"그걸 반드시 혼자 힘으로 해야 한다고?"

"뭐, 꼭 그런 건 아니겠죠. 지금 당장 대표님 집에서 이렇게 신세 지고 있고, 빚도……."

"아, 그만해. 그 따위가 뭐라고. 네 자존심은 정말 우스꽝스러울 정도다."

"고맙습니다." 담배 생각이 났다. 핸드백에 뜯지 않은 담뱃갑이 있다. 아이작은 집 안에서 담배 냄새가 나는 것을 싫어했지만, 거실 옆 테라스에서 피울 수는 있었다.

"난 널 사랑해, 케이시." 사빈은 케이시가 자신을 봐주길 바라면서 말했다.

"저도 사랑해요." 케이시는 체념했다는 듯 툴툴거리는 목소리로 말했다.

"그리고 널 존중한다." 사빈은 말했다.

"저도요."

"하지만 넌 인생에서 너무나 명백한 것들을 한사코 보지 않으려고 해." 사빈은 말했다.

"그게 뭔지 단서를 주세요."

"너 자신의 감정을 무시하지 마라."

"네, 생각해볼게요."

"넌 지금 나한테 화가 나 있어." 사빈은 말했다. 10여 년의 심리 상담을 통해 그녀가 얻은 소중한 교훈이 하나 있었다. 가장 진실된 감정이 인생을 더 큰 성공으로 이끌어준다는 것이었다. 사빈은 자신의 가장 아름다운 감정과 가장 추한 감정, 그리고 그 사이의 다른 모든 감정들을 인식함으로써 거의 불가능했던 목표들을 이룰 수 있었다. "아주 불같이 화가 났다고."

"아뇨, 그렇지 않아요."

"화났어."

"안 났다니까요." 케이시는 무표정한 얼굴을 했다. "좋은 친구가 되어주셔서 얼마나 감사하는데요."

"고마우면서도 동시에 화가 날 수 있어. 그런 감정은 얼마든지 공존할 수 있단다."

케이시는 한숨을 쉬었다. "전 정말 피곤해요, 사빈. 자야겠어요."

"좋아." 사빈은 의자에서 일어섰다. "은우는 시시한 선택이었어. 남자는 널 도와주는 사람이어야 해."

"고맙습니다. 기억하도록 노력할게요."

사빈은 케이시의 옆으로 다가와서 그녀의 이마에 손을 얹었다. "사랑하는 케이시. 넌 너 자신을 아직 모르고 있어. 부디……."

"대표님……." 속에서 화가 부글부글 끓어올랐다. "난 최선을 다하고 있어요."

"아무도 그 점을 의심하지 않아. 어쩌면 노력을 좀 덜하는 편이 좋을지도 모르겠구나." 사빈은 미소 지었다. "이제 자게 해주마."

"네." 케이시는 말했다.

"잘 자라. 내가 사준 디톡스 차 꼭 마시고. 싱크대 에스프레소 머신 옆에 있어."

케이시는 고개를 끄덕이고 사빈이 뺨에 잘 자라고 키스하는 동안 가만히 있었다. 사빈이 문을 닫고 나가자마자, 케이시는 침대에서 내려와서 핸드백을 낚아챘다. 창문을 열 수 있는 만큼 최대한 열고 담배에 불을 붙였다. 은우는 잠들어 있겠지, 그녀는 생각했다. 그는 언제나 몸 왼쪽이 아래로 가도록 침대 중간을 바라보며 누워서, 그의 왼팔을 어깨 밑에 끼우고, 손을 뺨 아래 끼운 채 잤다. 케이시가 늦게 귀가하면 그는 자다가 눈을 뜨고 중얼거리곤 했다. "자기, 왔구나. 침대로 와." 이따금 깨지 않고 계속 조용히 코를 골기도 했다. 케이시는 창틀에 담배를 비벼 끄고 다시 한 대 더 불을 붙였다.

11

시침질

　도저히 찰 수 없는 은팔찌가 서랍장 위에 놓여 있었다. 티나는 언니가 사빈에게 받은, 그리고 자신에게 준 값비싼 팔찌를 손가락으로 만지작거렸다. 거절할 방법이 없었다. 하지만 이 팔찌를 준 것으로 보아 언니는 조금 제정신이 아닌 것 같았다. 물론 자상한 마음 씀씀이지만, 티파니 팔찌 한 쌍이 나한테 무슨 소용인가. 이제 겨우 두 달 된 아기를 키우면서 원더우먼 팔찌를 차고 대체 어딜 가란 말인가? 사실 티나와 철은 식료품과 기저귀를 사고 나면 이따금 비디오를 빌릴 돈조차 없었다. 샌프란시스코 시내에서 철의 도요타를 굴릴 형편도 아니어서 어딜 가나 대중교통을 이용했다. 게다가 모서리가 둥글다 해도 티머시에게 젖을 주거나 목욕을 시키거나 기저귀를 갈아줄 때 딱딱한 금속이 걸리적거릴 것이 뻔했다. 그날 밤 뉴욕에서 어퍼이스트사이드 아파트에 케이시와 은우를 내려준 뒤, 티나는 바로 팔찌를 풀어서 기저귀 가방에 넣었다.

40분 뒤 티머시는 낮잠에서 깨어날 것이고 다시 젖을 먹여야 한다. 오늘 밤 마지막 수유가 되기를 바랄 뿐이었다. 철은 아직도 도서관에서 공부하고 있었다. 그는 조기졸업을 하려고 여름학기를 수강하고 있었다. 티나는 저녁으로 참치 샐러드를 만들었지만, 철에게서 부리토로 저녁을 때우겠다는 전화가 왔다. 티나는 오늘도 아파트에서 아기와 단둘이 하루를 보냈다. 책이, 학교 수업이 미칠 듯이 그리웠다. 어른들과 교류하고 싶었다. 금요일 밤이었지만, 여느 날과 다를 것이 없었다.

지금 언니는 뭘 하고 있을까? 티나는 궁금했다. 마지막으로 짤막하게 통화할 때, 케이시는 어머니의 건강에 대해서는 별일 아니라고 대수롭지 않게 이야기했다. 컨 데이비스에서 정규직을 잡는 일 때문에 온통 신경이 곤두선 것 같았다. 티나는 언니한테 걱정 말라고, 잘될 거라고 다독여주고 싶었지만, 케이시에게는 그것조차 쉽지 않았다. 도대체 듣고 있는지 아닌지도 알 수 없는 것이다. 게다가 케이시는 다시 혼자 살게 되었다. 직장에서 같이 일하던 남자와 무슨 출장을 갔다가 바람을 피웠는데, 그 일을 남자친구에게 고백한 모양이었다. "그래도 솔직하게 말을 하지 않으니까 너무 나쁜 인간처럼 느껴졌어." 그래, 그럼 이제 은우 씨는 언니를 다른 남자와 같이 잔 나쁜 인간으로 생각하고 있겠구나. 티나는 이런 말이 튀어나오려는 것을 꾹 참았다. 일단 케이시는 상황이 좀 정리될 때까지 사빈과 아이작의 집에서 지내고 있었다. 잘하는 짓이다, 티나는 생각했다. 잘하는 짓이야.

티나는 금요일 밤이라 평소처럼 부모님의 집에 전화를 걸었다. 리아가 받았다.

"여보세요."

"엄마, 저예요."

"티나, 아기는 잘 있니?" 엄마는 물었다. 티머시의 말랑한 피부와 검은 속눈썹 아래 동그란 검은 눈동자가 눈에 선했다.

"잘 지내요. 지금 자고 있어요."

"젖은 잘 먹고?"

"제가 수시로 먹여요. 어떤 날은 하루에 열두 번, 열세 번도 먹네요." 티나는 지나치게 자란 앞머리를 입으로 불어 넘겼다. 아기가 젖을 먹지 않을 때면, 철은 그저 그녀의 셔츠 안에 손을 넣으려고 안달이었다. 예전 몸무게로 돌아가려면 아직 13킬로그램 정도 더 빼야 했지만, 철은 아랑곳하지 않는 것 같았다. 부풀어 오른 젖가슴 때문에 더 흥분된다는 것이었다. 티나의 젖가슴은 온 가족의 공유재산이었다. 엄마도 이런 기분을 느낀 적이 있을까?

"잘 지내세요?" 티나는 물었다.

"엄마는 괜찮아."

"아빠한테 들었는데, 또 교회를 못 갔다면서요."

"엄마는 괜찮다니까. 케이시하고 연락해봤니?"

"지난주에요." 왜 엄마는 그냥 수화기를 들고 직접 전화를 걸지 않는 걸까.

"엘라의 사촌은 좋은 사람 같더구나." 리아는 말했다.

"그 둘은 헤어졌어요." 티나가 불쑥 말했다.

어머니가 뭐라고 더 묻기 전에 그녀는 무뚝뚝하게 말했다. "이제 아빠 바꿔주세요."

"하지만 둘이 좋아 보이던데." 리아는 갈라지는 음성으로 말했다.

"잘 안 된 모양이죠." 티나는 자세한 이야기를 피하려고 애썼다. 중간에서 전달하는 역할은 정말 싫었다.

"그럼 케이시는 지금 어디서 지내니? 난 그 애 전화번호도 없는데."

"사빈 고츠먼 집에서 지내요. 아파트를 구할 때까지요."

"아." 리아는 숨을 들이마셨다. "그분들이 케이시를 잘……."

리아는 고개를 끄덕였다. 티나는 그 이상 말해주지 않을 것이다. 그럼 그 괜찮던 청년과도 끝났구나. 딸이 결혼하면 모든 것이 잘될 거라고 믿는 것은 아니었다. 하지만 리아는 자식들이 안정된 삶을 꾸리기를 바랐다. 머물 곳이 마땅치 않다면서 왜 집에 오지 않는 걸까. 어쩌면 미국에서 당당히 성공한 사빈 같은 사람을 우러러보는 것이 옳은지도 모른다.

하나님이 날 벌하시는 걸까? 홍 교수와 있었던 일 때문에 내게서 케이시를 빼앗아 사빈에게 주시는 걸까? 아니다, 리아는 속으로 반박했다. 하나님은 그런 분이 아니다. 똑같은 죄로 벌하는 분이 아니다. 감사하게도. 욥은 선한 사람인데도 고난을 겪지 않았나. 예수 그리스도는 하나님의 아들이지만 오로지 고통만 겪었다. 하지만 리아는 죄를 지었다. 다윗 왕은 친구의 아내를 취하고 친구를 죽인 뒤 자식을 잃었다. 딸들은 리아를 존경하지 않았다. 그녀를 좋아하지 않았다.

"여보." 리아는 텔레비전 소리가 흘러나오는 거실 쪽으로 소리쳤다.

조셉은 신문을 접어 의자에 내려놓았다. 그는 텔레비전 소리를 줄이고 수화기를 들었다.

리아는 수화기를 계속 귀에 대고 있었다. 남편의 목소리에서 행복감이 묻어나는 것을 느낄 수 있었다. 먼저 조셉은 아기와 통화하고 싶다고 했지만 아기는 잠들어 있었다. 그는 티나에게 잘 지내느냐고 물었다. 티나는 피곤하다고, 학교에 정말 가고 싶다고 했다.

리아는 수화기를 놓았다.

티나는 달칵 소리를 들었다. 엄마 목소리가 너무나 안 좋았다. 이렇게 멀리 있으니 딸로서 할 수 있는 것이 없었다. 졸업하고 나면 그녀와 철은 동부로 다시 이사할 계획이었다.

"아빠, 엄마하고 같이 한번 놀러 오시면 안 돼요?"

"가게 문을 열어야 하니 둘 중 하나는 여기 있어야 해. 너도 알지 않냐."

티나는 고개를 끄덕였다. 가게. 그들은 가족 여행을 가본 적이 없었다. 부모님은 강 사장에게 휴가를 청한 적이 없고 사장도 권한 적이 없었다. 하지만 설사 아버지가 며칠 가게 문을 닫아도 좋다고 허락을 받는다 해도, 어머니가 캘리포니아까지 비행기를 타려고 하지 않을 것 같았다.

"엄마는 왜 병원에 아직 안 가셨어요?"

"네 엄마가 병원 싫어하는 거 알잖니. 내가 가라고 했는데도 그냥 나아졌다는 말만 하는구나. 감기 같다. 독감일 수도 있고."

"아빠, 감기라면 이렇게 오래갈 리가 없어요."

"일요일에 교회를 가지 않으면 심 장로가 봉사단과 같이 들를 거다. 심 장로는 의사잖니. 진료를 봐주겠지."

"그분은 안과의사잖아요."

"그래, 그래. 티머시는 언제 뉴욕에 또 데리고 올 거냐?"

"우린 얼마 전에 갔잖아요, 아빠. 아빠가 오시라니까요."

"그래, 그래."

"이제 끊어야겠어요." 티나는 작별인사를 할 준비를 했다.

"내 손자 잘 키워야 한다."

"알겠어요." 그녀는 대답했다. 계속 아버지와 이야기를 나누고 싶었다. 아버지가 이것저것 더 물어주었으면 하는 마음이었다. 아기를 낳은 뒤로 외롭다, 철은 지금 내 생활이 어떤지, 학교와 친구들을 잃는 것이 어떤 기분인지 전혀 모른다, 이런 이야기를 아빠한테 다 털어놓을 수 있을까? 철은 그저 정기적으로 섹스를 하고 좋은 성적만 받으면 그만인 것 같았다.

"아빠······."

"음······." 조셉은 딸이 얼마나 보고 싶은지 말을 할 수가 없어 그냥 헛기침만 했다. 딸이 피곤하다는 것을 알 수 있었고, 가정부를 붙여주지 못하는 것이 미안하기만 했다. 한국에서 돈 많은 사람이라면 딸이 너무 고생하지 않도록 유모를 구해줄 텐데.

"주무세요." 딸은 말했다.

"네가 다 잘해낼 거라고 믿는다." 그는 전화를 끊기 전에 이렇게 말했다.

티나는 전화를 끊고 아기를 보러 갔다.

다음 날, 리아는 가게에 나갔다가 집에 돌아와서 저녁을 준비하고 8시에 자러 갔다. 한데 일요일 아침에 눈을 떠보니, 도저히 침대에서 몸을 일으킬 수가 없었다. 몸이 너무나 무거웠다. 조셉은 리아에게 집에 있으라고 하고 혼자 교회에 갔다. 오후에는 리아가 원하든 원하지 않든 봉사단이 방문을 올 것이다.

더글러스 심과 김 장로, 전 집사가 정확히 3시 15분에 초인종을 눌렀다. 문을 열어주자 일행은 별다른 인사 없이 집 안에 들어와 소파에 앉아 조용히 기도했다. 더글러스가 가장 먼저 기도를 끝냈고, 이어 김 장로가 고개를 들었고, 전 집사는 3분 더 열렬히 기도했다. 조셉은 그들을 침실로 안내했다.

다들 고개 숙여 인사하고 서로 미소를 건넸다. 리아는 장로들 앞에서 잠옷과 가운 바람으로 침대에 누워 있으려니 민망했다. 그녀는 커피를 권했다. 봉사단이 다과를 원하면 조셉이 언제든지 커피를 타줄 수 있도록, 물을 미리 끓여서 새로 뜯은 테이스터스 초이스 병과 커피메이트, 깨끗한 머그 석 잔을 쟁반에 받쳐 준비해놓았다. 집에는 비스킷도 없었다. 창피스러운 일이었지만, 오랫동안 집에 아무도 찾아온 적이 없었던 것이다. 하지만 봉사단은 오늘 벌써 세 번째로 들르는 가정이라 커피나 차는 한 방울도 더 안 들어갈 것 같다고 손사래를 쳤다. 그들은 오렌지 주스 열두

360

캔들이와 르파리 빵집에서 산 에클레르 한 상자를 가져왔다.

조셉은 부엌 의자 세 개를 침실로 가져왔다. 봉사단은 의자에 앉아 리아의 빠른 완쾌를 위해 기도를 올렸다.

"감기에 걸리셨다고 한 장로님께 전해 들었습니다." 더글러스는 더 심각한 병일지도 모른다고 걱정하고 있었지만, 리아를 겁주고 싶지는 않았다. 진작 찾아오려고 했지만 조셉이 아내는 손님을 맞을 상태가 아니라면서 거절했던 것이다. 하지만 거의 두 달이나 교회에 나오지 못하고 있으니, 더글러스도 간곡히 고집했고 조셉도 더 이상 방문을 막을 수가 없었다. 마지막으로 방문 이야기를 했을 때, 더글러스는 조셉도 누가 좀 도와줬으면 하는 심정이라는 인상을 받았다. "좀 어떠십니까?"

"훨씬 나아졌어요. 위장에 탈이 났는데 그건 괜찮아졌고요. 한데 너무 잠이 오네요. 가게에 할 일도 많았어요."

전 집사는 너무나 잘 이해한다는 듯 고개를 끄덕였다. 그녀도 시어머니가 어퍼웨스트사이드에 갖고 있는 세탁소에서 일하고 있었던 것이다. 계산대에서 일하지 않을 때는 수선 일을 겸했다. 학교에 다니는 어린 아들 둘을 키우랴, 일하랴, 전 집사도 잠을 충분히 자는 날이 없었다. 예수 그리스도에 대한 믿음이 아니었다면, 성난 시어머니와 아내 편을 들 줄 모르는 무책임한 남편 등쌀에 도저히 버틸 수 없었을 것이다.

"병원에는 가보셨습니까?" 더글러스는 물었다.

"가보라고 했습니만 통……." 조셉이 끼어들었다. 더글러스는 고개를 끄덕이고 리아가 뭔가 설명을 덧붙이기를 기다렸다.

"전 정말 많이 나아졌어요." 리아는 그들을 안심시켰다. 리아는 목소리에 좀 더 힘을 주었다. "이렇게 찾아와주셔서 정말 감사합니다. 하지만 저는 정말 괜찮아요. 다음 주일에는 꼭 교회에 갈 수 있어야 할 텐데요."

"얼굴이 좀 수척해지셨습니다." 더글러스가 말했다.

"그런가요?"

"더 빠질 살도 없던 분이. 식사는 잘하고 계십니까? 위장병이 나은 뒤로요."

리아는 고개를 끄덕였다. 사실이 아니었지만 더 이상 관심을 받는 것은 부담스러웠다.

사실 그녀는 아프지 않았다. 어쨌든 리아 자신은 그렇게 생각하고 있었다. 요즘은 한층 더 좋아지고 있었다.

"수두에 걸리신 게 아닌가 걱정했습니다." 더글러스는 성가대 지휘자의 집에 들렀던 일이 떠올라 미소 지었다. "하지만 어릴 때 걸린 적이 있다고 하셨지요."

"그렇게 심각한 건 아니에요. 점점 나이가 드니 그냥 쉬이 피곤해지는 것 같아요." 리아는 희게 반짝이는 머리카락을 가리키며 미소 지었다.

"그 무슨 터무니없는 말씀을." 김 장로가 나무랐다. 리아는 기껏해야 마흔다섯도 채 안 되어 보였다. 침대에 잠옷 바람으로 앉아 있는 여자는 예쁘장한 시골 소녀 같은 얼굴을 하고 있었다. 회계사인 김 장로는 그녀가 안타까웠다. 교회에 있는 여자들 중 많은 사람이 일주일에 60시간에서 70시간씩 급여도 못 받고 휴식

시간조차 없이 작은 가게에서 일하고 있었다. 집에 돌아가면 살림이 쌓여 있고 아이들까지 돌보아야 했다. 김 장로의 아내는 세금신고 기간이 되면 사무실에 나와서 남편의 일을 도왔지만, 대체로 집에서 아들 둘을 키웠다.

"그럼요, 틀림없이 일을 너무 열심히 하셨을 겁니다." 김 장로는 말했다.

조셉은 입안의 피부를 깨물었다.

"안식일에 푹 쉬면서 지루한 설교를 건너뛰는 것이 좋을지도 모릅니다." 더글러스는 윙크했다. "주님도 이해하실 거예요."

김 장로와 전 집사 둘 다 웃었다. 십일조와 희생적인 헌금이 왜 필요한가에 대한 오늘의 설교는 유난히 길게 느껴졌던 것이다.

"혹시 빈혈이 있으세요?" 더글러스가 물었다.

"아뇨. 티나를 임신했을 때, 의사가 고기와 시금치를 더 많이 먹어야 한다는 이야기를 하긴 했어요."

더글러스는 혈액검사를 해봐야 한다고 조언했다. 그는 세탁소에서 멀지 않은 병원의 유능한 내과의사를 알고 있었다. 점심시간에 얼른 걸어갔다 와도 좋은 거리라고 했다. 리아는 고맙지만 정말 괜찮다고 대답했다. 이제 다 나은 것 같아서 다음 주에 교회에 갈 생각이라는 말도 했다. 봉사단은 이 말을 듣고 손뼉을 쳤다. 전 집사는 "아멘!"을 외쳤다. 장로들과 집사는 의자에서 일어섰다. 그들은 고개 숙여 인사하고 구세주 예수 그리스도의 이름으로 리아를 낫게 해달라고 기도했다.

봉사단이 떠난 뒤 조셉은 한국 마트에 가서 양념된 불고기를 사왔다. 집에 돌아와서 그는 쌀을 씻고, 전기밥솥에 밥을 하고, 프라이팬을 달궜다.

마늘로 양념한 고기를 볶는 냄새가 곧 아파트를 가득 채웠다. 리아가 누워 있는 침실까지 양념 안의 생강과 참기름 향이 흘러왔다. 리아는 일어나려고 했지만, 몸이 너무 무거워서 마치 바닥에서 잡아당기는 것 같았다. 그녀는 심호흡을 하고 맨발로 바닥을 짚고 억지로 침대에서 몸을 일으켰다. 부엌에 가보니 쭈그리고 있는 조셉의 뒷모습이 보였다. 그는 김치를 꺼내 그릇에 담고 있었다. 부엌 식탁에는 이미 두 사람이 먹을 상이 차려져 있었다. 남편이 다 해놓은 것이었다. 리아는 의자를 끌어다 앉았고, 이 소리를 들은 조셉은 자기가 일요일 저녁식사를 차린 것에 자랑스러워하는 얼굴로 돌아보았다.

고기 냄새가 점점 강해졌다. 프라이팬 위로 증기가 무럭무럭 솟았다. 리아는 창문을 열려고 일어서려고 했다. 부엌에는 에어컨이 없었다. 묵직한 코트를 입은 채 물 밑에 잠겨 있는 기분이었다.

쿵 하고 부딪히는 소리가 났다. 얼굴 한복판에서 날카로운 통증이 뺨과 이마로 번졌다. 코가 아팠다. 심하게 아팠다. 눈에 눈물이 핑 돌고 뜨끈한 물기가 뺨과 코로 흘러내렸다. 슬리퍼를 신은 조셉의 발소리가 허겁지겁 다가왔다. "여보, 여보, 여보!" 그가 외쳤다. 리아의 머리는 식탁 위에 엎어져 있었다. 고기는 팬에서 지글거리고, 리아의 머릿속에는 그저 가스레인지가 아직 켜져 있고 고기가 탈 거라는 생각뿐이었다. 아까운 고기를 못 먹게 되면 돈이 너무 아깝다. 어떻게 해야 가스레인지를 끌 수 있지? 하지만 말이 나오지 않았다. 가느다란 핏줄기가 흰 식탁에 흘러내렸다. 모든 것이 연기에 휩싸여 캄캄해졌다.

더글러스 심이 그녀를 내려다보고 있었다. "집사님, 집사님……."

리아는 침대에 누워 있었고, 잠옷 앞섶이 피에 젖어 있었다. 부엌에 있던 생각이 났다. 내가 넘어졌었지, 아닌가?

"괜찮을까요?" 그녀는 심 장로에게 물었다. 말을 하니 얼굴이 아팠다.

"한 장로님이 제 호출기로 연락하셨습니다. 마침 전 몇 블록 떨어져 있지 않은 정 장로 댁에 있었어요." 그는 의미심장한 미소를 지었다. 93세인 정 장로는 병석에 누워 있었다. 그는 자식이 없는 아들 부부와 같이 매스페스에 살고 있었는데, 이 집을 방문하는 것은 영적인 교류라기보다는 사교 목적이었다. 정 장로는 이야기하는 것을 너무나 좋아했기 때문에, 봉사단은 언제나 그의 집을 마지막으로 찾아갔다. 잠깐 있다가 일어서기라도 하면 눈물을 뚝뚝 흘리는 사람이기 때문이었다. "사실, 덕분에 제가 살았습니다. 정 장로님이 여동생과 사랑에 빠진 여드름투성이 일본군 병사 이야기를 막 시작하려던 참이었어요. 그 이야기 아시죠?"

리아는 고개를 끄덕였다. "정 장로님은 괜찮으세요?"

"그럼요. 집사님보다 훨씬 정정하십니다."

더글러스는 리아가 정신이 멀쩡한지 확인하려고 계속 말을 걸고 있었다. 코가 부러진 것 같았다.

"이렇게 폐를 끼쳐서 얼마나 죄송한지 모르겠어요." 심 장로는 계속 그녀의 코만 바라보고 있었다. 리아는 코를 만져보다가 아파서 얼굴을 찌푸렸다.

"만지지 마세요."

리아는 손을 모아서 배 위에 얹었다.

"혹시 노래를 부르고 싶으셔서 제가 다시 와주었으면 하셨던 것 아닙니까?"

리아는 미소 지었다. 누가 날 이렇게 놀려낸 것이 언제였던가? 철호 오빠는 그녀를 나이팅게일이라고 불렀다. 세상을 떠난 둘째 오빠가 어릴 때 붙여준 별명, 리아는 지금껏 까맣게 잊고 지냈다. 나이팅게일. 나도 언젠가 죽겠지? 천국에 가면 죽은 두 오빠를 다시 만나게 될까? 어떤 모습일까? 그리고 어머니도. 아, 하나님. 하나님…… 어머니가 너무나 보고 싶었다. 어머니를 다시 만날 수 있다면 죽는다 해도 여한이 없었다. 주님이 당장 나를 데려가신다 해도 오히려 홀가분할 것 같았다. 하지만 조셉은 누가 돌봐줄까? 남편을 돌보기 위해서라도 빨리 털고 일어나야 한다. 남편은 침실 한쪽 구석에 묵묵히 서 있었지만, 리아는 그가 대단히 놀랐다는 것을 알 수 있었다. 오죽하면 심 장로에게 호출기로 연락까지 했겠는가.

더글러스는 양해해달라는 듯 두 손을 가볍게 들며 리아에게 다가갔다. 그는 먼저 그녀의 뺨에 손을 대더니 최대한 부드럽게 코를 만졌다. 손이 닿는 순간, 리아는 움찔하는 것을 억지로 참았다. 너무나 아팠다.

"부러진 것 같습니다." 더글러스는 두 걸음 물러난 뒤 원래 코의 모양이 어땠는지 기억을 더듬으며 다시 그녀의 얼굴을 찬찬히 살펴보았다. "하지만 어긋난 것 같지는 않아요. 그냥 실금이 간 것 같습니다. 여전히 텔레비전에 나가도 손색이 없으시겠어요."

리아는 웃음이 나왔지만, 움직였다가는 아플 것 같아서 참았다. 그녀는 자기 코를 다시 가볍게 만져보았다. 콧등이 조금 부어 있었다.

"조셉이 음식을 만들고 있었는데……." 그녀는 눈가를 찡그리며 기억을 더듬었다.

"정신을 잃고 얼굴부터 식탁에 박은 겁니다. 한 장로님께서 여기 데려와서 눕히셨어요. 그리고 저한테 연락하셨습니다. 이제 집사님이 노래만 부르시면 되겠어요."

조셉은 미소 지었다. 그는 원래 심 장로의 농담을 싫어했지만, 그 농담이 주위 사람들의 마음을 얼마나 가볍게 해주는지 인정하지 않을 수 없었다. 의사는 아내가 마음을 놓게 해주고 이야기를 끌어내고 있었다.

더글러스는 조셉에게 손짓하더니 수건에 얼음을 몇 개 싸서 가져와달라고 부탁했다. 조셉은 부엌으로 갔다.

"올해 나이가 어떻게 되십니까?"

"마흔셋이에요."

"마지막으로 생리를 한 건 언제인가요?"

"기억이 안 나요. 규칙적이지 않거든요." 그녀는 더글러스의 눈을 똑바로 쳐다볼 수가 없었다. 이런 건 아무하고도 하지 않는 이야기였다. 그녀는 열네 살 때 처음 생리를 시작했는데, 또래 대다수보다 늦은 시기였다는 것은 뒤늦게 알았다. 다른 여자들처럼 매달 꼬박꼬박 하지도 않았다. 어떨 때는 두 달에 한 번 했고, 한번 시작하면 열흘 이상 계속되었다. 임신했을 때를 빼고 지금껏 산부인과에 찾아가본 적도 없었다. 그녀가 아는 한 지금껏 별 문제는 없었다. 티나는 검진을 받아보라고 늘 말했지만, 그런 걸 할 시간이 어디 있나? 돈도 너무 많이 들었다.

"몇 주 전이었나?" 리아는 기억을 더듬어보았지만 확실하지 않았다. 두 달도 넘은 것 같았다.

"그럼 임신하신 건 아니군요." 더글러스는 침착하게 말했다.

"아, 아니에요." 리아는 그럴 리가 없다는 투로 고개를 저었다.

조셉이 커다란 얼음보따리를 들고 들어왔다. 더글러스는 수건에 얼음을 세 개만 남기고 다 꺼냈다. 그는 리아에게 얼음주머니를 얼굴에 어떻게 대고 있어야 하는지 알려주었다.

"다시 아버지가 되신 건 아닌가 봅니다." 더글러스는 조셉에게 미소 지었다. 본인에게 손해가 될 정도로 무뚝뚝한 남자라는 생각이 문득 들었다.

"티나가 태어난 뒤 정관수술을 받았습니다. 의사들이 리아는 다시 임신하면 안 된다고 했어요. 아내한테 약을 먹게 하고 싶지는 않았고요."

출산 중에 아내를 잃었던 더글러스는 열심히 끄덕였다. "가장 효과적인 피임법 중 하나입니다. 99퍼센트 확실해요." 조셉과 같은 성장환경을 지닌 이 세대 남자가 아내를 위해 그런 수술을 했다는 것은 상당히 놀라운 일이었다. 하지만 매력적인 아내를 둔 조셉에게 일종의 질투 같은 것도 느껴졌다. 내 성욕은 어디로 간 걸까 하는 생각이 문득 스쳤다. 그쪽 부분은 그저 잠들어버린 것 같았다.

"내과의사를 찾아가보세요. 간단한 검사를 몇 가지 해보시는 게 좋겠습니다. 코는 따로 이비인후과에 가보시고요. 아마 별다른 처치는 필요없을 겁니다. 한 장로님이 아내를 위해서 음식을 만들었다고 소송을 걸 게 아니라면 엑스레이도 안 찍을 거예요. 의료보험 있으십니까?"

리아는 고개를 저었다.

"돈은 있습니다. 병원 갈 돈은 있어요." 조셉이 말했다.

더글러스는 고개를 끄덕였다. "물론, 그러시겠지요." 내일 그가 전화를 걸어놓을 생각이었다.

리아는 어떻게 말려야 하나 생각하며 무기력하게 남자 둘을 바라보았다.

더글러스는 이제 가봐야 했다. 그는 다음 날 다시 전화하기로 약속했다.

다음 주 리아는 우선 이비인후과로 갔다. 가게에서 세 블록 떨어진 곳이었기 때문이었다. 의사는 뼈가 부러졌다고 했다. 콧등은 아주 조금 부어 있었다. 타박상은 선명한 파란 멍 하나뿐이었다. 의사는 딱히 치료할 필요는 없다고 했다. 내과의사는 다음 주에나 약속을 잡을 수 있었지만, 리아는 몸이 훨씬 좋아졌기 때문에 그냥 취소해버릴까 생각했다. 그녀는 보다 규칙적으로 식사를 하려고 노력하고 있었고, 조셉이 길모퉁이 델리에서 점심으로 사다주는 비싼 로스트비프 샌드위치보다 그냥 베이글과 밥이 더 좋았다. 일요일이 되자 멍은 희미해졌다. 그녀는 교회에 나가기로 했다. 주님의 성전을 찾은 지가 너무 오래였다. 리아는 끊임없이 기도하며 용서를 구하고 있었다. 그녀가 무슨 짓을 하든, 리아는 주님이 자비를 베풀어주실 거라고 믿었다. 주님은 선하시니까.

리아는 조용히 성가대 연습실에 들어서서 자기 자리에 앉았다. 지휘자는 아직 도착하지 않았다. 리아가 들어오자, 성가대원들은 다들 놀라며 따뜻하게 환영 인사를 건넸다. 경아는 반가워서 꽥 소리를 지르며 리아를 껴안았다.

"내가 집으로 찾아가려고 했어. 한데 곰 같은 당신 남편이 당신은 자야 한다지 뭐야." 경아는 리아의 머리를 쓰다듬으며 오만상을 찌푸렸다. "어머, 이건 뭐야? 여기 멍든 거야?" 그녀는 리아의 콧등에 남은 푸르스름한 멍을 가리켰다.

"정신을 잃고 탁자에 얼굴을 박았어요. 코가 부러졌어요."

성가대원들의 얼굴에 근심 어린 표정이 스쳤다.

"아뇨, 의사는 실금이 간 것뿐이라고 했어요. 괜찮아요. 심각한 건 아니에요. 노래도 계속할 수 있어요." 리아는 사람들을 안심시키려고 미소 지었다. 아파 누워 있는 동안 성가대원들이 선물로 보내준 고무나무 화분도 고맙다고 인사했다.

대원들은 문간을 쳐다보았다. 찰스가 와 있었다. 리아의 속이 뒤집히는 것 같았다. 찰스도 리아가 와서 사람들이 그녀의 자리를 둘러싸고 있는 것을 보았다. 경아는 지휘자에게 미소 짓더니 문득 웃음을 거두고 다시 돌아섰다. 찰스는 뭐라 말하려는 듯 입을 약간 벌린 채 연습실 앞쪽으로 걸어갔다. 그는 가방을 책상 위에 내려놓고 재킷을 벗었다.

그는 평정을 유지하려고 애썼다. 리아가 여기 있다. 그 모든 것들에도 불구하고, 마음 한구석에는 그녀의 손을 잡고, 밖으로 나가서, 다시 돌아오지 말자는 충동이 일었다. 우리는 행복할 수 있을 것이다. 하지만 리아는 실수라고 했다. 그에게 연락조차 하려 하지 않았다. 그 통화를 한 뒤에도, 찰스는 그녀가 마음을 돌리지 않을까 기다렸지만 그러지 않았다. 리아는 교회에도 오지 않았다. 그의 집에도 전화하지 않았다. 찰스는 다시 리아 쪽을 확인했다. 몇 사람이 아직도 그녀와 이야기하고 있었다. 리아의 콧등에 희미한 멍이 있었다. 그가 때렸나? 어쩌면 리아는 그 늙은이를 떠날 수 없는 건지도 모른다. 찰스는 얼굴을 찡그렸다. 그는 이 교회 일을 그만두고 성악 일을 더 구해볼까 생각하는 중이었다. 의뢰받은 연가곡 작업에 집중하고 싶다고 말씀드리면 아버지가 기꺼이 돈을 더 보내주실 것이다. 성가대 지휘 일은 사실 시간 낭비였다. 어쨌든 전 세계 초연까지 이제 두 달도 채 남지 않았다. 하지만 교회에 계속 있어야 하는 새로운 이유가 생겼다. 최소한 잠깐이라도 더. 경아가 지난주 연습을 마치고 그에게 왔다. 어제는 그의 집으로도 찾아왔다. 경아의 자유분방함에는 어딘가 달콤한 면이 있었다. 여자와 제대로 만난 것도 워낙 오랜만이었다. 만남이 잦아질수록 섹스도 훨씬 좋아졌다. 게다가 경아 역시 규칙적인 관계를 원하고 있었다. 하지만 흥미롭게도 경아는 찰스의 어머니나 아내,

여자친구가 되고 싶어 하지 않았다. "우린 친구가 아니잖아요." 그녀는 웃으며 말했다. 경아는 로맨스에 흥미가 없었다. 난 발정난 암캐라고요, 그녀는 자기 입으로 이렇게 말했다. 어제 경아는 그와 커피 한 잔도 마시려 하지 않았다. 장부 정리를 마치고 가게 문을 닫아야 한다면서 5시에 찰스의 집을 떠났다. 오늘 밤 연습을 마친 뒤에도 경아가 시간을 낼 수 있다면 만날 계획이었다.

찰스는 성가대 서기인 노 여사에게 다음 주에 연주할 새 악보를 건넸다.

"일요일에는 〈주 하나님 지으신 모든 세계〉를 이 편곡대로 연주해보기로 합시다. 이중창이 두 군데 있어요. 남녀 혼성 이중창입니다."

김 씨 형제는 자기들의 이름이 호명되자 매우 반가워했다.

"조 집사님, 돌아오셨군요." 찰스는 무덤덤한 목소리로 말했다.

리아는 이를 악물고 고개를 끄덕였다.

"몸은 좀 어떠세요?"

성가대원들은 친절한 눈으로 리아를 바라보며 대답을 기다렸다.

"저는…… 노래할 수 있어요." 그녀는 말했다.

"좋습니다. 조 집사님과 심 여사께서 같이 이중창을 하시죠." 찰스는 리아에게 얼른 말한 뒤 심 여사를 보았다. 그녀는 아이 둘을 키우는 젊은 엄마였고, 메조소프라노였다.

경아가 속삭였다. "자기가 못 나온 덕분에 이번 달에 독창을 두 번이나 했지 뭐야." 그녀는 어제 찰스의 집을 나서기 전에 가지 말라는 듯 자기 허리를 한사코 껴안던 찰스의 모습이 떠올라 키들거렸다. 남자들은 우습지만, 몇 가지 좋은 점도 있었다.

심 여사는 리아를 돌아보고 수줍게 미소 지었다. 그들은 같이 이중창을 해본 적이 없었다.

찰스는 반주자에게 오늘의 첫 곡을 연주하라고 지시했다. 연습이 시작되었다.

예배가 끝난 뒤, 리아는 차 한 잔을 들고 성가대를 따라 다음 주 합창을 위한 연습을 하러 갔다. 다음 주에 이중창을 하게 될 거라고는 예상하지 못하고 있었다. 간밤에 리아는 홍 교수를 만나게 되면 무슨 말을 할까 궁리하느라 잠을 설쳤다. 그런 일이 있었는데 이제 어떻게 같이 연습을 할 수 있을까? 그녀는 좋은 성가대원이 되겠다고, 더 많이 연습하겠다고, 지휘자와 같이 있을 때는 항상 몸가짐을 조심하겠다고 주님께 맹세했다. 지휘자에게 연정을 품은 것은 어리석고 무책임한 짓이었다. 그날 밤 있었던 일은 영원히 씻을 수 없는 죄악이었다. 그날의 기억이 떠오르면 그저 죽고 싶은 심정이었다. 하지만 리아는 자살이야말로 더욱 큰 죄악이라고 마음을 다스렸다. 조셉을 돌보기 위해서라도 살아야 했다. 하지만 너무나 혼란스러웠다. 주님은 윗사람을 존경하는 것을 원하실 텐데, 교수는 그녀의 윗사람이었다. 주님은 리아가 교수의 가르침에 따르기를 원하실 것이고, 따라서 그녀는 그의 가르침을 따를 작정이었다. 하지만 수치스러운 가슴 한구석에서 리아는 다시 홍 교수와 단둘이 음악과 그의 인생 이야기를 주고받는 상상을 하고 있었다. 그가 집으로 전화한 이후, 리아는 찰스의 전화번호를 알아내 집에 혼자 있을 때 수없이 전화기를 들었다. 하지만 그가 화를 내며 전화를 끊어버리는 모습만 자꾸 떠올랐다. '당신이 실수였다고 했잖습니까.' 그는 이렇게 말할 것이다. '당신이 우리의 사랑을 조롱했어요.' 이런 식의 온갖 말을 쏟아부을 것 같았고, 그런 말들은 다 옳았다. 리아는 그에 대해 느끼는 감정을 지금껏 그 어떤 사람에게도 느껴본 적이 없었다. 하지만 간음의 죄를 저지를 마음은 절대로 없었다. 하나님이 만드신 것을, 조섭과 맺은 성스러운 결혼의 언약을 어떻게 깨뜨릴 수가 있을까. 교수에 대한 사랑은 하나님을 위한 희생이어야 한다. 가슴속의 제단에 바쳐야 한다. 죄 없으신 거룩한 그리스도께서는 그녀를 위해서, 그녀의 죄를 사하기 위해서 하나님과의 교통을 비롯한 모든 것을 포기하셨다. 그에 비하면 교수에게 품었던 소녀 같은 연정을 버리는 것은 얼마나 사소한 일인가. 간밤에 리아는 뜬눈으로 침대에 누운 채 교수의 목소리를 꿈꾸며 이런 생각들로 자신을 정당화했다. 그를 포기하겠어, 리아는 다짐했다. 오로지 하나님 한 분만을 향해 충심으로 노래하며 섬기는 거야.

성가대 연습이 끝난 뒤 모두 떠나고, 김 씨 형제와 심 여사, 홍 교수, 리아만 남았다. 교수는 지시를 내릴 일이 있을 때를 제외하고 리아 쪽을 거의 보지 않았다. 리아는 두 사람 사이의 감정이 어디로 간 것인지 의아했다. 어쩌면 그 모든 것이 그녀 혼자만의 상상이었는지도 모른다. 리아는 이중창 연습을 마치고 악보를 챙겼다. 모두 교수에게 인사를 했지만, 교수는 그녀에게 눈길 한 번 주지 않았다. 묵직한 것이 가슴을 내리누르는 것 같았다. 하나님이 이 일에 함께하신다. 어쩐지 이렇게 되어 마땅한 것 같았다. 하나님이 이렇게 되는 것을 원하시는 것이다. 리아는 유부녀였고, 남편은 선량한 사람이었다.

주차장에서 리아는 김 씨 형제와 심 여사에게 손을 흔들었다. 말수가 적은 덩치 큰 두 남자는 두 여자를 향해 어색하게 미소 지었고, 싹싹한 심 여사는 연신 고개 숙여 인사했다. 리아는 차에 올랐다. 교수는 아직 교회 안에 있을 것이다. 그녀는 안전벨트를 매고 시동을 걸었다. 안에 들어가면 안 돼, 그녀는 다짐했다. 교차로에서 차를 세울 때마다 얼굴을 타고 흐르는 눈물을 훔치며 리아는 천천히 집을 향해 차를 몰았다.

12

안감

"아, 더워. 더워 미치겠네." 경아는 흰 새틴 칼라를 잡아당기며 리아에게 투덜거렸다. "이 싸구려 폴리에스테르 정말 싫어." 뒤집어 입을 수 있는 브이넥 칼라가 하늘색 성가대 가운 위에 삐딱하게 얹혀 있었다. 경아는 웅얼웅얼 기도를 끝없이 주워섬기는 안 장로도 지겨웠다. "예수님은 이렇게 말을 많이 하지 않으셨는데."

경아 뒤에 앉아 있던 베이스와 테너 몇 명이 킥킥 웃었다. 리아는 꼼지락거리는 아이 달래듯 경아의 허벅지를 가만히 두드렸다. 그녀도 더웠다. 오늘 아침 입은 파란색 드레스는—소매가 팔꿈치까지 내려오는 여름용 모직이었다—7월 말 날씨에 충분히 시원하게 입을 수 있는 옷이었지만, 리아가 직접 넣은 연파랑 안감이 땀이 흐르는 등에 자꾸 달라붙었다. 목도 마르고 불편한 기분을 꾹 참고, 그녀는 하늘에 계시는 우리 아버지를 향한 안 장로의 기나긴 간구에 귀를 기울였다.

안 장로의 기도는 점점 더 커지고 빨라졌다. 그녀는 경상도 억양으로 침을 튀기며 하늘에 계신 우리 아버지를 찾았다. 테너 중한 사람이 금장 롤렉스 퍼페츄얼 시계로 시간을 측정하니, 기도는 총 12분 43초에 접어들고 있었다. 예배는 이제 겨우 절반 끝났고, 성가대는 하부에 판자를 댄 교회 벽 바로 위로 고개만 내민채 흰 성가대석 안에 계속 앉아 있어야 했다. 성가대가 위치한 자리는 설교단에서 겨우 몇 발짝 떨어진 곳이었다. 다음 순서는 설교였다. 바깥은 겨우 섭씨 21도 정도였지만, 예배당 안은 체감상 30도는 되는 것 같았다. 여름 내내 에어컨이 작동하지 않았다. 당연히 교인들 사이에서는 지옥 맛보기라는 둥 농담이 오갔다. 김씨 형제는 갑갑한지 넥타이를 잡아당겼다. 조 집사와 심 여사와 함께 한 이중창 순서는 이미 끝났다. 차가운 맥주 생각이 간절했다. 아직 아멘 소리는 나올 기미가 보이지 않았다.

강렬한 아침 햇살이 세로로 긴 유리창을 통해 쏟아져 들어왔고, 커다란 사각의 햇볕이 하필 그 아래 자리 잡은 운 나쁜 교인들을 바싹 굽고 있었다. 안 장로는 이제 지난주 헌금함을 통해 들어온 기도 요청 카드에 이름이 적힌 사람들을 위해 기도하고 있었다. 30년 동안 서울의 길거리에서 찐옥수수를 팔아 자식들을 학교에 보냈지만 이제 융자금 한 푼 없는 코로나 대로 근처의 벽돌집에 살고 있는 일흔네 살의 안 장로는 중보기도가 필요한 아픈 교인들에게 일일이 간곡한 주의를 기울이며 병환이 매우 다급하다는 것을 강조하는 표현으로 치유를 빌었다. 장로는 이것이 그리스도 안에서 형제자매가 된 이들에게 자신이 해줄 수 있는 최소한이라고 느꼈다.

"손과 다리에 관절염으로 고통받고 있는 손 집사에게 자비를 베푸소서. 부디 자비를 베풀어주소서, 천국에 계시는 우리 하나님 아버지…… 오, 사랑하는 주님, 당신의 딸에게 자비를 베풀어주소서." 그레시안 포뮬러로 머리를 검게 염색한 뚱뚱한 알토는 경아 옆에 앉아서 그녀를 웃기려고 중보기도 숫자를 세고 있었다. 지금까지 전부 열두 명이었다.

이제 경아는 파란 성가대복의 넓은 소매 속에서 보일락 말락 손을 내밀고 낚싯줄 감는 시늉을 하고 있었다. 하지만 안 장로는 조금도 개의치 않고 열정적으로 절정에 치닫고 있었다. 눈물이 흘러내렸다. 몇몇 교인들은 장로의 열정에 감동한 기색이 역력했다. 500명에 달하는 신도 중에서 장로로 임명된 여성은 열두 명뿐이었다. 각자 1년에 한 번씩 대표기도를 하게 되어 있었다. 안 장로는 이 영예를 가볍게 여기지 않았다. 우드사이드 교회에 정기적으로 나오지 않던 장로의 두 딸과 하나 있는 아들도 오늘은 어머니의 엄명을 받고 나와 있었다. 경아는 눈을 커다랗게 뜨더니 장난스럽게 리아를 꼬집었다. 고맙게도 경아와 리아는 성가대석 한복판에 끼어 앉아 있었기 때문에, 신도들은 경아의 장난을 볼 수 없었다. 리아의 오빠들이 신앙심 깊은 교회 할머니들한테 장난을 칠 때마다, 그녀의 아버지는 이렇게 말씀하시곤 했다. "언젠가 너희도 아주 늙을 거다. 그때가 되면 하나님 말고 중요한 것은 아무것도 없어." 리아는 나무라듯 친구를 쳐다보았지만, 소용없었다. 경아는 애교스럽게 미소 지으며 예배 프로그램으로 부채질을 했다.

찰스는 신도석 첫 줄, 복도에 가장 가까운 자리에 앉아 있었다. 오늘 유난히 멋지시네, 경아는 생각했다. 깔끔하게 면도한 얼굴에 흰 리넨 셔츠와 짙은 색 면바지를 입고 있어서, 검은 정장과 싸구려 타이 차림으로 참석한 다른 신도들에 비해 시원하고 산뜻해 보였다. 경아는 찰스를 향해 갈색으로 칠한 눈썹을 도발적으로 치켜올렸다. 저녁 연습이 끝난 뒤 멀베리 스트리트의 이탈리아 식당에서 찰스를 만나기로 했다. 아는 사람을 마주칠 염려가 없는 곳이었다. 일정을 정하면서 찰스는 경아에게 오늘 밤은 자고 가라고 했고, 그녀는 대수롭지 않게 답했다. "두고 보죠." 하지만 어제 그녀는 메이시스 백화점에 가서 베이지색 레이스가 달린 300달러짜리 나토리 나이트가운을 샀다. 남편은 그녀가 여동생 집에서 자고 오는 것으로 알고 있었다.

마침내 안 장로는 울퉁불퉁 옹이진 갈색 손가락으로 자기 머리를 감쌌다. 하나님이 기도를 들으셨다는 확신에 가득 차서 슬픔은 누그러지고 환희에 찬 모습이었다. 그녀는 내내 옆에 기대 세워 두었던 회색 철제 지팡이를 움켜쥐고 강단에서 내려왔다. 기다렸다는 듯, 여름 오르간 연주자 미스 전이 〈아침 햇살 빛날 때〉의 첫 소절을 연주하기 시작했다.

리아는 성가대석에서 일어나서 허파에 공기를 가득 채우고 노래로 하나님을 찬양하기 위해 입을 열었다. 찬송가 첫 두 소절은 너무나 아름다웠다. 상승음계를 따라 그녀의 몸까지 둥둥 떠오르는 것 같았다. 오늘 아침 침대가 몸을 잡아끄는 것 같은데도, 홍 교수를 다시 대면해야 한다는 수치심과 죄의 무게가 묵직한 납 덩어리처럼 가슴을 짓누르는데도, 억지로 옷을 차려입은 것은 이 때문이었다. 음악이야말로 기적이 아니면 무엇일까. 그녀는 노래 를 통해 말로 표현할 수 없는 것들을, 창조주를 향한 깊은 열정을 표현할 수 있었다. 안 장로처럼 기도하는 능력이 생길 리도 없고, 교회 사역자 중 가장 설교를 잘하는 임 목사처럼 달변가가 될 수 도 없었다. "내 가슴이 깨어나 주님 찬양하네. 내가 기도할 때에 날 치료하시니 주님 찬양하네!" 리아는 눈을 감고 가락에 맞춰 고 갯짓했다. 한데 갑자기 배 속이 뒤집히며 심한 구역질이 치밀었다. 액체가 몸에서 울컥 쏟아져 나와 팬티스타킹을 흠뻑 적셨다. 오줌 을 쌌나? 발목과 성가대복 가장자리가 검붉게 물들어 있었다. 바 닥에 커다란 피 웅덩이가 번져나갔다. 경아의 신발과 그 옆에 앉 은 미스 오의 신발까지 피가 흘렀다. 리아는 숨을 몰아쉬고는 쓰 러졌다. 경아가 날카롭게 외쳤다. "구급차를 불러줘요!" 찰스는 교 회 사무실 전화를 쓰기 위해 예배당을 뛰쳐나갔다.

엘름허스트 종합병원에 도착하자, 의사와 간호사 들은 전문가 에 대한 예우 차원에서 더글러스의 의견을 들었다. 더글러스는 자 기가 리아의 오빠라고 했고, 의료진들은 더 묻지 않았다. 그가 서 류를 작성하는 동안 조셉은 리아의 축 늘어진 메마른 손을 부여 잡고만 있었다. 조셉은 더글러스가 답을 모르는 질문에 대답했다. 평생 두 번이나 썼을까 말까 한 신용카드도 건네주었다. 더글러스 가 서명하라고 하는 곳에 모조리 서명했다. 케이시에게 연락해야 할까요? 더글러스가 물었다. 조셉도 뭐라 판단할 수가 없었다. 의사들이 리아를 데려가고 조셉을 대기실로 안내하자, 더글러스는 자기 딸에게 전화해서 케이시에게 연락을 취하라고 당부했다. 리아는 유산을 한 것이다.

엘라에게 컨 데이비스의 전화번호를 알려준 것은 사빈이었다. 엘라가 느닷없이 연락하자 놀란 케이시는 어머니의 소식을 듣고 아연실색했다.

"아, 전화해줘서 정말 고마워. 난…… 뭐라고 해야 할지 모르겠네. 세상에. 어떻게 하지?" 케이시는 혼자 중얼거렸다. 몇 시간 내에 마무리해야 하는 연구조사 프로젝트가 있는데. 하지만 당장 가봐야 할 것 같았다. 정규직 채용 결정은 2주 뒤에 나올 예정이었다. 이럴 때 어떻게 나가지?

"당장 부모님께 가봐야지." 엘라는 케이시가 바로 가겠다고 하지 않자 놀라서 단호하게 말했다.

케이시는 비난하는 말투를 읽었다. 엘라는 내가 지금 당장 안 갈 거라고 생각하나? 은우한테 무슨 소리를 들은 거지? 엘라에게 감사한 뒤, 케이시는 우리 사이에 할 말은 다 끝났다는 뜻을 전달하겠다는 "잘 있어"라고 인사하고 전화를 끊었다. 그녀는 콜택시를 부르고 기사에게 엘름허스트 종합병원으로 가달라고 했다.

케이시가 도착하자, 심 박사는 상황을 모조리 그녀에게 설명했다. 박사는 이제 가봐야 했다. 병원 이사와의 저녁식사 약속에 늦어서였다.

"어머니 잘 돌봐드려라." 더글러스는 말했다. 케이시가 도착하니 마음이 놓였다.

"그럼요. 감사합니다, 심 박사님. 오늘 해주신 일들을 어떻게 감사해야 할지 모르겠어요. 엘라에게도 저한테 연락해줘서 감사하다고 전해주세요."

"무슨 소리야, 아무것도 아니야. 저녁 약속을 취소할 수 있다면 좋을 텐데. 꼭 가야 하는 자리라서. 내가 나중에 전화하마. 알겠지?" 더글러스는 다정하게 케이시를 바라보았다. "네가 이제 다 알아서 할 수 있을 거라고 생각한다."

케이시는 고개를 끄덕였다. "괜찮을 테니 걱정 마세요. 감사합니다."

더글러스는 미소 짓고 케이시를 한번 꼭 껴안아준 뒤 아버지와 둘만 남겨두고 병원을 나섰다.

아버지는 케이시의 눈을 차마 쳐다보지 못하고 베이지색 병원 바닥만 응시하고 있었다. 부모님이 섹스를 한다고 생각하니 끔찍하지는 않고 그저 놀라울 뿐이었다. 어머니가 임신하다니. 그녀와 티나에게 동생이 생길 수도 있었다니. 어안이 벙벙했다.

"엄마는 어때요? 그 뒤로 만나보셨어요?"

"아직 저 안에 있어." 조셉은 자재문 안쪽의 공간을 가리켰다. "몸 안에 남은 걸 깨끗이……." 그는 더 말을 이을 수 없었다. 딸들도 알고 있을까? 티나가 태어난 뒤 내가 정관수술을 했다는 걸? 그 뒤로 오랫동안 리아는 임신한 적이 없었다. 그가 아는 한은 그랬다. 혹시 임신하고도 숨긴 적이 있었나? 심 장로는 여자들은 유산하고도 본인조차 그 사실을 모르는 경우가 이따금 있다고 했다. 그냥 생리 양이 유난히 많구나 하고 넘어간다는 것이었다. 아내는 생리에 대해 이야기하는 법이 없었다. "엘라의 아버지 말로는 정관수술도 100퍼센트 확실하지는 않다고 하는구나."

"무슨 말씀이세요?" 그녀는 물었다.

아버지는 문득 딸이 알아서는 안 되는 이야기를 하고 있다는 것을 깨달았다는 듯 흠칫 놀랐다. "아, 그렇군요." 케이시는 얼른 말했다. "저도 어디서 읽었어요. 남자가 정관수술을 해도 임신이 될 수 있다고요." 그런 내용을 읽은 적은 없지만, 그 말을 듣고 아버지는 눈에 띄게 안심하는 표정이었다. 아빠가 정관수술을 받았다고? 케이시는 피임에 대해 보통사람 이상으로 잘 알지는 못했다. 피임약을 먹고도 임신이 되는 바람에 낙태수술을 해야 하지 않았던가. 재수가 없으면 그런 일도 생기는 거겠지. 그녀는 곧장 티나에게 전화하고 싶은 충동을 억눌렀다. 정관수술이 100퍼센트 확실한지 아닌지 물어보고 싶었던 것이다.

조셉은 의자에 앉았다. 그는 두 손으로 관자놀이를 눌렀다. 두통이 점점 심해졌다. 케이시는 아버지의 옆에 나란히 앉아서 앞만 쳐다보았다. 조셉은 곁눈으로 딸의 옆얼굴을 볼 수 있었다. 눈은 진갈색이고, 속눈썹은 짧고 검었다. 케이시는 속눈썹에 바른 검은 마스카라까지 알아볼 정도로 조셉 옆에 가까이 앉아 있었다. 작은 눈은 엄마보다 아빠를 훨씬 더 닮았다. 코는 엄마를 닮았고, 입술은 아빠와 비슷했다. 그도 늘 알고 있었고 사람들도 항상 말해오던 사실이었지만, 조셉은 케이시의 이런 특징이 마음에 들지 않았다. 그는 자신이 항상 둘째 딸을 편애했던 것이 미안했다. 하지만 사실이었다. 둘째는 사랑하기가 더 쉬웠다. 더 아이다웠고 성격이 온화하고 유순했다.

케이시는 짧은 넥타이같이 생긴 것을 매고 흰 셔츠와 흰 바지를 입고 있었다. 괴상한 차림이었다. 조셉 역시 타이를 매고 있었지만, 그는 남자였고 교회에서 예배를 드리고 곧장 오는 길이었다. 케이시가 이렇게 입으니 이상해 보였다. 나쁘지는 않았지만 괴상했다. 케이시는 항상 너무 특이하게 옷을 입었다. 그녀는 사무실에서 오는 길이라고, 주말에도 꼬박꼬박 일한다고 심 장로에게 말했다. 대체 왜 보통 사람처럼 옷을 입지 않는 거지? 손에는 오렌지색 리본을 두른 밀짚 페도라를 들고 있었다. 그것도 남자 모자 같았다. 혹시 딸이 레즈비언인가? 아니, 케이시는 남자친구들이 있었다. 그래도 혹시 모르는 거 아닌가? 티나는 얌전해, 언니에 비하면 숙녀답지. 하지만 어렸을 때 치마와 구슬 목걸이를 좋아하고 엄마의 립스틱으로 걸핏하면 장난쳤던 것은 케이시였다. 티나는 내성적이었고, 시키지 않아도 무슨 일이든 더 잘했고, 엄마를 많이 도왔다. 케이시는 좀 더 골칫거리였다. 학교에서는 별로 말썽을 피우지 않았지만, 다른 모든 일에서는 남의 도움을 받지 않고 자기 식대로 하려고 했다. 조셉의 두 딸은 서로 너무나 달랐다. 케이시는 성격이 남자 같고 반항적인 아들처럼 굴었다. 전쟁이 터지기 전 조셉이 딱 저런 성격이었다.

별로 기대하지 않았지만 케이시가 달려와주었다. 문득 저녁 식탁에서 티나가 옆에 앉을 때 그래주었듯이 케이시의 등을 두드려주는 것도 자연스러웠다. 케이시는 아버지의 손길을 느끼고 잠시 몸이 굳더니 다시 긴장을 풀었다. 그녀는 울기 시작했다. 조셉은 그 이유를 정확히 알 수 없었다.

작은 체구에 비해 너무 크고 무늬가 요란한 셔츠와 흰 바지를 입은 중년의 필리핀 출신 간호사가 다가왔다. 신분증에는 이렇게 적혀 있었다. '에바 불로산, 간호사.' 그녀는 모든 것이 잘됐다고 했다.

"환자는 잠시 쉬어야 합니다만, 오늘 밤에 귀가하실 수 있을 겁니다."

조셉은 한숨을 쉬고 두 손에 머리를 묻었다. 케이시는 한국말로 아버지가 하나님께 감사하는 소리를 들을 수 있었다.

"불로산 간호사님, 제 어머니를……." 케이시는 간호사의 미소에 감사한 마음으로 물었다. 달걀형의 얼굴은 아름다웠다. "잠시 만나볼 수 있을까요?"

간호사는 조셉에게 약간의 프라이버시를 주려는 듯 몸을 살짝 옆으로 돌렸다. 그리고 딸의 얼굴을 찬찬히 뜯어보았다.

"네. 병실은 자재문을 지나 왼쪽 세 번째 문입니다. 환자의 정신이 조금 혼미하지만, 그건 정상이에요. 평소보다 감정적일 수도 있습니다. 물론 그 점도 이해하셔야 합니다." 간호사는 질문에 대답한 뒤 돌아섰다. 그녀는 가벼운 발걸음으로 곧 사라졌다.

조셉은 기도를 마쳤다.

"지금 티나한테 전화할까요?" 케이시는 물었다.

"아니, 내가 하마." 조셉이 대답했다. "넌 먼저 병실에 가봐라."

"아빠는 엄마 안 보고 싶으세요?"

"곧 들어가마. 가봐. 가서 엄마를 살펴봐라." 조셉은 일어섰다. 마지막으로 담배를 피운 것이 아주 오래전이었는데도, 담배 생각이 났다. 병원 앞에서 담배를 피우는 사람한테 1달러를 주면 한 개비 얻을 수 있을 것이다. 1층에 전화도 있을 것이다.

마취는 거의 풀린 상태였다. 수술은 오래 걸리지 않았다. 의사의 지시에 따라 영어로 숫자를 거꾸로 센 기억이 났다. 리아는 아직도 바퀴 달린 병상에 누워 있었다. 아직 병원 침대가 준비되지 않은 모양이었다. 다인용 병실이었지만, 다른 병상은 비어 있었고 그녀 혼자였다. 리아는 자기 배를 내려다보았다. 검붉은 핏자국이 좁은 골반 주위에 번져 있었다. 허벅지 뒤쪽에 파란 비닐이 깔려 있었다. 조셉은 어디 있지? 그도 내가 임신한 것을 알고 있을 텐데. 문이 천천히 열렸다. 고개를 돌려보니 케이시가 병실에 들어오고 있었다.

"엄마, 괜찮으세요?" 케이시는 물었다.

"어떻게 찾아왔어?"

"엘라가 사무실로 전화해서 알려줬어요."

리아는 고개를 끄덕였다.

케이시는 병상 옆에 섰다. 엄마의 긴 머리카락이 오른쪽 눈을 반쯤 가리고 있었다. 케이시는 이마에 흘러내린 머리카락을 걷어주었다. 엄마는 피곤해 보였지만, 그 외에는 괜찮아 보였다. 그저 쇠약해 보였다. "세상에, 저 너무 걱정했잖아요." 케이시는 안도의 한숨을 내쉬었다.

"엄마는 괜찮아. 아빠는 어디 있니?"

"티나한테 전화하러 가셨어요."

"아."

아빠가 정관수술을 했는데 도대체 어떻게 엄마가 유산을 할 수 있지? 케이시는 다시 의아했다. 그녀는 숨을 들이마셨다.

"엄마 혹시 아빠 말고 다른 사람과 섹스했어요?" 케이시가 물었다. 정말 이런 질문이 내 머릿속에서 생겨났고, 방금 입 밖으로 낸게 맞나?

"그래." 리아는 대답했다.

케이시는 천장을 올려다보았다.

딸에게 진실을 털어놓았지만 리아의 마음은 조금도 편해지지 않았다. 그저 죽고 싶다는 생각만 다시 떠올랐다.

"난 하나님께 죄를 지었어."

케이시는 고개를 저었다. "그럼 그 남자가 엄마를 임신시킨 거군요."

"나는 미처 모르고……."

"어떻게 모를 수가 있어요?"

"원래 생리를 매달 꼬박꼬박 하지 않아."

"아빠는 정관수술을 받았다면서요."

"아빠가 너한테 그러더냐?"

"내가 알고 있다고 생각하시던데요."

"난 죽어 마땅한 인간이야."

케이시는 말을 하기 전에 잠시 참았다가 최대한 침착하게 입을 열었다.

"엄마가 누구랑 자는지 난 솔직히 관심 없어요. 그냥 조금 놀랐어요. 그뿐이에요."

리아는 눈을 감았다. 자신이 저지른 죄에 대해서 벌을 받아야 한다. 남편은 나를 떠날 것이다. 이미 떠났는지도 모른다. 모든 사람들이 내가 얼마나 끔찍한 인간인지 알아야 한다.

케이시는 문을 돌아보았다. 여전히 닫혀 있었다.

"아빠는 자기 아이일 거라고 생각해요. 심 박사님이 정관수술이 100퍼센트 확실하지 않다고 하셨대요."

"난 죄를 지었어. 하나님을 거스른 죄. 남편을 속인 죄. 나 자신에 대한 죄."

"그 남자를 아직도 사랑하세요? 지금도 계속 만나는 사람이에요?"

"아니, 아니야. 하지만 난 죄를 지었어."

"아, 제발 그놈의 죄 소리 좀 그만하시라고요. 무슨 일이 있었는지, 어쩌다 그렇게 됐는지만 말씀해보세요. 아주 자세하게 설명해 달라고요."

리아는 교수에 대해 털어놓았다. 수두와 성가대 연습 이야기, 둘만 갔던 식당, 지하철 옆에 차를 세워놓고 섹스한 이야기.

"잠깐만요. 성가대 지휘자? 전 선생님?" 케이시는 얼굴을 찌푸렸다.

"아니, 홍 교수님. 새로 오신 분이야. 전 선생님은 은퇴하셨어.

교수님은 성악 강사이기도 해. 작곡도 하신다. 유명한 음악학교에서 전 세계 초연이 열릴 예정인 연가곡을 쓰고 있어." 리아는 성가대 지휘자에 대해 자신이 알고 있는 대단한 사실들을 줄줄 읊었다. "메트로폴리탄에서 공연하는 오페라 가수들에게 성악 지도를 하기도 하셨고."

"네, 그건 그렇다 치고요. 그런데 왜 그 남자랑 차 뒷좌석에 들어가셨어요?"

"난 그가 섹스를 하려는 줄 몰랐어."

"엄마 손만 잡고 노래라도 불러줄 줄 아셨어요?"

리아는 흐느꼈다. 케이시는 입을 다물었다.

"하지만 내가 그로 하여금 욕망을 느끼게 한 게 틀림없어. 어떻게 멈춰야 할지 알 수가 없었어. 난 하지 말라고 했는데, 그는 내가 이해를 못 한다고 했어. 나를 사랑한다고 했어."

"그러지 말라고 하셨다고요?"

리아는 고개를 끄덕였다. "제발 하지 말라고 했다. 제발 하지 말라고. 난 애원했어. 제발 그러지 말라고. 하지만 멈출 수가 없었어. 남자가 흥분하면 어쩔 도리가 없잖니. 그걸 아니까. 어렸을 때 모든 사람들이 그렇게 말했어. 내가 잘못……."

"엄마는 하지 말라고 했다면서요." 케이시는 눈동자를 굴렸다. 그리고 심호흡을 했다. "그는 아랑곳하지 않고 했고요. 남자라고 다 같은 게 아니에요. 그들은 멈출 수 있고, 기꺼이 멈추는 남자도 있어요. 엄마가 남자에 대해서 뭘 알아요." 케이시는 모질게 나무라는 기색 없이 조용하게 말했다. "아무것도 모르잖아요. 엄마는 평생 한 남자하고만 잤어요. 아니지, 엄밀하게 두 명이지만, 이건 데이트강간이라고 봐야 하니까, 그냥 딱 한 명이라고 해야겠죠." 하지만 엄마는 데이트강간이 무슨 뜻인지도 모른다.

"식당에 데려간 건 죄가 아니에요. 그는 배가 고팠고 엄마에겐 차가 있었어요. 엄마는 어느 누구도 배가 고프면 가만히 못 있는 사람이잖아요. 그는 성가대 지휘자고 엄마는 그에게 마음이 있었죠. 그게 뭐 어때서요. 그는 비슷한 경험이 있었기 때문에 엄마가 자기한테 마음이 있다는 걸 알았던 거고, 그래서 엄마를 이용한 거예요. 개자식이라고요."

찰스는 리아가 아름답다고 했다. 자기 집에 와서 같이 살자고 했다. 둘이서 도망치는 상상을 하니 짜릿한 기쁨이 느껴졌지만, 한편으로는 그런 자신이 너무나 끔찍하게 느껴졌다.

"엄마와 성가대 지휘자 사이에 있었던 일은 서로 합의한 일이 아니에요. 엄마도 그 사람과 자고 싶었어요?"

"아니, 나는……." 리아는 말을 더듬었다. "내 말을 믿어줘. 난 그가 내게 관심을 가져줬으면 했어. 내가 그를 식당으로 데려갔고. 식사를 하는 동안 나는 정말 즐거웠어."

"엄마 좋아하는 사람이면 누구하고도 식사를 할 수 있어요. 그건 식사를 마친 뒤 남자가 원한다고 해서 섹스하게 해주는 것과는 다른 문제라고요."

"난 죽고 싶다. 제발 좀 죽게 해줘!" 리아는 소리치기 시작했다.

"그만하세요! 그만해요. 진정하시라고요."

리아는 눈을 커다랗게 떴다. 그녀는 조용해졌다.

"이런 일이 엄마한테 생기다니 너무 마음이 아파요. 정말로요. 하지만 죽다뇨. 그럴 수는 없어요."

"자살은 죄야." 리아는 나직하게 말했다. "목숨을 끊을 수는 없어."

"그렇게 생각하신다니 정말 다행이에요."

리아는 계속 울고 있었다.

"들어보세요. 절대 아빠한테 말씀하시면 안 돼요. 무슨 일이 있었는지 절대 말하지 마시라고요. 그럴 이유가 없어요. 제 말 믿으세요. 아빠가 너무나 고통스러울 텐데, 왜? 양심의 가책을 떨치려고요? 엄마는 어떤 남자를 좋아했어요. 그리고 강간당한 거예요. 그건 엄마 잘못이 아니에요. 난 엄마한테 화 안 났어요. 전혀요. 엄마를 조금이라도 못난 사람으로 보지도 않아요." 엄마를 위로해야 하는 이 상황이 어색하긴 했지만, 케이시는 엄마의 흰머리를 쓰다듬었다. "괜찮을 거예요." 어머니는 대다수의 미국 10대 소녀보다 경험이 적다. 같이 계를 하는 친구들과 섹스 이야기 같은 건 안 하나? 남자 이야기는? 최소한 서로 남편에 대한 불만 같은 것도 안 털어놓나? 섹스 이야기는 그냥 나올 수 있는 것 아닌가?

10여 명의 남자들과 자본 케이시는 섹스에 대해 자기만의 이론을, 성에 대한 자기만의 관점을 갖고 있었다. 그녀는 사랑을 나누는 일, 좋은 연인이 되는 일에 관심이 많았고, 때로는 그저 섹스 자체에도 흥미가 있었다. 섹스라는 스펙트럼의 양쪽 극단에는 굴욕과 아첨이 있고, 어색함과 아름다움이 그 사이 어딘가에 자리한다. 케이시는 자신의 몸이 자기 자신과 타인에게 가치가 있다는 것을 배웠다. 제이는 그녀가 자신의 몸을 믿고 맡길 수 있었던 상대였다. 은우도 그런 신뢰를 받아 마땅한 사람이었지만, 그녀가 휴랑 자는 바람에 다 망쳐버렸다. 휴는 비이성적인 상대였다. 케이시는 그를 사랑하지 않았고, 그도 그녀를 사랑하지 않았다. 휴가 누군가를 상당 기간 지속적으로 사랑할 수 있는 사람인가 하는 점도 미심쩍었다. 경험이란 우스운 것이다. 뭔가를 속속들이 안다는 것의 단점은 그 과정에서 그녀 자신도 섹스를 비하하게 되었다는 점이었다. 그녀는 여전히 뭐가 뭔지 알 수 없었다. 섹스는 무엇을 위한 걸까? 그녀는 좋은 섹스, 나쁜 섹스를 경험했고, 상대를 잃어보기도 했고 정복하기도 했다. 섹스 없이 지낸 기간도 있었다. 하지만 그보다 더 중요한 질문은, 옷을 다시 벗고 한 번 더 하기로 한다면, 그 이유는 뭐지? 그리고 누구를 사랑할 것인가?

케이시의 어머니는 성가대 지휘자와 섹스를 한 뒤 임신했다. 강간이 아니었다 해도 분명 그것은 일종의 추행이었다. 케이시는 이런 표현을 쓰기가 망설여졌다. 이런 표현들은 마흔세 살의 어머니를 멍청한 사람처럼 느껴지게 했기 때문이었다.

"내 잘못이었어." 리아는 눈물을 흘리며 우물거렸다. "내가 잘못한 거야. 죄를 고백해야 한다. 참회해야 해." 그녀는 울었다.

케이시는 다시 병실 문을 확인했다.

"제발 그러지 마세요. 제발 아빠 마음을 아프게 하지 마시라고요." 케이시는 엄마의 머리를 쓰다듬었다. "제가 언제 이런 부탁하는 거 봤어요?"

리아는 계속 흐느꼈다. 아무도 들어오지 않았다.

티나는 곧바로 뉴욕으로 오겠다고 했지만, 조셉은 괜찮다고 했다. 엄마는 자연유산을 겪었지만 소파수술이 잘됐다고 설명했다. 간호사가 그렇게 말했다.

"엄마는 오늘 밤 집으로 돌아갈 수 있어. 그저 우리 모두 크게 놀랐던 것뿐이다. 케이시도 여기 와 있어."

"언니가 거기 있어요?"

"그래. 방금 왔다. 케이시는 뉴욕에 사니까 엄마를 돌보는 게 너보다 더 쉽지. 넌 티머시와 네 남편 생각을 해야지. 걱정 마라. 철의 기말시험 기간 동안 네가 거기 있어주어야 하지 않니. 너도 네 남편 성적이 아주 중요하다고 했잖아."

"네, 하지만 엄마가 아프시면……." 아기를 데리고 뉴욕까지 다시 가려면 어마어마한 비용이 들 것이다. 안 그래도 그들의 살림은 빠듯했다. "제가 노력해볼……."

"엄마는 괜찮아, 티나. 심 장로가 이런 건 금방 낫는다고 하더라. 아주 심각한 일이 아니래. 넌 캘리포니아에 그냥 있도록 해."

"하지만 아빠……."

"티나, 모든 일을 혼자 다 할 필요는 없어. 네가 집에서 얼마나 열심히 일하는지 알고 있다. 케이시가 도와줄 거고, 나도 엄마를 돌볼 거야. 네가 모든 일을 다 할 필요는 없어, 티나. 내가 엄마한테 네가 오고 싶어 한다고 전하마. 엄마도 다 알아."

티나는 고개를 끄덕였다. 아빠는 티나가 집에 못 오는 것에 대해 마음 아프지 않게 해주려고 노력하고 있었다. "그럼 제가 집으로 전화할게요. 나중에요."

"그래, 그래."

"들어가세요, 아빠. 전화 주셔서 고마워요. 아빠도 잘 지내시고요."

"그래, 그래. 너도 잘 지내라. 몸조심하고. 아프면 안 돼. 네 가족은 너한테 달려 있다."

리아의 병실에 다가가니 닫힌 문 옆에 여자들이 아주 많이 모여 있었다. 잠시 후에야 조셉은 교회 봉사단의 여자 장로들과 집사들, 성가대 여자들이 병문안을 왔다는 것을 깨달았다. 교수는 없었다.

한 장로가 나타나자 여자들은 성가곡집을 넘겨 〈예부터 도움되시고〉가 수록된 페이지를 찾았다. 그들은 모두 인사했다.

"와." 조셉은 찾아온 사람이 너무 많아서 놀랐다. 적어도 스물다섯 명은 되는 것 같았다.

"집사님은 괜찮으세요?" 성가대 서기 노 여사가 물었다.

"네. 유산을 했습니다. 오늘 집에 돌아갈 수 있답니다."

여자들은 혀를 찼다. 유산은 언제나 가슴 아픈 일이었다. 여기 온 여자 중에서도 여러 사람이 그런 일을 겪었다. 물론 질병은 아니지만, 마음 아프기는 매한가지다.

"노크하면 안 될 것 같았어요. 혹시 주무실까 봐."

"계속 여기서 이렇게 기다리신 겁니까?"

"방금 왔어요. 장로님이 문 좀 두드려주시겠어요?" 성가대원 한 사람이 말했다.

조셉은 고개를 끄덕이고 문을 두드렸다. 케이시가 안에서 외쳤다. "들어오세요."

그는 문을 열었다. 순간 성가대원들이 일제히 노래를 부르기 시작했다. 주변이 일순 잠잠해졌다. 열린 문간에서 사람들이 고개를 내밀었고, 의사들과 간호사들도 제자리에 멈춰 섰다. 아까 조섭과 케이시에게 소식을 전해준 불로산 간호사도 가만히 서서 따라 부르고 있었다. 그녀는 성호를 그었다.

음악이 복도를 가득 채웠고 리아도 노래하기 시작했다. 교회가 그녀에게 온 것이다. 일요일 밤이었고, 성가대원들은 가족과 함께 보내야 하는 시간이었다. 어떻게 이 여자들이 아이들과 남편을 집에 남겨두고, 저녁밥도 차려주지 않고, 집 청소도 하지 않고, 전부 다 여기 모여 그녀를 위해, 죄인을 위해 노래하고 있을까?

케이시는 엄마가 몸을 일으켜 앉도록 부축해주었다. 리아는 눈물을 흘리며 노래했다. "이 천지 만물 있기 전 주 먼저 계셨고 온 세상 만물 변해도 주 변함없도다."

고개를 돌린 리아는 남편이 문간에 서 있는 것을 보았다. 리아를 걱정하는 기색이 역력했다. 그는 리아에게 미소 지었고, 그녀는 남편을 향해 손을 내밀었다.

13

선물

　토요일 아침, 은우는 지하철 메트로노스 선을 타고 뉴헤이븐으로 간 뒤 거기서 버스로 폭스우즈에 갔다. 수중에 현금 100달러가 있었다. 현금서비스로 돈을 빌리고 싶다는 유혹이 클 것이기 때문에, 물주의 조언에 따라 신용카드나 현금카드는 소지하지 않았다. 밤늦은 시각, 그는 지갑에 정확히 132달러를 가지고 돌아왔다. 교통비와 서브웨이 샌드위치 값으로 오늘 벌어들인 32퍼센트의 수익이 깔끔하게 사라졌다. 문에서 문까지 왕복하는 데 여섯 시간, 도박으로 다섯 시간을 날리고, 벌어들인 돈이라고는 한 푼도 없이, 마침내 아파트 문 앞에 서 있었다.

　열쇠가 구멍에 맞지 않았다. 95번 고속도로변의 럭키 배스터드 바에서 받은, 노란 플라스틱 장식이 달린 열쇠고리에는 열쇠가 딱 두 개 걸려 있었다. 하나는 아파트 열쇠, 다른 하나는 우편함 열쇠였다. 볼보 열쇠는 이미 카지노 물주가 가져갔다. 은우는 열쇠를 계속 돌려보려 했지만, 소용없었다. 메데코 데드볼트 자물쇠는 꿈쩍도 하지 않았다. 내가 다른 층에 와 있나? 이 호수가 맞나? 발치에는 미리 들여놓지 않은 신문이 잔뜩 쌓여 있었다. 그리고 그 옆에 두꺼운 봉투 하나가 구불구불한 테이프로 복도의 갈색 카펫에 붙어 있었다. 법원에서 날아온 공문서였다. 그의 이름이 희미한 먹으로 찍혀 있었다. 봉투 안에는 몇 주 전 이미 받은 퇴거 통지서 사본이 들어 있었다. 은우는 봉투를 열쇠와 함께 바닥에 집어 던졌다.

조지 오티스는 지하실에서 잡지 무더기를 노끈으로 묶고 있었다. 평일 근무 관리인이 매달 있는 분리수거를 조지에게 떠넘긴 것이다. 조지는 정리하는 일을 싫어하지 않았다. 반들거리는 정기 간행물 묶음이 세탁실과 뒷문 사이의 복도를 따라 낮은 벽을 이루며 차곡차곡 쌓였다. 하루 저녁 노동의 결과물이었다. 엘리베이터가 팅 소리를 내며 도착했다. 조지의 둥글고 잘생긴 얼굴이 근심으로 일그러졌다. 그는 친구에게 고개를 끄덕여 인사했다.

"법원에서 다녀갔어. 에르난도가 자물쇠를 교체했어." 조지는 은우가 묻지 않았는데도 알고 있는 모든 사실을 알려주었다. "괜찮아?"

은우는 고개를 끄덕였다. 화가 났다기보다 어떻게 해야 좋을지 몰라 황당했다.

"어디 있는지 몰랐어. 어디로 연락해야 할지 몰랐다고."

조지의 당구 친구이자 94세대가 사는 이 아파트에서 같이 놀자고 그를 불러낸 유일한 주민이었던 은우는 지난 한 해 동안 부쩍 나이가 든 것 같았다. 검은 눈가에 가느다란 주름이 잡혔고, 오른쪽 가르마 한가운데에 흰머리가 한 줌 올라오고 있었다. 보통 동양 남자들은 백인보다 열 살은 젊어 보이지만 은우는 자기 나이보다 더 늙어 보였다. 친구가 너무 걱정스러워서 아내 캐슬린에게 말했더니, 그녀는 특유의 참을성 있는 말투로 이렇게 대답했다. "조지, 당신이 모든 사람을 책임질 수는 없어. 본인이 말하고 싶을 때 말할 거야." 하지만 그간 은우는 왜 직장에 다니지 않는지, 케이시라는 여자친구는 왜 자기 짐 대부분을 그대로 둔 채 나가서 가지러 오지도 않는지, 왜 석 달이나 집세를 내지 않아서 결국 아파트 관리 회사에서 쫓겨나는 신세가 됐는지, 조지에게 아무 말도 하지 않았다. 모두 자물쇠를 교체하기 전에 관리인에게서 들은 이야기였다.

"에르난도한테 물어봤는데, 그 친구도 모르더라고……. 어디로 연락해야 하는지."

"네, 그랬겠네요. 괜찮습니다." 은우는 말했다. 이 일에 책임을 져야 하는 사람은 다른 누구도 아닌 그 자신이었다.

조지는 은우의 내성적인 태도가 좋았다. 그가 사는 스패니시 할렘에서라면 조용한 친구로 통할 만한 성품이었다. 은우가 수줍음이 많은 것은 아니었다. 한번 입을 열면 말도 잘했다. 하지만 뭔가 생각에 푹 빠져 있는 것은 확실했고, 같이 어울릴 때면 상대가 잘 아는 주제에 대해 사려 깊은 질문을 던지곤 했다. 은우는 쓰레기 매립이나 살사, 가톨릭에 대한 조지의 의견에 열심히 귀를 기울였다. 은우는 노동조합을 신뢰했지만, 조지는 조직폭력배나 다름없는 그런 걸 믿다니 순진하다고 대꾸했다. 웨스트사이드 당구장에서 같이 당구를 두어 판 치고 맥주를 마시는 날이면, 집에 오는 길에서야 둘이 같이 있는 동안 혼자만 떠들었다는 것을 깨닫게 되곤 했다. 그렇게 똑똑한 사람이 조지의 말을 경청해준 것은 처음이었고, 그런 시간과 관심은 돈으로 살 수 없는 선물이었다. 은우는 사생활을 중요시하는 친구이기는 했지만 조지는 신경 쓰지 않았다.

"변호사 같은 건 있나?"

은우는 고개를 저었다. 그는 오른손으로 자를 때가 지나 덥수룩한 머리를 쓸어 올렸다.

"어디 묵을 곳은?"

이번에도 은우는 대답하지 않았다. 그도 어디로 가야 할지 몰랐다.

조지는 마음이 좋지 않았다. 그래도 이 친구는 대학을 나오지 않았나. 게다가 한국인들은 푸에르토리코 출신들에 비하면 부자 아닌가? 오렌지가 산더미처럼 쌓인 식품점은 죄다 주인이 한국인이고, 거기서 샐러드바에 쓸 감자를 깎거나 퀴퀴한 지하실에 끝없이 들어오는 상자를 정리하는 일은 멕시코인이나 과테말라인이 하고 있다. 한국 여자들은 네일숍을 운영하고 눈깔만 한 다이아몬드 반지를 낀다. 솔직히 한국인들이 이주해서 세탁소 업계를 싹 쓸이하기 전에는 누가 운영했는지 기억조차 나지 않았다. 게다가

이 모든 일이 순식간에 벌어졌다. 한국인들이 삽시간에 다 차지한 것이다. 푸에르토리코 출신들도 잘살고 있긴 하지만 쿠바인보다는 못했다. 한국인들처럼 쿠바인들도 제법 잘나가는 편이었다. 한데 이 친구는 뭐가 문제지? 진짜 좋은 녀석인 건 맞다. 한데 하룻밤 재워줄 친구 하나 없다고? 이게 말이 되냐는 말이지. 캐슬린이 조지를 내쫓는다 해도 그는 전화할 친구가 대여섯 명 있었고, 여동생에게 하룻밤 소파에서 재워달라고 부탁할 수도 있었다. 그건 그렇고, 이 친구는 아직도 말이 없었다. 누구한테 한 대 얻어맞은 듯 멍한 얼굴이었지만, 핏자국은 없었다.

"그러면 말이야……." 조지는 망설였다. '노 레 아가스 아 오트로스 로 케 노 키에레스 케 테 아간 아 티'* 그의 할머니 릴리아나가 어렸을 때 당부하신 말씀이었다. 싱크대 앞에 서서 아소파오에 넣을 양파를 썰던 할머니의 모습이 눈에 선했다. 체인에 매단 이중초점 안경 너머의 움푹 팬 갈색 눈은 양파 냄새 때문에 눈물이 글썽했고, 조지는 할머니의 쭈글거리는 갈색 뺨이 축 늘어지지 않았던 시절을 기억할 수 없었다. 할머니의 작은 입은 모든 감정을 솔직하게 표현했다. 뭔가 진지한 이야기를 할 때면, 할머니는 마치 하나님을 손에 쥐고 싶은 듯 노란 앞치마 손잡이에서 교황의 축복을 받은 묵주를 꺼내 만지작거렸다. 조지는 자기가 갈 곳이 없을 때 은우가 자신을 외면하지 않기를 바랐다. "우리 집에서 지내도 돼. 캐슬린도 흔쾌히 허락할 테니."

---

* No le hagas a otros lo que no quieres que te hagan a ti, 네가 싫은 짓은 남에게도 하지 마라.

은우는 미소 지으려고 애썼다.

"내가 전화하지. 지금 당장. 아시다시피, 난 대장님에게 허락을 받아야 하는 몸이라." 조지는 클클 웃었다.

"아니, 조지. 괜찮습니다. 난 괜찮아요. 음…… 전화를 걸어야겠어요. 머물 곳이 있습니다." 은우는 마치 자신의 전화만을 기다리는 사람들이 있다는 듯 안심하라는 투로 미소 지었다.

하지만 아무도 없었다. 더구나 이 시간에는. 카지노 물주한테 전화한다는 것은 상상조차 할 수 없었다. 대학 시절 친구들은 재워주기야 할 테지만 이 상황을 어떻게 설명해야 하나? 부모님에게 연락한다면, 아버지는 너무나 실망하실 것이고 어머니가 당장 다음 비행기로 텍사스에서 날아와 문제를 해결해주실 것이다. 아마 댈러스로 돌아가자고 하실 것이다. 그는 이제 이혼남에 실직자, 빚쟁이, 그리고 퇴거당한 노숙자 신세였다.

조지는 은우의 얼굴에 스치는 갈등을 놓치지 않았다.

"사람들에게 전화하기에는 늦은 시각이잖아, 안 그래? 캐슬린은 이해할 거야. 사실 미리 전화 안 해도 돼. 어차피 자고 있을걸. 아침에 가는 게 편하다면 그렇게 하든가." 은우가 갈 곳과 돈이 있는 척하고 있다는 것은 쉽게 알 수 있었다. 내가 세상물정 모르는 어린애도 아니고, 그는 생각했다.

사실 은우에게는 솔깃한 제안이었다. 하지만 무슨 이유에서인지, 얼굴 한번 본 적 없는 조지의 아내 캐슬린 리어리 오티스가―파 로커웨이 출신의 2학년 선생님이고 조지가 숭배하는 여자였다―자신을 한심한 사람이라고 생각하는 것이 싫었다. 조지가 똑똑한 아내에 대해 이야기하는 것을 들으면, 내게도 이런저런 문제에서 나를 구원해줄 수 있는 캐슬린 같은 존재가 있었으면 하는 서글픈 생각이 들었던 것이다.

조지는 페인트가 말라붙은 접이식 철제 의자를 끌어 왔다. 그는 턱으로 의자를 가리켰다. 은우는 앉았다.

"고맙습니다." 은우는 두 손으로 입을 가리고 정신을 차리려는 듯 눈을 떴다.

건물 세탁실에서 흘러오는 세제와 섬유유연제 향이 쓰레기봉투의 악취를 조금 덜어주었다. 조지는 계속 잡지를 묶으며 의자에 앉아 있는 친구를 곁눈질로 지켜보았다.

형광등 알전구가 줄줄이 환하게 켜진 지하실은 시원하고 밝았다. 은우로서는 다양한 기후를 경험한 하루였다. 뜨겁던 8월의 아침, 에어컨이 켜져 있던 기차와 버스, 대낮처럼 환한 조명과 공기청정기에서 나오는 시원한 바람 때문에 계절을 느낄 수 없었던 카지노, 후텁지근한 도시의 저녁, 그리고 지금 여기 고요하고 시원한 지하실. 은우는 검은 폴로셔츠와 면바지 차림으로 살짝 몸을 떨었다.

그가 가진 모든 것이 낯선 자물쇠로 잠겨 있었다. 벽장에는 여기저기서 산 정장이 한가득 들어 있었다. 결혼할 때 서울 이태원의 양복점에서 맞춘 정장, 센츄리21에서 케이시가 골라준 정장 여러 벌, 맨해튼에서 첫 직장을 잡았을 때 어머니가 사주신 브룩스브라더스 정장 두 벌. 그의 정장 치수는 10여 년 동안 변하지 않았다. 그는 자기가 가진 물건의 목록을 만들어보려 했지만, 뭘 가지고 있는지 도무지 기억이 나지 않았다. 가구는 전부 빌린 것들이었다. 정장은 다시는 입지 않을 것이다. 금융업으로 돌아가서 넥타이를 매고―오로지 자신의 시장 판단이 옳다는 것을 매니저에게 납득시키기 위해서―애당초 자신에게 큰 의미도 없었던 여섯 자리 숫자의 보너스를 받는 생활은 상상하기 힘들었다.

세탁물도 산더미처럼 쌓여 있었다. 은우는 이틀 전 흰색 옷을 잔뜩 빨았다. 건조를 마친 뒤 그는 눈처럼 흰 옷가지를 빌린 소파 위에 그대로 던져두었다. 나중에 개켜놓을 생각이었지만, 무슨 이유에서인지 그 광경을 보고 있으니 마음에 위안이 되었다. 깨끗함 때문이었는지, 할 일을 했다는 뿌듯함 때문이었는지, 오늘도 노동을 했다는 증거를 남기고 싶었는지, 그는 빨래를 그대로 내버려두었다. 그리고 아침에 옷을 입을 때마다 빨래 더미에서 치수가 줄어들지도 않는 흰 사각팬티와 헤인스 티셔츠를 하나씩 집었다. 그 빨래 더미도 다시는 못 보겠지. 묘한 상실감이 밀려왔다. 사각팬티가 K마트에서 산 프룻오브더룸 제품이고, 메이시스에서 산 흰 목욕 수건 넉 장과 작은 수건 여섯 장, 퀸 사이즈 침대 시트 한 세트가 있다는 것을 그는 왜 굳이 기억하고 있을까? 갓 건조기에서 꺼낸 타이드 세제 향이 풍기는 따뜻한 수건에 코를 박고 싶은 마음이 간절했다. 롤렉스나 자동차를 포기할 때는 생각보다 그렇게 미련이 남지 않았다. 은우는 애당초 대학 졸업 기념으로 멋진 시계를 갖고 싶은 마음이 없었다. 시계는 아버지의 생각이었다. 다트머스를 졸업하고 월 스트리트에서 일하는 사람이라면 이 정도 시계를 갖고 있어야 한다는 것이었다. 자상한 아버지는 아들에게 새

출발과 소속을 상징하는 기념물을, 일종의 호신부를 선물하고 싶었던 것뿐이었다. 하지만 시계는 그런 물건이 아니었다.

"이봐, 배고파?" 조지는 잡지 정리를 마치고 옆에 쌓인 유리병으로 넘어갔다. "휴, 나도 배고프네."

은우는 일어서서 조지가 잡지 꾸러미를 벽 반대쪽으로 옮기는 것을 도와주었다. 조지는 그가 돕는 것을 말리지 않았다. 캐슬린은 말수 적은 저녁식사 손님들이 부엌에서 일손을 돕겠다고 하면 굳이 말리지 않았다. 2학년 학생들에게 지시하듯이 양상추를 씻거나 토마토를 자르는 일을 맡겼다. 손을 바삐 움직이는 것이 좋고 자신이 도움이 된다고 느끼는 것도 중요하다고 했다. 그들은 몇 분 만에 꾸러미를 다 옮겼다.

"냉장고에 미트로프 샌드위치가 있어. 아내가 왜 이걸 갖고 투덜거리는지 모르겠네." 조지는 갈색 작업용 벨트 위로 둥그렇게 튀어나온 뱃살을 두드리며 말했다. "한밤중에 먹으라고 샌드위치를 세 개씩이나 싸주면서 말이야. 앞뒤가 안 맞잖아? 여자들이란." 그는 은우가 미소 짓는지 확인하려고 그를 흘끗 보았다. 은우는 웃지 않았다. 아주 어두운 기분인 것 같았다. 그럴 이유도 충분했다. "자, 친구, 나랑 같이 저녁 먹자고. 말동무 좀 해줘. 왜, 대학물 먹은 사람은 너무 잘나서 아파트 관리인과 어울리기 곤란한가?" 그는 은우에게 윙크했다.

"잘난 아파트 관리인이 저 같은 백수랑 어울리면 곤란하지요."

"야, 진짜 기분 안 좋은 모양이구만." 조지는 은우를 다정한 눈빛으로 바라보더니 주먹을 내밀어 그의 어깨를 가볍게 쳤다. "다 괜찮아질 거야. 수습하면 되지. 잘될 거고."

은우는 예의상 고개를 끄덕였다.

"그래서, 샌드위치 먹을 건가, 말 건가?"

"됐습니다, 조지. 하지만 고마워요. 정말…… 고맙습니다." 은우는 침을 삼켰다. "마음 써줘서 얼마나 고마운지 몰라요."

조지는 바지 뒷주머니에 손을 넣었다. 20달러와 50달러 지폐가 최소한 현금 200달러는 될 것이고, 앞주머니에는 이스트 72번가 178번지 주민들에게서 팁으로 받은 1달러짜리가 두툼하게 한 묶음 있었다. "돈 있나?"

"많아요." 100달러로는 맨해튼에서 싸구려 모텔 방 하나도 얻지 못한다.

"정말?" 조지는 은우의 눈을 빤히 들여다보았다.

"네."

"어떻게 된 거야, 이 친구야! 아니, 참견하려는 건 아니야. 어디까지나 당신 사생활이지만, 그래도……."

"복잡해요, 조지." 은우는 말했다. 하지만 사실 복잡한 건 아니지 않나? 도박을 하다가 많은 돈을 잃었다. 손실은 손실로 이어졌다.

"그 여자 때문인가?" 조지는 은우가 그 여자를 만나기 전만 해도 잘 지냈다고 믿었다. 처음에는 그 여자도 괜찮아 보였고 은우도 행복해 보였는데. 그러다 조지는 그 여자가 택시 안에서 백인과 하는 짓을 목격했다. 바람피우는 여자는 남자를 돌아버리게 한다. 몇 년 전 그가 사는 동네의 말수 적은 남자가 자기 몸에 불을

405

붙인 적이 있었다. 여자친구가 가장 친한 친구와 같이 잔 것이었다.

"그 잘난 척하는 키 큰 여자 때문이지. 케이시 뭐던가 하는."

"할 말 없어요, 조지. 할 말이 없다고요." 은우는 간이의자를 접어서 조지가 가져온 자리에 다시 갖다놓았다. 그는 친구에게 돌아서서 한 손을 들었다. 두 사람은 먼저 손바닥을 마주친 뒤 힘차게 악수를 나누었다. 조지는 왼손을 내밀어 은우의 오른팔을 두드렸다.

"이제 가려고?"

은우는 고개를 끄덕였다. "당신은 좋은 사람이에요, 조지. 전 이제 전화 몇 통 해야겠습니다."

은우는 돌아보지 않고 멀어졌다. 고맙게도 엘리베이터가 기다리고 있어서 지하실에 한순간이라도 더 있을 필요가 없었다. 친구가 케이시의 이름을 입에 올리는 순간 가슴이 칼로 찌르듯 아팠다. 자정이 다 되어가는 시각이었다.

데이비드 그린이 문을 열어주었다. 맨발이었지만, 흰 버튼다운 셔츠와 청바지를 입고 있었다.

"아, 잘 왔어요. 반갑습니다." 데이비드가 말했다.

"방해해서 정말 죄송합니다." 은우는 말했다. 거실에는 사촌의 모습이 보이지 않았다. "하지만 엘라가 와도 좋다고 해서……."

"엘라는 곧 나올 겁니다. 아까 전화를 받고 나서 곧장 오븐에 뭘 넣은 참이거든요."

은우는 커다란 손을 불편한 듯 양옆으로 흔들고 있었다. 이따금 오른손 손가락으로 오른쪽 허벅지를 마치 키보드처럼 두드리기도 했다. 데이비드는 이런 몸짓을 전에도 본 적이 있었다. 사실 그에게 작문을 배우는 교도소 재소자들에게서 본 몸짓이었다. 담배가 있으면 손을 어디 두어야 할지 몰라 안절부절못하는 사람에게 권하기라도 할 텐데. 데이비드는 이런 아쉬움마저 들었다. "들어와요. 어서. 난 이제 가려던 참이었습니다만……."

"제가 두 분의 오늘 밤을 망쳤군요."

"무슨 말씀을. 방금 둘이서 저녁을 먹었고, 둘 다 깨어 있었습니다. 결혼식 이야기를 하면서……."

은우는 고개를 끄덕였다. "네, 네. 그 소식은 저도 얼마나 반가운지 모르겠습니다."

"고맙습니다." 데이비드는 말했다. 은우는 심장이 산산조각 난 것 같았다.

엘라는 찻주전자와 파란 줄무늬 머그, 냉동실에서 꺼내서 데운 옥수수 머핀 한 접시를 나무 쟁반에 받쳐 들고 부엌에서 나왔다. 그녀는 쟁반을 커피 탁자 위에 놓고 사촌 옆에 앉았다.

"은우 오빠." 엘라는 곧장 그를 끌어안았다. 그리고 근심 가득한 눈으로 그의 얼굴을 똑바로 쳐다보았다. "오빠 얼굴을 보니 얼마나 반가운지 모르겠어. 정말 잘 왔어. 그간 통 못 봤잖아. 왜 그랬지? 한 달은 됐나? 내가 먼저 전화했어야 하는데. 이런, 이런……."

은우의 입술이 파르르 떨렸다. 소녀 시절부터 엘라에게는 이런 다정함이 있었다. 어린 시절 가족이 모두 모여 여행을 떠나면, 엘라는 같이 놀다가 은우에게 간식을 만들어주기도 하고 어디 다치기라도 하면 얼음찜질을 해주기도 했다. 다섯 살 차이가 났지만 엘라가 언제나 누나처럼 느껴졌다. 은우는 그녀 앞에서 안 좋은 모습을 보이고 싶지 않았지만, 엘라는 무슨 일이 있건 그를 품어줄 사람이었다. 절대 쫓아내지 않을 사람이었다.

엘라는 은우 옆에 바짝 다가앉아 등을 문질러주고 머리카락을 쓰다듬었다. 속으로 고통을 곱씹을 시간을 주면서도 혼자 내버려 두지 않았다. 데이비드는 계속 있어야 할지 가야 할지 애매한 기분으로 안락의자에 그대로 앉아 있었다. 단지 황급히 일어서서 주의를 분산시켜서는 안 될 것 같았다. 사촌을 이런 식으로 달래주는 약혼녀의 모습이 참 보기 좋았다. 마음이 얼마나 넓고 따뜻한 사람인지. 데이비드는 이 순간에서 눈을 뗄 수가 없었다. 은우는 숨을 쉴 수조차 없을 정도로 심하게 흐느끼고 있었다. 하지만 안절부절못하던 손은 이제 가만히 놓여 있었다. 데이비드는 몸을 앞으로 내밀었다. 그는 아무 말도 하지 않고 엘라가 어떻게 하라고 일러줄 때까지 기다렸다.

"오빠, 무슨 일인지 몰라도, 한숨 자고 내일 아침에 일어나면 다르게 보일 거야. 밤에 생각하면 뭐든지 더 심각해 보이거든. 일단 좀 쉬어야 해." 엘라는 이것이 사실이라는 것을 알고 있었다. 다음 날이 되면 아무리 끔찍한 일도 다르게 보일 수 있다. 코데인 과용으로 실려 갔을 때, 병원에서 일하던 사회복지사가 고통은 하루하루 조금씩 변하며 그러다 보면 잘 추스를 수 있게 된다고 말한 적이 있었다. "장담해, 오빠. 오빠 힘으로 감당할 수 없는 문제는 세상에 아무것도 없어."

"오늘 집에서 쫓겨났어. 난 모든 걸 잃었어."

엘라는 놀라는 기색을 감추려고 애썼다. 데이비드는 무겁게 고개를 끄덕였다.

"그럼 여기 있으면 되잖아. 아침에 전부 다 자세히 이야기해줘. 지금 오빠가 쓸 방을 정리해줄게." 엘라는 은우의 얼굴을 더 자세히 보려고 그에게서 떨어져 앉았다. 팔은 그의 어깨에 계속 두르고 있었다. 은우는 너무나 피곤해 보였다. "지금 잘래?"

은우는 고개를 저었다. 이런 식으로는 잠들 수 없을 것 같았다. 설명하지 않고서는. 그래서 그는 도박벽에 대해 전부 다 털어놓았다. 혹시 너무 숨을 자주 쉬면 용기가 나지 않을까 봐 그러는지, 시시콜콜한 내용은 건너뛰고 빠르게 말했다. 이야기하는 동안, 은우 자신도 그간의 자기 모습을 전체적으로 내려다볼 수 있었다. 도박은 아내가 떠난 뒤 한국에서 시작했다. 처음에는 워커힐 호텔에서 어쩌다 블랙잭 한 판씩, 미국으로 돌아온 뒤 대학 동창을 통해 대학농구에 몇 게임 돈을 걸었고, 정신을 차려보니 그는 직장생활의 따분함을 잊기 위해 주말마다 폭스우즈 카지노로 차를 몰고 있었다. 케이시와 같이 지낼 때는 조금 나았지만, 해고당한 뒤 심해졌다. 케이시가 떠난 뒤 모든 것이 나락으로 떨어졌다.

엘라의 입이 멍하니 벌어졌다. 오래전 케이시가 은우가 이따금 폭스우즈로 간다고 말한 적이 있었다. 그녀는 그것이 문제라고 말하지는 않았다. 하지만 케이시는 타인을 비판하는 성격이 아니었다. 누가 잘못된 행동을 하거나 못되게 굴면 케이시는 그 문제에 대해 입을 다물어버리곤 했다. 엘라가 테드와 결혼생활을 하는 내내, 테드는 케이시에게 종종 한심하게 대했지만 케이시는 그에 대해 나쁜 말을 한 적이 없었다. 어떻게 은우가 이렇게 도박에 중독되는 모습을 두고 볼 수 있었을까? 케이시 자신도 늘 그렇게 돈 걱정이 많았으면서. 그렇다고 전 직장동료와 잔 것을 정당화할 수는 없었지만, 엘라는 더 이상 사촌을 아무 잘못 없는 피해자라고 생각할 수 없었다. 두 사람이 헤어진 것은 그보다 더 복잡한 이유 때문이었을 것이다. 엘라도 진작 눈치챘어야 했다. 그녀 자신의 이혼에도 너무나 혼란스럽게 얽힌 문제가 많지 않았나. 지금도 엘라는 자신과 테드 사이에 무슨 일이 있었는지 좀처럼 이해할 수가 없었다. 내가 어디서 잘못했을까? 그는 어디서 잘못했을까?

은우는 울음을 그쳤다. 얼굴 표정이 편안하게 가라앉았고, 아까 처음 이 집에 들어섰을 때 눈빛에 어렸던 끔찍한 공포도 가셨다.

"케이시는⋯⋯." 엘라는 말을 꺼내다가 입을 다물었다. 두 사람이 헤어진 상황에 대해 엘라가 아는 것이라고는 케이시가 휴 언더힐과 잤다는 것뿐이었다. 은우는 그것 때문에 그가 먼저 끝냈다고 말했다. 당연히 엘라는 그 말이 맞을 거라고 생각했다. 케이시는 은우의 집에서 나간 뒤에 엘라에게 연락하지 않았고, 그 뒤로 두 사람은 케이시의 어머니 문제로 딱 한 번 통화했을 뿐이었다. 그 통화도 찜찜하게 끝났다. "아니, 케이시는 어떻게⋯⋯."

은우는 말하기 전에 잠시 사이를 두었다. 엘라는 뭘 알고 싶은 걸까?

"케이시가 휴와 잔 걸 알고 내가 나가라고 했어. 나한테 화가 나서 그와 자버렸는지도 모르지. 아니면 내가 백수라 휴와 잤는지도 모르고. 그냥 그와 자고 싶어서 잤는지도 몰라. 내가 자기랑 결혼할 마음이 없어서 그와 잤는지도 모르고. 누가 알겠어?" 은우는 웃었다. 갑자기 이 모든 것이 너무나 우스꽝스러웠다. 그동안 그는 케이시에 대해 생각하지 않으려고 내내 사력을 다했다. 그녀는 은우의 전처가 그에게 무슨 짓을 했는지 뻔히 알면서도 바람을 피웠다. 그는 케이시와 함께 나눈 것이 사랑이라고 생각했다. 최소한 은우는 그랬다. 내가 그녀를 잘못 봤던 걸까? 은우는 성장주를 사서 오래 보유하는, 진정한 가치를 믿는 사람이었고 양다리를 걸치지 않았다. 월 스트리트는 모조리 태워 없애고 다른 밭으로 옮겨 가는 화전농법을 바탕으로 돌아가는 세계 같았다. 이번 수확에만 집중할 뿐 다음 해를 생각하지 않았다. 아니, 그러니 차라리 노름이나 하는 게 낫지 않나. 차곡차곡 모으고 쌓아봤자 무슨 소용인가? 하지만 한쪽으로 그는 구식 사랑이라는 관념에 한사코 매달리려는 마음이 있었다. 그는 케이시를 사랑했다. 두 사람 사이가 잘되기를 바랐다. 그녀 역시 진정한 가치를 믿는 사람이기를 바랐다. 그녀가 휴 언더힐을 사랑했을까? 아니, 그럴 리 없어, 그는 자신에게 말했다. 하지만 두 사람은 그들의 관계에 대해 한 번도 속내를 털어놓고 대화한 적이 없었다. 그런 적이 없었다. 케이시를 보는 것이 너무나 마음 아픈 나머지 떠나가게 한 것이었다.

은우는 한숨을 쉬고 엘라를 보았다. 혼란스럽고 서글픈 눈빛이었다.

"케이시 문제는 나중에 생각하자, 오빠. 미안해." 엘라는 천천히 말했다. "하지만 일단 오빠는 좀 자야 할 것 같아. 내일 어떻게 해야 오빠를 도울 수 있을지 생각해보자." 그녀는 데이비드에게 눈길을 주었다.

"도박 문제에 대해서는 방법이 많아." 데이비드가 말했다. 그가 가르치던 재소자가 출소 후 맨해튼에서 다녔던 중독 치료 프로그램들에 대해 알고 있었다. 몇 군데 연락해서 정보를 얻을 수 있었다.

"나도 도박중독 치료 모임 목록을 갖고 있어. 한데 그것도 아파트 안에 있어." 은우는 자동차를 물주에게 넘겨주기 전 글러브박스에서 꺼내 챙겨놓았던 녹색 종이를 떠올리며 클클 웃었다. "집주인이 가져가겠지. 그 집에 있는 다른 물건들도 모조리 넘어갈 거야." 그는 믿기지 않는다는 듯 고개를 저었다. 모두 잃어버렸다. 전부 다.

"물건만이라도 돌려받을 수는 없을까?" 엘라가 물었다.

은우는 아무 말도 하지 않았다. 밀린 월세 전부와 이자, 변호사 비용, 퇴거통지서에 적혀 있던 내역을 다 갚을 돈은 없었다. 게다가 지금은 물건을 요구할 기운도 없었다.

"빚이 전부 얼마나 됩니까?" 데이비드는 자기도 모르게 묻다가 자기 목소리에 퍼뜩 놀랐다.

"아뇨. 다른 사람의 신세를 지고 싶지는 않습니다. 전부 다 잃어버린 거예요. 제가 자초한 일입니다."

엘라는 은우가 마음을 돌리지 않을 거라고 확신했다.

"내일 나랑 모임에 같이 가보자. 다른 일정을 찾아보지 뭐." 엘라는 말했다. 데이비드도 격려하듯 고개를 끄덕였다.

"이렇게까지 되고 싶지는 않았어, 엘라." 은우는 말했다. "패배자가 되고 싶지는 않았어."

엘라는 테드의 목소리가 들리는 것 같아 눈살을 찌푸렸다. "승리자도, 패배자도 없어, 오빠. 그뿐이야……." 그녀는 입술을 깨물다가 말했다. "그런 건 다 빌어먹을 말장난이야."

은우는 웃지 않을 수 없었다. 엘라의 입에서 이런 욕설을 들어본 것은 처음이었다.

엘라는 그의 손을 잡았다. "내가 오빠랑 같이 기도해도 될까? 한번 해볼까?"

그녀도 이런 기도는 해본 적이 없었다.

"이리 와요, 데이비드." 엘라의 말에 데이비드도 다가왔다. 세 사람은 손을 맞잡았다.

엘라는 뭐라고 말해야 할지 생각을 가다듬었다. 굳이 말을 하고 싶지는 않았지만 은우가 너무나 걱정이 되었고, 달리 도움을 줄 방법도 없었다.

"사랑하는 하나님……." 엘라는 눈을 감고 숨을 들이쉬었다. "부디 은우 오빠가 당신의 사랑을 느낄 수 있도록 해주시옵소서. 그를 놓지 마시옵소서. 하나님의 이름으로 기도드립니다, 아멘."

은우는 눈을 뜨고 사촌을 향해 미소 지었다. 데이비드는 엘라의 뺨에 키스했다.

"미안해, 엘라. 너한테 이렇게 폐를 끼치게 돼서." 은우는 목소리가 갈라져 나오는 것을 느꼈다. 그는 모든 것이 부끄러운 기분으로 데이비드를 바라보았다.

"아, 은우 오빠. 정말 모르겠어? 오빠가 어떤 행동을 한다 해도……." 엘라는 은우의 손을 잡은 자기 손에 힘을 주었다.

"어떻게 해야 할지 방법을 찾을 수 있을 겁니다." 데이비드가 말했다. "친구들이 있잖아요."

"네." 엘라도 맞장구를 쳤다. 그녀는 다시 한번 은우의 손을 꼭 잡은 뒤 손님방을 정리하러 위층으로 달려갔다.

케이시는 컨 데이비스의 자기 자리에서 교회 사무실로 전화를 걸었다. 리아 한의 딸이라고 자신을 소개한 뒤, 어머니를 위한 찬송가 녹음 일로 성가대 지휘자에게 조언을 얻고 싶다고 했다. 엄마의 기분을 북돋우기 위한 깜짝 선물이라는 말도 덧붙였다. "저희 엄마가 찬송을 워낙 좋아하시잖아요."

교회 서기인 공 여사 역시 조 집사가 유산했다는 것을 알고 있었다. 수요일 밤 예배에 모인 교인들도 그녀를 위해 다 같이 기도했다. 딸이 어머니를 위한 선물을 준비하다니, 얼마나 기특한 일인가.

"가능하면 지휘자님 주소도 알려주시겠어요? 도와주셔서 감사하다고 편지를 보내고 싶어요."

공 여사는 성가대 지휘자의 브루클린 주소를 불러주고 집 전화번호도 두 번 또박또박 읽어주었다.

"교수님도 어머니가 잘 계신지 궁금하실 거예요."

"네, 그러실 거라고 생각해요." 케이시는 공 여사에게 감사 인사를 했다.

교회 서기도 어머니의 쾌유를 빈다는 말을 남겼다.

14

왕관

밤에는 자동으로 복사기 전원이 꺼지기 때문에, 케이시는 캐린과 래리에게 제출할 보고서 사본을 두 부 복사하기 위해 복사기를 다시 켜야 했다. 다시 전원이 켜지려면 몇 분 기다려야 할 것 같아서 오늘 신문도 가지고 왔다. 새벽 2시, 케이시는 사무실에 남아서 제록스가 협조해주기를 기다리고 있었다. 이렇게 피곤하지만 않았다면, 인턴은 쉬지도 못하는데 복사기는 휴식시간을 보장하도록 설계되어 있다는 것이 우습게 느껴졌을 것이다. 케이시의 생활은 보는 시각에 따라 특권층이라고 할 수도 있고, 어처구니없기도 했고, 거지 같기도 했지만, 어쨌든 이번 주는 컨 데이비스 여름 인턴 프로그램 마지막 주였다. 정규직 채용 여부는 금요일에 발표될 예정이었다. 그때까지 케이시는 캐린과 래리가 하라는 일이면 뭐든 고분고분 해야 했다.

사무실 인턴 동료 둘이 크로스워드 퍼즐을 벌써 전문가의 솜씨로 채워놓았다. 케이시는 영화면을 펼쳐 새로 나온 개봉작을 확인했다. 예술 면 오른쪽 중간에 테두리를 검게 두른 이카로스 출판사의 부고가 실려 있었다. "조셉 맥리드, 책을 진정으로 사랑하던 사람, 1913~1997. 당신이 벌써 그립습니다."

　녹색 복사 시작 버튼에 불이 들어왔다. 기계는 규칙적으로 우웅 하는 소음을 내고 있었다. 케이시는 40페이지짜리 보고서를 복사기 위쪽 원본 자리에 놓고 '복사' 버튼을 눌렀다. 그리고 제일 가까운 의자에 앉아서 울기 시작했다.

　아침 8시, 케이시는 샤워를 하고 검은 정장을 입었다. 진작 깬 아이작과 사빈은 대리석이 깔린 부엌에서 녹즙을 마시고 있었다. 멜론 몇 조각, 요거트, 토스트가 싱크대 위에 놓여 있었다.

　"좀 먹고 나가렴." 아이작이 말했다.

　"녹즙도." 사빈은 잔을 들어 보이며 얼굴을 찡그렸다. "음."

　"좋은 아침이에요." 케이시는 예의 바르게 거절하며 인사했다. 그녀는 블랙커피 한 잔을 따랐다. 사빈의 아파트에서 담배를 피울 수만 있다면 삶이 한결 나아질 텐데. 그녀는 개학 전에 이사해야 했다.

　"기분은 어때?" 사빈은 《타임스》 1면을 훑어보고 있었다. 그녀는 독서용 안경을 끌어내렸다. "얼굴이 영 안됐구나. 간밤에는 몇 시에 들어왔니?"

　"3시요. 사무실에서 또 한판 파티가 벌어졌죠. 하. 하." 잠이 부족한 것도 이제 지긋지긋했다. 래리와 캐런의 의자 위에 보고서를 올려놓은 뒤, 케이시는 20분 더 일하다가 마침내 콜택시를 불러서 집으로 왔다.

"저런." 사빈은 중얼거렸다. 지금 그만두라고 해봤자 이미 늦었다.

"고작 그 정도 급여를 주고 일을 그렇게 시키면 안 돼." 아이작도 힘주어 말했다.

"조셉 맥리드가 죽었어요." 케이시는 아일랜드 작업대에 엉덩이를 기대고 커피를 마셨다.

"서점에서 만난 노인 말이야?" 사빈은 케이시의 쓸쓸한 표정을 눈치채고 이마에 주름을 잡았다.

"누구?" 아이작은 물었다. 그는 케이시에게 진한 녹즙을 갈아주려고 밀싹을 자르고 있었다.

"케이시가 72번가에서 버스를 같이 타는 서점 주인이 있어." 사빈은 설명하고 케이시를 돌아보았다. "아, 정말 안됐구나. 그는 네 친구 아니었니. 록앤드컴퍼니에서 제작한 그 멋진 빈티지 모자도 너한테 선물했잖아. 네가 그 모자를 보여준 뒤에 난 런던에 있는 그 회사로 전화를 걸었어. 한데 우리 백화점을 통해서 판매하는 데에 관심이 없더라. 우리 매장 쇼윈도를 그 모자로 장식할 멋진 아이디어가 떠올랐는데 말이야. 영국 왕실 경마대회 분위기로!" 사빈은 물건을 소개하는 쇼핑 호스트처럼 손바닥을 들어 보였다. 장밋빛 매니큐어가 반짝거렸다. "우리 쇼윈도 담당 졸리엔에게 전화했는데, 그는……"

"은우의 집에서 나온 뒤로 한 번도 조셉을 못 만났어요. 이제 5번 애비뉴에서 버스를 타니까요. 너무 바빠서 안부전화도 못 했는데……." 속에서 꾸르륵거리는 소리가 났다. 그녀는 블랙커피를 한 모금 더 마셨다.

아이작이 다가와서 케이시를 안아주었다. 사빈도 가까이 와서 함께 끌어안았다.

"한 시간 뒤에 추모식이 있대요. 소사이어티 도서관에서요."

"갈 수 있겠니?" 아이작은 물었다. "그 개자식들이 널 보내주겠어? 아, 집어치워라. 무슨 상관이야. 그냥 가."

"개자식들 이야기가 나왔으니 말인데, 1번 개자식한테 전화를 걸어야 해요." 케이시는 말했다.

"통화 잘 하렴." 사빈은 몸을 흠칫 떨며 다시 신문으로 돌아갔다.

아이작은 케이시에게 녹즙 한 잔을 내밀었다. "이걸 마시면 용기가 솟을 거다."

케이시는 녹즙을 다 마시고 토스트를 한 입 베어물었다. 심호흡을 하고 부엌 전화를 들었다. 아이작은 고약한 냄새라도 풍긴다는 듯 한 손으로 코를 잡고 다른 손으로 허공을 휘저었다. 사빈은 웃음을 터뜨렸다.

"래리 처틀입니다."

케이시는 사빈과 아이작 쪽으로 입에 지퍼를 채우는 시늉을 해 보였다. "안녕하세요, 래리. 케이시 한입니다."

"안녕, 케이시." 래리는 밝게 말했다. "보고서는 잘 봤어. 혹시 거기 전화번호 찾아봤나? 드레인……."

419

"오늘 오후에 드리면 안 될까요?"

"오늘 아침은 안 되고?"

"추도식에 참석해야 해서요."

"누가 죽었어?"

"친구요."

"저런, 안됐군."

"좋은 친구였어요." 래리가 못마땅하게 여기는 기색을 눈치채고, 케이시는 말했다.

"오늘 오후까지 프로젝트를 다 마칠 수 있을까? 깐깐하게 굴고 싶진 않지만, 혹시 못 하겠으면 다른 사람에게 일을 넘기는 게 나을 것 같아."

"그럴 필요는 없어요, 래리. 다 한다고 말씀드렸잖아요. 추도식에 참석해야 해서 그래요."

"그래, 그래. 알겠어."

"고맙습니다."

"그럼 이만." 그는 전화를 끊었다.

아이작은 팔짱을 풀었다. "멍청한 회사 같으니. 사람을 대하는 말버릇이 그 따위면 쓰나. 저런 식으로는 한심한 금융가밖에 못 돼."

"저분이 지금은 제 상사라서요." 진짜 상사인 찰리 시덤은 매력이 철철 흘러넘치는 사람이었지만, 그 매력을 인턴 나부랭이가 아닌 중요한 사람들을 위해 아껴두는 것이 문제였다. 래리조차 상대가 아랫사람이 아닐 때는 완벽한 인간 행세를 할 수 있었다.

"넌 추도식에 가봐라. 친절하고 좋은 사람은 흔하지 않아. 래리는 흔해빠진 인간이다." 아이작이 말했다.

케이시는 커피를 마시고 신발을 신었다.

소사이어티 도서관 회원 전용 열람실은 거의 꽉 차 있었다. 케이시는 뒷줄에 앉았다. 눈에 익은 사람은 전혀 없었다. 추도사는 대체로 짧았지만, 연설하는 사람의 수가 많았다. 헤이즐의 동생이자 조셉과 막역한 친구 사이였던 존 그리즈월드가 연사를 소개했다. 조셉은 오랫동안 동맥경화를 앓았고, 결국 심근경색으로 세상을 떠난 모양이었다. 마침 그는 주말 동안 레이크빌에 있는 존과 루시 부부의 별장에서 머물고 있었다. 저녁식사 시간에 그가 내려오지 않자 루시가 그의 방문을 두드렸다. 조셉은 소파에 앉아 무릎에 시인인 오든의 전기를 올려놓은 채 축 늘어져 있었다. 그 전기를 쓴 작가 역시 조셉의 친구였는데, 그는 추도식 연설을 하면서 자기 산문이 얼마나 지루했으면 불쌍한 조셉을 영원한 안식으로 보내버렸을까 하고 농담을 던졌다.

케이시는 그 외에도 조셉 맥리드에 대해 여러 가지를 알게 되었다. 그는 한때 선원이었다. 앤서니 트롤럽의 책을 부러울 정도로 수집했고, 60년 동안 오보에를 연주했다. 한때 알코올 문제가 있었지만 절제를 통해 조절했다. 그와 헤이즐은 춤을 좋아했다. 키크고 나이 지긋한 빨간 머리 여자 한 사람은 조셉이 아름다운 고서들을 판매하는 것을 사실 썩 내켜하지 않았기 때문에 한심한 가게 주인이었다고 농담했다. 동감이라는 듯 폭소가 쏟아졌다. 사업 수완이 있었던 사람은 헤이즐이었다. 아내가 죽은 뒤 조셉은 삶의 의욕을 잃었다고 말하는 연사들이 많았다.

춤을 주도할 줄 아는 남자들과 옷을 차려입을 줄 아는 여자들이 모여서 벌인 책 파티가 곧잘 댄스 파티로 이어졌다는 재미있는 일화도 있었다. 뉴욕 각지에서 모인 작가들이 조셉과 헤이즐에 대한 이야기를 들려주었다. 시인 두 명이 가장 훌륭한 연사였다. 한 사람은 오든과 딜런 토머스를 인용했다. 다른 한 사람은 우스운 오행시를 지어 낭독했지만, 곧 눈물을 터뜨리고 말았다. 케이시가 마지막으로 참석했던 추도식은 프린스턴에서 열린 윌리엄 버틀러 교수의 추도식이었다. 케이시는 조셉이 종교를 믿었는지 아닌지 몰랐다. 아무도 하나님 이야기를 하지 않았다.

추도식이 끝나자, 존 그리즈월드는 자기 집에 샌드위치를 준비했으니 먹고 가라고 손님들을 초대했다. 존의 아내는 열람실 안쪽에 서서 터틀베이에 있는 집 주소를 인쇄한 카드를 하나씩 나누어주었다. 케이시는 다과회에 참석할 수 없었다. 벌써 11시였다. 회사에서 그녀를 잡아먹으려 들 것이다.

나가는 길에 루시 그리즈월드가 그녀를 불러세웠다. "혹시 케이시 씨 아닌가요?"

케이시는 방을 둘러보았다. 다른 사람에게 하는 말이 아니었다. 여기서 소수민족은 그녀뿐이었다.

"네. 제가 케이시예요. 안녕하세요."

"전 루시 그리즈월드예요." 그녀는 고개를 들더니 남편에게 손짓했다. "그녀가 왔어요."

존은 인파를 헤치고 이쪽으로 다가왔다.

"조셉이 우리한테 당신 이야기를 했답니다. 참석해줘서 얼마나 기쁜지 모릅니다. 안 그랬으면 찾기 힘들었을 텐데요. 고인의 뜻을 이루기 위해 토요일 아침마다 72번가 버스정류장에 서 있을까 하는 생각도 해봤습니다만……."

케이시는 어리둥절해서 부부를 쳐다보았다. "무슨 말씀이신지."

"헤이즐의 모자를 당신한테 주고 싶다는 말을 조셉이 여러 번 했거든요. 제 누나의 모자 이야기는 들으셨겠지요." 존은 미소 지었다. "100개가 넘습니다."

루시가 엄숙하게 고개를 끄덕였다. "아가씨 집이 아주 넓어야 할 텐데요."

영문을 알 수 없는 케이시는 도대체 무슨 상황인지 이해하려고 애썼다. 지금쯤 눈화장은 엉망이 되었을 것이다. 사실 사무실에 돌아가기 전에 잠시 거울을 보려고 화장실을 찾던 중이었다.

"그분이 제 이야기를 하셨다니 믿을 수가 없어요."

"아, 그럼요. 조셉은 버스정류장에서 아가씨를 만나는 걸 얼마나 고대했는지 모릅니다. 헤이즐이 당신을 만났다면 정말 좋아했을 거라고 말하곤 했어요. 서점에서 《제인 에어》를 샀다면서요. 조셉이 그 책을 팔았다니 믿기지 않아요."

"네." 케이시는 얼굴을 닦기 위해 오래전에 넣어둔 종이 냅킨을 핸드백에서 찾았다. "오래 알고 지낸 사이는 아니에요. 하지만 저한테 정말 잘해주셨어요. 책도 추천해주셨고, 똑같은 책을 읽고 또 읽는다고 절 놀리지도 않으셨죠."

"우린 당신이 모자를 쓰고 올 거라고 생각했어요." 루시가 말했다. "항상 모자를 쓰신다고 들어서요."

"전 지금 금융회사에서 일하고 있는데⋯⋯."

"오, 어딘가요?" 존이 물었다.

"컨 데이비스요. 투자금융 인턴 프로그램에서 일하고 있어요."

"일은 마음에 드십니까?" 그는 물었다.

케이시는 고개를 끄덕였다.

하지만 존은 케이시의 시큰둥한 표정을 놓치지 않았다. "아, 이 세상에 투자금융가가 더 필요할까요?"

"아, 존." 루시는 남편을 팔꿈치로 찔렀다. "그게 무슨 눈치 없는 소리야."

"그렇게 나쁜 사람들은 아니에요." 케이시는 내키지 않는 말투로 한마디 했다.

"아, 끔찍한 사람들입니다. 나도 은퇴하기 전에 투자금융사에서 일했거든요. 아버님도 같은 직종이었지요. 루시의 아버지도."

"우리 집에 오실 수 있나요? 치킨 샐러드 샌드위치와 아이스 커피가 준비되어 있어요. 초콜릿케이크도. 조셉이 가장 좋아하던 점심 메뉴랍니다."

"저도 정말 가고 싶은데요. 직장에 돌아가봐야 해요. 이번 주에 정규직 채용 여부가 결정되거든요. 사실 여기도 힘들게 빠져나온 거라서요." 이 사람들에게 왜 굳이 이런 이야기까지 하고 있는지 알 수가 없었다. "한데 오늘 아침에 《타임스》에서 추도식 소식을 우연히 보고 그분께 작별인사를 하고 싶어서⋯⋯." 케이시는 말을 멈췄다. 루시가 그녀의 등을 두드려주었다.

"이건 우리 집 약도예요. 집 전화번호는 하단에 있지요. 모자를 가져가고 싶을 때 언제든지 연락하세요. 지금 모자는 리치필드에 있는 조셉의 집 다락방에 있답니다. 한동안 그대로 둘 거예요. 꼭 연락주세요. 당신 전화번호도 적어주시고요."

케이시는 사빈의 전화번호를 적어서 루시에게 건넸다.

"조셉이 당신은 타고난 디자이너라고 했어요." 루시가 말했다.

존도 같은 말을 들었는지 고개를 끄덕였다.

"재미있네요."

"조셉은 당신이 정말 아름다운 모자를 만들고 평생 본 누구보다 더 예쁘게 옷을 차려입는다고 했답니다."

케이시는 자신의 검은 정장을 내려다보았다. 사빈이 물려준 출근용 정장, 가짜 샤넬 구두, 컨 데이비스에서 지급받은 토트백. 지금 입고 있는 옷차림이 마치 변장처럼 느껴졌다.

"그런 말씀을 하시다니 정말 친절하세요."

"노인네가 참. 아, 너무 보고 싶네요." 루시는 미소 지었다. 그녀는 키 큰 여자를 유심히 보았다. 컨실러 밑으로 다크서클이 보였다. 울었는지 작은 눈이 약간 부어 있었다. "연락 주세요, 케이시. 모자를 갖고 가세요. 편할 때 언제든지."

"정말 고맙습니다." 케이시는 다른 손님들과 이야기를 나누는 그리즈월드 부부를 뒤로하고 돌아섰다.

바깥은 찬란한 8월의 날씨였고, 케이시는 사무실에 돌아가기가 너무나 싫었다. 공원을 오래오래 걸으면서 이 슬픔을 조금이나마 떨쳐낼 수 있다면 정말 좋을 것 같았다. 하지만 그녀는 택시를 잡았다. 운전사에게 주소를 알려준 뒤, 그녀는 택시가 5번 애비뉴를 따라 달리는 동안 오른쪽으로 펼쳐지는 공원을 하염없이 응시했다.

책상 위에는 캐린에게서 온 메시지 세 개, 래리에게서 온 메시지 두 개가 놓여 있었다. 다른 인턴들도 케이시와 마찬가지로 피곤해 보였다. 자신을 포함해서 그들 모두에게 안쓰러운 마음이 들었다. 스물한 명 중 다섯 명은 정규직으로 채용되지 못한다. 열여섯 명을 다 뽑지 않을 수 있다는 말도 흘러나오고 있었다. 케이시는 물건을 내려놓고 곧장 래리의 프로젝트에 착수했다. 그 일을 끝낸 뒤, 30분 동안 개인적인 청구서를 정리했다. 청구서를 꼬박꼬박 처리할 돈이 은행에 있다는 것은 좋은 기분이었다. 대학원 등록금 청구내역서가 그중 맨 위에 놓여 있었지만, 이건 대출내역서가 도착할 때까지 기다려야 한다. 생활비를 포함해서 경영대학원 2학년 한 해 학비로 거의 5만 달러를 대출받아야 할 것이다.

밤 9시가 되었지만, 인턴 중 절반 이상이 아직 책상 앞에 남아 있었다. 케이시는 래리의 프로젝트를 마쳤고, 캐린의 프로젝트를 마무리할 시간은 하루 더 있었다. 아직 저녁을 먹지 못했지만, 기름투성이 배달음식이나 피자는 이제 쳐다보기도 싫었다. 커피와 다이어트콜라를 입에 달고 있었더니 신경이 곤두서고 초조했다. 잠이 올 것 같지 않았다. 하루 종일 그녀는 혹시 아파트에서 물건을 가지고 나와도 괜찮을지 은우에게 물어볼까 하는 생각을 애써 머릿속에서 밀어내고 있었다. 사빈이 자기한테 맞지 않는 치마와 블라우스를 빌려주고 있었지만, 케이시 자신의 물건을 쓸 수 있다면 더 좋을 것 같았다. 은우가 도어맨에게 열쇠를 맡겨준다면, 옷과 《제인 에어》, 헤이즐의 모자를 가지고 나올 수 있을 텐데. 나머지는 할 일 목록 맨 윗자리에 남겨두었다가 아파트를 구한 뒤에 가지고 나와도 늦지 않다. 물론 은우가 더는 그녀를 보고 싶지 않다고 해도 이해할 수 있었다.

케이시는 수화기를 들었다. 신호음이 세 번 울린 뒤, 녹음된 음성이 흘러나왔다. 더 이상 사용할 수 없는 전화번호라는 내용이었다. 변경된 전화번호 안내도 없었다. 케이시는 수화기를 내려놓고 이따금 저녁에 일할 때 사용하는 빈 회의실로 갔다. 그녀가 사무실을 나서는 것을 본 사람은 아무도 없었다.

회의실은 조용했다. 드디어 혼자 있을 수 있었다. 케이시는 회의 탁자 상석에 앉았다. 은우가 떠났다. 케이시는 그가 어디 있는지 알 자격이 없는 것이 사실이었다. 엘라가 분명 연락처를 알고 있겠지만 그녀에게도 선뜻 전화를 걸 수가 없었다. 엘라 같은 사람은 다른 사람과 어떻게 하면 연락이 닿는지 잘 안다. 아무도 엘라에게는 화를 내지 않으니까. 게다가 엘라는 아무리 화가 나도 다리를 불살라버릴 정도로 어리석지 않다. 하지만 마지막으로 통화할 때 케이시는 엘라의 목소리에서 비난하는 기색을 읽었다. 엘라도 분명 휴에 대해 들었을 것이다. 게다가 어디까지나 혼자만의 상상일 수도 있었지만, 몸져누운 자기 어머니의 병실조차 찾아가지 않으려는 게 아닌가 생각하는 목소리였다. 지금껏 엘라가 케이시에 대해서 아무리 좋은 마음을 갖고 있었을지언정, 이제 다 끝난 것 같았다.

케이시는 반질반질한 회의 탁자 위에 손가락을 연거푸 가볍게 두드렸다. 벽면에 세운 진열장에 쟁반에 받친 유리잔과 스테인리스 얼음물병, 차곡차곡 쌓인 새 메모장, 화상회의 기능이 있는 전화기 두 대가 비치되어 있었다. 문은 닫혀 있고, 아무도 듣지 못할 것이다. 여기라면 안전하다. 불과 몇 미터 떨어진 곳에서는 열 명이 넘는 인턴들이 한 무리에 속한 동료들을 밀어내고 앞서기 위해 사무실에서 피땀을 흘리고 있었다. 적어도 다섯 명, 혹은 그 이상이 정규직을 보장받지 못한 채 학교로 돌아가게 될 것이다. 지난 8주 동안 케이시와 같이 일했던 사람들은 모두 완벽하게 유쾌하고, 똑똑하고, 흥미로웠다. 하나같이 매력적인 사람들이었다. 또한 그들은 그녀를 이기려고 노력하고 있었고, 그녀 역시 마찬가지였다. 여기에 개인적인 감정은 없었다.

케이시는 물을 한 잔 따른 뒤 휴의 전화번호를 눌렀다.

"뉴욕 사무실에서 누가 나한테 전화하나 했지." 휴는 전화기 옆의 발신자 번호를 찬찬히 들여다보았다. "오랜만이야, 케이시. 난 당신을 포기하고 있었어. 거의."

"잘 지내요?" 그녀는 물었다.

"이리 와서 나랑 술이나 한잔하지." 그는 케이시가 승낙하리라고 생각하지 않았다. 하지만 그렇더라도 일단 제안을 던져보는 것이 좋다. 의외의 상황은 얼마든지 벌어질 수 있으니까.

"15분 뒤에 갈게요."

휴가 술을 권했지만 케이시는 거절했다. 그녀는 널찍하고 흰 아파트 안을 다니면서 속속들이 관찰했다. 유난히 많은 것이 눈에 들어오는 것 같았다. 현대적인 이탈리아산 가구, 돛에 바람을 가득 안은 범선을 흑백으로 찍은 예술사진, 서쪽 벽면의 세로로 긴 벽난로. 그녀는 좀 더 어수선한 공간, 더 많은 책이나 낡은 양탄자를 기대하고 있었다. 남자만의 공간 특유의 분위기랄까. 최소한 싱크대에 쌓인 설거지거리라도. 하지만 모든 것이 제자리에 잘 정돈되어 있었다. 그녀가 집이 깨끗하다고 하자 그는 이렇게만 대답했다. "이런 일을 대신 해주는 사람이 있어."

"그거 좋네요."

"오늘 좀…… 어두워 보이는데."

"오, 눈치 빠르시네요. 친구가 죽었어요. 오늘 그 친구의 추도식에 다녀왔어요."

"아, 저런. 그랬군. 유감이야. 이리 와." 그는 이렇게 말하고 케이시의 몸에 팔을 둘렀다.

케이시는 팔을 몸에 찰싹 붙인 채 그 자리에 얼어붙었지만, 그는 그대로 그녀를 안았다.

휴는 그녀가 찾아온 상황이 재미있었다. 전혀 예상하지 못했지만, 어쨌든 지금 그녀는 여기 와서 발을 나란히 디디고 기둥처럼 뻣뻣하게 서 있었다. 전깃줄처럼 팽팽하게 긴장해 있었다. 평소보다 더 그랬다. 휴는 케이시를 보게 되어 기뻤다. 그녀는 젊고, 약간은 병적으로 과민했다. 그 점이 그를 흥분시켰다. 그녀는 여기 온 것을 두려워하고 있었다. 하지만 휴가 그녀를 해칠 리 없었다. 그는 상대를 아프게 하는 유형이 아니었다.

"앉아도 될까요?"

"그럼, 얼마든지." 휴는 케이시의 심각한 말투에 웃음을 터뜨렸다. "내가 뭘 잘못한 기분이군. 심문하러 왔나?"

"잘 지냈어요?"

"그럼, 케이시는?" 휴는 그녀 옆에 앉았다. 장단을 맞춰줘야겠다.

그는 소매를 팔꿈치까지 말아 올린 파란 셔츠와 연한 색 바지를 입고, 맨발에 단화를 신고 있었다. 멋진 체취가 풍겼다. 상큼한 시트러스였지만 어딘가 어두운 데가 있는 향이었다.

휴는 케이시의 눈에 집중하며 얼굴을 똑바로 쳐다보았다. 그는 그녀의 재킷을 벗겼고, 그녀는 거부하지 않았다. 그는 쇄골에 키스하며 소매 없는 흰 블라우스도 벗겼다. 그들은 더 이상 아무 말 없이 그저 전에 했던 행위를 했다. 휴의 능숙함은 케이시에게 위안이었고, 섹스는 짜릿했다. 하지만 케이시가 이 행위를 사랑으로 착각할 리는 없었다. 가장 좋게 봐준다 해도 애착이었다. 위로였고, 외로움이라는 상처에 바르는 연고였다. 휴에게는 아무것도 기대하지 않았다. 더 많은 것을 원한다면 상처받을 뿐이다. 휴는 언제나 상대를 실망시킨다—이것이야말로 든든한 주문이었다. 그는 어딘가 모자랄 수밖에 없다. 감정적인 스태미너가 부족하기 때문이었다. 이것이 케이시가 그동안 휴의 친구로 지내며 알게 된 점이었다. 섹스가 끝나자 다시 슬픔이 밀려왔다. 그 뒤에도 두 사람은 별로 이야기하지 않았다. 휴는 그녀에게 얼음물 한 잔을 주었다. 그에게는 그래도 다정한 구석이 있었기 때문에 화를 낼 수가 없었다.

그는 자고 가라고 했지만, 케이시는 다음 날 출근해야 했다. 이제 겨우 화요일이었다.

"금요일에 채용 발표가 나요." 그녀는 말했다. 온갖 걱정이 다시 밀려왔다.

"난 당신이 모르는 걸 알고 있지." 휴는 미소 지었다.

"뭐예요?" 그의 아름다움이 아까울 지경이라는 생각까지 들었다.

"당신은 상위 다섯 명 안에 들어. 찰리가 말해줬어. 당신이 그 자릴 놓치기도 힘들어."

"어떻게 알았어요?"

"지난주에 찰리에게 물어봤지. 카드 치면서."

케이시는 고개를 끄덕였지만 방금 들은 사실이 완전히 믿기지는 않았다. "왜 미리 말 안 해줬어요?"

"이걸 핑계로 섹스 한 판 할 수 있을까 했지. 봐, 했잖아. 짜잔."

케이시는 그의 팔을 찰싹 때렸다. 그 소리에 오히려 그녀가 놀랐다. 분홍색 손자국이 그의 피부에 찍혔다.

"이야, 왜 이렇게 까칠해." 그는 팔을 쓰다듬었다. "믿을 수가 없는데."

"오늘이든 언제든, 난 일자리를 얻으려고 너랑 잔 게 아니라고, 나쁜 자식."

"농담이야. 오늘 왜 이렇게 예민해, 미스 한. 당신 침대 기술이 아무리 특출나다 해도 나한테 당신 일자리를 좌지우지할 권한은

431

없어. 당신이 채용된 건 악착같이 열심히 일하는 일꾼이기 때문이니까 걱정 말라고. 좋은 거 아니야. 그러니까 때리지 마."

케이시는 침대에서 일어났다. 그녀는 발치에서 브래지어를 주워서 입었다.

"이리 와. 난 여자들이 화내면 좋더라."

케이시는 침대로 돌아가서 주저앉았다. 그를 때릴 이유는 없었다. 자신이 휘두른 폭력이 머쓱하게 느껴졌다. 휴의 손이 곧장 그녀의 몸 안으로 들어왔고, 케이시는 그 손길에 흥분해서 그를 향해 돌아앉았다. 그는 브래지어 컵을 아래로 내리고 입술을 가슴에 댔다. 케이시는 이렇게 빠를 수 있나 싶을 정도로 급하게 절정에 도달했다. 휴는 그녀의 머리에 손을 대고 자기 사타구니 쪽으로 내리눌렀다. "나도 끝내게 해주겠어?" 그는 조용히 물었다.

그가 손으로 머리를 누르는 힘이 너무 세서 케이시는 놀랐다. 그녀는 다른 생각을 하면서 효율적으로 휴를 자극하려고 노력했다. 그가 사정한 뒤, 그녀는 시트 모서리로 입을 닦았다. 거의 11시였다.

샤워를 끝내고 나오니, 휴는 셔츠와 바지를 입고 〈데이비드 레터맨 쇼〉를 보고 있었다.

"자고 있을 줄 알았어요."

"아이스크림." 그는 말했다. "아이스크림 줄까?"

"좋죠." 케이시는 미소 지었다. 아이스크림이라니 완벽할 것 같았다.

"얼른 사서 올게. 무슨 맛?"

"럼 건포도 맛요."

"나도 좋아."

"같이 갈까요?"

"당신은 여기 있어."

"하지만 난 돌아가야 하는데……." 하지만 휴가 채용 소식을 알려준 뒤로 케이시의 마음은 어쩐지 변했다. 사실일까? 휴가 거짓말할 이유는 없잖아? 그는 바람둥이이지만, 그녀에게 거짓말을 한 적은 없었다. 경영대학원을 졸업하고 나서 컨 데이비스에서 일하게 된 것이다. 다시는 돈 걱정을 안 해도 된다. 2년만 일하면 학자금 대출을 다 갚을 것이고, 그러고 나면 아파트를 사고 부모님을 도울 수 있다.

휴는 기껏해야 15분이면 돌아올 거라고 약속했다.

케이시는 아직 타월을 두른 채였다. 정장 재킷과 블라우스는 구겨진 채 소파 위에 뒹굴고 있었다. 그녀는 휴의 옷장에서 흰 와이셔츠를 꺼냈다. 목깃이 늘어나거나 소매가 닳은 셔츠를 찾았지만, 옷들은 모두 흠잡을 데 없는 상태였다. 케이시는 셔츠를 걸쳤다. 셔츠는 아주 많았다. 옷장은 아주 컸고 고급 옷이 빼곡하게 들어차 있었으며, 옷을 거는 가로대 위의 깊은 선반에는 캐시미어 스웨터가 줄지어 쌓여 있었다. 스웨터 옆에는 몰래 숨겨놓은 비디오테이프가 세 줄로 깔끔하게 쌓여 있었다. 케이시는 웃었다. "이런, 휴." 그녀는 소리 내어 말했다.

그녀는 두 손으로 첫 줄에 쌓인 비디오를 꺼냈다. 그리고 침대에 펼쳐놓고 제목을 읽었다. 금발 여대생, 건장한 꽁지머리 남자, 모두 그럭저럭 순진해 보였다.《허슬러》보다《플레이보이》쪽에 가깝다고 할 수 있었다. 케이시는 다른 두 줄을 살펴보았다. 스무 개 남짓 되는 테이프 중 아시아계 여성이 표지에 찍힌 것은 딱 하나였다. 제목은 "진주 목걸이"였다. 케이시는 얼굴을 찡그렸다. 표지에 등장하는 백인 남자 둘은 매력이 없었고, 여주인공은 이런 비디오에 등장하기에는 너무 나이 들어 보였다.

침대 맞은편에 텔레비전과 비디오 플레이어가 있었다. 케이시는 비디오를 기계 안에 넣었다. 자기가 숨겨놓은 포르노를 그녀가 보고 있으면 휴는 뭐라고 할까? 배를 잡고 웃겠지?

시작한 지 채 2분도 지나지 않아, 이야기는 노골적으로 전개되었다. 손질한 표지 사진보다도 오히려 더욱 매력 없어 보이는 아시아계 여자가 사무실에 들어섰다. 앞머리를 내린 긴 검은 머리에 진홍색 립스틱을 바른 그녀는 빨간 아돌포 가품 정장과 검은 에나멜 하이힐 차림이었다. 물론 그녀의 목에는 큼직한 진주가 알알이 박힌 목걸이가 걸려 있었다. 진주를 뜻하는 펄이라는 이름의 이 여자는 회계사무소에서 일하는 네 남자의 비서였다. 남자 둘은 긴 하루를 마치고 집으로 돌아간다. 여자는 다른 둘, 크레이그와 킵의 부탁으로 사무실에 남는다. 별다른 대화 없이, 여자는 빨간 정장을 벗더니 어마어마한 보형물을 삽입한 젖가슴을 검은 뷔스티에로 감싼 몸을 드러냈다. 허리는 개미처럼 잘록했고, 짧고 가느다란 다리에는 가터벨트와 검은 망사 스타킹을 신고 있었다. 여자는 양쪽에서 남자 둘이 다가올 수 있을 정도의 공간을 남기고 한 손으로 벽을 짚었다. 남자 하나는 앞에서 질에 삽입했고, 다른 남자는 뒤에서 들어왔다. 여자는 끊임없이 신음을 내고 비명을 질렀다. 케이시는 수치심으로 얼굴이 달아올랐다. 속에서 구역질이 치밀어올랐다.

펄이 여러 번 오르가슴을 느낀 뒤, 앞에서 삽입한 키 큰 남자 크레이그가 예의 바르게 말했다. "나도 끝내게 해주겠어?" 펄은 무릎을 꿇고 굶주린 사람처럼 펠라티오를 해주었다. 여자의 머리가 들썩거릴 때마다 크레이그의 넥타이가 허공에서 흔들렸다.

케이시는 비디오를 멈췄다. 재생시간이 적어도 30분은 남아 있었지만, 더 볼 이유가 없었다.

휴가 그녀에게 똑같은 말을 한 지가 한 시간도 지나지 않았다. "나도 끝내게 해주겠어?" 그도 정확히 그렇게 말했다. 그 말이 이 영화에 나온 대사라는 걸 그도 알고 있었을까? 케이시는 포르노에 대해 깊이 생각해본 적이 없었다. 그녀의 삶과 직접적으로 관련된 적도 없었다. 제이는 포르노를 천박하고 낭만적이지 않다고 생각했다. 은우는 전혀 갖고 있지 않았다. 차터 클럽의 몇몇 남자들이 토요일마다 포르노를 보곤 했고 쿨해지려고 애쓰는 여자들이 같이 보았지만 케이시는 그런 데 관심이 없었다. 못생긴 두 남자 사이에 끼어 있는 중년 여자의 모습이 뇌리를 떠나지 않았다. 휴는 이런 게 어디가 섹시하다고 생각하는 걸까? 너무 많이 봐서 저런 대사가 무의식적으로 머릿속에 박힌 건가? 다른 여자한테도 똑같은 말을 했을까? 아니면 나한테는 이런 말을 해도 괜찮을 거라고 생각한 걸까? 케이시는 비디오를 되감아서 다른 테이프와 함께 원래 자리에 돌려놓았다.

케이시는 휴의 셔츠를 다시 옷장에 걸었다. 그리고 자기 옷을 주워 입었다. 메모를 남길까? 그녀는 생각했다. 휴는 나를 이런 식으로 보고 있는 걸까? 그가 나를 정말로 어떻게 생각하는지 내가 무슨 수로 알지? 이건 그의 판타지일까? 언젠가 오랫동안 나와 자고 싶었다고 말했던 것이 이런 것을 의미하는 것이었나? 포르노 속 여자는 케이시와 닮은 데가 전혀 없었지만, 그녀도 예전에 빨간 정장이 있었다. 휴는 그녀가 그 옷을 입었을 때 칭찬했다. 하지만 그는 케이시가 다른 옷을 입었을 때도 종종 칭찬했었다. 그건 그저 그가 여자들에게 늘 하는 말투였다. 속에서 구역질이 올라와서, 케이시는 화장실로 달려가 토했다. 다 토한 뒤, 손가락에 치약을 묻혀 이를 문지르고 여러 번 물로 헹궈냈다.

복도에서 그녀는 엘리베이터에서 내리는 휴와 마주쳤다.

"케이시, 아이스크림 사 왔어. 맬로마스도 있더군."

"난 가야겠어요."

"어디로?"

"이건 정말 끔찍한 실수였어요."

"무슨 말을 하는 거야? 정말 좋았어. 어디로 가려고? 다시 들어가. 럼 건포도 맛, 바닐라 스위스 아몬드 맛도 사 왔어. 쓸데없는 짓 하지 말라고, 케이시."

"〈진주 목걸이〉를 봤어요. 벽장에 넣어둔 그 비디오요. 당신하고 같이 보면 재미있겠다고 생각했죠. 미안해요. 그러지 말았어야 했는데. 당신 물건에 손을 댄 거잖아요. 난 입을 만한 셔츠를 찾으

436

려고 옷장을 열었을 뿐이에요. 당신도 똑같은 말을 했죠……. 그 비디오에 나오는 남자가 여자한테 한 말. 나도 끝내게 해주겠어?"

"무슨 소리를 하는 거야?" 그는 어안이 벙벙한 표정이었다.

"이런 이야기는 할 수가 없네요."

"난 포르노를 봐. 그래서? 당신을 거기 나오는 여자처럼 생각한 적은 없어. 그 여자는 싸구려잖아. 자위하는 용도로 사용한 것뿐이고, 내용은 제대로 보지도 않았어." 휴는 믿기지 않는다는 듯 그녀를 바라보았다. "우리가 복도에서 왜 이런 이야기를 하고 있지? 안으로 들어가자고."

케이시는 천천히 고개를 저었다. 그 자리에서 움직일 수가 없었다. "미안해요. 신경 쓰지 마세요. 당신은 나쁜 남자가 아니에요, 휴. 내가 당신한테 전화하지 말았어야 했어요. 하지만 그 영상은…… 절대 못 잊을 거 같아요. 무슨 말인지 알겠어요? 당신과 같이 있으면 늘 생각날 것 같아요." 이렇게까지 속에서 거부감이 치미는 느낌은 난생처음이었다. 휴의 잘못은 아니다, 안 그런가? 그에게는 그런 영상을 볼 권리가 얼마든지 있지만, 케이시는 휴가 자신의 몸에 손을 대려고 할 때마다 그 모조 진주 목걸이를 걸친 여자가 과장되게 신음하는 장면을 떠올리지 않을 수 없을 것 같았다.

"케이시, 이봐, 케이시. 이건 너무 터무니없잖아. 들어가서 이야기를 해보자고." 그는 열쇠로 문을 열었다. 그리고 다른 손으로 그녀에게 들어오라고 손짓했다. 이마에 걱정스러운 듯 주름이 잡혔다. "케이시……."

"당신이 그런 사람이 아니라는 거 알아요. 내 말뜻은 그런 게 아니에요." 케이시는 눈을 감고 아까 본 영상을 머릿속에서 지우려 했지만, 그럴 수가 없었다. 영상은 오히려 점점 더 선명하게 타오르는 것 같았다. 남자들에게는 그런 페티시가 있다, 그녀도 알고 있었다. 하지만 그 환상이 그렇게 추할 거라고는 상상하지 못했다.

"케이시, 난 당신을 그런 식으로 보지 않아. 당신은 내 친구야. 알면서 그래." 하지만 케이시는 믿기지 않는다는 기색이 역력했다.

"우리는 친구예요, 휴. 나도 알아요. 오늘 저녁 일은 미안해요."

"알았어." 휴는 말했다. 케이시는 엘리베이터 버튼을 누르고 있었다. "나도 미안해."

"가봐야겠어요. 안녕." 엘리베이터 문이 열렸고, 그녀는 그 안으로 사라졌다.

휴의 아파트 앞에는 택시가 많이 지나갔지만, 케이시는 고츠먼 부부의 집을 향해 끈적거리는 밤공기를 뚫고 빠른 걸음으로 걸어갔다.

15

스케치

찰스 홍은 그녀가 누구인지 몰랐다. 그가 아침 이 시각에 현관문을 연 것은 찾아온 사람이 젊은 한국 여자라는 것을 창문을 통해 확인했기 때문이었다.

"저는 케이시라고 해요." 케이시는 그가 자신을 집 안에 들여줄까 생각하며 물었다. "들어가도 될까요?" 그녀는 거실을 슬쩍 훔쳐보았다. 집은 궁전처럼 넓었다.

"미안합니다만, 우린 만난 적이 없는 것 같은데요." 찰스는 짜증이 나기 시작했다. 줄리어드에서 알던 학생인가? "곤란한 시간이기도 하고요. 내일 다시 오시면 좋겠습니다. 토요일에는 집에 있어요." 그는 시계를 확인했다. 정확히 아침 7시 10분이었다.

"저는 리아 한의 딸입니다. 아시겠지만, 조 집사님요. 성가대에서 노래를 부르시지요. 아주 이른 시각이라는 건 압니다만, 출근

439

을 해야 하기 때문에 낼 수 있는 시간이…….”

“아.” 찰스는 문을 약간 더 열었다. “집사님은 좀 괜찮으신가요?”

케이시는 거실로 들어섰다. 자리에 앉지 않고 정면 창문 근처의 그랜드피아노 옆에 그냥 섰다. 먼지가 내려앉은 피아노 위에는 손으로 기록한 두꺼운 악보가 놓여 있었다.

“엄마한테서 작곡을 하신다고 들었어요. 성가대 지휘 말고도.”

“네, 네, 맞아요.”

“이것도요? 직접 쓰신 곡?” 케이시는 거의 애교를 부리듯 그에게 미소 지으며 피아노 위의 악보를 만졌다. 음표는 너무나 아름다웠다.

찰스는 젊은 여자를 향해 미소 지었다. 매력적이었지만, 리아와 닮은 데는 전혀 없었다. 넓은 이마와 흰 피부 때문인 것 같았다. 키가 큰 것도 엄마와 전혀 달랐다.

“연가곡입니다. 전 세계 초연 일정이…….”

“어디 계세요?” 경아가 계단을 내려오며 불렀다. “홍 교수님…….” 그녀는 웃었다.

엄마의 친구 경아 아줌마였다. 몸에 딱 달라붙는 검은 치마와 장밋빛 레이스 브래지어를 입고 있었고, 스타킹을 신지 않은 맨다리였다. 눈처럼 흰 피부 위에 진한 분홍색으로 칠한 발톱이 눈에 띄었다. 케이시는 경아 아줌마가 이렇게 미인인지 미처 몰랐다. 흐트러진 매무새로 그렇게 나와 있으니 위험한 매력마저 느껴졌다. 성가대 지휘자는 입에 자물쇠라도 채우려는 듯 이를 악물었다. 그는 대조적으로 옷을 모두 갖춰 입고 있었다. 청바지, 흰 셔츠,

군청색 양말.

"저 여자하고도 자는 거예요?" 케이시는 눈을 크게 뜨고 입술을 비죽 내밀며 물었다.

경아는 기침을 하더니 돌아섰다. 찰스가 리아의 딸과도 관계가 있을 줄은 꿈에도 몰랐던 것이다. 이 애는 스물여섯, 기껏해야 스물일곱 정도. 찰스에게 다른 여자친구가 있을지도 모른다는 생각은 오래전에 한 적이 있었다. 하지만 두 사람은 그런 화제를 입에 올린 적이 없었다. 어쨌거나 그녀에게는 남편과 아이들까지 있지 않은가. 그날 아침 샤워하면서, 그녀는 허리를 굽히고 허벅지 위쪽의 약간 울퉁불퉁한 피부를 거울에 비추었다. 경아는 아침에 그를 만나는 것이 걱정스러웠다. 몰래 빠져나오기 가장 편한 시각이기는 했지만(여동생이 대신 가게 문을 열어줄 수 있기 때문에, 아침에는 굳이 그녀가 있을 필요가 없었다), 대낮의 환한 햇빛에 얼굴이 적나라하게 드러날까 봐 두려웠던 것이다. 하지만 섹스가 워낙 좋았기 때문에, 경아는 약간의 잔주름이나 허벅지 뒤쪽의 지방 덩어리쯤은 별거 아니라고 생각했다.

엄마의 친구는 왼팔로 가슴을 가리고 얼음처럼 굳은 채 계단 꼭대기에 서 있었다.

"아줌마." 케이시는 한국말로 외쳤다. 거의 유쾌하기까지 한 목소리였다. "어디 가세요?"

"어머⋯⋯." 경아의 왼쪽 다리가 꼼짝도 하지 않았다. 저 애가 내 인생을 망칠 수도 있어.

"아니, 가지 마세요." 케이시는 말했다. 재미있다는 표정은 가시지 않았지만, 목소리는 한층 심각해졌다. "아줌마도 아셔야 할 게 있거든요. 이 사람이 우리 엄마하고 잤어요. 아니, 강간했다고 하는 편이 맞을 텐데, 그러고는 곧장 아줌마한테 넘어간 거예요. 그 성가대에서 또 누구랑 잤는지 누가 알겠어요." 케이시는 먼지 쌓인 피아노 위의 악보 무더기를 차곡차곡 정리했다.

"뭐?" 경아는 외쳤다. 찰스가 리아의 딸과도 사귀고 있다는 생각은 오해였다. "그게…… 당신 애였어요?" 리아가 유산했을 때 흘린 피가 그녀의 신발에도 튀었다. 그 구두는 결국 버려야 했다.

"아, 저도 궁금했는데요. 엄마는 그럴 수도 있다고 생각하세요. 이 개자식한테 데이트강간을 당했다는 이유로 자기가 죽어야 한다고 하시더라고요."

"나는…… 나는 그러지 않았어."

케이시는 찰스를 뚫어지게 쏘아보았다. 그의 입술이 거의 눈에 띄지 않을 정도로 파르르 떨렸다. 그는 두려웠다. 어쨌거나 그녀는 시선을 돌릴 생각이 없었다. 이것은 아버지에게 배운 방식이었다. 눈길을 돌리지 말라고. 얻어맞는 아픔보다 그 눈빛이 더 무서운 거라고.

"내가 자기를 강간했다고 그러던가요?"

"아뇨, 그보다 더해요. 전부 다 자기 잘못이라고 생각하더군요. 한데 이거 아세요? 엄마가 무슨 일이 있었는지 자초지종을 나한테 다 알려줬거든요, 이 개새끼야." 케이시는 목소리를 잔뜩 낮추어 말한 뒤 차갑게 웃었다. 개새끼라는 건 사실이었으니까. "엄마가 하지 말라고 하는 거 들었지? 그 빌어먹을 차 안에서 엄마가 너한테 하지 말라고 하는 거 들었어?" 케이시는 그를 붙잡아 마구 흔들고 싶었다. "싫다는 말 들었냐고?"

그도 기억이 생생했다. 리아는 망설였다. 하지 말라고, 제발 하지 말라고 애원했다. 그녀는 계속 한 단어를 반복했다. 제발. 하지만 리아는 그의 키스에 응답했다. 그가 들어가는 순간, 그녀는 준비가 되어 있었다. 두 사람의 결합은 아름답고 열정적이었다. 그는 절대 그 행위를 강간이라고 부를 수가 없었다. 리아 역시 그럴 리가 없었다. 두 사람은 사랑을 나누었다. 서로에 대해 열정을 느꼈던 것이다.

"엄마가 싫다고 했어, 안 했어?"

찰스는 한 번 고개를 끄덕였다. 그는 전에도 유부녀와 자본 적이 있었다. 그는 예술가였고, 자기 나름의 윤리 기준을 갖고 있었다. 세상 다른 사람들보다 더 높은 기준이었다. 남편 중 누구든지 찾아와서 자기 아내와 잤느냐고 추궁한다면, 찰스는 부정하지 않을 터였다. 하지만 아무도 찾아오지 않았다. 리아는 망설이면서 그를 약간 밀어냈지만, 결국 자기 발로 자동차 뒷자리에 올라탔다. 그는 완력을 쓰지 않았다. 찰스는 그녀의 순종적인 몸을 희생처럼, 사랑을 표현하는 선물처럼 받아들이고, 자신도 진정한 욕망으로 화답했다. 그는 리아를 자신의 인생에 끌어들일 수도 있었다. 리아는 남편을 떠날 수도 있었다. 그랬다면 그는 절대 그녀를 버리지 않았을 것이다. 경아가 원한 것은 그저 꾸준하게 좋은 섹스를 하는 것이었다. 이것이 두 사람에게 잘 맞았다. 그가 리아를 이용했던가? 그런 식으로 생각해본 적은 한 번도 없었다. 그는 리아를 사랑했다. 지금도 그녀에게 마음을 쓰고 있었다. 거리를 두고 있는 것은 리아를 존중하는 마음 때문이었다.

"그러니까 엄마는 싫다고 했는데, 아랑곳없이 당신이 했다는 거 아니야. 맙소사, 이 쓰레기 같은 자식. 엄마는 당신 때문에 자기가 죽어 마땅하다고 생각하고 있는데." 케이시는 숨이 가빠서 잠시 말을 끊었다.

"내가 원하는 건 이거야. 그 일을 그만둬. 어디든 좋을 대로 꺼지는 건 상관없는데, 절대 그 교회에는 다시 발 들이지 않는 게 좋을 거야. 엄마에게서 성가대를 빼앗지 마. 그리고 절대 다시 접근하지 마. 내 성질 시험하지 않는 게 좋을 거야, 찰스." 케이시는 뻣뻣하게 굳은 팔을 아래로 내리고 있었다. 그가 다가왔다면 그대로 주먹을 날렸을 것이다.

경아는 계단 위에서 말없이 케이시를 지켜보았다. 내가 리아를 처음 만났을 때 저 아이가 3학년이었던가, 4학년이었던가? 큰딸은 어릴 때부터 키가 멀쑥하게 크고 가슴이 납작하고 발이 컸다. 뽀빠이의 여자친구 올리브처럼.

케이시는 이어 턱을 약간 치켜들고 경아를 돌아보았다. "아줌마도 어떤 상황에 빠져 있는지 잘 아시길 바라요."

찰스는 변명하지 않을 생각이었다. 그는 진실이 무엇인지 알고 있었지만, 그것과 상관없이 그만둘 것이다. 어쨌든 줄곧 그만두려고 생각해온 참이었다.

경아는 막대기처럼 뻣뻣한 다리에 힘을 주어 천천히 계단을 올라갔다. 옷과 신발을 챙겨서 나가고 싶었다. 이 아이에게 할 수 있는 말은 없었다. 찰스가 리아와 잤단 말이지. 이건 말도 안 되는 일이었다.

찰스는 서둘러 계단을 뛰어 올라갔다. 경아에게 설명하고 싶었다. 지금 이렇게 보낼 수는 없었다.

케이시는 두 사람이 침실로 들어가서 문을 닫고 사라질 때까지 지켜보았다. 그러고는 눈앞에 놓인 악보 뭉치로 시선을 옮겼다. 악보는 아코디언처럼 접힌 긴 종이였다. 두껍게 차곡차곡 쌓인 악보 더미에는 그런 긴 종이가 여러 장 있었다. 손으로 들어보니 마치 표지가 없는 책의 속지만 들고 있는 기분이었다. 찰스가 검은 펜으로 음표를 적어 내려간 자리에 오목하게 파인 펜 자국이 손끝에 느껴졌다. 케이시는 두꺼운 악보 뭉치 전체를 들어 토트백에 넣었다. 그녀는 소리 없이 등 뒤로 문을 닫고 사무실을 향해 걸음을 옮겼다.

채용 발표 날 아침, 케이시는 제일 늦게 사무실에 도착했다. 인턴들은 10시부터 한 사람씩 찰리 시덤과 개별 직속상관의 호출을 받아 면담을 하기로 되어 있었다. 케이시의 차례가 되자, 그녀는 눈도 깜짝하지 않고 회의실로 당당하게 들어갔다. 휴의 말이 맞든 틀리든 둘 중 하나다. 이제 결과에 대해 그녀가 할 수 있는 일은 없었다.

"여름 어떻게 지냈지, 케이시?" 찰리가 물었다. 그는 기분 좋게 미소 지었다.

"정말 좋았습니다." 케이시가 웃었다.

캐린과 래리도 그녀에게 미소 지었다.

"마음에도 없는 소리." 찰리는 계속 미소 띤 얼굴로 말했다. "죽도록 일하던데."

"네, 그랬죠." 케이시는 캐린과 래리 쪽을 보며 윙크했다. 꺼져라, 재수 없는 인간들. 그녀는 이렇게 생각하고 덧붙였다. "하지만 금융 업무에 대해 정말 많은 것을 배웠습니다."

"좋은 태도야." 찰리는 말했다.

"케이시의 업무 능력은 매우 뛰어납니다. 학습 속도도 빠르고요." 캐린이 말했다.

케이시는 그녀에게 미소 지었다. 마치 케이시를 고분고분한 노새나 연산 속도가 빠른 컴퓨터 평가하듯 하는 말투였다.

"대학원을 졸업한 뒤에 우리 회사에 합류해주었으면 해." 찰리는 말했다. "자네 업무는 매우 뛰어나. 우리 모두 같은 의견이야."

"아." 케이시는 외마디로 반응했다.

"축하해." 찰리는 말했다. 케이시는 좋은 소식을 듣고도 기분이 달라지는 기색이 없었다.

"고맙습니다." 그녀는 대답하고 허리를 똑바로 세웠다.

"우리 회사에 자네가 돌아올 때는, 아니, 돌아오게 되면……." 찰리는 케이시가 끼어들 거라고 예상하고 잠시 사이를 두었다. "캐린과 래리와 같이 일하게 될 가능성이 가장 클 거야. 자네가 내 팀에 들어온다면 몇몇 다른 사람들, 그리고 이따금 나하고 일할 수도 있고. 캐린은 올겨울에 승진할 가능성이 높아. 래리도 그렇고."

"아, 잘됐군요. 두 분 다 축하드려요." 케이시는 그들에게 말했다.

찰리는 클립보드를 내려다보았다. "음, 좋은 소식은 언제나 짧게 끝나지. 그럼 나중에, 점심시간에 볼까?"

"정말 감사합니다. 모든 분들께요." 케이시는 한 사람 한 사람 눈을 맞추는 것을 잊지 않았다.

"그럼 제안을 수락하는 건가?" 찰리는 예의상 물었다. 인턴사원들은 그 자리에서 승낙하는 것이 보통이었다. 하지만 케이시는 곧장 그러겠다고 답하지 않았다.

"아, 지금 이 자리에서 말씀드려야 하나요?"

"아니." 찰리는 미소 지었다. "꼭 그럴 필요는 없어."

"언제까지 말씀드려야 하나요?"

캐런과 래리는 서로 마주 보았다. 뭐 하자는 거지?

"일주일? 그 정도면 어때?" 찰리는 케이시의 초연함이 존경스러울 지경이었다. 애당초 뒷문으로 들어온 주제에 생각해볼 여유가 일주일이나 필요하다니.

"그보다는 일찍 말씀드리죠. 다시 한번 이번 여름의 경험에 감사드립니다. 너무나 많은 것을 배웠고, 제게는 아주 중요한 시간이었어요. 고맙습니다." 케이시는 그들에게 미소 지었다. 묘하게도 그들의 말은 놀라움으로 다가왔다. 그 어느 때보다 더 열심히 일한 것이 사실이긴 했다. 7주째가 되자 수면 부족으로 병이 날 것 같다는 생각까지 들었다. 자신이 채용 제안을 받을 수 있을 리 없다는 회의감이 언제나 케이시의 마음 한편을 떠나지 않았다. 제안을 받았어. 그녀는 여전히 의심스러운 기분으로 속으로 확인했다. 졸업 후에 합류하라는 제안을 받았다고. 케이시는 치맛자락을 추스르며 일어섰다.

찰리는 아주 잠깐 미소를 지어 보이더니 나가는 길에 복도에서 운명을 기다리고 있는 다음 사람을 들여보내라고 지시했다.

등 뒤로 문이 닫히자, 이제 무엇을 해야 할지 아무 생각도 나지 않았다. 케이시는 사무실로 걸음을 옮겼다. 그러고 보니 휴의 말이 맞았다. 조금은 마음이 놓였고 초조함도 아주 조금은 사라지는 것 같았다. 어딘가 비틀린 기분으로, 그녀는 휴가 틀렸다 해도 놀라지는 않았을 거라고 생각했다. 휴가 자신에게 정규직 제안을 하지 말라고 찰리에게 압력을 넣지는 않았을까 하는 궁금증도 마음 한편에 있었다. 하지만 그가 그런 짓을 한다는 것은 상상할 수 없었다. 그건 지나치게 야비한 짓이었고, 휴는 그런 인간이 아니었다.

사무실로 돌아와 보니 행복한 표정들이 불쌍한 표정보다 훨씬 많았다. 규칙이 이런 식이라니, 너무 잔인했다. 채용되지 못한 것을 꼭 이렇게 공적인 자리에서 공개해야 하는 걸까. 자리를 얻지 못하는 사람들 중 최소한 두 명은 거의 주말마다 케이시 옆에서 나란히 일했던 남자들이었다. 그중 하나는 아기도 있었다. 이제 그는 어떻게 하지? 케이시는 그의 얼굴을 볼 수가 없었다. 하지만 혹시 내가 떨어지는 입장이었다면 그는 날 걱정해주었을까? 세상은 한정된 파이를 놓고 잔인한 경쟁이 벌어지는 곳이다. 그걸 모르는 사람은 없다. 실망스럽겠지만, 이게 인생의 끝은 아니지 않은가. 그렇다고 그 사람들이 배를 곯을 일은 없을 거 아니냐, 피란민이었던 아버지라면 이렇게 말씀하실 것이다. 미국인들은 빌어먹게 운이 좋다. 미국은 부자 나라야. 일은 해야 하지만, 최소한 입에 풀칠은 할 수 있지 않니. 아니, 여기서는 일을 안 해도 밥은 먹여주지 않니. 아버지라면 이렇게 말씀하셨겠지. 38선 뒤의 가족을 잃어버리는 것에 비하면 경력상의 실패 따위는 아무것도 아니다. 케이시는 얼마 전 아기를 얻은 스콧을 슬쩍 훔쳐보았다. 그는 씩씩하고 담담하게 결과를 받아들이려고 노력하고 있었다. 아버지 말씀은 틀렸다, 케이시는 생각했다. 고통이란 이런 것이다. 원하는 것을 얻지 못한다는 것은 기분 더러운 일이다. 실패를 공공연하게 전시하고 싶은 사람은 아무도 없고, 비극은 다양한 크기로 사람을 덮친다.

책상 밑에서 케이시는 가방을 꺼냈다. 지갑 옆에 악보가 있었다. 두툼한 종이 뭉치를 겨드랑이에 끼고 그녀는 사무실을 나섰다. 줄줄이 늘어선 복사기 옆에서 서류파쇄기가 평화롭게 웅웅거리고 있었다. 전체를 다 파기하는 데에 2분밖에 걸리지 않았다. 케이시는 어머니가 어떻게 지내는지 확인하려고 전화를 걸었다. 부모님은 편안했다.

루시 그리즈월드는 파란 사브에 케이시를 태우고 리치필드로 달렸다. 조셉의 물건을 같이 정리할 친구가 있으면 좋죠, 금요일 오후 케이시가 전화했을 때 루시는 이렇게 말했다. 가는 길은 두 시간이 채 걸리지 않았고, 케이시는 주로 이런저런 질문을 던지며 말동무를 해주었다. 차 안에는 NPR 라디오가 흘러나오고 있었다. 루시는 빌 클린턴의 목소리가 좋다고 했다.

조셉 맥리드의 처남의 아내는 보기 좋게 관리를 잘한 60대 여성이었고, 어떤 화제에 대해서도 지적인 대화를 이어갈 수 있는 사람이었다. 목소리에는 일종의 권위가 있었다. 바보들을 굳이 상대하지 않을 유형이었다. 그녀는 일주일에 책 두 권, 주로 전기와 역사물을 읽는다고 했다. 코즈모폴리턴 여성사교클럽 회원이었고, 캘리포니아에서 해양생물학자로 일하는, 성인이 된 아들 하나를 두고 있었다. 프릭 컬렉션에서 미술관에서 도슨트로 일하기도 했다. "프라고나르 전시를 아직 못 봤어요?" 루시는 케이시가 태어날 때부터 손가락이 하나 없었다고 말하기라도 한 양 실망스럽다는 투로 말했다. 하지만 항상 의도는 좋은 사람이었다. 그 점은 분명했다. 그녀는 맨해튼 음악학교 학생에게서 매주 화요일에 첼로 교습을 받고 있었다.

조셉이 살던 거리에는 집이 단 세 채밖에 없었다. 가운데 있는 그의 집은 널판으로 지은 이층집이었고, 크림색으로 칠한 멋진 포치가 있었다. 덧문은 조셉이 쓰던 안경과 시곗줄과 똑같은 프렌치 블루 색상이었다. 실내는 생각했던 것처럼 퀴퀴한 냄새가 나지는 않았지만, 오늘은 더운 날씨였기 때문에 그들은 창문을 전부 활짝 열었다. 에어컨은 없었지만, 루시는 1980년대에 월동 준비를 마친 집이라고 했다. 존은 봄에 집을 팔까 하는 생각도 했지만, 막상 그런 생각을 하니 슬펐다. 게다가 요즘은 부동산 시장도 침체기였다. 아직도 청소부 여자가 찾아와서 집을 청소하고 식물에 물을 주고 있었다. 루시는 복도 책상에 쌓인 청구서와 정기간행물 따위를 모아서 그물망 장바구니에 넣었다. 사람이 죽어도 우편물은 계속해서 날아온다니. 2층 침실에 모자가 조금 있고, 다락방에 좀 더 있었고, 나머지는 1층 손님방에 있었다.

"둘러보세요." 루시가 말했다. "이제 케이시 거예요."

케이시는 어색한 기분이 들었지만, 오늘 하고 싶었던 일이 바로 이것이었다. 채용 발표가 난 뒤 어제 그리즈월드 부부의 집에 전화를 걸었는데, 루시는 너무나 기분 좋게 응대해주었다.

"난 정말 이런 것들에 무슨 매력이 있는지 모르겠어요. 아니, 저한테는 그렇다는 거예요. 제가 쓰면 우스워 보이거든요."

"그렇지 않을 거예요." 케이시는 말했다. 유명한 모자 디자이너였던 릴리 다셰는 모든 여성은 모자를 쓰면 더 돋보인다고 썼다. 자신에게 어울리는 모자를 찾는 것이 관건일 뿐이다. 다셰는 모자를 쓰는 여성에게 멋진 일이 일어날 수 있다고 믿었다. 키스를 받는다든가, 새로운 친구를 만난다든가, 그도 저도 아니면 최소한 주근깨 방지 효과가 있다. 케이시는 오늘 흰 티셔츠와 면바지, 테니스 신발에 챙이 넓은 수수한 밀짚모자를 쓰고 있었다. "여기, 제 모자 한번 써보세요. 아니지, 그것보다 차라리 제가 헤이즐의 모자를 하나 골라드릴게요." 헤이즐이라는 이름을 이렇게 입에 올린다는 것이 묘했다.

"아, 아니에요." 루시는 손사래를 쳤다. "정말이에요. 내가 패션에 대해 아는 것이 딱 두 가지 있는데, 모자와 녹색은 나와는 상극이라는 거예요. 피부가 무슨 도마뱀처럼 보이거든요."

"무슨 말씀이세요. 전혀 그렇지 않아요." 케이시는 답답하다는 듯 고개를 저었다. 자기 모습에 문제가 있다고 생각하는 여자를 설득하려면 아주 긴 시간이 걸릴 수 있다. 멋있다는 표현을 지칠 때까지 반복해야 하는 경우도 있다. 하지만 케이시는 그럴 기분이 아니었다. 여름 인턴 프로그램 내내 복리처럼 쌓인 피로가 오늘 아침 한꺼번에 그녀를 덮쳤지만, 그녀는 그 피로에 굴복하고 싶지 않아서 억지로 아파트를 뛰쳐나왔다.

루시는 뭔가 찾고 있는지 계속 벽장 문을 열었다 닫았다 하고 있었다.

집 안은 온통 헤이즐의 사진이었다. 사진마다, 찍은 지 얼마 되지 않은 컬러사진에서도 헤이즐은 모자를 쓰고 있었다. 키는 160센티미터 남짓, 체구는 보통이었다. 친숙한 용모였지만 미인은 아니었다. 디올의 뉴룩처럼, 옷차림은 단순하지만 극적인 선이 돋보였다. 조셉과 헤이즐이 같이 찍은 사진을 보면, 머리 하나 정도는 더 큰 조셉이 살집이 붙은 아내의 허리를 한 팔로 감고 있었다. 헤이즐의 눈동자는 파란색보다는 녹색에 가까웠다. 말년에 그녀의 머리는 희고 푸석푸석했다.

"아주 재미있는 분이었어요." 루시가 말했다. "야한 농담도 어찌나 잘하는지. 의리도 있었고요. 의리 빼면 시체였죠. 요리하는 걸 싫어했지만 일요일에는 빵을 구웠어요. 조셉은 맛있는 케이크와 커피 한잔을 좋아했죠." 묵직한 마호가니 찬장 앞에서 루시는 셔츠 소매 단추를 풀어서 걷어붙였다.

케이시는 상감세공된 나무 액자 속에 들어 있는, 서점 앞에 서있는 두 사람의 사진을 집었다. 케이시에게는 거의 낯선 사람들이었다. 그녀는 헤이즐을 만난 적도 없었지만, 조셉이 죽은 지 얼마

안 돼서 이렇게 이 집에 들어와 있으니 마치 친척처럼 느껴졌다.

　루시는 지금부터 해야 할 일에 마음의 준비라도 하려는 듯 심호흡을 했다. 존은 오늘 배를 타러 나갔는데, 오히려 잘된 일이었다. 그와 같이 왔다면 물건들을 어떻게 처리할지 아무 계획도 세우지 않고 벽장과 찬장에서 마구 꺼내놓기부터 했을 것이다.

　"케이시, 손님방은 뒤쪽이에요." 그녀는 손잡이가 은과 상아로 제작된 찻주전자 세트를 찬장에서 꺼내며 쾌활하게 말했다. 존과 결혼한 뒤로 줄곧 그녀는 시어머니의 은식기를 탐냈지만, 식기를 물려받은 것은 존이 아니라 헤이즐이었다. 이제 식기는 존 부부의 아들 마이클이 물려받게 됐지만, 소살리토의 소박한 단층주택에 사는 그가 이런 물건을 갖겠다고 할까? "욕실과 수건장을 지나면 있어요." 케이시가 방을 못 찾아 어리둥절한 표정을 보고, 루시는 길을 알려주었다.

　케이시는 처음에는 엉뚱한 문을 열었다가 이내 세탁실 옆에 있는 넓은 빈방을 찾아냈다. 그 안에는 50, 60개 정도 되는 모자상자가 탑처럼 쌓여 있었다. 줄무늬 종이상자, 꽃무늬 천으로 된 상자, 가죽으로 된 납작한 원통, 갖가지 모양과 형태의 향연이었다. 창문에 흰 서양장미 무늬 커튼이 달린 방에서는 아무도 열어보지 않는 건조한 벽장 냄새가 풍겼고, 향주머니에서 풍기는 은은한 향이 감돌았다. 누군가 좀약을 넣어둔 모양이었다. 사빈의 집에 이 많은 모자를 전부 가져갈 수는 없었다. 가장 가까운 상자와 그 옆의 상자를 열어보니, 상자마다 모자가 최소한 두 개씩 들어 있는 것 같았다. 어떤 상자에는 더 많이 들어 있었다. 정말 아름다웠지만 어쨌든 낡은 모자들이었고 이제 어떤 용도로든 사용하기가 애매했다. 경제적인 가치도 없었다.

케이시는 작은 타원형 접시처럼 생긴 깃털 달린 비둘기색 모자를 써보았다. 깃털은 장난치듯 얼굴 쪽으로 휘어져 있었고, 거북 등껍질 모양의 빗과 고무밴드로 고정하게 되어 있었다. 머리를 틀어올린 뒤, 모자는 삐딱하게 한쪽 눈을 살짝 가리도록 써야 했다. 진회색 정장, 혹은 분홍색 정장에 어울릴 것 같았다. 가느다란 나뭇가지 위에 새 둥지가 있고 그 안에 파란 새알 세 개가 들어 있는 오찬용 모자도 있었다. 기상천외한 디자인 앞에서 케이시는 할 말을 잃었다. 평범한 여자는 소화할 수 없는 모자였다. 놀랍게도 뒷목 바로 밑에 고무밴드 하나를 매서 고정할 수 있었다. 케이시는 문 옆의 거울을 보았다. 미소 짓지 않을 수가 없었다. 그녀는 루시에게 보여주려고 달려 나갔다.

"월튼에서 열린 가든 파티 때 쓴 거네요. 헤이즐은 그 모자를 만들면서 정말 즐거워했어요. 그거 진짜 종달새 알이에요." 루시는 말했다. 그 모자를 썼을 때 헤이즐은 머리가 아직 갈색이었고 짙은 녹색 맞춤 정장을 입었다고 했다. 영화 〈사운드 오브 뮤직〉에 나올 만한 차림에 머리에 둥지를 이고 있었던 것이다. 헤이즐은 정말 대단한 여자였다.

"잠깐만요." 케이시는 방으로 다시 달려가서 작은 갈색 필박스 모자 꼭대기에 연갈색 부채가 세워져 있는 모자를 들고 왔다. "한번 써보세요."

루시는 얼굴을 찡그렸다. "아뇨, 아뇨. 당신도 정말 헤이즐과 똑같네요. 헤이즐도 그렇게 저한테 실없는 짓을 많이 시키더니."

"써보세요." 케이시는 말했다.

루시의 예쁜 눈이 신중한 눈썹 밑에서 못 믿겠다는 듯 케이시를 바라보았다. 그녀는 아무 말도 없었다. 손에는 플란넬 주머니에 든 얼음 스푼 한 쌍을 들고 있었다.

케이시는 허락한다는 눈빛을 읽었다. "잠시만 기다려보시라니까요." 케이시는 능숙한 손길로 모자 고무줄을 루시의 머리 뒤쪽으로 씌우고 부채 부분을 이마 쪽으로 더 내려오게 잡아당겼다. "정말 아름다워요." 케이시는 미소 지었다. 정말 숨이 막힐 정도였다.

루시는 그렇지 않다고 고개를 설레설레 저으며 모자를 벗는 시늉부터 했지만, 그래도 솔직히 어떤 모습인지 궁금하기는 했다.

"가서 보세요." 케이시는 현관에 놓인 치펜데일풍의 거울을 가리켰다.

하지만 루시는 구멍 난 은숟가락을 움켜쥔 채 가만히 서 있을 뿐이었다.

케이시는 루시의 손에서 숟가락을 빼앗고 거울 쪽으로 끌고 갔다. "이리 와요."

루시는 거울 앞에서 반사적으로 몸을 움츠렸다. 쑥스럽고 우스꽝스럽다는 기분이 들었다. "난 이런 걸 쓰면 영 이상하다니까요." 헤이즐은 모자를 쓸 때 목을 밀대처럼 꼿꼿하게 세우곤 했다.

"무슨 말씀이세요. 한번 자기 모습을 직접 보세요. 괜찮아요. 보면 괜찮다니까요." 케이시는 부드럽게 말했다. 자신의 모습에 감탄하지 않으려는 것이 그녀로서는 약간 어리둥절했다. 지나친 겸손은 허영심과 자매지간이다.

케이시는 뭐라 말하기를 망설이는 듯 손으로 입을 막고 루시를 잠시 살펴보았다. "정말 지적으로 보여요."

루시는 거울을 보고 킥킥 웃었다. 미소를 지으니 각진 턱선이 부드럽게 보였다. 모자를 벗으려고 손을 올렸지만 케이시가 손을 저었다. "5분만 더 쓰고 계세요. 제발요."

케이시는 한 번에 두 계단씩 성큼성큼 다락방으로 올라갔다. 모자를 더 구경할 수 있다는 생각에 가슴이 부풀었다.

다락방 문이 열리는 소리를 듣고, 루시는 현관 거울 앞으로 살금살금 나갔다. 그녀의 모습은 완전히 달라 보였다. 1970년대부터 유지했던 잿빛 금발 단발머리를 모자가 다 가리고 있었다. 지적이다. 그 표현이 딱 어울리는 모습이었다. 루시는 혼자 수줍게 미소 짓고, 한참 뒤 케이시가 다시 내려올 때까지 모자를 벗지 않았다.

저녁때까지 케이시는 세 방에 있는 모자상자를 전부 다 확인했다. 손은 시꺼멓게 변했고 머리카락도 먼지로 뒤덮였다. 루시는 그녀를 다시 맨해튼까지 태워주었다. 돌아오는 차 안, 납작하게 접을 수 있는 실크해트가 그녀의 무릎에 놓여 있었다.

일요일 아침, 케이시는 새 여름 모자에 장식물을 박아 넣었다. 챙이 넓고 촘촘하게 짠 밀짚모자였고, 매니 모자공방에서 전문적으로 형태를 잡았다. 밴드로 박은 녹색과 흰색이 섞인 빈티지 리본은 틴셀 트레이딩에서 찾아낸 것이었다. 지난 한 해 동안, 그녀는 모자마다 이름을 정해서 갈색 모자상자에 적어놓았다. 대체로 좋아하는 책에 나오는 여성들의 이름이었다. 샬럿, 베키, 밸러리, 릴리, 이디스, 제인, 애나. 하지만 이번 모자의 이름은 헤이즐이었다. 마지막 바늘땀에 매듭을 지었지만 모자를 보여줄 사람이 없었다. 마침 사빈과 아이작은 친구들을 만나러 피서스 아일랜드에 가 있었다. 흑단처럼 매끈하고 단단한 바닥에 또각거리는 사빈의 하이힐 소리가 들리지 않으니, 넓은 아파트는 묘지처럼 휑했다. 가정부와 요리사도 이번 주에는 휴가였다.

케이시는 모자를 쓰고 교회에 갔다. 담임목사는 여름 휴가 중이었고 초청목사가 아름다운 설교를 들려주었지만, 케이시는 별다른 감흥이 없었다. 설교 후 모처럼 기도를 올리려고 노력해보았지만 마음이 번잡해서인지 감사한다는 기도 외에 달리 드릴 말씀이 생각나지 않았다. 어쩌면 모든 것이 괜찮을 것이다. 눈을 떠보니 다른 사람들은 모두 기도에 푹 빠져 있었다. 어떻게 저럴 수가 있을까? 눈에 보이지 않는 마이크의 스위치를 켜는 것처럼 간단한 일일까? 정말 하나님이 자기들의 기도를 듣는다고 생각하는 걸까? 그저 그런 소망을 품는 것으로 충분한 걸까? 저 사람들은 어떤 위안을 얻고 있을까? 케이시는 약간은 부러운 기분으로 생각했다. 예배가 끝나고 그녀는 북적이는 통로를 따라 혼자 걸어나갔다. 누가 팔을 가볍게 건드렸다. 케이시는 그냥 누군가와 부딪힌 거라고 생각했다.

"안녕." 엘라가 말했다.

"아, 안녕." 케이시는 말했다. 엘라의 옆에는 구불거리는 금발과 진한 파란색 눈동자의 백인 남자가 서 있었다. 180센티미터가 훌

쩍 넘어 보이는 큰 키였고, 흰 셔츠와 빛바랜 시어서커 바지 차림
이었다. 엘라는 케이시가 한 번도 본 적 없는 수수한 담청색 선드
레스를 입고 있었다. 보기 좋았다.

"케이시, 이쪽은 데이비드야. 데이비드 그린. 내 약혼자야."

그의 눈에는 따뜻한 표정이 담겨 있었다. 데이비드는 잘생긴 남
자였다. 어딘가 상대로 하여금 이 사람의 인정을 받고 싶다고 느
끼게 하는 데가 있었다.

"누구신지 알아요." 케이시는 약간 재미있다는 기분으로 말했
다. "엘라와 같이 일하시는 분이죠." 그녀는 그의 손을 잡고 악수
를 나누었다.

엘라는 데이비드를 돌아보았다. "케이시가 아니었다면 난 당신
한테 전화하지 않았을 거예요. 다시 직장으로 돌아가고 싶다고
요. 그날 입은 옷도 이 친구가 골라준 거예요." 그녀는 그때 자신
을 생각하며 웃었다. 그때 얼마나 초조했던지, 그가 얼마나 다정
했는지, 기억에 생생했다.

인파가 그들을 밀치며 지나갔다. 케이시는 사람들이 지나갈 수
있도록 길을 비켜주려고 엘라 쪽으로 약간 다가섰다.

엘라는 팔을 벌려 케이시를 껴안았다. "네가 정말 보고 싶었어."

케이시는 뭐라고 답해야 할지 알 수 없어서 그냥 마주 껴안았
다. 손바닥에 엘라의 마른 어깨뼈가 느껴졌다.

"부모님은 잘 지내셔?"

"잘 계셔." 케이시는 대답했다. "지난주에 세탁소에 찾아가서
뵈었어. 금요일에 통화도 했고. 아버지는 다른 건물을 살 계획을

하고 계시더라. 공 장로님이 더 작은 건물을 봐놓으셨대. 지난번 건물이 불에 탔던 건 너도 알지. 이번 건물 비용은 그것보다 적게 드니까⋯⋯." 그녀는 갑자기 말을 멈췄다. 데이비드는 계속 듣고 있다는 듯 고개를 끄덕이고 있었지만, 케이시는 데이비드 그린 같은 사람 앞에서 돈 이야기를 할 때 지켜야 하는 중요한 규칙이 떠올랐던 것이다. 절대 해서는 안 된다, 이것이 규칙이었다. 휴가나 취미생활 이야기를 할 때 돈은 암묵적으로 입에 오르는 것이지, 절대 달러나 센트 차원의 말을 꺼내서는 안 된다. 그 모든 것을 그녀는 대학에서 배웠다. "어쨌든 두 분 다 잘 지내서."

"어머니는?"

"괜찮으셔. 오늘은 교회도 나가셨어."

"아이린이 널 보면 좋아할 텐데."

"아, 아이린은 잘 있어?" 케이시는 물었다. "아이린 주려고 모자를 만들었어. 여름 모자 두 개. 흰색 캔버스 해변 모자랑 오렌지색 리넨 모자. 하지만 여름이 벌써 다 지났으니⋯⋯."

"고마워, 정말 고맙다." 엘라는 반색했다. "점심 같이 먹을 수 있니? 우리 집에 안 갈래? 안 그래도 너랑 결혼식 문제로 상의를 하고 싶었는데. 갈 수 있어? 간밤에 프리타타도 만들어놨고, 진짜 맛있는 브리오슈도⋯⋯ 케이시, 가자."

예배가 끝났다는 것을 알리는 오르간 음악이 예배당을 가득 채웠다. 엘라는 케이시의 팔에 팔짱을 끼고 함께 교회를 나섰다.

아이린은 케이시의 품으로 달려와 안겼다. 양말 원숭이 인형 그로버도 자랑했다. 케이시는 그로버 뒤에 숨어서 우스꽝스러운 목소리를 냈다. 아이린은 심각한 얼굴로 원숭이를 바라보았다. 케이시의 목소리라는 것은 알지만 어쨌든 그로버와 대화하는 것이 이상한 것 같았다. 데이비드는 케이시에게 맛있는 블러디메리 한 잔을 만들어주었다.

한복판에 흰 장미가 꽂힌 식탁에는 네 사람의 저녁식사가 이미 차려져 있었다. 엘라는 한 사람 몫을 더 차렸다.

"누구 또 오는 사람 있어?" 케이시는 물었다.

"고백할 게 있어." 엘라는 말했다. "네가 안 올까 봐 미리 너한테 말 안 했는데."

케이시는 웃었다. "엘라 심이 이제 이런 농간도 부릴 줄 알아? 대단한데. 이혼이 너한테는 약이었나 봐." 케이시의 잔은 벌써 반쯤 비어 있었다. 그녀는 셀러리를 한 조각 물었다. 셀러리를 내밀자 아이린은 얼굴을 찡그렸다.

"그로버……." 아이린은 원숭이를 셀러리 쪽으로 내밀었다.

"냠냠냠." 케이시는 셀러리를 먹는 원숭이 흉내를 냈다. "아그작, 아그작."

엘라는 좋은 분위기를 깨뜨릴까 봐 걱정스러워 미소 지었다. "은우 오빠가 여기 있어."

"뭐?"

"아니, 지금 이 집에 있다는 게 아니라, 요즘 여기서 지내. 문제가 좀 있었거든. 데이비드가 세인트크리스토퍼 학교에 일자리를 구하는 데 도움을 줬어. 다음 달부터 일을 시작하기로 했어. 통계와 미적분학 예비과정.”

“그는 괜찮아?” 케이시는 물었다. “여기 산다고?”

엘라는 고개를 끄덕였다. “이제 아주 좋아졌어. 아니, 사실은 정말 잘 지내고 있어. 한데 도박 문제 말이야, 케이시. 나한테 한 번도 말 안 했잖아. 그렇게 심각하다고.”

“네가 상관할 문제가 아니었어.” 케이시는 잘라 말했다.

“아니, 케이시. 나한테 말했어야 했다는 게 아니야. 난 네가 은우 오빠의 사생활을 존중한 거라고 생각해. 그걸 이해해. 정말로. 말 안 한 게 옳았다고 생각해. 내가 상관할 바가 아니었지.”

케이시는 셀러리로 칵테일을 휘저었다. 그가 날 보면 뭐라고 할까? 그래서 그의 전화가 끊겨 있었구나. 아파트에서 나온 게 분명했다.

“지금 그 사람은 어디 있니?”

“도박중독 치료 모임에 갔어. 곧 돌아올 거야. 네가 놀랄까 봐 미리 말해주려고.”

“왜 이런 이야기를 나한테 하는 거야? 내가 상관할 일이 아닌데.”

케이시도 은우에게 그런 모임에 같이 가보자고 한 적이 있었지만, 그때 그는 가지 않았다. 하지만 엘라의 집에 온 그는 이제 모임에 간다. 엘라는 도대체 무슨 수로 그가 도박을 끊고 직장을 잡게 했을까?

“난 가보는 게 좋을 것 같아.”

아이린은 케이시의 셔츠를 당기면서 그로버를 그녀의 손에 쥐여주었다. “말해주세요. 그로버가 말하게 해주세요.”

케이시는 그로버를 집어 들었다. "안녕, 아이린. 우리 점심때 바나나케이크 먹을 수 있을까? 냠냠냠." 그녀는 그로버를 아이린의 뺨에 대고 키스하는 시늉을 했다.

아이린은 웃었지만, 케이시의 기분은 상당히 어두워졌다. 고츠먼 부부의 집으로 돌아가고 싶었다. 그녀는 가을에 어디서 살까 하는 문제로 고민하고 있었다. 이제 케이시와 은우 둘 다 남의 집에서 살고 있다니, 정말 한심했다.

케이시는 핸드백을 집어 들었다.

"같이 계셨으면 좋겠습니다." 데이비드가 말했다. "당신에 대해 이야기를 많이 들었어요. 좋은 말들을 정말 많이 들었습니다. 당신이 만든 모자 이야기가 궁금해요. 오늘 쓰고 계신 것도 직접 만드신 건가요?"

"네."

"정말 아름답습니다. 엘라가 당신이 만들어준 모자를 제 어머니 생일 파티에 쓰고 갔어요. 이 사람이 그 모자를 쓰니 정말 멋지더군요."

"아, 잘됐네요." 케이시는 말했다.

"다들 나한테 그 모자만 쓰고 다니라고 했어." 엘라가 말했다.

아이린이 팔을 들자 케이시는 술잔을 내려놓고 아이를 안아 올렸다. 그녀는 아이린의 양쪽 뺨에 키스하고 다시 아이를 내려놓았다.

케이시는 재킷 주머니를 두드렸다. "피워도 될까?" 문득 그녀는 친구한테 담배 연기 알레르기가 있다는 것을 기억했다. "아니, 괜찮아. 잠깐 밖에 나가서 피우고 올게." 어쨌든 아이린 앞에서 담배를 피울 수는 없었다. "금방 돌아올게."

뒤뜰에서, 케이시는 담배에 불을 붙이고 연기를 들이마셨다. 흰 장미덩굴이 벽에 대놓은 녹색 격자를 타고 자라고 있었다. 약간 시들었지만 향은 아직 찬란했다. 아이린의 장난감이 흩어져 있었다. 중국제 도자기 의자에 앉으니 편안했다. 그녀는 담배를 한 대 피운 뒤에 그냥 떠날 생각이었다. 엘라도 그녀가 계속 있으리라고 기대하지 않을 것이다. 굳이 이렇게 어색한 자리를 만들 이유가 없지 않나.

문득 미닫이 유리문 열리는 소리가 들렸다.

"원더우먼, 당신 팔찌는 어디 갔어?"

케이시는 그에게 미소 지었다. 은우의 앞머리에 흰머리가 섞여 있었다. 그는 잘 지내는 것 같았다. 이전보다 덜 피곤해 보였다. 그도 그녀에게 미소 지었다.

"이 담배만 피우고 일어날 생각이었어."

"그렇게 도망쳐야 할 만큼 내가 한심한 인간이었나?"

케이시는 고개를 저었다. "여기 와서 미안해. 난 몰랐어. 이런 자리를 만들 생각은……."

"앉아봐. 엘라가 너 점심 먹고 가도록 설득하라고 날 내보냈어. 엘라는 널 정말 보고 싶어 했어."

"당신은 괜찮아?"

"넌?"

"우리 정말 웃기지 않아?"

463

"그래." 은우는 말했다. "여름은 어땠어?"

"정규직 제안을 받았어."

"수락할 거야?"

"왜 그렇게 물어?" 그녀는 물었다. 찰리 시덤 말고 그렇게 물은 사람은 아무도 없었다.

"넌 거기서 일하는 걸 싫어하잖아."

"싫어하지 않아."

"그래, 좋아하지 않는 걸로 하자."

"응, 좋아하지 않아." 그녀는 조용히 말했다.

"어떤 면에서, 좋아하지 않는 일을 할 수 있다는 건 비극이야." 은우는 말했다.

"당신은 가르치는 일이 좋을 것 같아?" 말싸움을 하고 싶다는 생각이 들었다.

"모르겠어. 일단 한번 해보려고."

"그건 그렇네." 케이시는 잠시 망설이다 말했다. "그 집에 있던 내 물건은 어떻게 됐는지 물어보고 싶었어."

"난 쫓겨났어. 당신 물건도 사라졌고." 정확히 언제 말하게 될지도 모른 채, 은우가 한동안 머릿속에서 연습했던 말이었다. "집주인이 가져갔는데 아마 팔았겠지. 미안해. 내가 언젠가 갚아줄게." 이것은 도박중독 치료의 단계 중 하나였다. 자신이 저지른 실수를 바로잡기 위해 무슨 일이든 하는 것.

"전부 다?" 케이시는 손으로 입을 막았다.

"전부 다."

"맙소사."

담뱃갑이 비어 있었다. 핸드백은 집 안에 있었다.

"이야." 그녀는 말했다.

"그 집에 네 물건이 뭐가 있었는지 목록을 만들고 얼마나 하는지 알려주면……."

"아니." 그녀는 눈을 감았다. "그럼 이제 우리, 비긴 거야."

"아니, 그렇지 않아, 케이시."

그의 말이 가슴을 찔렀다. 케이시는 눈을 뜨고 깜빡였다. "내가 한 짓은 정말 미안해. 후회하고 있어."

"나도 미안해. 내가……."

케이시는 고개를 저었다. 사과는 원하지 않았다.

"아, 당신이 보고 싶었어."

케이시는 고개를 끄덕였지만, 차마 그의 얼굴을 볼 수는 없었다. 그녀는 두 손을 깍지 끼었다. "정규직 제안은 받아들이지 않을 것 같아."

"잘 생각했어."

"경영대학원에도 돌아가지 않을 것 같아." 자기도 모르게, 말이 그냥 툭 튀어나왔다. 은우 앞에서는 그 무엇도 숨길 수가 없었지만, 이 마지막 말은 케이시 자신도 미처 모르던 속내였다. 은우는 그녀가 바보짓을 하는 것을 보면서도 함께한 그 시간동안 한 번도 그녀를 평가하려 들지 않았다. 그런 사람에게 상처를 주었다. 은우에게 존중받는다는 것에는 큰 의미가 있었다. 그의 말동무가 된다는 것에는, 그의 우정을 얻는다는 것에는. "그럴 수 있을 것

465

같지 않아, 은우 씨."

"더 잘됐네." 그는 커다란 손을 뻗어 그녀의 손을 감싸쥐었다.

케이시는 손을 가만히 뺐다. 아이린의 작은 장난감 테이블 위에 색색 분필이 든 플라스틱 통이 있었다. 노란 분필과 녹색 분필을 들고, 케이시는 슬레이트가 깔린 바닥 위에 튤립 한 줄을 그렸다. 껑충 큰 줄기 위에 매달린 꽃봉오리는 위쪽을 비죽비죽하게 까놓은 커다란 달걀 모양이었다.

"어른으로 산다는 건 생각보다 힘든 일인 것 같아." 그는 말했다.

"장난 아니야." 둘 다 키들키들 웃었다.

"넌 모자를 만드는 게 어때?" 은우는 말했다.

케이시는 웃음을 터뜨릴 뻔했다. "그거 해서 돈 못 벌어."

"언제부터 네가 돈을 원했다고?"

그녀는 은우를 더 이상 '사립학교 출신'이라고 부르지 않았다.

"정말 경영대학원 안 마칠 거야?" 그는 물었다.

'마친다'는 단어를 들으니 해야 할 일을 안 하고 내버려두는 것 같아서 훨씬 안 좋게 들렸다. 케이시는 분필을 내려놓고 손에 묻은 먼지를 턴 뒤 다시 앉았다.

"그냥 그런 모습이 안 보여." 케이시는 모자 디자이너로 일하는 자신의 모습을 상상해보았다. 그건 불가능하지 않았다. "대출금도……."

"학위가 필요 없는데 빚을 더 지는 건 어리석은 일이야."

"내 인생은 원래 어리석잖아."

은우는 그녀에게 다가앉아 키스했다.

그가 먼저 입술을 뗐다.

"케이시, 너한테는 부족한 게 없어."

"난 남의 집 손님방에서 지내고 있고, 가진 물건이라고는 슈트케이스 하나에 몽땅 집어넣을 정도야. 당신도 마찬가지잖아."

은우는 꿈쩍도 하지 않았다. "지금 잠시 그런 것뿐이야. 난 그게 창피하지 않아. 난 지금껏 다른 사람들을 많이 도왔어."

"그래." 케이시는 입술을 깨물었다. "나도 도움을 받았지."

"케이시, 난 네가 저 딱딱한 사람들처럼 변해가는 걸 보고 싶지 않아." 그는 케이시의 손목 아래 자기 손을 밀어 넣고 가만히 받쳤다. "팔찌가 없으니 허전하네."

케이시는 창백한 손목을 가만히 내려다보았다. 가느다랗고 푸르스름한 핏줄이 팔을 타고 올라갔다.

엄마가 밖에 있는 은우 삼촌과 케이시 이모를 방해하지 말라고 일렀지만, 아이린은 부엌에서 유리문을 두드렸다. 은우와 케이시는 돌아보고 손을 흔들었다. 아이린은 미소 지으며 계속 유리를 두드렸다.

은우는 보라색 분필 조각을 집어 들었다. 그는 허리를 굽혀 케이시가 그린 꽃 주위에 기다란 이파리를 그렸다.

케이시는 가만히 무릎을 꿇고 앉아 꽃잎에 색칠하기 시작했고, 은우도 나란히 땅에 앉아서 나무 한 그루를 그리기 시작했다.

〈끝〉

《백만장자를 위한 공짜 음식》을 집필하면서

부모님과 동생 그리고 나는 1976년 3월 뉴욕 퀸스로 이민했다. IBM에서 컴퓨터 프로그래머로 일하던 존 삼촌이 우리 가족의 보증을 서주었다. 당시 나는 일곱 살, 주인공 케이시보다 두 살 많은 나이에 미국에 온 것이다. 그녀와 마찬가지로 나는 엘름허스트의 저소득층 동네에서 자랐다. 첫 5년 동안 초라한 셋집을 전전하고 나서, 부모님은 매스페스에 세 가구가 살 수 있는 작은 집을 샀다. 우리 가족은 2층에 살고 다른 두 층은 임대를 주었다. 나는 퀸스의 엘름허스트와 매스페스의 공립학교에 다니면서 영어로 말하기와 읽고 쓰는 법을 배웠다. 동생과 나는 방과 후 알아서 노는 아이들이었다. 여름방학에는 부모님의 장신구 도매상에서 일하며 엘름허스트 도서관에 틀어박혀 지냈다.

그때는 이런 방식으로, 글로 표현할 수 없었지만 내 어린 시절은 이민과 계급, 인종, 젠더 문제에 끊임없는 영향을 받았다. 이 책에는 이민 1세대와 2세대 인물들이 등장하는데, 그렇기에 나는 이 책이 미국의 이야기라는 정의에 부합한다고 믿는다. 세상 그 어떤 나라와도 다르게 미국은 이민정책과 초기 식민지 역사라는 태생적 특징을 지니고 있기 때문이다. 아메리칸 원주민과 노예의 후손들을 제외하면 미국에 사는 모든 사람의 생애는 궁극적으로 이민자의 여행기와 연결된다.

나는 대학에서 역사를 전공했는데, 졸업논문 주제는 '18세기 미국 정신세계의 식민지화'였다. 거창하기 짝이 없었다. 영국의 초기 식민지 개척자들과 그 이후 세대가 유럽인 및 고국에 사는 사람들에 대해 지적으로, 문화적으로 심대한 열등감을 지니고 있었다는 것이 나의 논지였다. 이런 관점은 미국에서 이민자로서 내가 겪는 문제를 바라보는 시각에도 영향을 미쳤다. 나는 법적으로 식민화된 사람이 아니지만—그런 개념과는 거리가 멀다—이민자는 초기 피식민자(요즘 잘 쓰지 않는 단어다)와 같다. 즉 다른 곳에서 온 사람, 새로운 '영토'를 획득하려는 목적으로 각종 복잡한 규칙을 수반하는 새로운 땅에 적응하는 법을 익혀야 하는 사람인 것이다. 나는 픽션이라는 형태로 문화를—내가 보는 것과 내 눈에 띄는 것을 크레용으로 그리듯—만들고자 하는 사람이기 때문인데, 생각해보면 흥미로운 위치다. 나는 이 나라가 돌아가는 방식을 비판적으로 바라보는 한편으로 강인한 개인주의의 이상과 프로테스탄트 노동윤리, 미국 개척자 정신을 존경한다. 미국을 비판하기는 쉽다. 그러나 전 세계적인 관점에서 볼 때 미국은 어마어마한 개방성을 지닌 놀라운 나라다. 지식인들이 다른 곳에서 많이 했던 말이지만, 나는 다음과 같은 말에 대해 생각해볼 가치가 있다고 생각한다. '미국을 비판하는 사람들도 다른 어떤 곳보다 여기서 살길 원할 것이다.' 필리핀계 미국인 작가 카를로스 불로산은 자신의 다채로운 소설에 "미국은 가슴속에(America Is in the Heart)"라는 제목을 붙였다. 불로산 이후의 이민자 세대인 나 역시 가슴속에 복잡한 미국의 상을 지니고 있다.

그렇다고 해도, 어떤 대상이나 주제를 정직하게 좋아한다면 이상화된 사랑을 위해서 궁극적으로 그 결함도 인정해야 한다. 온갖 문제로 얼룩진 미국의 역사를 돌아보자. 인구를 거의 멸절시키다시피 진행된 원주민 학살, 아프리카계 미국인에 대한 노예제도, 짐 크로우 법, 젠더 불평등, 남유럽 이민 쿼터제, 중국인 이민 금지법, 일본계 미국인 강제수용, 제2차 세계대전 참전을 주저했던 정책, 히로시마 원폭 투하, 매카시즘, 베트남 전쟁 등 한도 끝도 없다. 이런 역사를 살펴보면, 우리는 미국이 모든 세대마다 그 불안감과 걱정을 새로 오는 사람들에게 전가했다는 사실을 충격과 연민 속에 깨닫게 된다.

이 모든 점을 염두에 두고, 나는 뉴욕의 우리 동네에서 흔히 마주칠 수 있었던 인간형들과 문제들을 소설 형식으로 기록하고자 했다. 나 자신에게, 또한 독자들에게 이런 이미지들과 생각들을 드러내고 싶었기 때문이었다. 나는 어린 시절 읽은 19세기 유럽 소설에 깊은 영향을 받았고, 대학에서는 싱클레어 루이스, 어니스트 헤밍웨이, 제임스 볼드윈, F. 스콧 피츠제럴드, 시어도어 드라이저, 존 더스패서스, 이디스 워튼 등 수많은 미국 작가들의 작품을 읽을 기회가 있었다. 그들은 우리가 보고 의문을 가지는 것들이 감정과 역사, 통찰력, 서사를 통합하는 시선으로 문학작품 속에 반영되어야 한다는 것을 깨닫게 해주었다.

이민자들의 유형은 다양하다. 퀸스에서 자랄 때, 우리 동네에는 중국계, 한국계, 인도계는 물론 독일계, 폴란드계, 아일랜드계, 그리스계, 이탈리아계, 헝가리계 이민자들이 살고 있었다. 백인이 아닌 이민자로 산다는 것에는 흥미롭고 어쩌면 너무나 명백한 사실이 있다. 아시아계 미국인의 외모적인 특징이 인종적으로 분류되는 한 그들이 결코 다수자 집단으로 '패싱'*될 수 없다는 점을 들수 있을 것이다. 간단히 말해, 눈이나 코, 머리카락, 신체적인 특징이 다수자 집단의 그것과 구별되는 요소가 있다면, 좋든 나쁘든 완전한 동질화가 가능하지 않을 수 있다는 것이다. 미국처럼 개방적인 사회에서도 이 사실로 인해 온갖 흥미로운 문제들이 고개를 든다. 소수인종집단은 다수집단과 절대 혼합될 수 없을 거라고 설득력 있는 논지를 펼치는 이도 있다. 당연히 이 이론은 특권과 책임감을 지니고 다수집단의 문화에 참여하고 싶은 사람들에게는 실망스러울 것이다. 이 책에서 나는 등장인물들에게 온갖 장점들을 부여했다. 교육 수준, 외모, 재능, 강한 가족적 배경…… 그리고 나는 그들이 각자의 야심으로 무슨 일을 하는지 지켜보고 싶었다. 그들에게는 시련도 주어지고, 각자 문제도 일으킨다. 인종과

---

* Passing, 자신과 다른 집단의 구성원으로 보여지는 상황.

계급, 이민, 젠더 정치학이 그들에게 영향을 줄까? 혹은 이렇게 물어볼 수도 있을 것이다. 어떻게 영향을 주지 않을 수가 있을까? 나역시 어떤 일이 벌어질지 매우 궁금했다.

나는 언론에서 정확하게 재현되는 아시아계 미국인의 상이 부족하다는 사실이 그들에 대한 왜곡을 낳는다고 믿는다. 매우 자주 아시아계 미국인은—긍정적일 경우—대단히 유능하고 근면하고 호전적이지 않은 사람, 혹은 기만적이고 속을 알 수 없고 과대망상을 지닌 사람으로 인식된다. 어느 쪽이든 이런 상은 내가 아는 아시아계 미국인을 완전하게 재현하지 않는다. 아시아계 미국인이든 그 어떤 사람이든 마찬가지지만, 명확한 표현과 감정이 깃든 목소리와 언어가 주어지지 않는다면 그의 인간됨 자체가 부정된 것이다. 인간을 기계나 짐승과 구분하는 것은 감정을 느끼는 능력, 표현하고, 의문을 갖고, 갈망하고, 후회하는 능력, 이런 것들이다. 나는 정확한 재현의 부재가 소수자를 사실상 사회적으로 지워버리며 심대한 심리적 문제를 낳는다고 믿는다. 그러나 눈에 보이지 않는 것을 논한다는 것은 어렵다. 나는 내가 아는 한국계 미국인들이 얼마나 복잡다단한 인물인지 너무나 보여주고 싶었다. 작가로서 나는 비한국계 미국인 등장인물 역시 같은 기준으로 그려내고 싶었다.

많은 독자에게 당연한 사실이겠지만, 미안함을 무릅쓰고 굳이 적는다. 한국계 미국인 남성도 낭만적이고, 열정적이고, 사랑하는 마음이 풍부하고, 재미있는 인물일 수 있으며, 그들 역시 문제가 있고, 슬프고, 좌절을 겪을 수 있다. 한국계 남성은 이 모든 것뿐

아니라 그 외의 수많은 특징을 지닌 존재다. 한국계 여성도 자신의 세상에 대해 존재론적인 의문을 던질 수 있다. 한국계 남성도 두려울 수 있다. 한국계 여성도 가슴이 아플 수 있다. 내가 평생 알고 사랑하는 한국계 미국인 남성과 여성에게 복잡한 특징이 공평하게 주어져야 한다는 것은 내게 정말로 중요했다. 나는 오페라를 듣고, 시를 쓰고, 머리카락이 빠지는 것을 두려워하고, 주머니에 있는 동전 한 푼까지 친구들에게 줄 수 있는 한국인 남성들을 알고 있다. 나는 지나친 희생과 자기 부정으로 인생을 망치는 한국인 여성들을 보았다. 나는 내 이야기에 등장하는 남녀가 그런 모습이기를 바랐다. 미국에서 성공하고 동화하고자 하는 집단적인 소망으로 인해 우리 한국계 미국인들이 자기가 생각하거나 느끼는 것을 입 밖에 내지 않거나 문제를 일으키려 하지 않는다는 점이 나는 늘 신경 쓰인다. 안전하다고 여겨질 때까지 침묵을 지키거나 표현을 유보하는 이런 특징 때문에 타인이 우리의 성격이나 인생을 대신 해석하게 되기 때문이다. 내가 모든 한국계 미국인을 정확히 대변할 수는 없다. 이 책은 분명 한 인간의 한정된 시각을 통해 쓰인 작품이기 때문이다. 그럼에도 나는 내가 한국계 미국인이라는 것이 좋고, 내 가족과 나의 커뮤니티, 내 역사를 사랑한다. 이 사랑은 일종의 필터이고 일종의 편견일 것이다. 나는 내가 알고 있는 것을 최대한 진실되게 말함으로써, 그 결함과 그 모든 아름다움을 숨기지 않음으로써 존경심을 표현하고 싶었다. 이 소설에서 내가 세운 목표는 민망할 정도로 고매했지만, 최소한 나는 등장인물들이 불완전하며 재능 있기를 바랐다. 우리 모두가 그런 인간이라고 믿기 때문이다.

마지막으로—픽션 작가로서 가장 중요한 점이겠지만—나는 기억에 남아 있는 일평생, 읽는 것을 너무나 좋아하는 사람이었다는 점을 여러분에게 말하고 싶다. 작가는 언제나 먼저 독자가 되어야 한다. 내 평생을 통틀어, 읽을 수 있다는 것은 내게 크나큰 위안을 주었다. 픽션을 더 잘 쓰는 법을 연구할 때 내 본보기는 언제나 내가 읽고 또 읽고 싶었던 책들이었다.

여러분이 이 책에서 즐거움을 얻기를 바란다. 읽어주어서 감사하다. 여러분의 관심과 시간이야말로 내게는 커다란 의미다.

2007년 일본 도쿄에서
이민진

작가의 말 Ⅱ

《백만장자를 위한 공짜 음식》 출간 10주년을 맞아

당시 나는 이미 두 편의 소설 원고에서 실패를 경험했다. 첫 번째 원고는 출판사에서 거절당했고, 두 번째 원고는 출판사에 보낼 정도로 좋지 않아서 내가 포기했다. 나는 서른두 살이었고, 세 번째 소설을 시작하고 있었다.

나는 변호사를 그만둔 1995년부터 소설을 출간하기 위해 노력했다. 고등학교 때부터 앓던 만성 간질환 때문에 맨해튼 법률 회사의 업무를 몸이 버틸 수가 없었기에, 차라리 소설을 써야겠다고 생각한 것이다. 남편 크리스토퍼는 의료보험 회사를 안정적으로 다니고 있었지만, 아파트를 장만할 때 맞벌이를 염두에 두고 대출을 받았던 터라 경제적으로 빠듯했다. 한 번의 유산과 힘든 임신 끝에 아들 샘이 태어났다. 그리고 그해, 스스로 생계를 꾸릴 형편이 안 되는 사랑하는 가족들이 엄청난 빚까지 졌다는 것을 알게 되었다. 졸지에 우리가 두 가구의 생계를 책임지게 되었다.

작가로 산다는 것이 항상 경제적으로 대책이 확실한 길은 아니란 건 알았다. 하지만 1년 만에 그동안 쌓아놓은 저축이 바닥을 드러내고, 검소한 삶이나마 유지할 만큼 돈을 벌지도 못하고, 파트타임 육아도우미 비용도 못 대고, 피로가 극심한 간질환을 앓으면서 사랑하는 사람들의 빚까지 감당해야 하는 상황이 닥칠 줄은 미처 예상하지 못했다.

수치스러웠다. 6년이 지났는데 아직 출간된 소설은 없었고, 나는 스스로의 선택으로 인해 빈털터리 신세가 되어 있었다. 이 모든 청구서를 어떻게 해결해야 할지, 샘을 어떻게 대학에 보낼지, 은퇴 비용은 마련할 수 있을지 엄두가 나지 않았다. 친구들이 점심을 같이 먹자고 연락을 해도 외식이라는 사치를 감당할 수 없어서 핑계를 만들기 바빴다. 내 책을 언제쯤 살 수 있을지 친구들이 친절하게 물어도 대답할 수가 없었다. 나는 나 자신의 실수를 숨기기 위해 집에 틀어박혔다.

변호사 일을 그만둔 순간부터 나는 좋은 픽션을 쓰는 법을 배우기 위해 노력했다. 고등학교 시절에는 수필을 써서 출간한 적이 있었다. 대학에서는 역사 전공이었지만, 재미로 영문학부에서 창작 수업 세 과목도 이수했다. 놀랍게도 대학 3학년 때와 4학년 때 나는 논픽션과 픽션 창작 분야에서 각각 일등상을 수상했다. 어쩌면 대학에서 받은 그 상 때문에 변호사 일을 그만두고도 곧장 소설을 출간할 수 있을 거라고 착각했는지도 모르겠다. 하지만 소설을 공부하면 할수록, 나는 소설을 쓴다는 것은 공학 공부나 고

전주의 조소와 마찬가지로 엄격한 자기 규율과 장인정신이 필요한 일이라는 것을 깨닫게 되었다. 전문적인 훈련을 받고 싶었다. 하지만 로스쿨 학비를 다 써버린 뒤라 예술석사학위(MFA) 비용까지 치르는 모험을 감행할 수는 없었다. 그래서 나는 서툴게 나 자신만의 창작 프로그램을 만들었다.

우선 언제나 즐겨 읽던 19세기 거장들의 소설을 더욱 폭넓게 읽었다. 좋은 장편과 단편을 손에 잡히는 대로 읽었고, 진정으로 탁월한 작품들을 연구했다. 아름답게 쓰인 문단이 눈에 띄면, 예를 들어 줄리아 글래스의 《세 번의 유월(Three Junes)》같은 책을 만나면, 나는 공책에 글을 그대로 필사했다. 그런 뒤 자리에 앉아 싸구려 모슬린 위에 핀으로 고정한 희귀한 나비를 보듯 조잡한 공책에 적은 우아한 문장들을 숙독했다. 작가의 감정과 생각을 단단하게 표현해주는 것은 기술이었다. 주노 디아스의 《드라운》을 읽고 또 읽으면 작가의 용기와 천재성에 감탄을 금할 수 없었다. 화자의 완벽한 서사적 목소리는 정교하고 거대한 플롯의 설계와 조응했다. 위대한 픽션은 단순히 아름다운 언어나 좋은 느낌뿐만 아니라 감정과 구조, 이상, 용기를 요구한다. 거장의 회화나 황혼 녘의 바다, 아이의 얼굴을 마주할 때 그렇듯, 훌륭한 픽션 작품은 나를 기쁘게 했다.

뉴욕에서는 돈이 없어도 얼마든지 위대한 작가를 연구할 수 있다. 여기서 사는 생활비를 감당할 수만 있다면, 예술가들이 거의 돈을 받지 않고도 일하려고 할 정도로 풍요로운 문화가 있는 도시다. 일주일에 한 번 크리스토퍼가 퇴근 후 샘을 봐줄 수 있는 날이면, 나는 비닐봉지에 싼 터키 샌드위치나 후무스 한 통을 들고 문예창작 수업을 들으러 가거나 작가 모임에 참석했다. 나는 200달러도 채 안 되는 수업료로 아시아계 미국 작가 워크숍에서 랜 서맨서 창, 라나 레이코 리주토, 줌파 라히리 초기작을 몇 주간 연구할 수 있었다. 고담 작가 워크숍에서 웨슬리 깁슨의 강좌도 들었다. 92번가 Y 문화센터에서 같은 비용을 내고 조녀선 리비, 조이스 존슨, 조셉 콜드웰, 조운 실버, 셜리 해저드, 나히드 라클린의 강좌도 각각 한 시즌 동안 들었다. Y 문화센터는 유명한 어린이집을 운영하고 있는데, 매일 저녁 자기가 쓴 이야기가 말이 되는지 알고 싶어 초조한 성인 남녀가 유화 물감과 종이팩 사과주스 냄새가 풍기는 어린이집 교실에 모여 앉았다. 강사들은 내게 계속 글을 쓰라고 너그럽게 격려했지만, 속으로 나는 그만두어야 하는 게 아닐까 생각하고 있었다. 나이는 계속 늘어갔고, 번듯한 직장으로 돌아가지 못할까 봐 두려웠다.

샘이 태어난 다음 해, 나는 충동적으로 스와니 문예창작 컨퍼런스에 응시해서 합격했다. 학비는 1,000달러, 우리 형편으로는 버거운 돈이었다. 하지만 기회를 얻는 것이 어려운 자리라는 것을 알고 있었기 때문에 가야 한다는 생각이 들었다. 이미 1년 동안 샘을 돌보고 있던 참이라 임신과 질병, 수유 때문에 내 몸을 포기한 데 대해 합당한 보상이라는 생각도 들었다. 크리스토퍼가 잠시 휴가를 내서 샘을 맡아주었고, 나는 테네시로 달려갔다. 9일 동안 나는 앨리스 맥더모트, 릭 무디와 함께 픽션을 공부했다. 매일 수업이 끝나면 아기가 보고 싶어서 기숙사로 달려가서 울었다.

스와니에 모인 사람들은 죄다 아이오와 대학 같은 곳에서 명망 높은 예술석사학위 과정을 마치고 출판 계약도 따놓은 것 같았다. 당시 컨퍼런스 참석자들은 모두 이름표를 달았는데, 내 이름표에는 장학금을 받고 있지 않다는 뜻으로 그냥 이름만 적혀 있었다. 어느 점심시간, 나는 자기 이름과 장학금 명이 적힌 이름표를 단 젊은 여자 한 사람을 만났다. 출판사에서 장학금을 지원해주기 때문에 그녀는 개인적으로 학비를 내지 않았다. 같은 식탁에 둘러앉은 사람들은 대부분 장학금을 받고 있었는데, 그 젊은 여자는 학비를 다 내고 컨퍼런스에 참석한 가정주부들을 가볍게 조롱했다. 나는 미처 깨닫지도 못했다. 그녀는 나에 대해 이야기하고 있었다. 그해 여름 나는 서른 살이었고, 갓 엄마가 되었으며, 재능 있는 젊은 여자 예술가 한 사람이 가정주부 작가들을 멸시한다는 것을 알게 되었다. 식사를 할 수가 없어서 나는 방으로 돌아갔다. 남은 컨퍼런스 기간 내내 나는 그녀를 피했다. 그녀의 말이 맞다고 느꼈기 때문이었다. 수업 하나 들으려고 이렇게 멀리까지 온 것이 실수였다. 컨퍼런스 마지막 날, 앨리스 맥더모트는《새로운 미국의 목소리 2000》선집 수록작 후보로 내가 워크숍에서 제출한 단편이 선정되었다고 공표했다. 편집부는 내 소설을 선택하지 않았지만, 나는 어쩌면 내가 계속 노력해도 괜찮지 않을까 하고 생각했다.

몇 달 뒤 좋은 소식이 들려왔다. 뉴욕예술재단 픽션 부문에서 예술지원금을 받게 된 것이었다. 상금은 7,000달러였다. 나는 그 돈의 일부로 캘리포니아에서 열리는 유명 편집자 겸 작가인 톰 젱크스와 작가 캐럴 에드가리언의 5일짜리 문예창작 과정 학비를 댔다. 문장에 대한 이해를 높이기 위해 나는 시를 읽기 시작했다. Y 문화센터에서 데이비드 예지의 운율학 수업도 들었는데, 이 수업은 내가 모든 단어를 바라보는 방식을 바꾸어놓았다. 시 평론가 헬렌 벤들러가 Y 문화센터에 와서 세미나를 할 때마다, 나는 참석하기 위해 갖은 노력을 다했다.

배우고 연습해야 할 것이 너무나 많았지만, 나는 운문에서 산문을, 산문에서 운문을 보기 시작했다. 시와 이야기, 희곡에서 패턴이 드러났다. 문장과 단락에는 음악이 있었다. 하나의 문장 안에서 침묵이 들려왔다. 이 모든 학습은 마치 엑스레이 같은 시각과 동물적인 청각을 습득하는 과정과 비슷했다. 내가 배우고 있었던 것들을 객관적으로 증명할 방법은 없었고 나 스스로 기획한 이런 학습 방식이 올바르다고 생각한 이유를 설명할 수도 없지만, 나는 형편이 되는 대로 이런 과정들을 밟았고 이렇게 해서 뭔가 좋은 것을 쓰는 법을 배울 수 있을 거라고 믿었다.

수업을 들을 돈이 없을 때는, 독서 모임에 참석하고 내 주머니 사정에 버거운 하드커버 책을 샀다. 서점이나 도서관에서 나는 맨 뒷자리에 앉곤 했다. 질의응답 시간이면 대여섯 가지 질문이 목구멍에서 맴돌았지만, 입 밖으로 나오지는 않았다. 나는 허먼 오크, 메릴린 로빈슨, 주노 디아스, 조이스 캐럴 오츠, 게리 슈타인가르트, 줄리언 반스, 리처드 포드, 제이 매키너니, 이창래, 베로니카 체임버스, 이언 매큐언, 존 디디온, 수재너 무어, 셜리 해저드, 제임스 설터, 가즈오 이시구로, 토니 모리슨, 릭 무디, 수전 마이넛, 그리고 기타 수많은 작가의 독서 모임에 참석했다. 나는 알고 싶었다. 어떻게 당신은 그렇게 했지? 당신이 창조한 이 온전한 하나의 다른 세상 속으로 어떻게 나를 끌고 들어갔지? 이 새로운 느낌, 오래된 느낌들을 어떻게 내게 느끼게 했지? 어떻게 이 모든 것들에 의미가 있다고 계속 믿을 수 있었지? 하지만 나는 이런 질문들을 문장으로 만들어서 입 밖에 낼 수가 없었다. 아마 그럴 필요가 없었을 거라고 생각한다. 내게는 그들의 작품이 있었기 때문에, 내가 작품에 대해 뭔가 증명할 필요가 없고 작품도 내게 뭔가 증명할 필요가 없는, 사적인 방식으로 작품이 내게 말을 걸고 내 곁에 머물렀기 때문에.

나는 습관적으로 지하철에서 책을 읽었다. 어느 날 나는 V. S. 나이폴의 《비스와스 씨를 위한 집》을 2호선 지하철에서 다 읽고 책을 덮다가, 그의 찬란한 문학적 성취에 감동해서 눈물을 터뜨렸다. 그의 정치적인 입장에 논란이 많다는 것은 알고 있었지만(한 예로 그는 여성 작가가 중요하지 않다고 생각했다), 그래도 나는 이 작품 속에서 작가가 비범한 무엇인가를 픽션으로 성취했다는 것을 알 수 있었다. 자신의 소망을 이루기 위하여 서툴게, 하지만 너무나 악착같이 발버둥치는 겸손하고 호기심 많은 인물에 대해 내가 깊은 관심을 가질 수 있었던 것은 등장인물의 형상화와 공감 때문이었다. 이후 나는 소설의 배경인 가상의 공간 아르와카스가 나이폴이 자라난 동인도-트리니다드계 이민자들이 사는 마을 차구아나스를 모델로 했다는 것을 알게 되었다. 퀸스의 내 고향 동네 엘름허스트에 대해 써도 된다고 허락한 것은 나이폴이었다.

문예창작 수업과 독서 모임들을 거치며 수많은 습작들을 폐기한 뒤, 나는 저널리스트처럼 소설을 쓰기 위한 자료조사를 시작했다. 등장인물인 투자금융가 테드 김에 대해 더 많이 알고 싶을 때는 하버드 경영대학원을 졸업한 남자들을 인터뷰했다. 그런데 그중 한 사람이 실감하고 싶다면 직접 봐야 한다면서 지원 희망자로서 그곳 수업을 들어보는 게 어떠냐고 했다. 그래서 그렇게 했다. 웹사이트에 접속해서 방문자 등록양식을 작성하니 하루 청강 허가가 나왔다.

나는 수업에 들어갔다. 교실에는 스물다섯 명 정도 남짓 되는 학생들이 있었고, 각자 앞에 이름표가 붙어 있었다. 그 공간에서 숨는 것은 불가능했다. 하지만 숨으려는 사람이 아무도 없는 것은 확실했다. 고등학교나 대학 시절, 심지어 법대에서 내가 경험한 그 어떤 수업과도 달랐다. 교실에 있는 모든 학생이 숙제를 다 했는지, 강의 내용과 화이트보드에 적힌 복잡한 스프레드시트를 완벽히 이해하는지 알 수는 없었지만, 나는 그 매력적인 젊은이들에 대해 뭔가 배울 수 있었다. 나는 하버드 경영대학원 학생들이 남다른 점은 스스로의 능력에 대한 자신감이라고 생각한다. 무엇이든지 할 수 있을 것처럼 보이는 젊은이들, 매우 어려운 문제를 해결하고자 하는 젊은이들이 그렇게 가득 찬 건물에 있어본 것은 처음이었다. 몇 시간 뒤, 나는 정말로 경영대학원에 지원해볼까 생각하기 시작했다. 정말로 활기찬 에너지였다. 하버드 경영대학원에 우울하거나 초조한 사람, 확신이 없는 사람이 있다면 그날만큼은 집에서 나오지 않은 것이 분명했다. 내가 하버드 경영대학원에 지원하는 일은 일어나지 않았지만, 그날 나는 바뀌었다. 나는 그때부터 자료조사를 높이 평가하기 시작했다. 세세한 묘사나 현장감 있는 매끄러운 대사를 원해서가 아니라, 새로운 정보를 통해 받는 느낌 때문이었다. 에너지 넘치는 사람들과 한자리에 있는 것만으로 덩달아 나도 자신감을 느낄 수 있었다. 가짜 지원자이자 저서 한 권 없는 작가 입장에서 청강하고 있는 내게도 이렇게 긍정적인 기분이 느껴지는데, 그런 곳에서 2년이라는 시간을 보낸다는 것은 어떤 기분일지 궁금했다. 나는 테드에게, 문제가 있거나 두려울 때조차 자신이 옳다고 믿는 남자에게 그 느낌을 고스란히 옮겼다. 테드의 자신감은 커다란 경제적 성공을 그에게 안긴다. 그러나 성욕 앞에서, 동류의 인간에 대한 내적 갈망 앞에서 그 자신감은 약해진다. 테드는 선한 사람이 아니지만 나는 자료조사를 통해 그의 약한 면을 포착할 수 있었다. 그것이 테드라는 인간 전체를 하나의 개체로 사랑하는 것을 가능하게 해주었다.

그 시기에 멋진 일이 생겼다. 《미주리리뷰》에 내가 열일곱 번인가 열여덟 번 고쳐 쓴 단편이 실린 것이다. 그 이야기 하나를 고쳐 쓴 원고만 종이 상자 하나를 가득 채울 정도였다. 아마 그 정도가 필요했던 모양이었다.

그 이후 얼마 지나지 않아 손목이 아프기 시작했다. 커피 잔을 드는 것도 힘들어졌다. 그때 아들은 어린이집에 다니고 있었는데, 아이를 데려다주고 데려올 때 몇 블록 걷는 길조차 힘겨웠다. 발목이 퉁퉁 부었고, 길을 건너기 위해 아들의 손을 잡는 것도 힘들었다. 쉽게 문고리를 돌릴 수도, 계단을 올라갈 수도 없었다. 몇 번의 오진 끝에 한 류머티즘 전문의를 만났는데, 그는 내 지

병인 간질환이 원인이라고 정확한 진단을 내렸다. 와인 한 방울 마시지 않는 내게 이미 간경변이 진행되어 있었던 것이다.

많은 의사가 치료에 참여했고 그들은 내 상태를 놓고 의견을 나누었다. 한 소화기 전문의는 내가 아직 젊고 간이식 수술은 쉽게 시도할 수 없으니 인터페론으로 치료해보자고 했다. 석 달 동안 나는 매일 허벅지에 직접 약을 주사했다. 샤워를 하면 머리카락이 뭉텅이로 빠졌다. 바닥 청소를 하려고 허리를 굽히면 얼굴의 혈관이 터져 멍이 들기도 했다. 설사가 있거나 구토가 멈추지 않아서 집 밖으로 나갈 수 없을 때도 있었다. 나는 하루 몇 시간 정도만 에너지가 있었고, 세 살배기 샘에게 쓰려고 그 힘을 비축했다. 엄마가 건강하다고 아이가 믿도록 해주고 싶었다. 치료가 끝난 뒤 검사에서, 간 기능이 상당히 향상되었다고 했다. 그래도 의사는 신중하게 검사를 계속했다. 나는 《백만장자를 위한 공짜 음식》 첫 원고를 어떻게든 마치기 위해 작업을 계속했다. 치료가 끝나고 1년 뒤, 의사는 내가 완치되었다고 선언했다. 100만 명 중에 한 명 정도라며 그는 놀라워했다. 그날 오후 나는 좋은 소식을 안고 돌아가서 침대에 누웠다. 예상치 못한 삶이었다. 비판이 두려워서 움츠러들지 말자고 다짐했었다. 나는 그러지 않았다.

2006년 여름 출판 계약을 했을 때, 나는 습작 11년째였다. 서른 일곱 살이었다.

2016년 8월
이민진

옮긴이의 말

    주인공 케이시 한은 세탁소를 운영하는 이민 1세대 부모의 희생을 딛고 아이비리그 대학을 졸업해서 주류 사회의 번듯한 일원으로 기회를 보장받는다. 하지만 단순한 성공만으로는 부족하다. 서툰 영어로 평생 이민자의 굴레에서 벗어나지 못한 아버지의 눈에는 법대에 진학해서 변호사가 되는 것 이상이 보이지 않지만, 케이시에게는 멋진 패션과 화려함에 대한 욕망이 있다. 마음껏 사랑도 즐기고 싶다. 그녀는 막무가내로 집을 뛰쳐나온다. 명문대라는 안전한 울타리마저 걷어차고 화려한 뉴욕의 거리로 나선 케이시의 앞을 막아서는 것은 인종이라는 벽과 계급의 사다리가 사회 곳곳에 쳐놓은 정교한 거미줄이다.

    미국이라는 자유의 땅, 그중에서도 특히 화려함과 성공의 정점에 있는 뉴욕을 무대로 하는 이야기들은 언제나 우리의 시선을 사로잡는다. 성과 본을 물려받아 한반도에 뿌리내리고 살아온 우리의 이야기도 당연히 한국인의 역사이겠지만, 각자의 사연을 안고이 땅을 떠나 세계 각지에 퍼져 살고 있는 이민 1세대, 2세대, 3세대의 역사 역시 넓게 보아 한국인의 이야기라고 할 수 있을 것이다. 한국 전쟁이라는 공통의 역사적 배경을 갖고 있다는 데에서우러나는 진한 감정적 공감, 자신이 살아가는 땅에 동화되려는 노력, 이질적인 땅에서 그들이 흘리는 눈물과 좌절, 계급적-인종적격차로 인한 불화, 그들이 이룬 크고 작은 성취.

미국이라는 기회의 땅에서 자신의 영역을 확보하고 더 나은 삶을 살기 위해 분투하는 한민족의 이야기에 넋을 잃다가도 문득생각하게 된다. 주류 미국인이 아닌 미국인, 아니, 주류 한국인이아닌 한국인이 만들어가는 이야기는 바로 우리 옆에 있을 것이다. 그들의 이야기도 들어보고 싶다.

누가 우리, '한국인'이라는 집단을 구성하는가.

한국에서 형성된 다문화가족의 시초는 역시 한국 전쟁, 미군병사와 한국인 여성을 중심으로 구성된 가족이다. 이후 외국인노동자를 통해 차츰 그 수가 늘어났고, 2000년대에 접어들면서한국인 남성과 아시아인 여성의 결혼 이민이 급증했다고 알려져있다. 2020년에는 국내 거주 외국인 주민 인구가 200만 명이 넘었다. 혼인 열 쌍 중 한 쌍은 다문화 결혼이며, 출생아 100명 중 여섯 명은 다문화가정 자녀다. 코리안 드림을 품고 한국으로 넘어와서 성실하게 살아가는 피부색이 다른 이주민과 그들의 2세는 지금 이 순간에도 늘어나고 있다. 이런 숫자를 놓고 생각하면 궁금해진다. 앞으로 0.5세대가 지난 뒤, 1세대가 지난 뒤 한국에 사는 한국인이라는 집단은 과연 어떤 사람들의 집합일까.

이민자의 역사가 곧 국가의 역사인 미국에서 주류에 편입하려는 노력은 한국에 이주한 사람들의 경우와 결이 다를 것이다. 백인, 황인, 흑인, 온갖 피부색이 섞인 인종의 전시장 같은 땅에서 소수자가 다수자로 패싱되려는 노력과 관련된 논의는 흥미롭게 보이기도 한다. 하지만 한국 사회는 다르다. 조금이라도 다르면 사람들의 시선이 집중된다. 이런 곳에서 남과 다른 얼굴 윤곽, 다른 피부색으로 정착하고 한국인임을 주장해야 하는 이민자의 삶이란 어떤 것일까. 흑인 외의 다른 이름으로 불리기 힘든 아프리카계 한국인 앞에는 어떤 선택지가 놓일까. 그들의 문제는 한 세대만 지나도 쉽게 주류 인종으로 패싱될 수 있는 아시아계 한국인 이민자와 그 가족들이 안은 숙제와 어떻게 다를까.

전쟁과 현대사의 소용돌이에서 한국과 인연을 맺은 사람들, 코리안 드림을 꿈꾼 이민자들, 그들의 2세들이 이 땅과 타협하며, 혹은 불화하며 써내려가는 이야기 역시 우리가 소중하게 보듬고 우리의 것으로 여겨야 하는 '한국인'의 이야기임은 분명할 것이다. 그런데 우리 사회에서 아직 이런 궁금증들에 대한 답변을 들을 수 있는 곳은 잘 보이지 않는다.

어쩌면 이민진 작가의 《백만장자를 위한 공짜 음식》은 한국 땅에서 전혀 위협을 느끼지 않고 편안하게 사는 다수의 한국인보다, 피부색이 더 어두운 한국인, 아프리카계 한국인, 필리핀 마닐라나 베트남 어딘가에서 삼대 위 할아버지를 찾아야 하는 한국인에게 더욱 절실하게 말을 거는 이야기일지도 모른다. 지금도 표면 아래에서 부글부글 끓고 있는 목소리들이 있을 것이다. 농촌에 시집와서 시어머니한테 구박받는 며느리, 종일 공장에 처박혀서 일하고 주말에도 밖으로 나오기 힘든 노동자 등 '리아와 조셉 부부'는 이 땅 어딘가에서 엄연히 살아가고 있다. 말이 어눌해서 걸핏하면 바보 취급받는 부모의 모습을 보면서 저렇게 살지 않겠다고 결심하는 케이시 한도, 계급과 인종의 한계를 뛰어넘어 한국 사회의 엘리트로 도약하겠다고 이를 악문 '테드 김'도 어딘가에, 우리와 매우 비슷한 모습으로 살고 있을지도 모른다. 《백만장자를 위한 공짜 음식》은 그 어떤 한국인들보다 이런 한국인들에게 목소리를 내라고 권유하는 이야기일 것이다. 대한민국이 제대로 가고 있다면, 그런 사람들이 미디어에 훨씬 더 많이 등장하고 조금이라도 목소리를 키우기 위해 노력하는 땅일 것이다.

앞으로 10년, 20년 후 한국인이라는 집단이 어떤 모습일지 상상해본다. 한국이 다양한 목소리들에게 가시화의 기회를 주고 우리의 것으로, 한국인의 목소리로 품을 수 있는 나라가 되기를 바란다. 전 세계로 퍼져나간 K의 물결처럼 '우리'와 '한국인'이라는 개념 자체도 조금이나마 확장될 수 있기를 바란다.

《백만장자를 위한 공짜 음식》을 번역할 기회를 준 인플루엔셜 출판사와 원고를 다듬으며 함께 땀을 흘린 편집부에 감사한다. 번역 과정에서 작가와 소통할 수 있었는데, 좋은 경험이었다. 이민진 작가에게 감사의 마음을 전한다.

2022년 11월

유소영

옮긴이 **유소영**

전문 번역가. 딘 쿤츠의 제인 호크 시리즈 《사일런트 코너》, 앤 클리브스의 형사 베라 시리즈 《하버 스트리트》, 존 르 카레의 《나이트 매니저》, 제프리 디버의 링컨 라임 시리즈를 전담으로 번역하였으며, 퍼트리샤 콘웰의 법의학자 스카페타 시리즈 《법의관》 등을 우리말로 옮겼다. 그 밖의 역서로 비그디스 요르트의 《의지와 증거》, 존 스칼지의 《무너지는 제국》 삼부작, 윌리엄 린지 그레섬의 《나이트매어 앨리》, 리처드 모건의 《얼터드 카본》, 존 딕슨 카의 《벨벳의 악마》, 발 맥더미드의 《인어의 노래》, 논픽션 《어둠 속으로 사라진 골든 스테이트 킬러》 등이 있다.

백만장자를 위한 공짜 음식 2

초판 1쇄 2022년 11월 25일

지은이 │ 이민진
옮긴이 │ 유소영

발행인 │ 문태진
본부장 │ 서금선
책임편집 │ 이준환   편집 3팀 │ 허문선 최지인 장서원

기획편집팀 │ 한성수 임은선 임선아 이보람 송현경 이은지 유진영 원지연   저작권팀 │ 정선주
마케팅팀 │ 김동준 이재성 문무현 김윤희 김혜민 김은지 이선호 조용환   디자인팀 │ 김현철 손성규
경영지원팀 │ 노강희 윤현성 정헌준 조샘 조회연 김기현 이하늘
강연팀 │ 장진항 조은빛 강유정 고한송 신유리 김수연

펴낸곳 │ ㈜인플루엔셜
출판신고 │ 2012년 5월 18일 제300-2012-1043호
주소 │ (06619) 서울특별시 서초구 서초대로 398 BnK디지털타워 11층
전화 │ 02)720-1034(기획편집) 02)720-1024(마케팅) 02)720-1042(강연섭외)
팩스 │ 02)720-1043   전자우편 │ books@influential.co.kr
홈페이지 │ www.influential.co.kr

한국어판 출판권 ⓒ ㈜인플루엔셜, 2022

ISBN   979-11-6834-064-0 (04840)
          979-11-6834-062-6 (세트)